WEINE DER WELT

WISSENSWERTES · ESSEN · TRINKEN

WEINE DER WELT

Ihre Vielfalt
und ihre Herkunft

Giuseppe Sicheri

VERLEGT BEI
KAISER

Titel des italienischen Originals: »Vini del mondo«
Einzig berechtigte Übertragung aus dem Italienischen: Mag. Maria Schlick

Redaktion und Bildredaktion:
Redaktionsleitung: Valeria Camaschella
Technische Koordination: Roberto Ghidoli
Graphische Zusammenstellung: Marco Santini
Redaktionelle Koordination: Davide Bernardini

Bildnachweis: Alle Fotografien im Band stammen von DeA Picture Library, geleitet von Ada Mascheroni (S. Amantini, M. Borchi, W. Buss, R. Carnovalini, G.P. Cavallero, G. Cigolini, G. Cozzi, A. Dagli Orti, G. Dagli Orti, M. Finotti, T. Ledoux, S. Montanari, P. Puccinelli, L. Romano, D.M. Rossi, M. Santini/ O. D'Alessio, C. Sappa, G. Sioen, G. Sosio, S. Vannini), mit Ausnahme der folgenden: Alsace-route-des-vins.com/J.M. Morere (38); Arvay (198); Cantine Florio (134); Cave du Vin Blanc de Morgex et de La Salle (76); De Trafford Estate (208, 209); Dondevan (221); Laibach Estate (206); Oremus/I. Mészáros (197, 199, 200); Svizzera Turismo (2, 187, 188, 189); Villiera Wines (207); Vylyan (201 oben).

Deutsche Erstausgabe

Neuauflage 2007
www.kaiserverlag.com
E-Mail: office@kaiserverlag.com

Einbandgestaltung: Context St. Veit/Glan
Satz: Context Type & Sign Pink GmbH, St. Veit/Glan
Gesamtherstellung: Gorenjski Tisk, Kranj-Slowenien

Inhalt

Führer zur richtigen Handhabung des Buches

Am Anfang des Buches werden jene Länder beschrieben, die weltweit bei der Weinproduktion an der Spitze liegen: Frankreich, Italien, Spanien. Danach folgen, nach Kontinenten geordnet, die Länder mit geringeren Produktionsmengen. Der Eintrag des jeweiligen Landes beginnt mit einer kurzen allgemeinen Einführung, auf welche, je nach önologischer Wichtigkeit und Komplexität der Weinproduktion, die unten beschriebenen Abschnitte folgen.
Die Hintergrundfarben der Überschriften und Visitenkarten haben die folgende Bedeutung:

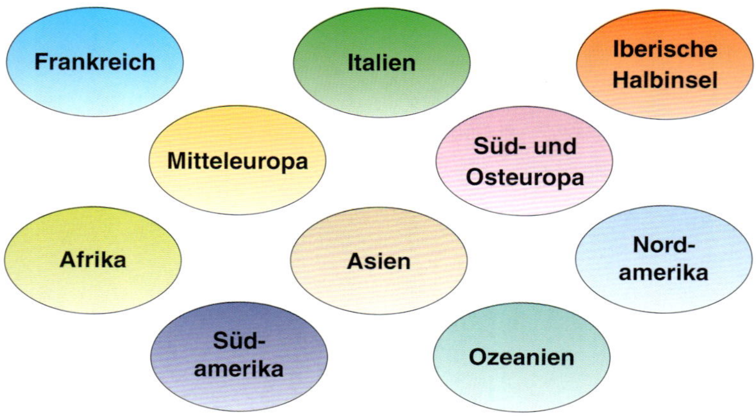

Auf Seite 2: Winter in den Weinbergen im schweizerischen Rhône-Tal. Im Hintergrund ist die Burg von Aigle mit dem Weinmuseum des schweizerischen Kantons Waadt zu sehen.

Geschichte: Dieser Abschnitt soll zum besseren Verständnis der modernen Weinkultur beitragen, welche in den verschiedenen Regionen der Erde zum Teil auf verschiedenen Wurzeln beruht.
Klima und Boden: Hier werden die klimatischen Faktoren und die Zusammensetzung des Bodens beschrieben; beide sind in hohem Ausmaß für die Qualität von Reben und Wein verantwortlich.
Anbaugebiete: Unter diesem Titel werden Hauptanbaugebiete sowie spezielle Zonen aufgelistet und ihre jeweiligen Besonderheiten beschrieben.
Herkunftsbezeichnungen: Dieser Abschnitt gibt Auskunft über geschützte Weinmarken.
Rebsorten: Die wichtigsten Rebsorten des jeweiligen Landes mit ihren Unterscheidungsmerkmalen und Anmerkungen über Verschnitte.
Weine: Beschreibung der Weinproduktion von Tafelweinen bis zu Qualitätsweinen – dieser Abschnitt ist jeweils ein Führer zum Kennenlernen und Verkosten der Weine, Region für Region und Land für Land.
Etiketten: Die Informationen, welche in verschiedenen Sprachen auf dem Etikett einer Flasche angebracht sind, lesen und richtig deuten zu können, ist besonders wichtig. In diesem Absatz werden die gesetzlich vorgeschriebenen und auch jene zusätzlichen Angaben erläutert, die dem Weinabfüller überlassen sind.
Visitenkarte: Weinanbaugebiete mit besonders bedeutenden oder eigentümlichen Charakteristika werden mit einem eigenen Eintrag versehen; zu Beginn des jeweiligen Eintrages fasst eine Visitenkarte die Merkmale der Rebsorten und Weine zusammen.

FRANKREICH

Nach Meinung vieler Autoren ist Frankreich das Land mit der weltweit größten Vielfalt großer Weine. Es hat diesen Ruf nicht zuletzt der Tatsache zu verdanken, dass die Böden, Trauben und Weinsorten dieses ausgedehnten Weinanbaugebietes bereits seit Anfang des 19. Jh.s wissenschaftlich untersucht wurden und schon damals eine Klassifikation getroffen wurde. Es hieß aber in diesem Zusammenhang auch, dass »Frankreich die besten und die schlechtesten Weine der Welt produziere«.

Jedenfalls wurden die Rebstöcke in Frankreich in den letzten zwei Jahrhunderten einer strengen Auslese unterzogen und die für die jeweiligen Böden und klimatischen Bedingungen der einzelnen Weinregionen geeignetsten Reben ausgewählt; außerdem wurden die Vorgänge bei der Weinbereitung wissenschaftlich bis in kleinste Detail untersucht. Trotzdem ist es nicht ganz richtig, Frankreich als »größtes Weinanbaugebiet« zu bezeichnen. Bei der Traubenmenge hält nämlich Spanien die erste Position inne, während sich bei der Weinproduktionsmenge Italien (in den letzten 10 Jahren siebenmal an erster Stelle) und Frankreich abwechseln. Der französische Weinbau ist aufgrund der verschiedenen Böden und klimatischen Bedingungen äußerst vielfältig – von der Champagne im Norden, welche die Grenzen der Weinanbaumöglichkeiten ausreizt, bis zum Midi im Süden, welcher alle Vorzüge des mediterranen Klimas genießt.

Links: verschiedene Geräte, die einst beim Weinbau zum Einsatz kamen.
Oben: Schild eines Weinkellers in der Champagne.

KLASSIFIKATION DER FRANZÖSISCHEN WEINE

Eine amtliche Klassifikation der französischen Weine gibt es seit 1935 (das Gesetz zur Klassifikation von Champagnern und die Einschränkung des Anbau- und Produktionsgebietes wurde bereits 1927 erlassen). Frankreich war somit das erste Land, das die Produktion aller eigenen Weine amtlich geregelt hat. Auf einzelne Produkte beschränkt gab es aber in Spanien und Italien bereits wesentlich früher amtliche Regulierungen: in Spanien entschied man 1560, dass ein »Rioja« nur im so bezeichneten Gebiet angebaut werden durfte und 1716 wurde das Chiantigebiet mittels Dekret festgelegt.
Hier eine Beschreibung der amtlichen Klassifikation französischer Weine ausgehend von der höchsten Qualitätsstufe:

- **Appellation d'Origine Contrôlée (AOC)** sind Weine mit kontrollierter Ursprungsbezeichnung. Für die etwa 500 AOC-Weine sind fast eine halbe Million Hektar Anbaufläche (mehr als 50 % der Gesamtweinanbaufläche) vorgesehen. Die Rebsorten und die gesamte Produktion dieser Weine sind amtlich genau geregelt: Anbauart, Produktionsmenge je Hektar, Zuckergehalt der Traube bei der Ernte etc. Es gibt zehn Hauptanbaugebiete, in welchen AOC-Weine produziert werden. Vor dem Verkauf müssen diese Weine einer chemischen Analyse sowie einer Sinnenprüfung unterzogen werden, um den gesetzlichen Vorschriften gerecht zu werden. Derzeit wird über eine Reform der AOC-Bestimmungen beraten, um den Verkaufsrückgang dieser Weine und vor allem den Rückgang der Weinausfuhrmengen aufzufangen. Es ist vorgesehen, AOC-Weine mit der Bezeichnung »AOC excellence« zu schaffen: als erstes Beispiel gilt der Pétrus.
- **Vins Délimités de Qualités Supérieure (VDQS)** sind Weine höherer Qualität bestimmter Gebiete. Diese Weine sind meist von geringerer Qualität als AOC-Weine (nach dem Gesetz ist ein höherer Ertrag je Hektar und ein geringerer Alkoholgehalt erlaubt); die erzeugte Gesamtmenge von VDQS-Weinen ist jedoch geringer als jene der AOC-Weine, deren Anbaufläche das Fünfzig- bis Sechzigfache ausmacht. Nach jahrelanger Produktion qualitativ überdurchschnittlicher VDQS-Weine können diese aufgewertet werden und in die höhere Kategorie (AOC) aufsteigen.

Dieses Gemälde aus dem 19. Jh. zeigt den heiligen Vinzenz, den Patron der Winzer.

- **Vins de Pays** (Landweine) – diese Kategorie wurde 1968 gesetzlich festgelegt. Seither ist diese Bezeichnung gemeinsam mit Produktions- oder Herkunftsort auf den Etiketten dieser Weine zu finden. Auch diese Weine können in eine höhere Kategorie aufsteigen (zuerst VDQS, dann AOC), was jedoch sehr selten geschieht.
- **Vins de Table** (oder **Vins Ordinaires,** Tafelweine) ist die niedrigste Qualitätsstufe der französischen Weine. Sie werden nicht kontrolliert und auch auf dem Etikett muss keine geographische Herkunftsbezeichnung angegeben sein. Das heißt, der Konsument erfährt nur noch, dass er von französischen Weinstöcken stammt, aber nicht mehr aus welchem Gebiet. Der Anteil der Anbaufläche für Tafelweine ist derzeit etwa ein Sechstel der gesamten französischen Weinanbaufläche, nimmt aber langsam und beständig ab.

Etwa 20 % der französischen Trauben wird für die Produktion von Weinbrand und anderen Produkten verwendet.

Bordeaux

Die Weine dieses AOC-Gebietes stammen von den küstennahen Weinbergen im vom atlantischen Klima beeinflussten Südwesten Frankreichs.
Diese weltweit größte Anbaufläche von Qualitätsweinen erstreckt sich auf mehr als 110.000 ha Rebflächen, die von 20.000 Weinbauern liebevoll gepflegt werden. Ihre Gutshöfe bezeichnen die Winzer als *Châteaux*, welche zwar nicht immer Schlösser, aber meist prachtvolle Herrschaftssitze sind. Hier entstanden zu Ende des 17. Jh.s jene *Crus*, die von den Engländern als *Claret* bezeichnet wurden. Die Einteilung in mehrere *Crus classés* wurde später auch beim Champagner und in vielen anderen Weingebieten übernommen. Toulouse-Lautrec, Anatole France, François Mauriac und viele andere französische Künstler und Intellektuelle wurden hier geboren oder lebten längere Zeit in dieser Weingegend, schätzten die trockenen oder manchmal auch süßen Weißweine, aber ganz besonders die großen Rotweine. Maupassant und Balzac waren sich in vielen Aspekten uneinig und konnten sich auch über die Qualität von Bordeaux- und Burgunderweinen nicht einig werden.

GESCHICHTE Der Weinbau begann in dieser Gegend bereits zur Römerzeit. Im 4. Jh. ließ sich der römische Dichter Ausonius in der Gegend des heutigen Saint-Émilion nieder und brachte die Weinrebe mit. Bordeaux diente den Römern als Handels- und Umschlagsplatz für den Export ihrer Weine nach England. Die eigentliche Erfolgsgeschichte der Bordeauxweine begann aber 1152, als Eleonora von Aquitanien die Gattin von Heinrich Plantagenet wurde, dem Herzog der Normandie und künftigen König von England. Ab dieser Zeit war das Gebiet um Bordeaux Hauptlieferant des englischen Hofs und es begann ein Siegeszug, der bis heute angehalten hat. Die Engländer bezeichneten diesen Wein als »*Claret*« (vom lateinischen Begriff »*vinum clarum*«, da er im Gegensatz zu den heutigen dunklen, granatroten Bordeauxweinen sehr hell war).
Die Fassreifung wurde meist den *Négotiants* (Weinhändlern) anvertraut, nur bei den besten Sorten wurde sie in den *Châteaux* unter Aufsicht des *Maître de Chai* (Kellermeister) vorgenommen.

Visitenkarte

Anbaufläche
110.000 ha

Klima
temperiertes Atlantik-Klima

Boden
kiesig, sandig, eisenhaltig, manchmal lehmig-kalkig

Rebsorten
Merlot, Cabernet Sauvignon, Malbec, Cabernet Franc, Petit Verdot, Semillon

Wichtigste Weine
Bordeaux, Pauillac, Pomerol, Pétrus, Medoc, Margaux, Sauternes, Barsac, St-Émilion, St-Esthèphe, St-Julien, Listiac, Moulis, Haut-Brion, Péssac-Léognan, Cérons, Loupiac, Cadillac, Crémant de Bordeaux

Ein einzigartiger zylindrischer Weinkeller im Bordeaux: von oben sieht er aus wie ein Trichter, der tief in die Erde versinkt.

KLIMA UND BODEN In diesem Gebiet, genau auf halbem Weg zwischen Nordpol und Äquator, herrschen ideale klimatische Bedingungen für stilvolle und kräftige Weine. Die Weinberge von Bordeaux liegen in der Gironde, zwischen den Flüssen Garonne (nördlich der Stadt Bordeaux) und Dordogne (südlich von Bordeaux). Die Nähe des Atlantiks und der warme Golfstrom sorgen für ein gemäßigtes Klima, wobei die ausgedehnten Wälder auch gegen die kräftigen Atlantikwinde schützen und das mittransportierte Salz verringern. All diese Faktoren sorgen dafür, dass es keine größeren Temperaturschwankungen und im Gegensatz zu anderen französischen Weingebieten nahezu keinen Frost gibt. Im frühlingshaften, instabilen Juni kann es Probleme mit der Blüte geben, danach folgen ein heißer, trockener Sommer und ein milder Herbst.

Das *Terroir* besteht meist aus eisenhaltigen Kiesböden *(Graves)* oder Sandböden. Im Norden von Bordeaux, im Médoc, werden vor allem Rotweine produziert; im Südwesten von Bordeaux liegt das Graves-Gebiet (dazu gehört auch das Sauternes-Gebiet), das sich wegen des Kiesbodens gut für das Wachstum sehr aromatischer roter und weißer Trauben eignet. Zwischen den beiden großen Flüssen liegt das so genannte Entre-Deux-Mers (Gebiet »zwischen zwei Meeren«), in dem Lehm-Kiesböden überwiegen. Die verschiedenartige Zusammensetzung des Substrates führte zu einer großen Vielfalt an Weinsorten: so werden zum Beispiel Pomerol-Weine auf Kiesböden gewonnen, auf Lehm- und Kalkböden die Sorten Fronsac und Saint-Émilion. Die Böden des Médoc sind sehr verschieden, und ebenso die dort erzeugten Weine. Die Unterschiedlichkeit von Weinen benachbarter Anbaugebiete ist derart groß, dass ein Zusammenhang mit der geologischen Zusammensetzung der *Terroirs* gar nicht richtig erfasst werden kann. Viel wichtiger ist jedoch, wie tief die Wurzeln in den Boden dringen, wo sie dann konstant die gleichen mineralischen Elemente vorfinden.

REBSORTEN Die wichtigste Rebsorte dieser Gegend ist zweifellos **Merlot**, welche mehr als 30 % der gesamten Produktionsmenge ausmacht. Durch den geringen Gerbstoff- und Säuregehalt der Trauben ist der daraus gekelterte Wein nur wenig alterungsfähig. Etwa 20 % der Trauben stammen von der Rebsorte **Cabernet Sauvignon**. Diese sehr spät reifenden Trauben sind reich an Gerbsäuren und Farbstoffen und duften nach schwarzen Johannisbeeren, Zeder und schwarzem Pfeffer. Weitere Rebsorten sind **Malbec**, **Cabernet Franc** und **Petit Verdot**. Meist überwiegen die roten Rebsorten gegenüber den weißen.

Für die Herstellung eines Bordeaux werden nur zwei oder drei Traubensorten verwendet. Manche Weinproduzenten nehmen hauptsächlich Merlot, bei anderen besteht bis zu 90 % des Verschnittes aus Cabernet Sauvignon. Der Letztere verleiht dem Wein mehr Struktur und Langlebigkeit, da er reicher an Polyphenolen (vor allem

Tanninen) ist. Merlot ist säurearm und allzu weich, wenn diese Traube allein verwendet wird oder einen sehr großen Teil des Verschnittes ausmacht. Weine mit großem Anteil an Cabernet Sauvignon zeichnen sich durch große Finesse und Aromen von schwarzer Johannisbeere und Veilchen aus. Die Rebsorte Petit Verdot hat relativ saure Trauben, die Sorte Malbec verleiht dem Wein wegen ihrer dicken Haut eine kräftige Farbe. Es gibt jedoch Ausnahmen, denn hier werden auch Weine mit bis zu 95 % Merlot und würzigem und seidigem Geschmack erzeugt, die als die besten Weine der Welt gelten. Als weitere rote Traubensorte wird manchmal die dem Cabernet Franc ähnliche Sorte **Carmenère** verwendet.
Die Rebsorte **Sémillon** wird hauptsächlich für Weißweine verwendet: diese zur »Edelfäule« (verursacht durch den Pilz *Botrytis cinerea*, der sich bei diesem Klima gut entwickeln kann) neigende Rebe ist Grundlage für große Süßweine, die zu den begehrtesten der Welt gehören. Außerdem werden aus dieser säurearmen Traube auch weniger wertvolle, trockene Weine hergestellt. Charakteristisch für die Sémillon-Traube sind der hohe Zuckergehalt und verschiedene Duftkomponenten, die den daraus gewonnenen Wein veredeln. Eine weitere bekannte weiße Traube aus diesem Gebiet ist **Sauvignon Blanc**, woraus geschmeidige und wohl schmeckende Weine gewonnen werden.

WEINBEREITUNG Die Weinlese erfolgt hier nicht nach dem traditionellen Vergleich des Säure- und Zuckergehalts, sondern nach dem Tanningehalt. Daher wird seit etwa zehn Jahren erst einige Tage nach der maximalen Zuckerkonzentration mit der Traubenlese begonnen, nämlich dann, wenn die enthaltenen Tannine wasserlöslich und dadurch zarter werden. Solche Weine werden als »süß« eingestuft, das heißt nur ganz wenig adstringierend und nicht bitter. Durch die neue Technik kann der Wein schneller reifen und daher rascher auf den Markt kommen. Bei der Weinbereitung kann man dem aus der ersten weichen Pressung gewonnenen Most einen Anteil von 15 % der zweiten Pressung hinzufügen. Dadurch wird dem Wein mehr Farbe und Körper und durch den höheren Tanningehalt eine längere Lagerfähigkeit verliehen. Die traditionelle Gärungsdauer beträgt mehr als einen Monat. Die Dauer der Fasslagerung wurde jedoch in den letzten Jahren verkürzt und beträgt heute im Durchschnitt ein bis eineinhalb Jahre. In den 80er-Jahren wurde dieser Wein fast fünf Jahre in Fässern gelagert – heute stellen so lange Reifezeiten eher eine Ausnahme dar.
Für die Herstellung von Bordeauxweinen werden verschiedene Fermentationsbehälter benutzt – Holzfässer und Edelstahlbehälter. Holzfässer *(Barriques)* haben ein Volumen von 225 Litern und werden neu vor allem für die Reifung *(Élevage)* der *Premiers Crus* herangezogen. Diese *Crus* bleiben 18 bis 24 Monate in den Fässern und nehmen Aromen von Vanille, Sahne, Rauch und Kohle an. Bei weniger teuren Weinen reduziert sich die Fasslagerung auf 17-18 Monate. Hier werden oft anstatt der 2,7-cm-*Barriques* solche mit 2,2-cm-Fassdauben und geringerer Röstung verwendet, damit nicht das gesamte ursprüngliche Aroma des Weines überdeckt wird. Bei den Rotweinen gibt es sowohl leichte als auch tanninreiche Sorten wie den Médoc. Die leichten Sorten können jung getrunken werden, die tanninreichen gewinnen durch die Alterung an Qualität. Das Spektrum der Weißweine umfasst trockene (Entre-Deux-Mers, Graves), halbtrockene, liebliche und süße Weine (Sauternes, Barsac).

KLASSIFIKATION DER WEINE Die Klassifikation der Bordeaux-Weine *(Classification officielle des grands vins de la Gironde)* wurde 1855 aus Anlass der Weltausstellung in Paris ins Leben gerufen. Sie basierte auf den Marktpreisen und dem Prestige der Weine – genau genommen waren es die *Courtiers* (Weinmakler), die den Wert und damit den Preis bestimmten. Die Handelskammer, welche die *Courtiers* mit dieser Aufgabe betraut hatte, übernahm dann diese Kriterien (Preis und Prestige). Interessanterweise hatte bereits 1787 Thomas Jefferson, der spätere Präsident der Vereinigten Staaten, eine Klassifikation der *Crus* getroffen, als er *Latour*, *Lafite*, *Margaux* und *Haut Brion* einem Test unterzog.
Die Weine, die 1855 klassifiziert wurden, waren 69 rote Médoc-Gewächse (4 *Premiers Crus*, 15 *Deuxièmes Crus*, 14 *Troisièmes Crus*, 18 *Quatrièmes Crus*, 18 *Cinquièmes Crus*), 1 Graves und 17 weiße Sauternes-Gewächse. 1932 wurden zusätzlich 44 *Crus Bourgeois* geschaffen. 1936 wurde der Saint-Émilion als *Grand Cru Classé* oder *Premier Grand Cru Classé* klassifiziert und 1973 wurde ein *Deuxième Cru* aus dem Médoc (Château Mouton Rothschild) zum *Premier Cru Classé* aufgewertet. Seit 1973 gehören 322 *Châteaux* der Kategorie *Crus Classés* an. 1989 wurden zusätzlich die *Crus Artisans* eingeführt, wofür heute 87 *Châteaux* klassifiziert

sind. Der einzige Repräsentant aus dem Graves-Gebiet unter den *Premier Crus Classés* ist **Haut Brion**. Zu den Gebieten Sauternes und Barsac gehören 26 *Châteaux*. *Premier Cru Supérieur* gibt es nur einen einzigen, den **Château d'Yquem**. Das bedeutet aber nicht, das nicht manche niedriger klassifizierte *Crus* zum selben Preis wie die in der offiziellen Hierarchie höher klassifizierten *Crus* verkauft werden.
Etwa 50 % der unter der regionalen Herkunftsbezeichnung »Bordeaux« (die zu Unrecht manchmal für eine Bezeichnung einer Traubensorte gehalten wird) verkauften Weine sind **Bordeaux** oder **Bordeaux Supérieur** (eine Variante des Ersteren), sowie **Crémant de Bordeaux**. Besonders erwähnt werden muss der berühmte (und nach Meinung der Franzosen der beste Wein der Welt!) Château d'Yquem, der auch unter der Herkunftsbezeichnung Bordeaux verkauft wird.
Manche Bordeaux und Bordeaux Supérieurs werden unter ihrem Markennamen verkauft, wie zum Beispiel **Mouton Cadet**, **Pavillon Blanc de Château Margaux** und **Y** (für Château d'Yquem). 1926 wurden die Bezeichnungen *Supérieur Cru Grand Bourgeois* und *Supérieur Exceptionnel* zu *Cru Grand Bourgeois Exceptionnel* zusammengefasst. Später wurde noch die »bürgerliche Klasse« *Crus Bourgeois* geschaffen.
Die *Grand Crus* dieser Gegend haben den Weinbau auf der ganzen Welt beeinflusst, da man weit gehend versuchte, die hier für die Weinbereitung, Reifung und Lagerung angewendeten Technologien zu kopieren. Glücklicherweise verwenden bisher noch wenige Hersteller »Konzentratoren«, um auf nicht natürlichem Weg eine größere Konzentration der einzelnen Komponenten herbeizuführen. Die so mit Hilfe der umgekehrten Osmose konzentrierten Weine sind äußerst stark und verleiten keineswegs dazu, mehr als ein oder zwei Gläser zu trinken.
Eine Renaissance der Bordeauxweine begann 1983, als der Önologe Robert Parker den 1982er Bordeaux als »den Besten seit 1961« rühmte. Die Preise stiegen enorm an und jene Händler, welche den 1982er Bordeaux zu niedrigen Preisen erworben hatten, konnten riesige Gewinne erzielen. Klarerweise nützte die *Union des Grand Crus* (der 150 Produzenten angehören) die Gelegenheit und die Weinberge am rechten Ufer der Dordogne (Pomerol, Saint-Émilion) konnten den gleichen Bekanntheitsgrad wie jene am linken Ufer (Médoc und Haut Médoc) erreichen. Dabei sind unter den bedeutendsten Produzenten fast keine Bordeleser, die meisten stammen aus Paris oder überhaupt aus dem Ausland.
Es ist heute fast die Norm, einen Bordeauxwein *en primeur* einzukaufen, also während der Fass- oder Flaschenreifung. Genau genommen wird ein Zertifikat erstanden, das die Lieferung des Weines zu jenem Zeitpunkt garantiert, zu dem er trinkfertig ist (nach zwei bis vier Jahren). Dies ist eine Konsequenz auf die starke Nachfrage und die geringe Verfügbarkeit dieses Weines.

Médoc

Mit dem Namen Médoc sind einige äußerst geschätzte Weine verbunden: Margaux, St-Julien, St-Estèphe, Pauillac und Weine aus benachbarten Dörfern. Der Name leitet sich vom lateinischen *medio aquae* (»in der Mitte des Wassers«) ab. Dieses etwa 10 km breite Gebiet liegt im Nordwesten von Bordeaux, zwischen dem linken Gironde-Ufer und der Atlantikküste. Das Klima wird entscheidend durch die großen Wasserflächen beeinflusst – es gibt nur geringe Temperaturschwankungen und hohe Luftfeuchtigkeit.
Adelige ließen die Kiesböden dieser Gebiete mit Reben bepflanzen und schon bald wurde die mit Wein bebaute Fläche in zwei Zonen unterteilt: **Haut-Médoc** im Süden und **Médoc** (ehemals **Bas-Médoc**) im Norden. Die im Médoc produzierten Weine sind weniger körperreich und nicht so alterungsfähig wie jene des Haut-Médoc. *Crus Classés* gibt es hier nicht, die Weine werden unter dem Namen der *Châteaux* verkauft. 2003 sah die Klassifikation 247 *Crus Bourgeois* vor, darunter 9 *Crus Bourgeois Exceptionnels*, 87 *Bourgeois Supérieurs* und 151 *Crus Bourgeois*.
Das Haut-Médoc ist hingegen Heimat der berühmtesten klassifizierten *Crus*: **St-Estèphe** (mit 5 *Crus Classés*), **Pauillac** (mit 18 *Crus Classés*), **St-Julien** (mit 11 *Crus Classés*), **Margaux**, **Listiac** und **Moulis**. Die *Crus Classés* machen jedoch nur einen kleinen Teil der Appellation Haut Médoc aus, den größten Teil nehmen *Crus Bourgeois* ein und an zweiter Stelle stehen *Crus Artisans* und *Crus Paysans*.
Die Böden entstanden aus Moränenablagerungen von den Pyrenäen oder vom Zentralmassiv sowie durch fluviale Erosionen. Die hohe Qualität des Weinbaus und der Önologie ist außer den Engländern und Holländern (und erst später den Franzosen) dem Klima, aber ganz besonders der Rebsorte Cabernet Sauvignon zu verdanken. Diese spät reifende, derbe Traube mit kleinen Beeren und dicken Schalen besitzt eine hohe Anpassungsfähigkeit an wechselnde klimatische Bedingungen. Die Wurzeln dringen tief in die dürftigen, schottrigen oder gut entwässerten Böden des Médoc ein und können die für die Produktion von hochwertiger Weine mit interessanten Geruchs- und Geschmacksaromen notwendigen mineralischen Elemente gut aufnehmen. Durch den späten Reifezeitpunkt der Trauben kann es natürlich in kühlen Jahren mit wenig Sonne dazu kommen, dass die Reben nur mühsam (oder gar nicht) zur vollen Reifung kommen. Dann kann der Wein einen unangenehmen, grasigen Ton grüner Paprikaschoten annehmen, harte, bittere Tannine zeigen und für die Produktion eines Qualitätsweines nicht mehr geeignet sein.
Jedenfalls wurde schon lange über Änderungen bei der Traubenmischung und beim Rebschnitt nachgedacht und so werden im Médoc noch andere Reben angebaut – vor allem Merlot, aber auch Malbec, Cabernet Franc und Petit Verdot. Maßnahmen

Trotz Unterstützung durch neueste Technologien ist die Arbeit im Weinberg für die Bauern vielfach noch mit großer Anstrengung verbunden.

wie Rückschnitt der Reben oder Verschnitt mit anderen Rebsorten sind besonders in Jahren mit ungünstigen klimatischen Bedingungen sehr zweckmäßig und kommen auch jenen Konsumenten entgegen, welche weniger mächtige und weniger starke Weine bevorzugen. Um solche Weine zu erzielen, eignet sich am besten ein großer Anteil von Merlot. Von sehr guten Jahrgängen werden 20 bis 40 % der Ernte zurückbehalten, um weniger gute Jahrgänge aufzubessern. Die Ernte erfolgt vorwiegend maschinell, danach werden die Trauben entrappt und zwei bis vier Wochen in Edelstahl-Bottichen vergoren.

Das AOC-Anbaugebiet der Gemeinde St-Estèphe erstreckt sich entlang der Gironde über 1240 ha und umfasst 5 *Crus Classés*. Die obersten Bodenschichten bestehen aus silikathaltigem Kies und Sand, die tieferen Schichten sind eisen- und kalkhaltig. Diese Komponenten verleihen dem Wein eine erdige Note, viel Tannin und Säure.

Im südlicheren Teil gelten die Weine von Pauillac, die zwischen Gironde und Bordeaux auf eisenhaltigen Schotter- und Sandböden angebaut werden, als die edelsten. Diese vornehmlich aus der Rebsorte Cabernet gekelterten Weine sind bestens für eine lange Lagerung geeignet und zeigen typische Aromen von Minze, Zeder und schwarzen Johannisbeeren. Im ausgedehnten Anbaugebiet Pauillac sind die seit der Zeit Ludwigs XV. berühmten *Châteaux* **Lafite**, **Latour** und **Mouton** beheimatet – alle drei *Premiers Crus Classés* – und dazu noch zahlreiche weitere mit den *Crus* von Margaux vergleichbare Weine, wozu 3/4 aller *Premier Crus* des gesamten Médoc gehören. Die Weine von Pauillac zeigen unter den Médoc-Weinen am meisten Charakter, weisen blumige Aromen (Veilchen, Rose, Iris) und verschiedene Fruchtnoten auf und sind von unübertrefflicher Zartheit und Harmonie.

Das AOC-Gebiet **Saint-Julien** weist die größte Anzahl an *Crus* auf (11 *Cru Classés*, aber keinen *Premier Cru*) und bietet als Besonderheit noch die berühmten, eleganten, fruchtigen *Clairets* (die nahezu ebenso geschätzt werden wie die *Crus Classés*), wie zum Beispiel jene von Saint-Estèphe. Die Gemeinde St-Julien liegt im Zentrum des Médoc; hier werden 65–70 % Cabernet Sauvignon, 25-30 % Merlot und zu einem kleinen Prozentsatz Cabernet Franc durchwegs auf Kiesboden angebaut.

Im südlichen Teil des Médoc (Haut-Médoc) zeichnen sich die Gemeinden Margaux, Listrac und Moulis aus. Die Böden hier sind vergleichbar mit jenen von Pauillac, Saint-Julien und Saint-Estèphe – Sand-Kies-Mergel-Böden auf kalkigem Untergrund, im Großen und Ganzen der typische Boden der gesamten Region. Es gibt jedoch auch sand- und silikatreiche Böden, die besonders gut für den Anbau von Cabernet geeignet sind, welcher hier seine ganze Kraft entfalten kann. Margaux gilt als die feinste Herkunftsbezeichnung und der **Château Margaux** wird von zahlreichen Weinkennern als »der großartigste Wein der Welt« bezeichnet.

Château Margaux, nach Aussage von einflussreichen Önologen »der großartigste Wein der Welt«.

Ein Haut-Médoc beginnt mit einem Alter von fünf Jahren seine eleganten und zarten Aromen zu entfalten; ein Bas-Médoc (oder ganz einfach Médoc) wird ebenfalls nach dem Abstich noch weicher, bleibt aber rustikal, veredelt durch tiefrote Farbe und bemerkenswerten Wohlgeschmack.
Die bekanntesten *Châteaux* des Haut-Médoc sind: **Château Cadourne**, **Château Livron** und **Château La Tour St-Bonnet**.

Graves

Die ältesten Weinberge von Bordeaux waren im Graves-Gebiet (der Name bezeichnet ein Gebiet mit Schotter-, Kies- und Sandböden mit einem gewissen Lehmanteil) angelegt worden. Als Graves bezeichnet man zwar ein größeres Schwemmlandgebiet am Ufer von Garonne und Dordogne, aber nur die Weinberge in der unmittelbaren Umgebung von Bordeaux und die Garonne aufwärts tragen die Herkunftsbezeichnung »Graves« und werden seit 1953 als AOC-Gebiet eingestuft. Die Appellation umfasst eine Anbaufläche von etwa 5000 ha, davon zwei Drittel rote (Cabernet Sauvignon und Merlot) und ein Drittel weiße Trauben (Sémillon, Sauvignon Blanc). Der Ruhm der exzellenten Rotweine, sie wurden als »zart wie Seide« beschrieben, reicht bis ins Mittelalter zurück.

Château Figeac (St-Émilion) verwendet eine Traubenmischung von 35 % Cabernet Sauvignon, 35 % Cabernet Franc und 30 % Merlot.

Die trockenen Weißen tragen die Herkunftsbezeichnung **Graves**, die süßen Weine (Sauternes, Barsac, Cérons) werden als **Graves Supérieur** vermarktet. Diese edelsüßen Weine werden aus Sémillion-Trauben gewonnen, welche wegen ihrer Neigung zu Botrytisbildung für die Produktion der großen Süßweine von Sauternes und Umgebung prädestiniert sind. Der Edelschimmel wird durch das Wetter begünstigt – Morgennebel und warme, sonnige Nachmittage; der Pilz durchlöchert die Schale der Beeren, wodurch Wasser und Farbe verloren gehen und es in der Folge zu einer enormen Konzentration von Zucker (bis zu 30 oder 35 %) und weiteren körperreichen Extrakten kommt. Vor allem Kiesböden mit Tonkalk-Untergrund bieten das ideale *Terroir*, den Sémillion die nötige Überreife zu erreichen zu lassen, ohne die sich der Edelschimmel nicht entwickeln kann.
Die Herkunftsbezeichnung **Pessac-Léognan** (nach der gleichnamigen Stadt) bezeichnet ein relativ junges AOC-Gebiet (1987), umfasst aber berühmte Namen: **Haut-Brion**, 1845 klassifiziert (und bereits 1855 unter den *Premiers Crus* eingetragen) und das 1300 von Papst Clemens V. gegründete Weingut **Pape Clément**. Diese Weine wachsen auf den trockensten Schotterböden der Gegend. Pessac-Léognan wird als einer der besten *Crus* betrachtet; die Weine dieser AOC-Appellation zeichnen sich durch offene Struktur, Fruchtigkeit und hohe Alterungsfähigkeit aus. Für Weißweine werden Sauvignon und Sémillon verwendet.
Im Norden der kleinen Stadt Langon befindet sich eine Hügellandschaft entlang der Garonne, in welcher man sich auf edelsüße Weißweine spezialisiert hat. An der Spitze dieses AOC-Gebietes steht ein *Premier Crus Supérieur*, **Château d'Yquem**, außerdem wurden noch neun weitere Sauternes als *Premier Crus Classés* eingestuft. Im Gebiet um Barsac, dessen Weine unter den Appellationen **Sauternes** oder **Barsac** abgefüllt werden dürfen, gibt es zwei *Premiers Crus Classés*, die aber etwas leichter wirken mögen als die Weine der Appellation Sauternes.
Es heißt, dass Marquis de Lur Saluces, der Besitzer des Châteaux d'Yquem, 1847 etwas verspätet von einer Russlandreise zurückgekommen sei. Die benachbarten Weinberge waren bereits abgeerntet worden, aber da keiner der beim Marquis angestellten Winzer es gewagt hatte, ohne dessen persönliche Anordnung mit der Ernte zu beginnen, waren bereits fast alle Trauben vom Edelschimmel befallen. So begann die ruhmreiche Geschichte dieses Süßweines.

Von der 100 ha großen Anbaufläche des Château d'Yquem (das von 1152 bis 1453 der englischen Krone gehörte) werden nicht einmal 100.000 Flaschen erzeugt, das sind etwa acht Hektoliter je Hektar! In den ersten drei Jahren zeichnet er sich durch seine Fruchtigkeit und dann durch enorme Würze aus.
Der Weinbau wird hier nach biologischen Kriterien betrieben – also ohne Pestizide oder chemische Dünger. Die Ernte erfolgt großteils durch Handlese, und zwar werden ausschließlich edelfaule Beeren einzeln ausgelesen. Die Traubenlese kann zwei Monate lang, manchmal bis Ende Dezember, dauern. Danach wird in drei Pressungen der Most hergestellt, der in neuen Eichenfässern vergoren und bis zu drei Jahre ausgebaut wird. So werden Weine mit 5-12 % Zuckergehalt und 14-15 % Alkohol erzielt. Der Charakter des Weines wird durch den von der Edelfäule hervorgebrachten Geschmackston, sowie einen hohen Gehalt an Glyzerin und Traubenzuckersäuren komplettiert.
Der Most wird alle drei Monate umgefüllt und ergibt nach der Reifung einen äthanol- und glyzerinreichen Süßwein mit einem Bukett von Honig, Nüssen, Traubenmost, Orangen und Aprikosen. Die besten Weine werden aus den mittleren Erntegängen gewonnen. Da sich in Jahren mit ungünstigen Wetterbedingungen manchmal keine *Botrytis* entwickeln kann, erzeugen manche *Châteaux* einen trockenen Weißwein oder wenden die Technik der Cryoextraktion an. Dabei werden die Trauben über Nacht in Kältekammern gebracht, wo sie je nach Zuckerkonzentration gefrieren. Beim Keltern fließt nur der Saft der reifen, nicht gefrorenen Beeren ab und man gewinnt einen überaus extraktreichen Most (Zucker, Säuren, Polyphenole, mineralische Elemente usw.). Auf diese Weise werden Weine erzeugt, die den deutschen, österreichischen und kanadischen Eisweinen ähnlich sind, welche aus bei der Lese gefrorenen Trockenbeeren gewonnen werden. Natürlich fehlen diesen – ebenfalls guten – Weinen die typischen geschmacksbildenden Elemente, die nur der *Botrytis*-Pilz dem Wein verleiht.
In den Weinbergen nahe **Barsac** und **Cérons** werden weiße Süßweine (besonders jene von Barsac sind oft durchaus mit Sauternes-Weinen vergleichbar), halbtrockene Weiße und Rotweine (nur in Cérons) als Graves verkauft.
Auch am rechten Ufer der Garonne werden süße Weine produziert. Besonders hervorzuheben sind die Weinberge von **Loupiac** und **Cadillac**. Das Klima wäre hier ebenfalls sehr günstig für eine *Botrytis*-Bildung. Aber tatsächlich werden hier eher Spätlesen ohne Edelschimmel bevorzugt, woraus fruchtige und aromatische Weine gewonnen werden, die sich deutlich von den Süßweinen von Sauternes und Barsac (die mehr Struktur und Körper aufweisen und alterungsfähiger sind) unterscheiden.

St-Émilion, eine der bekanntesten Appellationen des Bordeaux.

Auf den Weinbergen des Château d'Yquem wächst einer der meistgepriesenen Süßweine der Welt.

Libournais

Am rechten Garonne-Ufer befinden sich auch die berühmten Rotwein-Anbaugebiete des Libournais. Der Weinanbau geht hier schon auf die Römerzeit zurück – das Château Ausone erinnert auch heute noch an den römischen Dichter Ausonius. 1956 wurden viele Weinstöcke – Cabernet Sauvignon und Malbec – durch den Frost zerstört. Die Winzer pflanzten neue Rebstöcke, nun vor allem Merlot und Cabernet Franc. Das Libournais produziert fast ausschließlich Rotweine, vor allem aus den Rebsorten Cabernet Franc (hier auch: Bouchet genannt) und Merlot.

Die berühmtesten Anbaugebiete der Gegend sind **Pomerol** (nördlich von Libourne, mit 800 ha und 180 *Châteaux*) und **St-Émilion**, das 1969 zum AOC-Gebiet erklärt wurde. Die Weinberge von St-Émilion liegen südlich von Libourne in einem Bogen um das Dordogne-Tal, umfassen 5500 ha und zwei Appellationen: St-Émilion und **St-Émilion Grand Cru**. Hier ist die größte französische Weinunion beheimatet, die *Union des Producteurs*. Diese und viele weitere *Crus* (mehr als 1000) dürfen die Herkunftsbezeichnung St-Émilion verwenden. Die *Crus* werden je nach Beschaffenheit des Bodens unterschieden, der ja einen großen Einfluss auf Finesse, Bouquet und Körper haben kann. Die Anbauflächen von St-Émilion umfassen mehrere *Terroirs*: das bedeutendste besteht aus Kalkboden auf tonigem, kalkigem oder lehmig-sandigem Untergrund.

Die Appellation **Pomerol** besteht seit 1900 und ist eine der kleinsten der gesamten Bordeaux-Region. Außerdem gehört sie zu den Anbaugebieten mit den geringsten Hektarerträgen, aus welchen große Rotweine wie **Pétrus**, **Trotanoy** und einige andere prestigereiche Weine erzeugt werden. Die Berühmtheit der Region geht allerdings erst auf die Mitte des 20. Jh.s zurück.

Pétrus ist sozusagen ein »Merlot in Perfektion« und verdient zurecht die Auszeichnung *Cru Exceptionnel*; er wird unter dem einfachen Namen »Pétrus« oder »Château Pétrus« vermarktet. Dieser Wein wächst auf einer einzigen, 11,5 ha großen Rebfläche (mit einem Hektarertrag von 33 hl) in der Nähe von Libourne, welche zum kleinen Pomerol-Gebiet gehört. Von Weinkennern wird er als »voluminös, fleischig, samtig, von außerordentlicher Finesse und Eleganz mit faszinierenden Trüffelaromen« bezeichnet, wobei vor allem der tonige Boden als wichtige Komponente betont wird. Auch der konsequente Rebschnitt und das Auslichten der Trauben nach

der Blüte wirken sich auf die Qualität des Endprodukts aus. Ebenso wichtig ist die große Sorgfalt bei der Traubenlese – sie beginnt erst nach 11 Uhr vormittags, wenn die Beeren am trockensten sind, damit weder die Aromen noch der Zuckergehalt verloren gehen.
Der Star des Pomerol ist seit den 60er-Jahren der Pétrus, bestehend aus 95 % Merlot und 5 % Cabernet Franc (manchmal auch 100 % Merlot). Die Besonderheit des Pétrus ist das *Terroir*: der tonig-sandige Boden verleiht dem Wein die runde Fülle, der eisenhaltige Untergrund ermöglicht das Trüffelaroma des gealterten Weines, die erstaunliche Fülle des Buketts und die außerordentliche Dichte der Struktur. Er wird aus Most erster und zweiter Pressung gewonnen und gilt als teuerster Einzelwein der Welt. Nach der alkoholischen Gärung erfolgt die malolaktische Gärung (biologischer Säureabbau). Schließlich lässt man den Wein in neuen Holzfässern 18-22 Monate reifen. Das Etikett dieses außergewöhnlichen Weines trägt die Aufschrift: »Château Pétrus Libourne-Pomerol«, aber manchmal auch nur »Pétrus-Pomerol«. Auch andere *Crus* des Pomerol haben sich verdienterweise einen Namen gemacht.
Sehr geschätzte Schotterweine aus dieser Gegend sind **Le Pin**, **Léognan**, **Talence** und **Pessac**. Große Weine der Appellation Graves gibt es insgesamt nicht sehr viele, dafür sind aber die weniger bekannten Roten im Allgemeinen von überdurchschnittlicher Qualität.
Im Pomerol sollen auch die »samtigsten und sinnlichsten *Clairets*« des gesamten Bordeaux-Gebietes erzeugt werden. Die Önologen sind sich darüber einig, dass der tiefrote Wein aus dem Pomerol sowohl die Finesse des Médoc als auch die Üppigkeit eines Saint-Émilion besitzt und ein Bukett von roten Früchten, Veilchen, Trüffel sowie Geschmacksfülle erkennen lässt.

Entre-Deux-Mers

Der Name bedeutet »zwischen zwei Meeren«, wobei aber eigentlich die beiden Flüsse Dordogne und Garonne gemeint sind. Es werden überwiegend Weißweine hergestellt, die früher durch Kaltgärung gewonnen wurden, heute erfolgt die Gärung bei 18 °C. Sie werden unter den Bezeichnungen **Bordeaux**, **Bordeaux Supérieur** oder dem prestigeträchtigeren Namen **Premières Côtes de Bordeaux** vermarktet. Viele dieser Weine werden in Genossenschaften verarbeitet, deren Mitglieder den größten Teil der 2500 ha mit Sémillon, Sauvignon Blanc und Muscadelle sowie zu geringerem Teil mit Merlot Blanc, Colombard, Mauzac und Ugni Blanc (Trebbiano) bewirtschaften. Im Gegensatz zu den anderen Gebieten wurde die Anbaumethode nach dem Zweiten Weltkrieg verändert – man ging von dichter gesetzten niedrigen Stöcken auf weniger dicht gesetzte Hochkultur über, um die maschinelle Ernte zu erleichtern (nach dem österreichischen Erfinder als Lenz-Moser-Methode bezeichnet).
Nicht vergessen darf man die kleinen, sanften, unregelmäßigen Hügel von Bourg und Blaye, wo Weinbau und Önologie schon länger beheimatet sind als im Médoc und deren tonige Böden jenen von Saint-Émilion ähnlich sind. Der Weinberg von Bourg ist mit Cabernet, Merlot und Malbec bestockt, woraus tannin- und körperreiche Weine von intensiver Farbe produziert werden. Im Anbaugebiet von Blaye herrschen die Weißweine mengenmäßig vor, Rotweine sind jedoch die qualitativ hochwertigeren, wenn sie auch leichter als jene von Bourg sind.
Weitere kontrollierte Appellationen des Bordeaux sind **Cadillac**, **Cérons**, **Côtes de Bordeaux Saint Macaire**, **Côtes de Bourg**, **Côtes de Castellon**, **Côtes de Francs**, **Puisseguin-Saint-Émilion**, **Blaye**, **Côtes de Blaye**, **Premières Côtes de Blaye**, **Bordeaux Rosé** und **Bordeaux Clairet**. Bordeaux Rosé und Bordeaux Clairet sind bereits seit Jahrhunderten berühmt, wobei sich der *Clairet* vom Rosé durch seine intensive Farbe unterscheidet.
Crémant de Bordeaux, seit 1990 AOC-Wein, ist ein Schaumwein, der mittels Flaschengärung hergestellt wird (die Herkunftsbezeichnung Bordeaux Mousseux wurde 1995 abgeschafft). Qualitativ liegt er höher als die im Loiretal hergestellten Schaumweine. Er ist zwar nicht als exzellent zu bezeichnen, wird aber jedenfalls dem Wunsch der regionalen Restaurants und Trinkstuben gerecht, welche einen Schaumwein aus der Region servieren wollen. Der *Crémant* wird aus den Traubensorten Sémillon, Sauvignon und Ugni Blanc produziert. Viel seltener ist Rosé aus Cabernet- oder Merlot-Trauben.

Burgund

»Es war Ergebnis der historischen Entwicklung, aber auch das Zusammenspiel natürlicher Faktoren sowie menschlicher Arbeit und Kunst, die es erlaubten, wie durch Zauberkraft einen Trank entstehen zu lassen, der anderswo niemals nachgemacht werden kann«. So äußerte sich der Abt von Cîteaux (Côte d'Or), wenn er von der Geschichte der Burgunder Weinberge und Rebfelder sprach. Diese erstrecken sich auf etwa 25.000 ha und sind Ursprung dieser »geheimnisvollen« Weine, welche sich durch große Komplexität, Finesse, Körper und Fülle auszeichnen. Burgund grenzt im Norden an das Pariser Becken und die südlichsten Weinberge der Champagne, im Süden an das Departement Rhône (zwischen Dijon und Mâcon). Es ist die nördlichste Zone, in welcher große Rotweine aus Pinot Noir gewonnen werden, und kann auf eine große gastronomische Tradition zurückblicken. Außerdem werden hier Chardonnay-Weine hergestellt, welche zu den besten der Welt gehören.

Visitenkarte

Anbaufläche
25.000 ha

Klima
kontinental, trockener Herbst

Boden
Kalk-Sand, Kalk-Ton, Mergel-Sand

Rebsorten
Pinot Noir, Chardonnay, Aligoté

Wichtigste Weine
Bourgogne, Crémant de Bourgogne, Mâcon, Mâcon Village, Mâcon Supérieur, Côte de Beaune

GESCHICHTE Nach Meinung mancher Historiker sind Weinrebe und Wein bereits seit dem 6. Jh. v. Chr. im Burgund heimisch, nachdem sie von griechischen Händlern nach *Massalia*, dem heutigen Marseille, gebracht worden waren. Demgemäß wäre Burgund das älteste Weinanbaugebiet Frankreichs. Sicher nachgewiesen ist, dass die Hügel von Mâcon und Dijon zwischen dem 1. und 3. Jh. n. Chr. im Verlauf der römischen Eroberungen nach und nach mit Reben bestockt wurden.
Zu Frankreich kam Burgund erst im 15. Jh. unter Ludwig XI., bis dahin war es Besitz des Herzogs von Burgund, der zuvor den König von Frankreich gefangen genommen hatte. Die Mönche der Klöster von Cîteaux (gegründet 1098) und von Cluny (gegründet 910) beschäftigten sich als Erste sehr gründlich mit Boden und *Terroir* der Weinberge. Ohne ihre Studien wären die Weine aus der Gegend heute nicht so anerkannt und geschätzt. Der berühmte Clos de Vougeot ist jener Wein, der auf den ehemaligen Rebfeldern der Abtei wächst.
Besonders zwei Faktoren beeinflussten die Produktion der großen Burgunderweine – nämlich der Erlass Philipps des Kühnen von 1395, die Rebsorte Gamay durch Pinot Noir zu ersetzen, und die Schenkung des Hospice de Dieu 1443 durch Nicolas Rolin an die Stadt Beaune (Rolin hatte das Hospiz 1440 als Armenhaus gegründet). Hier finden alljährlich Versteigerungen statt, die als Gradmesser für die Weinpreise Burgunds gelten.

KLIMA UND BODEN Es herrscht kontinentales Klima mit ähnlichen Sommertemperaturen wie im deutlich südlicher und nahe dem Atlantik liegenden Bordeaux, der Herbst ist trocken. Die feuchten Westwinde werden von den Hügeln abgehalten und es gibt keinen Nebel in den Rebfeldern. Die besten Anbaugebiete liegen im Osten und Nordosten und sind keinem plötzlichen Temperaturwechsel unterworfen, allerdings gibt es im Winter Minustemperaturen.
Der Boden besteht aus Komposterde und Schotter aus alten Kalk-Sandstein-Formationen auf kiesigem Untergrund, wodurch eine ausgezeichnete Entwässerung gewährleistet ist. Außerdem wurde von Menschenhand immer wieder (ab 1749) neues fruchtbares Erdreich – oder, für die Entwässerung noch günstiger – sogar Torf herbeigeschafft.
An der Côte de Nuits gibt es zum Beispiel Kalk-Lehm-Böden, an der Côte de Beaune Mergel-Sand-Böden. Noch bedeutender für das Terroir ist jedoch die gesamte natürliche Umgebung eines Weinbergs, die Variationen von Lage zu Lage und von Weinstock zu Weinstock, und besonders wichtig ist, wie sehr der Boden von Kalkstein geprägt ist. Im Chablis ist der Boden kalk- und kreidereich, an der Côte d'Or gibt es Lehm-Kalk-Böden, welche von der fortschreitenden Erosion des Jura-Kalksteins herrühren. Weniger Kalk gibt es hingegen im Chalonnais und im Mâconnais.

ANBAUGEBIETE De Weinbaugebiete von Burgund bilden ein riesiges Mosaik aus zahlreichen kleinen Weinbergen und Rebfeldern, welche häufig von Steinmauern umgeben sind *(Clos)*. In keinem anderen französischen Weingebiet gibt es eine derartige Vielfalt von *Terroirs* und daher ist auch die Qualität der Weine nicht immer leicht vorhersehbar. Dennoch gilt Burgund als das wichtigste Weinanbaugebiet Frankreichs, wobei besonders die Côte d'Or, welche die Côte de Nuits und die Côte de Beaune umfasst, hervorzuheben ist. Die Weine dieser Region werden nach *Climat* (etwa: »Lage«) und *Commune* (Gemeinde) oder *Finage* (Pfarre) unterschieden. Die Landschaft wirkt durch die vielen kleinen Betriebe mit nicht einmal 2 ha Fläche bäuerlicher als das Bordelais mit seinen herrschaftlichen Residenzen und *Châteaux*.

Eines der wenigen *Châteaux* ist Clos de Vougeot, dessen 50 ha Fläche jedoch von 60 Winzern bebaut wird. Durch das von Napoleon angeordnete Erbrecht entstanden immer kleinere Parzellen und daher wird heute der Wein von den Winzern meist nicht in Flaschen abgefüllt, sondern in Fässern an die *Négotiants* verkauft. Die Händler bauen den Wein aus und füllen in Flaschen ab, nehmen also Fassreifung und eventuelle Flaschenreifung vor, wobei Weine der gleichen Zone, beispielsweise vom Clos de Vougeot, verschnitten werden, um eine gleichmäßige Qualität zu erzielen. Auf dem Etikett stehen *Climat* und *Commune* sowie weitere nach den regionalen Bestimmungen vorgesehene Angaben. In den letzten 20 Jahren begannen einige Produzenten, ihre eigenen Weine auszubauen und abzufüllen.

Reliefs aus der Benediktinerkirche Moutiers-St-Jean (12. Jh.) mit Szenen von der Weinlese.

REBSORTEN. Die Weinberge Burgunds eignen sich bestens für sortenreinen Anbau, wobei die Auswahl der Rebsorten vom *Terroir*, aber auch von menschlicher Leistung, Umwelt und Geschichte abhängen.

- **Pinot Noir** ist eine Traube mit roter Schale, die im 4. Jh. n. Chr. nach Burgund kam. Sie benötigt eine lange Vegetationsperiode und ist hier vor Hitze oder Feuchtigkeit relativ geschützt. Heute gibt es im Burgund etwa 50 hoch selektierte Klone, die sehr dicht gepflanzt und kurz angeschnitten werden. Die Trauben sind sehr anfällig für Echten und Falschen Mehltau, allerdings auch für *Botrytis*. Die besten Weine werden durch lange Reifung bei niedrigen Temperaturen gewonnen, wobei manchmal Most der zweiten oder dritten Pressung beigemischt wird. Die malolaktische Gärung wird sofort nach der alkoholischen Gärung oder bereits gleichzeitig eingeleitet. Für die Gärung des Mostes und die Reifung des Weines werden *Pièces*, Holzfässer mit einem Fassungsvermögen von 228 l, verwendet.
- **Gamay** ist eine weitere Traube mit roter Schale. Sie hat größere Beeren, dünnere Schalen und ist viel ertragreicher als Pinot, wird aber wesentlich seltener angebaut. Hochwertige Qualitätsweine werden allerdings nur aus Weinstöcken mit niedrigem Ertrag gewonnen. Die Rebsorte ist im Beaujolais, Mâconnais und an der Côte Chalonnaise verbreitet, wo sie mit Pinot Noir zu *Passe-Tout-Grains* verarbeitet wird.

• **Chardonnay** Diese weiße Traubensorte wurde wahrscheinlich im 16. Jh. eingeführt und verdrängte nach und nach den damals weit verbreiteten Aligoté. Die Sorte hat den Nachteil, dass sie wegen des frühen Austriebs durch Spätfrost gefährdet ist, dafür aber den Vorteil, dass auch bei höchsten Erträgen noch eine gute Qualität erzielt werden kann. Wichtig dabei ist vor allem die richtige Wahl des Lesezeitpunktes. Wird zu spät geerntet, verliert der Chardonnay an Säure und es kann zu plump wirkenden Weinen kommen. Der Most wird gemeinsam mit dem Traubenkamm (um noch etwas Tannin herauszulösen) in kleinen Fässern vergoren, in welchen mehrmals die so genannte *Bâtonnage* vorgenommen wird: ein Aufrühren des Bodensatzes, in welchem Farbsubstanzen, Salze, Polyphenole und Hefen enthalten sind. Dadurch kann ein Maximum an edlen Duft- und Geschmacksnoten gewonnen werden. Typisch für die Burgunder Chardonnay-Weine sind frische Fruchtaromen mit Holz- und Hefe-Einflüssen.
• **Aligoté** ist eine weiße, wahrscheinlich autochthone burgundische Traubensorte. Sie neigt zu herber Säure, entwickelt aber eine bemerkenswerte Würze. An der Côte Chalonnaise wird sie zu *Crémants* verarbeitet.

KLASSIFIKATION DER WEINE In Burgund haben etwa 100 (die Hälfte aller hier erzeugten) Weine AOC-Status.
Die erste Klassifikation stammt aus dem Jahr 1861 und wurde 1935 überarbeitet, wobei die folgenden Kriterien erfasst wurden: Rebsorte, Alkoholgehalt und typische Stilistik des Weines. Es gibt die folgenden kontrollierten Ursprungsbezeichnungen:
• regionale AOC: ihr gehören 22 Gebiete an;
• kommunale AOC: ihr gehören die 243 *Village*-Appellationen an;
• *Premiers Crus:* dazu gehören 562 *Climats Classés*;
• *Grands Crus:* dazu gehören 33 Appellationen.
Die regionale AOC heißt ganz einfach »Bourgogne«. Die kommunalen AOCs tragen den Namen der Gemeinde, zum Beispiel Mâcon, und können zusätzlich die Wertung *Supérieur* beinhalten. Manchmal kann die regionale Bezeichnung durch die Rebsorte ergänzt werden, beispielsweise »Bourgogne Aligoté«.
Der Weinertrag besteht zu zwei Drittel aus roten und nur zu einem Drittel aus weißen Weinen und ist wie folgt klassifiziert:
• AOC *Grands Crus* (1 %);
• AOC *Premiers Crus* (10 %);
• kommunale AOCs (26 % mit *Village*-Herkunftsbezeichnung) mit oder ohne Angabe von *Climat* oder *Cru;*
• regionale oder überkommunale AOCs (63 %).
Während ein AOC *Grand Cru* aus einer einzigen Lage stammen muss, beziehen sich kommunale (*Villages*-)AOCs auf das Weingebiet der ganzen Gemeinde, wie beispielsweise beim Chambertin (bereits Napoleon schätzte diesen Weißwein). Chambertin ist ein *Premier Cru* und kommt von nur einem *Climat*, während die Weine der kommunalen AOC (z. B. Gevrey-Chambertin) aus mehreren *Crus* oder *Climats* der Gemeinde stammen dürfen.
Der Anteil an *Villages*-AOC-Weinen (nur bestimmte Gemeinden) an Burgunds Weinproduktion beträgt etwa 35 %, derjenige der Premier *Crus* 10 %.

WEINGEBIETE UND WEINE Im Folgenden werden die berühmtesten und typischsten Anbaugebiete, vom Norden beginnend, beschrieben.

Chablis

Das Chablis-Gebiet ist ähnlich der Champagne eine klimatisch begünstigte »Insel«, die seit dem 12. Jh. von Zisterzienser-Mönchen auf vorbildliche Weise bewirtschaftet wurde. Das Anbaugebiet erstreckt sich auf 4000 ha und umfasst etwa 20 Gemeinden. Das Bodengemisch besteht aus Ton, Kalk und fossilen Muscheln. Obwohl die kleinklimatischen Eigenschaften sehr vielfältig sind, wird hauptsächlich Chardonnay angebaut. Chablis wird unter vier Herkunftsbezeichnungen vermarktet: **Chablis Grand Cru, Chablis Premier Cru, Chablis und Petit Chablis**. In den 80er-Jahren wurde Chablis als der typische trockene Weißwein und als Inbegriff französischer Lebensart betrachtet. Dieses Lob ist jedoch nur im Hinblick auf einige Produzenten gerechtfertigt, wie etwa Chablissienne Vieilles Vignes und die sieben *Grand Crus.* Daneben gibt es aber auch mittelmäßige Weine, wofür unzureichender Eifer und Kapazität seitens der Produzenten sowie Lage, Ertrag und Boden verantwortlich zeichnen.
Eine besondere Herausforderung für den Weinbau in diesem Gebiet ist der häufige Spätfrost, der den Reben bis Mitte Mai gefährlich werden kann. Daher begann man in den 60er-Jahren,

die Weinberge zu beheizen, indem man Ölöfen in die Rebzeilen stellte. Ein weiteres Verfahren ist das Berieseln der Reben mit Wasser. Dadurch bildet sich ein Eisfilm rund um die jungen Triebe, der sie vor noch tieferen Temperaturen schützt. Traditionell ließ man den Most in Holzfässern von 132 l Fassungsvermögen *(Feuillettes)* vergären, wo er auch für die malolaktische Gärung und weitere Reifung verblieb. Heute sind jedoch verbreitet Edelstahltanks im Einsatz, die dem Wein leider eine typische mineralische Note verleihen; beim Holzausbau hingegen kann sich der Wein mit Holzaromen anreichern und weicher und voller werden. Sein grüngelbes Funkeln und sein Duft, die vielfältige Frische des Chardonnay, seine zarte Fruchtigkeit und blumige Note, seine Komplexität und sein Reichtum an Salzen, die das Bukett und die Würze noch erweitern, zeigen, was diesen Gebietstyp ausmacht. Der Wein kann zu seinem Vorteil 15 bis 20 Jahre altern, in den ersten Jahren ist er allzu säurehaltig und aggressiv. Der Schwachpunkt dieser Weine ist die durch die Verschiedenheit des Klimas hervorgerufene Uneinheitlichkeit der Qualität.
Unter den Chablis ist besonders der *Bourgogne Côtes d'Auxerre* zu erwähnen. Dieses Weingut umfasst 1300 ha und ist mit den Rebsorten Pinot Noir, Tressot, Chardonnay und Aligoté bestockt. Die hier erzeugten besonders delikaten Weine werden als AOC Bourgogne vermarktet. Der kalkhaltige Boden kommt besonders dem Pinot Noir entgegen, der mit einem kleinen Anteil der Rebsorte César verschnitten wird. Besonders zu erwähnen ist die Handels-AOC *Irancy*, ein Wein von dunkelroter Farbe und zartem Bukett.

Côte d'Or

In diesem Departement befinden sich die Côte de Nuits und die Côte de Beaune.

CÔTE DE NUITS UND HAUTES-CÔTE DE NUITS

Die Pinot-Noir-Weine dieses Gebiets werden als *»Champs-Élysées de la Bourgogne«* bezeichnet. Die Weinberge liegen im Osten Burgunds zwischen Marsannay und Corgoloin, wo die Mönche der großen Klöster ab dem 10. Jh. die Begriffe *Terroir, Climat* und *Clos* angewendet haben. Es ist das Paradies des Pinot Noir – diese Rebe wird auf etwa 3000 ha angebaut und ist Grundlage für nahezu alle roten *Grand Crus* von Burgund (ausgenommen Corton): Chambertin, Clos de Vougeot, Romanée Conti etc.
Auch aus den Rebstöcken auf der anderen Seite der Hügelkette (Hautes-Côtes de Nuits) werden ausgezeichnete, gut strukturierte und sehr aromatische Weine gewonnen. Die Trau-

Weinberge von Volnay an der Côte de Beaune – ein wichtiger Name für die französische Önologie.

Zwei Tempel des Weinbaus im Burgund – links: Clos de Vougeot; nächste Seite: Weinberge von Gevrey-Chambertin – dieser Wein wurde von Napoleon bevorzugt.

ben werden entrappt und kommen dann zehn Tage in die Maische. Die Côte de Nuits bieten ausgezeichnete Bedingungen für den Weinbau, denn die durch Abbruch des Jurakalks entstandenen Böden und das Klima erlauben es der Traube, ein optimales Aroma anzunehmen. Die Weinberge und Rebfelder dieser Zone liegen in 225 bis 350 m Höhe und sind nach Nordosten und Südosten gerichtet. Der Boden aus Kalk, Sand, Kies und Kreide erstreckt sich als 22 km langes Band in Nord-Süd-Richtung. In der Mitte dieses lang gestreckten Anbaugebietes befinden sich die besten Lagen und damit die *Grands Crus:* Chambertin, Gevrey-Chambertin, Chambertin Clos de Beze, Chapelle-Chambertin, Morey Saint-Denis, Musigny. Manche *Grands Crus* liegen an den Hängen kleiner Seitentäler und sind nach Süden gerichtet, wie etwa La Combe d'Orveau in Chambolle und Lavaux Saint-Jacques in Gevrey.
Die kommunalen AOCs stammen von tiefer gelegenen Hängen und Ebenen. Gemeinden, welche weniger prestigereiche Weine herstellen, haben die Appellation »Côte de Nuits-Village«, wobei der Variantenreichtum der Weine sehr groß ist. Manche Kellermeister erzeugen durch Kaltmaischung vor Beginn der alkoholischen Gärung sehr gute Weine.

Weitere berühmte *Crus*:
• *Crus Communales:* **Vosne-Romanée, Nuits-Saint-Georges,** mit Basishöchsterträgen von 40 hl/ha für die Rot- und 45 hl/ha für die Weißweine.
• *Grands Crus:* **Clos de la Roche, Clos de Tart, Clos de Vougeot, Echézeaux, Grand Echézeaux, La Grande Rue, Grottes Chambertin, Latricières, Chambertin, Mazis-Chambertin, Richebourg, La Romanée, Romanée-Conti, Romanée-St-Vivant, Ruchotte-Chambertin, La Tâche.** Der äußerst berühmte **Vosne-Romanée** ist als *Premier Cru* eingestuft. Die *Grand Crus* haben einen Basishöchstertrag von 35 bis 37 hl/ha.
Erwähnt werden muss auch **Clos de Vougeot**, ein 50 ha großer Weinberg, der von einer kilometerlangen Mauer umschlossen ist. Es ist einer der ausgedehntesten *Crus* im Burgund und wurde von Zisterziensermönchen geschaffen. Die Mönche stellten verschiedene Versuche an, um das Mikroklima, die Wachstumsbedingungen der Reben und die Spielarten des Pinot Noir auf verschiedenen Böden zu studieren. Schließlich beschrieben sie auf genaueste Weise das *Terroir* für jede Parzelle des riesigen Weinberges, in welchem sich der Untergrund fast alle paar Meter ändert. Der heutige Wein unterscheidet sich natürlich vom Produkt der Mönche. Nach Aussage lokaler Experten kann ein Clos de Vougeot nicht die Finesse und Würze einiger angrenzender oder nahe gelegener Weinberge erreichen, hat aber eine beachtliche Dichte und Komplexität und ergibt mit seinen verschiedenen Duft- und Geschmacksnoten einen mehr als überdurchschnittlichen Wein.

Ebenfalls besonders erwähnenswert ist die Domäne **Romanée-Conti,** deren Prestige noch jenes berühmter Bordeaux-Weine übertrifft. Historisch legten die Mönche des Klosters Saint-Vivant den Grundstein für diese Domäne, als sie die besten Lagen von Vosne und Flagey kauften, um die ersten Qualitätsweine der Gegend zu produzieren. 1670 erwarb der Prinz von Conti dieses Gut und nach der Französischen Revolution wurde die Lage mit seinem Namen bezeichnet – so entstand die Domäne Romanée-Conti. Der Weinberg umfasst insgesamt 8 ha, aus dessen Trauben ein Wein von außerordentlichen und beständigen Duftnoten sowie einer perfekten Ausgeglichenheit von Struktur und Weichheit produziert wird. Der Wein ist auch 30 bis 40 Jahre lagerfähig und gehört zu Recht zu den teuersten der Welt. Er wird aus Pinot Noir und kleineren Anteilen Pinot Gris und Pinot Liébault gewonnen. Der Boden der Domäne Romanée-Conti besteht nur aus einer 60 cm tiefen, von Kalksteinen durchsetzten Erdschicht mit einem Tonanteil von 40 bis 50 %. Einzigartig ist die Fähigkeit des Bodens, je nach Bedarf im richtigen Maß für Entwässerung zu sorgen und gleichzeitig genug Wasser speichern zu können, um das Überleben der Pflanzen zu sichern. Da das obere Teilstück des Weinberges sehr erosionsgefährdet ist, wurde 1886/87 der Boden mit einer beträchtlichen Menge Lehm angereichert. Niedrigste Erträge (21 hl/ha) und biologische Anbaumethoden sind zentrale Themen der Domäne.
Während alle *Grand Crus* der Côte de Nuits als eigene AOC geführt werden, muss bei den *Premiers Crus* zusätzlich das Anbaugebiet auf dem Etikett angegeben sein.

CÔTE DE BEAUNE
Historisch gesehen ist Beaune die wichtigste Weinstadt Burgunds. Seine nach Nordosten und Südosten gerichteten Weinberge liegen zwischen 200 und 380 m hoch und bieten Lehm-Kalk-Sand-Böden. Das Anbaugebiet ist etwa 4000 ha groß und erstreckt sich von Ladoix-Serrigny bis zu den Maranges. Die ausgezeichneten *Terroirs* sind sehr vielfältig und die

Hôtel-Dieu von Beaune, das charakteristische Dach ist mit mehrfarbig glasierten Dachziegeln gedeckt.

Hügel sind stärker gegliedert als jene der Côte de Nuits. Es wird hier eine breite Skala von Rotweinen hergestellt, die allgemein als füllig, geschmeidig und harmonisch beschrieben werden und den eigenen Charakter des Pinot Noir erkennen lassen. Außerdem gibt es große Weißweine aus Chardonnay-Reben in Niedrigkultur. Sieben der acht weißen *Grand Crus,* die im Burgund angebaut werden, befinden sich an der Côte de Baune. Sie sind von komplexer Fülle und Zartheit und einige davon werden als die größten und alterungsfähigsten trockenen Weißweine der Welt angesehen. Da das Klima trockener und milder ist als in der Côte de Nuits, kommt hier auch die Traube früher zur Re fe.

• **Corton** wird oft als der wichtigste *Grand Cru* Burgunds angesehen. Es ist der einzige *Grand Cru* der Côte de Beaune mit sowohl roten als auch weißen Weinen. Das Anbaugebiet umfasst 20 *Climats*, deren Name auf dem Etikett neben AOC Corton stehen kann. In der südlichsten Zone, Montrachet, sind die prestigereichsten Weine zu finden: Corton-Charlemagne, die *Premiers Crus* und *Vins Villages* von Puligny, Chassagne und Mersault. **Corton-Charlemagne** (der Ursprung dieses mit Chardonnay bestockten Weinberges wurde Kaiser Karl dem Großen zugeschrieben) wird wegen seiner Dichte, der perfekten Ausgewogenheit des Säuregehalts (ohne Säure kann er nahezu ungenießbar sein) und seiner Vanille-, Honig- und Zimt-Duftnoten vielfach zum »prächtigsten Weißwein aus dem Burgund« erklärt. Das Klima in Montrachet ist sonnenreich und warm, sodass die Chardonnay-Traube fast immer eine perfekte Reife erlangen kann. Dank dem besonderen *Terroir* erzielt dieser Wein auch in schlechteren Jahren beste Qualitäten. Neben diesen großen Weißweinen vergisst man die ebenfalls sehr geschätzten Roten des Gebietes, die nicht so dünn sind wie jene der Côte de Nuits.

Beaune ist auch für ein architektonisches Meisterwerk bekannt, dem Hospice de Beaune. Es wurde im 15. Jh. errichtet, um die Kranken und Armen des damaligen Sankt-Antonius-Hospizes aufzunehmen; der heutige Name ist »Hospice de Dieu« oder »Hôtel-Dieu«. Im Lauf der Jahrhunderte wurden dem Hospiz zahlreiche Weinparzellen geschenkt, und die heutige Anbaufläche macht 61 ha aus. Hier werden 31 verschiedene Weinsorten unter dem Namen des jeweiligen Stifters produziert – bis auf zwei sind alle *Premier Crus* und *Grand Crus.* Diese Weine werden seit 1859 alljährlich am dritten Sonntag im November versteigert, wobei Preise erzielt werden, die deutlich über dem Marktwert liegen.

Biologische Düngung mit Mist und Ertragsreduzierung durch kurzen Anschnitt gehören hier zum Standard, um die Qualität des Bodens und die ausgewogene Versorgung der Reben zu erhalten. Um den guten Namen und die Qualität der burgundischen Weine und im Besonderen jene der Côte de Beaune zu schützen, haben sich die Weinbauern und Kellermeister der Ökologie-Bewegung verschrieben: Düngung durch Rinder- und Pferdemist, Kompost und Trester, Handlese, Fußmaische und Verwendung von heimischen Hefen für die alkoholische Gärung.

Die Reifung wird dann von den *Négotiants* vorgenommen, welche den jungen Wein im November kaufen. Das Etikett auf der Weinflasche trägt die Aufschrift »Hospice de Beaune«. Weine des Hospizes sind: Clos de la Roche, Corton, Pommard, Beaune, Volnay, Mersault, Pouilly-Fuissé etc. Zu den *Grand Crus* der Côte de Beaune gehören **Bâtard-Montrachet, Bienvenues-Bâtard-Montrachet, Charlemagne, Chevalier-Montrachet, Corton, Corton-Charlemagne, Criots-Bâtard-Montrachet** und **Montrachet**. **Meursault** und **Pommard** sind weder *Grand Crus* noch *Premiers Crus*, sind aber manchmal, meist aber zu Unrecht, noch bekannter. Montrachet ist ein kleines Anbaugebiet im Südosten mit sanften Hängen und kalkhaltigem Boden. Der gleichnamige Wein wird einer zwölfmonatigen Fassreife unterzogen, während der er Ausgewogenheit und lange anhaltende Geschmacksaromen von Blüten, Honig und verschiedenen Früchten annimmt. Das Bukett kann sich noch mindestens zehn bis fünfzehn Jahre lang entwickeln.

• Die **Hautes-Côtes de Beaune** in 500 m Seehöhe haben schwierigere klimatische Bedingungen als die Weinberge in 250 bis 300 m – die Temperatur ist 1,5 °C niedriger und der Reifezeitpunkt verschiebt sich um eine Woche. Die Böden sind tief und kalkhaltig, die Weinberge sind nach Osten gerichtet. Die Weine werden unter der regionalen AOC Bourgogne vermarktet.

Côte Chalonnaise

Dieses Gebiet kann keine *Grand Crus*, dafür aber viele kommunale AOCs aufweisen, von denen vier *Premiers-Crus*-Lagen besitzen. Die Weinberge liegen größtenteils zwischen 300 und 350 m Seehöhe und haben unterschiedliche kleinklimatische Bedingungen. Die Weinlese beginnt meist einige Tage später als in der benachbarten Côte de Beaune. Auf einer Fläche von

4000 ha werden aus Pinot Noir und Chardonnay die Weine **Rolly, Mercurey, Givry** und **Montagny** erzeugt. In Bouzecon wird der für das Burgund einzigartige **Bourgogne Aligoté** produziert. In guten Jahren können sich die Weine der Côte Chalonnaise mit jenen der Côte de Beaune messen. Wenn aber das Wetter nicht mitspielt, können die Trauben nicht voll ausreifen und es kann kein qualitativ hochwertiger Wein erzeugt werden. Hier wird auch der so genannte **Passe-Tout-Grain** aus Pinot-Noir- und Gamay-Trauben hergestellt.
Pinot Noir und Chardonnay werden (manchmal mit Aligoté oder Melon de Bourgogne) auch für die Produktion von Schaumweinen (Mousseux) verwendet, deren bekanntester, der AOC **Crémant de Bourgogne**, erstmals 1975 produziert wurde.

Mâconnais

Das Mâconnais ist die südlichste und sonnigste Region von Burgund. Der Boden ist kalkhaltig, streckenweise mit Granit durchsetzt, und die Weinbaugebiete liegen zwischen Wiesen und Getreidefeldern verstreut.
Hauptsächlich wird Chardonnay angebaut – auf 6000 ha, etwa 2/3 der gesamten Weinanbaufläche. Die Weine werden mit regionaler (AOC **Mâcon**) oder kommunaler Appellation (AOC **Mâcon Village**) vermarktet. *Premiers Crus* oder *Grand Crus* gibt es keine, aber die Weine der AOC **Pouilly-Fuissé** *(Cru Classé)* haben verdienterweise viel an Prestige gewonnen und stechen mit mineralischer Note und Holzaromen hervor. Besonders zu erwähnen sind **Château Fuissé Vieilles Vignes** und **Roche Pouilly-Fuissé**. Diese Weinberge haben Süd-, Südost- und Ostlagen, der Basishöchstertrag beträgt 50 hl/ha. Die Weine zeichnen sich durch goldgelbe Farbe mit grünem Schimmer, leicht mineralische Duftnoten, Aromen von gerösteten Mandeln und Nüssen sowie Fruchtnoten von Waldbeeren aus, was nicht zuletzt auf die Reifung in Eichenfässern zurückgeführt werden kann. Sie schmecken jung getrunken bestens, vertragen aber auch eine Lagerung von acht bis zehn Jahren. Die Appellation mit dem größten Anbaugebiet (fast 900 ha) ist **Mâcon Supérieur** mit etwa 85 % Rotweinen.
Die Weißweine aus Chardonnay-Trauben sind frisch und fruchtig, haben feine, bezaubernde Aromen, die Rotweine (aus Gamay-Trauben) sind von leuchtend roter Farbe und haben ein Bukett von Veilchen und roten Früchten. Durch die wachsende Aktivität der Genossenschaften nimmt die maschinelle Arbeit im Weinbau immer mehr zu.

Arbeit im Weinberg von Nuits-St-Georges im äußersten Norden der Côte de Beaune.

Beaujolais

Visitenkarte

Anbaufläche
25.000 ha

Boden
Mergel mit kalkhaltigem Untergrund

Klima
temperiert, sonnig

Rebsorten
Gamay

Wichtigste Weine
Beaujolais, Beaujolais Nouveau, Moulins-à-Vent, Margon, Chénas

Der Beaujolais ist in den letzten 40 Jahren weltweit vielleicht zum bekanntesten Wein Frankreichs geworden, wenn man den Champagner ausnimmt. Was früher nur eine lokale Sitte war – der Ausschank des jungen Beaujolais – ist durch geschicktes Marketing zu einem weltweiten Kult geworden. Es handelt sich in diesem Fall um den **Beaujolais Nouveau** oder **Primeur** – einen leichten, frischen und süffigen Wein, der auch jene, die nur gelegentlich ein Glas Wein trinken, zufrieden stellt.

ANBAUGEBIETE UND REBSORTEN Dieses Weinbaugebiet am südlichsten Zipfel von Burgund liegt zwischen Lyon und Mâcon. Es besteht aus einem schmalen, 55 km langen Band, umfasst insgesamt nahezu 25.000 ha und ist vor allem mit der Rebsorte Gamay bestockt. Die Böden bestehen hauptsächlich aus Mergel mit kalkigem Untergrund und liegen in 450 m Seehöhe. Bei Villefranche gibt es auch Lehmböden mit Granit und Schiefer. Auf den granithaltigen Böden im Norden bringt die Rebsorte Gamay die besten Resultate. In diesem Gebiet, das verwaltungsmäßig zum Burgund gehört, werden Weine produziert, die durchaus mit den weiter nördlich beheimateten Burgundern mithalten können. Der größte Teil der Weinregion Beaujolais mit der Hauptstadt Villefranche gehört jedoch zum Departement Rhône – weinrechtlich zählt das ganze Beaujolais allerdings zu Burgund!
99 % aller Weinstöcke sind Gamay-Trauben, die restlichen Reben sind Pinot Noir, Pinot Gris und Chardonnay. Die Pflanzdichte beträgt etwa 10.000 Pflanzen per ha und die mittels Buscherziehung kultivierten Gamay-Trauben erreichen frühzeitig die Reife. Das charakteristische Aroma des Beaujolais Nouveau hängt jedoch nicht so sehr von der Rebe, sondern von der besonderen Vinifikationsmethode ab.

HERKUNFTSBEZEICHNUNGEN UND WEINE
• **Beaujolais** und **Beaujolais Supérieur**: Diese flächenmäßig größte AOC nimmt etwa 50 % des Weinbaugebietes ein und umfasst 72 Gemeinden. Etwa 10.000 ha sind bestockt, wobei der erlaubte Höchstertrag 66 hl/ha beträgt. Die aus Chardonnay erzeugten Weißweine machen nur einen kleinen Teil aus.
• **Beaujolais Village**: Diese Appellation verteilt sich auf 38 Gemeinden im Zentrum der Region rund um das Städtchen Beaujeu (dem Namensgeber des Weines), welche das Recht haben, den Begriff »*Villages*« durch den eigenen zu ersetzen. Auch hier liefert Chardonnay den raren Weißwein.
• **Cru de Beaujolais**: Zwischen dem Mont-Brouilly und dem Mâconnais befinden sich aus Granit und Schiefer bestehende Hänge, wo Trauben für Spitzenweine reifen. Der Höchstertrag ist auf 58 hl/ha begrenzt.

Üppige Gamay-Trauben, aus welchen Beaujolais produziert wird.

Beaujolais Nouveau wird mittels Kohlensäuremazeration nach Pasteur und Flanzy vinifiziert. Dabei werden die Trauben unzerkleinert (mit den Traubenkämmen) in Tanks oder Holzbehälter geschüttet, sodass die unten liegenden Trauben vom Gewicht der oberen zerdrückt werden und sich etwas Most am Boden ansammelt, der zu gären beginnt. Durch die dabei entweichenden Alkohol- und Kohlendioxydmengen wird die Luft im Behälter gesättigt. Nun kommt es zur Gärung der restlichen Trauben und zur Bildung von Äthylalkohol, wobei der Most aus den Schalen besonders viele Aromen aufnehmen kann. Nach vier bis zehn Tagen wird die Masse gepresst und ohne Pressrückstände bei einer Temperatur von 20 °C weitervergoren.
Ein typischer Baujolais Nouveau weist ein Aroma von Erdbeeren und Himbeeren auf, das nur wenige Monate anhält. Danach verliert der Wein sehr schnell an Qualität. Es hat lange gedauert, bis die Produzenten des Beaujolais mit diesen sehr fruchtigen Weinen den Sprung auf den Weltmarkt wagten. Etwa die Hälfte der Weinproduktion dieser Gegend besteht aus jungem Wein der Rebsorte Gamay, aus der aber auch körperreichere Rotweine hergestellt werden.
Die *Crus* werden im Gegensatz zum Beaujolais Nouveau bei 30 °C vergoren und zeichnen sich durch blumige (Veilchen, Rose, Maiglöckchen) und fruchtige Aromen (Kirsche, Himbeere, Erdbeere, Heidelbeere) aus.
Manche Winzer produzieren ausgezeichnete alterungsfähigere Weine: **Margon, Chénas, St-Amour, Juliénas, Chiroubles, Moulin-à-Vent**. Beaujolais Nouveau wird bei 12 bis 14 °C getrunken, länger gereifter Beaujolais bei etwa 16 °C.

Champagne

Visitenkarte

Anbaufläche
25.000 ha

Klima
kalt, kontinental

Boden
Kalk

Rebsorten
Pinot Noir, Pinot Meunier, Chardonnay

Wichtigste Weine
Champagne, Coteaux Champenois, Rosé de Riceys, Coteaux Champenois Rouge

Champagner wird, aufgeteilt auf mehr als 18.000 Parzellen, auf 25.000 ha Weinanbaufläche in der Champagne erzeugt. Hier war es erstmals die Region und nicht die Rebsorte, welche den Wein und sein Etikett charakterisierte. Die Champagne liegt östlich des Pariser Beckens und ist im Wesentlichen auf das Departement Marne beschränkt.

GESCHICHTE Weinbau gab es in dieser Region bereits im 5. Jh. und im Mittelalter hatten die hier produzierten Weine einen sehr guten Ruf. Weltweit berühmt wurde dieses Gebiet aber erst im 18. Jh., als man mit der Produktion der geschätzten Schaumweine begann.
Besonders zu erwähnen ist Dom Pérignon – er wird allgemein als der Erfinder des Champagners betrachtet. Dies wird zwar von vielen bestritten, aber – und hier ist man sich einig – dem Kellermeister der Abtei Hautvillers Dom Pérignon gelang es, die besten Rebsorten und die perfekte Assemblage für einen vollwertigen weißen Stillwein (also ohne Kohlensäuregehalt) zusammenzustellen. Die meisten Wissenschaftler vertreten die Hypothese, dass die Engländer die Ersten waren, die den Wein aus der Champagne zum Schäumen brachten, als sie den Wein in Fässern kauften, um ihn vor dem Ausschank noch einige Monate zu lagern. Wegen des kalten Winters war die alkoholische Gärung unterbrochen worden und noch Zuckerrückstände im Wein verblieben, der dann erneut zu gären begann und anstelle weiteren Alkohols nun Kohlensäure freisetzte. So entstand aus jenem Wein der Champagne, der als Stillwein geliefert worden war, ein Schaumwein.
Man darf nicht vergessen, dass in der Region auch nicht schäumende Weißweine (Coteaux Champenois AOC), Roséweine (Rosé de Riceys AOC) und Rotweine (Coteaux Champenois Rouge) gekeltert werden.

KLIMA UND BODEN Das Klima ist kontinental und aufgrund des nördlichen Breitengrades der Region herrschen relativ niedrige Temperaturen. Die Region befindet sich geographisch an der Grenze des Weinbaus und ist auch der Feuchtigkeit vom Atlantik her ausgesetzt. Oft reift die Traube nur sehr langsam und der Wachstumszyklus wird verlängert. Dies sind aber wiederum die Voraussetzungen für einen erhöhten Säuregehalt, welcher für Weißwein und vor allem für Schaumwein sehr wichtig ist. Um Schäden durch Spätfrost im Frühjahr zu vermeiden, werden die Reben mit Wasser berieselt, sodass sich ein Eisfilm um die jungen Triebe bildet, um sie so vor Minustemperaturen zu schützen.
Die Weinberge befinden sich in 120 bis 200 m Seehöhe. Der Boden ist kalk- und kreidehaltig und von einer dünnen Schicht aus Schwemmlandboden mit Ton und Sand bedeckt. Der Untergrund besteht aus Kreide und auch die Keller *(Crayères)* sind in Kreidefelsen gegraben. Der Kalkreichtum im Boden sorgt für optimale Entwässerung.

Arbeit im Weinberg. Die sorgsame Pflege der Reben ist Grundlage für die berühmtesten Schaumweine der Welt.

ANBAUGEBIETE Die Champagne ist in fünf Hauptgebiete unterteilt:
• **Montagne de Reims** – auf dem Nordwesthang wird vor allem Pinot Noir angebaut. Diese Rebsorte verleiht dem Wein Körper und Alterungsfähigkeit. Die bekanntesten Dörfer sind Ay, Ambonnay, Bouzy und Verzenay, deren Weinberge die Wärme der darunter liegenden Ebenen widerspiegeln.
• **Côte des Blancs** – hier wird hauptsächlich die Rebsorte Chardonnay angebaut, die für Frische und Eleganz steht. Die

Weinberg im Aube-Tal im südwestlichen Teil der Champagne.

besten Lagen befinden sich in den Dörfern Avize, Cramant und Mesnil-sur-Oger. Die Weinberge sind nach Osten gerichtet.

- **Vallée de la Marne** ist das größte Anbaugebiet – die Weinberge erstrecken sich auf etwa 20.000 ha und sind vorwiegend mit Pinot Meunier bestockt. Diese Rebsorte ist vom Spätfrost nicht gefährdet, da sie sehr spät austreibt. Trotzdem erfolgt das Wachstum sehr rasch, sodass die Trauben sogar eher vorzeitig reif werden. Die Pinot-Meunier-Traube verleiht dem Wein Körper, Fruchtigkeit und erlaubt einen raschen Ausbau, sodass der Wein sehr jung getrunken werden kann. Typische Dörfer sind Dizy, Hautvillers, Cumières, Sainte-Gemme. Ihre Weinberge liegen zum Großteil auf nach Süden und Südosten gerichteten Bergflanken.
- **Aube** ist die südlichste Zone der Champagne. Hier wird vor allem Pinot Noir angebaut, besonders im berühmten Dorf Les Riceys. Es ist die kalkreichste Zone der Champagne.
- **Côte de Sézanne** liegt südwestlich der Côte des Blancs und ist ebenfalls vorwiegend mit Chardonnay bestockt. Es werden hier sehr fruchtige Champagner hergestellt, die jedoch an die Qualität jener von der Côte de Blancs nicht herankommen. Typisch sind die Dörfer Bethon und Villenauxe-la-Grande.

Das Weinbaugebiet der Champagne wurde 1927 genau definiert und eingegrenzt. Im Gegensatz zu anderen französischen Weinregionen wird der Weinertrag nicht in hl, sondern in Quintalen (Doppelzentnern) angegeben. Der Ertrag liegt zwischen 100 und 110 Quintalen/ha. Im Etikett darf neben der Appellation »Champagne« nicht das Kürzel »AOC« stehen.

KLASSIFIKATION DER WEINBERGE Die Weinberge der Champagne sind nach Qualitätskriterien unterteilt. So wurde eine ***»Échelle de crus«***, eine *Crus*-(Lagen-) Skala eingeführt, nach der die Schaumweine aus den bereits seit Jahrhunderten berühmten Lagen am besten bewertet wurden (100 %): die ***Grand Crus***. Die ***Premiers Crus*** wurden mit 90-99 % bewertet, weniger hochwertige *Crus* mit 80 %.
Die Weinberglagen von 17 Gemeinden besitzen *Grand-Cru*-Status: Montagne de Reims (9), Côte de Blancs (4) und Vallée de la Marne (4). Jedes Jahr werden vor der Ernte von einer Kommission von Weinbauern und Händlern Referenzpreise für die Trauben vereinbart. Der Nominalwert ist für die *Grands-Crus*-Gemeinden 100 %, für alle anderen Gemeinden verhältnismäßig niedriger. 38 Gemeinden haben *Premier-Crus*-Status – für ihre Trauben werden zwischen 90 und 99 % der für die *Grand Crus* erzielten Preise bezahlt.

CHAMPAGNER
Champagner wird hauptsächlich aus drei Rebsorten gewonnen: **Chardonnay, Pinot Noir** und **Pinot Meunier**. Interessant ist besonders Pinot Meunier, da diese Rebsorte sehr spät, also erst nach den in der Champagne häufigen Spätfrösten zu treiben beginnt. In Anbaugebieten mit langer Tradition sind auch die Rebsorten **Pinot Blanc, Petit Meslier** und **Arbanne** erlaubt. Die Weinstöcke werden in niedriger Erziehungsform mit kurzem Anschnitt gezogen, wobei sich die fruchttragende Weinrebe 60 bis 80 cm über dem Boden befindet. Jede Traube wird von Hand geerntet und in flache, luftige Körbe gelegt, sodass eventuell austretender Saft sofort abfließen kann. Dann folgt ein sanftes Abpressen der ganzen Trauben gemeinsam mit den Traubenkämmen. Die 4 m breiten, etwa 60-80 cm hohen, runden oder quadratischen Korbkeltern *(Pressoir Coquard)* können 4000 kg Trauben fassen. Meist wird heute die Schneckenpresse verwendet, wobei aber ebenfalls auf sehr vorsichtiges Abpressen geachtet werden muss, um das Auslaugen der roten Farbpigmente *(Anthocyane)* zu verhindern, da ja fast ausschließlich weißer Champagner erzeugt wird. Bei Rosé-Schaumwein ist demgemäß nicht so große Vorsicht notwendig. Neben dem vorsichtigen Druck muss das Pressen sehr schnell vor sich gehen.
Aus 4000 kg Trauben werden beim Pressen 2666 l Most gewonnen, davon 2050 aus erster Pressung ***(Cuvée)***, 410 l ***Première Taille*** (zweite Pressung) und 206 l *Deuxième Taille* (dritte Pressung). Die Taille ist reich an Extrakten (insbesondere Tannine) und wird gegebenenfalls verwendet, um dem Wein mehr Körper zu geben oder auch um Stillweine oder Schaumweine *»non cham-*

Weinberg bei Moulin de Verzenay im Bezirk Montagne de Reims.

Weinfelder der Champagne, welche zum Schutz vor Hagel mit Netzen überspannt sind.

pagne« herzustellen. ***Rebêche*** (letzte Pressung) wird für die Champagnererzeugung nicht verwendet. Nun wird der Most »aufgebessert«, das heißt, der Zuckergehalt wird erhöht ***(Chaptalisation)***. Der nach der alkoholischen Gärung gewonnene Grundwein ist meist ziemlich sauer, weshalb auch eine teilweise biologische Säureumwandlung (also ohne chemische Zusätze) durch malolaktische Gärung vorgenommen wird. Bei diesem Prozess wird Apfelsäure durch Bakterien ganz oder teilweise in Milchsäure und verschiedene andere Komponenten umgewandelt, welche dem Wein eine größere Fülle an Duft- und Geschmacksnoten verleihen. Milchsäure ist milder als Apfelsäure und der Wein wird dadurch weniger herb und weicher.

Man stellt grundsätzlich drei weiße Grundweine her: Chardonnay, Pinot Noir und Pinot Meunier. Im Dezember oder Jänner erfolgt die ***Assemblage***, wobei alle Chardonnay-Trauben von den unterschiedlichen Lagen eines Champagnerhauses *(Maison)* vermischt werden. Dasselbe geschieht bei Pinot Meunier und Pinot Noir. Jeder der drei so zusammengestellten Grundweine kann noch durch Champagner früherer, sehr guter Jahrgänge »aufgebessert« werden. Ziel solcher Zusätze ist es, ein hinsichtlich der Duft- und Geschmacksnoten möglichst identisches, dem Markenbild des *Maison* entsprechendes, vom Kunden geschätztes Produkt zu erhalten.

Im Frühjahr erfolgt der Verschnitt ***(Coupage)*** der drei Grundweine. Die Kellermeister der einzelnen *Maisons* stellen die Anteile in jener Proportion zusammen, in der sie ein Maximum an folgender Charakteristik erwarten: richtiger Säuregehalt, fruchtig-blumiger Geschmack, ausreichende Fülle, Eleganz und Lagerfähigkeit. Dies erfolgt im März bei der ***Cuvée*** (auch der Verschnitt wird so bezeichnet). Dabei wird dem Weißwein die so genannte Fülldosage ***(liqueur de tirage)*** mit etwa 50 % Zuckergehalt, Hefen und einer kleinen Menge einer klärenden Substanz (Albumin, Kasein oder Ähnliches) beigefügt. Dann wird der Wein in Flaschen abgefüllt und mit einem kleinen Zylinder ***(bidule)*** aus Kunststoff (in dem sich später der Hefepfropfen ansammelt) und einem Kronenkorken aus Metall verschlossen. Die Flaschen werden horizontal auf Holzgerüste ***(lattes)*** gelegt, um kühl (10-12 °C) und dunkel im Keller zu lagern, wo nun die zweite alkoholische Gärung stattfindet und sich die »Perlage« bildet ***(prise de mousse)***. Während dieses Prozesses, der etwa 3-10 Monate dauert, steigt der Alkoholgehalt um 1-1,5 % an, und es bilden sich Kohlensäure (die durch den Kronenkorken in der Flasche gehalten wird) und verschiedene Nebenprodukte. Nach erfolgter Gärung beginnt die Alterung des Weines auf dem Bodensatz. Die Hefen beginnen sich langsam zu zersetzen *(Autolyse)*, wodurch geruchs- und geschmacksbildende Substanzen freigesetzt werden, welche den Champagner bereichern und abrunden. Der Alterungsprozess kann monatelang (vom Gesetz her sind mindestens neun Monate vorgeschrieben) oder sogar 3-10 Jahre dauern. Während dieser Zeit gewinnt der Wein feinere, komplexere und fülligere Duft- und Geschmacksnoten. Wenn der gewünschte Reifegrad erreicht ist, werden die Flaschen schräg auf ***Pupitres*** (Rüttelpulte) gesteckt. Diese Rüttelpulte bestehen aus zwei Tafeln, die in Form eines umgedrehten »V« zusammengestellt und mit je 60 elliptischen Öffnungen für die Flaschen versehen sind. Dieses System wurde von einem Kellermeister der Witwe Cliquot erfunden. Dadurch sammelt sich der Bodensatz, der sich während der Flaschengärung entwickelt hat, im Flaschenhals (im Kunststoffzylinder). Die Zusätze in der Fülldosage fördern die Gerinnung dieses Bodensatzes.

Nun erfolgt die ***Remuage***: die Flaschen werden täglich »bewegt«, um den Bodensatz vom Glas zu trennen und wieder mit dem Champagner in Verbindung zu bringen. Dabei werden drei verschiedene Positionsveränderungen vorgenommen – die Flasche wird gerüttelt, stärker geneigt, also immer mehr senkrecht gestellt, und sie wird von links nach rechts gedreht. Die *Remuage* dauert ein oder zwei Monate und ist eine sehr aufwändige Arbeit, die im dunklen und kalten Keller erfolgen muss. Heute geschieht dies meistens maschinell mit Drehpaletten, wobei alle Bewegungsvorgänge automatisch und computergesteuert bei 50 Flaschen auf einmal vollzogen werden. In manchen Fällen gibt man auch poröse Kügelchen oder Kapseln mit Hefen in die Flaschen, um diesen Vorgang zu verkürzen. Wenn sich der ganze Bodensatz schließlich im Zylinder befindet, muss dieser Bodensatz entfernt werden ***(dégorgement)***. Bis vor 20 oder 30 Jahren wurde diese Operation mit der Hand – ***à la volée*** (»im Flug«) – vorgenommen. Dies geschieht heute höchstens noch bei sehr großen Flaschen. Heute verwendet man bei allen Schaumweinen (und nicht nur beim Champagner) die so genannte ***à-la-glace***-Methode. Dabei wird der Flaschenhals in eine Salzlösung von –25 °C getaucht, und zwar nur der oberste Teil mit dem sich nunmehr im Zylinder befindenden Hefepfropfen, welcher bei dieser Temperatur innerhalb von zwei Minuten gefriert. Nun wird der provisorische Kronenkorken entfernt und durch den Überdruck in der Flasche (gesetzlich vorgeschrieben sind mindestens 3 bar, tatsächlich sind es meist 5-6 bar) der Zylinder mit dem darin enthaltenen Hefepfropfen herausgeschleudert. Dabei geht eine kleine Menge Wein (etwa 2 ml) und etwas Druck (etwa 1/2 bar) verloren.

Um den Weinverlust wieder auszugleichen, füllt man mit gleichwertigem Wein wieder auf. Wenn man einen Schaumwein eines einige Jahre älteren, sehr guten Jahrgangs hinzufügt, erhält man einen äußerst trockenen Wein (nahezu ohne Zucker). Will man aber einen weicheren Schaumwein erzielen, füllt man mit der so genannten Versanddosage ***(liqueur d'expédition)*** auf. Sie besteht aus altem Champagner und Rohrzucker und kann auch Most oder Cognac enthalten. Zuletzt wird die Flasche mit einem Korken verschlossen und mit Metallkäppchen und Drahtkorb versehen. Die Flasche wird nochmals gerüttelt, um die bestmögliche Vermischung des *liqueur* (der Versanddosage) zu gewährleisten. Schließlich wird sie gelagert, damit sich der Champagner nach all diesen Manipulationen stabilisieren kann, bevor er in den Handel kommt.

Am 1. Juli 1994 wurde per Gesetz die Bezeichnung »Champagne« und »Méthode Champenoise« für Schaumweine, die außerhalb der Champagne erzeugt wurden, verboten – auch wenn diese nach der gleichen Technik und aus denselben Rebsorten erzeugt werden. In den Vereinigten Staaten und in Russland wird dieses Gesetz nicht anerkannt. In Frankreich werden Schaumweine, die außerhalb der Champagne nach derselben Methode hergestellt werden, als *Méthode Traditionelle* oder *Methode Classique* etikettiert. Diese Bezeichnungen – in die jeweiligen Landessprachen übersetzt – werden auch in allen EU-Staaten angewendet. In Spanien wird zusätzlich der Terminus »Cava« und in Italien der Terminus »Talento« angegeben.

Statue von Dom Pérignon im Hof der Abtei von Epernay, die sich heute im Besitz des Hauses Moët et Chandon befindet.

CHAMPAGNER-TYPEN AUF BASIS DES ZUCKERGEHALTS

• **Brut Nature** oder **Brut non dosé:** nicht dosierter Champagner, der weniger als 3 g/l Zucker aufweist.
• **Extrabrut**: enthält nicht mehr als 6 g/l Zucker.
• **Brut**: enthält nicht mehr als 15 g/l Zucker.
• **Extra Sec**: enthält 12-20 g/l Zucker.
• **Sec** oder **Dry**: enthält 17-35 g/l Zucker.
• **Doux** (süß): enthält nicht mehr als 50 g/l Zucker.
Süßer Champagner ist sehr selten geworden, da kaum Nachfrage danach besteht.

CHAMPAGNER-ETIKETT Auf dem Etikett können verschiedene Abkürzungen stehen.
• **NM** *(Négotiant-Manipulant)*: dieser Händler kauft Trauben, Most oder Grundweine und verarbeitet sie in seinen Kellern zu Champagner.
• **RM** *(Récoltant-Manipulant)*: dieser Winzer macht aus seiner eigenen Lese einen Winzer-Champagner *(Champagne de vigneron)*.
• **RC** *(Récoltant-Coopérateur)*: dieser Winzer ist Mitglied einer Genossenschaft, an die er seine Trauben liefert und dann den Champagner zurücknimmt, um ihn unter eigenem Namen zu verkaufen.
• **CM** *(Coopérative de Manipulation)*: Winzergenossenschaft, welche aus den Trauben ihrer Mitglieder Wein keltert und zu Champagner reifen lässt. Das Etikett trägt nicht den Namen der Mitglieder, sondern der Genossenschaft.
• **SR** *(Société des Récoltants)*: Vereinigung von unabhängigen Winzern, die aus der Lese ihrer Mitglieder Champagner produziert und abfüllt.
• **ND** *(Négotiant-Distributeur):* Händler, welcher bereits abgefüllten Champagner kauft und mit eigenem Etikett versieht.
• **R** *(Récoltant)*: dieser Winzer lässt seine Lese von einem *Négotiant-Manipulant* zu Champagner verarbeiten und erhält ihn in Flaschen abgefüllt wieder zurück.
• **MA** *(Marque d'Acheteur oder Auxiliaire)*: Handelsmarke, die im Auftrag eines Käufers erzeugt und mit dessen Etikett versehen wird.
Weitere Abkürzungen auf dem Etikett:
• **GM** *(Grandes Marques)*
• **NM** *(Non Millésimé)* – Champagner-Typ, bei welchem dem Grundwein Reserveweine älterer Jahrgänge beigefügt wurden.
• **M** *(Millésimé)* – Jahrgangs-Champagner aus Jahren mit besonders guten klimatischen Bedingungen, wobei auch besondere Sorgfalt bei der Ernte und der Most- und Champagnerherstellung angewandt wird. Er besitzt mehr Volumen und blumigere Noten als gewöhnlicher Champagner.

• **V** (*Vintage,* gleichwertig mit *Millésimé*)
• **CP** *(Cuvée de Prestige)*
• **UV** – sortenrein hergestellter Champagner. Dieser Wein ist besonders durch das Mikroklima und den Boden geprägt. Bemerkenswert ist das Produkt vom Hause Krug, eine Assemblage von Trauben aus 50 verschiedenen Lagen in der Champagne.
• **RD** (*Récemment Dégorgé*, etwa: »kürzlich degorgiert«)
• **SA** (*Sans Année*, ohne Jahrgang), gleichbedeutend mit NM
Auf dem Etikett erscheinen oft zusätzlich zu den für die in der EU produzierten Weine gesetzlich vorgeschriebenen Angaben noch der Name des Champagnerhauses *(Maison)*, Produktionsort, Gründungsjahr des Hauses, Cuvée, Champagner Typ auf Basis des Zuckergehaltes und der Hersteller des Champagners. Manchmal taucht auch die Bezeichnung *»Reserved for England«* für einen sehr trockenen Champagner-Typ auf. Tatsächlich wird bereits seit 1848 trockener Schaumwein nach England exportiert.

WEITERE CHAMPAGNER-TYPEN
• ***Blanc de Blancs***: Champagner, der nur aus der Rebsorte Chardonnay gekeltert wird. Durch den höheren Säuregehalt ist er alterungsfähiger als andere Schaumwein-Typen. Am meisten geschätzt werden die *Blancs de Blancs* der Côte de Blancs mit einem Bukett von Zitrone, Röststoffen und Frucht. Sehr berühmt sind Billecart-Salmon und Jacquesson et fils.
• ***Blanc de Noirs***: wird nur aus den Trauben von Pinot Noir und/oder Pinot Meunier gekeltert. Am bekanntesten sind die Weine aus unveredelten Reben (auf eigenen Wurzeln) in den Vieilles Vignes Françaises des Hauses Bollinger. Hier wird nur Pinot Noir für eine Produktion von insgesamt 3000 Flaschen im Jahr verwendet.

• ***Rosé***: der einzige Rosé (erstmals 1777 bei Cliquot erzeugt), der in der EU durch eine Mischung von Weiß- und Rotwein erzeugt werden darf. Berühmt sind Ruinart, Pommery, Taittinger und Veuve Cliquot.
• ***Cuvées de Prestige*** (oder ***Spécial*** oder ***De Luxe***): dies sollte der Herzeige-Champagner eines jeden Hauses sein. Der erste *Cuvée de Prestige*-Champagner entstand 1936 bei Moët et Chandon. Oft handelt es ist beim *Cuvée* um eine Mischung besonderer, in Holzfässern ausgebauter *Grands-Crus*-Jahrgänge, die lange auf der Hefe gereift sind und bei welchen das Degorgieren mit der Hand *(à la volée)* vorgenommen wird. Die meisten großen *Maisons* stellen *Cuvées de Prestige* her: Ayala, Krug, de Castellane, Laurent Perrier, Moët et Chandon, Deutz, Perrier Jouët, Pommery und Veuve Cliquot. Dieser besondere Champagner wird hauptsächlich aus der Rebsorte Pinot Noir gekeltert.
• ***Crémant***: Champagner mit geringerer Kohlensäure und weniger schäumend.

FLASCHENGRÖSSEN
• **Quart**: enthält 18,7 cl Wein, also ein Viertel einer Bouteille.
• **Demie**: enthält 37,5 cl Wein, also eine halbe Bouteille.
• **Bouteille**: die übliche Flaschengröße, enthält 75 cl Wein.
• **Magnum**: enthält zwei Bouteillen.
• **Jéroboam**: enthält vier Bouteillen.
• **Réhoboam**: enthält sechs Bouteillen.
• **Methusalem**: enthält acht Bouteillen.
• **Salmanazar**: enthält zwölf Bouteillen.
• **Balthazar**: enthält 16 Bouteillen.
• **Nabuchodonosor**: enthält 20 Bouteillen.
Flaschenformate, welche größer als die Magnumflasche sind, kommen sehr selten vor und werden nur nach Auftrag abgefüllt.

Elsass

Das Elsass liegt zwischen der Rheinebene und den Vogesen im äußersten Nordosten Frankreichs und hat eine wechselvolle Geschichte. Ab 1648 war es französisch, kam danach zu Deutschland und wurde nach mehrmaligem Wechsel nach dem Zweiten Weltkrieg endgültig Teil Frankreichs. So wurden die Bevölkerung, die Architektur seiner schönen Städte aus dem 15. Jh. und der Weinbau nach dem Charakter beider Länder geprägt. Seit der Zeit Napoleons ist das Elsass in die Departements Bas-Rhin und Haut-Rhin unterteilt. 2/3 der Rebflächen befinden sich im Departement Haut-Rhin.
Von Thann bis Marlenheim schlängelt sich die 170 km lange Route du Vin durch 15.000 ha eng aneinander gereihte Rebfelder. Die Weinstraße verläuft entlang den den Vogesen vorgelagerten Hügeln in einer Seehöhe von 180 bis 360 m. Die Hangneigung liegt zwischen 25 und 45 Grad, wobei die besten Lagen nach Süden und Südosten gerichtet sind.

KLIMA UND BODEN Das Klima ist mild mit kontinentalem Einfluss, die feuchte Luft vom Atlantik wird von den Vogesen abgeschirmt. Das Elsass ist mit einer durchschnittlichen jährlichen Niederschlagsmenge von etwa 700 mm eine der trockensten Regionen Frankreichs. Auch die vielen Sonnentage sind beachtlich – im Durchschnitt gibt es 1800 Sonnenstunden.
Der Boden ist aufgrund der geologischen Formation sehr vielfältig – man findet Sand, Kies, Mergel, Löss, Kalk, Lehm, Tonschiefer, Granit und Vulkangestein. Je nach Bodenart unterscheidet sich der Charakter der Weine, sodass man beim Verkosten sehr bald erkennt, dass ein Riesling oder Gewürztraminer von Muschelkalkböden anders schmeckt als von Granitböden.
Allgemein werden die elsässischen Böden in drei große Kategorien eingeteilt:
• Die Ausläufer der Vogesen mit sehr homogenen Böden – sie sind reich an Granit, Ton, Schiefer sowie vulkanischen Rückständen und sind mit Sand und Steinen durchsetzt. Solche Böden findet man zum Beispiel in Ribeauvillé und Turckheim. Aus den hier angebauten Reben werden komplexe und gut strukturierte Weine gewonnen. Besonders der Riesling bringt auf Granitboden sein ganzes Können zum Ausdruck.
• Die den Vogesen vorgelagerten Hügel haben meist Lehm-Kalk- oder Mergel-Kalk-Böden wie etwa in Bergheim und Molsheim. Auf diesen Böden werden runde und gut strukturierte Weine erzeugt, besonders der Gewürztraminer.
• In der Ebene gibt es hauptsächlich Schwemmlandböden, die durch Erosion und Umwandlung der beiden obigen Bodentypen entstanden sind. Hier werden eher leichte, fruchtige Weine gewonnen, welche rasch für den sofortigen Konsum fertig gestellt werden und nicht alterungsfähig sind.

HERKUNFTSBEZEICHNUNGEN Wie die Champagne hat auch das Elsass nur eine einzige AOC – **Alsace**. Die einzelnen Gebiete und Dörfer haben keine eigene spezifische Appellation, wodurch jedoch auf dem Etikett Platz für die Rebsorte bleibt.
Das Elsass hat seit 1962 AOC-Status, der erlaubte Höchstertrag ist 80 hl/ha. Die Weine sind von trocken bis süß, was aber auf dem Etikett nicht angegeben ist. 95 % der Elsässer Weine werden unter dem Namen der Rebsorte verkauft.
Darüber hinaus gibt es:
• **Alsace Vendange Tardive** und **Alsace Sélections de Grains Nobles** – dies sind keine autonomen AOCs, sondern Unterbezeichnungen zur einzigen AOC Alsace.
• Auch **Alsace Grand Cru** ist immer ein AOC Alsace. Die Auszeichnung *Grand Cru* bezieht sich nur auf 50 spezielle Lagen, auf welchen nicht mehr als 55 hl Wein/ha erzeugt werden darf. Ihre Klassifikation wurde 1975 vorgenommen und 1986 zumindest zeitweise vervollständigt. Diese 50 *Grands Crus* werden ausschließlich aus den vier Rebsorten Riesling, Gewürztraminer, Pinot Gris und Muscat gekeltert, wobei die Rebsorte auf dem Etikett angegeben sein kann. Über die provisorisch vorgenommene Klassifikation der *Grands Crus* wird bis heute diskutiert. So wurden manche Toplagen gar nicht erst aufgenommen und im Gegensatz dazu sind manche *Grand-Cru*-Lagen sehr uneinheitlich und nicht alle von qualitativ höchstem Niveau.

Visitenkarte

Anbaufläche
15.000 ha

Klima
halbkontinental, sehr trocken

Boden
variabel: Sand, Kies, Mergel, Löss, Kalk, Lehm, Tonschiefer, Granit, Vulkangestein

Rebsorten
Riesling, Gewürztraminer, Pinot Gris, Muscat

Wichtigste Weine
Riesling, Gewürztraminer, Pinot Gris, Muscat

• **Crémant d'Alsace** ist ein seit 1976 als AOC anerkannter Schaumwein, war aber bereits im 19. Jh. bekannt. Er wird mittels Flaschengärverfahren aus den folgenden Rebsorten gewonnen: Pinot Blanc, Riesling, Silvaner, Pinot Gris, und seit kurzem auch Chardonnay, der bei den Elsässern immer beliebter wird. Die Kellereien müssen die Trauben für den Crémant d'Alsace bereits vor der Ernte bestellen und angeben, von welcher Parzelle sie die Trauben für die Schaumweinproduktion verwenden wollen. Nach der Flaschengärung, also nachdem sich bereits Kohlensäure gebildet hat, lässt man den Wein noch mindesten neun Monate lang auf der eigenen Hefe reifen. Wenn der Schaumwein in den Handel kommt, muss er mindestens 4 bar Überdruck aufweisen. Der *Crémant* wird auch als Rosé erzeugt.

REBSORTEN UND WEINBAU Die Elsässer Weinberge sind von vier Hauptweinsorten geprägt, darunter zwei deutsche (Riesling und Gewürztraminer) und zwei französische (Pinot Gris – er wurde bis 1980 als »Tokay d'Alsace« geführt – und Muscat).

• **Riesling** gilt als die feinste und eleganteste Elsässer Rebsorte und als »König der Weine« in diesem Gebiet. Die spät reifende Traube ist die hier am längsten kultivierte Rebe und bietet auch qualitativ konstante Ergebnisse, besondere Fruchtnoten und vorzüglichen Geschmack. Die Traube ist – wie man im Elsass sagt – *»racé«* (»rassig«), das heißt dass sie dem Wein eine Fülle an aromatischen Duftnoten, ausgewogenen Säuregehalt und einen langen Abgang verleihen kann. Es ist die ideale Rebsorte für Spätlesen und ergibt aromatische, gut strukturierte, füllige und alterungsfähige Weine.

• **Gewürztraminer** stammt vermutlich vom Sauvignon Rosé ab und ist sehr aromatisch (Noten von Rose, Muskat, Litschi und anderen exotischen Früchten) und körperreich. Die interessantesten Weine lassen beim sonnenreichen und trockenen Elsässer Klima das *Terroir* bestens erkennen.

• **Pinot Gris** wurde gemäß einer Legende von Baron Lazarus von Schwendi aus Ungarn eingeführt. Tatsächlich ist er aber dem in Deutschland angebauten Grauburgunder oder der in der Schweiz und im Aosta-Tal als Malvasia bekannten Rebsorte viel ähnlicher. Die Traube liefert im Allgemeinen trockene, körperreiche, manchmal auch frische und aromatische, immer aber elegante und qualitätsvolle Weine. Pinot Gris wird als *»Bourgeois«* unter den Elsässer Weinen betrachtet.

• Es gibt hier mindestens drei Muscat-Sorten: **Muscat Blanc, Muscat Rosé à Petits Grains** und **Muscat Ottonel** – sie wachsen meist nebeneinander am gleichen Weinberg. Im Gegensatz zu anderen Weinregionen, wo vorwiegend süßer Wein aus dieser Rebe gewonnen wird, ist der Elsässer Muscat trocken, fruchtig und aromatisch.

Weitere Rebsorten des Elsass:

• **Silvaner** – seine Trauben ergeben frische Weine mit einer angenehmen Note von Kräutern für schnellen und anspruchslosen Genuss.

• **Pinot Blanc** (auch: **Clevner** oder **Klevner** – vermutlich ein Abkömmling des echten Pinot Blanc): diese Rebsorte ist, was den Boden betrifft, relativ anspruchslos und zeichnet sich durch Frische, Fülle und harmonische Rundheit aus.

• **Pinot Auxerrois** (oder **Auxerrois**): diese Rebsorte ist dem Pinot Blanc ähnlich, aber etwas aromatischer. Auxerrois und Pinot Blanc werden auch meistens assembliert, um Crémant d'Alsace (Schaumwein) oder die *Cuvée* Edelzwicker herzustellen.

Weinstöcke in der Umgebung von Ribeauvillé. In diesem elsässischen Gebiet erzielt der Riesling ein Maximum an Ausdruck.

• **Chasselas**: ergibt frische, leichte Weine, die aber nur wenig aromatisch sind. Daher wird diese Rebsorte heute kaum mehr angebaut und wird vor allem für die *Assemblage* des Edelzwicker verwendet.
• **Pinot Noir**: die einzige rote Traubensorte, die im Elsass angebaut wird. Sie erzielt nur bei den besten Jahrgängen einen guten fruchtig-aromatischen Wein mit gewisser Fülle.
Andere, einstmals angebaute Rebsorten wie Knipperlé, Müller-Thurgau und Goldriesling sind nicht mehr erlaubt. Dafür wurde vor kurzem Chardonnay eingeführt.
Die Weinstöcke werden in hoher Erziehungsform gezogen – bis zu 2 m hoch, mit 3 bis 4 Spanndrähten, um den Spätfrösten zu entgehen. Die Pflanzdichte beträgt im Mittel 5000 Stöcke je ha, wobei der Reihenabstand eine mechanische Arbeit im Weinberg erlaubt. Die Reben werden nach dem Guyot-Erziehungssystem geschnitten, das heißt man lässt beim Schneiden zwei Triebe – einen links und einen rechts des Stammes – mit jeweils etwa 12 Knospen stehen. Die Erziehung der fruchttragenden Triebe wird im Bogen ausgeführt.
Die Ernte wird vielfach mechanisch in Auftragsarbeit durchgeführt und beginnt mit den Trauben für den Schaumwein – Pinot Blanc, Pinot Auxerrois und Chardonnay. Danach erfolgt die Lese von Pinot Gris und zuletzt von Riesling und Gewürztraminer.

WEINE Das Elsass ist Weißweinland. Bis vor 10–20 Jahren kelterte man hier hauptsächlich trockene, fruchtig-aromatische Weißweine. Heute findet man aber auch viele sehr geschmeidige Weine mit deutlich spürbarem Zuckerrest und hohen Alkoholprozenten (zumindest halbtrocken). Die alkoholische Gärung wird deutlich verzögert, um ein Maximum an Aromen zu gewinnen und um der Selbstklärung mehr Zeit zu geben. Dadurch gewinnt der Wein an Stabilität und es werden keine chemischen Zusätze für die Klärung notwendig. Malolaktische Gärung wird keine eingeleitet, um die größtmögliche Frische des Produktes zu erhalten. In den seltenen Jahren, in welchen ein Rotwein erzeugt werden kann, bildet allerdings der Pinot Noir (oft auch Roséwein aus Pinot Gris) eine Ausnahme – hier dient die malolaktische Gärung dazu, die von den Tanninen ausgehende herbe Note zu mildern. Während des Winters lässt man die Keller offen, um durch die Kälte das Ausfällen der Kaliumsalze zu begünstigen. Dieser natürliche Vorgang wird manchmal auch durch chemische Mittel oder durch Kühlgeräte unterstützt.

Bis vor wenigen Jahrzehnten war der **Riesling** die Hauptweinsorte des Elsass und die alten Weinproduzenten betrachten ihn nach wie vor als ihren größten Wein. Es gelang den Elsässern aber auch, den **Gewürztraminer** heimisch zu machen, welchen die Franzosen wegen seines sehr kräftigen und eigentümlichen Aromas lange verschmäht hatten. Man kann sagen, dass alle Elsässer Weine mehr Aroma als die gleichen Rebsorten anderer Regionen aufweisen. Sogar Pinot Blanc gewinnt auf den Böden des Elsass noch an Aroma hinzu. Auch die deutschen Rebsorten des Elsass ergeben andere Weine als jene in den benachbarten deutschen Regionen – sie sind weniger süß, haben mehr Alkoholgehalt und Würze und zeigen einen Abgang von etwa 2-3 Minuten. Alle Elsässer Weine müssen nach dem Gesetz im Elsass in Flaschen abgefüllt werden *(mise d'origine).*

Elsässer Weine werden eher nach den verwendeten Rebsorten bezeichnet als nach den Namen der Dörfer und *Crus* (von denen es aber sehr viele gibt). Der Wein wird im Keller viel weniger bearbeitet als anderswo. Man begrenzt oder vermeidet Auffüllen, Filtern oder Klären und das Produkt bietet, was die Produzenten versprechen: Frische, Fruchtigkeit, ausgewogener Säuregehalt, Ausgeglichenheit und Körper. In Riquewihr werden die körperreichsten Weine produziert, im Norden (Bas-Rhin) gibt es säuerliche und leichte Weine und im Süden (rund um Guebwiller) geschmeidige Weine, die reich an Duftnoten sind.

Interessant sind auch die Gläser mit grün gefärbtem Stiel, in welchen Weißwein serviert wird – hier kommen die Grünschattierungen des Weines besonders gut zur Geltung.

Die aus der Rebsorte Riesling gewonnenen Weine sind strohgelb, duften nach Feldblumen und schmecken nach verschiedenen Früchten (Apfel, Zitrusfrüchte) oder haben mineralische Noten. Der Säuregehalt ist relativ hoch, beeinträchtigt jedoch nicht den Geschmack – denn der Wein weist durch die hohe Konzentration von Aromen eine perfekte Ausgeglichenheit auf und hat einen guten Abgang. Den besten Ausdruck zeigt der Riesling nach 3-4 Jahren Flaschenreife, manche Jahrgänge und Auslesen kommen aber erst nach etwa zehn Jahren oder noch später voll zur Geltung. Der beste Boden für die Rebsorte Riesling ist Sandstein. Als beste Lage gilt seit 1309 Geisberg in der Nähe von Ribeauvillé.

Weine aus Gewürztraminer sind goldgelb, manchmal mit grünem Schimmer. Der Duft ist sehr kräftig und mitunter aggressiv, es gibt Noten verschiedener tropischer Früchte (besonders Litschi), von Rosenblättern, Honig und wohl schmeckenden Gewürzen, wie dies auch im Namen »Gewürztraminer« ausgedrückt ist. Die Säure ist noch deutlich merkbar und der Alkoholgehalt eher hoch. Diese Weine sind sehr geschmeidig, auch wenn sie keinen Restzucker enthalten, und haben einen langen Abgang. Die Trauben sind auf allen Böden dank des sonnigen Klimas und der Ertragsbeschränkung von guter oder bester Qualität. Manche berühmte *Crus* sind bereits seit 1728 bekannt, wie etwa *Cru* Mambourg.
Die Weine der Rebsorte **Tokay d'Alsace** (oder genauer aus **Pinot Gris** oder **Tokay-Pinot Gris**) werden meist zu besseren Konservierung sehr jung abgefüllt. Der Wein ist von dunkelgelber Farbe und bietet ein Bukett von tropischen Früchten und Gewürzen, wie es in keinem anderen Pinot Gris auf der ganzen Welt anzutreffen ist – nicht einmal im Aosta-Tal, wo die Ernte erst spät – nach einem leichten Verwelken der Pflanze – vorgenommen wird. Er ist ziemlich säuerlich (dies ist die Charakteristik, welche den Pinot Gris am deutlichsten vom Gewürztraminer unterscheidet) und, je nach Produzent, mehr oder weniger trocken. Beim Verkosten ist ein langer Abgang von mehreren Minuten wahrzunehmen. Nach 10-15 Jahren erreicht dieser Wein seine beste Reife, kann aber bereits früher getrunken werden und hält auch noch bis zum Alter von mehr als 20 Jahren.
Beerenauslesen ***(Sélections de Grains Nobles)*** und Spätlesen ***(Vendanges Tardives)*** gibt es nur aus Jahrgängen mit besonders warmen, trockenen und sonnigen Herbstmonaten.
Unter den *Grands Crus* müssen erwähnt werden:
• Gewürztraminer Altenberg de Bergheim – er ist seit dem 12. Jh. bekannt; die Böden sind tonig-kalkig.
• Gewürztraminer Eichberg – dieser Wein wächst in Eguisheim auf Ton-Kalk-Boden, ist besonders aromatisch und alterungsfähig und wird zu den besten Weinen aus dem Elsass gezählt.

Geordnete Rebzeilen in Katzenthal, die Hügel gehören zu den Ausläufern der Vogesen.

• Gewürztraminer vom Goldert in Gueberschwihr: der an diesem Hügel angebaute Wein ist seit 750 regional und seit 1728 auch international bekannt, ein goldfarbener Wein mit reichen Duft- und Geschmacksnoten.
• Riesling von Altenberg de Wolxheim – er gehörte zu den von Napoleon am meisten geschätzten Weinen und ist auch heute zurecht berühmt.
• Riesling von Bruderthal in Molsheim – dieser Riesling ist besonders fruchtig und kommt von Trauben auf Ton-Kalk-Böden.
• Riesling von Geisberg in Ribeauvillé wird als der Referenzwein schlechthin betrachtet – einerseits weil er seit 1308 bekannt ist und andererseits weil er auf einem Boden aus Sandstein, Schotter, Ton und Kalk wächst. Der Wein ist sehr delikat, duftig und langlebig.
• Riesling von Kanzlerberg in Bergheim – dieser Wein drückt ein Maximum an verschiedenen Traubenaromen aus.
• Riesling Osterberg aus Ribeauvillé wird als »superb« betrachtet!
• Pinot Gris von Kirchberg de Barr in Barr stammt von Mergel-Kalk-Böden und ist ein sehr körperreicher Wein mit aromatischen Noten exotischer Früchte.
• Pinot Gris von Moenchberg ist seit 1907 bekannt, als er für die Benediktiner gekeltert wurde; er gilt insgesamt als der beste Pinot Gris.
• Muscat de Schoenenbourg aus Riquewihr gilt aufgrund des guten Bodens aus Mergel, Sand und Kreide als großer, sehr aromatischer Wein. Die Trauben sind bestens für die Produktion von *Vendages Tardives* oder *Sélections de Grains Nobles* geeignet.

Der berühmte Kaefferkopf in Ammerschwihr ist bis heute kein *Grand Cru*, obwohl er so manchem offiziellen *Grand Cru* überlegen ist. Der Grund für die fehlende Anerkennung ist die extreme geologische Vielfalt der Lage, wo auf verschiedenen Bodenarten unterschiedliche Riesling- und Gewürztraminer-Trauben wachsen. Das AOC-Reglement erlaubt bei Riesling und Gewürztraminer keinen Verschnitt von Trauben aus verschiedenen Böden, weshalb dieser große Wein offiziell minderwertiger als andere erscheint.

Unter den Crémants d'Alsace sticht besonders das Produkt von Dopff au Moulin hervor, welches sich durch besondere Alterungsfähigkeit auszeichnet – dieser *Crémant* erreicht acht Jahre nach der Ernte seine beste Qualität.

WEITERE WEINE

• **Edelzwicker** sind Weine aus Traubenmischungen. Das Produkt von Marc Kreydenweiss besteht beispielsweise aus 70 % Riesling und 30 % Pinot Gris, jenes von Jean Sipp aus 50 % Riesling, 20 % Gewürztraminer, 10 % Pinot Gris und 10 % Muscat.

Wegen der immer größer werdenden Nachfrage werden sehr süße Weißweine in immer größerem Stil erzeugt:

• ***Vendanges Tardives*** (Spätlesen): diese Weine werden sortenrein aus einer der vier Hauptweinsorten (die Rebsorte muss im Etikett angegeben sein) erzeugt. Sie müssen bei der Lese einen Zuckergehalt aufweisen, welcher die folgenden Alkoholgrade im Wein garantiert: 12,9 % für Riesling und Muscat, 14,3 % für Gewürztraminer und Pinot Gris.
• ***Sélections de Grains Nobles*** (Beerenauslesen): dies sind Weine aus Handlese (wobei manchmal sogar Beere für Beere einzeln gepflückt wird), bisweilen haben die Beeren *Botrytis*-Befall. Der Zuckergehalt der Beeren bei der Lese muss den folgenden Alkoholgehalt der Weine gewährleisten: 15,7 % für Riesling und Muscat, 17,1 % für Gewürztraminer und Pinot Gris. Bei diesen Weinen ist das Chaptalisieren, also die Zugabe von Zucker zum Most, verboten. *Sélections de Grains Nobles* müssen spätestens 18 Monate nach der Ernte für den Verkauf bereitstehen. Im Etikett muss der Jahrgang der Ernte angegeben werden. Unter den Elsässer *Sélections de Grains Nobles* und *Vendages Tardives* ist Schoenenbourg in Riquewihr zurecht sehr bekannt.

Äußerst selten begegnet man nunmehr im Elsass ***Vins de Paille*** (Strohwein), dessen Trauben auf Strohmatten getrocknet wurden oder ***Vins de Glace*** (Eiswein) aus Trauben, die im Winter (mit Eis überzogen) geerntet wurden. Die Elsässer Süßweine sind bereits jung ein Genuss, werden aber beim Reifen immer besser und können bis zu 50 Jahre altern. Vor der Herstellung dieser Süßweine muss die Kontrollbehörde INAO *(Institut National Appellation Origine)* verständigt werden, und zwar spätestens drei Tage vor der Traubenernte. Beim Maischen muss der Önologe der INAO zugegen sein.

Savoyen

Savoyen, die an Burgund anschließende alpine Region, gehört mit Jura und Elsass zu den östlichsten Weinbaugebieten Frankreichs. Die Anbaugebiete liegen zwischen dem Genfer See und Grenoble in 200 bis 400 m Seehöhe. Das Klima ist kontinental und eignet sich gut für die Produktion trockener, fruchtiger und leichter Weißweine. Es herrschen kalkhaltige oder Schwemmland-Moränen-Böden vor. Es gibt fünf AOCs und duftige Weißweine, das Markenzeichen dieser Region sind jedoch die trockenen, besonders schmackhaften Schaumweine. Bereits die alten Römer schätzten die Weine aus diesem Gebiet, das von den Allobrogern bewohnt wurde. Schaumweine werden hier seit 1910 hergestellt, und zwar von Seyssel ausgehend aus der Rebsorte Roussette.

Visitenkarte

Anbaufläche
1600 ha

Klima
kontinental

Boden
Kalk bis Schwemmland-Moränen

Rebsorten
Jacquère (oder Roussette), Altesse, Aligoté, Chasselas, Gamay, Pinot Noir, Mondeuse

Wichtigste Weine
Vin de Savoie, Roussette de Savoie, Crépy, Seyssel Mousseux

REBSORTEN Die Weinbauflächen Savoyens nehmen etwa 1600 ha ein und sind zu zwei Drittel mit weißen (Jacquère, Altesse, Aligoté, Chasselas) und zu einem Drittel mit roten Rebsorten (Gamay, Pinot Noir und Mondeuse) bestockt.

HERKUNFTSBEZEICHNUNGEN UND WEINE

• **Vin de Savoie** ist die wichtigste und größte AOC (Status seit 1973) und umfasst Lagen in vier Departements (Savoie, Haute-Savoie, Isère, Ain). Dieser Wein wird hauptsächlich aus Jacquère und zu kleineren Teilen aus den Rebsorten Altesse, Aligoté, Chardonnay und auch roten Trauben gekeltert. Neben dem Namen dieser AOC kann am Etikett auch der *Cru*, wie etwa Abyme, Apremont, Arbin, Ayze etc. vermerkt sein. Der *Cru* Chignin-Bergeron oder Bergeron wird sortenrein aus der Rebsorte Roussanne (auch: Bergeron) gewonnen. Es gibt auch eine weiße AOC Vin de Savoie, die ebenso Perl- oder Schaumweine (Vin de Savoie Mousseux) umfassen kann.

• **Roussette de Savoie** ist eine ausgedehnte AOC innerhalb des gleichen Gebiets wie die obige; der Wein wird aus der Rebsorte Altesse (auch Roussette genannt, vermutlich mit dem ungarischen Furmint identisch), bisweilen mit Zugabe von Chardonnay, gewonnen. Dies ergibt einen fruchtigen, trockeneren Weißwein, der nach zwei Jahren Reife am besten schmeckt und charakteristische Duftnoten von Mandel und Nuss annimmt. Um auch den Namen des *Cru*, beispielsweise Frangy, Morestel, Monterminot oder Monthoux, angeben zu dürfen, muss der Wein reinsortig aus Altesse gekeltert werden.

• **Crépy** – diese AOC wird aus der Rebsorte Chasselas hergestellt. Die Weinberge dieser AOC reichen bis zum südlichen, französischen, Teil des Genfer Sees und haben Kalkböden. Der Wein wird aus der Rebsorte Chasselas hergestellt und entwickelt ein Parfum von Weißdorn, manchmal auch etwas Kohlensäure (jedoch nur *perlant* – nicht schäumend). Er wird am besten jung getrunken, solange der Wein noch seine ganze Frische zur Geltung bringt.

• **Seyssel** hat seit 1942 AOC-Status und liegt zwischen den Departements Haute-Savoie und Ain. Hier wird aus der Rebsorte Roussette auf Moränen- und Schwemmland-Boden ein Wein mit typischem Iris- und Veilchenduft gewonnen. Schaumwein wird aus den Rebsorten Chasselas, Molette und einem Teil Roussette mittels Flaschengärung hergestellt.

Die Rotweine – aus Gamay und Pinot Noir – werden am besten jung getrunken, jene aus der Rebsorte Mondeuse (mit dem italienischen Refosco verwandt, stammt aber von einem savoyischen Klon) gewinnen jedoch an Qualität, wenn sie ein Jahr im Holzfass und mindestens ein weiteres Jahr in der Flasche reifen. Die besten kommen aus Arbin, Montmélian und St-Jean-de-la-Porte und zeichnen sich durch gute Tannine und ein Bukett von roten Früchten aus. Diese Weine sind jedoch nicht durch AOC-Bestimmungen geschützt, da den Weißweinen mehr Gewicht beigemessen wird. Erwähnt werden müssen auch die VDQS von Bugey, welche wegen der sehr sorgfältigen Vinifikation von Jahr zu Jahr an Qualität gewinnen.

Jura

Visitenkarte

Anbaufläche
1500 ha

Klima
kontinental

Boden
vorwiegend Kalk auf sandig-kiesigem Untergrund

Rebsorten
Savagnin (auch: Naturé oder Traminer), Chardonnay, Pinot Blanc, Trousseau, Poulsard (auch: Ploussard), Pinot Noir

Wichtigste Weine
Vin Jaune, Vin de Paille

Das heutige Weinbaugebiet dieser kleinen Region umfasst 1500 ha und besteht aus mehreren vereinzelten Weinfeldern zwischen Wäldern und Wiesen. Der Jura wird oft als »kleines Dorf in den Alpen« betrachtet, und doch werden hier zwei Weine erzeugt, die in der Hitliste der Önologen ganz oben stehen – Vin Jaune (Gelber Wein) und Vin de Paille (Strohwein). Diese kleine Region – und zwar das Städtchen Arbois – war auch der Geburtsort des Vaters der modernen Önologie: Louis Pasteur (1822-1895). Er entdeckte die »Geheimnisse« der alkoholischen Gärung, die Ursachen von Weinkrankheiten und interessante Dinge im Zusammenhang mit der Vinifikation – nämlich die chemischen Varianten (Isomeren) der Weinsäure und ihrer Salze. Der Weinberg Pasteurs in Arbois ist noch erhalten und die daraus gewonnenen Weine werden für Wohltätigkeitszwecke verkauft.

KLIMA UND BODEN Der Jura liegt östlich des Burgund und hat kontinentales Klima mit sehr heißen Sommern und kalten Wintern, die teilweise durch die Wärme des nahe gelegenen Genfer Sees und des Lac du Bourget gemildert werden.
Es herrschen Kalkböden vor, es gibt aber auch Böden mit Ton und blauem Mergel auf Sand-Kies-Schicht. Die Weinlagen befinden sich auf den Abhängen des Jura-Gebirges in 250-500 m Seehöhe.

REBSORTEN UND WEINE Die wichtigsten Rebsorten sind **Savagnin** (auch: **Naturé** oder **Traminer**), **Chardonnay** und **Pinot Blanc** für die Weißweine, **Trousseau, Poulsard** (auch: **Ploussard**) und **Pinot Noir** für die Rotweine.
• ***Vin Jaune*** (Gelber Wein) ist die große Spezialität des Jura. Dieser Wein hat ein intensives Aroma und ist dem Sherry ähnlich; er ist sehr trocken und hat am Gaumen einen langen Abgang. Für seine Herstellung werden Weine sechs Jahre und drei Monate in Fässern vergoren, ohne den verdunsteten Wein aufzufüllen. Durch den Kontakt des Weines mit Luft kommt es zu einer Vermehrung der so genannten Florhefe. Diese Hefen verteilen sich in dünnen Schichten *(voile)* auf der Weinoberfläche und es kommt, wie beim Sherry und anderen Weinen dieser Art zu einer raschen Oxydation, die jedoch durch den schützenden Hefeschleier unterbrochen wird. Der Wein enthält 13-15 % Alkohol, Nuss-, Gewürz-, Mandel- und Röstnoten und »in seiner schönsten Ausprägung auch eine pikante Säure« (André Dominé). Er kann jahrzehntelang gelagert werden. In den Handel kommt er in speziellen, etwa 62 cl fassenden Flaschen, den *Clavelins*. Diese Flaschengröße kommt daher, dass aus 100 l Mostabstich schließlich nur noch 62 l übrig bleiben.

Savagnin-Trauben, die wichtigste Rebsorte des Jura.

• ***Vin de Paille*** (Strohwein) hat seinen Namen daher, dass die geernteten Trauben zum Trocknen auf Strohmatten gelegt wurden. Heute wird nur noch selten Stroh zum Trocknen verwendet. Man ging immer mehr dazu über, die Trauben auf Weidengeflechte oder Drahtgestelle zu legen oder neuerdings auch die Trauben aufzuhängen. Wie bei allen Trockenbeeren werden auf diese Weise Zucker und Säuren konzentriert und man erhält sehr alkoholreiche (mindestens 18 % Alkohol), süße, likörartige Weine. Die beste Appellation für diesen bemerkenswerten Wein ist Château-Chalon, er wird aber auch in Arbois und Étoile hergestellt. *Vin de Paille* wird in Flaschen mit 37,5 cl Inhalt verkauft.

Als önologische Besonderheiten müssen noch erwähnt werden:
• **Vin Fou** (»verrückter Wein«) – ein Schaumwein, der aus den Rebsorten Chardonnay und Pinot Blanc in den Caves Henri Maire erzeugt wird.
• **Roséweine** *(gris)* aus dem Jura sind durch ihren erhöhten Säuregehalt (leicht herber Geschmack) überdurchschnittlich alterungsfähig.
• **Crémant du Jura** hat seit 1995 AOC-Status. Er ist der Renner unter den Schaumweinen der Region, die außerdem noch die AOCs Arbois, Côte du Jura und Étoile umfasst, welche am Etikett als *Mousseux* ausgezeichnet werden. Diese *Mousseux* werden aus Savagnin, Chardonnay und Poulsard im Flaschengärverfahren gewonnen.
• **Macvin** oder **Mac Vin du Jura** wird aus weißem oder rotem Most der Rebsorten Poulsard, Trousseau und Pinot Noir unter Zugabe von Tresterschnaps hergestellt.

Weinfelder im Jura. Diese Region ist wegen zweier ganz besonderer Weine berühmt – Vin Jaune und Vin de Paille.

KLASSIFIKATION DER WEINE Für ***Vin Jaune*** sind mehrere AOCs anerkannt.
• **Côtes du Jura Vin Jaune** – dieser Wein wird aus der Rebsorte Savagnin gekeltert. Seit kurzem fügen manche Produzenten auch kleine Mengen von Chardonnay und Pinot Noir bei. Unter der Appellation Côtes de Jura dürfen auch trockene Weiß-, Rosé- und Rotweine sowie Schaumweine verkauft werden. Die Herkunftsbezeichnung wird auf dem Etikett oft durch die Type ergänzt, daher findet man die Bezeichnungen »Côtes du Jura«, »Côtes du Jura Mousseux«, »Côtes du Jura Vin de Paille« und »Côtes du Jura Vin Jaune«.

• **Arbois** – für diesen *Vin Jaune* werden hauptsächlich Savagnin-Trauben von den Kalkböden nördlich von Poligny verwendet. Wie bei der obigen sind auch unter dieser AOC außer den *Vins Jaunes* auch Weiß-, Rosé-, Rot-, Schaum- und Strohweine anerkannt. Sie werden als Arbois, Arbois Vin de Paille, Arbois *Vin Jaune* und Arbois Mousseux vermarktet.
• **Étoile** – dieser Wein wird nördlich von Lons-le-Saunier hergestellt. Die Appellation umfasst stille Weißweine, Schaumwein aus den Rebsorten Chardonnay, Savagnin und Poulsard, sowie *Vin Jaune* aus Savagnin-Trauben. Diese AOC ist ausschließlich Weißweinen vorbehalten.
• **Château-Chalon** – aus Savagnin-Trauben, die südwestlich von Poligny auf Böden aus blauem Mergel wachsen. Diese AOC ist allein dem *Vin Jaune* gewidmet.

Loiretal

Visitenkarte

Anbaufläche
55.000 ha

Klima
atlantisch, milde Wintertemperaturen, Nebel im Sommer und Herbst

Boden
Granit vulkanischen Ursprungs mit Glimmerschiefer und Gneis, oder Ton-Kalk-Böden mit Sand und Schlick

Rebsorten
Chenin Blanc, Sauvignon Blanc, Muscadet, Cabernet Franc

Wichtigste Weine
Saumur Champigny, Bourgueil, St.-Nicolas de Bourgueil, Chinon, Anjou Village, Rosé de Loire, Saumur, Domaine Brumard, Moulin touchas des Côteau Cayon

Eines der ausgedehntesten Weinbaugebiete Frankreichs erstreckt sich entlang der Loire, die sich etwa 1000 km von Osten nach Westen schlängelt – von der Quelle am Mont Gerbier-de-Jonc im Zentralmassiv bis zur Mündung in den Atlantik. Zwölf Departments liegen an ihrem Lauf, was eine große Vielfalt an klimatischen Bedingungen, Böden und Weinsorten mit sich bringt, und doch haben die Weine der Loire einen gemeinsamen Nenner: Leichtigkeit und Fruchtigkeit.

GESCHICHTE Das Loiregebiet lässt an die bewegte Geschichte Frankreichs, an Beschaulichkeit, Schlösser, großartige Herrschaftssitze, fruchtbares Grünland und idyllische Landschaftsbilder denken. Hier wurden auch viele bekannte Persönlichkeiten geboren: Rabelais, der im 15. Jh. in seinem Werk die Weine dieser Region pries, Kardinal Richelieu, Jules Verne und General Cambronne. Leonardo da Vinci wurde bei Amboise begraben. Das Loiretal wurde von Troubadouren besungen, in Honoré de Balzacs Romanen verherrlicht und von vielen weiteren Schriftstellern und Poeten gerühmt und gepriesen.
Der Legende nach führte der hl. Martin, Bischof von Tours, 372 den Rebschnitt ein, oder eigentlich sein Esel, der nur die Triebe abweidete! Es heißt auch, dass die Römer, nachdem Julius Cäsar Gallien erobert hatte, den Rebschnitt nach Frankreich brachten.
Nachgewiesen ist jedenfalls, dass im Mittelalter die Klöster (berühmt ist das vom heiligen Martin gegründete Kloster Marmoutier) für Grundstock und Entwicklung des Weinbaus sorgten, und dies nicht nur im Loiretal.

KLIMA UND BODEN Der Atlantik garantiert gemäßigte Winter- und Sommertemperaturen, im Herbst gibt es Morgennebel, wodurch sich der Edelschimmel *(Botrytis)* gut entwickeln kann, vorausgesetzt, dass es tagsüber genug Sonneneinstrahlung gibt. Diese klimatischen Bedingungen gelten vor allem für die nahe dem Atlantik liegenden Weinberge, ändern sich aber, wenn man weiter ins Zentrum der Region vorrückt.
Der Boden kann aus Granit vulkanischen Ursprungs, Glimmerschiefer und Gneis oder auch aus Lehm, Kalk, Sand und Schlick bestehen.

REBSORTEN Das Gebiet ist besonders für den Anbau von Reben geeignet, deren große Jahrgänge sehr gute trockene Weine oder sogar Süßweine ergeben. Die Süßweine werden entweder durch Spätlese in vollreifem Zustand oder durch die Entwicklung von Edelschimmel gewonnen. Dafür wurden die Rebsorten **Chenin Blanc,**

Rechts und gegenüberliegende Seite: Weinberge im Loiretal; die Weinbauregion profitiert vom milden Klima und den Herbstnebeln, welche die Bildung von »Edelschimmel« fördern.

Sauvignon Blanc und **Muscadet** lange selektiert und der Umgebung angepasst, um schwere Süßweine oder auch leichte Weißweine zu gewinnen. Die frischen, leichten, durch ein Übermaß an Säure auch herben Weißweine werden gerne als Aperitif getrunken, und werden besonders im Sommer, nicht nur um die Speisen zu begleiten, sondern auch als angenehmer Durstlöscher geschätzt.
Zu den besten Rotweinen aus Cabernet Franc gehören Saumur Champigny, Bourgueil, St.-Nicolas de Bourgueil, Chinon und Anjou Village.
Auch Roséweine sind sehr verbreitet (trockene und halbtrockene Rosé de Loire) und vor allem Schaumweine (Saumur), wofür sich besonders Trauben mit hohem Säuregehalt (in Jahren mit schlechtem Wetter) eignen. Der von Jahrgang zu Jahrgang unterschiedliche Weinertrag hat dem Ruf der Region offensichtlich bisher nicht geschadet. Allerdings kann sich der Konsument beim Verkosten von Weinen des gleichen Gebiets und der gleichen Traubensorte nur schwer zurechtfinden, da die Weine fast jedes Jahr anders sind. Chenin Blanc aus Trauben mit Edelschimmel wird jedoch zu den »größten Weinen der Welt« gezählt. Chenin Blanc ist ein sehr kräftiger Weinstock, der bei sehr reichem Behang zurückgeschnitten werden muss, um Spitzenweine wie Domaine Brumard oder Moulin Touchas des Côteau Cayon zu gewinnen. Es gibt im Loiretal etwa 60 AOCs, die auf eine Vielfalt von Böden verteilt sind. Jede AOC kann zusätzlich mit dem Terminus »Loire« versehen sein: Rosé de Loire, Crémant de Loire. Manche Tafelweine *(Vins de Pays)* tragen auf dem Etikett die Aufschrift »Vin de Pays de Jardin de France«.

WEINGEBIETE UND WEINE Das gesamte mit Wein bebaute Gebiet umfasst 55.000 ha und wird hier zur besseren Übersicht in vier Unterregionen unterteilt: Pays Nantais, Anjou-Saumur, Touraine und Centre.

• **Pays Nantais** ist der westlichste Teil des Loiretals in Atlantiknähe, die Hauptstadt ist Nantes. Hier wird besonders **Muscadet** (Synonym für **Melon de Bourgogne**, wegen der melonenfarbigen Blätter so genannt; weiteres Synonym: **Gamay Blanc)** angebaut. Diese Rebe wurde 1709 nach einem großen Frost eingeführt.

– Die Rebsorte **Muscadet** weist trotz ihres Namens kein Muskataroma (welches in allen Arten von Muscat oder Muskateller vorhanden ist) auf, ihr Saft wird als »neutral schmeckend« definiert. In Jahren mit viel Sonnenschein müssen die Trauben bereits etwas vor der vollen Reife geerntet werden, um noch etwas vom Säuregehalt und der geringen Fruchtigkeit zu erhalten. Die Rebe ist frostfest und daher sehr gut für diese Breiten am nördlichsten Ende des französischen Weinanbaus geeignet. Der Reifezeitpunkt ist etwa um den 20. September. Bei den besten Jahrgängen erfolgt die Ernte erst im November, und da bei jedem Lesedurchgang *(Trie)* nur die überreifen Trauben mit erhöhtem Zuckergehalt und *Botrytis*-Befall geerntet werden, erhält man Weißweine mit reichen Duft-, Aroma- und Geschmacksnoten, nahezu unübertreffbar ausgewogenem Säure- und Alkoholgehalt sowie großer Komplexität, die beim Reifen noch zunimmt.
Zu den berühmten Appellationen gehört die regionale AOC Muscadet, die auf vorwiegend kristallinen Schieferböden gewonnen wird. Bei Weinen dieser AOC können die

Weinverkoster ein Parfum von Traubenmost, Pfirsich, Aprikose, Nuss und eine Nuance von Feuerstein *(pierre à fusil)* erkennen. Die Süßweine und die Ausgewogenheit der Muscadets erinnern an die großen deutschen Weine.

– **Muscadet de Sèvres et Maine** wird im Gebiet östlich von Nantes angebaut, dessen Lagen zwischen den beiden Flüssen Sèvres und Maine als die besten des Loiretals betrachtet werden. Die leichten Böden bestehen aus Sand, Geröll und variablem Tonanteil, der Untergrund aus Granit, Schiefer und Vulkangestein. Die Gesamtproduktion übertrifft manchmal die regionale AOC.

Manche Winzer stellen *Sur-lie*-Weine her, welche im Tank oder Fass bis zum Zeitpunkt des Abfüllens *sur lie* (»auf der Hefe«) reifen. Abgefüllt wird in der dritten Märzwoche oder bei den alkohol- und körperreicheren Weinen zwischen Mitte Oktober und Mitte November. Der Wein wird vor dem Abfüllen weder gefiltert noch umgefüllt. Dadurch entstehen ein dezentes Hefearoma sowie etwas Kohlendioxyd und die Weine gewinnen an Körper. 1994 wurde auch eine AOC Muscadet *sur lie* für drei höherwertige Bereiche zugelassen: **Coteaux de Corre, Sèvres et Maine, Côtes de Grandlieu**. Côtes de Grandlieu ist die jüngste Herkunftsbezeichnung des Muscadet und betrifft die Lagen rund um den Lac de Grandlieu. Der Boden besteht aus Schiefer, Sand und Schlamm auf Granituntergrund – ideale Voraussetzungen für eine gute Entwässerung. Eine weitere Variante ist der Muscadet Pétillant, ein durch Anreicherung mit Kohlensäure hergestellter Perlwein.

– **Muscadet des Coteaux de la Loire** ist ein VDQS aus Muscadet, der in den Departements Loire-Atlantique und Maine-et-Loire entlang der Loire angebaut wird. Die Rebstöcke wachsen auf granithaltigen Lehm-Kalk-Böden.

– Im Departement Vendée (das genau genommen nicht an der Loire liegt) befindet sich die VDQS-Appellation **Fiefs Vendéens** (auch unter dem Namen **Fiefs du Cardinal** bekannt) mit Rosé- und Rotweinen aus Pinot Noir, Gamay, Cabernet Négrette und einem Weißwein aus den Rebsorten Chenin Blanc, Sauvignon und Chardonnay.

• **Anjou-Saumur**: Dieses Gebiet liegt zwischen der Touraine und dem Pays Naintais. Es wird oft als »Miniatur-Loiretal« betrachtet und wurde vom Dichter Joachim De Bellay wegen seiner sanften Hügel und der lieblichen Landschaft besungen. Es ist die Hochburg der Rebsorten **Chenin Blanc** (auch: **Franc Blanc** oder **Pineau de Loire**) und **Cabernet Franc**, aber es gibt auch kleine Weinberge, die mit **Gamay** und **Grolleau** bestockt sind. Chenin Blanc wird hier bereits seit 845 angebaut; aus Cabernet Franc werden die besten Rotweine der Region produziert. Unterhalb der Weingärten befinden sich

Die Loire ist wegen ihrer prächtigen Schlösser berühmt. Rechts: die Kellereien des Schlosses Brissac in der Nähe von Saumur. Gegenüberliegende Seite: die Küche im Schloss Serrant.

in den Kalkstein gegrabene Keller, in welchen verschiedenste Weinsorten, darunter auch Schaumweine lagern. Unter den Schaumweinen sticht an Quantität und Qualität der **Mousseux de Saumur** hervor. Saumur ist das Schaumweinzentrum des Loiregebietes und kann mit allen Mousseux-Typologien – trocken, süß, rot und rosé – aufwarten. Berühmt unter den Weinkennern ist dieses Gebiet jedoch durch die weißen Likörweine, die manchmal bis zu 30 % Alkoholgehalt haben. Das Gebiet um Saumur gehört geographisch zur Touraine, weinkundlich wird es jedoch zu Anjou gezählt.

– Die stillen Weißweine und die Schaumweine der AOC **Anjou** werden vor allem aus Chenin Blanc und einem kleinen Anteil an Sauvignon Blanc und Chardonnay gewonnen. Die Trauben wachsen zu beiden Seiten der Loire, vor allem auf den Lehm-Schiefer- oder Lehm-Kalk-Böden im Departement Maine-et-Loire. Die Weine sind fruchtig und blumig, manche Jahrgänge sind auch einige Jahre alterungsfähig. Die AOC **Anjou Gamay** steht für Weine aus der Rebsorte Gamay.

– **Rosé d'Anjou** ist ein AOC-Wein aus dem Gebiet südlich von Angers und wird vorwiegend aus den Rebsorten Cabernet, Groslot, Cot, Gamay und Pineau d'Aunis gewonnen. Er ist halbtrocken mit mindestens 10 g Zucker je Liter und der mengenmäßig am meisten verbreitete Wein des Anjou.

– **Anjou Village** ist seit 1986 AOC-Gebiet, das einzelne Gemeinden betrifft. Dank niedrigem Hektarertrag (45 hl) wird hier ein hochwertiger Rotwein erzeugt.

– **Cabernet d'Anjou** ist ein halbtrockener Rosé, dessen Farbe als *»oeil de perdrix«* (Rebhuhnauge) beschrieben wird. Er wird aus der Rebsorte Cabernet Franc auf Lehm-Kalk-, Schiefer-Kalk-, Kalk- oder Sandboden gewonnen und weist ein charakteristisches Himbeeraroma auf. Cabernet Franc wird von manchen Winzern mittels Kohlensäure-Mazeration verarbeitet und dann als *Primeur* oder *Nouveau* im Erntejahr ab dem dritten Donnerstag im November verkauft. Ansonsten gewinnt man den Wein aus dem Most gepresster Trauben, welcher alkoholischer Gärung ohne Mazeration (ohne Trester) unterzogen wird. Meist ist der Wein geschmeidig, fruchtig und leicht und braucht nicht länger zu lagern. Die körperreicheren Weine stammen von Schieferböden.

– **Anjou Coteaux-de-la-Loire** wird auf dem rechten Loire-Ufer südwestlich von Angers aus der Rebsorte Chenin Blanc gewonnen. Die Böden bestehen aus Tuff oder Lehm-Schiefer und die Weine werden je nach Bodenart als »Schieferweine« (von Schiefer-Untergrund) oder »Tuffweine« (von Kreide- und Tuff-Kalk-Böden) bezeichnet. Anjou Coteaux-de-la-Loire ist ein halbtrockener Wein und wird jung getrunken. Nur zwei große Rebflächen gehören zu dieser AOC: La Roche-aux-Moines und La Coulée de Serrant.

Ein Weinkeller in Saumur.

– Die AOC **Saumur** produziert die Typen weißer Stillwein, **Pétillant** (Perlwein aus Chenin Blanc und Sauvignon) und Schaumwein, welcher fast ausschließlich aus Chardonnay gewonnen wird. Die Böden bestehen aus Lehm-Kalk oder Lehm-Schiefer. Weiße, rote und Rosé-Schaumweine werden hier seit der Mitte des 19. Jh.s mittels Flaschengärung (gleich wie Champagner) erzeugt. Die Keller – Tuffsteinhöhlen – sind auf 92 Gemeinden verteilt. Da die EU den Hinweis »Méthode Champenoise« nur mehr für die in der Champagne erzeugten Schaumweine zulässt, tragen die Schaumweine der AOC Saumur die Aufschrift **»Saumur d'origine«**.
– **Saumur Champigny** ist eine kleine AOC mit einem einzigen Weinberg innerhalb der AOC Saumur und bezeichnet einen Rotwein aus den Rebsorten Cabernet und Pineau d'Aunis, welche vorwiegend auf kalkhaltigem Boden wachsen.
– **Coteaux de l'Aubance,** ein halbtrockener Weißwein mit Himbeer- und Erdbeeraromen, wird im Val dell'Aubance (linker Nebenfluss der Loire nördlich von Angers) aus der Rebsorte Chenin Blanc auf Lehm-Schiefer- oder reinen Schieferböden produziert. Die großen Jahrgänge können sich durchaus mit Weinen aus dem Médoc oder der Côte de Beaune messen.
– **Savennières** ist ein Anbaugebiet am rechten Ufer der Loire; hier wird Wein aus Chenin Blanc gekeltert. Die Böden bestehen aus Schiefer, Ton, Granit und Kalk, die Weinberge sind großteils nach Südosten gerichtet. Hier werden trockene Weine und Süßweine mit Honigaromen gewonnen, welche einige Jahre alterungsfähig sind und je nach Jahrgang werden auch Spätlesen mit blumigen Aromen hergestellt.
Eine der beiden AOCs ist **Savennières Coulée-de-Serrant** mit Wein aus einem einzigen, nach Südwesten gerichteten Weinberg von 5 ha Kalkboden. Das *Clos* wurde im 12. Jh. von Zisterziensermönchen angelegt. Heute erfolgt hier der Weinanbau nach biologischen (oder biodynamischen) Kriterien und der Wein der AOC gilt als einer der größten Weißweine des Loiregebietes. Eine Sorte wird von einigen Weinexperten zu den weltweit »charaktervollsten« Weißweinen gezählt und spiegelt jedenfalls *Terroir*, aus dem er kommt, wider.
Die zweite AOC ist **Savennières Roche-aux-Moines**, sie betrifft einen einzigen Weinberg von 50 ha.
– **Coteaux de Layon** wird aus Chenin-Blanc-Trauben gewonnen, welche am linken Loireufer zu beiden Seiten des Flusses Layon auf Böden aus Schiefer, Sand, Lehm und Kalk wachsen. Der Wein ist geschmeidig und in manchen Jahren kann durch *Botrytis*-Bildung Süßwein gewonnen werden.
– **Coteaux de Layon-Chaume** ist bereits seit dem 4. Jh. berühmt und wird in der Gemeinde Rochefort-sur-Loire an beiden Ufern des Flusses Layon aus der Rebsorte

Chenin Blanc hergestellt. Der Boden ist gleich wie bei der vorhergehenden Appellation. Das Gebiet ist sehr klein und der Basishöchstertrag äußerst niedrig (30 hl Wein/ha), da bei der Ernte nur die reiferen Trauben ausgesucht und mehrere Lesevorgänge *(Tries)* vorgenommen werden. Der so gewonnene Wein ist süß, füllig und stark, während in den weniger warmen und weniger sonnigen Jahren eher ein säuerlicher Wein entsteht.
- **Quarts-de-Chaume** wird ebenso wie die oben beschriebenen Weine erzeugt, aber nur in der Gemeinde Rochefort-sur-Loire. Von Weinkennern wird er als prächtig, fruchtig, blumig, mit Noten von Bernstein, Aprikose, Akazie und Honig beschrieben.
- **Rosé de la Loire** wird außer in Saumur und Anjou auch in der Touraine – hier aus der Rebsorte Cabernet – erzeugt. Er gehört zu den am meisten verbreiteten und geschätzten Roséweinen.

• In der Region **Touraine** wird vorwiegend die Rebsorte Chenin Blanc angebaut, aber auch Sauvignon Blanc und Cabernet Franc finden hier günstige Lagen und können ihre Qualität zum Ausdruck bringen. Im Allgemeinen herrscht Tuffgestein vor, aber es gibt auch andere Böden verschiedener Zusammensetzung.

Der Weinbau dieser Region geht auf die Eroberung durch die Römer zurück; während des Mittelalters waren die Weine der Touraine – dem Land vieler berühmter Schlösser und viel besungener Weine, sowie Heimat von Balzac, Descartes und Rabelais – sehr geschätzt.

- Zu den Typologien der AOC **Touraine** gehören trockener Weißwein, *Pétillant* (Perlwein) und *Crémant* (Schaumwein). Die Schaumweine werden unter der Bezeichnung **Crémant de la Loire** vermarktet und werden in drei AOC-Gebieten erzeugt: Touraine, Saumur und Anjou. Der *Crémant* wird im Departement Indre-et-Loire aus den Rebsorten Cabernet (vor allem Cabernet Franc, der hier auch als Breton bekannt ist), Chenin Blanc und Sauvignon Blanc gewonnen. Rosé wird aus Grolleau-Trauben und einem Teil Gamay hergestellt, die Rebsorte ist häufig auf dem Etikett angegeben. Die Böden bestehen aus Ton-Kalk (lokal als *Aubuis* bezeichnet), Ton-Sand oder Sand-Kalk.
- **Touraine-Azay-Le-Rideau** wird in acht am Fluss Indre (Nebenfluss der Loire) gelegenen Dörfern produziert. Es ist ein meist trockener, zarter und leichter Weißwein aus der Rebsorte Chenin Blanc, mitunter auch halbtrocken. Auch ein Rosé aus der Rebsorte Grolleau mit kleineren Anteilen von Cabernet und Gamay gehört zu dieser AOC. Der Boden besteht aus Lehm und Kalk, in Jahren mit warmen und sonnigen Herbstmonaten werden beste Süßweine erzielt.
- **Touraine Amboise** wird rund um die Stadt Amboise nördlich von Tours produziert. Hier werden zusätzlich zu den Trauben der vorhergehenden AOC die Rebsorte Cot auf

Schloss Azay-le-Rideau in der Touraine; die prächtige Renaissance-Residenz wurde 1524 fertig gestellt.

Ton-Sand- oder Ton-Kalk-Böden angebaut. Der Weiße ist trocken bis halbtrocken und wie die Roséweine nicht von besonders hoher Qualität, der Rote ist tanninreich. Diese Weine sollen eher jung getrunken werden, da sie bei längerer Lagerung an Fruchtigkeit verlieren.

– **Touraine-Mesland** wird am rechten Loireufer aus den Rebsorten Chenin Blanc und Sauvignon Blanc (Weißweine) und Gamay (Rotweine) auf Ton-Sand- und Sand-Granit-Böden gewonnen. Gute Jahrgänge können vorzügliche weiße Süßweine ergeben.

– Die AOC **Vouvray** bezieht sich auf drei Typologien: weißer Stillwein, Perlwein und Schaumwein. Vouvray wird am rechten Loireufer in der Nähe von Tours aus den Rebsorten Chenin Blanc und Arbois (lokal unter dem Namen »Menu Pineau« bekannt) auf lehmig-kalkigem oder lehmig-sandigem Boden gewonnen. Je nach Jahrgang können die Stillweine und Perlweine von sehr trocken bis sehr süß ausfallen, in Jahren mit warmen und sonnigem Herbst kommt es sogar zu *Botrytis*-Bildung. Alle Weinberge der AOC sind nach Süden gerichtet, wodurch die Trauben eher zur vollen Reife kommen. Die Weine sind alterungsfähig und können sicherlich länger als ein Pouilly oder Sancerre aus dem Zentrum des Loiregebietes gelagert werden.

– Die AOC **Montlouis** steht für die Typologien trockener Weißwein, Süßwein, Perlwein, halbtrockener Schaumwein und Likörwein. Die Weine werden aus den Rebsorten Chenin Blanc auf Ton-Sand- oder reinem Sand-Boden erzeugt. Die Stillweine und Perlweine können sehr trocken oder halbtrocken ausfallen. In besonders guten Jahren gibt es auch stille Süßweine. Die Weine dieser AOC sind weniger körperreich als ein Vouvray, bei den besten Jahrgängen kann sich jedoch ein weißer, im Fass gereifter Süßwein mit den besten Sauternes Château d'Yquem messen.

– **Chinon** war der Lieblingswein von Rabelais. Es ist dies ein niveauvoller Rotwein, der in 19 Gemeinden an der Vienne (linker Nebenfluss der Loire) vor allem aus der Rebsorte Cabernet Franc (lokaler Name: Breton) erzeugt wird. Die Böden sind tonig-kalkig oder tonig-sandig und mit Kies durchsetzt. Obwohl der Rote mehr geschätzt wird, wird hier auch ein Weißwein aus der Rebsorte Chenin Blanc produziert. Die kräftigsten und gehaltvollsten Weine werden aus den höheren Lagen des Hügels gewonnen, die Trauben aus den Schwemmlandböden ergeben leichtere Sorten.

– **Bourgueil** wird am rechten Loireufer, an der Grenze zum Anjou aus der Rebsorte Cabernet Franc erzeugt. Die Böden sind lehmig-kalkig und mit viel Kies und Sand durchsetzt. Dieser hochwertige Rotwein würde aufgrund der Finesse seiner Aromen, welche wie bei keinem anderen Cabernet-Franc-Wein zum Ausdruck kommen, mehr Aufmerksamkeit verdienen. Darüber hinaus zeigt er für jede Lage verschiedene Schattierungen: wächst er auf Schwemmlandböden, wird der Wein leicht und süffig *(gouleyant)* und auf kargen Böden mit viel Sonnenschein werden sehr elegante, gut strukturierte Weine gewonnen. Bei den besten Jahrgängen verbinden sich die runden Tannine äußerst harmonisch mit dem sehr feinen Bukett.

– **St-Nicolas-de-Bourgueil** ist noch geschmeidiger und fruchtiger als der eben beschriebene. Dieser Wein wird in der gleichnamigen Gemeinde aus denselben Trauben auf den gleichen Böden wie die obige Appellation, allerdings mit geringeren Hektarerträgen hergestellt. Manche Jahrgänge sind durchaus mit einem Médoc vergleichbar.

– **Rosé de la Loire** wird in Touraine, Saumur und Anjou aus den gleichen Trauben auf kalkigen Böden gewonnen.

– **Crémant de la Loire** wird ebenfalls in Touraine, Saumur und Anjou (auch unter den Bezeichnungen »Crémant d'Anjou« und »Crémant Saumur«) hergestellt. Die verwendete Rebsorte ist ebenfalls Chenin Blanc.

– **Cour-Cheverny** ist ein trockener, leichter Weißwein mit blumigem Aroma, der aus der Rebsorte Romorantin der besten Lagen von Cour-Cheverny gewonnen wird.

– **Coteaux du Loir** wird entlang dem Fluss Loir (Nebenfluss der Sarthe, die in die Loire mündet) mit den Typologien Weißwein, Rosé und Rotwein erzeugt. Weißer wird aus der Rebsorte Chenin Blanc, Rosé aus den Rebsorten Gamay und Pineau d'Avris sowie Roter aus Cabernet und Gamay gewonnen. Die AOC **Jasnières** hat den Namen des gleichnamigen Flusses angenommen. Jasnières wird am rechten Loireufer auf Ton-Kalk-Böden mit der Rebsorte Chenin Blanc (lokale Bezeichnung: Pineau de la Loire) produziert. Die Appellation gehört zur AOC Côteaux du Loir.

• **Centre**: Dieses Gebiet liegt im Herzen Frankreichs in der Gegend von Bourges und Nevers. Hier liegt die Hochburg des Sauvignon Blanc, aus welchem trockene, aromatische Weißweine erzeugt werden. Außerdem werden einige Rote und Roséweine aus Pinot Noir erzeugt. Das Klima ist kontinental mit kurzem Sommer und langem, kaltem

Weinkeller der Domaine Henri Bourgeois in Sancerre.

Winter. Die Böden bestehen aus Ton und Kalk und sind mit Schotter und Kies durchsetzt. Die Region kann in vier Unterregionen unterteilt werden: **Nevers, Zentralmassiv, Sologne** und das **Gebiet der Wasserscheide**.

– **Sancerre Blanc** ist zweifellos der meistprämierte Wein der Region. Er stammt aus Weinbergen und Rebfeldern, welche seit dem 6. Jh., als sie von Bischof Gregor von Tours erstmals angelegt wurden, immer bestockt waren. Die beste Qualität wird auf den steilen Abhängen in 100 m Seehöhe durch Handlese gewonnen. Weinexperten können Aromen und Parfums von Johannisbeerblättern, weißer Taubnessel, Gewürzen und Holunderblüten erkennen. Er ist nicht gerade langlebig und es lohnt sich, die besten Produzenten auszusuchen, da immer wieder sorglos hergestellte Produkte in den Handel kommen, die eher plump wirken. Sancerre wird in der Gemeinde Sancerre und 13 Nachbargemeinden hergestellt, welche alle am linken Loireufer im Departement Cher gelegen sind. Am bekanntesten ist der Weißwein – er wird aus der Rebsorte Sauvignon hergestellt und weist das typische Aroma von kernlosen Trauben und Paprika auf. Roter Sancerre und Sancerre Rosé werden nur in kleinen Mengen erzeugt. Die verwendete Rebsorte ist Pinot Noir und wird auf Ton-Kalk-Böden angebaut, welche in manchen Weinbergen stark mit Steinen durchsetzt sein können.

– **Pouilly-Fumé** (auch: **Blanc Fumé-de-Pouilly**) ist der zweite große Wein aus dem Centre. Er wird am rechten Loireufer in der Nähe der Gemeinde Pouilly bei Sancerre aus Sauvignon-Trauben (lokale Bezeichnung: Blanc Fumé) auf Ton-Sand-Böden angebaut. Dieser Wein zeichnet sich, wenn er nach allen Regeln der Kunst verarbeitet wurde, durch frische, blumige Eleganz aus (dies ist aber nur für eine Minderheit der Weine dieser AOC der Fall). Bemerkenswert ist Le Château de Nozet. Die Bezeichnung *»fumé«* ist ein Hinweis auf den Duft von Feuerstein und von Pflanzenaromen in diesem Wein, der von Experten als »der größte Sauvignon der Welt« bezeichnet wird.

– **Pouilly-sur-Loire** wird auf etwa 140 ha Anbaufläche bei Pouilly erzeugt. Die für diesen AOC-Wein verwendete Rebsorte ist Chasselas, manchmal wird auch Sauvignon Blanc hinzugemischt. Die Böden sind tonig-kalkig oder tonig-sandig. Dieser trockene Wein wird am besten jung getrunken.

Quincy wird am linken Cherufer westlich von Bourges aus Sauvignon-Blanc-Trauben auf Ton-Sand-Böden gewonnen. Vermutlich ist der Sand für den deutlichen Fruchtcharakter verantwortlich, welcher bei diesem Wein deutlicher als im Sancerre merkbar ist.

Reuilly wird südlich von Vierzon beiderseits des Arnon auf vorwiegend kalkreichen Böden produziert – der Weiße aus der Rebsorte Sauvignon Blanc, Roter und Rosé aus der Rebsorte Pinot Noir. In der ausgedehnten Region des Loiretals werden zahlreiche VDQS – Weiße, Roséweine, Rotweine – angebaut. Manche davon sind qualitativ so hochwertig, dass eine Aufwertung zur AOC möglich scheint.

Rhône-Tal

Visitenkarte

Anbaufläche
50.000 ha

Klima
kontinental im nördlichen, mediterran im südlichen Rhône-Tal

Boden
Granit im Norden, Kalk mit Lehm und Steinen im Süden

Rebsorten
Nördliches Rhône-Tal: Syrah, Viognier, Marsanne, Roussanne. Südliches Rhône-Tal: Syrah, Grenache, Carignan, Cinsault, Mourvèdre, Muscat à Petits Grains, Muscat Rosé à Petits Grains, Clairette, Roussanne, Bourboulenc

Wichtigste Weine
Nördliches Rhône-Tal: Côtes-du-Rhône, Rôtie, Condrieu, Château Grillet, Saint-Joseph, Cornas, Saint-Peray, Hermitage, Crozes-Hermitage, Chatillon-en-Diois, Clairette de Die Méthode Dioise Ancestrale, Crémant de Die. *Südliches Rhône-Tal:* Côtes-du-Rhône, Côtes-du-Rhône-Village, Brézèm-Côtes-du-Rhône, Châteauneuf-du-Pape, Coteaux de Tricastin, Côtes du Luberon, Côtes du Ventoux, Gigondas, Lirac, Muscat-de-Baume-de-Venise, Rasteau, Vacqueryas, Tavel, Sablet, Valréas Vinsobre et Visan

Die Weinbauflächen des Rhône-Tals erstrecken sich von Vienne (südlich von Lyon) 200 km nach Süden bis Avignon und liegen in sechs Departements und 163 Gemeinden. Fast auf der gesamten Strecke flankieren hier Weinberge und Rebfelder (insgesamt etwa 50.000 ha) die Rhône, die in der Schweiz im Gotthardmassiv entspringt und bei Marseille ins Mittelmeer mündet. Hinsichtlich Klima, Rebsorten und Bodentypen kann man das Rhône-Tal in Nördliches und Südliches Rhône-Tal unterteilen. Die einzelnen Lagen werden als *Mas* bezeichnet.

Nördliches Rhône-Tal

Diese Region umfasst die Anbaugebiete zwischen Vienne und Valence. Dazu gehören auch Weine des Burgund, die auch aus Tradition und wegen der gleichmäßigen Qualität als Bourgogne-Weine betrachtet werden. Die Hauptrebsorte ist Syrah – aus ihr werden sortenreine, tief dunkelrote Weine gewonnen. Außerdem werden sehr geschätzte Schaumweine erzeugt.

Die Region ist durch kontinentales Klima mit Mittelmeereinfluss und den Mistral (kalter, mitunter stürmischer Nordwind) geprägt, vor dem die Anbaufelder teilweise an der Nordseite durch Windschutzstreifen aus Pappeln und Zypressen geschützt werden. Im Allgemeinen herrscht Buscherziehung vor, in den Weinfeldern mit nicht allzu gewelltem Boden wird maschinell geerntet.

Vor allem am rechten Ufer haben die Weinberge eine steilere Hangneigung als im südlichen Rhône-Tal. Die vorwiegend leichten, trockenen Böden enthalten Granit und Schiefer.

AOCs des nördlichen Rhône-Tals:

• **Côtes-du-Rhône** ist eine regionale AOC, die von allen Produzenten des Gebietes verwendet werden darf. Das Gebiet erstreckt sich über sechs Departements (Rhône, Loire, Ardèche, Drôme, Vaucluse und Gard) und betrifft 15 Gemeinden. Rosé- und Rotweine werden aus der Rebsorte Syrah, Weißwein aus den Rebsorten Roussanne, Marsanne und Ugni Blanc (Trebbiano) gekeltert. Dieses sehr ausgedehnte Gebiet weist verschiedene Böden auf, vorwiegend Granit- und Schwemmlandböden.

• **Rôtie** stammt aus den nördlichsten Weinbergen und Rebfeldern in der Nähe von Vienne am rechten Rhône-Ufer, und zwar großteils (mindestens 80 %) aus den Rebsorten **Syrah, Mourvedre, Grenache, Cinsault** und **Carignan** und einem kleinen Teil (höchstens 20 %) der weißen Rebsorte **Viognier**. Es herrschen meist brüchige und sandige Granitböden vor. Die Côte Rôtie gilt als eines der ältesten Weinbaugebiete Frankreichs, in welchem bereits die Phönizier die ersten Weinstöcke pflanzten und der Weinbau durch die Römer nach Norden ausgedehnt wurde. Der Rôtie wird qualitativ den *Crus Classés* und manchmal sogar den *Premiers Crus* aus dem Bordelais gleichgesetzt. Er ist ein granatroter, körperreicher und durch den Viognier-Anteil sehr duftiger Wein, der auch 10-20 Jahre Alterung verträgt. Die Côte Rôtie kann in zwei Anbaugebiete mit eigenem AOC-Status unterteilt werden:
- **Côte-blonde** mit hellem, vorwiegend kalkig-sandigem Boden;
- **Côte-brune** mit rostfarbenen, eisenhaltigen Granit-Sand-Böden.

• **Condrieu**, das Gebiet südlich der Côte Rôtie umfasst Lagen in den Departements Rhône und Loire. Hier läuft der Viognier zu seiner Höchstform aus – er wächst auf brüchigen, zu kleinen Terrassen geformten Granitböden. Die Weinbaufläche macht insgesamt 20 ha aus. Der hier gewonnene Wein ist ein trockener Weißwein von heller, goldener Farbe und zeichnet sich durch vollen Geschmack, Ausgeglichenheit, ein Parfum von Veilchen, Mandeln, manchmal auch exotischen Früchten, Weißdorn, Rose, Pfirsich, Limetten und Aprikose aus. In guten Jahren werden auch süße und liebliche Spätlesen mit Honigduft hergestellt. Er sollte am besten jung getrunken werden, ist aber alterungsfähig (4-8 Jahre), wobei er etwas an Frische verliert.

• **Château Grillet** liegt 3 km südlich des Condrieu und gehört verwaltungsmäßig zum Departement Loire. Der sehr seltene Wein wird in einer der kleinsten Anbauflächen Frankreichs erzeugt – 3 ha eines einzigen Besitzes, die mit Viognier bestockt sind. Manche Önologen zählen ihn zu den größten Weißweinen der Welt. Er ist von heller, goldener Farbe und weist fruchtig-blumige Noten, Nuancen von Pfirsich und Limettenblüten auf, ist sehr wohlschmeckend mit gutem Abgang und elegantem Pfirsich-Nachgeschmack.

• **Saint-Joseph** liegt am rechten Rhône-Ufer, nördlich von Valence. Der Rote dieser Appellation wird hauptsächlich aus Syrah (höchstens 10 % weiße Trauben), der Weiße (sehr fein, mit Aromen von Zitrusfrüchten und Rosinen) aus den Rebsorten Marsanne und Roussanne gekeltert. Der dunkelrote, nahezu schwarze Rote ist tanninreich mit mittlerem Körper. Er bietet ein Aroma von schwarzen Johannisbeeren, manchmal auch Himbeeren, und ist gut alterungsfähig.

Das südliche Rhône-Gebiet weist häufig felsiges oder sehr steiniges Terrain auf.

• **Cornas** liegt südlich der AOC Saint-Joseph, hat die gleichen Böden und ist ausschließlich mit der Rebsorte Syrah bestockt. Der Wein ist stark und von sehr dunkler, fast schwarzer Farbe und gut alterungsfähig. Manche Jahrgänge können einen Hermitage oder Côte Rôtie übertreffen. Dieser Wein fand schon bei Karl dem Großen und Ludwig XV. großen Anklang.
• **Saint-Peray** liegt südlich von Cornas. Die Appellation steht für zwei Weinarten – Stillwein und Schaumwein – welche aus den Rebsorten Roussanne und Marsanne (gleiche Böden wie die obigen) gewonnen werden. Der Schaumwein ist goldfarben, alkoholreich und sicherlich der berühmteste der Region. Er wird durch einen einzigen Gärvorgang in der Flasche gewonnen, der durch Abkühlung abgebrochen wird. Der weiße Stillwein bietet unter den weißen Rhône-Weinen am meisten Struktur und Frucht, bezaubert aber insofern nicht besonders, da er nicht dazu verleitet, mehr als ein Glas davon zu trinken.
• **Hermitage** wird in zwei Typologien hergestellt: Rotwein wird aus der Rebsorte Syrah, manchmal unter Beigabe (maximal 15 %) der weißen Rebsorten Roussanne und Marsanne gewonnen; Weißwein wird aus Roussanne und Marsanne gekeltert. Die Böden sind wie die obigen aus brüchigem Granit, allerdings mit viel Sand und einer dünnen Schicht aus weißem Kalk und Glimmer (diese Schicht wird lokal *»Arzelle«* genannt). Der Weiße ist trocken, aber geschmeidig; der sehr alterungsfähige Rote ist kräftig und füllig und bietet Aromen von Bitterschokolade und Himbeere. Einige Gewächse werden mit *Crus Classés* und manchmal sogar den *Premiers Crus* aus dem Bordeaux gleichgesetzt. Nach Hugh Johnson ist dieser Wein »viril und in seiner vollen Reife, den man nicht trinken kann, ohne beeindruckt zu sein«. Von 1760 bis vor wenigen Jahrzehnten wurde der Hermitage nur als *Vin de Paille* hergestellt.
• **Crozes-Hermitage** hat bei geographischer Lage und Rebsorten ähnliche Voraussetzungen wie die vorhergehende AOC, doch sind die zuweilen auch tonigen Böden etwas schwerer und die Weine weniger lange haltbar. Der Rotwein ist körperreich und zeigt Himbeeraromen und Rauchnoten. Die guten Jahrgänge erinnern an schwarze Johannisbeeren und ergeben hervorragende Weine, besonders wenn sie mit geringen Anteilen der Rebsorten Roussanne und Marsanne verschnitten werden. Diese Weine vertragen eine Alterung von 10-20 Jahren und werden dabei immer besser. Der Weiße aus den Rebsorten Roussanne und Marsanne ist frisch und fruchtig.
• **Châtillon-en-Diois** hat seit 1974 AOC-Status. Es werden drei Typologien hergestellt: Rosé- und Rotwein aus Gamay, Syrah und Pinot Noir; Weißwein aus Aligoté und Chardonnay.
• **Clairette de Die Méthode Dioise Ancestrale** – diese Appellation ersetzte 1998 den sortenrein aus Clairette gekelterten Clairette de Die. Der neue AOC-Wein enthält mindestens 75 % Muscat à Petits Grains und wird nach der *Méthode Dioise Ancestrale* hergestellt. Der kalt und nur teilweise vergorene Most wird mit mindestens 5,5 % Restzucker in Flaschen abgefüllt. Die Gärung wird noch kurz in der Flasche fortgesetzt, darauf folgt das *Dégorgement* und später die *Transvasage* (Filtern) in eine andere Flasche. Der Wein enthält dann noch mindestens 3,5 % Zucker und es werden weder *liqueur de tirage* noch *liqueur d'expedition* beigefügt. Dieser halbtrockene Schaumwein ist frisch und fruchtig, mit einem

Duft reifer Pfirsiche. Die Rebfelder befinden sich im südlichsten Teil des nördlichen Rhône-Tals, an der Drôme, einem linken Nebenfluss der Rhône, etwas über dem Côteau de Tricastin.

• **Crémant de Die** ist seit 1993 AOC und ersetzte 1999 gemeinsam mit der vorhergehenden die AOC Clairette de Die. Der *Crémant* wird aus der Rebsorte Clairette nach dem auch beim Champagner angewandten Flaschengärverfahren hergestellt.

Südliches Rhône-Tal

Dieser Abschnitt des Rhône-Tals liegt südlich von Valence und Donzère, er beginnt er bei Viviers und erstreckt sich bis Avignon. Die mit Abstand bekanntesten Lagen sind: Châteauneuf-du-Pape, Tavel, Gigondes und einige Gebiete, wo *Vins Doux Naturels* (VDN) hergestellt werden, Rasteau und Beaumes-de-Venise für den Muscat, sowie einige Côtes-du-Rhône-Villages. Bei den roten Rebsorten herrscht der Grenache vor, aus dem warme, füllige Weine gewonnen werden. Während im Süden Frankreichs die meisten Weine rebsortenrein produziert werden, ist hier im südlichen Rhône-Tal die Praxis des Verschneidens üblich, wofür 23 verschiedene Trauben zur Auswahl stehen. Erst in den letzten Jahren haben sich einige Produzenten rebsortenreinen Varianten verschrieben.

Das südliche Rhône-Tal erstreckt sich bis zum als Midi bekannten Gebiet, das die Departements Aude, Hérault und Gard umfasst. Châteauneuf-du-Pape, Muscat de Beaumes-de-Venise und Gigondas gehören geographisch zur Provence, werden aber hinsichtlich der Art des Weinbaus als Erweiterung des Midi betrachtet.

Das Klima ist mediterran und zeigt eine reiche Vegetation mit Olivenbäumen, Lavendel und vielen Kräutern. Im Gegensatz zum Norden sind hier die Böden kalkreicher und enthalten in den obersten Schichten einen gewissen Anteil an Lehm und Steinen. Mitunter findet man auch Sand-Kies-Böden. Die Rebzeilen sind traditionell in der Windrichtung gepflanzt, damit die Pflanzen nicht durch den Wind ausgerissen werden. Durch die Spaliererziehung ist auch eine maschinelle Ernte möglich. Die wichtigsten Rebsorten sind Grenache, Carignan, Cinsault, Mourvèdre, Muscat à Petit Grains, Muscat Rosé à Petits Grains.

Der Großteil der hier produzierten Weine sind Rosé- und Rotweine – weiche Qualitäten mit leichtem Fruchtaroma. Um diese Weichheit zu erzielen, werden heute die roten Trauben großteils nach der gleichen Technik wie im Beaujolais verarbeitet. Diese Weine sind nicht besonders hochwertig und sollen auf jeden Fall jung getrunken werden.

AOCs des südlichen Rhône-Tals:

• **Côtes-du-Rhône** – unter dieser AOC wird der größte Teil der Weine des südlichen Rhône-Tals produziert. Sie umfasst Rotweine, viele Roséweine und eine immer größer werdende Menge an Weißweinen. Die Weine dürfen ab dem 1. Dezember des Erntejahres verkauft werden. Die Roten werden auch offen als *Vin de Café* vermarktet.

Rebfelder der Côte-du-Rhône, der bekanntesten AOC des südlichen Rhône-Tals.

• **Côtes-du-Rhône-Village** – diese AOC ist auf 16 Gemeinden im südlichen Teil beschränkt. Wenn der Wein aus der Ernte einer einzigen Gemeinde stammt, darf der Name der Gemeinde neben dem Erntejahr auf dem Etikett stehen. Roter und Rosé werden vorwiegend aus der Rebsorte Grenache mit kleineren Anteilen von Syrah, Mourvèdre und Cinsault gekeltert. Gute Jahrgänge des Roten sind bis zu 20 Jahre alterungsfähig. Der Weiße wird aus den Rebsorten Clairette, Roussanne, Bourboulenc und einem kleinen Anteil Grenache Blanc gewonnen.

• **Brézem-Côtes-du-Rhône** ist die einzige AOC, bei welcher der Name der Gemeinde vor der Regionalappellation Côtes-du-Rhône steht. Dieser Wein wird aus der Rebsorte Syrah gemeinsam mit mehr oder weniger Marsanne und Roussanne hergestellt.

• **Châteauneuf-du-Pape** wurde früher aus der Rebsorte Grenache gekeltert. Heute wiegen jedoch Syrah- und Mourvèdre-Trauben vor; sie wachsen auf steinigen Böden, welche in der Nacht die tagsüber gespeicherte Sonnenwärme an die Pflanze abgeben. In dieser Region werden 13 verschiedene Traubensorten (darunter Cinsault, Terret Noir, Counoise) in niederer Buscherziehung angebaut. Die Rebsorten werden von den Winzern unterschiedlich verschnitten, wodurch es zu einer beträchtlichen Vielfalt bei den Weinen verschiedener Produzenten kommt.

Der traditionelle Rote ist von dunkelroter Farbe, gutem Körper, würzig und sehr langlebig. Die moderneren Varianten sind fruchtiger, haben weniger Körper und sind süffiger. Der Châteauneuf-du-Pape ist unter den in Frankreich produzierten Weinen jener mit dem höchsten natürlichen Alkoholgehalt (12,5 %), wenn man die Weine aus getrockneten Trauben, Spätlesen oder verstärkte Weine ausnimmt.

Der Weiße ist säuerlich, frisch, mit einem Bukett von exotischen Früchten. Insgesamt ist AOC Châteauneuf-du-Pape die renommierteste des südlichen Rhône-Tals. Der Name geht auf das 14. Jh. zurück und bezieht sich auf die Ruinen einer päpstlichen Sommerresidenz.

Es scheint, als hätte die Weinkultur in Châteauneuf-du-Pape zu Beginn des 14. Jh.s begonnen, als Clemens V. hier die ersten Reben pflanzen ließ.

• **Coteaux de Tricastin**, AOC seit 1973, ist vor allem für den Roten bekannt – er wird hauptsächlich aus Syrah-Trauben gekeltert und darf als Jungwein ab dem dritten Donnerstag im November des Erntejahres verkauft werden. Allerdings wird er meist nach 3-5 Jahren Reife noch besser. Der Weiße zeigt Frische und guten Körper; er wird nur aus den drei Rebsorten Roussanne, Marsanne und Voignier erzeugt.

• **Côtes du Lubéron**, AOC seit 1988, ist ein leuchtend roter, fruchtiger Wein, der nach 2-3 Jahren Alterung noch an Qualität gewinnt. Er wird aus einer *Assemblage* mindestens zweier Rebsorten (vor allem Syrah und Grenache), aber auch weiterer lokaler roter Traubensorten gewonnen. Der Weiße ist nicht besonders erwähnenswert und immer ein Verschnitt. Mehr geschätzt ist der Rosé, der aus denselben Trauben wie der Rote gekeltert wird.

• **Côtes de Ventoux** ist einer der leichtesten, fruchtigsten und süffigsten Rotweine des Rhône-Tals. Wie die Roséweine darf er ab dem dritten Donnerstag im November des Erntejahres verkauft werden. Der Weiße ist qualitativ und auch von der Produktionsmenge her von geringem Interesse.
• **Gigondas** hat seit 1971 AOC-Status. Die dunklen Rotweine zeigen vollen Geschmack, können 10-15 Jahre zu ihrem Vorteil altern und würden mehr Beachtung verdienen. Dies trifft ebenso für die Roséweine zu.
• **Lirac** – in dieser AOC, die früher für den Rosé bekannt war, herrscht heute der Rote vor. Die wichtigsten Rebsorten sind Syrah und Mourvèdre. Gut sind auch die Weißen aus einer relativ neuen Assemblage der Rebsorten Macon, Roussanne und Viognier.
• **Muscat-de-Beaumes-de-Venise** ist seit 1945 AOC. Der Wein ist durch Zusatz von Tresterschnaps im Most (aus den Rebsorten Muscat Blanc à Petits Grains und Muscat Rosé à Petits Grains) aufgebessert. Er ist goldfarben und zeigt Nuancen von Aprikose und ein Parfum von trockenen Blumen und Früchten. Der Alkoholgehalt muss mindestens 15 %, der Zuckergehalt 11,1 % betragen. Der Muscat-de-Baumes-de-Venise zählt zu den elegantesten verstärkten Süßweinen der Welt. 90 % dieser AOC wird von der Coopérative des Vins et Muscats produziert.
• **Rasteau**, AOC seit 1944, wird vor allem aus der Rebsorte Grenache gekeltert. Es ist ein *vin doux naturel,* wobei der Rote mit seinem Nachgeschmack von Aprikosenhaut am meisten geschätzt wird. Er kann auch als Weißer und Rosé unter dieser AOC hergestellt werden. Es wird hier auch ein Likörwein des Typs *Rancio* produziert – hierfür wird der Wein in den Fässern zumindest zwei Jahre in die Sonne gestellt, wodurch es zur Oxydation und Maderisation des Weines kommt.
• **Tavel** ist der berühmteste trockene Rosé Frankreichs. Diesen Ruhm hat er nicht zuletzt den modernen Vinifikationstechniken zu verdanken, mit welchen ein frisches Produkt mit blumigen und fruchtigen Duftnoten erzielt werden kann. Die in der *Assemblage* hauptsächlich verwendeten Rebsorten sind Grenache, Cinsault, Clairette, Clairette Rosé, Picpoul, Mourvèdre und noch weitere; keine Traubensorte darf mehr als 10 % der Gesamtmenge ausmachen.
• **Vaqueyras**, AOC seit 1999, ist dunkelrot und zeigt Fülle und Gewürznoten von schwarzem Pfeffer. Er wird hauptsächlich aus Grenache-Trauben gekeltert. Der Weiße ist nicht so geschätzt, da er zu wenig Säure aufweist.
• **Sablet** ist eine AOC an der Rhône-Mündung und wird von der Domaine Viticole des Salins du Midi erzeugt – ein Betrieb, welcher seine Weinreben auf Sandboden zieht.
• Die bekannteste AOC wird mit »drei V« geschrieben – **Valréas, Vinsobres** und **Visan** – und liegt am linken Ufer der Rhône. Die drei Orte gehören zu den Departements Drôme und Vaucluse auf den Voralpen und produzieren fruchtige Rotweine.

Südwesten

Visitenkarte

Anbaufläche
15.000 ha

Klima
atlantisch, viel Regen im Winter und Frühjahr, heißer Sommer, langer und sonniger Herbst

Boden
sehr uneinheitlich

Rebsorten
Cabernet Franc, Cabernet Sauvignon, Merlot, Malbec, Sauvignon, Muscadelle, Sémillon

Wichtigste Weine
Gaillac Méthode Rurale, Madiran, Mombazillac, Montravel, Côtes de Montravel, Haut Montravel, Saussignac, Buzet, Béarn, Irouléguy, Gaillac, Cahors, Bergerac, Pécharmant

Dieses Gebiet besteht aus mehr oder weniger homogenen, teilweise verstreuten Anbaugebieten, in welchen sehr verschiedene Weine erzeugt werden. Das Klima ist atlantisch, und zum Teil, je nach Region, auch mediterran. Der Südwesten liegt im Zentrum der Gascogne (äußerster Südwesten Frankreichs mit der Landschaft Armagnac), wo sich um 1630 der Musketier D'Artagnan zu seinen Heldentaten im Dienste des französischen Königs aufmachte. Das Gebiet ist auch die Heimat von Patrick Ducourneau, dem Erfinder der so genannten *micro-oxygénation*. Der Südwesten wird von Bordeaux, Atlantik, Pyrenäen, Zentralmassiv und den mediterranen Weinfeldern des Languedoc-Roussillon eingegrenzt.

KLIMA UND BODEN Das Klima ist vorwiegend atlantisch mit regnerischem Winter und Frühjahr, heißem Sommer sowie langem und sonnigem Herbst. Einige Weingebiete haben mildes mediterranes Klima: Cahors, Fronton, Gaillac.
Die Böden sind wegen der breiten Gliederung der Region sehr uneinheitlich. Im Bergerac sind die Böden lehmig-kalkig, an der Côte de Duras sandig; Côte de Buzet und Marmandais weisen Kalk- und Schwemmlandböden auf, die Hügel von Cahors Schotter und Lehm, das Lot-Tal Schotter und Schwemmlandsubstrat mit Quarz und Kalk, die Gegend um Gaillac Kalk- und Ton-Kalk-Böden mit Schotter; Sandböden gibt es in Madiran, Tursan und Irouléguy, Sand- und Steinböden in Turançon.

REBSORTEN Die hauptsächlich verwendeten Rebsorten können nach Regionen unterteilt werden. Außer den bekannten Trauben werden noch zahlreiche autochthone Rebsorten angebaut.

- Departement **Dordogne**: rote Rebsorten **Cabernet Franc, Cabernet Sauvignon, Merlot, Malbec;** weiße Rebsorten **Sauvignon, Muscadelle, Sémillon,** für Montravel-Weine auch **Ugni Blanc**.
- Béarn (bei Pau, am Fuß der Pyrenäen): rote Rebsorten **Cabernet Franc, Cabernet Sauvignon, Tannat;** weiße Rebsorten **Gros Manseng, Petit Manseng, Courbou;** für die Weinsorte Pacherenc bei Madiran auch **Arrufiac Combu**.
- Departement **Lot** bei Cahors: rote Rebsorten **Cot Noir** (lokal auch: **Auxerrois**), **Tannat** und **Merlot**; am linken Garonne-Ufer die roten Rebsorten **Cabernet Franc, Cabernet Sauvignon, Malbec** und **Merlot**; weiße Rebsorten **Sauvignon, Sémillon, Muscadelle.**
- Departement **Haute-Garonne** und **Garonne**: die typischste rote Rebsorte ist **Negrelle**.
- Departement **Tarn**: rote Rebsorten **Fer Servadou, Gamay, Syrah, Duras**; weiße Rebsorten **Lende-d'El, Mauzac, Muscadelle, Sémillon**.
- Region um **St-Jean Pied-de-Port** (Irouléguy im Baskenland): rote Rebsorten **Tannat, Bouchy** und **Cabernets**; weiße Rebsorten **Gros Manseng, Courbu**.
- Weniger bekannte Rebsorten sind der weiße **Arrufiac** und der rote **Aboriou**.

WEINE Die hier angewandten Anbau- und Verarbeitungstechniken sind weitgehend ähnlich jenen des Bordeaux-Gebietes, dessen Erweiterung der Südwesten ja eigentlich ist. Die Regionen Béarn, Gaillac und Jurançon verwenden jedoch für die Herstellung der verschiedensten Weinsorten unterschiedliche Vinifikationstechniken. So werden in der baskischen Region von Irouléguy nach wie vor nur die Rebsorten Cabernet Franc und Cabernet Sauvignon angebaut und nach eigenen Methoden verarbeitet. Erwähnt werden muss auch die *Méthode rurale* oder *Méthode gaillaçoise* zur Herstellung des Schaumweines **Gaillac**.
Im 17. Jh. wurden die Weine dieser Region durch die holländischen Händler bekannt, es handelte sich aber vor allem um Weine für die Destillation oder um Süßweine. Es gibt im Südwesten keinen wirklich klassischen Wein, der sich bei den Önologen und Konsumenten durchgesetzt hätte, wenn man vom nach der ***Méthode Rurale*** hergestellten Schaumwein und vom tanninreichen **Madiran** absieht. Dies sind zwar keine besonders ausgezeichneten Weine, wirken aber wegen der Herstellungsart und wegen der deutlichen Rustikalität sehr ungewohnt. Die einzige Ausnahme bildet der in der Gegend von Bergerac produzierte und seit dem 18. Jh. berühmte **Mombazillac**.
Der Südwesten bietet jedoch eine breite Skala an unterschiedlichsten Weinen, worunter sehr wohl einige hervorstechen, darunter süße und trockene Weiße, sowie liebliche Rote (jene von Cahors werden wegen der vielen roten Pigmente sogar als »schwarz« bezeichnet).
Wegen der geringen Anerkennung des Südwestens in der Fachwelt wollen sich die Produzenten von Bergerac und Cahors davon abheben und ihre Herkunftsbezeichnung

Die Dordogne durchfließt den nördlichsten Teil der als »Südwesten« bezeichneten französischen Weinregion.

nicht mit dem Südwesten identifiziert sehen. Nicht ganz zu Unrecht – wenn man den qualitativen Fortschritt der letzten 20 Jahre betrachtet.
Das Gebiet zwischen Landes und Gascogne wird von den Weinen der Pyrenäen beherrscht, von denen besonders **Madiran** (ein neuer Star) und der weiße Süßwein **Pacherenc** hervorzuheben sind.

HERKUNFTSBEZEICHNUNGEN
AOCs der Region Südwesten:
• **Montravel**: frische, fruchtige Weißweine aus Sémillon-Trauben.
• **Côtes de Montravel**: bekannt für die Süßweine aus Sémillon-Trauben.
• **Haut Montravel** (die kleinste und östlichste Appellation des Montravel): geprägt von Kalkböden, wo aus der Rebsorte Sémillon süße, gut ausgewogene Weißweine mit angenehmer Säure hergestellt werden.
• **Mombazillac** und **Saussignac**: süße Weißweine aus der Rebsorte Sémillon, verglichen mit einem Sauternes noch leichter und eleganter. Begünstigt durch das Mikroklima kommt es oft zur Bildung von Edelschimmel. Die Rebfelder befinden sich an den Ufern von Dordogne und Gordonette.
• **Buzet** (AOC seit 1973): die Rebfelder dieser AOC stehen an den Ufern der Garonne. Am linken Ufer entstehen auf Kies- und Tonböden bis Armagnac sehr geschätzte Rotweine. Hauptsächlich verwendet man Merlot-Trauben, die man seit kurzem in *Barriques* reifen lässt. Das Spitzenprodukt ist **Côtes de Buzet Traditionelle Cuvée Napoléon** – er wird manchmal einem Médoc oder Graves gleichgestellt.
• **Béarn**: diese AOC liegt im Baskenland zwischen Gascogne und Pyrenäen und steht für körperreiche Rosé- und Rotweine aus der Rebsorte Tannat. Der Star der Region – Jurançon – wird aus der Rebsorte Petit Manseng und zu kleineren Teilen aus Courbu gewonnen. Die Weinberge liegen in 300-400 m Seehöhe. Der Herbst ist meist lang und sonnig und die Ernte wird oft bis November oder Dezember hinausgeschoben, wobei weiche Weine aus Spätlesen entstehen. Heute wird allerdings häufiger trockener Weißwein (**Jurançon Sec**, AOC seit 1975) produziert.
• **Irouléguy**: dieser Rotwein oder aromatische Rosé wird aus autochthonen Rebsorten (darunter Tannat) gewonnen. Unter den französischen Weingebieten ist es das Spanien am nächsten liegende und so befindet sich auf dem Etikett des Rosé die baskische Aufschrift *»Hotx Hotxa Eaan«*, was soviel bedeutet wie »frisch servieren«.
• **Madiran**: ein rauer, kräftiger Wein aus Tannat-Trauben, der mindestens 20 Monate im Fass reifen muss. Seine beste Qualität erreicht er nach 7-8 Jahren. Der Weinberg von Madiran war als *»Vin du Curé«* bekannt, da der am Pilgerweg nach Santiago de Compostela wachsende Wein von den Pilgern sehr geschätzt wurde. Die Sorte war bereits 1553 am französischen Hof bekannt.

• **Gaillac**: die östlichste und älteste unter den AOCs. Sie lieferte den dunklen Rotwein, der mit dem helleren *Clairet* von Bordeaux verschnitten wurde. Die Appellation umfasst sehr unterschiedliche Weine, die in 63 Gegenden produziert werden. Die besten Qualitäten stammen von Verschnitten der am Ufer des Tarn angebauten Rebsorten. Es handelt sich dabei um typische Rebsorten des Bordeaux und einige autochthone, wie Mauzac, Ondenc und Len de l'El für die Weißen, während bei den Roten die autochthone Traube Fer vorherrscht (es werden aber rote Bordeaux-Sorten angebaut). Erwähnenswert ist der Schaumwein, der von einigen Produzenten nach der *Méthode Rurale* durch Abfüllen des Weines vor dem Ende des Gärverfahrens hergestellt wird.

• **Cahors**: AOC seit 1979. Es ist die nördlichste, aber auch die interessanteste, bereits 1720 bekannte Appellation, deren Weinstöcke am Ufer des Lot wachsen. Der fruchtige Rote mit Noten von Gewürzen und Lakritze ist reich an Körper und edlen Tanninen und gut alterungsfähig (obwohl er hier jung getrunken wird). Er wird heute aus den Rebsorten Malbec (lokal auch: Auxerrois) und Cot gewonnen und teilweise wieder so geschätzt, dass er mit dem Bordelaiser St-Émilion verglichen wird. Eine besondere Tradition von Cahors war die heute nahezu verschwundene *»Barrique perpétuelle«*: man ließ etwa 15-20 % des Weines in der *Barrique* zurück und füllte diesen Wein erst anlässlich eines wichtigen Familienfestes in Flaschen ab. Danach wurde das Fass wieder mit jungem Wein befüllt. Abstich, Abfüllung in Flaschen und Wiederbefüllen der *Barrique* erfolgten früher jährlich bis zum Tod des zweiten der beiden Ehepartner, welche die *Barrique perpétuelle* begonnen hatten.

• Die AOC **Bergerac** betrifft ein großes Gebiet mit 93 Gemeinden in der Umgebung der Stadt Bergerac. Die süßen Weißen haben einen sehr guten Ruf, ebenso die den Bordeaux-Weinen ähnlichen Roten. **Côtes de Bergerac** ist ein tannin- und alkoholreicher Roter, den man ebenso wie einen Bergerac in der *Barrique* reifen lässt.

• Der nordöstlich von Bergerac erzeugte **Pécharmant** ist der beste Rotwein der Region und wird aus den Rebsorten Cabernet, Merlot und Malbec gekeltert. Die Böden sind eisenhaltig und bestehen aus Lehm, Kalk und Kies. Pécharmant wird als einem *Grand Cru* gleichwertig betrachtet.

Comté Tolosan ist der berühmteste Landwein der Region und besteht meist aus einem Verschnitt von Weinen aus verschiedenen Orten.

An der Grenze zum Languedoc- und Rhône-Gebiet wird neben vielen VDQS der Marsillac hergestellt. **Marsillac** ist seit dem 10. Jh. bekannt und bekam 1990 AOC-Status. Er wird aus der Rebsorte Fer Servadou (lokal als Mansoi bekannt) gekeltert und zeichnet sich durch ein Parfum von Himbeere und anderen Früchten, Reichtum an Tanninen und Würze aus und wird am besten jung getrunken.

Luftaufnahme landwirtschaftlicher Güter in der Gegend von Bergerac. Hier wird ein süßer Weißwein gekeltert, der bei den Engländern im 13. Jh. sehr gefragt war.

Languedoc-Roussillon

Diese Weine des »Midi« galten lange Zeit als »plump«, »gängig« und »gewöhnlich«. In den letzten 10-20 Jahren haben sich jedoch einige Weine durch besondere Eleganz ausgezeichnet, wie man es bis dahin höchstens von Süßweinen der Region kannte.
Das Gebiet reicht von Nîmes bis Perpignan, eigentlich sogar bis zu den Pyrenäen, und umfasst entlang der Mittelmeerküste mehrere Departements (Aude, Gard, Hérault, Vaucluse, Pyrénées-Orientales). Das Languedoc reicht von Nîmes bis Carcassonne und das Roussillon von Carcassonne bis zur spanischen Grenze, wobei sie einem großen Bogen den Golfe du Lion einfassen.

GESCHICHTE Das Languedoc-Roussillon ist die größte und auch die älteste Weinregion Frankreichs, wie durch archäologische Funde, griechische Amphoren sowie etruskische und römische Trinkbecher belegt ist. Da lässt der Historiker Roger Dion keinen Zweifel aufkommen: »Es war die erste französische Region, die von der griechisch-römischen Weinkultur zivilisiert wurde.« Die Reben gediehen hier so gut, dass der Wein nach Rom exportiert wurde und Kaiser Domitian – um den Weinbau rund um Rom zu schützen – im Jahr 92 ein Dekret erließ, demzufolge die Hälfte der Weinstöcke ausgerissen werden musste. Nach vielem Auf und Ab erlebte der Weinbau hier im 9. Jh. wieder etwas vom einstigen Glanz, als zahlreiche Klöster entstanden, deren Mönche sich sehr um die Verbesserung des Weinbaus bemühten, die Anbauflächen vergrößerten und nicht nur in der Ebene, sondern auch auf Hängen Rebstöcke pflanzten. Im 14. und 15. Jh., vor allem nach dem Bau des Hafens von Sète, nahm dann der Handel mit anderen Ländern zu.

KLIMA UND BODEN Das Klima ist im Wesentlichen mediterran und für die ganze Region einheitlich: milder Winter, heißer, trockener Sommer mit plötzlichen Wetterstürzen, regnerisches, mitunter kaltes Frühjahr und langer, sonniger Herbst. Es ist die wärmste Region Frankreichs und hat im Jahresmittel eine Temperatur von 14-15 °C. Es regnet selten und in unregelmäßigen Abständen, die jährliche Niederschlagsmenge beträgt 400 mm an der Küste und 1200 mm in den Bergen. Der ständig wehende Mistral verstärkt die sommerliche Trockenheit und kann im Frühjahr die jungen Triebe schädigen, die warmen Winde vom Meer bringen jedoch die für die Reben notwendige Feuchtigkeit.
Die Böden sind wegen der beträchtlichen Vielfalt der geologischen Schichten ziemlich unterschiedlich: Schiefer in Banyuls, Maury, Corbières, Minervois, Faugières; Granitsand und vulkanische Böden in Agde; Ton und verschiedene Mergel sind überall anzutreffen; Terrassen mit Kies aus dem Quartär in Rivesaltes und auch anderswo; Schwemmlandböden in den Ebenen zwischen der Küste und dem Heideland entlang den Flüssen.

REBSORTEN Languedoc-Roussillon ist mit etwa 400.000 ha Rebfläche die größte Weinregion der Welt. Die bei den AOC-Weinen häufigsten Rebsorten sind Carignan, Grenache, Cinsault, Syrah und Mourvèdre. Weitere Rebsorten sind Alicante Bouschet, Ugni Blanc, Carignan Blanc, Terre-Bourret, Bourbaulenc, Maurac, Chenin, Picpoul, Macabeo, Grenache Blanc, Clairette, Muscat, und seit kurzem Cabernet Franc, Cabernet Sauvignon, Merlot, Sauvignon, Chardonnay.
In den 1980er-Jahren begannen zahlreiche Genossenschaften und private Winzer, die eigenen *Domaines* zu sanieren und umzukrempeln – man erhöhte die Pflanzdichte, um die Erträge zu senken und damit die Qualität zu verbessern und konnte die Weinbereitung durch die Einführung der Thermovinifikation besser steuern. Der Lohn dafür waren neue und interessante Weine.

WEINE UND HERKUNFTSBEZEICHNUNGEN Sehr verbreitet sind die Vins de Pays d'Oc. Es gibt zahlreiche AOCs: **Cabardes, Clairette de Bellegarde, Collioure, Coibières, Cosières de Nîmes, Coteaux de Languedoc, Coteaux de Languedoc-Village, Côtes de Roussillon, Côtes de Roussillon-Village, Faugères, Fitou, St-Chinian, Minervois, Limoux.**

SCHAUMWEIN-AOCs
• **Blanquette de Limoux** begann als Perlwein und wurde dann als Schaumwein nach dem Flaschengärverfahren aus den Rebsorten Mouzac (mindestens 90 %), Chardonnay und Chenin Blanc gewonnen. Früher hatte er ein Aroma von gehackten Kräutern, der

Visitenkarte

Anbaufläche
400.000 ha

Klima
mediterran

Boden
Vulkangestein, Schwemmland, Schiefer, Granitsand, Ton, Mergel, Kies

Rebsorten
Carignan, Cinsault, Alicante Bouschet, Mourvèdre, Grenache Noir, Syrah, Ugni Blanc, Carignan Blanc, Terre-Bourret, Maurac, Bourboulenc, Chenin, Picpoul, Macabéo, Grenache Blanc, Clairette, Merlot, Muscat, Cabernet Franc, Cabernet Sauvignon, Sauvignon, Chardonnay

Wichtigste Weine
Cabareds, Clairette de Bellegarde, Collioure, Coibières, Cosières de Nîmes, Coteaux de Languedoc, Coteaux de Languedoc-Village, Côtes de Roussillon, Côtes de Roussillon-Village, Saint-Chinian, Limoux, Faugères, Fitou, Minervois, Blanquette de Limoux, Blanquette Méthode Ancestrale, Crémant de Limoux Banyuls, Maury, Muscat de Frontignan, Muscat de Lunel, Muscat de Rivesaltes, Muscat de Mireval, Rivesaltes, Muscat de St-Jean-de-Minervois, Grand Roussillon

nunmehrige nach der Champagner-Methode hergestellte Wein zeigt viel feinere Aromen von Blumen und Hefe. Er sollte etwa zwei oder drei Jahre nach der Fertigstellung getrunken werden, die guten Jahrgänge *(Millésimé)* halten auch zehn Jahre.

- **Blanquette Méthode Ancestrale**, auch als Vin de Blanquette bekannt, entstand 1531 in der Abtei St-Hilaire und kann zurecht als erster französischer Schaumwein bezeichnet werden. Bei der *Méthode Ancestrale* lässt man den Most in der Flasche vergären und unterbricht die Gärung durch rasches, starkes Abkühlen, wenn der Wein den gewünschten Zuckergehalt (und damit auch Alkoholgehalt) erreicht hat.
- **Crémant de Limoux** sollte als Appellation und von der Zusammensetzung der Trauben her den Blanquette de Limoux ersetzen, wobei für den *Crémant* ein höherer Anteil der besser für die Schaumweinbereitung geeigneten Chardonnay-Trauben verwendet wird. Inzwischen werden beide Bezeichnungen geführt, der *Blanquette* muss mindestens 30 % Chardonnay- und Chenin-Blanc enthalten.

LIKÖRARTIGE WEINE

In Frankreich sind sie eher als *Vins Doux* oder *Vins Fortifiés* bekannt.

- **VDN** sind ***Vins Doux Naturels*** (»Natürliche Süßweine«); sie werden durch Unterbrechung der alkoholischen Gärung von Most aus der Rebsorte Muscat, oder seltener aus den Rebsorten Macabéo, Grenache und Malvasia gewonnen. Sie wurden 1898 in Frankreich gesetzlich reglementiert und werden zu 90 % in der Weinregion Languedoc-Roussillon erzeugt. Der Most muss mindestens 25,2 g Zucker/l enthalten; es erfolgt eine 5-10 %ige Zugabe von 95 %igem Alkohol, sodass der fertige Wein 16-18,5 % Alkohol erreicht. Die hohe Alkoholkonzentration hindert die Hefen an der vollständigen Umwandlung des Zuckers in Alkohol, sodass der Wein schließlich noch die Hälfte des Zuckergehalts der Trauben aufweist. Außerdem enthält der Wein zusätzlich zum beigefügten Alkohol noch einen kleinen Prozentanteil, den die Hefen während der verkürzten Gärung umwandeln konnten.
- **VDL** (oder ***Vin de Liqueur***) – Likörweine, welchen vor Beginn der Gärung Alkohol zugesetzt wurde.

Im Besonderen müssen erwähnt werden:

- **Banyuls**, die südlichste AOC Frankreichs, liegt ganz in der Nähe der spanischen Grenze. Die Weinstöcke (mindestens 50 % Grenache, dazu noch Macabéo Tourbat und Muscat à Petits Grains oder Muscat de Frontignan) werden auf terrassierten Schieferböden sehr steiler Hänge gezogen. Weißwein und Rosé werden aus den gleichen Trauben erzeugt; der Rote ist sehr dunkel und erinnert durch den Schokoladegeschmack an Portwein. Die vom Aroma und Geschmack her beste Qualität erreicht er nach 15-20 Jahren Flaschenreifung. Bei den großen Jahrgängen sind Dörrpflaumen, Gewürze, getrocknete Früchte, Orangenschale, Pfirsich, Anis, Fenchel, manchmal Kaffee, Karamell, Rosinen und Nuss wahrnehmbar. Für **Banyuls Grand Cru** muss der Anteil an Grenache-Trauben vor dem Keltern mindestens 70 % des Verschnitts ausmachen. Die Trauben werden gerebelt, die Beeren mindestens fünf Tage gemaischt. Nach einer Reifung von wenigstens 30 Monaten in Holzfässern ähnelt der Wein einem Porto Vintage. Auf dem Etikett taucht des Öfteren die Bezeichnung ***»Rimage«*** auf – sie bezieht sich auf das katalanische Wort *rime* (Weinstock) und bedeutet »Jahrgang«.
Für **Banyuls Grand Cru Rancio** lässt man den Wein in großen Korbflaschen *(bonbonnes)* oder in Holzfässern (*muids* = 460 l, das Fassungsvermögen variiert allerdings von Region zu Region) sommers und winters in der Sonne stehen. Die Temperaturschwankungen führen zu rascher, starker Oxydation und anderen Reaktionen, welche dem Wein ein unvergleichliches Duft- und Geschmacksaroma verleihen. Häufig werden diese Weine mittels der *Solera* oder *barrique perpétuelle* genannten Methoden gewonnen, wie dies auch bei anderen Weinen ge-

schieht. Nach Prof. Attilio Scienza ist der Banyuls »das Resultat einer engen Verschmelzung zwischen *Terroir* und Vinifikation. Es handelt sich dabei nicht nur um die Charakteristik des Bodens, sondern auch um besondere Techniken zur Weinbereitung, wodurch aus dem Wechsel zwischen Oxydation, Verdunstung und der Arbeit bestimmter Hefetypen ein wirklich außerordentliches Produkt entstehen kann.«

- **Maury** (Roter, Weißer oder Rosé) wird zu mindestens 75 % aus der Rebsorte Grenache (auf Schieferböden) gewonnen und zeigt Aromen von Röststoffen, Beeren, Nüssen und Rosinen. Es wird auch die Typologie *Rancio* hergestellt. Der Maury wird durch Lagerung besser und verträgt eine Alterung von bis zu 30 Jahren.
- **Muscat de Frontignan** (auch: **Vin de Frontignan** oder **Frontignan**): kann ein VDN *(Vin Doux Naturel)* oder VDL *(Vin de liqueur)* sein. Dies ist entweder direkt am Etikett oder auf dem Verschluss gekennzeichnet. Dieser Wein wird der Rebsorte Muscat Doré de Frontignan gekeltert, welche hier auf Kalk, rotem Ton und Schotter wächst. Er ist von heller, goldener Farbe, schmeckt nach Rosinen und hat einen Honig-Abgang. Verglichen mit den VDNs des Loire-Tals (Beaume de Venise) ist er weicher, aber weniger elegant. Seinen besten Charakter zeigt er in den ersten drei Jahren.
- **Muscat de Lunel** wird aus Muscat à Petits Grains gewonnen, der auf Kalk-Sand-Terrassen nordöstlich von Montpellier angebaut wird. Er ist leichter als Muscat de Frontignan, dafür aber feiner und duftiger. Besonders zu erwähnen sind jene vom Château de Grès. Muscat de Lunel war Napoleons Lieblingssorte, als dieser sich auf Sankt Helena im Exil befand.
- **Muscat de Mireval** ist ein VDN, ebenfalls aus Muscat à Petits Grains. Die Rebfelder haben mit Schotter durchsetzte Kalk-Ton-Böden. Dieser Wein ist sehr elegant und säuerlicher als Muscat de Frontignan, weist aber ein weniger deutliches Rosinen-Aroma auf.
- **Muscat de Rivesaltes** ist ein AOC aus Muscat à Petits Grains und Muscat d'Alexandrie. Es gibt ihn weiß oder als Rosé, er ist weich und schmeckt nach Rosinen und Muskat. Seinen besten Charakter zeigt er in den ersten drei Jahren, besonders im ersten Jahr. Er offenbart immer viel Frische und Harmonie.
- **Rivesaltes** stammt im Gegensatz zum obigen aus verschiedenen Verschnitten. Die Appellation umfasst 25 Gemeinden und produziert mehr als die Hälfte der in Frankreich hergestellten VDN-Süßweine, es gibt aber qualitativ hochwertigere Vertreter dieser Type. Rivesaltes wird aus Grenache, Muscat, Macabéo, Malvasia, Tourbet und weiteren Rebsorten gewonnen und verträgt bis zu 20 Jahre Alterung. In guten Jahrgängen wird auch *Rancio* hergestellt.
- **Muscat de St-Jean-de-Minervois** ist eine Subappellation der AOC Minervois. Der goldfarbene Wein schmeckt nach Aprikosen und wird aus Muscat à Petits Grains und Muscat Rosé à Petits Grains gewonnen. Seinen besten Ausdruck zeigt er in den ersten drei Jahren.
- **Grand Roussillon** ist eine auf 100 Gemeinden ausgedehnte AOC, die jedoch wenig VDN erzeugt. Eigentlich ist der Wein eine Assemblage verschiedener VDNs der AOC Roussillon.

Banyuls, im äußersten Südwesten Frankreichs. In dieser AOC werden hauptsächlich Weine aus Grenache-Trauben gekeltert.

Provence

Visitenkarte

Anbaufläche
20.000 ha

Klima
mediterran

Boden
sehr vielfältig; darunter Kalkböden, kristalline Böden, Tonschiefer, roter Lehm, Ton, Sand, Granit, Kieselkonglomerat, Schotter, Tuff

Rebsorten
Clairette, Ugni Blanc (Trebbiano), Rolle (Vermentino), Sémillon, Marsanne, Sauvignon, Braquet Mourvèdre, Grenache, Carignan, Syrah, Cinsault, Cabernet Sauvignon, Folle Noir, Braquet

Wichtigste Weine
Coteaux d'Aix-en-Provence, Bellet, Cassis, Coteaux Varois, Côtes de Provence, Palette, Bandol

Die Rebflächen der Provence liegen im Südosten Frankreichs, zwischen Nizza, Avignon und Marseille und schließen an das Rhône-Delta an. Weinbau und Weinherstellung wurden von Phöniziern oder Griechen eingeführt und von den Römern nach der Eroberung des Gebietes (125 v. Chr.) verbreitet. Das 82 m hohe Aquädukt, das den Weinberg von Roquefavour beherrscht, zeugt noch heute von der römischen Kolonisierung. Die Provence gehört somit zu den ältesten Weinregionen Frankreichs. Vorzugsweise wird der berühmte Rosé – mit dem Beginn des Massentourismus erlebte er einen hohen Bekanntheitsgrad – hergestellt, der aber seinem Ruf nicht gerecht wird. Durch ein höheres Qualitätsbewusstsein der Konsumenten wurde der säurearme Wein dann erheblich umstrukturiert. Es handelte sich um einen »weichen« Wein mit nur sehr kurzem Abgang, der nur wenig von Frucht und Frische erkennen ließ, welche außerdem sehr schnell verloren gingen.
In der Zwischenzeit wurde erfreulicherweise die Qualität einiger Weine erheblich gesteigert – allen voran sei der Bandol genannt. Dieser Wein wird aus der Rebsorte Mourvèdre gewonnen, die gegen Ende des Mittelalters in die Provence eingeführt wurde.
Aus önologischer Sicht scheint die Provence lange Zeit geschlummert zu haben, sodass erst 1977 die erste AOC erteilt wurde. Allerdings gibt es neben dem Bandol noch weitere zurecht berühmte Weine wie den bei Nizza produzierten Bellet, den Cassis und den Pallette.

KLIMA UND BODEN Das typisch mediterrane Klima der Mittelmeerregion zwischen Nizza und Marseille beeinflusst den Weinbau ganz entscheidend. Es gibt einen langen, heißen Sommer, einen langen, warmen, sonnigen Herbst, milde Winter und etwa 3000 Sonnenstunden im Jahr (1300-1500 würden bereits für den Weinbau ausreichen). Eine weitere Charakteristik ist die Möglichkeit eines plötzlichen Wetterumschwungs. Der nördliche Teil steht unter dem Einfluss kühler Winde aus den Alpes-de-Haute-Provence, denen besonders die im Nordosten gelegenen Anbaugebiete ausgesetzt sind. Die Region westlich von Baux ist hingegen durch lange Trockenperioden und sehr heiße Sommer gekennzeichnet. Im Nordosten gibt es viel Herbstregen, im Westen herrscht nahezu Wüstenklima. Die sommerliche Hitze wird jedoch meist durch den Mistral gemildert – dieser Nordwind lässt Pilzkrankheiten gar nicht erst aufkommen, wodurch es auch immer eine sehr gesunde Ernte gibt.
Die Böden sind wie fast überall in Frankreich wegen der geologischen Vielfalt sehr verschiedenartig. So gibt es Kalkböden, kristalline Böden, Tonschiefer, rote Lehmböden, Ton, Sand, Granit, Kieselkonglomerat, Schiefer, Schotter und Tuffgestein. Es sind vor allem Kalk- und zuweilen Schieferböden, die sich auf die Qualität der Weine positiv auswirken. Sehr wichtig für den heutigen Standard sind der Einfluss der Winde vom Meer und der mediterranen Macchia (Pinie, Thymian, Rosmarin etc.), die letztlich ausgewählten Rebsorten und schließlich die richtige Technologie. All dies und die Arbeit der Winzer und Kellereien machen den Charakter der provenzalischen Weine aus.

WEINBAU Heute werden *Terroir* und die zur Verfügung stehenden Technologien voll genutzt, um einen Rosé zu gewinnen, der sich von anderen durch Fülle, Orangenduft und nachhaltige Fruchtigkeit unterscheidet und dazu noch lagerungsfähig ist.
Die Weißweine haben an Qualität gewonnen, aber es scheint, dass noch ein weiter Weg zurückzulegen ist.
Einige Rote sind hingegen durchaus mit anerkannten Qualitätsprodukten anderer Regionen vergleichbar, besonders mit jenen aus dem nahen Rhône-Tal.
Die Anbaufläche (etwa 20.000 ha) ist auf Hänge und Ebenen verteilt. Die übliche Erziehungsform ist die Buscherziehung *(Gobelet)*. Die wichtigsten weißen Rebsorten sind **Clairette, Ugni Blanc** (Trebbiano), **Rolle** (Vermentino), **Sémillon, Marsanne, Sauvignon** und die autochthonen Rebsorten **Folle Noir** und **Braquet**; die wichtigsten roten Rebsorten sind **Mourvèdre, Grenache, Carignan, Syrah, Cinsault, Cabernet Sauvignon**.
Bisher hat noch niemand die Aussage von Oliviers de Serres widerlegt: »Der Geist des Weines ist in der Traube« oder, wie man auch sagt, »Der Wein wird aus dem Rebstock geboren«. Das heißt jedoch nicht, dass Boden und Klima unwichtig wären, die ja mit dem Weinstock ein Ganzes ergeben. Aber auch der Mensch trägt einen wesentlichen Teil bei – in dieser Region war auch die Wahl der für die besonderen Umweltbedingungen richtigen Rebsorten von großer Bedeutung.

ZONEN, HERKUNFTSBEZEICHNUNGEN und **WEINE**. Die AOC-Weine sind nicht nach *Crus* oder *Climats* klassifiziert, sondern in fünf geographische Zonen eingeteilt:
- **La Bordure Maritime** zwischen Saint Raphaël und Hyères.
- **Les Collines du Haut-Pays** rund um Lorgues und Draguignan.
- **La Vallée Intérieur** erstreckt sich hinter dem Massif des Maures von Vidauban bis Toulon.
- **Le Bassin de Beausset** mit den AOCs Bandol und Cassis.
- **La Sainte-Victoire** zwischen dem Mont Sainte-Victoire (im Norden) und den Monts Auréliens (im Süden). Unter den provenzalischen Gebieten ist es Sainte Victoire als

Erstem gelungen, offizielle Anerkennung zu erhalten. Auch die Bekanntheit der Landschaft durch die Bilder Cézannes mag dazu beigetragen haben.

AOCs der Provence:

• **Coteaux d'Aix-en-Provence** ist eine sehr ausgedehnte AOC. Die Rotweine sind die besten Repräsentanten und vertragen eine Alterung von 10 Jahren. Sie sind durch tiefrote Farbe, Duft von schwarzen Johannisbeeren, Kirschen, Gewürzen und Vanille gekennzeichnet. Die verwendeten Rebsorten sind Mourvèdre, Syrah und Cabernet, die Böden bestehen aus Kalk und Lehm. Die Weißweine sind von mittlerer Qualität. **Les Baux de Provence** ist eine seit 1999 bestehende Appellation innerhalb der AOC Coteaux-d'Aix-en-Provence. Der sehr dunkle Rote zeigt Aromen von Kirschen, Pflaumen und Gewürzen und ist je nach Jahrgang 5–10 Jahre alterungsfähig. Der Rosé bietet Fülle und ist im Vergleich zum Großteil anderer Provence-Weine relativ gut alterungsfähig.

• **Bellet** ist der *Cru* von Nizza und wird auf kalkreichen Böden auf den Höhen über der Stadt kultiviert. Diese kleine AOC ist den alpinen Winden ausgesetzt und bringt die autochthonen Rebsorten Folle Noir und Braquet (zusätzlich zu Cincault) sehr gut zum Ausdruck. Diese Trauben verleihen dem Wein – besonders dem Rosé – Duft, Frische und Finesse. Auch der Weiße weist durch die Rebsorte Rolle ein angenehmes, feines Aroma auf. Der Rote gewinnt beim Altern bis zu 10 Jahre an Qualität.

• **Cassis** ist seit 1936 AOC. Dieser Wein wird östlich von Marseille auf vorwiegend kalkigem Boden angebaut und erfreut sich eines meist nicht ganz verdienten Ruhmes. Der Weiße ist verglichen mit anderen Weißweinen aus der Provence etwas besser. Er wird aus den Rebsorten Ugni Blanc, Clairette, Sémillon und Marsanne gekeltert, die dem Wein ein Parfum von weißen Blüten, Pfirsich, Aprikose und exotischen Blumen verleihen.

• **Coteaux Varois** ist erst seit 1993 AOC. Der Rote bietet ein intensives Aroma und Finesse, der Weiße ist frisch und geschmeidig, der Rosé süffig.

• **Côtes de Provence** ist eine für ihre Roséweine berühmte AOC, Qualitätsweine sind jedoch die Rotweine. Die Weine fallen wegen der verschiedenen Bodenarten (Schiefer,

Bestockte Rebfelder der Appellation Bandol, dem wichtigsten Rotwein der Provence. Gegenüberliegende Seite: Weinstock in der Camargue.

Granit, Lehm, Kalk) und der kleinklimatischen Vielfalt im ausgedehnten Gebiet der AOC sehr unterschiedlich aus. Die besten Weine werden aus Syrah- und Mourvèdre-Trauben gekeltert. Die Weißen können qualitativ mit den Roten nicht mithalten, es ist jedoch ein langsamer, beständiger Qualitätsanstieg zu verzeichnen.

• **Palette** ist eine AOC aus zahlreichen, auf kalkreichem Boden gezogenen Rebsorten. Die Weine sind angenehm im Geschmack, unterscheiden sich aber deutlich voneinander.

• **Bandol** ist seit 1941 AOC. Der Wein aus diesem Gebiet war bereits im 6. Jh. v. Chr. berühmt und ist noch immer einer der größten in der Provence hergestellten Rotweine. Diese Gegend zwischen Toulon und Marseille gehört zu den malerischsten Flecken der Côte d'Azur, die Rebfelder (ca. 3000 ha) befinden sich zwischen Strand und Pinienwald. Der Wein ist bis zu 10 Jahre alterungsfähig und wird aus einem Verschnitt der Rebsorten Mourvèdre, Grenache und/oder Cinsault gewonnen. Mourvèdre muss zu mindestens 50 % enthalten sein, Grenache oder Cinsault zu 10 %. Gelegentlich werden auch kleine Mengen Syrah und Carignan hinzugefügt. Die Mourvèdre-Traube ist hauptverantwortlich für den Charakter des Bandol – diese Traube hat kleine, fast schwarze Beeren mit starker Wachsschicht (»Duft«) und dicker Schale und bietet somit ausgezeichnete Voraussetzungen für die Produktion großer Qualitätsweine. Die Sorte reift eher spät und man verwendet nur Trauben von mindestens acht Jahre alten Weinstöcken. Der in diesem Gebiet meist praktizierte Grünschnitt (Entblätterung) in der Traubenzone sorgt für eine weitere Verbesserung des Produkts: der bei der Ernte erzielte Zuckergehalt ergibt letztlich 12,5 % Alkoholgehalt. Der erlaubte Basishöchstertrag ist 40 hl Wein/ha. Die Rebfelder liegen in Richtung Meer und sind vor den kalten Nordwinden geschützt.

Die Mourvèdre-Traube verleiht dem Bandol eine tief dunkelrote Farbe, einen Duft von schwarzen Johannisbeeren und Veilchen, die Grenache-Traube macht ihn kräftig und fruchtig, und die Rebsorte Cinsault steuert Finesse und Gewürznoten bei. Im Bandol sind auch Duftaromen von Pflaumen, Vanille und Zimt wahrzunehmen. Die Fruchtigkeit des jungen Weines ist von relativ herben Tanninen, Duftaromen von Brombeeren, Pfeffer und animalischen Noten begleitet – sie lässt nach und nach Raum für ein volleres Bukett mit Aromen von reifen roten Früchten, Lakritze und verschiedenen Gewürzen. Gleichzeitig nimmt der herbe Geschmack ab und der Wein gewinnt durch den Reichtum an Tanninen, welche den Wein immer mehr »hervorheben«, an Weichheit und Samtigkeit.

Gewöhnliche Sorten erreichen ihre beste Qualität nach etwa 3-4 Jahren. Ein Bandol ist bis zu zehn Jahre – in den guten Jahrgängen sogar noch länger – alterungsfähig. Der Wein muss mindestens 18 Monate in Fässern reifen, bevor er abgefüllt wird.

Weißweine und Rosé müssen vor dem Abfüllen mindestens acht Monate in Fässern lagern und sind nicht so hochwertig wie die Rotweine.

Korsika

Visitenkarte

Anbaufläche
6000 ha

Klima
mediterran, windig

Boden
Schiefer, Lehm, Gneis, Kalk, Granit, Sand

Rebsorten
Sciacarello, Nielluccio (Sangiovese), Muscat, Malvoisie (Vermentino), Ugni Blanc (Trebbiano)

Wichtigste Weine
Patrimonio, Vin de Corse, Ajaccio

In Korsika – auch als *»Île de Beauté«* (»Insel der Schönheit«) bekannt – wurde der Weinstock etwa 600 v. Chr. von Phöniziern und Griechen eingeführt. Später wurde der Weinbau von den Römern fortgesetzt und erweitert. Heute findet man die traditionellen Rebsorten vor allem an der Westküste und neue Rebsorten an der Ostküste. Insgesamt ist das Weinbaugebiet relativ klein, da nach einem Stilllegungsprogramm der EU die Rebflächen drastisch reduziert wurden.

KLIMA UND BODEN Es herrscht das für Mittelmeerinseln typische Klima mit relativ mildem Winter, warmem Frühjahr, Sommer und Herbst, wobei das umgebende Mittelmeer tagsüber die Sonnenhitze aufnimmt und nachts wieder abstrahlt. Ständige Winde temperieren die Sommerhitze und auch der Schirokko (heißer Wind aus dem Süden) ist ein wichtiger Klimafaktor. Wie in allen mediterranen Weinbaugebieten ist die Qualität von Trauben und Wein sehr beständig.
Die Böden bestehen aus Schiefer, Ton, Gneis, Kalk, Granit und Sand.
REBSORTEN Am meisten verbreitet ist die autochthone rote Rebsorte **Sciacarello**, die

vor allem an der Westküste in der Gegend von Ajaccio wächst. Ebenfalls relativ weit verbreitet ist die Rebsorte **Sangiovese**, die hier als **Nielluccio** bekannt ist. Weiters werden **Muscat** und **Malvoisie** (eigentlich ein **Vermentino**) angebaut. Vom einstmaligen Ruhm, den die korsischen Weine vom 17. bis zum 19. Jh. genossen, ist heute nichts mehr übrig. Etwa 90 % der heutigen Produktion sind *Vins de Pays*, einige davon sind jedoch – besonders die Roséweine – sehr schmackhaft. 10 % der Rebflächen befinden sich auf felsigen Berghängen. Die mediterrane Vegetation spiegelt sich auch im Bukett des Weines – gemeinsam mit einem Pfefferaroma – wider.

HERKUNFTSBEZEICHNUNGEN Nur 15 % der korsischen Rebflächen gehören zu einer AOC.

- Die älteste AOC **Patrimonio** mit den Typologien Rosé-, Rot- und Weißwein besteht seit 1968. Roter und Rosé basieren auf der Rebsorte Nielluccio mit kleinen Teilen Grenache und Sciacarello. Der Weiße wird fast ausschließlich aus Ugni Blanc (Trebbiano) gekeltert. Die Reben werden auf Tonkalkboden im Norden der Insel, am Golf von Saint-Florent an der Westküste, rund um die Ortschaft Tricastin angebaut. Aus Muscat-Trauben entsteht hier ein Süßwein, der je nach Jahrgang von guter oder bester Qualität sein kann. Die Weine der AOC Patrimonio sind alle körperreich und sehr fruchtig und genießen einen guten Ruf.
- **Vin de Corse** ist eine regionale AOC, die Weine auf der ganzen Insel umfasst. Diese Weine sind eher schlicht und werden wegen ihrer Echtheit und Rustikalität geschätzt. Es werden alle drei Farbtypologien – weiß, rosé und rot – angeboten.

Zu dieser AOC gehören verschiedene Unter-Appellationen, die auf der ganzen Insel verteilt sind – **Cap Corse, Calvi, Sartèno, Figari, Porto Vecchio**. Von diesen zeichnet sich besonders der rote, nur in kleinen Mengen hergestellte Vin de Corse Porto Vecchio aus, der in guten Jahrgängen bis zu fünf Jahre alterungsfähig ist. Er ist reich an Parfum mit Noten von Röststoffen und süßem Tabak.

- **Ajaccio** ist seit 1976 AOC. Die Reben wachsen auf Lehm-Sand-Granit-Böden an den Hängen rund um die gleichnamige Stadt. Produziert werden Rotwein (gut alterungsfähig), Rosé und ein hervorragender Weißer aus Vermentino-Trauben.

Weinberge am Golf von Saint-Florent – sie gehören zur AOC Patrimonio.

ITALIEN

Italien kann auf eine mehr als 2000-jährige Geschichte der Weinkultur zurückblicken, die hier bereits eine Blütezeit erlebte, als in anderen europäischen Ländern nur Bier und Apfelwein getrunken wurden. Zurecht darf Italien als »Land des Weines« bezeichnet werden – 700.000 ha für die Herstellung von Wein vorgesehene Rebflächen werden von etwa ebenso vielen Winzern bewirtschaftet – und in sieben von zehn Jahren war Italien das Land mit der weltweit größten Weinproduktion. Dies ist nicht zuletzt dem Umstand zu verdanken, dass die Anbaugebiete in Italien weniger als anderswo von klimatischen Widrigkeiten beeinträchtigt werden.

GESCHICHTE

Die Apenninenhalbinsel wurde von den Griechen, als sie Sizilien und andere Mittelmeerregionen eroberten, als »*Enotria Tellus*« (»Land des Weines«) bezeichnet, da die Reben, die von griechischen Siedlern und Händlern gepflanzt wurden, hier oft besser gediehen als im Herkunftsland.
Auf der italienischen Halbinsel entstanden, unabhängig voneinander, mehr oder weniger gleichzeitig mehrere neue Weinbauzentren, die sich jedoch nicht nur im Süden Italiens befanden. So wurde beispielsweise in Etrurien (Toskana), Sardinien und Norditalien durch die einheimische Bevölkerung Weinbau betrieben.
Nachdem der Glanz des Römischen Reiches verblasst war, übernahmen im »dunklen« Mittelalter die Mönche in ganz Europa die Aufgabe, Weinbau und Weinbereitung weiterzuführen und zu verbessern. Insbesondere ist die Schule von Salerno (9.–11. Jh.) zu erwähnen, wo bedeutende Gelehrte von überallher zusammenkamen, um die Auswirkungen des Weines auf den menschlichen Organismus zu studieren. Erwähnenswert ist noch, dass Leonardo da Vinci, Michelangelo und auch Galileo Galilei Wein produzierten.
Ein besonderer Hinweis auf die Wertschätzung des Weines ist die Tatsache, dass bereits 1475 am savoyischen Hof Trinkgläser in Verwendung waren. Der langen Zeit, in der italienische Weine an den feinsten Tafeln Europas serviert worden waren, folgte eine ausgedehnte Periode, in welcher Weine anderer Länder bevorzugt wurden.

Miniaturbild aus dem 11. Jh. mit Weinverkäufer.

Im 19. Jh. begann, vorerst im Piemont, eine langsame aber beständige Renaissance der italienischen Weine. Heute kann jede italienische Region qualitativ hochwertige Weine aufweisen. So fragte Rolf Bichsel: »Welches andere weinproduzierende Land kann von sich behaupten, so hohe Ziele in so kurzer Zeit erreicht zu haben?« Außerdem haben es die italienischen Weinproduzenten sehr gut verstanden, dem Konsumenten gegenüber Wein mit Lebensfreude, schöner Landschaft, Gastronomie, Kultur und der Botschaft vom *Dolce Vita,* der italienischen Lebensart, in Zusammenhang zu bringen.

KLIMA UND BODEN

Die Längenausdehnung der Halbinsel (etwa 1200 km) bringt eine extreme Vielschichtigkeit von klimatischen und kleinklimatischen Bedingungen mit sich – vom alpinen Klima im Norden bis zum mediterranen Klima mit langen Sommern und relativ hoher durchschnittlicher Jahrestemperatur in den südlichen Regionen. Auf den vielfältigsten Böden gedeihen mehr als 600 autochthone und die wichtigsten internationalen Rebsorten. So kann das Land eine beeindruckende Varietät an Weinsorten anbieten und sicherlich jeden individuellen Geschmack zufrieden stellen.

ANBAUGEBIETE

Der bekannte Önologe Renato Ratti hat die italienischen Weinbaugebiete in **Voralpen, Adriatisches** und **Tyrrhenisches Gebiet, Süditalien** und **Mittelitalien** eingeteilt. Es ist jedoch einfacher, die Weine den 20 Regionen zuzuordnen. Innerhalb der Regionen haben einzelne Provinzen Verzeichnisse der für die Weinproduktion geeigneten Rebsorten erstellt. Es erfolgte eine Einteilung in Reben, welche wegen ihrer Qualität »empfohlen« und in andere, die nur »erlaubt« waren, aber ebenfalls sehr gute Resultate erbrachten. Nach einer EU-Verordnung von 2003 sollen solche Rebsortenverzeichnisse auf nationaler Ebene geprüft und angenommen werden. Wobei sich aber bis heute zum Glück noch nichts getan hat – denn ansonsten müsste man die Zusammensetzung der Rebsorten sehr vieler DOC-Weine überprüfen.

KLASSIFIKATION DER WEINE

Die Echtheit von Weinen durch Klassifikation zu garantieren, war schon seit jeher in allen Ländern der Welt ein Anspruch der besten Weinhersteller. Die erste verbindliche Wein-Appellation der Halbinsel stammt aus dem Jahr 1761, als der Großherzog der Toskana eine Festlegung des Chianti-Gebietes vornahm. Aber auch in anderen Regionen waren bereits *Termini* für bestimmte Produktionsgebiete in Gebrauch. So wurde in Alba zum Schutz des lokalen Weines 1758 ein Erlass herausgegeben, der die »Einfuhr von Weinen minderer Qualität« verbot. Es sollte jedoch bis 1963 dauern, bis eine nationale Weingesetzgebung über die Herkunftsbezeichnungen durch Senator Paolo Desana erlas-

Die Weinberge von Cinque Terre in Ligurien liegen auf langen steilen Hängen über dem Meer und sind vielleicht die spektakulärsten Italiens.

Eine alte Weinkelter in einem Keller von Canelli.

sen wurde. Das Gesetz sah die Festlegung der Produktionsgebiete und deren Kontrolle zum Schutz von Konsumenten und Produzenten vor. Neben der Norm *Denominazione di Origine* von 1963 wurde 1992 eine weitere geschaffen und derzeit ist noch eine dritte in Ausarbeitung.

Herkunftsbezeichnungen:
Die »weniger edlen« Weine werden als ***Vini da Tavola*** (Tafelweine) bezeichnet und umfassen
• ***Vini da Tavola*** ohne weitere Zusätze – dies sind die häufigsten Weine – und
• ***Vini con Indicazione Geografica Tipica*** (**IGT** – Weine mit Angaben zum Anbaugebiet), bei deren Produktion bestimmte Regeln eingehalten müssen.

Vini di Qualità (Qualitätsweine) tragen in der EU das Kürzel VQPRD (*Vino di Qualità Prodotto in Regione Determinata* – Qualitätswein bestimmter Gebiete). Sie umfassen:
• Weine mit ***Denominazione di Origine Controllata*** (**DOC**, kontrollierte Herkunftsbezeichnung) – mehr als 300 Appellationen und über 4000 Weine.
• Weine mit ***Denominazione di Origine Controllata e Garantita*** (**DOCG**, kontrollierte und garantierte Herkunftsbezeichnung). Derzeit sind es nur 30 Appellationen (aber weitere werden hinzukommen), die etwa 25 % aller italienischen Weine ausmachen. Zur Kennzeichnung der DOCG-Weine wird der Flaschenverschluss mit einer Banderole umschlungen, die beim Entkorken zerstört wird.

Für Qualitätsweine sind die Produktionsvorschriften strenger; überdies müssen sie von einer Kommission geprüfter Weinverkoster der für die jeweiligen Weine zuständigen Handelskammer geprüft werden, bevor sie Anspruch auf die Qualitätsbezeichnung haben. An Besonderheiten gibt es noch: ***Spumante*** (Schaumwein), ***Vino aromatizzato*** (aromatisierter Wein), ***Vino liquoroso*** (Likörwein), **Mistella** (gespriteter Most). Die Weinbauern legen erst bei der Ernte fest, wofür diese bestimmt ist – das heißt dass die Trauben eines Weinbergs für einen DOCG- oder DOC-Wein oder auch für einen Tafelwein verwendet werden können. Die Appellation DOCG ist jedoch auf solche Weine beschränkt, die bereits seit fünf Jahren DOC-Status haben und außerdem besondere Vorzüge und einen hohen Handelswert aufweisen können.

ETIKETTEN

Die Angaben auf den Etiketten italienischer Weine sind von der EU festgelegt und umfassen:
• **Obligatorische Angaben**: Name der Appellation gefolgt von *»Denominazione di Origine Controllata«*, *»Denominazione di Origine Controllata e Garantita«* oder *»Vino da tavola«*; Alkoholgehalt des Weines in Volumenprozent; Flascheninhalt, eventuell mit nachgestelltem **»e«;** Name oder Firmenname des Abfüllers; Gemeinde oder Adresse des Abfüllers; Registrierungscode des Abfüllers; Staat, in welchem der Wein hergestellt wurde; Umwelthinweis zur richtigen Entsorgung; Seriennummer der Flasche; der Hinweis *»contiene solfiti«* (»enthält Schwefel«), wenn vorhanden, was fast immer der Fall ist; bei DOCG-Weinen, Jungweinen, als *»Superiore«* oder *»Riserva«* klassifizierten Weinen und bei DOC-Weinen, bei welchen dies vorgeschrieben ist, der Jahrgang.
• **Freiwillige normierte Angaben**: Name des Händlers oder Zwischenhändlers; Abfüllung durch Dritte; Landgut, Bauernhof, Winzer, Hinweise auf den Betrieb des Abfüllers; Farbe des Weines.
• **Freiwillige nicht normierte Angaben**: weitere Informationen über den Wein, die aber richtig und nachweisbar sein müssen. Zum Beispiel: Zertifikat ISO 9002, Hinweise auf farbliche, geruchliche und geschmackliche Eigenschaften des Weines, Hinweise auf biologische Methoden des Weinbaus, Geschichte des Weinhauses, Geschichte des Weines.

Aostatal

Diese kleine Region im Nordwesten des Piemont ist fast durchwegs hügelig oder gebirgig und hat nur eine Weinbaufläche von 600 ha. Der Weinbau ist hier zum großen Teil eine »abenteuerliche« Arbeit, da sich die Reben buchstäblich an Felsen und steile Abhänge klammern. Vermutlich hatten hier bereits die Salasser Wein angebaut, bevor sich die Römer im 2. Jh. v. Chr. ansiedelten und Wein erzeugten.
60 % der im Aostatal hergestellten Weine sind als *»di montagna«* (»vom Berg«) klassifiziert – die Reben dafür werden auf kleinen Terrassen in Pergola-Erziehung angebaut; 35 % sind als *»di collina«* (»vom Hügelgebiet«) klassifiziert – hier werden die Reben in Niedrigkultur nach dem Guyot-System angebaut; nur 5 % stammen *»di pianura«* (»aus der Ebene«), wo vorwiegend mit roten Rebsorten bestockt wird. Die Pflanzdichte variiert von 2500-3000 Stöcken bei der Pergola-Erziehung über 7000 bei Guyot-Erziehung bis zu 9000 bei Buscherziehung. Die durchschnittliche Betriebsgröße eines Weinguts beträgt nur 0,22 ha. Es gibt sechs sehr qualitätsbewusste Kellerei-Genossenschaften: Caves Cooperatives de Donnas, La Crotta de Vigneron, La Cave des Onze Communes, La Kiuva di Arnad, La Cave du Vin Blanc de Morgex et de La Salle und Co-Enfer d'Arvier. In den letzten 15 Jahren hat die Region riesige Fortschritte gemacht und erzeugt nun qualitativ hochwertige, ja sogar einige exzellente Weine. Ein großes Verdienst ist dem *Institut Agricole Régional* zuzuschreiben, dass ab den 1960er-Jahren mit Kanonikus Joseph Vaudan Studien am Weinberg und im Keller durchgeführt hat. Man wählte die geeignetsten Rebsorten für die verschiedenen *Terroirs* des Aostatals, rationalisierte die Arbeit in den Weingärten und installierte Berieselungsanlagen. Nach mehreren Jahren versuchsweiser Herstellung kleiner Weinmengen und professioneller Hilfe von Seiten der Region konnten beste Resultate erzielt werden, wie die nun alljährlich produzierten Qualitätsweine beweisen.

KLIMA UND BODEN Das Klima ist halbkontinental mit kalten Wintern, die teilweise durch den Alpenbogen, der den nördlichen und westlichen Teil der Region umgibt, gemildert werden; die Sommer sind heiß und trocken; wegen des ständig wehenden leichten Windes kann die Verwendung von Pflanzenschutzmitteln auf ein Minimum reduziert werden. Die Niederschlagsmenge variiert von 300-400 mm im Tal und 500-700 mm in mittleren Höhen bis über 800 mm in Seehöhen über 1000 m, wo Prié Blanc (Blanc de Morgex et de La Salle) angebaut wird. Die Weinberge liegen fast alle an den Abhängen am linken Ufer der Dora Baltea (Nebenfluss des Po); die Rebzeilen sind so ausgerichtet, dass die meisten Sonnenstunden und die besten Temperaturbedingungen genutzt werden können.
Der Boden ist vorwiegend sandig mit beträchtlichen Unterschieden bei den weiteren Bestandteilen; bei Chambave gibt es beispielsweise eine kalkhaltige Zone.

Visitenkarte

Anbaufläche
600 ha

Boden
vorwiegend sandig

Klima
halbkontinental, wenig Regen, leicht windig

Rebsorten
Prié Blanc, Fumin, Malvasia di Nus, Petite Arvine, Neyret, Petit Rouge, Vien de Nus, Prëmetta

Wichtigste Weine
Valle d'Aosta (oder Vallée d'Aoste) DOC: Blanc de Morgex e de La Salle, Chambave Moscato, Nus Malvoisie Flétri, Petit Rouge, Donnas, Torrette, Enfer d'Arvier, Arnad-Monjovet, Prëmetta, Pinot Grigio, Pinot Nero, Petite Arvine, Müller-Thurgau, Gamay, Fumin, Chardonnay, Vendemmia Tardiva (dazu gehört auch Eiswein)

Durch die tiefen Wintertemperaturen kann im Aostatal häufig Eiswein (wie etwa auch in Kanada, Österreich und Deutschland) hergestellt werden.

ANBAUGEBIETE Man unterscheidet die drei Zonen:

• **Oberes Tal** oder **Valdigne** – die zwischen 900 und 1300 m Seehöhe liegenden Rebfelder sind die höchsten Italiens; die sandigen Böden stammen aus der Eiszeit.

• **Mittleres Tal**, zwischen Avise und Saint Vincent – hier werden rote Trauben angebaut, darunter **Petit Rouge, Malvoisie** und **Muscat**. Diese Zone befindet sich in 500-700 m Seehöhe; die Böden sind lehmig-sandig und schottrig, ausgenommen Chambave mit kalkhaltigem Boden.

• **Unteres Tal** von Saint Vincent bis Carema (jenseits der Regionsgrenze, in der Provinz Turin); hier wird hauptsächlich **Nebbiolo** (lokal **Picutener** genannt) angebaut, aus dem auf lehmig-sandigen Böden gute, alterungsfähige Weine gewonnen werden.

REBSORTEN Einige der hier angebauten Rebsorten haben sich hervorragend an ihre Umgebung angepasst. So haben **Nebbiolo, Dolcetto** und **Barbera** andere Eigenschaften als diejenigen, die im Piemont wachsen, und auch die französischen Rebsorten Pinot Noir und Gamay haben hier eine eigene Charakteristik.

Weitere wichtige Rebsorten:

• **Prié Blanc** (auch als **Blanc de Morgex** bekannt) ist eine autochthone Rebsorte, die durch Ableger vermehrt wird. Dabei wird ein lebender Trieb des Rebstocks nach unten gebogen und in die Erde gesteckt, wobei man das Ende teilweise herausstehen lässt. Nach 2-3 Jahren, wenn dieser Teil Wurzeln geschlagen hat, wird er von der Mutterpflanze getrennt und stellt nun eine eigene Pflanze dar. Dies ist nur möglich, weil die Reblaus in Morgex, wo diese Rebsorte in 1200 m Seehöhe angebaut wird, nicht überleben kann.

• **Fumin** ist eine weitere autochthone Sorte, welche dem Wein spezielle mineralische Noten und Raucharomen verleiht.

• **Malvasia di Nus** ist eigentlich ein Pinot Gris (das gleiche Bezeichnungswirrwarr wie auch im Elsass und in der Schweiz!) und ergibt sehr feine Weine.

• **Neyret** ist eine autochthone Rebsorte, die für den Verschnitt verwendet wird, um dem Wein mehr Farbe zu verleihen.

• **Petit Rouge** ist entweder eine autochthone Rebsorte oder stammt aus der Schweiz. Die daraus gewonnenen Weine zeichnen sich durch ihre Harmonie von Aromen und Geschmacksnoten und ihre Finesse aus.

• **Petite Arvine** ist eine Traube mit weißen Beeren und wurde aus der Schweiz eingeführt. Diese Rebsorte verleiht dem Wein fruchtige Pfirsichnoten.

• **Vien de Nus** ist eine autochthone Rebsorte und verleiht dem Rotwein besondere Fruchtigkeit.

• **Prëmetta** ist ebenfalls eine autochthone rote Rebsorte, hat aber wenig Farbe, die Trauben aus höheren Lagen ergeben kirschrote Weine. Die Reben werden meist auf niedrigen Pergolen gezogen, in den tieferen Lagen herrscht das Guyot-System vor.

WEINE Alle DOC-Weine der Region werden unter der einzigen Appellation **Valle d'Aosta** oder (wegen der Zweisprachigkeit des Tales) **Vallée d'Aoste** vertrieben.

Die qualitativ bemerkenswertesten sind:

• **Blanc de Morgex et de La Salle** Der auf terrassierten Weingärten gewonnene Wein fand seinen Retter und Fürsprecher in Abt Alexandre Bougeat. Die Trauben, die hier wachsen, sind wegen der guten Widerstandsfähigkeit der Rebstöcke, der kalten Winter und dem ständig wehenden Wind meist überaus gesund. Der Wein ist strohgelb mit grünlichem Schimmer, hat ein zartes, trockenes, säuerliches Aroma und ist leicht perlend. Er wird auch als Schaumwein *(Extra Brut, Brut* und *Demi-Sec)* nach dem Flaschengärverfahren hergestellt.

• **Chambave Moscato** Ein aromatischer Wein in den Typologien trocken, Schaumwein und *Passito*. Diese drei Weinarten werden auf dem kalkigen Boden von Chambave aus der

Rebsorte Muscat gewonnen und sind ganz besondere Weine. Der Trockene hat eine Finesse, die anderswo nur die besten Weine erreichen können, und dessen Muskataroma sich als äußerst rein und in perfekter Harmonie mit Alkoholanteil, Säure und den anderen Bestandteilen erweist. Der *Passito* (auch: *flétrie*) wurde bereits im 15. Jh. vom französischen König geschätzt. Sobald er fertig ausgebaut ist, zeigt er ein Bukett von duftenden Blüten und er behält auch bei längerer Lagerung seine Bernsteinfarbe. Die angenehme Restsüße (5-6 %) harmoniert sehr gut mit dem Alkoholgehalt (mindestens 13 %) und der leichten Säure. Dieser Wein setzt die Tradition der »griechischen« Weine in verfeinerter Weise fort.

• **Nus Malvoisie Flétri** ist ein Weißwein mit leichtem, aber komplexem und angenehmem Aroma, das durch späte Lese erzielt wird. Der Zuckergehalt von 4 % verleiht ihm eine geradezu vorbildhafte Geschmeidigkeit und Harmonie.

• **Petit Rouge** Dieser große Rotwein wird aus der gleichnamigen Rebe gewonnen, er ist weinig, fruchtig und zeigt intensive, vielfältige und komplexe Aromen, welche die Sinne beim Verkosten nahezu mit Reizen überfluten. Er ist harmonisch und in allen Bestandteilen sehr ausgeglichen. Der Wein ist 4-5 Jahre alterungsfähig, es wäre aber schade, ihn nicht im ersten Jahr zu verkosten, da die Parfums und Aromen in den folgenden Jahren nur mehr teilweise vorhanden sind.

• **Donnas** Er ist unter den länger ausgebauten Weinen der Paradewein des Aostatals. Man gewinnt ihn aus Nebbiolo-Trauben und lässt ihn statt der vorgeschriebenen zwei Jahre oft vier oder mehr Jahre reifen. In den ersten beiden Jahren ist er rau mit harten Tanninen und wird nur sehr langsam weicher, wobei er Mandelaromen annimmt. Um die Arbeit in den sehr steilen Weinbergen zu erleichtern, wurde vor einigen Jahren eine Einschienenbahn errichtet.

• **Vino di Ghiaccio** (Eiswein). Die Trauben für den Eiswein werden erst nach zwei oder drei aufeinander folgenden Nächten mit Temperaturen von –8 bis –10 °C geerntet, wenn sich kleine Eiskristalle im Inneren der Beeren und häufig auch eine dünne Eisschicht um die Beeren gebildet hat. Durch das Gefrieren wird den Trauben Wasser entzogen und somit kommt es zu einer größeren Konzentration der anderen Bestandteile. Der Ertrag beträgt etwa 35 Quintale/ha, woraus 20 Quintale Wein gewonnen werden. Die außergewöhnlichen Behälter für die Weinbereitung fassen 40-200 l und werden aus sieben verschiedenen Holzarten hergestellt.

Auch andere Weine, die unter der Herkunftsbezeichnung Valle d'Aosta (Vallée d'Aoste) vermarktet werden, können als kleine önologische Schätze gesehen werden: **Torrette, Enfer d'Arvier, Arnad-Montjovet, Prëmetta, Pinot Grigio, Pinot Nero, Petite Arvine, Müller-Thurgau, Gamay, Fumin, Chardonnay.**

Außerdem begann man kürzlich (2002) Weine aus **Spätlesen** herzustellen, die ebenso wie die Eisweine (in Jahren, wo diese vom Klima her produziert werden können) durch Wohlgeschmack und harmonische Ausgeglichenheit besondere Aufmerksamkeit verdienen.

Viel zu wenig bekannt sind die in der DOC Valle d'Aosta erzeugten **Cornalin, Mayolet, Nebbiolo, Novelli** und weitere aus internationalen Reben gewonnene Weine.

Solche Steinpfeiler als Stütze für die Reben sind in vielen Weinbergen des Aostatals zu sehen.

Piemont

Visitenkarte

Anbaufläche
60.000 ha

Boden
vorwiegend Kalk, mit Zonen von sauren oder lehmigen Moränengebieten

Klima
temperiert kalt

Rebsorten
Moscato Bianco, Cortese, Arneis, Erbaluce, Nebbiolo, Barbera, Bonarda, Grignolino, Dolcetto, Freisa, Malvasia

Wichtigste Weine
Barolo, Barbaresco, Barbera in verschiedenen Varianten, Dolcetto in verschiedenen Varianten, Cortese di Gavi, Arneis del Roero, Erbaluce di Caluso, Erbaluce di Caluso Passito, Grignolino, Ghemme, Gattinara, Nebbiolo d'Alba

»Mit der Herstellung des als Barolo bekannten Weines begannen zu Beginn des 19. Jh.s die Grafen Falletti. Danach trug Graf Camillo Cavour viel zum Ruhm dieses Namens bei, indem er den Grafen Oudart auf sein Schloss in Grinzane rief, um den nunmehr berühmt gewordenen Barolo zu prozudieren« (Kanonikus Domenico Massé, 1928). Oudart arbeitete 1840 für die Grafen Falletti – und dieses Jahr gilt als Geburtsjahr des Barolo, wie wir ihn heute kennen. Es ist jedoch erstaunlich, dass das Piemont vor allem für seine roten, trockenen, nicht aromatischen, lange gelagerten Stillweine bekannt ist, während viel mehr weiße, süße, aromatische Schaumweine (Asti oder Asti Spumante) oder Perlweine (Moscato d'Asti) hergestellt werden.

GESCHICHTE Die Weinbaugeschichte des Piemont geht auf etwa 1000 v. Chr. zurück, wie aus zahlreichen Fundstücken belegt ist – darunter einige Traubenkerne, die am Lago di Viverone im Canavese-Gebiet gefunden wurden. Vermutlich wurde der erste Wein von ligurischen oder keltischen Völkern hergestellt, die im 6. Jh. v. Chr. in diesem Gebiet siedelten. Es handelte sich bereits um eine fortgeschrittene Weinkultur, nachdem die Griechen Neuerungen vom Rebschnitt bis zur Niedrigkultur eingeführt hatten, während die Etrusker die Reben auf hohe Bäume klettern ließen. Dazu kam der Gebrauch von Holzfässern und Weinkellern – sie waren laut Plinius von den Kelten erfunden worden, um den Wein länger lagern zu können. Gerade im Piemont konnte die griechische Art der Weinbereitung (süß und alkoholreich) gut Fuß fassen, sodass auch heute noch mit Erfolg ein Erbaluce di Caluso Passito produziert wird, oder der nahezu vergessene aber ausgezeichnete Chiaretto di Cavaglià, der mehr als 100 Jahre Lagerung verträgt!

Im 19. Jh. wurden nach der Beschreibung des Ampelographen Giuseppe di Rovasenda im Piemont 3000 verschiedene Rebsorten kultiviert, und nach Chevalier de Plaine war das »*Terroir* des Piemont perfekt für die Herstellung des wertvollen Getränkes Wein geeignet«. Die Entwicklung des modernen Weinbaus begann im Piemont (und machte auch Italien wieder als Weinland berühmt), als die Grafen Falletti und danach der savoyische Kanzler Camillo Benso di Cavour den französischen Weinkundler Oudart wegen des Barolo-Weines um Rat fragten. Dieser nunmehr trockenere Wein wurde nach der neuen, in Frankreich verwendeten Art der Weinbereitung hergestellt und gewann in wenigen Jahren internationalen Ruhm. Der Barolo konnte nun altern, ohne zu verderben, während früher der Restzucker im Wein die Bakterientätigkeit gefördert hatte. So begann die moderne italienische Önologie, die in den 1970er-Jahren durch die europaweit größte Modernisierung in Keller und Weingarten eine wahre Renaissance erlebte.

KLIMA UND BODEN Im Piemont herrscht temperiert kühles Klima. Die Region liegt am Fuß der Alpen (der Name »Piemont« stammt von *»piedi monte«* – »am Fuß des Berges«), welche einen Halbkreis von Westen nach Osten bilden und vor kalten Nordwinden schützen. Die meisten Weinberge und Rebfelder (95 %) liegen auf den den Alpen vorgelagerten Hügeln – hier ist die Temperatur milder als in der Poebene. Regen fällt im Frühjahr und Herbst etwa gleich viel, die jährliche Niederschlagsmenge beträgt 650-1000 mm. Ein Klima, das, wie Philip Wagner beschrieb, am besten geeignet ist, um fruchtige Weine mit ausgeglichenem Alkohol-Säure-Gehalt, angenehmen Aromen und Alterungsfähigkeit zu gewinnen.

Der Boden ist vorwiegend kalkig, aber man findet im nördlichen Teil der Region auch Moränenböden, saure oder lehmige Böden.

ANBAUGEBIETE

- **Carema** liegt im Nordwesten des Piemont an der Grenze zum Aostatal. Die Reben wachsen ebenso wie in den Voralpengebieten von Biella und Vercelli auf Moränenböden – ausgesuchte Böden für den Anbau von Nebbiolo. Im südlichen Teil des Canavese gibt es die gleichen sauren Moränenböden, es wird aber bevorzugt die Rebsorte Erbaluce angebaut.
- Die **Colli Novaresi** (östlich von Biella und Vercelli) haben gleiches Klima, gleichen Boden und die gleichen Rebsorten wie das obige Gebiet (vorwiegend Niebbiolo, Bonarda und Erbaluce).
- **Monferrato** (**Casalese** und **Astigiano**) ist das älteste und bekannteste Weingebiet Piemonts. Der Boden ist kalkig-lehmig und das Klima ähnlich wie in den vorhergehenden Gebieten. Es wird vorwiegend die Rebsorte Barbera angebaut, aus welcher körperreiche, weinige, erdige Weine gewonnen werden.

• Die **Colli Tortonesi** nehmen eine dem Apennin vorgelagerte Hügelkette ein und grenzen an die Lombardei. Hier werden vor allem die Rebsorten Cortese und Dolcetto kultiviert.

• Die **Colli Torinesi, Pinerolesi** und **Chieresi** sind mit Freisa, Malvasia, Grignolino, Dolcetto, Bonarda und anderen autochthonen Rebsorten bestockt.

• Das Gebiet der **Langhe** ist das Aushängeschild des Piemonteser Weinbaus; der Name stammt aus dem Keltischen und bezieht sich entweder auf die lang gezogene Form der Hügel oder bedeutete »verlassene Einöde«. Es gibt Kalk-Lehm-Mergel-Böden; die Zusammensetzung der Spurenelemente charakterisiert und unterscheidet auch innerhalb eines eingeschränkten Gebietes manche Lagen. So gibt es beispielsweise im Barolo-Gebiet manche Böden, die reicher an Eisen und Bor sind und andere, die mangan- und eisenhaltiger sind.

Die vorherrschenden Rebsorten sind Nebbiolo, Dolcetto, Moscato Bianco und Barbera.

• Das Roero ist eine Hochebene marinen Ursprungs auf der linken Seite des Flusses Tanaro und ist durch steile, runde Hügel charakterisiert, die eine Verlängerung der Langhe darstellen. Die am meisten verbreiteten Rebsorten sind Nebbiolo, Barbera und Arneis.

REBSORTEN

• **Nebbiolo**: sehr wahrscheinlich eine autochthone Piemonteser Rebsorte. Es gibt drei Unterarten – Rosé, Lampia, Michet. Die Nebbiolo-Weine sind schwer, edel und lange alterungsfähig. Durch frühe Blüte und späte Reife kann die Pflanze eine große Menge an organischen Substanzen aufnehmen und an die Beeren weitergeben, was für die Fülle und Komplexität des Weines sehr vorteilhaft ist.

Die Weinstöcke werden in Niedrigkultur gezogen und die fruchttragende Weinrebe trägt 10-12 Knospen, wovon drei keine Trauben tragen. Der einzige Nachteil des Nebbiolo ist der relative Mangel an Farbpigmenten (Anthocyanen). Deshalb wird er im nördlichsten Teil des Piemont häufig mit dunkleren Rebsorten wie Bonarda, Vespolina, Uva Rara oder Croatina verschnitten. Dies ist in den jeweiligen Produktionsvorschriften der edlen Weine Lessona, Bramaterra, Fara, Sizzano, Ghemme und zuweilen Gattinara verordnet, da der erhöhte Tanningehalt dieser Trauben die Alterungsfähigkeit des Weines garantiert. Nebbiolo bedeckt zwar nur 7 % der Piemonteser Rebflächen, doch werden aus diesen Trauben die prestigereichsten Weine Italiens gewonnen, welche auch bei einem Vergleich mit den besten ausländischen Rotweinen ganz vorne liegen.

• **Barbera** ist *die* Piemonteser Rebsorte und seit nunmehr 150 Jahren die häufigste; sie bedeckt fast 50 % der 60.000 ha großen Weinbaufläche der Region.

Der rustikale Weinstock wird in Niedrigkultur gezogen und ergibt säurereiche und relativ tanninarme Weine. Der Monferrato, die Langa Astigiana und die Barbera-Traube gelten als perfekte Harmonie von Landschaft und Wein. Dazu kommt die Liebe, welche die Winzer seit Generationen diesem Wein entgegenbringen und die Sorgfalt, mit der sie Weinbau und Weinbereitung betreiben.

Barbera-Trauben. Der daraus gewonnene Wein hat Herz und Phantasie von Dichtern wie Giosuè Carducci angeregt: »Ihn zu trinken erscheint wie allein im stürmischen Meer zu schwimmen.«

• **Dolcetto**: diese Rebsorte bedeckt ein Sechstel der Weinbaufläche des Piemont. Die tanninreiche und säurearme Traube wird in Niedrigkultur gezogen und findet in den Langhe ihr ideales *Terroir*. Der Zuckergehalt der Beeren ist wesentlich höher als der Säuregehalt, weshalb sie als sehr süß empfunden werden und die Rebe ihren Namen erhalten hat. Diese Traube erreicht als erste der roten Piemonteser Rebsorten ihre Reife, der daraus gekelterte Wein heißt ebenfalls Dolcetto.

• **Moscato di Canelli**, auch Moscato Bianco, war bereits bei den Römern unter dem Namen *Apiana* bekannt. Die in Niedrigkultur gezogene Rebsorte hat Beeren mit goldgelben Schalen und braunen Flecken; sie findet in den Hügeln um die Städte Canelli und Acqui Terme das geeignete *Terroir* für die Herstellung weißer Stillweine und Schaumweine, die auf der ganzen Welt wegen ihres Wohlgeschmackes, ihrer Finesse und des Muskataromas geschätzt werden. Hier entsteht der repräsentativste Schaumwein Italiens: Asti Spumante oder einfach Asti, süß und aromatisch.

Der Dolcetto ist der bevorzugte Wein der Bewohner der Langhe. Sie trinken ihn täglich und auch bei großen Festen, da sein Parfum und Aroma ihnen in Herz und Blut übergegangen ist.

• **Erbaluce**: die typische Rebsorte des Canavese (Gebiet zwischen Lago di Viverone und Ivrea, das bis zur Grenze mit dem Aostatal reicht), deren Qualität bereits 1606 in einer Publikation hervorgehoben wurde. Die Reben werden in Hochkultur auf Pergolen gezogen; die Beerenhaut ist bernsteinfarben und auf der der Sonne zugewandten Seite fast rosa. Die dicke Haut erleichtert ein Trocknen der Trauben für Spätlesen oder *Passiti*.

• **Cortese**: vermutlich ist diese Rebsorte ebenso wie die vorhergehenden (außer dem Moscato, einer griechischen Traube) autochthon. Die Beerenhaut ist je nach Erntezeitpunkt goldgelb oder grüngelb. Der kräftige Rebstock ist gegenüber Hagel und Frost sehr widerstandsfähig.

WEINE Das Piemont zählt 45 DOCs und 8 DOCGs, weitere (wie Caluso Passito und Carema) werden in Kürze hinzukommen. Eigentlich hätte die gesamte Region das Potenzial, Qualitätsweine herzustellen – manche Gebiete der DOC Piemont ließen in der letzten Zeit aufhorchen. Am Einfachsten kann man die Piemonteser Weine beschreiben, indem man sie nach Rebsorten gruppiert – denn der Großteil der Weine wird rebsortenrein, also aus nur einer Sorte hergestellt. Dieser Unterteilung entspricht, mit gewissen Einschränkungen, auch die Alterungsfähigkeit der Weine.

Rotweine aus der Rebsorte Nebbiolo:
Barolo, Barbaresco, Nebbiolo d'Alba, Albugnano, Gattinara, Bramaterra, Lessona, Ghemme, Sizzano, Boca, Fara, Carema. In Jahren mit günstigem Klima kann der Alkoholgehalt, der normal 12-12,5 % beträgt, auf 13,5 % oder sogar 14 % ansteigen.

BAROLO

Dieser Wein hat seit 1980 DOCG-Status. Nicht nur, weil er von Carlo Alberto und Vittorio Emanuelle II. gekeltert wurde, sondern auch wegen seiner äußerst hohen geschmacklichen Qualität wurde er gerne als »König der Weine« und als »Wein der Könige« bezeichnet. 1751 wurde ein Posten Barolo nach London geliefert und am englischen Hof zum Mittagessen getrunken. Dabei preis ihn Lord Halifax, der Vorsitzende des Board of Trade, als besten französischen Wein.

Das »Barolo-Land« umfasst ganz oder teilweise die Gebiete Barolo, La Morra, Verduno, Grinzane, Castiglione Falletti, Serralunga d'Alba, Perno, Castelletto und Monforte d'Alba, und gehört geographisch zur Hügelkette der Langhe. Die Böden sind hauptsächlich lehmig-kalkig. Renato Ratti klassifizierte die folgenden Lagen, aus welchen die ausdrucksstärksten

Barolo-Weine gewonnen werden, als »besondere Weinberge«: **Cannubi Muscatel, Costa di Rose** und **delle Brunate**. Das Barolo-Gebiet kann in zwei Zonen mit unterschiedlicher geologischer Struktur unterteilt werden:

- La Morra (Tortonian-Böden) mit weniger extraxtreichen, aber sehr eleganten und duftigen Weinen;
- die Gemeinden Castiglione Falletti, Monforte und Serralunga d'Alba (Helvetian-Böden) mit körperreicheren und alterungsfähigeren Weinen.

Die Weine der Gemeinde Barolo weisen wegen der gemischten Zusammensetzung des Bodens Charakteristika beider oben genannten Gebiete auf. Große Jahrgänge des Weines können auch nach langer Alterung dank einer Überfülle an anorganischen Salzen, Asche, Tanninen und Glyzerin beste Resultate offenbaren. Auch nach 50 Jahren zeigt dieser Wein noch ein Bukett von Veilchen, verblühten Rosen, Minze, Teer *(Goudron)*, weißer Trüffel, trockenen Pilzen, Lakritze und Waldbeeren und ist für die Wein-Enthusiasten ein Muss. Für diesen Wein wurde eigens ein Glas entworfen, um ein Maximum an Duftaromen aufnehmen zu können. Dieses Glas wurde von der berühmten österreichischen Glasmanufaktur Riedel hergestellt.

Der Basishöchstertrag pro ha beträgt 80 Doppelzentner Trauben, die Barolo-Anbaufläche ist insgesamt fast 1500 ha groß und auf elf Gemeinden der Provinz Cuneo verteilt. Die Reifezeit beträgt mindestens drei Jahre (davon mindestens zwei Jahre in Eichen- oder Kastanienholzfässern) und für die Typologie *Riserva* fünf Jahre. Dieser Wein kann mit den meistprämierten Rotweinen der Welt verglichen werden. Um die Lagerfähigkeit noch zu verbessern, haben einige Produzenten mit einer kurzen Verweildauer des Produkts in *Barriques* experimentiert – das Resultat hat vor allem bei ausländischen Weinkennern großen Anklang gefunden.

Barolo Chinato ist ein mit Chinarinde aromatisierter Barolo – er wurde von den beiden Apothekern Cappellano und Zabadan erfunden und ist in letzter Zeit wieder als Dessertwein in Mode gekommen.

BARBARESCO

Barbaresco hat seit 1980 DOCG-Status. Erstmals wurde er von Titus Livius erwähnt und sein Name kommt wahrscheinlich daher, dass das Gebiet von den Barbaren erobert wurde. Aus dem ersten Grundbuch (aus dem 18. Jh.) geht hervor, dass der Weinbau mit Wiesen und Ackerland in der Gemeinde Barbaresco die Hauptkultur darstellte. Im 19. Jh. waren 42 % der bebauten Fläche mit Reben bestockt. Vermutlich hat der Barbaresco bereits vor dem Barolo die heutigen Geschmackseigenschaften angenommen – der Übergang vom süßen zum trockenen Wein 1790 ist Guido Recca zuzuschreiben. 1894 gründete Domizio Cavazza die *Cantina Sociale* (heute noch in Betrieb) und entwickelte den Barolo, indem er den Barbaresco verfeinerte und entsprechend reifen ließ. Bereits Antonio Marescalchi beschrieb

Barolo mit der Burg, die in ihren Kellern die Enoteca Regionale del Barolo und ein Weinmuseum beherbergt.

ihn als »einen der besten Weine mit feinen Röstnoten, feinem Geschmack, weich, voller Nerv und Leben, von schöner Farbe und ausgezeichnetem Duft«, während Giovanni Dalmasso ihn als »kräftig und nervig, von schöner granatroter Farbe und exquisitem Duft, der an Veilchen erinnert« pries. Auch Konfitüre und Düfte von Waldboden und Gewürzen können wahrgenommen werden.

»Der Barbaresco-Wein vereint ungewöhnliche Robustheit mit perfekter Einheit feiner Wahrnehmungen, welche von samtigem Abgang bis zum lieblichen oder auch intensiven Parfum reichen. Diese Gabe harmonischer und robuster Geschmeidigkeit ist seine charakteristischste Eigenschaft« (Renato Ratti). Er kann zu seinem Vorteil jahrzehntelang altern, bewahrt zusätzlich zu den Traubenaromen den ursprünglichen, feinen Veilchenduft und lässt das tonig-kalkige *Terroir* erkennen. Auch Angelo Gaja darf nicht vergessen werden – er hat diesen großen Wein weltweit bekannt gemacht.

GATTINARA

Der Ruhm dieses Weines (DOCG seit 1990) begann mit Mercurino di Gattinara, dem »Orakel der Herrscher«, der 1465 in Gattinara geboren wurde. Als Berater und Kanzler von Kaiser Karl V. führte er so genannte »Arbeitsessen« ein, wobei er Gattinara-Wein ausschenken ließ. Es ist ein Wein, »der jung reich an Farbe, Extrakten, Säuren und Salzen, sowie rau, herb und alkoholreich ist; beim Altern verändert er die Farbe, die von leuchtend Rot in Ziegelrot, dann in helles Granatrot und nach einigen Jahren in ein leuchtendes Orange übergeht. Der sehr deutliche Himbeergeschmack des jungen Weines geht später in sehr anmutige Nuancen über; das Parfum hält anfangs lange an und wird nach und nach fein, intensiv, duftig, lieblich und offenbart unbeschreibliche Noten von Veilchen, Rose und *Goudron*« (A. Marescalchi 1924). Der Schriftsteller Mario Soldati pries den Gattinara als »würdigsten und aristokratischsten Wein Italiens«. Paolo Monelli erzählte in seinem herrlichen, scharfsinnigen und dennoch gelehrten Werk *Il vero bevitore* von einer zufälligen Begebenheit mit Mario Soldati, der, um zu zeigen, dass der Gattinara noch immer so gut wie in alten Zeiten war, Monelli eine Flasche anbot. Nach dem Verkosten schrieb Monelli: »Gewiss ist kein anderer wie dieser zu finden, wenn man beim Trinken in eine berauschende Heiterkeit und herrliche Visionen gerät und alles vergisst: doch gab es nur eine einzige Flasche, da hätte man wenigstens noch eine weitere gewollt, und eine dritte, um vom Stuhl abzuheben und in der Luft zu tanzen.« Das war in den 1960er-Jahren.

Auf den Gattinara-Hügeln wurden 28 Rebfelder identifiziert, deren Namen bereits im Grundbuch von 1775 aufscheinen – ein Beweis dafür, dass die heute vorherrschende Methode, die Trauben von den einzelnen Weinbergen und Rebfeldern separat zu keltern, bereits lange Tradition hat. Außer der Rebsorte Nebbiolo (lokal auch: Spanna) sind bis zu 10 % Bonarda di Gattinara und Vespolina zugelassen. Die Reben werden auf den Hügeln des Gattinara-Gebietes in der Provinz Vercelli auf sauren, eisenhaltigen Böden angebaut. Die Rebflächen umfassen etwa 100 ha.

Der Wein ist granatrot und wirkt durch den hohen Tanningehalt am Gaumen trocken und sehr geschmeidig, sodass Säure und Alkoholgehalt vollkommen ausgeglichen scheinen. Der Alkoholgehalt beträgt von 12,5-13,5 %, und manchmal, je nach Jahrgang auch 14 %. Die vom Gesetz vorgeschriebene Mindestreifezeit beträgt drei Jahre (davon mindestens ein Jahr in Holzfässern), für die Typologie *Riserva* vier Jahre (davon mindestens zwei in Holzfässern). Außerdem verträgt dieser Wein ein längere Lagerung sehr gut und kann in guten Jahren bis zu 20 Jahre altern, wobei das Rosenparfum erhalten bleibt und Wahrnehmungen von Gewürzen, Pilzen und Trüffeln hinzukommen.

GHEMME

Von Vermorel wurde der Ghemme-Wein als »ein Château Lafite« bezeichnet und von Antonio Fogazzaro in seinem Werk *Piccolo mondo antico* mit Trüffelrisotto vereint. Seit 1997 hat er DOCG-Status und nach dem Naturwissenschaftler Paolo Mantegazza ist dieser Wein »eine Liebkosung der Seele, die jeglichen physischen oder moralischen Krankheitskeim erstickt«. Der Name leitet sich vom Lateinischen *Pagus Agaminus* (bereits bei Plinius erwähnt) ab, das später zu *Agamion* wurde. Die zahlreichen archäologischen Funde bestätigen ebenfalls die lange Anbautradition der Rebsorte Ghemme.

Der hohe Anteil von Nebbiolo (mindestens 75 %) und die immer besseren Techniken bei Weinbereitung, Verfeinerung und Reifung ergeben in vielen Fällen einen der größten Weine Italiens. Seine Schmackhaftigkeit, die durch die lange Fassreifung noch erhöht wird, hält 10-20 Jahre an. Dazu gesellt sich, auf leicht bitterem Hintergrund, ein Bukett von Rosen und Veilchen. Er ist rau, samtig, angenehm herb, harmonisch und hat eine schöne rubinrote bis leicht granatrote Farbe. Die Weinstöcke werden auf etwa 50 ha sauren Moränenböden kultiviert. Ergänzt wird der Nebbiolo durch die Rebsorten Vespolina und Uva Rara, die Weinigkeit und Farbe beisteuern.

Die Weinsorte **Sizziano**, welche im gleichnamigen Nachbarort gekeltert wird, wurde vom Grafen Cavour einem Burgunder gleichgesetzt und erweist sich als Bruder des Ghemme würdig.

Weitere DOCs mit Spielarten des Nebbiolo, die Piemont und Italien Renommee einbringen, sind:

- **Nebbiolo d'Alba** wurde nach dem berühmten Schriftsteller Stendhal »vor allem von den Weinexperten sehr geschätzt«. Dieser Wein zeigt Aromen von Erdbeere, Himbeere, Heidelbeere und Veilchen auf zartem, leicht bitterem, würzigem Hintergrund und hat eine kräftige Struktur.
- **Lessona**: wird in der kleinen gleichnamigen Gemeinde in der Provinz Biella hergestellt. Mit diesem Wein stießen der italienische König Vittorio Emanuele II. und sein Premierminister Quintino Sella 1870 in Rom an, um die Eroberung der Stadt zu feiern. Lessona hat ein feines, intensives Veilchenparfum, viel Geschmeidigkeit und weist einen angenehmen Tanningehalt auf, ist sehr schmackhaft und zeigt einen langen Abgang. Diese Eigenschaften gewinnt die Sorte aus dem an Silizium, Ton, Eisen und Mangan reichen Moränenboden.
- **Fara** und **Boca** sind kleine DOCs der gleichnamigen Gemeinden in der Provinz Novara. Diese Weine haben einen Nebbiolo-Anteil von etwa 50 %, sind robust und alterungsfähig.
- **Albugnano** in der Provinz Asti ist die jüngste DOC aus Nebbiolo-Trauben, welche durch einen Anteil von 15 % anderer Sorten ergänzt werden dürfen. Wie alle Weine aus dieser edlen Rebsorte zeigt auch Albugnano eine rubin-granatrote oder granatrote Farbe und eine deutliche, aber angenehme Wahrnehmung von Tanninen.
- **Carema**: wird in der Provinz Turin in der letzten Gemeinde am Eingang zum Aostatal hergestellt. Die Reben werden hier auf in den Felsen gehauenen Terrassen zwischen 350 und 700 m Seehöhe angebaut. Die einzelnen Rebstöcke werden von kegelförmigen Steinpfeilern gestützt, welche die am Tag gespeicherte Wärme in der Nacht an die Reben abgeben. Der

Wein zeigt Aromen von Himbeere, eine solide Tanninstruktur und kann zu seinem Vorteil 10-15 Jahre altern.

• **Bramaterra**: eine kleine (weniger als 30 ha), aber äußerst interessante DOC in der Nachbarschaft von Lessona. Dieser Wein offenbart als Resultat eines perfekten Zusammenspiels der Rebsorten Nebbiolo, Vespolina und Bonarda sehr komplexe Aromen und dichten Geschmack. Der Rebsorte Bonarada sind Wahrnehmungen von Himbeer- und Granatapfelaromen zuzuschreiben; die Croatina-Traube verleiht Farbe und eine feine Kräuternote, der Nebbiolo vervollständigt den Wein mit Nerv und leicht bitterer Struktur. Es ist ein Wein von überraschender Alterungsfähigkeit, der nach 20 Jahren noch immer eine gewisse Weinigkeit und eine wirklich außergewöhnlich unversehrte Struktur bewahrt.

Weine aus der Rebsorte Barbera

Grundsätzlich gibt es drei Piemonteser Barbera-Sorten; es sind dies körperreiche Weine, welche in günstigen Jahren 13-14 % Alkoholgehalt erreichen.

• **Barbera d'Asti**: dies ist der am längsten bekannte Barbera, er wird auf gut 6500 ha angebaut. Als »weinigsten Wein des Astigiano und Monferrato« bezeichnen ihn zahlreiche Weinkenner, welche eine Weinigkeit und eine ganz besondere Fruchtigkeit wahrnehmen, die erst nach 3-5 Jahren abnehmen und Raum für mehr Fülle geben, die weitere 3-5 Jahre oder, je nach Jahrgang, noch länger anhalten kann. Immer jedoch sind Eleganz und gleichzeitig ländliche Robustheit (Fülle und Körper) vorhanden.

Diese DOC hat drei Subzonen: **Nizza, Tinella** und Colli **Astiani**.

• **Barbera del Monferrato**: Casale Monferrato ist die Hauptstadt dieses »önologischen Schatzes« von 2300 ha, der alljährlich große Mengen von Barbera-Wein produziert, der manchmal still, manchmal lebhaft oder auch perlend, trocken oder halbtrocken und von angenehmer Säure ausfallen kann.

• **Barbera d'Alba**. Je nach Gebiet werden verschiedene Eigenschaften dieses fülligen und robusten Weines erzielt; der Wein aus den Rebfeldern am linken Ufer des Tanaro ist alterungsfähig, während jener aus den Trauben am rechten Flussufer duftiger, frischer und fruchtiger ausfällt. Er wurde als »Wein des rauen, starrköpfigen, schweigsamen und starken Piemontesers« oder auch als »männlicher Wein, der für Männer gemacht ist« definiert (Giovanni Pascoli). Wie die anderen Barbera-Weine ist auch dieser von intensiver Farbe, weinig und fruchtig. Es ist ein edler Wein, der die traditionelle Hingabe der Piemonteser Weinbauern widerspiegelt.

Ein Wagenumzug mit Allegorien beschließt alljährlich die Sagra del Dolcetto in Dogliani.

Weine aus der Rebsorte Dolcetto

Die Rebsorte Dolcetto enthält mehr Tannin als Säure und ergibt ausgezeichnete junge Weine (die im ersten und zweiten Jahr zu trinken sind). Sie sind weinig, weisen eine charakteristische Fruchtigkeit, seltene Eleganz und Geschmeidigkeit auf. Nach dem zweiten Jahr beginnt er meist an Qualität zu verlieren, wobei die charakteristische Veilchennote verschwindet. Nach zwei Jahren Reifung werden jedoch noch sehr angenehme jugendliche Noten wahrgenommen. Dolcetto ist für die Herstellung von Jungwein besonders gut geeignet und wird von sieben DOCs hergestellt:

• **Dolcetto d'Acqui** ist einer der robustesten Dolcettos und weist durch seine nicht herben Tannine eine gewisse Alterungsfähigkeit (bis zu fünf Jahre) auf. Er ist weniger »süß« oder »weich« als der größte Teil der Dolcetto-Weine.

• **Dolcetto d'Alba** ist weniger alterungsfähig. Dolcetto ist die typische Rebsorte der Langhe albesi und zeigt starke Duftaromen von Kirsche und Pflaume. Nach Burton Andersen ist der »in den Langhe gekelterte Dolcetto der eleganteste der Piemonteser Alltagsweine«.

• **Dolcetto d'Asti** wird in den Langhe astigiane und zum Teil auch auf den Hügeln des Alto Monferrato hergestellt. Dieser Wein weist weniger starke Duftnoten und weniger Struktur als die anderen Dolcetto-Weine auf.

• **Dolcetto delle Langhe Monregalesi** wird in den südlichen Langhe-Bergen über dem Fluss Tanaro hergestellt. Der Wein ist leuchtend rot, weniger extraktreich und weniger füllig, aber sehr duftig und zeigt Aromen von Weichseln und wilden Früchten.

• **Dolcetto di Diano d'Alba** oder **Diano d'Alba** ist eine DOC, die aus 77 Lagen (lokal auch: Sorì) besteht, die besonders gut zur Sonne ausgerichtet sind. Aus diesen günstigen Lagen und den einheitlichen Kalk-Mergel-Böden wird ein weicher, voller, aber trotzdem duftiger Dolcetto gewonnen.

• **Dolcetto di Dogliani** wurde bereits im 14. Jh. hoch gepriesen und von den Grafen Saluzzo zur Versorgung der Truppen verwendet. Er ist unter den Dolcetto-Weinen der körperreichste und weist gute Aromen von Brombeere und wilder Kirsche auf.

• **Dolcetto d'Ovada** ist der alterungsfähigste Dolcetto. In guten Jahrgängen zeigt er auch nach zehn Jahren Lagerung angenehme fruchtig-aromatische Noten.

Rotweine aus anderen Rebsorten

DOC-Weine aus der **Rebsorte Freisa**:

• **Freisa d'Asti** hat wie alle Freisa-Weine eine ganz besondere Farbe, die von lebhaftem Rubinrot bis Kirschrot, und manchmal auch Granatrot reicht. Dieser Jungwein, der im Herstellungsjahr getrunken wird, zeigt ein Parfum von Himbeere und Rose und findet im Astigiano sein perfektes *Terroir*. Außer Stillwein ist auch *Frizzante* sehr verbreitet, wesentlich seltener sind jedoch Schaumweine. Der *Amabile* (lieblicher, halbsüßer Wein) ist ein Dessertwein, dem heute aber meist der *Secco* (trockener Wein) vorgezogen wird.

• **Freisa di Chieri** stammt von den Colline Torinesi, wo er seit Jahrhunderten beheimatet ist. Er schmeckt jung, im Produktionsjahr, am besten und weist Duftaromen von Himbeere und Veilchen auf; in manchen Jahren erweist er sich als lagerfähig.

DOC-Weine aus der **Rebsorte Grignolino**:

• **Grignolino d'Asti** ist wegen des besonderen Einflusses von Klima und Boden ein sehr schwer zu produzierender Wein. Jedes Jahr ergeben sich Schwierigkeiten mit der Ausgeglichenheit und wegen der wenigen Farbpigmente; der Wein ist zwischen kupfer- und korrallenfarben, der Reichtum an Tanninen und Mineralsalzen macht ihn jedoch besonders schmackhaft. Seine besten Eigenschaften zeigt er im zweiten Jahr, obwohl die zu helle Farbe den Laien dazu verleitet, ihn bereits während des ersten Jahres zu konsumieren.

• **Grignolino del Monferrato Casalese** ist eine besonders dem Grignolino gewidmete AOC, deren Wein, besonders wenn er von leichten Böden stammt, eine besondere Finesse erreicht. Da die Farbe sehr unbeständig ist, wird er meist jung getrunken.

Die Cantina Sociale del Freisa in Castelnuovo Don Bosco.

Weißweine

Cereseto mit seiner Burg im Herzen des Monferrato Casalese.

• **Erbaluce di Caluso** oder **Caluso** ist ein frischer, fruchtiger, schmackhafter, trockener Weißwein aus der Rebsorte Erbaluce. Er ist elegant und trotz der schwachen Aromen können ihm nicht viele andere Weine gleichgestellt werden. Der Wein ist körperreich und verträgt 2–3 Jahre Lagerung. Die Reben werden an 2,5 m hohen Pergolen auf Moränenboden gezogen.

• **Gavi** oder **Cortese di Gavi** ist seit 1998 DOCG. Die ersten historischen Hinweise auf diesen Wein gehen auf das Jahr 972 zurück. Die Rebstöcke dieses ältesten piemontesischen Weißweines wachsen auf den östlichen Hügeln des Monferrato. Er offenbart ein zartes Parfum von Blumen, besonders von Maiglöckchen, von frischen Kirschblüten, Mandel und Nuss, Brotrinde, und zuweilen eine mineralische Note von Feuerstein. Mit der Alterung, die bei guten Jahrgängen bis zu zehn Jahre betragen kann, wird der Wein fülliger und es können Anis und Vanille wahrgenommen werden, wobei er gleichzeitig seine beneidenswerte Frische bewahrt. In den 1980er-Jahren wurde der Gavi von Burton Anderson als bester Weißwein Italiens eingestuft.

• **Cortese dell'Alto Monferrato** ist ein angenehm säuerlicher Wein mit Pfirsichnuancen und einem leicht bitteren Nachgeschmack; er wird durch Lagerung nach dem ersten Jahr nicht mehr besser.

• **Roero** und **Roero Riserva** haben seit 2004 DOCG-Status und umfassen verschiedene Typologien. **Roero** und **Roero Riserva** ohne weitere Angaben sind Rotweine; **Roero Arneis**, ein Weißwein, wird aus der Rebsorte Arneis gekeltert und ist von »deutlicher Persönlichkeit« mit Nuancen von Frucht, Kamille und Ginster, langem Abgang und einem feinen Mandel-Nachgeschmack. Zusätzlich gibt es den **Roero Arneis Spumante**.

Süße Weine

• **Moscato d'Asti** ist seit 1993 DOCG mit den Varianten *Frizzante* und *Dolce* (5,5-6,5 % Zuckergehalt). Moscato d'Asti zeigt Aromen von Orangenblüte, Linde, Glyzinie, Pfirsich, Aprikose, Salbei und Zitrone – ein wahrer aromatischer Triumph. Er wird aus der Rebsorte Moscato Bianco gewonnen, welche nachgewiesenermaßen in Canelli und Strevi ab dem 13. Jh. angebaut wurde. Der Wein wurde zu Beginn des 17. Jh.s berühmt, wie aus einem Bericht von Battista Croce, dem Juwelier des Savoyischen Hofes, zu entnehmen ist. Heute ist er vor allem als Schaumwein bekannt *(siehe unter Asti oder Asti Spumante)*.

• **Loazzolo** wird durch leichte Überreife auf der Pflanze (Spätlese) gewonnen und darf nicht vor dem 20. September geerntet werden. Es kann auch, entweder noch auf der Rebe oder beim späteren Trocknen zur Bildung von Edelschimmel kommen. Loazzolo wird aus Muscat-Trauben und nur in der gleichnamigen Gemeinde auf 9 ha Rebfläche hergestellt. Er wird zurecht zu den besten Dessertweinen der Welt gezählt und besitzt durch sein Bukett von Muskat, kandierten Früchten und Vanille eine besondere Finesse. Während des Reifens (mindestens zwei Jahre, davon mindestens sechs Monate in Holz) nimmt er große Komplexität an, die von seltener Eleganz begleitet wird.

• **Caluso Passito** ist ein Wein, der aus der Rebsorte Erbaluce (mit maximal 5 % Bonarda) gewonnen wird. Er ist vielleicht der weltweit prächtigste und größte Strohwein. Die Tradition der Herstellung dieses önologischen Schatzes reicht sehr weit zurück, bereits zur Zeit von Papst Paul III. Farnese (1534-1549) war er berühmt und anerkannt. Die Enoteca Regionale della Serra mit Sitz im Castello di Roppolo, das auf den Moränenhügeln der Serra d'Ivrea (die längste Moränenkette Europas; sie trennt das Biellese vom Canavese) thront, trägt durch Wettbewerbe, Messen und andere kulturelle Veranstaltungen ganz besonders zur Unterstützung dieses Weines bei.

Die im September geernteten Trauben werden zum Trocknen an der frischen Luft auf

Strohmatten oder flache Holzkörbe gelegt (bis vor 50 Jahren wurde nur auf Stroh getrocknet) oder an Gestellen aufgehängt. Dort verbleiben sie bis Februar oder März (in der Zwischenzeit beginnt der Edelschimmel seine Tätigkeit), worauf der Most gekeltert wird; die Gärung erfolgt sehr langsam und kommt nach einigen Monaten, zu Ende des Frühjahrs oder im Sommer zum Stillstand – um im nächsten Jahr wieder (ebenfalls sehr langsam) aufgenommen zu werden. Sehr gute Jahrgänge, bei welchen Weinbereitung und Konservierung sehr sorgfältig durchgeführt werden, vertragen eine Alterung von 50 Jahren oder noch mehr. Der Wein enthält mindestens 8 % Zucker und 13,5 % Alkohol (aber meist mehr); die Farbe variiert von Goldgelb bis Bernsteinfarben.

Es gibt je nach Herstellungsart zwei Typologien:

- der **Alte Stil** sieht einen Luftraum im Lagerfass vor, der eine Oxidation ermöglicht, welche zur Vermehrung flüchtiger Säuren führt; diese bilden einen Kontrast zum beträchtlichen Zuckergehalt und gleichen ihn sehr gut aus;
- der **Neue Stil** sieht hingegen eine Vinifikation mit möglichst geringer Oxidation vor, weswegen die Fässer randvoll gefüllt werden; die Bernsteinfarbe tritt nicht so sehr hervor und der Gehalt an flüchtigen Säuren ist niedriger. Durch den höheren Anteil an *nicht* flüchtigen Säuren kann jedoch ein besseres Gleichgewicht erzielt werden, um die außerordentliche Süße zu dämpfen. Einige Produzenten lassen den Passito zur vollsten Zufriedenheit der Konsumenten einige Monate in *Barriques* reifen. Eine Reihe an Parfums und Aromen verbinden sich mit einem langem Abgang: geröstete Nüsse, Rosinen, Honig, Feigen, Pfirsich, Aprikose.

Süße Schaumweine

- **Asti** oder **Asti Spumante**: Piemont, ein Land roter Stillweine von mittlerer bis langer Alterungsfähigkeit, findet in der DOCG Asti den am meisten in die ganze Welt exportierten Qualitätswein. Trotz seines Namens wird er hauptsächlich in den Provinzen Cuneo und Alessandria produziert. Anfangs zeigt sich eine Überfülle von Aromen von Orangenblüten, Bergamotte, Holunder, Akazie, Glyzinie und Koriander, und nach der besten jugendlichen Phase (die nicht länger als ein Jahr dauert) wird das Aroma honigartig, weniger frisch, der Wein bekommt jedoch mehr Fülle. Die Trauben werden so gemaischt und gekeltert, dass die größtmögliche Menge an aromatischen Substanzen gewonnen werden kann. Danach erfolgt die Schaumweinbereitung nach dem Charmat-Verfahren (Martinotti-Methode) im Tank. Es gibt nur einen Gärvorgang, der beim gewünschten Zucker- und Alkoholgehalt abgebrochen wird. Ganz selten wird der Schaumwein mittels traditionellem Flaschengärverfahren gewonnen, wobei besonders der Spumante des Hauses Bera hervorsticht.

  Der Most wird bei 0 °C gelagert, bis vom Markt her Nachfrage herrscht – da ja der Schaumweingenuss auf wenige Perioden erhöhten Konsums beschränkt ist: Weihnachten, Ostern und Sommerferien. Natürlich wird auch eine gewisse Menge an Asti produziert, um den Bedarf während des übrigen Jahres zu decken. Asti Spumante, der am meisten produzierte italienische Schaumwein, hat einen höheren Alkoholgehalt und weniger Zucker als Moscato d'Asti.

Asti Spumante wird aus Muscat-Trauben hergestellt; dieser süße Wein ist in der ganzen Welt bekannt.

- **Malvasia di Castelnuovo Don Bosco** stammt von Trauben, die auf lehmig-kalkigem Boden kultiviert werden. Bei diesem Schaumwein treten alle Traubenaromen hervor; er ist süß (5,5-7,5 % Zucker) und hat seinen besten Ausdruck bis zu einem Jahr nach der Fertigstellung. Dieser und andere rote süße Schaumweine (Freisa und Nebbiolo) sind für die piemontesische Schaumweinproduktion seit den 1950er-Jahren charakteristisch.
- **Malvasia di Casorzo d'Asti** wird als Schaumwein, und in kleinen Mengen auch als *Passito* produziert. Der bekannteste ist der rote *Spumante* mit einer optimalen Harmonie von Säure, Aroma, Alkohol und Zucker. Die Malvasia-Traube unterscheidet sich von der Muscat-Traube durch die vorherrschenden aromatischen Substanzen (bei der Malvasia-Traube Geraniol, bei der Muscat-Traube Linalool).

• **Brachetto d'Acqui** oder **Acqui** hat seit 1996 DOCG-Status. Der rubinrote bis hell-granatfarbene oder rosafarbene Schaumwein enthält etwa 10 % Zucker und mindestens 6 % Alkohol, bietet ein sehr delikates, gutes Muskataroma. Es gibt auch die Versionen Stillwein und Perlwein.

Trockene Schaumweine

Alta Langa ist eine neue Appellation (2002), welche auf die Zeit der großen piemontesischen Schaumweine zurückgreift, die nach dem Flaschengärverfahren gewonnen wurden. Das Piemont war das erste Schaumweingebiet Italiens. Seine Markenweine eroberten ab 1865 die ganze Welt – zuerst die Kellerei Gancia, dann Cinzano, Martini e Rossi, Riccadonna, Contratto, Bosca und noch weitere. Diese berühmten Weinkellereien verwendeten jedoch Trauben, die sie in anderen italienischen Regionen einkauften. Der Wein der neuen DOC Alta Langa wird jedoch aus Pinot Nero und/oder Chardonnay-Trauben hergestellt, die ausschließlich von den Langhe-Hügeln stammen. Den *Spumante* gibt es in drei Typologien: ***Bianco, Rosato*** und ***Rosso***, welche mindestens 20 Monate auf dem eigenen Bodensatz reifen müssen. Diese Weine zeigen ein sauberes, fruchtiges und komplexes Parfum, die unvermeidlichen Noten von Hefe, Brotkruste, Vanille, und manchmal auch Milch.

Andere trockene Schaumweine, die mit vielen internationalen Produkten durchaus wetteifern können, sind **Erbaluce di Caluso Spumante, Gavi Spumante** und **Roero Arneis Spumante**. Der Erbaluce hat die bessere Struktur, der Gavi ist der wohlschmeckendere, der Roero liegt in der Mitte, bietet aber weniger Duftnoten.

Spezielle Weine

Vermouth oder **Wermut** wurde im 18. Jh. in Turin vom berühmten Haus Carpano erfunden und dann von Bosca, Cora, Gancia, Cinzano und Martini nachgemacht. Für seine Herstellung werden dem Weißwein Zucker, Alkohol (bis zu einem Gehalt von 18-21 %) und bittere und aromatische Kräuterextrakte beigemengt. Bis in die 1980er-Jahre war es der weltweit am meisten verbreitete und geschätzte Aperitif!

Weitere Weine

Weitere DOCs sind **Cisterna d'Asti, Valsusa, Verduno, Ruché di Castagnole Monferrato, Rubino di Cantavenna, Gabiano, Piemonte Langhe, Canavese, Colline Saluzzesi, Colline Novaresi, Colli Tortonesi, Collina Torinese** und **Coste della Sesia**. Es gibt mehrere Typologien von Basisweinen verschiedener Rebsorten.

Lombardei

Die Lombardei ist aus önologischer Sicht relativ vielschichtig – von den großen Quantitäten von Alltagsweinen über die Schaumweine des Oltrepò Pavese bis zu den großen Rotweinen des Veltlin, die aus Nebbiolo-Trauben gewonnen werden. Die Weinbauflächen befinden sich durchwegs im Hügelland und teilweise über 800 m Seehöhe (»*di montagna*«, also »vom Berg«). Die Gesamtrebfläche beläuft sich auf etwa 25.000 ha.

GESCHICHTE Der Weinstock ist hier bereits seit der Bronzezeit heimisch (laut neuesten Studien) und daher nachgewiesen autochthon. Die ersten Weinbauern waren höchstwahrscheinlich die Kelten oder die Ligurer, die bis zum Veltlin vordrangen und den Nebbiolo mitbrachten. Am Gardasee haben vermutlich die Etrusker (8. Jh. v. Chr.) die *Vitis vinifera* eingeführt. Die Gallier Liguriens brachten die Rebsorten Barbera und Bonarda mit, und auch die rätischen Völker, die von jenseits der Alpen kamen, betätigten sich als Weinbauern. Die Herstellung des Weines ist vor allem den Etruskern und Kelten zuzuschreiben.
Laut dem griechischen Historiker und Geographen Strabo (60 v. Chr. bis 20 n. Chr.) fanden die Römer im Piacentino- und Pavese-Gebiet »Holzfässer, die größer als Häuser waren, und Wein im Überfluss« vor. Die Römer eroberten dieses Gebiet und verdrängten nicht nur die lokale Bevölkerung, sondern führten auch ihre eigene Art des Weinbaus ein. Vergil (1. Jh. v. Chr.), der größte Dichter seiner Zeit, verherrlichte in seinem Gedichteband *Georgica* den für den Weinbau idealen Charakter des Gebiets um Mantua. Die berühmte Wendung »Bachus liebt die Hügel« untermauerte er durch eine wissenschaftliche Abhandlung. Auch Caesar schätzte den »rätischen Wein«, der in Lombardei und Venetien hergestellt wurde.
Der Zerstörung der Weinberge und Rebfelder durch die Barbaren folgte, wie auch anderswo, eine neuerliche Bepflanzung durch die Mönche. Zur Zeit der italienischen Stadtstaaten erlebte die Weinproduktion unter der Vorherrschaft der Adelsgeschlechter Visconti und Sforza eine Blütezeit. Francesco Petrarca definierte das Gebiet um Mailand, das vom irischen Mönch Columban bebaut wurde, als »fruchtbarste Hügel«. Im 19. Jh. gab es eine bemerkenswerte Entwicklung der Ampelographie, also der Lehre von den Rebsorten, und man begann nun, die für den jeweiligen Boden am besten geeigneten Sorten auszuwählen. Auch die Technologie wurde verbessert, sodass der Agrarwissenschaftler Stefano Jacini 1882 berichten konnte: »Die lombardischen Weine brauchen die Weinberge des nahen Piemont um nichts zu beneiden.«

KLIMA UND BODEN Das Klima ist kontinental, mit milden Wintern, nicht allzu heißen Sommern, durch die Nähe der Seen (Gardasee und Comer See) nicht zu trocken und auf den den Alpen vorgelagerten Hügeln relativ mild; in den anderen Weinbauzonen der Lombardei gibt es sehr kalte, nebelige Winter, heiße und schwüle Sommer und starke Termperaturschwankungen.
Die jährliche Niederschlagsmenge beträgt 650-800 mm.
Die Böden der verschiedenen Anbauzonen sind sehr unterschiedlich – Lehmböden im Oltrepò Pavese und im Veltlin; Schwemmland und Moränen (mit Kies und Schotter) in Franciacorta; in den anderen Gebieten gibt es Lehm- und Schlick-Lehm-Böden.

ANBAUGEBIETE
- **Oltrepò Pavese**: das größte Weinbaugebiet der Lombardei. Es hat sich auf die Produktion von Perlweinen und auch eines Schaumweines spezialisiert, der auf Basis der edelsten, auch in der Champagne verwendeten Rebsorten hergestellt wird.
- **Franciacorta**: das jüngste Weinbaugebiet der Region. Es konnte wegen der Frische und Eleganz seiner Schaumweine national und international Aufmerksamkeit erregen.
- **Veltlin**: hier wird unter der Herkunftsbezeichnung **Valtellina** ein großer Wein aus Nebbiolo und Sfursat (auch: Sforzato), ein wahres Kleinod der lombardischen und italienischen Önologie, hergestellt.

Es gibt noch weitere Anbaugebiete, die aber qualitativ mit den obigen nicht mithalten können.

Visitenkarte

Anbaufläche
25.000 ha

Boden
Lehm, Schwemmland, Moränenböden

Klima
kontinental; am Comer See und Gardasee temperiert

Rebsorten
Nebbiolo, Bonarda, Barbera, Pinot Nero, Pinot Grigio, Chardonnay, Croatina, Uva Rara, Rossola Nera, Pignola Valtellinese

Wichtigste Weine
Valtellina, Valtellina Superiore, Sforzato, Oltrepò Pavese, Oltrepò Pavese Spumante, Franciacorta, Terre di Franciacorta

REBSORTEN Zu den autochthonen Rebsorten gehören **Pignola Valtellinese, Rossola Nera, Croatina** und **Uva Rara.** Die wichtigste Rebsorte ist jedoch zweifellos **Nebbiolo**, die lokal auch als **Chiavennasca** bekannt ist. Weitere wichtige Rebsorten sind **Bonarda** und **Barbera**, und vor kurzem wurden auch **Pinot Nero, Pinot Grigio** und **Chardonnay** eingeführt. Die als Bonarda bekannte Rebsorte ist eigentlich eine Croatina; in letzter Zeit verwenden einige Produzenten beide Namen mit der Erklärung der Unterschiede im Etikett. Bonarda ist im Oltrepò Pavese verbreitet; sie ist robust, sehr ertragreich und hat sich gut an die Lehmböden angepasst; die Trauben haben dicke, dunkelblaue Schalen und enthalten im Vergleich zur Barbera-Traube viel Zucker und wenig Säure.

WEINE

• **Valtellina** und **Valtellina Superiore** (die Letztere ist seit 2002 DOCG) umfassen die Gebiete **Grumello, Sassella, Valgella, Inferno, Maroggia**. Die ersten Hinweise auf dieses Weinbaugebiet gehen auf das 11. Jh. zurück, als die hier gewonnenen Weine in der Schweiz und in Deutschland sehr geschätzt waren. 1866 beschrieb sie André Julien: »Weine mit viel Geschmack, etwas streng, die mit dem Alter an Qualität gewinnen und sich auch 100 Jahre halten ohne zu verderben.« Es sind geschmackvolle Weine aus der Rebsorte Nebbiolo (auch: Chiavennasca) mit wenig Farbe, aber, vor allem in den ersten Jahren, viel Tanninen; sie werden dann zarter und zeigen Duftnoten von Kräutern, Alpenblumen, Waldfrüchten, Brombeere und Pflaume.

Die Weinstöcke wachsen auf steilem Gelände an den Hängen der Rätischen Alpen, etwa 40 km entlang des Adda-Flusses zwischen Tirano und Ardenno in hervorragender Lage – das Klima ist trotz der Seehöhe günstig, die Rätischen Alpen schützen vor kalten Nordwinden, die Bergamasker Alpen vor feuchten Südwinden. Die Rebflächen sind vom Talgrund bis auf mehr als 800 m Seehöhe in Terrassen *(terragne)* angelegt, welche von im Laufe der Jahrhunderte mühsam errichteten Steinmauern gestützt werden. Zu den vielen Sonnenstunden gesellt sich die vom Comer See wehende Breva. Dieser warme Wind trocknet im Frühjahr die Vegetation aus, fördert die Bestäubung der Blüten, lässt im Sommer keinen Schimmelbefall der Traube zu und sorgt daher für sehr gesunde Trauben. Der Wein ist rubin- bis granatrot, lässt einen zarten Himbeergeschmack und vollen Körper erkennen, ist harmonisch, mit leichtem Tannin, welches gemeinsam mit der Säure eine sehr lange Reifung ermöglicht – noch weit über die vom Gesetz verlangten drei Jahre hinaus.

• **Sforzato di Valtellina** (im lokalen Dialekt: Sfursat di Valtellina) hat DOCG-Status. Er wird im Veltlin aus getrockneten Nebbiolo-Trauben gewonnen. Die Ernte findet zwischen 10. und 20. Oktober statt, danach werden die Trauben in Kisten oder Körben etwa drei Monate getrocknet, wobei sie 40 % Wasser verlieren und sich mit Zucker anreichern. Im Januar oder Februar wird mehrere Tage gemaischt, die alkoholische Gärung dauert einen Monat. Der Wein wird zuerst in kleinen Eichenfässern und danach mehrere Jahre in Flaschen gelagert, bis er seine beste Qualität erreicht. Im ersten italienischen Weinführer (1550) von Ortensio Lando wurde dieser Wein (der hier das erste Mal erwähnt wurde) als »bester Wein, der auf der ganzen Welt getrunken wird« beschrieben. Er hat eine rubinrote Farbe, manchmal mit granatrotem Schimmer, strömt Duftaromen von reifen Früchten aus, zeigt große Geschmeidigkeit, viel Struktur und hat einen Alkoholgehalt

Zum Trocknen aufgelegte Trauben; aus ihnen wird einer der am meisten geschätzten Weine der Region, der Sforzato di Valtellina, hergestellt.

Weinberge in der Umgebung von Montuè im Oltrepò Pavese.

von mindestens 14 %. Er muss vom Gesetz her mindestens zwei Jahre reifen, kann aber zu seinem Vorteil 10, 20 oder noch mehr Jahre gelagert werden. Der Weinberg liegt in 400 bis 500 m Seehöhe.

• **Franciacorta**: hat seit 1995 DOCG-Status und ist ein Synonym für *Spumante Metodo Classico della Lombardia* (nach dem Flaschengärverfahren hergestellter Schaumwein). Es werden aber auch Stillweine produziert, zum Beispiel **Terre di Franciacorta**. Es ist das größte und wichtigste Weingebiet der Provinz Brescia, wo auch eines der ersten Bücher über Schaumweine verfasst wurde: *Libellus mordaci* (1570) von Girolamo Conforti.

Der Franciacorta wird in 19 Gemeinden auf insgesamt 2000 ha produziert. Das Gebiet ist in sechs Einheiten unterteilt, der Boden verleiht aber allen *Spumanti* denselben Grundcharakter. Ihre Geschichte begann erst in den 1960er-Jahren, und doch wurde er innerhalb weniger Jahre unter allen Weinkennern bekannt, und sowohl von den Weintechnikern als auch von den Degustatoren geschätzt. Franciacorta wird aus verschiedenen Zusammensetzungen der Rebsorten Chardonnay, Pinot Bianco und Pinot Nero gewonnen; die Reifung auf der Hefe muss mindestens 18 Monate, beim *Millesimato* mindestens 30 Monate dauern. Die Farbe ist mehr oder weniger strohfarben mit grünlichem oder goldenem Schimmer. Das Parfum des Franciacorta hängt vom Verschnitt ab – bei vorherrschendem Pinot-Anteil zeigt der Wein ein beständiges Aroma und es können Hefe und geröstetes Brot wahrgenommen werden; wenn Chardonnay vorherrscht, ist das Bukett eleganter, fruchtiger und würziger. **Franciacorta Satèn** wurde 1995 erstmals erzeugt und ist ein für das Gebiet charakteristischer *Crémant*.

Eine besondere Erwähnung verdient der **Franciacorta Rosato**, der aus mindestens 15 % Pinot Nero gekeltert sein muss – ein Schaumwein, der einen Vergleich mit dem allgemein als besten Rosé-Champagner der Welt eingestuften Ruinart nicht zu scheuen braucht!

• **Oltrepò Pavese Spumante**. Sein Herstellungsgebiet befindet sich im südlichsten Teil der Lombardei auf den Apennin-Ausläufern südlich des Po. Die Region hat sich vor allem der Schaumweinbereitung verschrieben und hat 2000 ha der Rebe Pinot Nero gewidmet. Die Schaumweine werden im Flaschengärverfahren hergestellt; der Großteil der angeseheneren Hersteller gehören dem Konsortium Classese an. Für die Herstellung des **Classese** (Synonym für *»Spumante Metodo Classico dell'Oltrepò Pavese«*) werden folgende Rebsorten verwendet: mindestens 70 % Pinot Nero, maximal 30 % Pinot Grigio, Pinot Bianco und Chardonnay. Er ist robust, schmackhaft und gehört zu den besten Italiens.

• **Oltrepò Pavese Bonarda**: der klassische Repräsentant der für Perlweine bekannten Zone. Dieser Wein vereint einen angenehmen Zuckergehalt und leichte Säure; die Säure ist durch CO_2 verstärkt, das beim Entweichen aus der Flasche nicht nur den charakteristischen Schaum, sondern auch fruchtige und blumige Duftnoten freisetzt. Die DOC Oltrepò Pavese umfasst zahlreiche weitere Weintypologien: **Barbera, Buttafuoco, Chardonnay, Cortese, Moscato** (auch Passito und Liquoroso), **Malvasia, Pinot, Riesling Italico** und **Sangue di Giuda**.

Weitere lombardische DOCs sind **Botticino, Capriano del Colle, Cellatica, Garda** (mit zahlreichen Wein-Typologien), **Lambrusco Mantovano, Lugana, Riviera del Garda Bresciano, San Colombano, San Martino della Battaglia, Scanzo** und **Valcalepio**.

Trentino-Südtirol

Visitenkarte

Anbaufläche
10.000 ha

Boden
kalkhaltig mit Schotter, Sand und Lehm; auch Basalt ist verbreitet

Klima
fast mediterran im Seengebiet, kontinental und kühl in den anderen Zonen

Rebsorten
Teroldego, Lagrein, Nosiola, Marzemino, Vernatsch, Gewürztraminer, Gelber Muskateller

Wichtigste Weine
Trentino und Trentino Superiore DOC: Teroldego Rotaliano, Marzemino, Vino Santo, Moscato Rosa, Moscato Giallo.
Südtirol DOC: Gewürztraminer, St. Magdalener, Vernatsch, Terlaner, Lagrein, Meraner Hügel, Trento DOC, Kalterer DOC

Trentino-Südtirol liegt am nördlichsten Rand Italiens im Gebiet der Etsch und ihrer Nebenflüsse. Es erstreckt sich von der Alpenkette, welche die Grenze zu Österreich bildet, nach Süden, um gerade noch den Gardasee zu berühren. Das Trentino deckt sich mit der Provinz Trient, das zweisprachige Südtirol (Alto Adige) entspricht der Provinz Bozen. Hier gibt es nicht nur Differenzen ethnisch-sprachlicher Natur, sondern auch beim Weinbau und der Weinbereitung, weswegen auch die Weine in zwei »Unterregionen« unterteilt sind.
Von den 10.000 ha Rebflächen gehören mehr als 70 % zu der Genossenschaft Cavit, die etwa 5800 Weinbauern als Mitglieder zählt. Die Kellereien La Vis und Valli di Cembra haben sich zusammengeschlossen und verwalten etwa 1300 ha Rebflächen.
Das *Istituto Tecnico Agrario* von San Michele all'Adige bekleidet ebenfalls eine wichtige Stellung – es ist nicht nur bei der Ausbildung der Önologen federführend, sondern übernimmt auch wirtschaftliche Forschungsaufgaben, die der Innovation des Weinbaus und der Önologie ganz Italiens sehr zum Vorteil gereichen.

KLIMA UND BODEN Das Klima ist – mit Ausnahme der rein alpinen Zonen – in der Nähe des Gardasees und im Valle dei Laghi fast mediterran und im übrigen Teil kontinental und kühl. Die Sommer sind heiß und sonnig und es gibt – sehr zum Vorteil des Traubenaromas – hohe Tagestemperaturschwankungen; die glühende Sommerhitze des Talgrunds wird durch die Ora, die jeden Nachmittag in der Gegend vom Gardasee bis Brixen und Meran weht, gemildert. Das Valle dei Laghi bietet ein besonders günstiges Klima für die vollständige Reifung der Trauben, die sich für Spätlesen oder zum Rosinieren und daher auch für die Herstellung des Vino Santo eignen. Die jährliche Regenmenge variiert von 800 mm (um Cavalese) bis 2000 mm im Osten der Region.
Die Böden sind überall gut entwässert, kalkhaltig, glazialen Ursprungs oder Schwemmland und sind mit Kies, Sand und Lehm durchsetzt; auch Basalt kommt häufig vor.

REBSORTEN In dieser Region werden alle internationalen Rebsorten mit Ausnahme des Syrah kultiviert. Die wichtigsten Rebsorten sind:
• **Teroldego**. Diese Rebsorte ist seit dem 16. Jh. bekannt und stammt vermutlich aus dem Veronese-Gebiet. Die Beerenhaut ist dick und dunkelblau und hat eine dichte Wachsschicht. Diese Rebe wird heute fast nur noch im Campo Rotaliano angebaut, einer weiten Ebene im Norden von Trient. Genetisch ist sie den Rebsorten Lagrein, Marzemino und Syrah ähnlich und verleiht dem Wein ein Rosenparfum.

Links: Schiava-Trauben; diese Rebsorte ist typisch für das Trentino-Südtirol. Gegenüberliegende Seite: das Etschtal, durch das eine berühmte Weinstraße führt, zwischen Trient und Bozen.

• **Marzemino**. Diese aus dem Veneto stammende Rebsorte blüht früh und reift eher spät. Dadurch kann sich die Traube mit Bestandteilen anreichern, die einen fruchtigen, schmackhaften und fülligen Wein mit Veilchenaromen ergeben.

• **Nosiola**. Aus dieser früh blühenden und spät reifenden Rebsorte stammt der berühmt Vino Santo. Ihre Herkunft ist ungewiss, aber sie scheint im Trentino, vor allem im Valle dei Laghi, ihr ideales Habitat gefunden zu haben.

• **Lagrein**. Es gibt zwei Biotypen – mit langen und mit kurzen Trauben; sie sind sowohl im Trentino als auch in Südtirol verbreitet. Die Beeren haben eine dicke, dunkelblaue Beerenhaut und ein säuerliches Fruchtfleisch. Aus diesen Trauben werden ein Rosé (L. Kretzer) und ein trockener Rotwein (L. Dunkel) hergestellt.

• **Vernatsch (Trollinger, Schiava)**: dies ist eine der verbreitetsten Rebsorten Südtirols, sie ist sehr kräftig und stammt vermutlich aus dem Gebiet Kroatiens. Es gibt drei sehr verschiedene Arten des Vernatsch: **Kleinvernatsch (Schiava Gentile), Grauvernatsch (Schiava Grigia)** und **Großvernatsch (Schiava Rossa)**. Die Beeren sind blau-violett und von einer Wachsschicht überzogen.

• **Gewürztraminer (Traminer Aromatico)**: eine Rebe, die vermutlich durch Mutation aus dem Schwarzen Traminer entstand. Der italienische Ausdruck »*aromatico*« scheint etwas zutreffender als der deutsche (»Gewürz«), da die Traube eher Aromen von Rose und Litschi als von Gewürzen zeigt. Die Farbe der Beeren ist grau-rosa mit bläulichem Schimmer.

• **Gelber Muskateller (Moscato Giallo)**. Diese Rebsorte wurde vermutlich wie die anderen Muscat-Trauben von den Venezianern aus Griechenland nach Italien eingeführt. Sie verleiht dem Wein eine helle, goldene Farbe und ein sehr angenehmes, intensives Muskataroma. Sie wird in Pergola-Erziehung kultiviert.

WEINE DES TRENTINO

In der Provinz Trient wird der Wein fast immer in Genossenschaftsbetrieben erzeugt, an welche die meisten Winzer ihre Trauben liefern. Manche Betriebe haben den Schritt in Richtung Qualitätsproduktion gewagt, bis sie in den 1980er-Jahren exzellente Weine erzielten, und einige sind heute auf einem Gipfelpunkt angelangt, von dem ihre Väter nicht zu träumen gewagt hätten. Das Trentino kann sich so mancher Weine rühmen, die zu den DOCs Trentino und Trentino Superiore gehören und die der feinsten Tafel zur Ehre gereichen: **Cabernet, Sauvignon, Chardonnay, Vendemmia Tardiva, Merlot, Pinot, Riesling** und die auch in Südtirol hergestellten **Casteller** und **Kalterer**.

Unter den anderen Weinen müssen erwähnt werden:

• **Teroldego Rotaliano**. Dieser Wein gelingt am besten, wenn er aus Reben auf Schotterböden stammt, wie etwa im Campo Rotaliano. Diese berühmte Ebene nördlich von Trient wurde vom italienischen Freiheitskämpfer Cesare Battisti als »der bezauberndste Weingarten Europas« bezeichnet. Der Wein wird als *Rubino* und Rosé (Kretzer) aus der Rebsorte Teroldego gekeltert, die nur in drei Gemeinden (Mezzolombardo, Mezzocorona und im Ortsteil Grumo von San Michele all'Adige) angebaut wird. Jung ist er fruchtig, bei längerer Reifung (gesetzlich mindestens zwei Jahre, gute Jahrgänge vertragen aber zu ihrem Vorteil 6-8 Jahre Alterung) zeigt er Gewürzaromen, einen leicht bitteren Nachgeschmack, der mit leichtem Tannin einen vollen und robusten Wein ergibt.

- **Trentino Superiore Moscato Rosa**: wird aus der Rebsorte Moscato Rosa gewonnen und ist rubinrot bis leuchtend kirschrot. Der Wein ist süß und weist ein zartes Parfum, ein reines Aroma von Rose und Muskat auf uns ist leicht würzig. Es wird auch die Version *Liquoroso* hergestellt.

Die Schaumweinherstellung nach dem Flaschengärverfahren hat im Trentino höchste qualitative Ebenen erreicht.

- **Trentino Superiore Moscato Giallo**: wird aus der gelben Muskateller-Traube gewonnen, ist strohgelb, manchmal goldfarben. Wie bei den anderen Muscat-Weinen hat man beim Verkosten das Gefühl, die Trauben zu schmecken.

- **Trentino Superiore Vino Santo**: wird aus der Rebsorte Nosiola gekeltert, ist goldgelb bis bernsteinfarben, fruchtig, leicht aromatisch und schmackhaft. Er offenbart eine perfekte Verschmelzung von der Süße der getrockneten Muscat-Trauben und dem vorhandenen Alkoholgehalt (mindestens 10 % Alkohol, etwa 10 % Zucker). Die Trauben, die in dieser Zone mit einzigartigem, besonders günstigem, nahezu mediterranem Mikroklima im Valle dei Laghi geerntet werden, lässt man an der Luft bis zum Keltern in der Karwoche trocknen. Wahrscheinlich stammt der Name von »*Settimana Santa*« (Karwoche), wenn auch die griechische Insel Samos manchmal als Namensgeber vermutet wird. Nun erfolgt eine langsame Gärung, die sich 5-6 Monate hinzieht und 2-3mal in den folgenden Jahren langsam von neuem beginnt. Meist ist der Wein nach 4-6 Jahren klar und bereit zum Abfüllen, aber es gibt auch Hersteller, die ihn sieben Jahre reifen lassen.
- **Trentino Marzemino** wird in mehreren Gemeinden aus der Marzemino-Traube gewonnen. Die qualitativ hochwertigsten Weine stammen aus den Gebieten Isera, Lagerina-Tal und Ziresi. Sie sind rubinrot, körperreich, trocken und können durch den hohen Säureanteil und den Mindestalkoholgehalt von 12,5 %, je nach Jahrgang, 2-3 Jahre altern. Der Trentino Marzemino wird in Mozarts *Don Giovanni* zitiert und wurde bei offiziellen Banketten der Republik Venedig serviert. Die DOC 2002 **Trentino Superiore Marzemino d'Isera** ist ein Spitzenwein, der gut fünf Jahre Lagerung verträgt, wobei er immer mehr Charakter annimmt.
- **Trento DOC**: ein Synonym für im Trentino hergestellten *Spumante Metodo Classico*. Hierfür werden die Rebsorten Chardonnay, Pinot Nero und Pinot Bianco verwendet; zugelassen ist auch Pinot Meunier, wird aber praktisch kaum verwendet. Die Entwicklung dieses Weines (1902) ist dem Unternehmergeist von Ferrari, dem Können und der Hingabe der Brüder Lunelli und, nicht zuletzt Nereo Cavazzani zu verdanken, der sorgsam die Chardonnay-Klone dafür ausgesucht hat. Die DOC gehört zum *Istituto Talento Metodo Classico*, dem der Großteil aller Schaumweinproduzenten angehört, welche das Flaschengärverfahren anwenden. Dieser *Spumante* wird in Weiß, Rosé und Rot erzeugt. Weißer und Rosé müssen auf eigenem Bodensatz mindestens 15 Monate reifen, die Typologie *Riserva* mindestens 36 Monate. Er weist ein Parfum von Hefe und Brotrinde auf, das von Frische, blumiger Fruchtigkeit, Noten von trockenen Früchten, Würze, fülligem Körper begleitet wird und eine perfekte Duft-, Aromen- und Geschmackseinheit bildet. Es wird auch ein Schaumwein aus Nosiola-Trauben nach einer Tankgärmethode hergestellt, welche von Nereo Cavazzani 1946 entwickelt wurde.

WEINE SÜDTIROLS

• **Kalterer** oder **Kalterersee** (**Caldaro** oder **Lago di Caldaro**) **DOC.** Bereits 1220 war ein *Vinum de Caldero* bekannt, welcher aus rund um den Kalterersee angebauten Vernatsch-Trauben gewonnen wurde. Der mehr oder weniger helle, rubinrote Wein dieser DOC wird am besten jung getrunken; nach dem ersten Jahr verliert er an Vinosität und Fruchtigkeit, wenn nicht neue Parfums und Aromen hinzugefügt werden. Neben dem eben beschriebenen wird auch eine Auslese erzeugt.

• **Südtirol** oder **Alto Adige DOC**. Diese DOC umfasst 58 Weintypologien, welche aus den unterschiedlichsten hier angebauten Rebsorten gewonnen werden.

Aufgrund der aromatischen Eigenschaften können einige Gebiete und Rebsorten unterschieden werden:

– **St. Magdalener (Santa Maddalena)** wird aus den Rebsorten Großvernatsch (Schiava Rossa) und Kleinvernatsch (Schiava Gentile) gewonnen, ist rubin- bis granatrot und weist ein Veilchenparfum und viel Körper auf. Im ersten Jahr schmeckt er vorzüglich.

– **Terlaner** wird aus Chardonnay hergestellt. Weine dieser Appellation sind sehr begehrt, besonders wenn die Rebsorte angegeben ist.

– **Meraner Hügel** aus Vernatsch-Trauben zeigt im ersten Jahr seinen besten Ausdruck. Weine aus Gelbem Muskateller und Malvasia weisen feine und zarte Aromen auf und sind von hohem Niveau.

– **Lagrein**: die Farbe dieses Weines kann tiefrot bis granatfarben, hell rubinrot oder rosafarben sein und einen orangen Schimmer aufweisen; er ist zart, elegant und schmeckt in den ersten zwei Jahren am besten.

– **Rosenmuskateller (Moscato Rosa)** oder **Goldmuskateller (Moscato Giallo)**. Sowohl die trockene als auch die süße Variante bieten sehr zarte Aromen.

– **Alto Adige Spumante** ist ein nach dem Flaschengärverfahren hergestellter exzellenter Schaumwein aus Pinot Nero und Chardonnay.

– **Vernatsch** ist ein leichter, süffiger Wein.

– **Gewürztraminer** wird in mehreren Zonen hergestellt: Tramin, Eisack-Tal (Valle Isarco), Venosta-Tal und noch weitere. Die Rebflächen sind terrassiert und die Weinstöcke teils im Pergola- und teils im Guyot-System gezogen; auf schottrig-kalkigem Boden sind etwa 4000-7000 Rebstöcke je ha gepflanzt. Bei der Weinbereitung gibt es einige Unterschiede: einige Produzenten leiten keine malolaktische Gärung ein, andere lassen die Trauben vor dem Keltern sechs Stunden gekühlt in der Maische stehen, um danach sofort eine Klärung des Mostes einzuleiten; die Gärung erfolgt acht Tage lang bei 20° C. Diese Gewürztraminer sind qualitativ sehr hochwertige Weine, wovon einige einen Vergleich mit den entsprechenden Sorten des Elsass nicht zu scheuen brauchen. Sie zeigen zarte und elegante Aromen von Rose, Muskat, Litschi und anderen tropischen Früchten, welche den Verkoster in seltener Eleganz erquicken – ein wahres önologisches Juwel! Die besten Qualitäten stammen von Rebfeldern in Tramin (die Ortschaft, welche Wein und Rebsorte den Namen gibt), Gewürztraminer gedeiht jedoch auch noch in kühleren Zonen. Es werden auch **Spätlesen** *(Vendemmia Tardiva)* hergestellt.

Der Kalterersee ist von Weinbergen und Rebfeldern umgeben, aus deren Trauben der berühmte gleichnamige Wein gewonnen wird.

Venetien

Visitenkarte

Anbaufläche
75.000 ha

Boden
Kalk, Lehm-Kalk, Schotter-Sand-Böden moränischen Ursprungs, manchmal mit Tuff

Klima
kontinental, durch den Einfluss des Gardasees mild

Rebsorten
Prosecco, Durella, Corvina Veronese, Garganega, Molinara, Verduzzo

Wichtigste Weine
Bianco di Custoza, Soave, Soave Spumante, Recioto di Soave, Conegliano Valdobbiadene Prosecco, Prosecco Superiore Cartizze, Bardolino, Valpolicella, Amarone della Valpolicella, Recioto della Valpolicella

Venetien grenzt im Westen an die Lombardei und den Gardasee, im Osten an Friaul-Julisch Venetien und das Adriatische Meer. Diese Region produziert buchstäblich ein »Meer von Wein«, und das bei bester Qualität. Soave, Valpolicella, Bardolino sind auf der ganzen Welt bekannt, ebenso der *Prosecco* von Conegliano und Valdobbiadene, einer der berühmtesten italienischen Schaumweine.
In den 1970er-Jahren errangen die Weine Venetiens und ganz besonders die Veroneser Weine die Gunst der Touristen, die jene Weine angenehm und erschwinglich fanden, sodass sie an Prestige und Verkaufszahlen den äußerst berühmten toskanischen Chianti übertrafen. Heute bieten die renommiertesten Restaurants in aller Welt Bardolino, Valpolicella und Soave an.

GESCHICHTE Der Weinstock ist in dieser Region schon seit langem heimisch; manche Fossilienfunde mit Abdrücken von Weinblättern gehen auf mehr als 50 Mio. Jahre zurück. Später wurden Rebsorten aus dem Mittleren Osten in Venetien nicht nur angebaut, sondern auch von hier ausgehend in ganz Italien und den anderen Länden Europas verbreitet. Der Anbau der *Vitis vinifera* erfolgte zwischen 7. und 5. Jh. v. Chr. durch rätisch-etruskische oder durch damals im Gebiet des heutigen Venetien ansässige Völker. Danach leisteten die Gallier ihren Beitrag zum Weinbau, bis sie 102 v. Chr. von den Römern unterworfen wurden. Die Römer schätzten den »rätischen Wein« aus verschiedenen Gebieten im Nordosten Italiens, ganz besonders die Weine der Voralpen und der Weinberge von Verona, vom Comer See und aus dem Veltlin. Cornelius und Columella erwähnen die rätische Traube im 2. Jh. v. Chr.; Strabo, Martial und Vergil priesen die rätischen Weine und werteten sie als »nur durch den Falerner übertroffen«. Jedenfalls wurde unter allen nordöstlichen Gebieten, in welchen »rätischer Wein« erzeugt wurde, meist die Veroneser Gegend als die beste Zone hervorgehoben. Nach dem Zusammenbruch des Römischen Reiches war der *»Acinatico«* (entspricht dem heutigen *Recioto*) der bekannteste Wein der Gegend – ein Wein aus Trockenbeeren, der nach einer althergebrachten Methode in Valpolicella hergestellt wurde.
Im Mittelalter wurde der Weinbau der Städte immer bedeutender und breitete sich mit wachsendem Erfolg auch auf die ländlichen Regionen aus; eine besondere Blüte erreichte die Weinkultur während der Vorherrschaft der Republik Venedig.

KLIMA UND BODEN Das Klima ist kontinental und durch die Nähe des Gardasees und der Rätischen Alpen im Norden, welche die Region vor kalten Nordwinden schützen, mild. Die jährliche Niederschlagsmenge liegt zwischen 800 und 1200 mm; die Sommer sind heiß und schwül. Die Böden sind sehr vielfältig: Mergel, Sandstein, Kalk, Vulkangestein, Basalt, Schwemmland, Moränen, Lehm und Tuff, auf welchen die verschiedensten Rebsorten angebaut werden können.

Rebstöcke im Soave-Gebiet. Cassiodor, Dichter und Berater des gotischen Königs Theoderich, empfahl die Weine dieser Lagen für die königliche Tafel.

ANBAUGEBIETE

• **Veroneser Hügel**: das Gebiet ist eines der dynamischsten Weinzentren Italiens. Jedes Jahr veranstaltet Verona die Vinitaly, die wichtigste Veranstaltung Italiens rund um den Wein. Die Zone liegt zwischen den Alpen und der Poebene und die Rebflächen sind durch die Nähe des Gardasees und die frischen Winde, welche die exzessive Sommerhitze mildern, klimatisch begünstigt. Auch das *Istituto Tecnico Agrario* von Conegliano leistete einen wertvollen Beitrag durch die Ausbildung hervorragender Önologen, die es verstanden, die Kundenwünsche nach immer raffinierteren Produkten zu erfüllen. So ist man auch mit Umsicht und Ernsthaftigkeit wieder zu autochthonen Rebsorten zurückgekehrt: *Soave, Valpolicella* und *Amarone* stammen von den Weinbergen dieses Gebietes.

• **Östliches Venetien**: zwischen dem Fluss Brenta und Friaul gelegen umfasst es die Provinzen Venedig, Treviso und Belluno; die Landschaft ist in der Provinz Venedig fast durchwegs flach, in der Provinz Treviso von Kalk durchzogen und in der Provinz Belluno gebirgig. **Prosecco** ist *die* Rebsorte der Provinz Treviso, während in den Bereichen von Piave und Lison Pramaggiore **Merlot** und **Cabernet** überwiegen.

• **Colli Berici** und **Colli Euganei**: außer den im Veroneser Gebiet heimischen Trauben gibt es hier auch internationale Rebsorten. So werden in den Colli Euganei in der Provinz Padua **Serprino** (auch: Prosecco) und **Muscat** kultiviert.

REBSORTEN Die Rebflächen Venetiens machen mehr als 75.000 ha aus, etwa 60 % davon liegen in der Ebene, etwa 40 % auf hügeligem und 1-2 % auf gebirgigem Gelände. Die weißen Trauben sind etwas in der Überzahl. Die Winzer der Region, die in zahlreichen Genossenschaften organisiert sind, erzeugen Jungweine, Rot- und Weißweine, Schaumweine und *Passiti*.

Einige der mehr als 80 verschiedenen kultivierten Rebsorten:

• **Corvina Veronese**. Diese autochthone ist die am meisten geschätzte rote Rebsorte Venetiens und ergibt im Verschnitt mit anderen Rebsorten die berühmtesten Weine, wie Bardolino, Valpolicella, Recioto della Valpolicella und den nahezu rebsortenreinen Amarone della Valpolicella.

• **Durella**: eine weitere autochthone Rebsorte, die wegen des hohen Säureanteils für Verschnitte mit anderen Weinen oder für den *Spumante* DOC Lessini Durello verwendet wird.

• **Garganega**. Aus dieser spät reifenden Traube werden verschiedene Varianten des Soave-Weins produziert. Die Beeren sind bernsteingelb und verleihen dem Wein eine sehr zarte, leicht herbe Note.

• **Incrocio Manzoni 6.0.13**: die »Kreuzung von Manzoni 6.0.13« ergibt elegante Weißweine.

• **Molinara** (oder **Rossara**): ergibt fruchtige und leichte Weine.

• **Prosecco**: stammt vermutlich aus Friaul und hat in Venetien sein bestes *Terroir* gefunden. Diese Traube ist Basis für leichte, fruchtige und blumige Schaumweine.

Weitere wichtige, sehr verbreitete Rebsorten sind **Raboso, Rondinella, Rossignola, Verduzzo, Tocai Friulano, Trebbiano di Soave, Vespaiolo, Merlot, Chardonnay, Cabernet** (eigentlich ein Carmenère).

WEINE

DOC- und DOCG-Weine Venetiens:

• **Bardolino**. Er wird auch in den Versionen ***Classico, Chiaretto, Chiaretto Classico, Chiaretto Spumante, Novello*** und ***Superiore*** (der *Superiore* ist seit 2001 DOCG) produziert. Für Bardolino wird die Rebsorte Corvina Veronese mit Corvinone, Rondinella, Molinara, Rossignola, Barbera, Sangiovese, Marzemino, Merlot und Cabernet Sauvignon verschnitten. Die Farbe variiert von hellem rubinrot bis granatfarben oder kirschrot. Der weinig-fruchtige Duft passt gut zum jungen, frischen, schmackhaften Rotwein. Nur der *Superiore* erreicht 12 % Alkoholgehalt und kann ein Jahr gelagert werden, die anderen Varianten sind mit 10,5-11 % Alkoholgehalt leichter, aber immer harmonisch und weisen ein Kirscharoma auf.

Die Böden moränischen Ursprungs sind von Kies und Sand durchsetzt. Die etwa 2300 ha Rebflächen im Gebiet zwischen Gardasee und Etsch haben stark tonige Böden, woraus ein körperreicherer und langlebigerer Wein resultiert. Bardolino war der erste Jungwein Italiens, dem eine DOC zuerkannt wurde.

• **Bianco di Custoza**. Diese Appellation wurde lange als dem Soave gegenüber minderwertig betrachtet. Der Wein mag zwar nicht solche Spitzenqualitäten erzielen, bietet aber ein Maximum an dem, was Trauben, Boden und Klima ausdrücken können. Die strohgelbe

Farbe und das leichte Aroma lassen den Wein samtig und angenehm erscheinen.

• **Valpolicella**. Diese DOC erstreckt sich auf vier kleine Täler mit kalkhaltigen und teilweise lehmigen Böden. Auf den 4800 ha Rebflächen herrschen optimale kleinklimatische Bedingungen, die auch das allherbstliche Trocknen der Trauben für die Herstellung von Passito begünstigen. Valpolicella wird in den Typologien ***Classico, Spumante*** (im Gebiet **Valpantena**), ***Recioto Spumante*** und ***Amarone*** hergestellt. Die Molinara-Traube verleiht dem Wein Leichtigkeit und würzige Hefe, die sehr gut mit der Fruchtigkeit der Rebsorten Corvina und Rondinella harmoniert, welche dem Wein Struktur geben. Seine Farbe ist Rubin- bis Granatrot, das weinige Parfum erinnert an Bittermandeln. Der Wein enthält 11 % Alkohol (der Superiore 12 %), ist nicht für eine längere Reifung vorgesehen (ein Jahr für den *Superiore*, der jedoch zuweilen nach 2-3 Jahren noch an Qualität gewinnt) und zeigt beim Verkosten Schmackhaftigkeit und Harmonie. Manche Produzenten wenden die Technik des *Ripasso* an, wobei sie dem Wein im Frühjahr getrocknete Traubenschalen beifügen und so nochmals zum Gären bringen. Dieses Verfahren wird auch *»Governo all'uso toscano«* genannt.

Eine Garganega-Traube; aus dieser Rebsorte wird Soave-Wein gewonnen.

• **Amarone della Valpolicella**. Dieser trockene Valpolicella stammt von Reben in Ostlagen, welche eine größere Alterungsfähigkeit garantieren. Die Trauben dafür werden bis Januar getrocknet, dann gepresst und vergoren. Der Wein ist komplex und, was Kraft und Struktur anlangt, zwischen Barolo und Portwein einzureihen und sollte maßvoll und langsam getrunken werden. Er ist dunkel-rubinrot bis granatfarben, füllig, konzentriert, samtig, warm und zeigt einen langen Abgang. Der Alkoholgehalt beträgt mindestens 14 %, die Mindestreifezeit zwei Jahre, beim *Riserva* vier Jahre, wird aber oft freiwillig verlängert. Insgesamt kann der Wein zu seinem Vorteil bis zu 30 Jahre altern. Es können aromatische Kräuter, Veilchen, schwarze Johannisbeere, mineralische Noten, Pflaume, Marmelade aus Zitrusfrüchten, Heidelbeere, Tabak, Kakao, Pflanzenbalsam, Rose, Leder und Kräuter wahrgenommen werden. Bei der Unterzeichnung der EU-Verfassung 2004 in Rom wurde jedem der 25 unterzeichnenden Staats- und Regierungschefs eine Magnumflasche (1,5 l) Amarone überreicht.

• **Recioto della Valpolicella** (auch **Classico** und **Valpantena**). Diese Weinlage entspricht dem *»Acinatico«*, der bereits im 5. Jh. v. Chr. von Cassiodor geschätzt wurde. Die Weinberge sind nach Südwesten ausgerichtet und der Boden ist weniger sauer als von jenen Lagen die für den Amarone bestimmt sind. Es fällt auch weniger Regen und die Trauben haben einen höheren Zuckergehalt. Wie beim Amarone werden die Trauben nach der Ernte getrocknet, allerdings länger, meist bis März. Durch den längeren Aufenthalt in den Trockenkammern kommt es zum Auftreten von Edelschimmel, der dem Wein verschiedene Duftnuancen verleiht. Recioto ist dunkel-rubinrot bis granatrot, mitunter mit violettem Schimmer; er hat ein intensives Parfum, ist süß, samtig, körperreich, zeigt eine perfekte Harmonie von Zucker und Tanninen und erinnert an süßen Portwein. Er offenbart Aromen von Kirsche, Weichsel, Karamell, Zimt, Gewürznelken, *Goudron*, Bergamotte, Chinarinde, Pfirsich sowie von Rosen- und Veilchenblüten. Die Pflanzdichte beträgt 4000-5000

Stöcke/ha, die Reben werden auf traditionelle Weise mittels Pergola-Erziehung, oder auf moderne Art mittels Spalier-Erziehung gezogen. Der Ertrag beträgt 120 Quintale Trauben/ha, wovon nur 70 % zum Trocknen geeignet sind. **Recioto della Valpolicella Spumante** ist der einzige rote Schaumwein Venetiens; er wird nach der Martinotti-Charmat-Methode im Tank hergestellt. Er hat die typische Farbe der übrigen Valpolicella-Weine – dunkel-rubinrot, mitunter mit violettem Schimmer; die Perlage ist fein und beständig. Diesen Schaumwein gibt es süß oder halbtrocken und er enthält fast 3 % Restzucker. Er weist je nach Lage Veilchen-, Lilien- und Rosendüfte auf. Der Name Recioto stammt vom Dialektwort *»recie«* (»Öhrchen«), da nur die so bezeichneten, ganz außen liegenden Beeren verwendet wurden.

• **Soave (S. Superiore, S. Superiore Classico, S. Superiore Riserva, S. Colli Scaligeri Spumante)**. *Superiore* und *Superiore Riserva* haben seit 2001 DOCG-Status. Sie werden aus Trauben der Umgebung von Soave (einem östlich von Verona gelegenen und von einer mittelalterlichen Burg überragten Städtchen) gekeltert. Die Rebfelder liegen in 100-200 m Seehöhe und sind nach Süden gerichtet, die Böden sind lehmig-kalkig, mitunter mit Tuffgestein. Glücklicherweise haben sich Technologie und die Sorgfalt beim Weinbau und in den Kellereien verbessert und der Soave ist heute wieder so gut (und manchmal noch besser) wie er vor etwa 50 Jahren war. Dies trifft vor allem für den Soave Classico zu, der im Gebiet mit der längsten Tradition hergestellt wird. Manche Produzenten lassen den Soave auch in *Barriques* reifen. *Superiore* stammt aus drei bestimmten Lagen, wo durch das Mikroklima die Trauben mehr Zucker enthalten und daraus ein Wein mit höherem Alkoholgehalt und größerer Alterungsfähigkeit entsteht. Bei günstigen Bedingungen kann die Reifung über die zwei vom Gesetz vorgeschriebenen Jahre hinausgehen und um zwei weitere Jahre verlängert werden, wodurch sich die Qualität noch verbessert.

• **Soave Spumante**. Das warme und feuchte Klima in der Umgebung von Soave und der kalkreiche Boden sind gut für die Produktion eines Schaumweines aus den Rebsorten Garganega, Trebbiano di Soave, Pinot Bianco und Chardonnay geeignet. Mit strohgelber bis hellgrüner Farbe, zarter und beständiger Schaumbildung tritt dieser Wein durch Eleganz und Delikatesse hervor.

• **Recioto di Soave** (auch: **Recioto di Soave Classico**). Dieser Wein aus Garganega-Trauben ist goldgelb, hat einen intensiven fruchtigen Duft, einen Hauch von Vanille, ist süß, weich und manchmal leicht moussierend. Er enthält mindestens 12 % Alkohol und 7 % Zucker. Die Trauben werden dafür an einem luftigen Ort bis Januar getrocknet, wobei sich Edelschimmel bilden kann, der die aromatische Fülle des Weines noch bereichert. **Recioto di Soave Spumante** wird nur aus den außen liegenden Beeren der Rebsorte Garganega erzeugt, welche auf Spalieren oder nach der traditionellen *»Pergola Veronese«* gezogen

Ein Weinkeller von Valpolicella; der Wein wird aus den Rebsorten Molinara, Corvina und Rondinella gewonnen.

wird. Die Pflanzdichte beträgt 3300 Stöcke je ha. Dieser Wein zeichnet sich durch außerordentliche Fruchtigkeit aus; er ist halbtrocken oder süß und leicht aromatisch. Der Alkoholgehalt beträgt 11,5 %, der Zuckergehalt 8 %.

• **Lugana** wird aus Trebbiano di Soave in den Provinzen Brescia und Verona erzeugt.

• **Conegliano Valdobbiadene Prosecco**. Prosecco ist im östlichen Venetien die Hauptrebsorte und wird auf etwa 3800 ha Rebfläche angebaut. Diese Traube ergibt stille oder schäumende trockene Weine, die hier gewöhnlich als Aperitif getrunken werden (im lokalen Dialekt: *ombrete*). Der Großteil der Trauben ist jedoch der Schaumweinbereitung gewidmet, dessen Vorkämpfer Antonio Carpenè war – er führte 1868 das Flaschengärverfahren (damals noch: *Méthode champenoise*) in Conegliano ein und später das Tankgärverfahren. Der Prosecco ist heute der zweithäufigste Schaumwein Italiens, ein eigenständiger Wein, der zwischen Asti und Champagner steht. Er ist durch und durch fruchtig, meist trocken oder halbtrocken, es gibt jedoch auch die Varianten lieblich und süß. Der in der Gegend von Cartizze hergestellte Wein wird als **Superiore Cartizze** vermarktet und gilt als einer der elegantesten und zartesten Schaumweine; er wird auch in den Varianten *Frizzante* und *Fermo* (Stillwein) hergestellt. Dieser Wein war bereits den Römern als Stillwein namens *»Pucinum«* bekannt.

WEITERE DOC-WEINE

• **Monti Lessini**. Davon gibt es mehrere Varianten, die fast alle aus der Durella-Traube hergestellt werden: Monti Lessini (ohne weitere Zusätze), Durello Spumante, *Passito* (aus Chardonnay-Trauben), *Rosso* (aus Merlot) und *Spumante* (aus Chardonnay).

• **San Martino della Battaglia:** ein weißer Stillwein oder Likörwein.

• **Bianco di Custoza** in verschiedenen Typologien.

• **Arcole:** hauptsächlich weißer Stillwein und Schaumwein aus Garganega-Trauben. Außerdem gibt es den *Novello* (Jungwein), einen Chardonnay und einen Rotwein aus Merlot oder Cabernet Sauvignon.

• **Montello** oder **Colli Asolani** mit verschiedenen Varianten in Weiß und Rot.

• **Colli di Conegliano** mit den Typologien *Bianco, Rosso, Passito* und Torchiato di Fregona.

• **Lison Pramaggiore** mit *Bianco*, Cabernet, Chardonnay, Malbec, Merlot, *Novello* und weiteren Weinen.

• **Vini del Piave** in verschiedenen Typologien.

• **Bagnoli di Sopra** in verschiedenen Typologien.

• **Vicenza** in gut 25 Typologien.

• **Colli Berici**.

• **Colli Euganei**. Hervorzuheben sind *Fior d'Arancio*, ein süßer Schaumwein, und der *Passito*, beide aus Gelben Muskateller-Trauben.

• **Breganze** in zahlreichen Typologien, darunter der schon lange berühmte Torcolato.

Rebzeilen in Valdobbiadene, wo Schaumwein aus Prosecco-Trauben hergestellt wird.

Friaul-Julisch Venetien

Visitenkarte

Anbaufläche
15.000 ha

Boden
im Hügelgebiet kalkig-lehmig, in der Ebene Kies, Sand, Moränen, Schwemmland

Klima
kontinental, durch die Nähe des Adriatischen Meers und den Schutz durch den Alpenbogen mild

Rebsorten
Verduzzo Friulano, Picolit, Refosco dal Peduncolo Rosso, Tocai Friulano, Malvasia Istriana, Moscato Rosa, Moscato Giallo, Merlot, Ribolla Gialla, Pinot Grigio

Wichtigste Weine
Colli Orientali del Friuli: Picolit, Tocai Friulano, Pinot Grigio, Malvasia delle Rose.
Friuli DOC, Ramandolo DOC

Oben: Landschaft des Collio, in welcher exzellente Weißweine hergestellt werden.

Friaul-Julisch Venetien ist die östlichste Region Italiens, grenzt an Österreich, Slowenien und ein kleines Stück im Süden an die Adria. Die Weine im Hügelland von Collio, der Colli Orientali del Friuli und des Carso (Karst) sind Stillweine, in den anderen Gegenden werden auch perlende und schäumende Weine hergestellt. Nachdem die italienischen Weißweine in den 1950er-Jahren sehr erfolgreich waren, konnte sich der friulanische Pinot Grigio durchsetzen, ein eleganter, duftiger Wein mit leichten, frischen, fruchtigen, harmonischen Duftnoten. In den 1970er-Jahren baute man auch bei den anderen friulanischen Weißweinen auf Qualität und begann mit der Herstellung von sanften, in *Barriques* gereiften Weinen, bei welchen weder Vanille noch Holz zu sehr hervortrat. Als Jungweine können die friulanischen Weißweine mit den besten der Welt mithalten.
Obwohl Friaul-Julisch Venetien ein »Heiligtum der Weißweine« (Burton Anderson) ist, werden auch sehr gute Rotweine aus autochthonen oder seit Jahrhunderten an das lokale Ambiente angepassten Rebsorten produziert, dazu noch Jungweine (aus roten Trauben) und Süßweine höchster Qualität (Ramandolo und Picolit).

GESCHICHTE Der Weinbau begann hier vermutlich bereits zur Zeit der alten Veneter und wurde von den Kelten, und danach von den Römern, die Aquileia zu einer Drehscheibe des Weinhandels machten, ausgebaut und verbessert. Später förderte dann die Republik Venedig den Weinbau in dieser Gegend.

KLIMA UND BODEN Außer den Gebirgszonen ist die gesamte Region für den Weinbau geeignet – eine weit gestreckte Hügelkette mit Kalk-Lehm-Böden bietet beste Bedingungen für zahlreiche Rebfelder. Die Schwemmlandebene des Tagliamento (Grave) weist Böden aus Schotter und Sand auf, die eine optimale Entwässerung erlauben. Während die Julischen Alpen Schutz vor kalten Nordwinden bieten, wird die winterliche Kälte und die sommerliche Hitze durch Einfluss des Adriatischen Meeres gemildert.

ANBAUGEBIETE
• **Annia**. Dieses kleine Gebiet (55 ha) in der Provinz Udine hat seit 1996 DOC-Status und erzeugt 14 verschiedene Wein-Typologien.
• **Aquileia**. Diese Appellation in der Provinz Udine grenzt im Westen an die obige und reicht bis zur Adria. Sie umfasst etwa 800 ha Rebflächen, auf welchen vorwiegend Pinot Grigio für insgesamt 21 Wein-Typologien kultiviert wird.
• **Grave**. Zwischen den Provinzen Udine und Görz liegt eine Ebene mit kiesig-sandigen Schwemmland-Moränen-Böden, deren Steine während der Nacht die am Tag aufgenommene Sonnenwärme an die Reben abgeben. Das Grave-Gebiet ist mit 4000 ha die nördlichste und die größte Weinregion Friaul-Julisch Venetiens, zu der auch das winzige Gebiet Ramandolo und ein Teil der Colli Orientali del Friuli gehört. Die Hauptrebsorte ist Merlot, der (in der Reihenfolge der Produktionsmenge) Pinot Grigio, Chardonnay, Cabernet Sauvignon und Tocai Friulano folgen. Im Herzen des Grave liegt das Städtchen Codroipo, wo der Önologe Pietro Pittaro ein Weinmuseum betreibt und in der Nähe des

Ortes Rauscedo befindet sich das weltweit wichtigste Zentrum für die Herstellung von Wein-Ablegern.

• **Isonzo**. Das etwa 1200 ha große Gebiet liegt in den Provinzen Udine und Görz. Hier werden auf sandigen Moränenböden 28 Weinarten aus vorwiegend Tocai Friulano und Merlot gewonnen.

• **Latisana**. Diese Appellation liegt in der Provinz Udine und umfasst 150 ha, im Süden reicht das Gebiet bis zur Adria. Die Hauptrebsorten sind Merlot und Cabernet Franc, woraus insgesamt 17 Weinarten (önologische Geheimtips!) erzeugt werden.

• **Carso**. Die Karstzone liegt in der Provinz Triest; hier werden auf 22 ha Rebflächen 12 Weinarten erzeugt. Fast das gesamte Weinbaugebiet liegt an der Küste, aber auch der kleine Teil im Landesinneren ist dem Mittelmeereinfluss ausgesetzt.

• **Collio Goriziano** oder **Collio**. Das Collio liegt in der Provinz Udine und umfasst 1500 ha Rebflächen. Hier werden 19 Wein-Typologien hergestellt, die Hauptrebsorten sind Pinot Grigio, Sauvignon Blanc und Tocai Friulano. Die Weinstöcke werden mitunter auf steilen, meernahen Südhängen gepflanzt; das Klima in dieser Region ist vor allem für die äußerst qualitätsvollen Weißweine nahezu ideal. Der Boden besteht aus Mergel und Sandsteinschichten.

• **Colli Orientali del Friuli**. Diese Hügelzone umfasst 1800 ha Rebfläche in der Provinz Udine, erstreckt sich bis Slowenien und hat dieselbe geologische Zusammensetzung wie das Collio.

• **Lison Pramaggiore**. Diese Appellation hat Anteil an den Provinzen Pordenone (Region Friaul), Venedig und Treviso (Region Venetien), reicht im Norden bis zum Grave-Gebiet und im Süden bis Venetien.

REBSORTEN Die bebaute Fläche von etwa 15.000 ha besteht aus zahlreichen Weinbergen und Rebfeldern auf terrassierten Hängen oder im Schottergebiet der Grave. Der Hektarertrag ist mit 53 hl/ha einer der niedrigsten Italiens, die Pflanzdichte beträgt etwa 3200 Stöcke/ha. Die häufigste Erziehungsform ist das Doppel-Guyot-System (wobei zwei Fruchtruten nach unten gebunden werden) und es gibt etwa 20 verbreitete Rebsorten. Die Weine werden meist rebsortenrein gekeltert, seit etwa zehn Jahren gibt es aber auch sehr geschätzte Verschnitte. Das Gebiet gilt als »Hort der autochthonen Rebsorten«, man findet jedoch auch alle internationalen Trauben vor. 65 % der friulanischen Weinstöcke sind in der Ebene und 35 % im Hügelland gepflanzt. Gemeinsam mit dem Piemont und Trentino-Südtirol hat Friaul-Julisch Venetien den höchsten Prozentanteil an VQPRD-Weinen (40 %).
Autochthone oder bereits lange heimische Rebsorten:

• **Verduzzo Friulano**. Eine lockerbeerige Traube mit grünlichen Beeren, die sich an der der Sonne zugewandte Seite golden verfärben. Die Beeren sind klein und dickschalig – wichtige Voraussetzungen, um einen Qualitätswein zu erlangen. Verduzzo Friulano gehört zu den tanninreichsten Weißweinen.

• **Picolit**. Vermutlich die autochthone weiße Rebsorte Friauls, welche als erste die friulanischen Weine charakterisiert hat. Die Picolit-Reben können, da ihr Blütenstaub wegen der besonderen Form der Staubbeutel die Blüte nicht befruchten kann, von allein keine Trauben entwickeln. Daher müssen in der Nähe dieser Weinstöcke auch andere Rebsorten gesetzt werden, damit eine Befruchtung gewährleistet ist. Zur Erntezeit können nur 1/3 der Trauben geerntet werden (der Rest ist grün und reift nicht aus), welche sehr klein sind und Schalen mittlerer Dicke besitzen.

Üppige Weinstöcke in der Landschaft des Collio Goriziano.

Diese Eigenschaft fördert gemeinsam mit niedrigem Ertrag die Qualität des Weines.
• **Refosco dal Peduncolo Rosso**. Die bereits am längsten für die friulanische Weinherstellung verwendete rote Traube hat ihren Namen nach den rotgefärbten Stielen (»*peduncolo*« bedeutet »Stiel«). Sie ergibt violettfarbene Weine von mittlerer Alterungsfähigkeit.
Weitere typische Rebsorten der Region sind **Pignolo, Tazzelenghe, Schioppettino, Terrano, Malvasia Istriana, Merlot, Moscato Rosa, Moscato Giallo, Tocai Friulano, Ribolla Gialla, Vitovska, Franconia.**

WEINE Alle DOC-Weine der Region, außer Carso und Ramandolo, werden auf dem Etikett auch mit dem Namen »Friuli« ausgezeichnet. Bei den friulanischen Weinen wird immer das Gebiet hervorgehoben, von dem sie stammen, manchmal wird jedoch auch die Rebsorte betont.
• **Tocai Friulano**. Der Weißwein der Region schlechthin. Er ist strohgelb und zeigt ein fruchtiges Aroma, ein blumiges, nicht unangenehm grasartiges Parfum sowie Bittermandel-Noten; er ist trocken, hat wenig Säure und wirkt im Allgemeinen süffig. Wenn dicht gepflanzt und der Ertrag niedrig gehalten wird, erhält man Weine mit mehr Struktur.
• **Ramandolo**. Derzeit der einzige Wein mit DOCG-Status der Region (seit 2001). Er wird aus Verduzzo Friulano-Trauben gewonnen, die in Nimis und Tarcento auf etwa 60 ha Rebfläche angebaut werden. Die Farbe ist Altgolden, manchmal durch den für Weißwein relativ hohen Tanningehalt fast Rot. Einige »sehr traditionelle« Produzenten erzeugen noch immer einen dünnen, sauren, wenig dichten Romandolo mit dürftiger Süße und kargen Duftnoten. Moderne, mutige und sehr fähige Hersteller gewinnen jedoch einen süßen, fülligen Wein mit perfekter Ausgeglichenheit von Zucker- und Tanningehalt, sowie einem zarten Aroma von Rosinen, Honig, Pfirsich und Aprikosen. Der kräftige, tiefe Wein mit sehr langem Abgang braucht einen Vergleich mit den besten Dessertweinen der Welt nicht zu scheuen. Er kann gewiss nicht die Konzentration von verstärkten Weinen oder Strohweinen aufweisen, aber für einen Wein, der ganz einfach durch leichte Überreife auf der Pflanze oder durch kurzes Trocknen gewonnen wird, ist er von seltener Eleganz und Tiefe. Zuweilen wird er einige Monate in *Barriques* ausgebaut. Das Gebiet gehört zu den Colli Orientali del Friuli, hat aber einen eigenen DOC-Status.
• **Colli Orientali del Friuli Picolit**. Dieser Wein war im 18. Jh. zu Recht über die italienische Halbinsel hinaus berühmt und wurde auch vom Lustspieldichter Carlo Goldoni geschätzt. Wie der vorhergehende Wein ist auch dieser süß; allerdings erreichen nur wenige Winzer ein hohes Qualitätsniveau, am ehesten noch einige Hersteller in den Gebieten Cialla und Rosazzo. Der Wein wird aus Picolit-Trauben gewonnen, die man erst bei einer Überreife mit einem Zuckergehalt keltert, welcher einen späteren Alkoholgehalt des Weines von 14-15 % garantiert; dann muss der Wein mindestens zwei Jahre altern, bevor er seine besten organoleptischen Eigenschaften zeigt. Die Trauben für diesen Wein werden auf etwa 40 ha angebaut.
• **Malvasia delle Rose**. Aus den Rebflächen dieser Appellation werden Weine von äußerst seltener Finesse gewonnen, deren reines Rosenaroma einfach unvergleichlich ist.

Ligurien

Visitenkarte

Anbaufläche
4800 ha

Boden
Sand-Schwemmland-Böden; entlang der Küste Kalk

Klima
mediterran, im Sommer mitunter sehr trocken

Rebsorten
Bosco, Pigato, Rossese, Vermentino Bianco

Wichtigste Weine
Rossese di Dolceacqua, Riviera Ligure di Ponente Pigato, Riviera Ligure di Ponente Vermentino, Cinque Terre, Cinque Terre Sciacchetrà

Ligurien wird von den Seealpen und vom Apennin eingefasst und bildet einen Halbkreis um einen Teil des Ligurischen Meeres. Das Gelände ist hier so steil, dass man die Weinstöcke auf Terrassen mittels Pergolen ziehen muss. Ein Paradebeispiel ist das Gebiet von Cinque Terre. Die Rebstöcke, welche die Hänge bis zum Meer hinunter bedecken, sind das Ergebnis eines Weinbaus, der bereits vor Jahrhunderten begann, als die Reben noch wie Efeu über den Fels wuchsen.

GESCHICHTE Der Rebstock wurde vermutlich von griechischen Seefahrern hierher gebracht und dann von den Ligurern in andere Regionen Norditaliens bis ins Veltlin verbreitet. Unabhängig vom griechischen Einfluss kultivierten in manchen Gegenden Liguriens jedoch auch die Etrusker Trauben. Für die Weinherstellung setzten wie anderswo auch hier die Römer den ersten Schritt. Die ersten berühmten Weine wurden an der Riviera di Levante hergestellt. In den Kellern von Pompeji wurden Weinbehälter mit Vernaccia vom Ort Corniglia im Cinque Terre-Gebiet entdeckt. Ein heute nicht mehr hergestellter, einst berühmter Wein war der Moscatello di Taggia.
In letzter Zeit hat sich die Landflucht negativ auf den Weinbau ausgewirkt; allerdings konnte durch Verbesserung der Technologien wiederum eine Qualitätsverbesserung erzielt werden, wodurch viele Weinliebhaber angezogen werden.

KLIMA UND BODEN Das milde, mediterrane Klima ist bestens für den Weinbau geeignet, wobei hier nur die sommerliche Trockenheit, die bis zur Erntezeit andauert, und das außerordentlich steile Gelände zu schaffen machen (in Cinque Terre wird die Arbeit im Weinberg durch eine Einschienenbahn unterstützt). Die Seealpen und die Apenninen tragen zu einer Milderung der sommerlichen Hitze bei, und die kalten Nächte im Herbst begünstigen die Anreicherung der Traube mit aromatischen Substanzen. Der Boden besteht meist aus Schwemmland mit Sand und, entlang der Küste, aus Kalk.

REBSORTEN
• **Bosco**. Eine weiße Rebsorte, die vor allem an der Riviera di Levante verbreitet ist und zur Reifezeit gelbgrüne Beeren trägt. Die Trauben verleihen dem Wein einen angenehmen Kräutergeschmack und hohen Alkoholgehalt.

Zum Trocknen aufgehängte Trauben, die für die Produktion des Sciacchetrà vorgesehen sind. Dieser Wein wird aus überreifen Beeren hergestellt und ist von außerordentlicher Finesse.

Die Einschienenbahn ist in den Weinbergen von Cinque Terre eine wertvolle Hilfe.

• **Pigato**. Diese weiße Rebsorte mit fleckigen Beerenschalen ist vermutlich griechischen Ursprungs und in Ligurien seit dem 17. Jh. beheimatet. Ihr bestes *Terrain* findet sie in der Umgebung von Albenga.

• **Rossese**. Die aus Frankreich stammende Rebsorte findet an der Riviera di Ponente von Albenga bis Bordighera ihr bestes Habitat. Die Rebstöcke wurden jung in Buscherziehung und dann in Spaliererziehung kultiviert; bei Neupflanzungen werden 2 m hohe Spaliere verwendet.

• **Vermentino Bianco**. War vielleicht spanischen Ursprungs, kam aber wahrscheinlich über Korsika nach Italien. Diese Rebsorte wird fast nur in Ligurien, Sardinien und der Toskana angebaut. Sie hat bernsteinfarbene oder gelbgrüne Beeren; Blüte- und Reifezeit liegen im Durchschnitt.

Weitere für DOC-Weine verwendete Rebsorten sind **Albarola, Bianchetta Genovese, Ormeasco** (ein Klon des Dolcetto), **Moscato Bianco, Ciliegiolo, Sangiovese**.

ANBAUGEBIETE UND WEINE

• **Riviera Ligure di Ponente**. Der am meisten geschätzte Wein der DOC ist der **Rossese di Dolceacqua** (oder **Dolceacqua**). Er wird im Hinterland von Bordighera auf rotem Kalkboden vulkanischen Ursprungs im Valle Nervia und im Valle Crosia aus Rossese-Trauben erzeugt. Dieser rubinfarbene, manchmal granatrote Wein zeichnet sich durch beträchtliche Weinigkeit und Fruchtigkeit aus, duftet nach Rosen und Märzveilchen, Himbeere und Erdbeere und zeigt durch Tannine und Bittermandelnote eine schöne Harmonie. Eine süße Version, welche von Napoleon besonders geschätzt wurde, wird heute nicht mehr hergestellt. Der Hektarertrag liegt derzeit bei 50 Quintalen, nach den Produktionsvorschriften dürften auch 90 Quintale gewonnen werden.

Für die Weißweine der DOC werden die Rebsorten **Vermentino** und **Pigato** verwendet. Der in der Ebene von Albenga hergestellte Wein aus Pigato gilt als bester Weißwein Liguriens und braucht einen Vergleich mit den besten und fruchtigsten trockenen Weißweinen Italiens (und darüber hinaus) nicht zu scheuen. Vermentino weist Noten von Zeder, Pfirsich, Salbei und Rosmarin auf und ist fruchtiger, körperreicher, komplexer und alterungsfähiger als der Pigato.

• **Riviera Ligure di Levante**. Diese DOC hat ihren Namen vom Anbaugebiet. Die Rebfelder liegen rund um La Spezia, in der Gegend von Cinque Terre, die zu Recht für ihre trockenen Weißweine bekannt ist. In letzter Zeit wird auch der **Cinque Terre Sciacchetrà** oder **Sciac-Trà** (ein Dialektausdruck in der Bedeutung: »zerdrückt und sofort abgefüllt«) wieder sehr geschätzt. Es ist hier nämlich üblich, die reifsten Trauben zu pressen und dann sehr bald, 48-60 Stunden nach der Pressung, den Abstich vorzunehmen. Auf diese Weise werden drei Abstiche gemacht und im April wird in Flaschen abgefüllt. Der Sciacchetrà ist goldgelb mit zartem Bernsteinschimmer und offenbart ein Bukett von Rosinen, Honig, Aprikose, gelbem Pfirsich; er ist halbtrocken oder süß, zeigt einen langen Abgang und einen Nachgeschmack nach Mandeln; der Alkoholgehalt beträgt mindestens 13,5 %, der Zuckergehalt 6,5 %. Der Wein zeigt Fülle, eine gute Beständigkeit der Aromen, kann 20, 30 und mehr Jahre gelagert werden und nimmt dabei Gewürzaromen von außerordentlicher Finesse an. Die DOC Riviera Ligure di Ponente stellt einen roten Sciacchetrà her, welcher von Dolcetto-Trauben stammt und vom organoleptischen Profil her mit dem obigen nicht vergleichbar ist.

Weitere wichtige DOC-Weine Liguriens sind **Colli di Luni, Golfo del Tigullio, Pornassio** und **Valpolcevera**.

Emilia-Romagna

Visitenkarte

Anbaufläche
55.000 ha

Boden
Lehm-Kalk im Hügelgebiet, Sand in der Ebene

Klima
kontinental

Rebsorten
Lambrusco (Sorbara, Grasparossa, Salamino, Montericco, Viadanese, Maestri, Marani), Fortana oder Uva d'Oro, Verdea, Sangiovese, Albana, Ortrugo, Trebbiano Romagnolo, Ancelotta, Cagnina, Pagadebit, Pignoletto, Spergolo, Trebbiano Modenese

Wichtigste Weine
Lambrusco verschiedener Typologien, Sangiovese di Romagna, Trebbiano di Romagna, Colli Piacentini (Barbera, Bonarda, Reno, Gutturnio, Ortrugo, Malvasia), Colli di Parma, Albana di Romagna, Bosco Eliceo, Cagnina di Romagna, Colli Bolognesi, Colli di Faenza, Colli d'Imola, Colli di Rimini, Colli di Scandiano e di Canossa, Pagadebit

Die Emilia-Romagna grenzt an Lombardei, Ligurien, Toskana und das Adriatische Meer. Im Hinterland ist das Klima kontinental mit kalten, nebeligen Wintern und schwülen Sommern, in der Küstenzone herrscht mediterranes Klima. Die Böden der Rebflächen sind lehmig-kalkig und befinden sich vorwiegend auf dem Hügelgebiet der Apenninausläufer.
Der Weinbau, bereits von den Ligurern, Etruskern und Kelten betrieben, wurde hier von den Römern weiter entwickelt und ausgeweitet. In der Renaissance erlebte der Weinbau dann unter den Adelsgeschlechtern Este und Visconti eine Blütezeit.
Aus önologischer Sicht haben die Weine der Emilia viel mit den lombardischen Weinen des Oltrepò Pavese gemeinsam – vor allem die Produktion perlender Weine, die hier vorwiegend aus Lambrusco-Trauben erzeugt werden. Die charakteristischsten Weine der Romagna (östlich von Bologna) sind der Rotwein Sangiovese und die Weißweine Trebbiano und Albana.
Die zahlreichen Genossenschaften (die wichtigste ist Cantine Riunite) stellen aus Lambrusco-Trauben großartige Weine her. Aus dem hohen Ertrag in der Ebene werden auch Mostkonzentrate und Weinbrände hergestellt.
Der etruskische Einfluss ist bei den Hochkulturen heute noch zu erkennen – so trifft man in der Ebene noch auf Alberate-Kulturen, wo die Reben an radspeichenartig gespannten Drähten gezogen werden und zweiarmige Pergola-Erziehungsformen. Im Hügelgebiet wurden diese Systeme teilweise durch GDC (*Geneva Double Curtain*, ein Drahtrahmensystem), kleine Pergolen, Kordon- oder Guyot-Erziehung ersetzt; hier herrschen Niedrigkulturen vor, die gut für den Qualitätsanbau geeignet sind.

ANBAUGEBIETE

• **Pianura Emiliana**. Diese Ebene zwischen Piacenza und Bologna stellt den südlichsten Zipfel der Poebene dar. Die Böden sind einerseits lehmig und andererseits sandiges Schwemmland. Modena mit den Gemeinden Sorbara, Castelvetro und Santa Croce ist Lambrusco-Gebiet, die Sand-Kalk-Böden im niedrigen Hügelgebiet Reggio-Emilias verleihen dem daraus gewonnenen Wein mehr Körper und Aroma. Bis vor 20 Jahren wurde Lambrusco in der Flasche vergoren, heute erfolgt jedoch nahezu die gesamte Produktion im Stahltank; so gewinnt man ein stabileres, klares Produkt, das aber vielleicht weniger Geschmack aufweist. Der Wein ist dunkelrosa, mitunter rubinrot und immer lieblich.

• **Colline Emiliane**. Diese Zone umfasst das Hügelland von Piacenza, Parma, Reggio Emilia und Bologna; das Klima ist hier überall kalt und nebelig im Winter sowie heiß und schwül im Sommer. Die Böden variieren von sandig bis lehmig. An den Abhängen zu den Tälern der Colli Piacentini (Val Tidone, Val d'Arda, Val Trebbia) werden auf kleinen Terrassen verschiedene Trauben angebaut, welche als Verschnitt stillen oder leicht perlenden Gutturnio sowie Malvasia Dolce und Malvasia Frizzante und viele weitere Weine ergeben. In den Colli di Parma wird ein angenehm aromatischer Malvasia erzeugt. Südlich von Reggio entsteht ein hervorragender Weißwein und in den Colline Bolognesi werden zahlreiche rote Weinsorten produziert.

• **Pianura Romagnola**. Hier gibt es Sandböden, die klimatisch dem Einfluss der Adria ausgesetzt sind. In dieser Gegend werden »Sandweine« hergestellt.

• **Collina Romagnola**. Das Klima dieser Hügellandschaft steht unter maritimem Einfluss, die Böden bestehen aus Mergel, Lehm-Sand oder Kalk, sodass die Rebsorte Albana hier ein optimales *Terrain* vorfindet.

REBSORTEN

• **Lambrusco**: eine rote Rebsorte, von der es hier mehrere Spielarten gibt – **L. Sorbara, L. Grasparossa, L. Salamino, L. Montericco, L. Viadanese, L. Maestri** und **L. Marani**; diese Trauben werden zu den in der Emilia am meisten verbreiteten Perlweinen verarbeitet. Lambrusco stammt direkt von der *Vitis labrusca* der Etrusker ab.

• **Fortana** oder **Uva d'Oro** mit – trotz des Namens – roten Früchten stammt vermutlich aus dem Burgund, hat aber hier am sandigen Küstenstreifen der Romagna einen optimalen Standort.

• **Sangiovese** ist eine der Rebsorten, welche dem Wein am meisten Vinosität verleihen. Beim Verkosten des jungen Weines glaubt man noch den Most zu trinken. Sangiovese ist sehr wahrscheinlich eine autochthone Rebsorte der Romagna, von der verschiedene Klone in anderen Regionen abstammen.

• **Albana**. Diese weiße Rebsorte bildet sehr große, hellgoldene Trauben und stammt vermutlich aus den Albaner Bergen.
• **Trebbiano Romagnolo** ist eine der vielen italienischen Spielarten der Rebsorte Trebbiano und wird hier wegen des hohen Ertrags bevorzugt.
Weitere in der Emilia-Romagna verbreitete Rebsorten sind **Ancelotta, Cagnina, Ortrugo, Pagadebit, Pignoletto, Spergola** (eigentlich ein Sauvignon), **Trebbiano Modenese** und **Verdea**.

Ernte des Sangiovese in Marzeno. Diese für die Emilia-Romagna charakteristische Rebsorte findet auch in der Toskana ideale Bedingungen vor.

WEINE
• **Lambrusco**, in den DOCs L. Grasparossa, L. di Castelvetro, L. Reggiano, L. Salamino di Santa Croce, L. di Sorbara, L. Mantovano, L. Mantovano Viadanese Sabbionetano, Oltrepò Mantovano, Reggiano Lambrusco oder Reggiano Bianco Spumante.
• **Sangiovese di Romagna**. Diese DOC umfasst von den leichtesten bis zu den stärksten das ganze Spektrum der Weinsorten. Der Wein dieser Gegend wurden schon von den Etruskern geschätzt und gehört heute zu den bekanntesten Italiens. Er überrascht den Gaumen durch außergewöhnliche Vinosität und Fruchtigkeit (Duft von Traubenmost), welche dann langsam in eine Harmonie von Süße und Säure übergehen.
• **Trebbiano di Romagna**. Dieser Weißwein hat seit 1973 DOC-Status, ist gefällig, kann aber nicht ganz die Erwartungen erfüllen, welche man aufgrund des Prestiges der DOC erwarten würde. Am meisten gefragt sind die Schaumweine – sie sind von nahezu neutralem Geschmack und profitieren durch die Kohlensäurebildung.
• **Colli Piacentini**. Die DOC umfasst 21 Wein-Typologien – fast nur Perlweine (ähnlicher Stil wie Oltrepò Pavese), die auf etwa 3300 ha gewonnen werden. Die wichtigsten Weine sind Barbera, Bonarda, Gutturnio und Ortrugo. Ein Kleinod ist der Malvasia, der als *Fermo, Frizzante, Spumante* und *Passito* erzeugt wird. Alle internationalen Rebsorten werden hier mit Erfolg angebaut und ebenso erfolgreich werden verschiedenste Schaumweine erzeugt.
• **Colli di Parma**. Die DOC produziert auf insgesamt 200 ha Rebfläche 18 verschiedene Weinarten und kann mit sehr angenehmen Weinen aufwarten. Besonders zu erwähnen sind der Sauvignon und ein *Spumante* aus Pinot Nero, Pinot Bianco und Chardonnay nach dem Flaschengärverfahren.
• **Albana di Romagna** ist die einzige DOCG der Region (1987) und erstreckt sich über fast 500 ha. Der Wein ist strohgelb bis goldfarben, ein fruchtiger, zarter Wein mit Noten von Pfirsich und gerösteten Mandeln. Seinen besten Charakter zeigt er im ersten Jahr, ohne jedoch ein hohes Qualitätsniveau erkennen zu lassen. Es werden die Typologien *Amabile, Dolce* und *Riserva* hergestellt. Der Passito (aus Trauben, die entweder auf der Pflanze oder beim Trocknen von Edelschimmel befallen wurden) entspricht am ehesten dem Ruf eines Weines, der im 14. Jh. vom Agronomen Pier de' Crescenzi als »von kräftigem und edlem Geschmack, mittlerer Zartheit und Eignung zur Alterung« beschrieben wurde. Das trifft aber für die Vergangenheit zu; denn der heutige kann leicht oxidieren und ist daher nicht für eine lange Lagerung geeignet.
• **Bosco Eliceo**. Diese DOC betrifft fünf Wein-Typologien; hier ist besonders der Wein aus der Rebsorte Fortana zu erwähnen, die auf sandigem Boden (in den Provinzen

Ravenna und Ferrara) wurzelecht angebaut, also nicht auf amerikanische Wurzelstöcke aufgepfropft wird.
Weitere DOCs sind **Cagnina di Romagna, Colli Bolognesi** (mit gut 49 Weinsorten, davon einige aus der weißen Rebsorte Pignoletto), **Colli di Faenza, Colli d'Imola, Colli di Rimini, Colli di Scandiano e di Canossa** (der Sauvignon dieser DOC sticht durch überdurchschnittliche organoleptische Eigenschaften hervor und braucht keinen internationalen Vergleich zu scheuen) sowie **Lambrusco Grasparossa** und weitere Rotweine. Überdies müssen der **Pagadebit** aus der Romagna und der **Reno** erwähnt werden.

Toskana

Der Weinbau wurde in der Toskana von den Etruskern eingeführt und entwickelt und von den Römern fortgesetzt. Wie im übrigen Italien konnte eine komplette Zerstörung der Weinkulturen durch die Barbaren verhindert werden, da sich die Mönche um die Weingärten kümmerten und auch auf den Hügeln Reben pflanzten. Während der Renaissance eroberte der toskanische Wein alle Königshöfe. Die Vorherrschaft auf dem Weinmarkt wurde erst im 19. Jh. Bordeaux überlassen.
Das Klima wird durch die geographische Lage bestimmt – die Region wird im Westen vom Tyrrhenischen Meer und im Osten von den Apenninen begrenzt. Das in 100 bis 700 m Seehöhe liegende Hügelland wird, auch wenn in den Städten stickige sommerliche Hitze herrscht, durch ständige Winde temperiert und zeigt die typische toskanische Landschaft, in der sich Reben und Olivenbäume abwechseln. Das beste Terrain für die Weinstöcke befindet sich also nicht an der tyrrhenischen Küste, sondern wegen des kühleren Klimas auf den Hügeln im Landesinneren.

ANBAUGEBIETE

- **Colli Fiorentini**. Montalbano, Carmignano, Rufina und Pomino haben ein maritim beeinflusstes Klima; die Böden sind im Westen lehmig-sandig, im übrigen Teil hauptsächlich sandig. Chianti Riserva wird in den Colli Fiorentini und Rufina auf kalkigen und kalkig-sandigen Böden gewonnen.
- **Chianti Classico**. Hier befinden sich die Reben häufig auf steilen Hängen zwischen 250 und 550 m Seehöhe; die Böden sind hauptsächlich kalkig-steinig mit sandig-lehmigen Schichten und lockerem Kalkmergel (Galestro).
- **Colli Senesi** und **Val d'Arbia**. Der beste Chianti wächst auf Böden mit Kalk und Tuffsand, die keine schweren Ton-Anteile (welche jedoch in der Gegend im Südosten von Siena vorherrschen) beinhalten. Im südlichen Teil des Produktionsgebietes eignet sich das Klima besser für die Produktion von Weißweinen, das heiße und trockene Wetter des übrigen Gebietes ist für Rotweine günstiger.
- **San Gimignano**. Die Weinberge dieser Gemeinde, nach der die DOCG benannt ist, haben leichte, helle oder graue Böden, die hauptsächlich aus Lehm, Kalk und Tuff bestehen, sowie aus Schichten von gelblichem Sandstein und marinen Ablagerungen.
- **Montalcino**. Die berühmte DOCG Brunello di Montalcino hat ihren Namen von dieser Gemeinde. Das Gemeindegebiet liegt auf einer von Flüssen umgebenen Hochfläche. Das Klima ist durch den Einfluss des Tyrrhenischen Meeres (40 km entfernt) mild und durch den Monte Amiata sind die Reben vor Hagel und heftigen

Visitenkarte

Anbaufläche
62.000 ha

Boden
in den Colli Fiorentini lehmig-sandig; im Herstellungsgebiet des Chianti Classico kalkig-steinig mit sandig-lehmigen Schichten; in den anderen Gebieten sind auch Kalk, Tuff und Sandstein vorhanden

Klima
kontinental, durch den maritimen Einfluss mild

Rebsorten
Sangiovese, Vernaccia di San Gimignano, Ansonica, Trebbiano Toscano, Vermentino, Malvasia del Chianti, Grechetto, Canaiolo Nero, Aleatico, Moscato Bianco, Ciliegiolo, Cabernet Sauvignon, Cabernet Franc, Merlot, Syrah, Chardonnay, Pinot Nero, Pinot Bianco, Riesling Italico, Gamay, Sauvignon

Wichtigste Weine
Chianti, Chianti Classico, Brunello di Montalcino, Carmignano, Vino Nobile di Montepulciano, Vernaccia di San Gimignano, Vin Santo, Bolgheri Sassicaia, Tignanello, Ornellaia

Rechts: auf der Weinstraße bei Massa Marittima. Vorhergehende Seite: Weinausstellung in Greve in Chianti.

Gewittern geschützt – eine ideale Lage für den biologischen Zyklus der Reben. Die Hügel rund um Montalcino sind bis zu 550 m hoch. Auf Böden aus Galestro (lockerer Kalkmergel) wird der Wein sehr kräftig, die Weine von Böden mit Lehm-Kalk, die mit Galestro untermischt sind, erreichen jedoch mehr Struktur.

• **Montepulciano**. Diese Gemeinde im Val di Chiana liegt unweit der Grenze zu Umbrien in der Nähe des Trasimenischen Sees. Die Weinberge der DOCG Vino Nobile di Montepulciano liegen in einer Zone mit heißem Klima, das jedoch an den Hängen in 250 m Seehöhe frisch und temperiert ist. Die strukturiertesten Weine entstehen auf Lehm-Kalk-Böden mit marinen Ablagerungen; auf steinigeren Böden ergeben sich Weine mit stärkeren Duftnoten.

• **Colli Aretini** und **Valdichiana**. Dieses Hügelland enthält weite, feuchte Talsenken mit Lehm-Kalk-Böden, die reich an marinen und alluvionalen Ablagerungen sind. Die temperierten Abhänge und der östliche Teil sind besser für die Produktion von Weißweinen geeignet; rote Trauben reifen hier nicht besonders gut.

• **Colli Apuani** und **Lucchese**. In dieser Zone im Nordwesten herrscht entlang der Küste ein Klima mit warmen Morgenstunden; die Böden sind lehmig-sandig und reich an Spurenelementen. Das Gebiet ist besser für die Herstellung von Weißweinen geeignet.

• **Colline Marittime**: die Gegend von Casciano Terme (Colline Pisane) ist das heißeste Chanti-Anbaugebiet; auf Kalk-Sand-Böden entsteht ein Wein, der leichter ist als anderswo. Auf den Schwemmlandböden entlang des Arno ist das Klima für die Produktion von Weißweinen geeignet, auf dem Hügelland von Montescudaio werden sowohl weiße als auch rote Weine mit mittlerem Körper hergestellt. Die besten Weine der Küste werden rund um Bolgheri produziert, wie die weltweit bekannten Sassicaia und Ornellaia. Die Böden bestehen aus Lehm-Kalk und sind reich an marinen Fossilien; hier findet der Cabernet ein sehr gutes *Terroir*.

• Die Insel **Elba** ist heiß, trocken und windig. Auf den eisenhaltigen Böden kann der Aleatico seine besten organoleptische Eigenschaften erzielen.

• In der **Maremma** im Süden von Grosseto sind die Böden reich an Vulkangestein; das Klima ist heiß und trocken. Das Gebiet wurde erst vor kurzem mit Erfolg bestockt.

REBSORTEN

• **Sangiovese**. In der Toskana wird der Biotyp Sangiovese Grosso kultiviert, eine sehr wahrscheinlich autochthone Rebsorte, die bereits von den Etruskern angebaut wurde. Sie ist hinsichtlich Boden und Klima sehr anspruchsvoll, aber sehr ertragreich; die besten Resultate werden auf mageren Böden erzielt, welche das Wachstum der Pflanze etwas bremsen. Meist wird sie auf die Unterlagsreben 420 A sowie 1103 P gepfropft und ist vor allem auf den unteren Knospen sehr fruchtbar. Die relativ früh treibende und normal bis spät reifende Rebsorte hat mittelgroße Trauben und schwarz-violette Beeren mit zäher, aber nicht sehr dicker Beerenhaut.

Oben: die sanfte Hügellandschaft des Chianti, die stark durch Weinreben geprägt ist.
Nächste Seite, oben: ein Bankett in einem Ausschnitt vom Maestà-Altar von Duccio di Buoninsegna (13. Jh.).

• **Vernaccia di San Gimignano**. Hier hat der Wein der Rebe den Namen gegeben. Es ist unklar, ob die Rebsorte autochthon ist oder ob sie aus Vernazza in Ligurien eingeführt wurde. Sie wird am besten in mittlerer Erziehungsform auf Lehm-Kalk-Böden kultiviert. Dem Wein verleiht sie einen guten Alkoholgehalt und ein leichtes Aroma.
Weitere in der Toskana verbreitete Rebsorten sind **Ansonica, Trebbiano Toscano, Vermentino, Malvasia del Chianti, Grechetto, Canaiolo Nero, Aleatico, Moscato Bianco, Ciliegiolo, Cabernet Sauvignon, Cabernet Franc, Merlot, Chardonnay, Pinot Nero, Pinot Bianco, Riesling Italico, Gamay, Syrah** und **Sauvignon Blanc**.
Zweifellos sind *die* zwei heimischen Rebsorten Sangiovese und Trebbiano Toscano bei weitem am meisten verbreitet, aber auch Vernaccia di San Gimignano, Ciliegiolo, Canaiolo Nero und Malvasia del Chianti prägen die Landschaft.

WEINE

• **Chianti** (seit 1980 DOCG, der Chianti Classico seit 1996) ist »die immerwährende Stütze des italienischen Weines« (Burton Anderson). Er wird in sieben Gebieten des zentralen Hügellandes hergestellt: **Montalbano, Rufina, Colli Fiorentini, Colli Senesi, Colli Aretini, Colline Pisane** und **Montespertoli**. Das Produktionsgebiet, insgesamt 6000 ha, liegt in Seehöhen bis zu 700 m zwischen der Arno-Ebene und dem Fluss Ombrone. Die minimale Pflanzdichte beträgt hier 3500 Stöcke/ha, keiner dieser Stöcke darf mehr als 3 kg Ertrag bringen, der Höchstertrag insgesamt ist 75 Quintale/ha. Der Großteil der Hersteller von Chianti Classico (er wird zwischen Florenz und Siena produziert) gehört zum Consorzio del Gallo Nero oder zum Consorzio del Putto; manche Produzenten und darunter auch bekannte Kellereien, gehören keinem der beiden Konsortien an.
Viele Chianti-Weine sind einfach, kurzlebig und süffig, zum Großteil jedoch mit viel Struktur. Ebenso wie die großen Bordeaux-Weine wird auch Chianti aus einem Verschnitt gewonnen. Die Zusammensetzung wurde 1847 von Baron Bettino Ricasoli erfunden: Sangiovese 75-100 %, Canaiolo Nero höchstens 10 %, Trebbiano Toscano und/oder Malvasia Bianca bis zu 10 %. Einige Produzenten verwenden auch Cabernet, um die Struktur und Langlebigkeit zu erhöhen, bisweilen wird auch Sangiovese reinsortig gekeltert. Die zusätzliche Verwendung von weißen Rebsorten (Malvasia und Trebbiano) geht auf die Zeit von Ricasoli zurück; als man glaubte, dadurch einen frischeren, jung zu trinkenden Wein zu erlangen. Das so genannte *»governo alla toscana«* wird heute kaum mehr durchgeführt, ein Verfahren, bei welchem der Wein im Frühjahr nochmals durch Zusatz von Most aus getrockneten Trauben zum Gären gebracht wird. Auf diese Weise erhielt man einen zucker- und glyzerinreichen Wein, der weicher, süffiger und durch die Kohlensäure spritziger wurde.
Die Farbe ist hell Rubinrot, der Geschmack voll, harmonisch, samtig, »majestätisch und herrisch«, wie ihn der Dichter Francesco Redi (1685) beschrieb. Der Duft ist weinig und lässt Märzveilchen und Schwertlilie wahrnehmen. All diese Eigenschaften sind in hohem

Grad im **Chianti Classico** anzutreffen, dessen Anbaugebiet per Gesetz 1932 genau festgelegt wurde. Der Alkoholgehalt beträgt in den *Riserva*-Weinen von Montespertoli, Montalbano, Colle Aretini, Colli Senesi und Colline Pisane zwischen 11,5 und 12,5 %. Für die Typlogie *Riserva* sind mindestens drei Jahre Reifung vorgeschrieben.

• **Brunello di Montalcino** (DOCG seit 1980) wird reinsortig aus Sangiovese Grosso (lokal auch als Brunello bekannt) erzeugt. Diese Rebsorte wird in der Gemeinde Brunello (Provinz Siena) auf etwa 1400 ha angebaut. Die Weinberge befinden sich in bis zu 600 m Seehöhe, die Böden stammen aus Kreidezeit und Pliozän. Als Pflanzdichte sind mindestens 3000 Stöcke/ha vorgesehen. Tatsächlich findet man oft 4000-6000 Stöcke in Kordonerziehung *(Cordone Speronato)*, wodurch sich ein Höchstertrag von 2,7 kg Trauben je Pflanze und 54,4 hl Wein/ha ergibt.

Die Jahresniederschlagsmenge beläuft sich auf etwa 700 mm Regen, der hauptsächlich im Winter von November bis März fällt. Schneefall im Winter oder Spätfrost gibt es sehr selten. Die Sommer sind lang und sonnig und bei Tagestemperaturen von 35 °C sind Tagestemperaturschwankungen bis zu 20 °C möglich. Der nahe liegende Monte Amiata schützt die Rebstöcke vor Hagelschauern und Wolkenbrüchen.

Das Potenzial dieses weltweit geschätzten Weines wurde erstmals von Biondi-Santi erahnt, der 1840 die Rebsorte genau studierte. Er war der erste Hersteller des Gebiets, der Sangiovese reinsortig kelterte und dafür einen speziellen Klon mit kleinen, an Anthocyanen und Tanninen reichen Beeren auswählte, welche eine lange Lagerung des Weines ermöglichten.

Der Brunello entstand durch ein glückliches Zusammenspiel von magerem Lehm-Kalk-Boden und dem geeigneten Mikroklima für einen perfekten biologischen Kreislauf der Sangiovese-Rebe. Der Wein ist dick, dicht, komplex und »groß in seiner Fruchtintensität und Tanninstruktur«. Er wird einer langen Maischung unterzogen, und nach dem Abstich erfolgt sofort die malolaktische Gärung. Manche Hersteller lassen den Wein in *Barriques* reifen, andere in den traditionellen 150-hl-Fässern. Der Wein ist rubinrot und geht während der Alterung langsam in leichtes Granatrot über. Das Parfum ist intensiv, blumig und fruchtig und hat sich nach den ersten Jahren der Reifung voll entwickelt. Nach fünf Jahren gesetzlich vorgeschriebener Fassreifung (sechs für die *Riserva*) und vier Monaten Flaschenreifung (meist warten die Produzenten 9–12 Monate, bevor sie den Wein auf den Markt bringen) erhält man ein neues Gleichgewicht von Parfums und Aromen und interessante neue Gewürznoten. Bei großen Jahrgängen braucht es zehn, wenn nicht sogar 20 Jahre, bis die Tannine weich sind, der Wein

geschmeidig ist und seinem Namen gerecht wird. Der Mindestalkoholgehalt beträgt 12,5 %, meist enthält der Wein aber 13-13,5 %.

- **Carmignano** (DOCG seit 1998) war bereits zur Zeit der Etrusker bekannt ist einer der ältesten Weine Italiens. Das Produktionsgebiet ist nicht ganz 100 ha groß und verteilt sich auf die Gemeinden Carmignano und Poggio a Caiano (Provinz Prato). Es befindet sich am östlichen Abhang des Montalbano in 250-400 m Seehöhe. Im Süden wird es durch das Arno-Tal sowie im Norden und Osten durch eine Schwemmlandebene begrenzt.

Links: ein Keller aus dem Mittelalter in Pitigliano. Nächste Seite: eine moderne Weinhandlung.

Der Boden besteht aus Kalk-Mergel, Lehm-Schiefer und Sandstein, wobei die vielen groben Gesteinsteile die Kompaktheit des Lehms vermindern und die Entwässerung begünstigen.

Bereits die Franken legten genau fest, wie Wein zu produzieren sei, die erste schriftliche Erwähnung des hier gewonnenen Weines namens »*Charmignano*« geht auf einen Notariatsakt aus dem 14. Jh. zurück.

Die Eingrenzung dieser Produktionszone, des Chianti-Gebietes, des Pomino und des oberen Arno-Tals wurde 1716 von Großherzog Cosimo III. vorgenommen. Carmignano-Wein unterscheidet sich vom Chianti durch die Verwendung von Rebsorten des Bordeaux, den Cabernets, die lokal als »*uva Francese*« (»französische Traube«) bezeichnet werden. Der Verschnitt ist vom Gesetz her wie folgt vorgeschrieben: Sangiovese mindestens 50 %, Canaiolo Nero bis zu 20 %, Cabernet Franc und/oder Cabernet Sauvignon 10-20 %, Trebbiano Toscano, Canaiolo Bianco und/oder Malvasia del Chianti höchstens 10 %. Der Ertrag darf 3 kg Trauben je Pflanze und 80 Quintale je ha nicht übersteigen. Die Farbe ist leuchtend Rubinrot und geht beim Altern in Granatrot über. Der Wein bewahrt lange eine beträchtliche Vinosität und einen Hauch von Märzveilchen. Durch die Reifung (mindestens zwei Jahre, *Riserva* drei Jahre) gewinnt der Wein an Komplexität und nimmt zarte Gewürznoten an.

- **Vino Nobile di Montepulciano** (DOCG seit 1989) ist ein aristokratischer Wein, der auf das 9. Jh. zurückgeht. Er wird seit 1350 durchgehend produziert und galt bereits im 17. Jh. als »König der toskanischen Weine«. Nobile di Montepulciano ist einer der drei »Söhne« des Sangiovese di Toscana. Er wird in der Gemeinde Montepulciano auf dem Hügelgebiet zwischen dem Val d'Orcia und dem Val di Chiana aus dem folgenden Verschnitt gewonnen: Sangiovese (lokal als Montepulciano Prugnolo Gentile bezeichnet) mindestens 70 %, Canaiolo bis zu 20 % und ausnahmsweise 20 % in der Provinz Siena genehmigter oder empfohlener Rebsorten, die auf Lehm-Sand-Böden kultiviert werden.

Die Weinberge liegen zwischen 250 und 600 m Seehöhe und erstrecken sich auf etwa 800 ha. Die Pflanzdichte beträgt mindestens 3300 Stöcke/ha, der Hektarertrag höchstens 80 Quintale Trauben. Der Wein muss mindestens zwei Jahre (*Riserva* drei Jahre) reifen, davon mindestens ein Jahr in Holzfässern; meist lässt man ihn aber noch länger in den Fässern. Er besitzt eine rubin- bis granatrote Farbe, ein fruchtiges und blumiges Parfum von Märzveilchen, nach längerer Reifung nimmt er sehr feine Gewürz- und Röstnoten an und offenbart einen langen Abgang.

Er ist intensiv, mit leichtem Tannin, harmonisch und hat einen Alkoholgehalt von 12,5 % (*Riserva* 13 %).

• **Vernaccia di San Gimignano** erlangte als erster toskanischer Weißwein DOCG-Status (1987); mit dem Vin Santo Toscano gehört er zu den beiden großen Weißweinen der Region. Nach dem Historiker Targione Tozzetti wurden 1280 für diesen Vernaccia die ersten Weinstöcke bei San Gimignano gepflanzt, und von da an war er der Lieblingswein von Päpsten, Kaisern und Künstlern. Er wird sortenrein aus der gleichnamigen Rebe gekeltert, die auf etwa 800 ha in der Gemeinde San Gimignano (Provinz Siena) in bis zu 500 m Seehöhe auf hügeligem Terrain mit Lehm-Sand-Böden kultiviert wird. Der Maximalertrag je ha beträgt etwa 90 Quintale. Der Wein ist strohgelb mit elegantem, starkem Duft und Bittermandel-Abgang; mit der Reifung nimmt er eine goldgelbe Farbe an. Er muss mindestens ein Jahr reifen, kann aber zu seinem Vorteil 4-5 Jahre altern. Es wird auch die Typologie *Liquoroso* erzeugt.

• **Vin Santo** gibt es in zahlreichen DOC-Gebieten, sodass jeder Winkel der Toskana seinen eigenen *Vin Santo* aufweisen kann. Er wird in verschiedenen Typologien erzeugt: *Secco, Amabile, Occhio di Pernice* (»Auge des Rebhuhns«), *Riserva*. Sie sind alle lange alterungsfähig, haben einen hohen Gehalt an flüchtiger Säure und sind häufig oxidiert, was den Konsumenten wegen des Gewöhnungseffekts allerdings kaum bewusst wird. Andererseits macht gerade die Oxidation die Charakteristik dieser Weine aus, die 13-15 % Alkohol und von 3–7 % Restzucker enthalten. Vin Santo wird gewöhnlich auf Basis der Rebsorte Trebbiano Toscano hergestellt, nur die Typologie *Occhio di Pernice* basiert auf Sangiovese-Trauben.

• ***Supertuscans*** (»Super-Toskaner«) ist der Name, den die englischen und amerikanischen Weinexperten Tafelweinen großer Herkunft zuerkannten, deren Produzenten sich entschlossen hatten, die Fesseln der DOC- und DOCG-Reglementierung abzuwerfen. Ihre Geschichte begann 1948, als Incisa della Rocchetta zum ersten Mal den Sassicaia (heute DOC **Bolgheri Sassicaia**) aus der Rebsorte Cabernet Sauvignon und nach Art der großen Bordeaux-Weine herstellte. 1971 folgte der **Tignanello** aus den Rebsorten Sangiovese, Cabernet Sauvignon, Merlot und Syrah (dieser Verschnitt wurde bereits seit 100 Jahren von der Frescobaldi-Dynastie verwendet), der in *Barriques* ausgebaut wurde. Daraus entstanden Mode und Stil der *Supertuscans*, die hauptsächlich auf der Rebsorte Sangiovese für den Grundton basieren, und auf fast ausschließlich internationale Rebsorten (ohne die Bordelaiser) für die Alterungsfähigkeit.

Weitere toskanische DOC-Weine sind **Barco Reale di Carmignano, Bolgheri** (mit sieben Typologien, darunter **Sassicaia**), **Capalbio, Ansonica, Costa dell'Argentario, Bianco delle Colline Lucchesi, Bianco dell'Empolese, Bianco Pisano di San Torpè, Bianco di Pitigliano, Bianco di Valdinievole, Colli dell'Etruria centrale, Colli di Luni** (mit sieben Typologien), **Elba** (mit sieben Typologien, darunter **Aleatico**), **Montecarlo, Morellino di Scansano, Moscadello di Montalcino, Orcia, Parrina, Pomino, San Gimignano** (mit zehn Typologien), **Sant'Antimo, Val d'Arbia und Val di Cornia** (mit 15 Typologien).

Marken

Die Marken haben ihre önologische Bekanntheit dem Verdicchio zu verdanken. Dieser Weißwein erregte in den 1950er- bis 1970er-Jahren die Aufmerksamkeit der Konsumenten in aller Welt. Nach einer weniger erfolgreichen Phase ist er heute wieder zum Aushängeschild unter den Weinen der Region geworden. Die Flaschenform erinnert an antike irdene Wein-Amphoren – und an die Präsenz der alten Griechen an der Küste der Marken.

GESCHICHTE Die Rebe ist hier bereits seit der Eisenzeit heimisch, die Verbreitung des Weinbaus ist jedoch zuerst den Etruskern und später den Römern (3. Jh. v. Chr.) zuzuschreiben. Die Römer nannten den hier erzeugten Wein nach der einheimischen Bevölkerung »*Picenum*«.

KLIMA UND BODEN Das Klima kann als mild, frisch und windig beschrieben werden, das Gebiet ist jedoch auch dem Einfluss der Bora, einem heftigen Nordwind, ausgesetzt und wird auch im Winter nicht von Schnee verschont. Meist mildert ein leichter, von der Adria wehender Wind die sommerliche Hitze und Feuchtigkeit, und auch die Apenninen bilden eine schützende Barriere.
Der Boden ist unterschiedlich und besteht im Verdicchio-Gebiet aus Mergel-Sand, in den Colli Pesaresi vorwiegend aus Lehm und im Conero aus Lehm-Kalk.

ANBAUGEBIETE
- **Pesaro und Urbino**. Auf den küstennahen Höhen wird auf lehmigen Böden die Rebsorte Sangiovese angebaut, während die Trauben für den Bianchello del Metauro Lehm-Sand-Kies-Böden bevorzugen.
- **Colline di Ancona**. Von der Adria bis Morro d'Alba findet man hauptsächlich Verdicchio-Trauben und mehr als 45 ha der Rebsorte Lacrima. Der Boden ist lehmigsandig, wobei die verschiedene anteilsmäßige Zusammensetzung dieser Kom-

Visitenkarte

Anbaufläche
20.000 ha

Boden
Mergel-Sand im Verdicchio-Anbaugebiet, vorwiegend Lehm in den Colli Pesaresi, Kalk-Lehm im Conero

Klima
mild, frisch, windig

Rebsorten
Verdicchio Bianco, Vernaccia Nera, Montepulciano, Sangiovese, Maceratino, Trebbiano Bianco Toscano

Wichtigste Weine
Verdicchio dei Castelli di Jesi, Verdicchio di Matelica, Vernaccia di Serrapetrona, Conero

Die Hügelkette der Marken, welche zu den Apenninausläufern gehört, ist für den Weinanbau bestens geeignet.

ponenten die Qualität des Weines beeinflusst. Hier wird auch die Weinsorte Rosso Conero auf lehmig-kalkigem Boden erzeugt.
• **Matelica, Serrapetrona, Macerata**.
In **Matelica** gibt es lehmig-kalkige, an Spurenelementen, Eisen und Magnesium reiche Böden. Die besten Lagen befinden sich im Hügelgebiet östlich des Flusses Esino auf 300-450 m Seehöhe. Die in den Flusstälern von Chieti und Potenza ständig wehenden Winde sorgen für gesunde Trauben.
In **Serrapetrona** werden Vernaccia Nera und auch andere Rebsorten angebaut, im Hügelgebiet von Macerata Trebbiano- und Maceratino-Trauben.
• **Ascoli und Piceno**. Im diesem Hügelgebiet zwischen den Apenninen und der Adria liegen die Weinberge eng aneinander gereiht. Der beste Wein der DOC Rosso Piceno wird auf Lehm-Sand-Böden zwischen Ascoli und der Küste erzeugt.

REBSORTEN Obwohl der Verdicchio der bekannteste Wein der Region ist, sind die Weingärten dennoch nicht von der gleichnamigen Rebsorte geprägt. Am häufigsten wird hingegen Sangiovese, gefolgt von Montepulciano und Trebbiano Toscano, angebaut. Die Reben werden im Doppelstreckbogen-System gezogen, *»Tendone«*-Systeme (Dachlaubenerziehung) sind schon sehr selten geworden.
• **Verdicchio Bianco**. Diese Rebsorte wird vor allem im Hügelgebiet von Jesi und Matelica kultiviert, wo man sehr aktiv ist und für die verschiedenen regionalen *Terroirs* die geeignetsten Klone auswählt. Sie stammt vermutlich aus Griechenland, ist mit der Trebbiano-Traube verwandt und in den Marken und Abruzzen seit der Römerzeit (bei Columella erwähnt) heimisch. Die spät austreibende und reifende Rebsorte hat dichtbeerige Trauben, grüngelbe Beeren mit dünner Schale und verleiht dem Wein ein Bittermandelaroma.
• **Vernaccia Nera**. Vernaccia Nera war früher als **Vernaccia di Serrapetrona** bekannt, hat geschulterte, dichtbeerige Trauben und schwarz-violette Beeren mit festen Schalen mittlerer Dicke. Die spät austreibende und reifende Rebsorte zieht Mergel- und Sandsteinböden vor.
• **Montepulciano**. Die Abstammung ist unbekannt, auch wenn der Name eine Herkunft von der gleichnamigen toskanischen Gemeinde vermuten lässt. Die Traube ist kegelförmig, einfach oder doppelt geschultert und dichtbeerig mit kurzem, holzigem Stiel; die Beeren sind schwarz-violett und haben dicke feste Schalen. Die spät austreibende und reifende Rebsorte ist gegen Spätfrost unempfindlich.
Weitere wichtige Rebsorten sind **Sangiovese, Maceratino, Bianchella** (oder **Biancone**), **Trebbiano Bianco Toscano, Passerina, Lacrima** und **Pinot Nero**.

WEINE
• **Verdicchio**. Dieser Wein wird in den zwei DOCs **Castelli di Jesi** und **Matelica** erzeugt. **Verdicchio dei Castelli di Jesi** wird in den folgenden Versionen hergestellt: ***Classico, Classico Superiore, Classico Riserva, Riserva, Spumante,*** ...unglaublich viele! Aber der Hang zum Perfektionismus ist nicht nur auf dieses Gebiet beschränkt. Um einen frischen Wein zu erhalten, erfolgt das Keltern, sobald die Trauben in die Kellerei kommen. Manche Produzenten nehmen eine Kaltmaischung vor, um die wenigen Aromen besser erhalten zu können, andere lassen den Wein auf der eigenen Hefe reifen. Weine mit Hefesatzlagerung werden in der Provinz Ancona und zum Teil in der Provinz Macerata aus Lagen mit niedrigen Hektarerträgen erzeugt: 75-95 hl, wobei höchstens 2200 Stöcke/ha gepflanzt sind. Die Farbe ist mehr oder weniger zart Strohgelb, beim *Passito* bernsteinfarben und der *Spumante* zeigt grünliche Lichtreflexe. Der Passito wird aus Trauben erzeugt, welche man im Erntejahr bis zum 1. Dezember trocknen lässt. Verdicchio wird auf etwa 3500 ha Rebflächen im Hügelland erzeugt. **Verdicchio di Matelica** wird in der Provinz Ancona auf 270 ha in vier Versionen hergestellt: ***Secco Fermo, Spumante, Riserva*** und ***Passito***.
Die Weine beider Verdicchio-DOCs zeichnen sich durch die Ausgeglichenheit ihrer sehr intensiven Fruchtigkeit aus, welche von zahlreichen blumigen Duftnoten mit leichten, zarten Aromen begleitet ist; die gut dosierte Säure harmoniert gut mit dem Alkoholgehalt von 12-14 %. Der Wein ist äußerst geschmeidig – auch durch den Restzucker, der häufig wahrgenommen werden kann und dem Produkt ein gutes Gleichgewicht verleiht. Nach zwei Jahren Reifung sind Noten von Bittermandel wahrzunehmen.
• **Conero**. Dieser Wein hat seit 2004 DOC-Status und wird auf 250 ha Rebflächen in der Provinz Ancona erzeugt. Er besitzt eine rubinrote Farbe und beträchtliche Vinosität, die auch im zweiten Jahr noch wahrgenommen werden kann. Er wird aus Monte-

pulciano-Trauben gewonnen, welche dem Wein gute Geschmeidigkeit, Duftigkeit und Körperfülle verleihen. Mit Tanninen angereichert ist er gut lagerfähig, bei tanninarmen Weinen gehen wegen der niedrige Säure nach dem ersten Jahr die besten geschmacklichen Eigenschaften verloren.

• **Vernaccia di Serrapetrona**. Der Wein dieser dieser DOCG (seit 2004) wird zu mindestens 85 % aus der Rebsorte Vernaccia Nera auf nur 35 ha hergestellt. Die Weinberge liegen bis zu 700 m hoch, die Pflanzdichte muss mindestens 2200 Stöcke/ha betragen. Die traditionelle Spaliererziehung wird immer häufiger durch ein Doppel-Streckbogen-System ersetzt. Früher war dieser Wein (unter dem Namen Serrapetrona) einer der verbreitetsten roten Stillweine der Marken. Heute ist er als Schaumwein berühmt, der entweder nach dem Flaschengärverfahren oder im Tank hergestellt wird.
Er ist der einzige Schaumwein der Welt, der durch drei Gärvorgänge gewonnen wird:
- die erste Gärung betrifft 60 % der Ernte und ergibt den Basiswein;
- die zweite Gärung erfolgt durch Zugabe der restlichen 40 % der Trauben, die nach der Ernte getrocknet und zu Ende des Winters gekeltert werden;
- die dritte Gärung geschieht durch Zugabe von Zucker, Hefe und Klärstoffen, um eine Kohlensäureentwicklung zu erreichen.

Der Wein wird in den Varianten *Secco* und *Dolce* hergestellt und besitzt intensive Vinosität und feine Mineralität. Der Grundton ist angenehm bitter und leicht aromatisch.
Weitere DOCs sind **Rosso Conero, Offida Passerina** (in sechs Typologien), **Falerno dei Colli Ascolani, Falerno dei Colli Maceratesi, Esino** (in vier Versionen), **Colli Pesaresi** (in zehn Versionen), **Bianchello del Metauro, Colli Maceratesi** (in sieben Versionen), **Lacrima di Morro** und **Rosso Piceno** (in vier Versionen).
Besonders interessant sind die ***Passiti*** der Colli Maceratesi, Offida-Passerina und Verdicchio di Matelica, sowie die frischen und leichten ***Spumanti*** (nach dem Flaschengärverfahren oder dem Charmat-Verfahren) der Colli Maceratesi, von Offida-Passerina und von Verdicchio dei Castelli di Jesi.

Umbrien

Visitenkarte

Anbaufläche
16.000 ha

Boden
Kalk, Tuff, Lehm-Sand, in manchen Gebieten an der Grenze zu Latium Vulkangestein

Klima
frisch, mit Einfluss des Tyrrhenischen Meeres

Rebsorten
Grechetto, Sagrantino, Sangiovese

Wichtigste Weine
Torgiano Rosso, Montefalco Sagrantino, Orvieto

Das zwischen der Toskana, Latium und den Adriaregionen liegende Umbrien weist frisches Klima und vorwiegend kalkige Böden auf. Durch die Apenninkette vor kalten Nordwinden geschützt und unter dem Einfluss des Tyrrhenischen Meeres (obwohl es nicht an der Küste liegt) ist es das »grüne Herz« Italiens. Weinanbau wird an sanften Hängen auf Böden aus Kalk, Tuff und Lehm-Sand betrieben. An der Grenze zu Latium gibt es auch vulkanische Böden, wo in 100-600 m Seehöhe Orvieto hergestellt wird. Seit wenigen Jahren ist man hier von bäuerlichem, echten, aber plumpen Weinen auf die Produktion feinerer und eleganterer Weine übergegangen, deren Aushängeschild der Torgiano Rosso ist; der Großteil der umbrischen Weine ist jedoch weiß.

REBSORTEN

• **Grechetto** ist trotz seines Namens eine autochthone Rebsorte. Die Trauben sind kompakt und mittelgroß bis klein, die Beeren oval mit dünner, grüngelber Schale. Die normal austreibende und reifende Rebsorte verleiht dem Wein ein zartes Birnenaroma.

• **Sagrantino** wurde vermutlich von Griechenland eingeführt, um Messwein herzustellen. Die Trauben sind mittelgroß bis klein und die Beeren schwarzblau mit ziemlich dicker Schale. Die Rebsorte treibt normal aus, reift spät und verleiht dem Wein eine purpurrote Farbe und einen zarten Duft. Durch den Tanninreichtum können alterungsfähige Weine gewonnen und auch *Passiti* hergestellt werden.

Weitere wichtige Rebsorten sind **Drupeggio (Canaiolo Bianco), Trebbiano** und **Verdello**. Torgiano Rosso wird aus der Rebsorte **Sangiovese** hergestellt.

ANBAUGEBIETE UND WEINE

Die Anbaugebiete erstrecken sich entlang der Täler von Tiber und Topino und rund um den Trasimener See.

Folgende Weine müssen erwähnt werden:

• **Torgiano Rosso Riserva**, seit 1990 DOCG, wird in der Gemeinde Torgiano (Provinz Perugia) reinsortig aus Sangiovese-Trauben erzeugt. Dieser elegante, alterungsfähige Wein ist leuchtend rubinrot und bewahrt lange seine Vinosität (manchmal auch länger

Rechts: antike Geräte für die Weinbereitung im Weinmuseum von Torgiano. Gegenüberliegende Seite: Rebfelder der DOC Torgiano in der Provinz Perugia.

als jene drei Jahre Reifung, die vom Gesetz her vorgeschrieben sind) und entwickelt dann neue, komplexere Noten. Erfolg und Prestige dieses Weines sind Können und Weitblick der Kellerei Lungarotti zu verdanken. Wein und Landschaft Torgiano führen ihren Namen auf den »Torre di Giano« zurück. *Giano* (Janus) war ein römischer Gott mit Doppelantlitz und Beschützer der Tore.

• **Montefalco Sagrantino Passito**, seit 1992 DOCG, ist die bekannteste der verschiedenen Typologien der DOC Montefalco Sagrantino. Er wird aus Sagrantino-Trauben hergestellt, ist tief rubinrot, mitunter mit violettem Schimmer, und weist einen Duft von Brombeere und Trockenfrüchten auf. Er enthält 14,5 % Alkohol, mindestens 3 % Zucker und muss mindestens 30 Monate reifen. Dieser außerordentlich reiche Wein, dessen Süße und Tannine perfekt harmonieren, wird auf 112 ha gewonnen.

Die Rebsorte Grechetto wird für mehrere DOC-Weine verwendet: **Assisi, Colli Martani** (mit 12 Typologien), **Colli Perugini** (mit neun Typologien), **Colli del Trasimeno** (mit 13 Typologien), **Orvieto** (der Großteil dieses Weines wird allerdings in Latium produziert). All diese Weine sind zarte und harmonische Weißweine.
Weitere DOC-Weine sind **Colli Altotiberini, Colli Amerini** und **Rosso Orvietano**. Es wird auch *Vin Santo*, Schaumwein und Weine aus internationalen Rebsorten hergestellt. Die meisten sind frische, duftige, leichte, weinige und fruchtige Weine; es gibt aber auch körperreiche rote Weine.

Latium

Visitenkarte

Anbaufläche
30.000 ha

Boden
vorwiegend vulkanisch oder kalkig-lehmig

Klima
mediterran; im Hinterland kontinental und mild

Rebsorten
Malvasia Bianca di Candia, Malvasia del Lazio, Cesanese, Trebbiano Giallo

Wichtigste Weine
Colli Albani, Frascati, Marino, Aleatico di Gradoli, Cesanese del Piglio, Cesanese di Olevano, Cesanese di Affile, Orvieto

Keine andere Hauptstadt der Welt produziert so viel Wein wie Rom. Im unmittelbaren Umkreis kann sich die Ewige Stadt der DOCs Frascati, Marino, Colli Albani und Cerveteri rühmen, dazu gibt es viele weitere im ländlichen Bereich. Der Frascati, der heute auf den Hügeln der Castelli Romani wächst, wird seit dem 16. Jh. erfolgreich gekeltert, als er der Lieblingswein Papst Pauls III. war.
Es ist eine Region der Weißweine (90 % der Gesamtproduktion), beispielsweise Frascati und Marino, die bereits von Poeten besungen wurden. Diese feinen Weine (aus historischen Motiven ist besonders der Est! Est!! Est!!! di Montefiascone zu erwähnen) sind heute eher hell. Bis zu den 1980er-Jahren zeichneten sie sich hingegen durch ihre goldene Farbe und ihr charakteristisches Bukett und Aroma aus.

GESCHICHTE Beim Weinbau wurde Rom mehr von den Etruskern als von den Griechen beeinflusst. So fand das etwas später von den Griechen eingeführte Alberello(Gobelet)-System keinen Raum und das etruskische Alberate-System blieb lange Zeit unangefochten. Im Großen und Ganzen zogen die Römer dann die Spaliererziehung mit Drähten und Guyot-Schnitt vor; in den großen Rebfeldern in den Ebenen nahe den Castelli Romani arbeitete man mit dem Tendone(Dachlauben)-System.

KLIMA UND BODEN Klimatisch genießt Latium den Einfluss des Tyrrhenischen Meeres (330 km Küstenlinie) und den Schutz vor Westwinden durch den Apennin.
Der Boden ist vorwiegend vulkanischen Ursprungs oder kalkig-lehmig. 54 % der Rebflächen befinden sich im Hügelgebiet.

ANBAUGEBIETE
- **Nördliche Gebiete**. Rund um den Bolsena-See befinden sich auf brüchigem Basaltboden die besten Lagen für Malvasia, Trebbiano und Est! Est!! Est!!! di Montefiascone, und in Gradoli wird ein wunderbarer Aleatico produziert. Die roten Rebsorten gedeihen sehr gut auf Lehm-Kalk-Böden, die mit vulkanischen Rückständen durchsetzt sind. Die Colli Sabini bieten felsige, mit Lehm, Kalk und Sand durchzogene Böden und verleihen dem Wein Duftigkeit.
- **Castelli Romani**. Der Name »Castelli« steht für alle Siedlungsgebiete, die sich rund um die Papstpaläste und die Villen der aristokratischen Familien Roms gebildet haben. Rund um das Gebiet der Castelli Romani liegen sechs DOCs mit Basaltböden und Lehm-Tuff-Böden. Die hier erzeugten Frascati und Montecompatri-Colonna sind relativ frische, sehr fruchtige Weine. Auf den höheren Lagen von Velletri und der Colli Lanuvini (300-400 m) entstehen duftigere, leichtere und spritzigere Weine. Die Böden der niedrigeren Hügellagen zwischen den Colli Albani und den Colli Prenestini (DOC Zagarolo) bestehen aus Lehm, Vulkangestein und Kalk.
- **Ciociaria**. Die Weinberge dieses Gebiets liegen in 350-700 m Seehöhe. Der Boden ist lehmig-kalkig mit Dolomitgestein und erweist sich als gutes *Terroir* für Cesanese und andere rote Rebsorten.
- **Cori, Aprilia, küstennahes Hügelgebiet**. Die Böden im Gebiet von **Cori** sind vulkanisch mit Lehm und Kalk; die Sand-Schwemmlandböden (mitunter mit Kies) im Gebiet von **Aprilia** sind fast ausschließlich mit Trebbiano, Sangiovese und Merlot bestockt; auf den Hügeln entlang der Küste wird Moscato die Terracina hergestellt.

REBSORTEN
In Latium werden mehr als 200 verschiedene Rebsorten angebaut. Die am meisten verbreiteten sind:
- **Malvasia Bianca di Candia**. Diese Traube hat weißes, nicht aromatisches Fruchtfleisch (es gibt auch die Rebsorte Malvasia Bianca di Candia Aromatica); der Zeitpunkt von Austreiben und Reife ist durchschnittlich oder spät; die Traube ist groß, kegelförmig und doppelt geschultert; die kugelförmigen Beeren haben dünne, aber feste goldgelbe Schalen mit braunen Flecken. Die Rebsorte ist gegen Trockenheit sehr beständig und zieht Kalk-Lehm-Böden vor. Sie verleiht dem Wein Würzigkeit und einen leicht bitteren Geschmack.

• **Malvasia del Lazio**: die typische in der DOC Marino angebaute Malvasia-Traube. Sie treibt spät aus und reift durchschnittlich bis spät. Die großen Trauben haben gelbe Beerenschalen mit braunen Punkten und Flecken und verleihen dem Wein ein leichtes Aroma und gute Schmackhaftigkeit.
• **Trebbiano Giallo**. Die Trauben dieser Rebsorte sind mittelgroß, die Beeren haben Schalen mittlerer Dicke sowie Festigkeit und sind häufig braun gefleckt. Die Reben treiben normal bis spät und reifen zu einem mittleren Zeitpunkt. Die Rebsorte ist sehr ergiebig und verleiht dem mehr oder weniger intensiv gelben bis bernsteinfarbenen Wein Schmackhaftigkeit und einen leicht bitteren Grundton.
• **Cesanese**. Diese Rebsorte hat mittelgroße Trauben aus schwarzvioletten Beeren mit dicker und fester Schale und verleiht dem Wein einen sehr charakteristischen Duft und leichtes Tannin.
Weitere wichtige Rebsorten sind **Trebbiano Toscano, Trebbiano Verde, Moscato di Terracina** und **Bellame**.

WEINE
• **Colli Albani**. Der Wein aus den Albaner Bergen hat seit 1970 DOC-Status, wird auf etwa 600 ha erzeugt und macht 80 % des Gesamtvolumens der weißen DOC-Weine Latiums aus. Er ist leicht, weinig, fruchtig und strohgelb und wird in den Varianten trocken, halbtrocken, lieblich, süß (und als *Novello*) erzeugt. Die im Laufe der Zeit erfolgreichste Typologie ist der halbtrockene Wein mit 10,5 % Alkohol (11,5 % für den *Superiore*).
• **Frascati**. Frascati hat seit 1966 DOC-Status, wird auf 1700 ha produziert und hat sich in der Region und in ganz Italien gegenüber den anderen Weinen durchgesetzt. Optimierung von Rebpflege und Weinbereitung erlaubten es, das Beste aus der Traube zu holen und für die Herstellung dieses Qualitätsweines zu nutzen. Der Wein wird in den Varianten trocken, lieblich und süß (Cannellino, *Novello, Spumante*) produziert. Er ist elegant und enthüllt die ganze Reinheit der Trebbiano- und Malvasia-Trauben. Heute ist Frascati Secco am bekanntesten; bis zu den 1980er-Jahren war es der süße Cannellino, der zuweilen aus Trauben mit *Botrytis*-Befall gewonnen wird.
• **Marino**. Der DOC-Wein (seit 1986) ist etwas weicher und harmonischer als der vorhergehende und ist den Colli Albani-Weinen ähnlicher. Da diese Weine viel gemein haben und sich kaum unterscheiden, sind sie für Außenstehende schwer auseinander zu halten. So haben sie Klima, Rebsorte (Malvasia) und meist auch den Boden gemein; nur dort wo es etwaige Klima- und Bodenunterschiede gibt oder der Trebbiano-Anteil verändert wird, können geschmackliche Differenzen festgestellt werden. Natürlich spielt auch das Können von Winzer und Kellermeister eine Rolle. Marino wird in 15 Typologien hergestellt.
Weitere DOCs sind **Aleatico di Gradoli** (auch die Typologie *Liquoroso*), süß, mit feinem Aroma, aus Trauben, die bis zur Überreife auf der Rebe bleiben oder aus getrockneten Trauben, sowie **Aprilia, Cerveteri, Cesanese di Affile, Cesanese di Olevano, Cesanese del Piglio** (die besten Vertreter der wenigen Rotweine Latiums), **Circeo** (in sieben Typologien), **Colli della Sabina, Colli Etruschi Viterbesi** (in 14 Typologien), **Cori, Genazzano, Nettuno, Tarquinia, Velletri** und **Vignanello**.

Abruzzen

Visitenkarte

Anbaufläche
30.000 ha

Boden
lehmig und sandig, im Küstenbereich sehr kalkreich

Klima
mediterran entlang der Küste, kontinental im Landesinneren

Rebsorten
Montepulciano, Trebbiano d'Abruzzo

Wichtigste Weine
Montepulciano, Trebbiano d'Abruzzo, Controguerra

Die Landschaft der Abruzzen zeigt beträchtliche Unterschiede zwischen dem Küstenstreifen mit mediterranem, heißem und trockenem Klima und der ausgedehnten Gebirgszone des Apennin mit kontinentalem Klima. Der Wechsel von Tageshitze und nächtlicher Kühle begünstigen die Anreicherung der Traube mit Aromen. Der Boden besteht aus Lehm (reich an Eisen und Kalzium), Sand und viel Kalk im Küstengebiet; der westliche gebirgige Teil ist häufig durch steile verkarstete Hänge unterbrochen.

Der Weinbau ist hier bereits sehr lange heimisch – der Name des im Alten Rom sehr geschätzten Weines *Praetutian* hatte seinen Namen von den Bewohnern des Küstenstreifens der Abruzzen-Region, den Praetutii. Der Weinbau der Region ist heute auf Massenproduktion ausgelegt und der Ertrag an Trauben ist der höchste in Italien. Die Abruzzen haben insgesamt weniger Weinanbaufläche als Piemont und Toskana, die produzierte Gesamtweinmenge ist jedoch höher. Die Selbstabfüller sind nicht sehr zahlreich, da die Trauben meist direkt an die Genossenschaften geliefert werden. Die Kellereien können jedoch die Weingärten nicht kontrollieren und haben auch, bis auf wenige Ausnahmen, zu wenig Interesse, die Qualität ihrer Produkte zu erhöhen. Es gibt aber auch zwei vorbildliche Ausnahmen, die keineswegs Massenware sind: Montepulciano d'Abruzzo und Trebbiano d'Abruzzo.

Die Rebflächen befinden sich zu 75 % in hügeligem Terrain; die Rebstöcke werden im Tendone-System erzogen. Der Ertrag ist äußerst groß, besonders bei Tafeltrauben, welche aber manchmal auch für die Weinbereitung verwendet werden.

REBSORTEN

- **Montepulciano** – obwohl sie nach einer Stadt in der Toskana benannt ist, stammt diese Rebsorte aus den Abruzzen.
- **Trebbiano d'Abruzzo** – sie wurde 1200 das erste Mal erwähnt und ist heute die häufigste Rebsorte in der Region.

Weitere hier heimische Rebsorten sind **Malvasia, Passerina, Ciliegiolo** und **Muscat**. Vor einigen Jahren wurden auch die internationalen Rebsorten **Merlot, Cabernet Sauvignon** und **Chardonnay** eingeführt.

Weinberge im Gebiet von Orsogna. Im Hintergrund: die Maiella.

WEINE

• **Montepulciano d'Abruzzo**. Er ist zweifellos das Aushängeschild unter den Weinen der Region (etwa 8000 ha ausgezeichnete Lagen) und wird aus Montepulciano, eine der in ganz Italien häufigsten Rebsorten, gewonnen. Diese Trauben wurden in Italien und auch in anderen Ländern gerne verwendet, um die organoleptischen Eigenschaften anderer Rebsorten zu vervollständigen und zu verbessern. In den letzten Jahren konnte der daraus gewonnene Wein schließlich einen verdienten Erfolg verzeichnen – vor allem dank der Aufmerksamkeit der selbst abfüllenden Winzer, welche die geeignetsten Böden auswählten und auch die Vinifikationstechniken verbesserten.
Der Wein ist rubin-violettfarben und gleich nach dem Abstich sehr angenehm zu trinken. Bis zum ersten oder zweiten Jahr bewahrt er eine nur selten übertroffene Vinosität und Fruchtigkeit, um dann Duftnoten und Aromen von Veilchen, Kirsche, Waldfrüchten, Weichsel, Lakritze und verschiedene Gewürznoten zu entwickeln. Der Säuregehalt ist niedrig, wird aber durch den Tanningehalt gut ausgeglichen; am Gaumen zeigt er viel Volumen, ist also reich an Extrakten, Duftnoten und Aromen. Im Allgemeinen ist er sehr weich, sodass häufig der Säuregehalt erhöht werden muss. Es gibt zwei Arten des Ausbaus – traditionell in großen Fässern, oder im neuen Stil, in *Barriques*. Der Letztere ist für die Liebhaber des charakteristischen Vanilledufts bestimmt, der aber wiederum das primäre Traubenaroma teilweise überdeckt. Der Alkoholgehalt beträgt mindestens 11,5 % (12,5 % für den ***Riserva***). Der in der zugehörigen Zone **Colline Teramane** produzierte Montepulciano ist seit 2003 DOCG; der Riserva muss mindestens drei Jahre reifen und verträgt bei guten Jahrgängen 6-7 Jahre Alterung, ohne an Qualität zu verlieren.
Außer dem ***Rosso*** (DOC und DOCG) wird auch der ***Cerasuolo*** (kirschroter Wein) hergestellt – er offenbart zarte Vinosität, Fruchtigkeit und einen angenehmen, leicht bitteren Abgang. Der *Cerasuolo* wird in der ganzen Region Abruzzen erzeugt, die eben genannte DOCG nur in der Provinz Teramo.

• **Trebbiano d'Abruzzo**. Er wird in allen Provinzen der Region Abruzzen auf insgesamt 3000 ha aus mindestes 85 % der Rebsorten Trebbiano d'Abruzzo (lokal auch al Bombino Bianco bekannt) und/oder Trebbiano Toscano erzeugt. Die Rebfelder befinden sich in Südlagen auf hügeligem Terrain oder Hochebenen in etwa 500 m Seehöhe. Er weist strohgelbe Farbe, gute Vinosität und einen zarten Duft auf, welche sich während des gesetzlich vorgeschriebenen Reifejahres gut erhalten; dann nimmt der Wein mehr Komplexität an und kann mitunter 3-4 Jahre gelagert werden.

• **Controguerra** ist eine DOC, die in fünf Gemeinden der Provinz Teramo erzeugt wird. Unter den 14 Versionen stechen *Frizzante, Spumante* und *Passito »annoso«* (dieser Ausdruck kann am Etikett angegeben sein) hervor; der Passito muss mindestens 30 Monate reifen. Die Grundrebsorte für den Rotwein ist Montepulciano, für den Weißwein Trebbiano.

Molise

Visitenkarte

Anbaufläche
7500 ha

Boden
im Sannio-Gebiet lehmig-sandig mit Kalkablagerungen; entlang der Flüsse Schwemmland mit Sand- und Kiesablagerungen

Klima
entlang der Küste mediterran, im Landesinneren kontinental

Rebsorten
Montepulciano, Sangiovese, Barbera, Bombino Rosso, Aglianico, Bombino Bianco, Malvasia Bianca, Falanghina

Wichtigste Weine
Biferno, Pentro, Molise, Moscato, Aglianico

Molise liegt südliche der Abruzzen und weist ähnliche Klima- und Bodeneigenschaften auf. Die Rebfelder von Molise werden bereits bei Plinius dem Älteren erwähnt. Qualitätsweine tauchten jedoch erst in den letzten Jahren auf und das Potenzial des *Terroirs* (Klima, Boden, Rebsorten) ist großteils noch nicht erforscht.
Die Böden bestehen aus Lehm-Schiefer mit Kalkablagerungen im Sannio-Gebiet (südlich von Campobasso), das seinen Namen von den Ureinwohnern, den Sanniten, annahm. Entlang der Flüsse, besonders im Sangrio-Tal im Norden von Isernia, herrschen Schwemmlandböden mit Sand- und Kiesablagerungen vor.
Grundsätzlich kann man zwei Anbauzonen unterscheiden, welche den beiden Provinzen der Region, **Campobasso** (mit der DOC **Biferno**) und **Isernia** (mit der DOC **Pentro**) entsprechen. In Isernia ist das Klima frischer und feuchter.
Die Anbauflächen sind extrem parzelliert, die häufigsten roten Rebsorten sind **Montepulciano, Sangiovese, Barbera, Bombino Rosso** und **Aglianico**; unter den weißen befinden sich **Trebbiano Toscano** (die wichtigste), **Bombino Bianco, Malvasia Bianca** und **Falanghina**. Vor kurzem wurden auch internationale Rebsorten eingeführt. Die traditionelle Erziehungsform im Alberello-System wurde fast überall durch das Tendone(Dachlauben)-System ersetzt – vor allem in den neu bestockten Rebfeldern, gleich ob im Hügelgebiet oder entlang der Küste.
DOC-Weine der Region sind **Biferno, Pentro** und **Molise**; von den insgesamt 18 Typologien müssen besonders der **Moscato** mit den Versionen *Fermo, Spumante* sowie *Passito* und der **Aglianico** erwähnt werden.

Das Biferno-Tal in der Provinz Campobasso gibt der gleichnamigen DOC seinen Namen.

Kampanien

Kampanien liegt am Tyrrhenischen Meer und war eines der ersten wichtigen Zentren der Weinkultur, die von hier aus auch in andere Länder verbreitet wurde. Die im Römischen Reich beliebtesten Weine, Falerner, Faustiniano und Caleno wurden in Kampanien erzeugt und das nahe Pompeji war für seine Weinpressen berühmt. Auf einer in Pompeji gefundenen Amphora fand man die Inschrift »Vesuvium vini«, woraus zu entnehmen ist, dass bereits damals der Herkunft große Bedeutung zugemessen wurde.
Das Klima ist typisch mediterran und mild und die Vielfalt landwirtschaftlicher Nutzpflanzen spiegelt sich auch in den zahlreichen autochthonen Rebsorten wider.
Die Gesamtweinbaufläche erstreckt sich auf etwa 30.000 ha, davon 20 % in der Ebene, 5 % im Hügelland und 75 % im Bergland; die Rebflächen der einzelnen Betriebe sind im Schnitt nicht größer als 0,5 ha. Erst in letzter Zeit begann man einerseits, die *Terroirs* im Detail zu untersuchen, um die besten Böden herauszufinden, und andererseits die Klone autochthoner Rebsorten zu selektieren. Außerdem wird das alte Raggiera-Erziehungssystem durch moderne Spaliererziehung mit geringerem Hektarertrag, aber besserer Qualität ersetzt. Die ersten Auswirkungen können bereits in der Qualität verschiedener DOC-Weine beobachtet werden; besonders die Weine aus reinsortig gekelterten autochthonen Rebsorten, die man zum Teil in *Barriques* reifen lässt, sind hervorzuheben. Zu erwähnen sind auch der von der Kellerei Le vigne di Parthenope-Anthea nach einstigem Ruhm und einem Jahrhundert Vergessenheit wieder zu neuem Leben erweckte Schaumwein und der Passito aus Falanghina-Trauben.

Visitenkarte

Anbaufläche
30.000 ha

Boden
Kalk, Tuff, Sand, Lehm

Klima
typisch mediterran, mild

Rebsorten
Aglianico, Greco, Fiano, Falanghina, Piedirosso, Asprinio

Wichtige Weine
Taurasi, Fiano di Avellino, Greco di Tufo, Taburno, Aglianico del Taburno, Aversa, Falerner, Lacrima Christi

ANBAUGEBIETE

• **Irpinia**. Dieses Gebiet ist durch den Apennin in einen grünen Küstenstreifen mit mildem Klima und einen kahlen Teil im Landesinneren mit weniger mildem Klima getrennt. Die Böden sind lehmig mit Vulkangestein- und Schwemmlandsedimenten, worauf die Rebsorten Aglianico, Fiano und Greco angebaut werden.
• **Sannio**. Hier wurden in letzter Zeit die typischen autochthonen Rebsorten aufgewertet, sowie Weinbau und Weinbereitung verbessert. Die wichtigsten Rebsorten sind Falanghina, Coda di Volpe, Piedirosso und Aglianico. Sie werden sehr dicht gepflanzt und in Spaliererziehung gezogen; die Böden sind lehmig-kalkig mit sandigen Schichten und vulkanischen Ablagerungen.
• **Taburno**. Dieses raue Hügelgebiet liegt an den Abhängen des Monte Taburno und bietet ein *Terroir* für rote Rebsorten (Aglianico und Sangiovese), aber auch für die weiße Falanghina-Traube.
• Das **Napoletano** ist eine Wiege der weltweiten Weinkultur, wie unzählige archäologische Fundstücke aus Pompeji und schriftliche Überlieferungen bestätigen. In den **Phlegräischen Feldern** werden die Rebstöcke wurzelecht gepflanzt, da die Reblaus auf Tuffboden nicht überleben kann. Auch auf dem Posillip, einem der bezauberndsten Reisegebiete der Welt, wird Wein angebaut.
• Die **Halbinsel Sorrent**, die **Küste von Amalfi** und das **Cilento** können auf eine lange Weintradition zurückblicken. Die terrassierten Rebflächen mit Böden aus Dolomit und äußerst günstigem Klima bieten das richtige *Terroir*, um Qualitätsweine zu gewinnen.

Die Rebsorte Piedirosso kann in den Phlegräischen Feldern wurzelecht angebaut werden, da die Reblaus auf den Vulkanböden nicht überleben kann.

REBSORTEN

• **Aglianico**. Eine rote Rebsorte, die von Columella als *Vitis hellenica*, also aus Griechenland stammend, beschrieben wurde. Da sie bereits in der Antike nach Kampanien gelangte, gilt sie heute als autochthone

Ernteszene in Kampanien in einem Gemälde aus dem 17. Jh., wo man die so genannte »Alberate«-Erziehungsform erkennen kann.

Rebsorte der Region. Sie hat kleine dichtbeerige Trauben und kleine blauschwarze Beeren mit Schalen mittlerer Dicke. Diese Eigenschaften verändern sich je nach Lage (wie auch bei den Rebsorten Barbera und Nero d'Avola) deutlich. Nach aufmerksamen Studien wurden drei Klone für eine Neubepflanzung zugelassen. Diese Rebe ist sehr vielseitig und wird an den Hängen des Vesuvs und im Hügelgebiet von Sorrent angebaut. Die normal bis spät austreibende und reifende Sorte verleiht dem Wein viel Vinosität und Tannin und, nach längerer Reifung, Lakritze-Noten.

• **Greco**. Die kleinen dichtbeerigen Trauben sind stark geschultert und haben kleine graugelbe Beeren. Die früh austreibende und spät reifende Rebsorte verleiht dem Wein eine typische goldgelbe Farbe, intensiven Duft, Schmackhaftigkeit und leichtes Tannin.

• **Fiano**. Diese Rebsorte war bei den Römern als *Vitis apiana* bekannt (nach Columella und Plinius von *»apis«*, Biene; 1170 laut Murolo nach der Region Apia im griechischen Peloponnes). Die Rebe muss lang geschnitten werden; Austreiben und Reifezeitpunkt liegen im Durchschnitt. Die Trauben sind klein und dichtbeerig, die Beerenhaut der mittelgroßen Beeren ist ledrig und von gelber Farbe, mit bernsteinfarbenen Nuancen an den der Sonne zugewandten Stellen. Diese Traube verleiht dem Wein ein Aroma von gerösteten Nüssen und eine Kerosinnote.

• **Falanghina**. Der Anbau dieser Rebsorte wurde zu Ende der 1990er-Jahre, vor allem in den Phlegräischen Feldern, stark gefördert. Sie stammt aus dem Gebiet von Falerno und hat ihren Namen daher, dass sie früher auf *»falanga«* (»Phalanx«) genannten Stöcken gezogen wurde. Der Weinstock ist kräftig, von mittlerer Fruchtbarkeit und gutem Ertrag. Es gibt mindestens zwei Klone, jenen der Phlegräischen Felder und jenen von Benevent. Die Beerenhaut ist dick und fest, ihre Farbe Graugelb. Die Rebe reift zu einem mittleren bis späten Zeitpunkt.

• **Piedirosso** (lokal als **Olivella** oder **Per 'e Palummo** bekannt). Der Stiel der Traube ist rot, die Beeren haben dicke Schalen von roter bis tiefvioletter Farbe. Der Geschmack ist intensiv und erinnert an Erdbeeren.

Weitere in Kampanien verbreitete Rebsorten sind **Sciascinoso, Asprinio, Trebbiano Toscano, Barbera, Sangiovese, Muscat, Guarnaccia, Primitivo, Biancolella, Malvasia Bianca di Candia** und **Coda di Volpe Bianca**.

WEINE

• **Taurasi**. Diese DOCG war die erste Süditaliens (1993): Der Wein wird aus Aglianico-Trauben in 17 Gemeinden des Irpinia-Gebietes hergestellt. Er war bereits im 16. Jh. berühmt und wurde besonders von Papst Paul III. geschätzt. Der auf etwa 200 ha erzeugte Wein ist das Ergebnis eines perfekten Zusammenspiels von Klima, Rebsorte und Boden. Er ist intensiv rubinrot bis leicht granatrot; durch die nächtliche Kühle während der Erntezeit zwischen Mitte Oktober und etwa 10. Dezember nimmt er zahlreiche Aromen an. Der Geschmack ist trocken, voll, harmonisch, mit langem Abgang und Tanninen, die weich und nur wenig adstringierend sind; der Alkoholgehalt ist unter 12 %. Der Wein verträgt eine lange Alterung (30 Jahre und mehr), bewahrt dabei sein zartes, intensives Bukett von Kirsche, schwarzen Johannisbeeren, Veilchen, Weichsel und nimmt Gewürzaromen an. Der italienische Schriftsteller Carducci beschrieb ihn als »grandiosen Wein« und James Suckling als »alt und kräftig, samtig, mit Lakritze und Veilchen gewürzt«. 1932 beschrieb ihn Arturo Marescachi als »größeren Bruder von Barbera und Barolo«. 1982 schrieb der britische Önologe Howard Finkel, dass »der Taurasi 1968 ein Gigant und nach 14 Jahren noch immer jugendlich sei«. Vom Gesetz ist eine Reifung von mindestens vier Jahren für den *Riserva* vorgesehen. Der Hektarertrag darf 80 Quintale Trauben nicht übersteigen. Heute ist der Taurasi als »Barolo des Südens« bekannt.

• **Fiano di Avellino**. Seit 2003 DOCG, wird dieser Wein auf 250 ha in 26 Gemeinden der Provinz Avellino erzeugt. Die Böden sind lose, tief und vulkanisch, die Pflanzdichte beträgt mindestens 2500 Stöcke/ha. Der strohgelbe Wein ist vermutlich der »alterungsfähigste Wein Italiens« (Antonio Piccinardi); er entwickelt sich sehr langsam, bekommt erst nach dem ersten Jahr ein komplexes Aroma und nimmt Noten von Akazienblüten an. Auf dem Etikett kann auch *»Apianum«* stehen – eine Erinnerung an den lateinischen Namen des Weinberges. Der Wein ist strohgelb und offenbart einen lange anhaltenden, intensiven, angenehmen Duft und Nussgeschmack. Er enthält mindestens 11,5 % Alkohol.

• **Greco di Tufo**. Dieser DOCG-Wein (seit 2003) wird in sieben Gemeinden auf 400 ha, auf kalkigen und vulkanischen Sandsteinböden erzeugt. Die verwendete Rebsorte kam ursprünglich aus Thessalien und wurde von den Römern in höchsten Tönen gelobt – bereits Vergil (1. Jh. v. Chr.) verherrlichte die *»Vitis Amineae«*. Nach Warner war »die *Vitis amineae* für Kampanien, was der Pinot für Burgund bedeutet«. Die Rebsorten (hauptsächlich Greco, mit 15 % Coda di Volpe Bianca) müssen in einer Pflanzdichte von mindestens 2500 Stöcken/ha stehen und die Gesamtproduktion darf 100 Quintale nicht übersteigen. Greco di Tufo ist jung sehr fruchtig und nimmt nach und nach Aromen von Honig, Pfirsich, Bittermandel und trockenen Aprikosen an. Die Typologie *Spumante* ist sehr schmackhaft.

• **Taburno** (in acht Typologien, darunter *Spumante*) und **Aglianico del Taburno** (Rotwein und Rosé). Dieser Wein hat seit 1986 DOC-Status und wird auf 28 ha Rebflächen an den rauen Hängen des gleichnamigen Berges angebaut.

• **Aversa**. Dieser Wein hat seit 1993 DOC-Status. Er wird aus der Rebsorte Asprinio ge-

Ernte am Fuß des Vesuv.s

wonnen, welche wurzelecht im Alberate-System gezogen wird und deren Reben sich auf 15 m hohe Pappeln ranken. Der Wein ist sehr trocken, zeigt leichte Zitronen-Noten und wird auch als Schaumwein produziert.

Pulcinella in einem Gemälde von Giovanni Panza. Die berühmte neapolitanische Theaterfigur ist traditionell dem Wein verbunden.

• **Lacrima Christi**. Nach der Legende wurde dieser Wein (seit 1983 DOC) aus dem Tränen Christi gewonnen, der im Golf von Neapel ein von Luzifer gestohlenes Stück des Himmels wiedererkannte. Wein »von zarter und feiner Kraft, der allerlieblichste Aromen von Waldkräutern ausströmt; er hat eine geheimnisvolle Farbe von höllischem Feuer, einen Geschmack von Lava, Lapilli, und von den Aschen, die Herkulaneum und Pompeji begruben« (Curzio Malaparte). Der Wein wird an den Hängen des Vesuvs in 15 Gemeinden der Provinz Neapel aus den autochthonen Rebsorten Falanghina, Greco, Aglianico, Palummina und Caprettone hergestellt.

• **Falerno del Massico** war der zur Römerzeit am meisten geschätzte Wein. Petronius Arbiter (1. Jh. n. Chr.) schilderte im Roman *Satyricon* ein von Trimalchion serviertes lukullisches Mahl, wo 100 Jahre alter Falerner ausgeschenkt wurde! Auch Vergil beschrieb ihn als mit keinem anderen Wein vergleichbar. Die Reben wachsen an den Hängen des Monte Massico und werden auf kalkigem oder sandigem Boden kultiviert. Der Weißwein wird aus Falanghina-Trauben, der Rotwein aus den Rebsorten Aglianico und Piedirosso, der *Primitivo* aus der gleichnamigen Rebsorte gewonnen. Die Typologien *Riserva* und *Vecchio* müssen mindestens zwei Jahre reifen.

Weitere DOCs sind **Capri, Castel San Lorenzo** (in sechs Typologien, darunter ein Schaumwein auf Muscat-Basis), **Cilento** (in vier Typologien), **Costa di Amalfi, Galluccio, Guardia Sanframondi** oder **Guardiolo** (in sechs Typologien, darunter ein Schaumwein), **Ischia** (in sieben Typologien, darunter ein Schaumwein), **Sannio** (in 13 Typologien, darunter Schaumweine, Jungweine und *Passiti*), **Solopaca, Sant'Agata de' Goti** und **Vesuvio**.

Eine Auswahl von Weinen der Region.

Apulien

Durch die geschützte Lage am Adriatischen Meer ist Apulien die am dichtesten mit Reben bestockte Region Italiens und wird daher auch oft als »Weinkeller Italiens« bezeichnet. Überdies gehören die Salentinische Halbinsel mit rötlichem Kalkboden und die Ebenen von Bari und Capitanata nicht nur zu den Hauptweinanbaugebieten Italiens, sondern ganz Europas. Am besten für den Weinbau geeignet sind jene Lagen der Salentinischen Halbinsel, die nach Südwesten gerichtet sind, wo beträchtliche Tagestemperaturschwankungen die Anreicherung der Trauben mit Aromen begünstigen.
Wein wurde hier schon von den Apuliern, noch vor den Römern, kultiviert; die Letzteren fanden bereits Reben und Weine vor, die damals nicht nur überreichlich produziert wurden, sondern auch als qualitativ hochwertig galten, wie etwa der *Tarentum*, den Horaz mit dem noch berühmteren Falerner verglich.
Bis zu den 1980er-Jahren galten die Weine dieser Region wegen ihres hohen Alkoholgehalts und ihres Körpers nicht nur für Italien als Vorratslager für Verschnittweine. Inzwischen hat die Produktion ein qualitativ annehmbares, wenn auch nicht immer höchstes Niveau erreicht. Die zahlreichen DOCs machen nur einen kleinen Prozentsatz der Gesamtproduktion aus, die zum Teil auch der Herstellung von Mostkonzentrat dient.

Visitenkarte

Anbaufläche
100.000 ha

Boden
Kalk-Lehm, Tuff, Tuff-Mergel, Kalk-Kies

Klima
mediterran, mit heißen und trockenen Sommern

Rebsorten
Negroamaro, Primitivo, Uva di Troia, Malvasia Nera, Verdeca

Wichtigste Weine
Castel del Monte, Primitivo di Manduria, Moscato di Trani

Rebfelder im Itria-Tal; im Hintergrund sind die charakteristischen Trulli zu sehen.

KLIMA UND BODEN Das eindeutig mediterrane Klima wird sehr von der 800 km langen Küste und durch den Breitengrad beeinflusst und ist mit dem Klima in Kalifornien vergleichbar. Die seltenen Regenfälle sind auf Frühlingsmitte und Herbstbeginn verteilt, während der dürren Sommermonate muss jedoch beregnet werden.
Die Böden sind unterschiedlich und können aus Kalk, Lehm, Tuff und Sand bestehen.

REBSORTEN In dieser Region wird eine größere Anzahl von Rebsorten angebaut als in jeder anderen Mittelmeerregion. Im Besonderen werden autochthone oder bereits lange hier heimische Sorten bevorzugt. Dadurch bleibt nicht viel Platz für die nach und nach eingeführten internationalen Rebsorten. Rote Trauben (80 %) sind deutlich in der Überzahl. Die am meisten verbreiteten und geschätzten Rebsorten, welche gemeinsam 80.000-90.000 ha bedecken, sind die folgenden:
- **Negroamaro**. Diese früh blühende und sehr produktive Rebsorte wurde vermutlich zur Zeit des antiken Griechenland eingeführt. Sie zieht kalkig-lehmige Böden vor, passt sich aber anderen Bodentypen gut an. Sie hat schwarz-violette Beeren (daher der Name) mit dicker Schale und verleiht dem Wein granatrote Farbe und leicht bitteren Geschmack. Negroamaro wird häufig im Verschnitt mit anderen Rebsorten verwendet.
- **Primitivo**. Diese Rebsorte wurde vermutlich von den Illyrern aus Dalmatien oder Ungarn eingeführt. Den Namen bekam sie wegen ihres frühen Austreibens, der frühen Blü-

te und Reife. Sie entspricht der in den Vereinigten Staaten und Australien kultivierten Rebsorte Zinfandel und hat blaue Beeren mit aromatischem Fruchtfleisch. Die Rebsorte Primitivo verleiht dem Wein eine tiefrote bis violette Farbe und reichhaltigen Körper, weswegen sie häufig mit anderen Weinen verschnitten wird. Wenn der Primitivo jedoch von aufmerksamen Winzern reinsortig gekeltert und ausgebaut wird, werden beste Ergebnisse erzielt.

• **Malvasia Nera**. Sie ist eine Spielart der Malvasia-Traube mit leicht aromatischem Geschmack. Die blauen Beeren haben dünne Schalen und verleihen dem Wein eine tief rubinrote Farbe sowie wenig Säure und Tannin. Diese Traube wird reinsortig oder auch im Verschnitt mit anderen Rebsorten verwendet.

• **Uva di Troia**. Sie stammt wahrscheinlich aus Griechenland und besitzt dicke, feste Beeren mit violetter Beerenhaut. Sortenrein ausgebaut ergibt diese Rebsorte keine großen Weine, da sie zu wenig Säure enthält.

• Die weiße Rebsorte **Verdeca** hat in letzter Zeit, gemeinsam mit anderen Rebsorten **(Bianco d'Alessano, Bombino Bianco, Trebbiano Toscano, Malvasia Bianca)**, wieder das Interesse der Konsumenten auf sich gezogen. Die Reben werden in Dachlaubensystem und Casarsa-Erziehung kultiviert, wodurch maschinell gearbeitet werden kann. Der Hektarertrag liegt im Durchschnitt bei gut 90 hl.

WEINE

• **Castel del Monte**. Dieser Wein ist seit 1971 DOC und wird auf mehr als 1200 ha in mehreren Gemeinden im zentralen apulischen Hügelland in der Provinz Bari erzeugt. Die Appellation umfasst gut 15 Typologien; die bekannteste ist vielleicht die Rosé-Version des Bombino Nero, die auch leicht moussierend sein kann. Dieser Wein vermittelt am Gaumen einen extrem weinigen, fruchtigen Ausdruck mit Kräuternote und leicht bitterem Abgang, und bringt seine ganze Finesse und Schmackhaftigkeit im ersten Jahr zur Geltung. Der Name der DOC stammt von der achteckigen Stauferburg, die 1250 für Friedrich II. errichtet wurde.

• **Primitivo di Manduria**. Diese DOC (seit 1974) ist der Prototyp der apulischen Verschnittweine. Hervorragende Winzer können aber auch eine Qualität erzielen, die einem kalifornischen Zinfandel um nichts nachstehen. Die fast 80 ha Rebflächen liegen auf der Salentinischen Halbinsel in den Provinzen Tarent und Brindisi; die Böden bestehen aus Kalk-Tuff mit lehmigem Untergrund. Der Wein wird in den Typologien trockener Rotwein, süßer Rotwein und Likörwein hergestellt, die alle körperreich und von roter bis violetter Farbe sind. Der Alkoholgehalt beträgt beim trockenen Rotwein 14 %, beim Likörwein 18 % und beim süßen Rotwein 13-16 % (sowie 5-6 % Zucker).

Weingarten in der Hügelkette Murge, die sich vom Norden der Region fast bis zum Golf von Tarent erstreckt.

• **Moscato di Trani**. Dieser Wein hat seit 1987 DOC-Status und ist in den Versionen *Dolce naturale* und *Dolce liquoroso* erhältlich. Die beiden Dessertweine sind sehr aromatisch, füllig, von großer Struktur und haben einen langen Abgang. Ihre Farbe ist Goldgelb, der *Dolce naturale* hat 12,5-14,5 % Alkoholgehalt, der *Dolce liquoroso* 16-18 %. Sie werden aus der Rebsorte Moscato Bianco (lokal auch als Moscato di Trani bekannt) in 12 Gemeinden der Provinz Bari, im Küstengebiet von Trani, auf 23 ha gewonnen. Die Böden bestehen aus Tuff-Mergel, Kalk-Lehm oder Kalk-Kies.

WEITERE DOC-WEINE

Aleatico di Puglia (in den Typologien *Dolce, Naturale* und *Liquoroso*), **Alezio, Brindisi, Cacc'e Mmitte di Lucera, Galatina** (in sechs Typologien), **Copertino, Gioia del Colle** (in fünf Typologien, darunter der Likörwein Aleatico und der kräftige Rotwein aus Primitivo-Trauben), **Leverano** (in acht Typologien, darunter zwei Schaumweine), **Matino, Nardò, Orta Nova, Ostuni, Rosso Barletta, Salice Salentino, San Severo** und **Squinzano**.

Basilicata

Die ersten Weinbauern dieser vorwiegend gebirgigen Region, in welche die Griechen im 7.-6. Jh. v. Chr. die Rebsorte Aglianico brachten, waren die Lukanier. Die Weine der antiken Stadt Tempsa und seiner Geburtsstadt Venusia wurden von Horaz in seinen Oden besungen; heute werden vor allem der Aleatico von Rionero und Barile und der Aglianico von Vulture geschätzt.

Die Basilicata bietet vom Küstengebiet bis zur Gebirgslandschaft des Vulture verschiedene *Terroirs*. Die besten Lagen für den Weinanbau liegen im nördlichen Hügelgebiet oder in den Flusstälern. Das Klima ist sonnig und heiß, es gibt aber auch kühlere Zonen und im Vulture-Gebiet ist es zur Erntezeit häufig regnerisch. Der größte Teil des Weines dient dem Verschnitt mit anderen Trauben Italiens und anderer Länder. Die Rebflächen sind stark parzelliert und es gibt nur sehr wenige Winzer, welche Kordon-Erziehung und Guyot-Schnitt anwenden, um bessere Qualitäten zu erzielen. Die qualitätsbewussteren Winzer der beiden DOCs der Region bauen ihre Weine jedoch selbst aus und übertreffen mit ihren Produkten alle Erwartungen. Weiße *Passito*-Weine wurden hier bisher nicht produziert.

Visitenkarte

Anbaufläche
11.000 ha

Boden
lehmig, vulkanisch

Klima
heiß und sonnig, in höheren Lagen kühler

Rebsorten
Aglianico, Aglianicone, Malvasia Nera di Basilicata, Asprinio, Merlot, Cabernet Sauvignon, Montepulciano, Trebbiano, Muscat

Wichtigste Weine
Aglianico del Vulture, Terre dell'Alta Val d'Agri

ANBAUGEBIETE

• Die Hänge des **Vulture** bieten vulkanische Böden; hier wird Weinbau mit Kordonerziehung betrieben, die Reben werden auf zwischen Pfählen gespannten Drähten gezogen und in Niedrigerziehung kultiviert. Die Pflanzdichte ist außerordentlich hoch – 20.000 Stöcke/ha, obwohl zwischen den Reihen häufig noch andere Kulturen angebaut werden.

• Im Gebiet von **Venosa** werden die Reben höher gezogen und die Reihenabstände sind größer, um maschinell arbeiten zu können. Man findet 5000-10.000 Stöcke/ha, die Weingärten liegen in etwa 600 m Seehöhe.

• Die Provinz **Matera** genießt ein milderes Klima; die Reben werden entlang der Flusstäler und vor allem in der Ebene von Metaponto in Dachlauben- oder Buscherziehung kultiviert.

REBSORTEN UND WEINE Die wichtigsten Rebsorten sind **Aglianico, Aglianicone, Malvasia Nera di Basilicata** (häufig mit blauschwarzer Beerenhaut), **Asprinio, Merlot, Cabernet Sauvignon, Montepulciano, Trebbiano** und **Muscat**.

Die wichtigsten Weinsorten sind:

• **Aglianico del Vulture** ist seit 1971 DOC und wird in der Provinz Potenza auf 330 ha als trockener, lieblicher und schäumender Wein hergestellt. Er ist tief rubinrot, hat einen weinigen Duft und viel Körper. Beim aufmerksamen Verkosten kann man einen angenehmen Nachgeschmack von Brombeeren wahrnehmen. Die Typologie *Vecchio* muss vom Gesetz her mindestens ein Jahr reifen, *Riserva* fünf Jahre; gute Jahrgänge können jedoch auch zu ihrem Vorteil bis zu zehn Jahre altern, um dann zahlreiche und komplexe Duftnoten zu zeigen. Der feinste und eleganteste Wein der DOC wird in San Savino hergestellt. Der Großteil der Weine dieser DOC wird im Südosten von Venosa auf der Hochebene von Masseria Sant-Angelo in 430 m Seehöhe produziert.

• **Terre dell'Alta Val d'Agri** wird als Rosé und Rotwein hergestellt; beide werden in der Provinz Potenza aus Merlot und, zu einem kleineren Teil, aus Cabernet Sauvignon gekeltert. Diese Weine sind fruchtig, körperreich und geschmeidig.

Weiters müssen noch Weine aus den Rebsorten **Malvasia, Muscat** (diese können oft plump wirken) und **Aleatico** erwähnt werden, von denen sich der Aleatico als eleganter Wein auszeichnet.

Kalabrien

Visitenkarte

Anbaufläche
24.000 ha

Boden
Lehm-Kalk-Sand, Schwemmland

Klima
auf den Hochplateaus temperiert, an der Küste heiß und trocken, im Gebirge alpin

Rebsorten
Gaglioppo, Greco Bianco, Greco Nero, Montonico, Muscat, Nocera, Calabrese (oder Nero d'Avola oder Montonico Nero), Castiglione

Wichtigste Weine
Cirò, Greco di Bianco, Pollino

Die Region Kalabrien ist sehr gebirgig und wird im Westen vom Tyrrhenischen und im Osten vom Ionischen Meer umschlossen. Kalabrien gehörte zu jenen Regionen, welche die alten Griechen zum Ausdruck »*Enotria Tellus*« (»Land des Weines«) animierten, wenn sie von der italienischen Halbinsel sprachen. Die erste Olympiade soll man mit Krimisa gefeiert haben, einem Wein, der aus dem Gebiet der heutigen DOC Cirò stammte.
In neuerer Zeit wurde man hier erst Mitte der 1990er-Jahre im Weinbau wieder etwas aktiv. Bis dahin wurden fast alle Weine verschnitten. Es kam auch häufig zur Oxidation der Weine, eine Unzulänglichkeit, die man heute durch verbesserte Kellertechnik verhindern kann. Die Hochebenen sind wegen des milden Klimas für den Anbau aller Rebsorten gut geeignet; am Küstenstreifen ist das Klima jedoch trocken und am Aspromonte sowie auf der Sila alpin – es besteht die Gefahr von Spätfrösten und die Sommer sind reich an Niederschlägen.

ANBAUGEBIETE

• Die Hochfläche **Pollino** liegt am Südhang der gleichnamigen Bergkette. Die Böden bestehen hier aus Lehm, Kalk und Sand; das Klima ist im Sommer sonnig mit beträchtlichen Tagestemperaturschwanken und häufigen Gewittern.
• Das Hügelgebiet **Sila** weist ähnliche Klima- und Bodenbedingungen wie die obige Zone auf.
• **Lamezia** ist eine Ebene mit kies- und sandreichen Schwemmlandböden und typisch mediterranem Klima.
• Die **Ionische Küste** mit ihren Lehm-Kalk-Sand-Böden hat frisch-feuchte Winter und glühend heiße, trockene Sommer; der Cirò wird in höheren Lagen mit frischerem Klima angebaut.
• **Aspromonte**. Hier wird der Wein auf trockenen Hochebenen oder Hangstufen über dem Meer angebaut.

REBSORTEN

• **Gaglioppo** (oder **Magliocco**). Die vermutlich griechische Rebsorte fand in Kalabrien ihre größte Verbreitung, um dann auch in anderen Regionen kultiviert zu werden. Sie hat mittelgroße Trauben sowie Beerenschalen mittlerer Dicke und von schwarzer Farbe mit rötlichem oder rosa Schimmer. Die früh austreibende und durchschnittlich reifende Rebsorte verleiht dem Wein leichtes Tannin.
Weitere wichtige Rebsorten sind **Greco Bianco, Greco Nero, Montonico, Muscat, Nocera, Calabrese** (auch: **Nero d'Avola** oder **Montonico Nero**) und **Castiglione**.

WEINE

• **Cirò**. Dieser DOC-Wein (seit 1969) wird auf mehr als 1000 ha hügeligem Küstengebiet in fünf Gemeinden der Provinzen Reggio Calabria und Catanzaro bei einem Hektarertrag von 115-135 Quintalen erzeugt. Er wird aus der Rebsorte Gaglioppo mit einem Anteil von höchstens 5 % Greco Nero und Trebbiano Toscano gewonnen. Die beiden Typologien Rotwein und Rosé weisen eine beträchtliche Vinosität und sehr zarte Duftnoten auf. Sie sind mit 12,5 % Alkoholgehalt (13,5 % beim *Rosso Classico Riserva*, welcher drei Jahre reifen muss) trocken und harmonisch.

Weinernte in der Umgebung von Scalea, an der Tyrrhenischen Küste Kalabriens.

• **Greco di Bianco**. Diese DOC (seit 1980) wird in den Gemeinden Bianco und Casignana (Provinz Reggio Calabria) aus den Rebsorten Greco di Bianco auf nur 5 ha bei einem Ertrag von 100 Quintalen/ha gewonnen. Der Wein ist goldgelb mit fruchtigem und blumigem Duft und zeigt einen typischen Nachgeschmack. Er enthält mindestens 14 % Alkohol und 6-7 % Zucker.
• **Pollino** wird vorwiegend aus Gaglioppo-Trauben gewonnen, enthält 12 % Alkohol (der *Superiore* 12,5 %) und ist gut alterungsfähig.
Weitere DOCs sind **Bivongi, Donnici, Lamezia, Melissa, Sant'Anna, Isola di Capo Rizzuto, San Vito di Luzzi, Savuto, Scavigna** und **Verbicaro**.

Sizilien

Die Bewohner dieser Insel betrieben bereits vor dem Zusammentreffen mit den griechischen Kolonisten Weinbau; die Griechen führten jedoch zusätzlich neue Rebsorten und neue Produktionstechniken ein. *Mamertinum* und Weine vom Ätna wurden von Julius Caesar sehr geschätzt; im 12. Jh. musste man jedoch Wein aus Neapel importieren. Die eigene Produktion wurde erst im 15. Jh. wieder verstärkt und die sizilianischen Weine wurden nach Rom, Genua, ja sogar Wien exportiert. Von da an war der sizilianische Weinbau fast bis zum heutigen Tag erfolgreich, wozu auch der lange Siegeszug des Marsala beigetragen hat. Marsala wurde von John Woodhouse Mitte des 18. Jh.s entwickelt, um Portwein und Madeira auf den britischen Tafeln zu ersetzen, und war bis in die 1960er-Jahre von den Konsumenten in aller Welt begehrt. Nach dem Auftauchen gefälschter Produkte war allerdings die Wertschätzung dahin und der Niedergang unaufhaltsam. Erst in den 1990er-Jahren konnte mit der Neuauflage der Produktionsvorschriften, Neupflanzungen und neuen Kellereitechniken der Marsala wieder zum Leben erweckt werden.

Der sizilianische Markt wird von Genossenschaften dominiert, es gibt jedoch auch einige (und nach und nach immer mehr) hervorragende Winzer, die selbst abfüllen. Bahnbrechend für eine Aufwertung der sizilianischen Weine haben sich die Betriebe Corvo di Salaparuta, Giuseppe Tasca d'Almerita und der Schweizer Carlo Hauser betätigt, der dem Malvasia der Liparischen Inseln wieder Prestige einbrachte. Bei den *Passiti* und Likörweinen zeigten die Betriebe Pellegrino, Donnafugata und Florio, wie man Qualitätsweine erzeugt, und beweisen dies auch regelmäßig bei Weinwettbewerben. Die Verwendung ausgewählter Hefen, Temperaturkontrolle bei der alkoholischen Gärung, Anwendung der neuesten Anbau- und Kellereitechniken und natürlich auch gekonntes Marketing erklären den heutigen Erfolg der sizilianischen Weine. Unter den besten Weinen muss besonders der Nero d'Avola erwähnt werden, der jedoch etwas aus der Art gerät, da er mit internationalen Rebsorten verschnitten wird und dadurch seine mediterrane, ja eigentlich sizilianische, Ursprünglichkeit verliert.

KLIMA UND BODEN. Das Klima ist typisch mediterran, und der Schirokko überzieht in periodischen Abständen mit seinem heißen Atem das niedrige Hügelland um Marsala, Agrigento und Ragusa sowie die Liparischen (Äolischen), Pelagischen und Ägadischen Inseln und Pantelleria. Im Sommer gibt es kaum oder gar keine Niederschläge und es

Visitenkarte

Anbaufläche
140.000 ha

Boden
vorwiegend Vulkanböden; mitunter Lehm-Kalk oder Tuff

Klima
mediterran, mit häufigem Schirokko; im Norden temperierter

Rebsorten
Catarratto, Grillo, Inzolia (oder Ansonica), Zibibbo (oder Muscat d'Alexandrie oder Moscato di Pantelleria), Calabrese (oder Nero d'Avola)

Wichtigste Weine
Marsala, Moscato di Pantelleria (oder Passito di Pantelleria), Malvasia delle Lipari, Cerasuolo di Vittoria, Nero d'Avola, Etna Rosso, Sciacca Grecanico

Weinstöcke der Rebsorte Nero d'Avola, die auch als Calabrese bekannt ist. Der Name Calabrese ist nicht auf die Region Kalabrien zurückzuführen, sondern auf die griechische Insel Kalavria, aus der die Rebsorte eingeführt wurde.

muss wegen der Trockenheit während der heißesten Zeit beregnet werden. Dies ist jedoch nicht in allen Weingärten möglich, da in etwa 50 % der Region zu wenig Wasser zur Verfügung steht. Im nördlichen Teil der Insel ist das Klima ebenfalls immer sehr sonnig, aber etwas feuchter und frischer, und daher der Reifungsprozess langsamer und vollständiger. Es wird dreimal so viel Weißwein wie Rotwein hergestellt, in den letzten Jahren wurde jedoch mit vielen roten, vor allem internationalen Rebsorten neu bestockt.
Die Weinbaufläche erstreckt sich auf 140.000 ha; die Böden sind großteils vulkanischen Ursprungs und die Lagen befinden sich zu 65 % in hügeligem, zu 30 % in ebenem und zu 5 % in gebirgigem Gebiet.

ANBAUGEBIETE

• **Ätna**. Die Rebfelder liegen an den Hängen des Vulkans in 300-700 m Seehöhe; das Klima ist verglichen mit der übrigen Insel sehr frisch. Die Rebstöcke werden hier wurzelecht in Alberello-Erziehung angebaut und ergeben, besonders aus der Rebsorte Carricante, exzellente Weißweine.
• **Liparische Inseln**. Auf Vulkanböden mit grauer Asche entsteht der berühmte Malvasia; unter den verschiedenen Versionen ist der Passito von außerordentlicher Finesse und offenbart sein mediterranes *Terroir*.
• **Südöstliches Sizilien**. Hier werden auf Kalk-Lehm-Böden hauptsächlich Verschnittweine hergestellt; eine Ausnahme bilden Moscato di Noto und Cerasuolo di Vittoria, die dem sizilianischen Weinbau zur Ehre gereichen.
• **Südlich-zentrale Gebiete**. Die besten Lagen befinden sich im zentralen Hügelland mit Lehm-Kalk- oder Tuff-Böden in 700-800 m Seehöhe mit frischer Temperatur.
• **Marsala**. Die sanften Hänge dieses Gebiets stellen die größte Weinbaufläche Italiens dar, die für den gleichnamigen Wein und den süßen Alcamo wohlbekannt ist. Das Klima ist heiß, trocken und sonnig; die Böden haben unterschiedliche Farben und verschiedene chemische Zusammensetzungen von Kalk über Lehm bis Quarz. Die Reben werden in Niedrigkultur gezogen.
• **Pantelleria**. Die wenigen kultivierbaren Flächen dieser trockenen und felsigen Insel sind dem Weinbau gewidmet. Die Reben werden auf vulkanischen Böden mit Sand und Kies in halbkreisförmigen Vertiefungen gepflanzt, sodass sie vor den Winden aus der Sahara geschützt sind. Der Ertrag ist relativ niedrig, dafür sind aber die Trauben von hoher Qualität und sehr reich an Aromen und Extrakten.

REBSORTEN

• **Catarratto**. Von dieser Rebsorte gibt es mehrere Klone und Spielarten: **Comune** oder **Latino, Lucido Serrato** oder **Extra Lucido, Lucido Spargolo, Lucidissimo** (der Letztere wird für die Marsala-Produktion nicht verwendet). Die weiße Catarratto-Comune-Traube ist mittelgroß und hat Beeren von meist goldgelber Farbe. Austreiben und Reifezeitpunkt liegen im Durchschnitt. Der Most kann leicht oxidieren, ergibt aber einen körper- und säurereichen Wein. In der Provinz Trapani wird am häufigsten die Variante Catarratto Bianco Lucido, ebenfalls mit mittelgroßen Trauben und goldgelben Beeren, angebaut, welche dem Wein einen intensiven weinigen Duft verleiht.

- **Grillo** (hier auch: **Riddu**). Die Beerenhaut dieser mittelgroßen Traube ist meist goldgelb mit rostfarbenen Flecken. Diese normal austreibende und reifende Rebsorte verleiht dem Wein leichtes Tannin.
- **Inzolia** (entspricht der toskanischen **Ansonica**). Diese Rebe hat mittelgroße Trauben mit meist goldgelben oder bernsteinfarbenen Beerenschalen und knackigem Fruchtfleisch. Die normal treibende und normal bis frühzeitig reifende Rebsorte verleiht dem Wein wenig Säure, aber viel Duft.
- **Zibibbo** (oder **Muscat d'Alexandrie oder Moscato di Pantelleria**). Bei dieser Tafeltraube ist ausnahmsweise vom Gesetz her auch die Verarbeitung zu Wein vorgesehen. Ihre Trauben sind groß, die Beeren haben meist grüngelbe Schalen und ein Fruchtfleisch mit Muskataroma. Austreiben und Reifezeitpunkt erfolgen normal bis spät. Der daraus gewonnene Wein ist von strohgelber Farbe mit goldenem Schimmer und bietet ein intensives Muskataroma.
- **Calabrese** (oder **Nero d'Avola**). Die mittelgroßen, etwas weniger dichtbeerigen Trauben haben bläuliche Beerenschalen. Die durchschnittlich austreibende und reifende Rebsorte verleiht dem Wein kirschrote Farbe, gute Säure, Körper und feine Aromen.

WEINE

- **Marsala**. Dieser Wein hat seit 1969 DOC-Status, dessen Vorschriften bis 1991 mehrmals geändert wurden. Die Varianten *Oro* und *Ambra* werden aus den Rebsorten Grillo und/oder Catarratto und/oder Ansonica (Inzolia) und/oder Damaschino hergestellt; die Variante *Rubino* aus den Rebsorten Perricone (oder Pignatello) und/oder Calabrese (oder Nero d'Avola) und/oder Nerello Mascalese; die Zugabe von maximal 30 % weißer Rebsorten ist erlaubt. Dieser wunderbare Wein, der Sherry und Portwein ähnlich ist, wird in vielen Versionen (zu vielen!) hergestellt: ***Fine, Superiore, Superiore Riserva, Vergine*** oder ***Soleras, Vergine Riserva*** oder ***Soleras Riserva, Vergine Stravecchio*** oder ***Soleras Stravecchio***. Weitere erlaubte Angaben im Etikett sind: *Vecchio*, IP *(Italia Particolare)*, SOM *(Superiore Old Marsala)*, GDC *(Garibaldi Dolce)*, LP *(London Particular)*. Nach der italienischen Gesetzgebung ist es ein Vino Speciale, der in anderen Ländern wegen der Zugabe von Äthylalkohol, Weinbrand oder Mostkonzentrat als »Verstärkter Wein« bezeichnet wird. Der Gesamtalkoholgehalt beträgt beim *Fine* 17 %, beim *Superiore* und *Vergine* 18 %; die Mindestreifezeit beträgt beim *Fine* ein Jahr, beim *Superiore* zwei Jahre, beim *Vergine* oder *Soleras* fünf Jahre und beim *Vergine Stravecchio* zehn Jahre.

Der Zuckergehalt beträgt beim *Vergine* und *Vergine Soleras* nur 4 % und sie werden daher

Aus der Zibibbo-Traube wird in Pantelleria einer der bekanntesten und begehrtesten Passiti Italiens hergestellt.

als trocken bezeichnet, die halbtrockenen Weine weisen 4-10 % und der süße mehr als 10 % Zucker auf. Marsala wird auf mehr als 2600 ha in der Provinz Trapani produziert, das Zentrum bildet die Gemeinde Marsala. Während der Fassreifung lässt man einen Luftkontakt des Weines zu, damit sich Florhefe bilden kann, wie dies auch bei anderen verstärkten Weinen geschieht. Die Hefebakterien bewirken eine starke Oxidation, wodurch eine erhöhte Menge an Acetaldehyden gebildet wird, welche den Prozess der »Maderisation« einleiten; dies geschieht zu Lasten der Polyphenole (Farbpigmente und Tannine), weswegen die typische braune Farbe und das charakteristische Bukett entstehen. Dieser Prozess wird auf natürliche Weise abgebrochen, da die Arbeit der Hefepilze durch den hohen Alkoholgehalt unterbunden wird.

Puttis bei der Traubenernte in einem der weltberühmten Mosaike (4. Jh.) der römischen Villa del Casale von Piazza Armerina in der Provinz Enna.

• **Moscato di Pantelleria Naturale** oder **Moscato di Pantelleria, Moscato di Pantelleria Passito** oder **Passito di Pantelleria**. Diese DOC-Weine (seit 1971) werden auf der Insel Pantelleria und in der Provinz Trapani aus der Rebsorte Zibibbo gewonnen. Die Weingärten verteilen sich auf etwa 600 ha, die Pflanzdichte beträgt nicht mehr als 2000 Stöcke/ha.

Außer der Basis-DOC werden auch die folgenden Weine unter der Appellation Pantelleria vermarktet: **Pantelleria** Moscato Liquoroso (15 % Alkohol), **Pantelleria Moscato Spumante** (12 %), **Pantelleria Moscato Dorato** (15,5 %), **Pantelleria Passito Liquoroso** (15 %), **Pantelleria Zibibbo Dolce** (10 %), **Pantelleria Zibibbo Bianco** (11,5 %, auch als ***Frizzante***). Am bekanntesten sind die Varianten *Passito* und *Passito Liquoroso* mit aromatischem, duftigem Bukett von Bernstein und Muskat, das, unter anderen, am Gaumen mit sehr nachhaltigen Aromen hervorsticht. Manchmal werden die Trauben in der Nacht geerntet und dann auf Strohmatten den Mauern entlang aufgebreitet und 30 Tage lang getrocknet. Nach dem Maischen erfolgt eine zweimonatige Gärung in Edelstahlbehältern; bevor der Wein auf den Markt kommt, muss er 10-11 Monate in der Flasche reifen. Für die Version *Liquoroso* wird die Gärung nach einer Woche durch Alkoholzugabe abgebrochen.

• **Malvasia delle Lipari**. Dieser DOC-Wein (seit 1973) wird aus der gleichnamigen Rebsorte auf 22 ha produziert. Er ist goldgelb oder fast aprikosenfarben und weist ein charakteristisches Aroma auf, das hauptsächlich durch Geraniol entsteht. Der Wein enthält mindestens 8 % Alkohol und 3,5 % Zucker. Seine Finesse und Eleganz sind unnachahmlich, enthält der doch tausende blumige Aromen und zahlreiche fruchtige Duftnoten, die ein ebenso seltenes wie wertvolles Ganzes ergeben.

Unter den anderen süßen DOC-Weinen sind **Alcamo Vendemmia Tardiva, Contea di Sclafani Vendemmia Tardiva, Moscato di Noto** (auch *Liquoroso*), **Moscato di Siracusa** und **Sambuca di Sicilia Passito** zu erwähnen.

Zu den trockenen Weinen gehören **Cerasuolo di Vittoria, Nero d'Avola Contea di Sclafani, Eloro Nero d'Avola, Eloro Frappato, Monreale Nero d'Avola, Contea di Sclafani Syrah, Delia Nuvolelli Merlot, Alcamo Sauvignon, Sambuca di Sicilia Bianco, Santa Margherita di Belice Catarratto, Contessa Entellina Chardonnay, Etna Rosso** und **Sciacca Grecanico**.

Sardinien

Auf dieser Insel in der Mitte des Mittelmeeres wurde die Weinrebe bereits von den Nuraghiern (1500 v. Chr.) kultiviert; dies ergaben archäologischen Grabungen von Mario Sanges, bei welchen verschiedene Geräte für den Weinbau und Samen aus dieser Zeit entdeckt wurden. Die Rebsorten Nuragus, Vernaccia und Carignano wurden vermutlich um 1000 v. Chr. durch die Phönizier eingeführt, später brachten die Römer Muscat- und Nasco-Reben. Zur Zeit des Byzantinischen Reichs kam dann die Rebsorte Malvasia hinzu; im Mittelalter führten Benediktiner- und Camaldulenser-Mönche die Rebsorte Monica ein und bebauten große Rebfelder im Klosterbesitz. 1596 bezeichnete der Gelehrte Andrea Bracci in einer Abhandlung über die Geschichte des Weines Sardinien als »Weininsel«.
So lebte die sardische Weinproduktion lange Zeit vom Prestige des kräftigen Vernaccia di Oristano und der süßen Muscat- und Malvasia-Weine. Als in den 1980er-Jahren zahlreiche Genossenschaften entstanden, zeichnete sich das große Weinhaus Sella-Mosca durch einen neuen Stil aus, indem es leichte, frische, fruchtige Weißweine auf den Markt brachte und die Süßweine erheblich verfeinerte.

Visitenkarte

Anbaufläche
42.000 ha

Boden
granitisch, kalkig, sandig, lehmig, vulkanisch

Klima
mediterran, windig

Rebsorten
Cannonau (oder Cannonao), Girò, Monica, Vermentino, Vernaccia di Oristano, Malvasia di Sardegna

Wichtigste Weine
Vermentino di Gallura, Vernaccia di Oristano, Cannonau di Sardegna

ANBAUGEBIETE

- **Gallura**. Dieses Gebiet im Norden Sardiniens weist je nach Lage Böden aus Granit, Kalk, Sand und Lehm auf; die Rebfelder liegen in 300-500 m Seehöhe. Das frische und feuchte Klima eignet sich sehr gut für den Anbau der Rebsorten Vermentino und Muscat, die hier in Niedrigkultur gezogen werden. In der Gegend um Alghero gibt es Vulkanböden, die mit Schwemmlandsand, Kies und Kalk untermischt sind. Hier werden Vermentino, Cannonau und Torbato im Dachlaubensystem gezogen.
- **Östliches Gennargentu-Gebiet**. Hier regiert die Cannonau-Traube, die durch den ständig wehenden Wind die besten Bedingungen vorfindet.
- **Nordwestliches Bergland**. Die Weinberge liegen hier auf steilen Hängen und sind fast ausschließlich mit Malvasia-Reben bestockt, die in Dachlauben- oder Kordonerziehung angelegt sind.
- **Campidano**. Im Gebiet zwischen Cagliari und Oristano herrscht die Rebsorte Nuragus vor.

REBSORTEN

- **Cannonau** (oder Cannonao). Die mittelgroße Traube mit kleinen bis mittelgroßen Beeren, dünner, aber fester Beerenhaut und schwarz-violetter Farbe treibt und reift spät. Sie verleiht dem Wein eine karmin- oder purpurrote Farbe, leichtes Parfum, Bittermandelaroma und einen charakteristischen Nachgeschmack.
- **Girò**. Diese Rebsorte ist vor allem im Cagliaritano verbreitet, hat mittelgroße bis große Trauben und feste schwarz-violette Beerenschalen. Die früh treibende und spät reifende Rebsorte ergibt einen Wein von heller rubinroter Farbe, zartem Duft, leicht aromatischem Geschmack und viel Finesse.

Weinstöcke bei Lodè im Nordosten Sardiniens.

• **Monica**. Die großen Monica-Trauben haben Beeren mit dicker, schwarzer oder schwarzvioletter Schale. Die normal bis spät austreibende und reifende Rebsorte wird hauptsächlich für die Herstellung von *Passiti* verwendet.

• **Nasco**. Diese Rebsorte mit mittelgroßen Trauben und goldgelben Beerenschalen treibt und reift normal und ist besonders für die Produktion von Süßweinen geeignet.

Eine Vermentino-Traube in voller Reife.

• **Vermentino**. Vermutlich wurde diese Rebsorte um 1300 aus Korsika eingeführt. Sie hat mittelgroße bis große Trauben und, je nach Ausrichtung, bernsteingelbe oder grüngelbe Beerenschalen. Die normal austreibende und reifende Rebe ergibt einen strohgelben Wein mit grünem Schimmer, zarten Duftnoten von Holunder und Feuerstein oder Honig und einen leicht bitteren Geschmack.

• **Vernaccia di Oristano**. Die im Tirso-Tal angebaute Rebsorte hat kleine Trauben und zarte, dünne, goldgelbe oder grünliche Beerenschalen. Das Austreiben erfolgt frühzeitig, die Reife normal bis spät. Der daraus gewonnene Wein ist bernsteingelb mit grünlichem Schimmer und weist ein Pfirsicharoma auf.

Weitere wichtige Rebsorten sind **Malvasia di Sardegna, Moscato Bianco, Bovale** und **Carignano**.

WEINE

• **Vermentino di Gallura**. Dieser Wein hat seit 1996 DOCG-Status und wird in der Provinz Sassari auf einer Rebfläche von fast 700 ha in einer Seehöhe von durchschnittlich 500 m erzeugt. Der Boden besteht aus Granitsand oder Granitschotter, die Pflanzdichte beträgt mindestens 3250 Stöcke/ha. Durch den ständigen Wind gibt es immer sehr gesunde Trauben, die hohen Tagestemperaturschwankungen begünstigen die Anreicherung mit Aromen und schwer oxidierenden Gerbsäuren. Der Wein ist strohgelb mit grünem Schimmer, fruchtigem, zartem, blumigem Duft, delikatem Geschmack und leicht bitterem Abgang. Der Alkoholgehalt beträgt 12 %, bei der Version *Superiore* 13 %. Im ersten und zweiten Jahr schmeckt der Wein bestens, er kann bis zu drei Jahren gelagert werden und zeigt dann Gewürznoten.

• **Cannonau di Sardegna**. Dieser DOC-Wein (seit 1972) wird auf 170 ha aus der Rebsorte Cannonau gewonnen. Er ist der typische Vertreter der kräftigen, robusten sardischen Weine. Unter den Typologien Rotwein, Rosé, *Dolce naturale* und trockener Wein ist der Letztgenannte der charakteristischste. Er wird vor allem auf mageren Böden angebaut, besitzt eine granatrote bis dunkelviolette Farbe und gewinnt durch Oxidation und Alterung, wobei die bereits beim Abstich große Komplexität noch erhöht wird.

• **Vernaccia di Oristano**. Dieser Wein hat seit 1971 DOC-Status und wird aus der gleichnamigen Rebsorte produziert. Die Beeren müssen bei der Ernte einen Zuckergehalt aufweisen, der hoch genug ist, um einen Alkoholgehalt von mindestens 14 % erzielen zu können. Bei 15 % Alkohol darf der Wein als *Superiore* ausgezeichnet werden. Er ist seit dem 16. Jh. bekannt und gilt als der typische sardische Weißwein; traditionell wird er durch Reifung in kleinen, nicht ganz gefüllten Fässern gewonnen, wobei die Keller so angelegt sind, dass das Sonnenlicht eindringen kann. Während der Reifung (zwei Jahre; vier Jahre für den *Riserva*) entwickelt sich Florhefe, welche die Bildung von Aromen gerösteter Nüsse, Gewürze und getrockneter Früchte begünstigt.

Die Süßweine Sardiniens stellen eine wahre Delikatesse dar, sind allerdings auf dem internationalen Markt nur sehr wenig bekannt. **Malvasia di Bosa** und **Malvasia di Cagliari** mit blumigem und aromatischem Duft sind von großer Finesse; die verschiedenen Varianten des Muscat mit ihrem feinen, eleganten Aroma lassen die Wahl schwer werden; **Girò di Cagliari**, einige **Cannonau dolci**, **Monica-Weine, Nasco di Cagliari** und **Sardegna Semidano Passito** sind önologische Kleinode, die keinen Vergleich mit den Süßweinen anderer Regionen oder Länder zu scheuen brauchen.

Weitere DOC-Weine sind **Alghero** (in 18 Typologien, darunter *Passito, Spumante* und *Novello*), **Arborea, Campidano di Terralba, Carignano del Sulcis, Mandrolisai** und **Sardegna**.

SPANIEN

Spanien hat mehr als 1 Mio. ha Weinberge und Rebfelder und ist somit das Land mit der größten Weinanbaufläche der Welt. Aus zwei Gründen kann es sich jedoch nicht als das »größte Weinland der Welt« bezeichnen: so ist einerseits ein Teil der Ernte für Tafeltrauben bestimmt und außerdem können die Reben wegen der Trockenheit des Bodens nur in sehr geringer Stockanzahl je ha gepflanzt werden (der durchschnittliche Hektarertrag beträgt nur 20 hl Wein).

Am dichtesten liegen die Weingüter in der Mancha-Ebene. In Katalonien befinden sich die meisten Betriebe, die Weinbau nach biologischen Methoden betreiben. Aus den so gewonnenen Trauben erhält man einen sehr sauberen, gesunden Wein (wenn im Keller ebenfalls sorgsam gearbeitet wird), aber keinen »biologischen Wein«, wie man es häufig geschrieben sieht – dieser Terminus ist nicht vorgesehen.

Rancio-Weine werden meist aus überreifen Garnacha-Blanca-Trauben erzeugt; dafür lässt man die Holzfässer (oder Bonbonnes, *große Korbflaschen) im Freien stehen, wobei es zu einer raschen, intensiven Oxidation des Weines kommt. Diese Weine waren früher sehr verbreitet, sind aber heute kaum mehr zu anzutreffen, denn durch die Ausweitung der Märkte wurden die Spanier dazu ermutigt, frischere und nicht oxidierte Weine herzustellen. Berühmt ist Spanien für seine großen roten Rioja-Weine, den katalanischen Schaumwein Cava und die verstärkten Weine von Malaga, Jerez und den Kanarischen Inseln.*

Oben: spanische emaillierte Keramikfliese (Azulejo), die den Transport der Trauben zur Presse darstellt. Links: Rebfelder in der Umgebung von Najera, im Rioja-Gebiet.

GESCHICHTE

Die Ursprünge der spanischen Weinkultur gehen auf phönizische Kolonien um 1000 v. Chr. zurück. Die Weinbereitung wurde von den Griechen im 8. Jh. v. Chr. eingeführt. Unter den Römern wurde dann die Weinbautechnik in allen Regionen weiterentwickelt und man exportierte den spanischen Alella-Wein nach Rom. Der Name Alella ist heute als Herkunftsbezeichnung geschützt.
Der moderne Weinbau hat jedoch eine viel kürzere Geschichte. Die Kellereien für die Schaumweinproduktion nach dem Champagner-Verfahren in der Region Penedés wurden vor etwa 100 Jahren angelegt, aber ständig erneuert. Für andere Weine entstanden erst 1970 in Katalonien moderne Weinkellereien, die auch dank der Gründung des *Instituto Nacional de Denominación de Origen* neueste Vinifikationstechniken anwenden. Ein großes Handicap war immer der beträchtliche Anteil von Massenware; daneben entstanden jedoch Qualitätsweine, die sehr wohl Anerkennung verdienen. Die spanische Weinproduktion war auf süße, körperreiche und alkoholreiche Weine ausgerichtet – und auf verstärkte Weine, deren Hauptvertreter der Madeira war und deren bekanntester heute der Sherry ist. Eine erste Wiederbelebung des spanischen Weinbaus konnte in den 1980er-Jahren in Katalonien beobachtet werden. In einer äußerst dynamischen Entwicklung in Richtung Qualitätskurs erzeugte man klare, fruchtige, frische Weißweine, während davor hauptsächlich plumpe, meist oxidierte Weine hergestellt worden waren. Die neueren Weine sind einige Jahre alterungsfähig, haben wertvolle organoleptische Eigenschaften, sind sauber und von einer davor fast unbekannten Frische.

KLIMA UND BODEN

Das Klima Spaniens wird im Norden vom Atlantischen Ozean, im Osten und Süden vom Mittelmeer beeinflusst. Das Binnenland zwischen Kantabrischem Gebirge und der Sierra Morena weist kontinentales Klima auf. Durch die Wasserläufe und Gebirgszüge ergeben sich unterschiedliche Kleinklimata. Das Kantabrische Gebirge hält jedoch die feuchten Winde vom Atlantik nicht ab, während die Sierra Morena das größte spanische Weinbaugebiet, die Mancha, vor dem Einfluss des Mittelmeeres abschirmt.

Das Gebiet um Jerez hat ein gemischtes Klima und wird vom Mittelmeer und besonders durch den Atlantik beeinflusst. Das Rioja-Gebiet hat ebenfalls ein individuelles Klima – hier wirkt sich vor allem der Einfluss des Atlantischen Ozeans, und in geringerem Ausmaß des Mittelmeers sowie die Lage im Landesinneren aus.
Navarra weist viele Lagen mit speziellen Kleinklimata auf; insgesamt gibt es sehr wenig Niederschläge, vor allem in Kastilien und der Appellation Toro. Die Böden sind sehr vielfältig zusammengesetzt, und zwar vorwiegend aus Kalk, man findet aber auch Lehm und Kalk-Mergel sowie Sand und Schwemmland. Das Terrain ist fast überall sehr wasserarm, weswegen man schon seit langem die meist in Buscherziehung oder in der traditionellen Fächerform gezogenen Reben relativ locker setzt.

Bonbonnes, *ballonförmige Glasflaschen, die auch heute noch, wenn auch in geringerem Ausmaß als früher, für die Herstellung von Rancio-Weinen verwendet werden.*

REBSORTEN

Wie in allen europäischen Ländern unterscheidet man auch hier empfohlene *(preferentes)* und erlaubte Rebsorten. Insgesamt gibt es rund 600 Arten, wobei die 15 häufigsten Sorten etwa 75 % der Rebflächen einnehmen. Am meisten verbreitet sind die typischen spanischen Rebsorten, die sich im Laufe der Jahrhunderte perfekt an Boden und Klima angepasst haben.

- **Tempranillo** (auch **Concibel, Tintofino** oder **Ull de Llebre**). Diese Traube mit dicker schwarzblauer Beerenhaut verleiht dem Wein zarte Noten von Kirsche, Himbeere und Brombeere; sie enthält ausreichend Tannine und viele Anthocyane, sodass die Weine gut für den *Barrique*-Ausbau geeignet sind. Der Großteil der großen spanischen Weine wird aus diesen Trauben gewonnen, wie etwa die Rotweine von Rioja, Ribera del Duero, Valdepeñas und Penedés.
- **Garnacha Tinta** oder **Alicante** (französischer Name: **Grenache**). Sie wächst in der Provinz Alicante und ist die häufigste rote Rebsorte Spaniens. Hauptsächlich werden Roséweine mit einem Bukett von Erdbeere, Himbeere und Gewürzen daraus gewonnen, oder sie wird Rotweinen beigemengt, um diesen mehr Körper zu verleihen. Da ihre Anthocyane oxidieren können, sind die daraus gewonnenen Weine nicht alterungsfähig.
- **Cariñena** oder **Mazuelo** (französisch: **Carignan**), **Graciano, Mencía** und **Bobal** sind weitere stark verbreitete rote Rebsorten.
- **Albariño** ist eine leicht aromatische weiße Rebsorte. Sie findet ihr bestes *Terroir* in Galicien, im Gebiet von Rías Baixas, wo trockene, fruchtige und frische Weißweine mit Noten von Aprikose, Kiwi und Passionsfrucht produziert werden.
- **Verdejo** ist die zweite wichtige weiße spanische Rebsorte. In Rueda werden daraus vorzügliche Weißweine mit guter Säure gewonnen.
- **Arrèn** ist die in der Mancha häufigste weiße Rebsorte; sie ist wegen ihrer Unempfindlichkeit gegenüber Trockenheit die in Spanien am meisten verbreitete weiße Traube und ergibt leichte, trockene, etwas fruchtige Weine.
- **Viura** (oder **Macabéo**). Diese hochwertige Rebsorte wird gemeinsam mit der Parellada-Traube zu *Cava* verarbeitet, ist aber auch in Rioja und Navarra heimisch; sie verleiht dem Wein blumige Noten, Aromen frischer Früchte und gute Säure.

Weitere bedeutende Rebsorten, welche für Süßweine und verstärkte Weine verwendet werden:

- **Palomino**, mit weißer Frucht – die besten Ergebnisse werden auf kalkreichen Böden *(Albariza)* erzielt, besonders um Jerez de la Frontera für Sherry und Manzanilla.

- **Pedro Ximénes**, mit weißer Frucht, wird in der Region Montilla-Moriles für einen sehr guten Sherry verwendet.
- **Muscat d'Alexandrie** ist die Hauptrebsorte für die Herstellung von Malaga; sie wird auch für die Süßweine der Levante, als Tafeltrauben und für Rosinen verwendet.
- **Muscat à Petits Grains**. In Navarra werden daraus zarte und elegante Süßweine erzeugt.

Heute werden auch **Riesling, Chardonnay, Sémillon, Pinot Noir** und **Syrah** angebaut, wodurch eine weitere Qualitätsverbesserung erzielt werden konnte; so tragen diese Rebsorten dazu bei, die Alterungsfähigkeit sowohl roter als auch weißer Weine zu verbessern. **Cabernet Sauvignon** wurde 1863 von Don Camilo Hurtado de Amezaga nach Spanien (genaugenommen in die Region La Rioja) eingeführt.

Andalusien: ausgedehnte Weinkulturen von Jerez de la Frontera, der Heimat des Sherry.

WEINARTEN

Die spanischen Weise können auf traditionelle Art in die folgenden Kategorien eingeteilt werden:

- ***Vinos generosos secos***. Der Terminus *»generoso«* steht in vielen Ländern für Weine mit hohem Alkoholgehalt, hat in Spanien jedoch meist eine etwas andere Bedeutung. Tatsächlich werden *Vinos generosos* nach einer eigenen Vinifikationstechnik hergestellt, die hauptsächlich aus einer Beifügung von Alkohol zum bereits fertig ausgebauten Wein besteht.
- ***Vinos espumosos*** oder ***vinos carbónicos***. Dazu gehören sowohl Perlweine *(aguja)* als auch Schaumweine.
- ***Blancos jóvenes afrutados***. Junge fruchtige Weißweine mit deutlichem Traubenbukett.
- ***Blancos secos naturales***. Diese Weißweine sind körperreicher als die vorhergehenden. Der Tanningehalt ist etwas höher und in schöner Harmonie mit Säure und Alkoholgehalt.
- ***Blancos secos con madera***. Dies sind in Holz *(madera)* ausgebaute Weißweine. Das Fassholz gibt Tannin ab und lässt etwas Sauerstoff zum Wein durchdringen.
- ***Rosados***. Außer roséfarbene bis blassrötliche Weine gehören dazu auch die *blages* (zwiebelfarbene Weine).
- ***Tintos jóvenes*** (»junge Rotweine«). Diese Weine werden nur wenige Tage mit dem Trester gemaischt, um nicht zu viele Tannine herauszulösen; denn dieser Wein ist für den Genuss im ersten Jahr bestimmt, wenn die Tannine noch zu herb, adstringierend und bitter wären.
- ***Tintos de crianza*** (»ausgebaute Rotweine«). Diese Weine werden in Holzfässern ausgebaut, um sie geschmeidig zu machen; dafür werden vor allem *Barriques* aus amerikanischem oder französischem Eichenholz oder anderen Holzarten verwendet.
- ***Tintos de reserva***. Praktisch gesehen sind dies Rotweine mit Herkunftsbezeichnung, bei welchen eine Mindestlagerung von 36 Monaten (im Fass und in der Flasche; mindestens 12 Monate in Eichenfässern) vorgesehen ist.
- ***Tintos Gran Reserva***. Sie werden gleich wie die vorhergehenden hergestellt, jedoch länger gelagert. Die Lagerdauer ist je nach Herkunftsbezeichnung unterschiedlich, beträgt aber selten weniger als fünf Jahre, davon mindestens zwei im Eichenfass und drei in der Flasche.
- ***Vinos dulces*** (Süßweine). Sie sind meist nicht nur süß, sondern auch aromatisch und werden vor allem in den kühleren Gebieten aus den Rebsorten Moscatel, Malvasia und Pedro-Ximénes erzeugt.

KLASSIFIKATION

- ***Vino de Mesa* (VdM)**. Dies ist die niedrigste Stufe der Tafelweine und wird auch als ***Vino comarcal*** bezeichnet.
- ***Vino de la Tierra* (VdlT)**. Ein Tafelwein, wo im Etikett auch die Rebsorte und ein geographisches Gebiet angegeben sein kann.
- ***Vino de Pago (Semplice, Calificado, Exceptional)***. Entspricht qualitätsvollen Tafelweinen, bei welchen *Terroir* oder Weinhaus angegeben sind. Diese Bezeichnung kann auch bei DO-Weinen verwendet werden.
- ***Denominación de Origen* (DO)**. 55 Gebiete, davon neun auf den Inseln, führen diese Bezeichnung. Etwa 50 % aller spanischen Weine sind DO-Weine; eine Prüfnummer des *Consejo Regulador Denominación de Origen* im Etikett garantiert die Richtigkeit der Herkunft.
- ***Denominación de Origen Calificada* (DOCa)**. Eine Herkunftsbezeichnung, die 1981 eingeführt wurde und bis heute nur Rioja und Jerez zuerkannt wurde. Sie entspricht der europäischen Klassifikation VQPRD (span.: VCPRD, *Vinos de Calidad Producidos en Regiones Determinadas*).
- ***Vinos de Calidad con Indicación Geográfica***. Qualitätsweine eines bestimmten Gebietes.
- **Natürliche Süßweine** können ***Vinos generosos*** und ***Mistelas*** *(Mistelle)* sein, die Vinos generosos umfassen ***Vinos generosos de licor*** und ***Vinos de licor***. Der Terminus *»generoso«* (»üppig«) bedeutet zwar im Allgemeinen reich an Alkohol, aber nach der *Union Española de Catadores* werden auch zuckerreiche Weine auf diese Art bezeichnet. Die EU-Gesetzgebung sieht auch den ***Vino de Licor de Calidad Producido en Región Determinada* (VLCPRD)** vor. Er wird durch Zusatz von etwas Florhefe aus den weißen Rebsorten Palomino, Jerez, Palomino Fino, Pedro Ximénez, Verdejo, Zalema und Garrido Fino produziert. Außerdem sind eine mindestens zweijährig Reifung in Eichenfässern und ein Aufspriten vorgeschrieben.

ETIKETTEN

Auf den Etiketten der spanischen Weinflaschen sind außer den in anderen EU-Ländern gewohnten noch weitere Bezeichnungen zu finden:

- **Prüfmarke des Consejo Regulador**, eines Kontrollorgans, das die hygienische Sauberkeit des Weines garantiert.
- **Bezeichnung der Weintypologie: *Blanco*** (Weißwein), ***Cava*** (Herkunftsbezeichnung eines nach dem Flaschengärverfahren im Gebiet Penedés erzeugten Schaumweines), ***Clarete*** oder ***Tintillo*** (eine Farbe zwischen Hellrot und Rosé), ***Rosado seco*** (trockener Rosé), ***Vino de Mesa*** (meist von einem Selbstabfüller erzeugter Tafelwein), ***Espumoso*** (Schaumwein, der nach einem beliebigen Verfahren erzeugt wurde), ***Generoso*** (verstärkter Wein, durch Alkoholzusatz gewonnen), ***Tinto*** (Rotwein), ***Viejo*** (alter, gereifter Wein), ***Vino de aguja*** (Perlwein), ***Vino de pasto*** (gewöhnlicher, billiger und meist leichter Wein).
- ***Anejado por*** (gelagert von).
- ***Criado por*** (assembliert und ausgebaut von).
- ***Criado y embotellado por*** (assembliert und abgefüllt von).
- ***Viña oder Viñedo*** (Lage oder Rebsorte; zuweilen sind diese Bezeichnungen auch Teil der Weinmarke).
- ***Cosecha*** (Jahrgang).
- ***Vin joven*** (Jungwein).
- ***Sin crianza*** (ohne Holzausbau).
- ***Reserva***: mindestens zwei Jahre gereifte Weiß- oder Roséweine, mindestens drei Jahre gereifte Rotweine.
- ***Gran Reserva***: länger ausgebauter Wein eines besonderen Jahrgangs.
- ***Doble Pasta***: Wein, der mit allen Beerenschalen verarbeitet wird.
- ***Rendima***: Jahrgang.
- ***Cepa***: Rebsorte.
- ***Bodega***: Kellerei, Weinkeller oder Weinlokal.
- ***Vino de cosecha propria***: vom Winzer abgefüllt.

Galicien

Visitenkarte

Anbaufläche
12.000 ha

Boden
Tonschiefer, Granit, Schiefer, Lehm, fette Böden

Klima
atlantisch, windig, im Winter durch den Golfstrom gemäßigt

Rebsorten
Mencía, Godello, Albariño, Treixadura, Loureira, Torrontés

Wichtigste Weine
Ribeira Sacra, Monterrei, Valdeorras, Rías Baixas, Ribeiro

In dem im äußersten Nordwesten Spaniens liegenden Galicien wurden erst vor wenigen Jahren (und nur in einigen Zonen) neue Technologien für die Weinbereitung eingeführt. So findet man neben sehr guten, bodenständigen Weinen auch viele nicht besonders qualitätsvolle Produkte.

Weinberge im tief eingeschnittenen Tal des Sil-Flusses, unweit der Stadt Ourense.

HERKUNFTSBEZEICHNUNGEN UND WEINE

DO-Weine Galiciens:

• **Ribeira Sacra**. Die relativ junge, aber sehr interessante Appellation ist die einzige galicische DO, in der vorwiegend Rotwein produziert wird, vor allem aus der heimischen Rebsorte Mencía (vermutlich eine Mutation des Cabernet Franc). Der Wein schmeckt im ersten Jahr am besten, wenn die zarten Fruchtaromen und die Lakritze-, Pflaumen- und Brombeernoten noch vorhanden sind. Die Weinberge sind in Terrassen angelegt und die Reben sind auf Lehm, Tonschiefer und Granit gepflanzt. Die besten Weißweine (aus den Rebsorten Godello und Albariño) stammen von Schieferböden. Den Terminus *»sacra«* hat die Appellation von den zahlreichen Kirchen und Klöstern aus dem 11. und 12. Jh., die sich in dieser Gegend befinden.

• **Monterrei**. Diese kleine DO (1995) erzeugt hauptsächlich Weißweine aus den Rebsorten Doña Blanca, Godello und Treixadura, die bei mildem Klima auf fetten Böden wachsen. Gute Ergebnisse werden auf den 3000 ha von Monterrei sehr selten und nur bei sehr niedrigen Hektarerträgen erzielt. Eine positive Ausnahme ist das Tamega-Tal, wo goldgelbe Weißweine mit viel Frucht, viel Körper und guter Säure hergestellt werden.

• **Valdeorras**. Diese DO erstreckt sich auf 1500 ha. Die wichtigste Rebsorte ist die autochthone Godello, aus der extraktreiche Weine mit mäßigem Alkoholgehalt sowie Aromen von Zitrusfrüchten, Mandel und wilden Kräutern hergestellt werden. Gut sind auch die Rotweine aus der Rebsorte Mencía.

• **Rías Baixas**. Der Name bedeutet »untere Buchten«. Die DO mit ihren 2500 ha gilt als »neues spanisches Eldorado« und ist vorwiegend mit weißen Rebsorten bestockt. Die häufigste Rebsorte ist Albariño, deren Wein noch im Erntejahr vor Weihnachten auf den Markt kommt.

• **Ribeiro**. Diese DO hat die Vinifikationstechniken für ihre früher nur lokal bekannten Weißweine modernisiert. Heute werden fruchtige, angenehme, frische Weine aus den Rebsorten Treixadura, Loureira und Torrontés erzeugt.

Rioja

Das Rioja-Gebiet liegt nördlich von Madrid, südwestlich der Pyrenäen und nördlich der Sierra de la Demanda am Ebro-Fluss. Es ist die bekannteste Weinregion Spaniens und war bis 1980 die einzige spanische Region, die qualitativ hochwertige Rotweine erzeugte. La Rioja ist auch eines der beiden Gebiete, das sich mit der höchsten Qualitätsauszeichnung spanischer Weine, der 1991 zuerkannten *Denominación de Origen Calificada* (DOCa), schmücken kann.
Seit 1560 stanzten die Rioja-Produzenten ein bestimmtes Zeichen in die Weinbehälter, um die Herkunft ihres geschätzten Weines zu schützen. Hier verwendete man also bereits eine Herkunftsbezeichnung, als es diesen Ausdruck noch gar nicht gab.

GESCHICHTE Wein gibt es im Rioja-Gebiet bereits seit dem 2. Jh. v. Chr., als es von den Römern teilweise besetzt wurde. Die Weine wurden hier schon lange in Eichenfässern ausgebaut und haben die Region zu Recht seit Jahrhunderten berühmt gemacht. Ziel der ersten Rioja-Winzer war es, die Qualität der Bordeaux-Weine zu erreichen, was ja auch zum Teil gelang. Wie anderswo führten auch hier die Neupflanzungen nach der Reblauskatastrophe zwischen 1840 und 1860 zu einer beträchtlichen Verbesserung der Weinproduktion. Die ersten *Barriques*, die nach Spanien kamen, wurden 1860 im Rioja-Gebiet verwendet. Davor hatte man nur Fässer mit einem Fassungsvermögen von etwa 1000 l.

KLIMA UND BODEN Die Region ist im Nordosten durch die Pyrenäen geschützt, das windige atlantische Klima wird durch das Kantabrische Gebirge gemildert. Die Winter sind kalt mit häufigen Hagelschauern, während der warme, trockene Wind sich auf Boden und Reben auswirkt. Die Rebfelder befinden sich in 500 m Seehöhe und sind im Sommer einer langen, heißen Trockenzeit, in Frühjahr und Herbst endlosen Regenfällen ausgesetzt.
Die Böden sind vorwiegend kalkig, kalkig-sandig oder lehmig-kalkig mit Tonschiefer-Ablagerungen. Eisenhaltige Lehmböden mit Schwemmlandablagerungen sind auf die Rioja Baja beschränkt.

Visitenkarte

Anbaufläche
50.000 ha

Boden
vorwiegend kalkig, kalkig-sandig oder lehmig-kalkig

Klima
windig; heiß und trocken im Sommer, regnerisch in Frühjahr und Herbst

Rebsorten
Tempranillo, Viura

Wichtigste Weine
Rioja, Navarra

Der halbjährliche Abstich des Weines in einer Rioja-Kellerei.

ANBAUGEBIETE Die insgesamt 50.000 ha Rebflächen des Rioja-Gebietes können in drei große Anbauzonen entlang des Ebro-Flusses (überwiegend südlich des Flusses) und seiner Nebenflüsse unterteilt werden; einer davon ist der Fluss Oja, welcher der Region den Namen gegeben hat.

• **Rioja Alta**. Die westliche Zone umfasst 20.500 ha Rebfläche, wo man sehr fruchtige und konzentrierte Weine erzeugt, die beim Ausbau sehr geschmeidig werden. Sie können zu ihrem Vorteil 2-4 Jahre reifen, die besseren Jahrgänge sogar 10 Jahre und mehr. Das Klima ist besonders frisch und die Böden bestehen vorzugsweise aus Lehm, Kreide und eisenhaltigem Gestein. In dieser Zone wird der feinste, eleganteste und alterungsfähigste Rioja hergestellt. Er hält 10-20 Jahre, manchmal sogar 30!

• **Rioja Alavesa**. In der mit 12.000 ha kleinsten der drei Zonen werden noch duftigere, körper- und säurereichere Weine produziert. Im Gegensatz zu den anderen beiden Zonen, wo in Buscherziehung kultiviert wird, wendet man hier die Spaliererziehung an; dabei werden die Zweige nach dem System des Vorreiters Pedro Domecq mit Spanndrähten verbunden. Das Klima ist gemäßigter als in der Rioja Alta, die Böden sind kalkreich und deutlich alkalisch und daher das richtige *Terroir* für die Rebsorte Tempranillo, die hier 95 % der Rebflächen einnimmt. Die Weinberge liegen nördlich des Ebro und sind nach Süden gerichtet.

• **Rioja Baja** (etwa 17.500 ha) ist die Zone, in der das Klima am meisten vom Mittelmeer beeinflusst ist; es ist trocken, die jährlichen Niederschlagsmengen liegen um 400 mm. Ein Fünftel der am Fuße der Berge liegenden Rebflächen gehört zur Region Navarra und daher können die dort gewonnenen Weine auch die Herkunftsbezeichnung DO Navarra tragen. Die am weitesten verbreitete Rebsorte ist Garnacha, die Böden bestehen meist aus dem Schwemmland des Ebro. Der Wein ist sehr reich an Körper und Alkohol, der bis zu 18 % betragen kann; wegen des niedrigen Säureanteils kann der Wein jedoch nicht lange gelagert werden. Diese nicht sehr aromatische Rebsorte wird wegen mangelnder Eleganz vor allem für Verschnitte mit anderen Weinen des Rioja- und Navarra-Gebietes verwendet, um ihnen einen höheren Alkoholgrad und mehr Körper zu verleihen.

REBSORTEN Die wichtigsten Rebsorten sind **Tempranillo** (etwa 35.000 ha) und **Viura** (oder **Macabéo**, etwa 15.000 ha), danach folgen **Cabernet Sauvignon, Carignan, Chardonnay, Garnacha, Cinsault, Malvasia, Monastrell, Muscat.**

WEINE Die Weine werden großteils aus einem Verschnitt mindestens dreier Rebsorten oder einer *Assemblage* ihrer Weine gewonnen. Nach einer 15-30tägigen Vergärung des Mostes (mit den Schalen) lässt man den Wein in *Barriques* reifen und füllt alle sechs Monate um. Auch eine Art der Kohlensäure-Mazeration wird angewendet, um *Vino Joven* zu gewinnen. Dabei werden auf traditionelle Weise die ganzen Trauben in offenen Becken *(Lagar)* gemaischt, welche in den Boden eingelassen sind und für einige Tage mit Steinen verschlossen werden; danach wird gekeltert und normal vergoren. So erhält man violett leuchtende, tanninreiche Rotweine, die allerdings den Außenstehenden in ihrer zwar echten, aber plumpen Art nicht zufrieden stellen können. In den neueren Betrieben gibt es keine *Lagares* mehr – sie wurden durch Stahltanks ersetzt. Die Mindestreifedauer ist im *Consejo Regulador* festgelegt, aber häufig lassen die Produzenten ihre Produkte über die vorgeschriebene Zeit hinaus reifen.

Rioja-Weine aus einem Verschnitt von etwa 70-80 % Tempranillo und dem richtigen Anteil mehrerer Rebsorten oder ihrer Weine, können zu den besten alten, gereiften Rotweinen der Welt gezählt werden. Sie sind anfangs tief dunkelrot, werden aber nach längerer Alterung heller. Sie nehmen eine hell rubinrote, manchmal auch fast bronzene Farbe an; das Bukett enthüllt eine dichte Fruchtigkeit, Fülle, »Üppigkeit«, Noten von Kirsche, manchmal Vanille, natürliche Aromen (Rauch und schwache Noten von Verbranntem), »Saftigkeit«; der Wein weist durch die gut dosierte Tanninstruktur, welche mit dem Alkohol und der guten Säure in perfektem Gleichgewicht steht, eine große Körperfülle auf. Am Gaumen offenbart er eine seltene Geschmeidigkeit, Komplexität und Eleganz sowie einen langen »sahnigen« Abgang. Zuweilen ist auch ein Vanille-Nachgeschmack wahrzunehmen (beispielsweise beim Bodegas Riojanas).
Besonders vorzüglich sind *Reserva* und *Gran Reserva*, wovon die besten Jahrgänge nach 30 Jahren beim Verkosten noch vollauf zufrieden stellen. In letzter Zeit verkürzen manche Hersteller die Fassreife, um mehr von der Fruchtigkeit der Traube zu erhalten, die ansonsten während der langen Reifung oft durch Vanille- und Likörnoten übertönt wird.
Die Weißweine können nach dem traditionellen Stil in Holzfässern gelagert werden und nehmen dabei eine goldene Farbe an; zuweilen ist beim Verkosten eine leichte Oxidation festzustellen. Die heutige Tendenz geht jedoch dahin, den Most der Viura-Traube bei niedriger Temperatur in Stahltanks zu vergären und danach sofort in Flaschen abzufüllen. Wieder andere Hersteller gehen einen Mittelweg, indem sie den Most kurze Zeit in Holzfässern reifen lassen, um bald danach abzufüllen. Die Liebhaber des nach traditionellem Stil hergestellten Rioja, wozu auch junge Önologen gehören, schätzen jedoch weiterhin die felsige Note, die den Wein in eine Reihe mit den besten Weißweinen aus dem Rhônetal stellt. Ein typisches Beispiel sind die Weißweine von Marqués de Murrieta.
Der klassische Verschnitt für Weißweine ist 95 % Viura und 5 % Malvasia. Die meisten Weißweine der neuen Generation sind jedoch, ebenso wie die Roséweine, jung zu trinken.

Navarra

Visitenkarte

Anbaufläche
17.000 ha

Boden
Kalk

Klima
windig; im Norden kälter und feuchter, im Süden mild und trocken

Rebsorten
Tempranillo, Garnacha, Cabernet Sauvignon, Merlot

Wichtigste Weine
Navarra, Rioja

Navarra reicht im Nordosten bis zu den Pyrenäen, im Südwesten bis zur Sierra de la Demanda und gehört zu den nördlichsten Weinbaugebieten Spaniens. Die Region liegt nördlich des Rioja-Gebietes (südlich von Pamplona) und überschneidet sich teilweise mit Rioja Baja. Aufgrund von Lage, Klima, Beschaffenheit von Boden und Untergrund sowie seiner Geschichte ist Navarra heute eines der großen spanischen Produktionsgebiete von Qualitätsweinen. Weinbau und Weinbereitung wurden von den Römern eingeführt; im Mittelalter wurde diese Aufgabe vor allem von den Klöstern übernommen. Das in Spanien führende Forschungsinstitut EVENA *(Estación de Viticultura y Enología de Navarra)* befindet sich in dieser Region.

KLIMA UND BODEN Das Klima wird von den kalten Atlantikwinden beeinflusst. Im Norden gibt es kalte und feuchte Winter und temperierte Sommer, im Süden herrscht mildes, trockenes Klima mit viel Sonnenschein. Die Böden bestehen aus Kalk mit dünnen Schwemmlandschichten, die vom Fluss Ebro und seinen Zuflüssen stammen.

ANBAUGEBIETE Navarra ist in fünf Weinbaugebiete unterteilt:
• **Baja Montana**. In dieser am höchsten gelegenen Anbauzone dauert der biologische Zyklus der Rebe vom Austreiben bis zur Reife länger und daher wird später als anderswo geerntet. Besonders geeignet für dieses Klima ist der Anbau der früh reifenden Rebsorte Tempranillo, die hier ihre volle Reife erreichen kann. Die daraus gewonnenen Roséweine sind frisch und fruchtig, önologisch gesehen ist die Baja Montana allerdings nicht besonders produktiv.
• **Ribera Alta**. Die größte Weinbauzone Navarras ist heiß und trocken und überdeckt sich teilweise (20 %) mit der Rioja Baja. Hauptsächlich werden hier füllige, starke Rotweine aus der Rebsorte Garnacha gekeltert. 10 % der Produktion sind Süßweine aus der Rebsorte Muscat à Petits Grains.
• **Ribera Baja**. Klima und Böden sind hier frischer als in der Ribera Alta. Der Großteil der Produktion besteht aus Rotweinen, die man einige Jahre reifen lässt, es werden aber auch Weißweine, wenn auch von nicht so hoher Qualität, hergestellt.
• **Tierra Estella**. Im Norden dieser Zone herrscht eher frisches Klima, Richtung Süden wird es immer trockener. Hier werden angenehme Rosé- und Rotweine erzeugt, welche durch die Rebsorte Tempranillo gute Fruchtigkeit aufweisen. Es wird auch etwas Weißwein aus der Rebsorte Viura gekeltert.
• **Valdizarbe**. Das kleinste der fünf Gebiete weist ein verhältnismäßig trockenes Klima auf und ist gut für die Produktion von Rot- und Roséweinen geeignet; die Roséweine können jedoch leicht oxidieren – sie werden aus der Rebsorte Garnacha unter Anwendung nicht immer perfekter Vinifikations- und Ausbautechniken gewonnen.

REBSORTEN Die wichtigsten Rebsorten sind Garnacha 20 %, Tempranillo etwa 60 %, Cabernet Sauvignon 20 % und Merlot – die Pflanzungen liegen auf den dem Gebirge vorgelagerten Hügeln.

WEINE Navarra war in der Vergangenheit für Roséweine bekannt, stellt heute aber auch Rotweine aus **Tempranillo** und **Merlot** sowie den traditionellen ***Cava*** her, dessen Heimat Katalonien ist. Die besten Weine von Navarra werden aus Verschnitten der Rebsorten Tempranillo, Merlot und Cabernet Sauvignon erzeugt. Bis 1980 war das Gebiet für den **Rosé** aus Garnacha-Trauben berühmt; dieser Wein war jedoch von mäßiger Qualität, plump, ohne Frische und oxidierte leicht. Mit den heutigen neuen Produktionstechniken wurde der Rosé zu neuem Leben erweckt und mit ihm der önologische Ruhm des Navarra-Gebietes. Die EVENA schlägt als besten Verschnitt vor: 50 % Tempranillo, 30 % Garnacha und 20 % Cabernet Sauvignon. Langsam gewinnt jedoch sowohl quantitativ als auch qualitativ der nach Vorbild der Rioja-Weine erzeugte Rotwein die Oberhand; in letzter Zeit werden auch beachtenswerte Spätlesen hergestellt. Die Weine aus jenen Gebieten, die sich mit dem Rioja-Gebiet überschneiden, dürfen sowohl als DO Navarra als auch als DOCa Rioja vermarktet werden.

Aragonien

Die riesige Region Aragonien grenzt im Osten an Katalonien, im Norden an die Pyrenäen und im Osten an Rioja und Navarra. Die Weinbaugebiete können in folgende Zonen unterteilt werden:

- **Campo de Borja**, seit 1980 DO-Status. Die Rebfelder erstrecken sich auf 6300 ha und liegen in 350-700 m Seehöhe. Sie wurden ab dem 13. Jh. von den Mönchen des Klosters Veruela bewirtschaftet (zum Teil auch heute noch). Die Rotweine erweisen sich als sehr konzentriert und strukturreich – sind daher langlebig – und werden zu 90 % aus der Rebsorte Garnacha Tinta gewonnen.
- **Calatayud**. Der Name stammt aus dem Arabischen und bedeutet »Kastell des Ayub«. Das Gebiet hat seit 1990 DO-Status; die Weinberge (mehr als 7000 ha) liegen auf Terrassen mit vorwiegend trockenen Böden und sind fast ausschließlich mit spanischen Rebsorten bestockt. Die Roséweine sind noch bedeutender als die jungen Rotweine.
- **Cariñena**. Diese Appellation hat seit 1960 DO-Status und erstreckt sich auf gut 20.000 ha. Sie ist somit größer als Aragonien und das älteste Weingebiet Spaniens. Trotz des Namens der Appellation sind die Hauptrebsorten Garnacha und Tempranillo, aus welchen zahlreiche alterungsfähige Weine und sehr geschmeidige *Reserva*-Weine hergestellt werden.
- **Somontano**. Diese DO (seit 1985) gilt als Hauptvertreter rebsortenreiner Weine Aragoniens und sticht mit ihren eleganten und sehr fruchtigen Produkten unter den anderen spanischen Weinregionen hervor. Dies ist vor allem durch das Klima (wegen der Nähe zu den Pyrenäen sehr ausgeglichen) möglich, durch die vulkanischen Böden, die aus Frankreich eingeführten Rebsorten, Spaliererziehung der Reben und Auslese der Beeren für die Mostbereitung und Vinifikation. Auf den etwa 2000 ha dieser Appellation wird auch nach wie vor Vino Rancio aus der Rebsorte Garnacha Tinta erzeugt.

Visitenkarte

Anbaufläche
35.000 ha

Boden
vorwiegend trocken, vulkanisch

Klima
gemäßigt

Rebsorten
Garnacha, Tempranillo

Wichtigste Weine
Campo de Borja, Calatayud, Cariñena, Somontano

Die Ruinen des arabischen Kastells Calatayud, das im 8. Jh. erbaut wurde

Katalonien

Visitenkarte

Anbaufläche
45.000 ha

Boden
in Alella Granit; im Penedés Sand oder Kalk; in Tarragona Kalk oder Granit, im Priorato Tonschiefer

Klima
mediterran; im Inneren des Penedés kontinental

Rebsorten
Garnacha, Cariñena, Xarel-Lo, Parellada, Macabéo

Wichtigste Weine
Pla de Bages, Alella, Conca de Barberá, Costers del Segre, Ampurdán-Costa Brava, Cava, Montsant, Penedés, Priorato, Tarragona, Terra Alta, Catalunya

Katalonien liegt im nordöstlichsten Teil Spaniens; es umfasst 25.000 ha Weinbaufläche, wobei die alten Weinstöcke in Buscherziehung und die neueren Pflanzungen zum Teil in Spaliererziehung mit Guyot-Rebschnitt kultiviert werden. Katalonien ist die dynamischste spanische Weinregion und kann mit dem Penedés einen Spitzenwein vorweisen. Vor allem für die Schaumweinbereitung wurden zahlreiche Verbesserungen entwickelt und erstmals bei der *Cava*-Produktion angewendet. Die hier erforschten Methoden finden aber auch bei der Herstellung von Champagner und anderen nach dem Flaschengärverfahren hergestellten Schaumweinen in der ganzen Welt Verwendung. Besonders verdient haben sich zwei *Cava*-Häuser gemacht: Codorníu und Freixenet.

GESCHICHTE Im Mittelalter wurden in diesem Gebiet nordwestlich von Barcelona nur Süßweine aus der Rebsorte Garnacha und *Vinos Rancios* hergestellt. Für den zunehmenden Tourismus wurden dann leichtere, billige Roséweine auf den Markt gebracht. Seit einigen Jahren werden nun geschmeidige und harmonische Rotweine aus Garnacha und Cariñena sowie französischen Rebsorten (Cabernet, Merlot, Syrah) produziert.

KLIMA UND BODEN Das mediterrane Klima und die Lage der Rebfelder auf Hochebenen bis zu 800 m Seehöhe bieten ein ideales *Terroir* für alle Rebsorten; im Hinterland des Penedés herrscht etwas kontinentaleres Klima.
Die Böden sind sehr vielfältig: Granit in Alella; Sand, Kalk und Lehm-Kalk im Penedés; Kalk, Granit und Schwemmlandablagerungen in Tarragona; Tonschiefer im Priorato.

HERKUNFTSBEZEICHNUNGEN UND WEINE
- **Pla de Bages**. Die im Nordwesten von Barcelona gelegene Appellation erhielt 1995 für den Wein aus Cabernet, Merlot, Tempranillo, sowie den bodenständigen Rebsorten Garnacha und Sumoll, DO-Status; dieser sehr ausgeglichene Rotwein wird auf etwa 500 ha gebirgigem Terrain gewonnen.
- **Alella**. Dieses Gebiet ist ebenso etwa 500 ha groß und erhielt 1956 DO-Status; die Rebfelder liegen am Küstenstreifen in 250 m Seehöhe und sind mit den Rebsorten Xarello (lokal auch als Pansà Blanca bekannt), Garnacha Blanca und Chardonnay bestockt; die daraus gewonnenen Weißweine sind frisch und leicht. Der Anteil an Rotweinen ist sehr gering.

Eine Weinkelter aus dem 19. Jh. in einer Kellerei der Appellation Penedès.

• **Conca de Barberá**. Hier werden in 600 m Seehöhe, auf vorwiegend kalkigen Böden die Rebsorten Macabéo und Parellada kultiviert, welche vor allem für die *Cava*-Produktion bestimmt sind. Seit das Gebiet 1989 den DO-Status erlangte, werden neben den bisher heimischen auch internationale Rebsorten angebaut.
• **Costers del Segre**. Dieses DO-Gebiet (seit 1988) umfasst 4000 ha und entstand auf Initiative des Weinhauses Codorníu, das hier das Gut Raimat aufbaute. Der Boden war stark salzhaltig und nahezu wüstenartig, weshalb für den Rebanbau riesige Mengen gesunden Bodens aufgeschüttet und ein Bewässerungssystem mit Süßwasser aus dem Ebro errichtet werden mussten. Heute werden Tempranillo-Trauben für die *Cava*-Produktion und Garnacha-Trauben auf kalkigem Boden für alterungsfähige Rotweine kultiviert.
• **Priorato**. Das DO-Gebiet (seit 1954) befand sich lange Zeit im Dornröschenschlaf, begann aber in den 1980er-Jahren Rotweine herzustellen, welche heute wieder den guten Ruf genießen, der bereits den ersten Winzern der Gegend (den Römern) und jenen des Mittelalters zukam. Die Besonderheit des Priorato ist die Lage als geologisch in sich geschlossenes Weingebiet: es wird von einer Kette von Hügeln und Bergen umgeben, an deren Hängen terrassierte Rebflächen angelegt sind. Auf Schieferböden *(licorella)* werden die Rebsorten Garnacha Tinta, Cariñena, und seit kurzem auch Cabernet und Syrah angebaut, aus welchen füllige, komplexe Weine erzeugt werden. Die Weine sind reich an Extrakten, »tiefem« Duft sowie charakteristischen mineralischen Noten und enthalten 14-15 % Alkohol.

• **Tarragona**. Dieses Gebiet hat seit 1945 DO-Status und umfasst mehr als 10.000 ha Rebflächen. Bei jenen Konsumenten, welche in den 1960er-Jahren begannen, die Weine der verschiedenen Gebiete in stärkere und plumpere und weniger starke, aber feine und elegante Produkte zu unterscheiden, waren die Weine Tarragonas als wenig elegant und alkohollastig bekannt. Inzwischen bemühten sich engagierte Weinhersteller, hochwertige rote DO-Weine aus den Rebsorten Garnacha, Cariñena und weiteren, auch französischen, roten und weißen Trauben zu erzeugen. Bemerkenswert sind die aromatischen Likörweine aus den Rebsorten Garnacha Tinta und Garnacha Blanca.
• **Penedés**. In diesem Gebiet (DO seit 1966) begann der heutige moderne spanische Weinbau. Etwa 70 % der 27.000 ha Rebfläche ist dem einzigen spanischen traditionellen DO-Schaumwein, dem *Cava* gewidmet. Der übrige Anteil wird für die Herstellung geschmeidiger Rotweine und aromatischer Weißweine verwendet. Die weißen Grundweine für den *Cava* werden aus den Rebsorten Xarel-Lo, Parallada und Macabéo gewonnen.
Das Penedés kann in drei Zonen unterteilt werden:
– **Bajo** (oder **Baix**) **Penedés**; im unteren Penedés werden vorwiegend rote Rebsorten gepflanzt, und zwar auf Kalk-Lehm-Sand-Böden im heißeren Küstengebiet. Die Rotweine sind reich an Körper und Farbe, wie beispielsweise der Sangre de Toro.
– **Medio** (oder **Mitja**) **Penedés**; das zentrale Penedés liegt teilweise im Hügelgebiet und teilweise in der Ebene westlich von Barcelona. Die Böden bestehen aus Kalk und Lehm, das Klima ist frischer als in der vorhergehenden Zone. Es ist ein *Cava*-Gebiet (Rebsorten Xarel-Lo und Macabéo), es werden aber auch sehr gute Rotweine hergestellt.
– **Penedés Alta** (oder **Alt**); das Hochpenedés liegt am weitesten im Landesinneren, hat kalkige Böden, Lagen zwischen 500 und 800 m Seehöhe und ein frischeres Klima als die anderen beiden Zonen. Deshalb werden fast ausschließlich weiße Rebsorten kultiviert: Parellada, Riesling, Muscat und Gewürztraminer.
• **Terra Alta**. Das DO-Gebiet (seit 1985) der Terra Alta erstreckt sich auf etwa 8000 ha und liegt südlich des Ebro; die Rebflächen befinden sich an relativ steilen Hängen, sind terrassiert und weisen kiesige Böden auf. Die Appellation produziert einen Weißwein aus den Rebsorten Garnacha Blanca und Cariñena, sowie einen Rotwein aus Garnacha Tinta.

Weinernte im Penedés-Gebiet, der Heimat eines der berühmtesten Schaumweine – dem Cava.

Cava

Cava ist die einzige spanische Schaumwein-DO, welche das Flaschengärverfahren anwendet und gilt seit 1986 als *Vino Espumoso de Calidad Producido en una Region Determinada*. *Cava* wird vorwiegend in der Region Penedés (98 %), aber auch in einigen anderen Gebieten im Norden Spaniens erzeugt. Der erste *Cava* wurde 1851 von Anton Gali Comas nach Anleitung von Luis Justo y Villanueva, dem Leiter des Landwirtschaftsschule von Sant-Isidoro, hergestellt, wofür er die gleichen Trauben wie für Champagner verwendete. Der bedeutendste Schritt wurde 1872 vom Besitzer des Weingutes Codorníu, Josep Raventós, vollzogen; für ihn begann ab 1879 eine brillanter önologischer Aufstieg, als er nach der Champagnermethode den Wein für die zweite Gärung in Flaschen abfüllte. Dazu verwendete er heimische Rebsorten: Parellada, Macabéo und Xarel-Lo.

Heute arbeiten in Sant Sadurni d'Anoi die zwei größten Schaumweinhersteller der Welt, Codorníu und Freixenet, welche im Jahr mehr als 200 Mio. Flaschen *Cava* produzieren. In den letzten Jahren wurden außer den heimischen weißen und roten Rebsorten auch Chardonnay und Pinot Noir verwendet. Den beiden Großbetrieben gelang es auch, eine maschinelle Alternative zur händischen *Remuage* zu entwickeln: die *Gyropalette* oder *Girasol*. Sie selektierten als erste die für die Schaumweinbereitung geeignetsten Hefen mittels DNA-Analyse, verwendeten als Erste Horizontalpressen und unternahmen erstmals wissenschaftliche Versuche mit autochthonen Hefen. Dann erfanden sie anstelle des *Dégorgement à la volée* ein neues Verfahren zum Entfernen des Hefesatzes, indem der Flaschenhals in eine Salzlösung von –25 °C gesteckt wurde.

Die wichtigsten heimischen Rebsorten für die *Cava*-Produktion sind:

- **Macabéo**: eine frühreife Rebsorte, welche Fruchtigkeit und Geschmeidigkeit beisteuert.
- **Xarel-Lo**: bringt dem Wein Aroma, Körper und Säure.
- **Parellada**: verleiht dem Wein Ausgeglichenheit, Fruchtigkeit und Eleganz. Sie reift später als die anderen beiden Rebsorten und wird reinsortig für *Blancs de Blancs* verwendet.

Auch die Rebsorten Subirat und Airène werden verwendet; die Chardonnay-Traube wird immer häufiger reinsortig oder für Verschnitte gekeltert, um Säure und Alterungsfähigkeit zu garantieren. In den Gebieten außerhalb des Penedés werden noch weitere Rebsorten angebaut. Die Reben werden zum Teil in Buscherziehung und in neueren Pflanzungen in Spaliererziehung kultiviert; die Böden bestehen aus rötlichem Lehm-Kalk. Die Flaschenreifung auf der eigenen Hefe muss per Gesetz mindestens neun Monate dauern, beim Cava Gran Reserva (oder Cava Maduros) wird sie oft 30 Monate und länger fortgesetzt. Die Cava-Produktion wird vom seit 1991 eingesetzten Consejo Regulador del Cava kontrolliert. Der ***Cava Brut*** hält sich lange frisch, ist hellgolden bis zitronenfarben, zeigt ein intensives Bukett von Hefe, Biskuit und verschiedenen Früchten, eine beträchtliche organoleptische Komplexität und einen langen Abgang mit Vanillenoten.

Cava Semisecco hat keinen Zitronenton in der Farbe, ist weniger reich an Aromen und weniger füllig.

Der ***Cava Rosado*** offenbart ein Bukett von Röststoffen, Minzbalsam, roten Johannisbeeren und animalische Noten; es werden die Varianten trocken und halbtrocken hergestellt.

Cava Gran Reserva hat am meisten Struktur und offenbart mineralische Noten, Aromen von trockenen Früchten und einen besonders langen Abgang.

Reinsortiger ***Cava Chardonnay*** ist blassgelb mit grünem Schimmer und bietet ein Aroma von tropischen Früchten.

Kastilien-La Mancha oder Neukastilien

Diese Region bedeckt ein ausgedehntes Gebiet im zentralen Süden Spaniens. Mit 450.000 ha Rebflächen ist es die größte Weinregion der Welt. In der Heimat von Cervantes, dem Autor des berühmten Romans *Don Quijote*, sieht man Rebstöcke, so weit das Auge reicht. Die Rebflächen befinden sich in etwa 700 m Seehöhe, wo in Buscherziehung die Hälfte der gesamten Traubenmenge Spaniens produziert wird.

HERKUNFTSBEZEICHNUNGEN UND WEINE DO-Weine Neukastiliens:

• **La Mancha**. Diese DO basiert vorwiegend auf der weltweit meistangebauten, hier heimischen Rebsorte Airén Blanco; obwohl der daraus gewonnene Wein qualitativ nicht besonders hochwertig ist, hat die Traube doch den Vorteil, in diesem trockenen, heißen Klima gut zu gedeihen. Die wenigen in *Barriques* ausgebauten Rotweine, vor allem jene aus Garnacha und Cabernet Sauvignon, sind von guter Qualität. Die Weinbereitung erfolgt in vielen Kellereien in *Tinajas*, 2 m hohen Betonbehältern.

• **Ribera del Guadiana**. Dieses Gebiet erhielt den 1997 eingeführten Status »super DO«. Die Weine werden meist aus *Assemblagen* lokaler und portugiesischer Rebsorten gewonnen. Sie sind bis auf einige wenige, welche aus Tempranillo und Garnacha mit *Barriques*-Ausbau hergestellt werden, rustikal und plump. Die für diese DO häufig verwendete Bezeichnung »super« bezieht sich darauf, dass sich die 7000 ha Rebflächen des Gebietes auch auf einen Teil der Estremadura erstrecken.

• **Valdepeñas**. Dieses DO-Gebiet gehört zur größeren DO La Mancha. Seine Rebfelder liegen in einer Ebene, welche durch die flachen Ausläufer der Sierra Morena eingefasst wird. Der Boden ist, wie auch im Namen angedeutet, steinig: *val de peñas* bedeutet »Tal der Steine«. Der früher hergestellte *Clarete* ist heute nahezu verschwunden – er wurde in großen Steingefäßen vergoren, die man eingrub und mit Stroh oder einem Holzdeckel verschloss; dabei oxidierte er sehr schnell. Heute, mit den Stahltanks und all den neuen Technologien kann man in *Barriques* gereifte Rotweine aus der Rebsorte Cencibele, sowie gute Weißweine aus Airén- und Macabéo-Trauben erzeugen. Daneben gibt es aber nach wie vor ohne Sorgfalt, plump und rustikal hergestellte Massenware.

• **Madrid**. Dieses kleine DO-Gebiet beschreibt einen Halbkreis um die Hauptstadt. Hier werden süße Weißweine aus der Rebsorte Malvat, trockene, angenehme Weißweine aus Albillo-Trauben und einige anständige Rotweine hergestellt.

Die DO-Gebiete **Mondéjar** (im Südwesten von Guadalajara) und **Méntrida** (nördlich der Provinz Toledo) befinden sich gerade in einer Entwicklungsphase. In der Mancha werden gute Grundweine für Schaumweine hergestellt.

Visitenkarte

Anbaufläche
450.000 ha

Boden
kalkig, trocken

Klima
kontinental, im Sommer heiß und trocken

Rebsorten
Airén Blanco, Garnacha, Tempranillo, Malvat, Albillo

Wichtigste Weine
La Mancha, Ribera del Guadiana, Valdepeñas, Madrid, Mondéjar, Méntrida

Rebfelder in der Mancha, welche Miguel de Cervantes als Heimat des »Ritters von der traurigen Gestalt« Don Quijote berühmt gemacht hat.

Kastilien und Léon oder Altkastilien

Visitenkarte

Anbaufläche
60.000 ha

Boden
trocken

Klima
beträchtliche Temperaturschwankungen und lange Trockenperioden; in Richtung Galicien sonnig und ausgeglichen

Rebsorten
Tempranillo, Verdejo, Mencía

Wichtigste Weine
Ribera del Duero, Cigales, Toro, Rueda, Bilazo

Oben: ausgedehnte Weingärten in Altkastilien, auf welchen rote Qualitätsweine gewonnen werden, die auf der ganzen Welt begehrt sind. Gegenüberliegende Seite: ein Weinkeller.

Die DO Castilla-Léon (1982) umfasst gut 60.000 ha Weinbaufläche. Sie liegt nordwestlich von Madrid auf einer trockenen Hochfläche in 800 m Seehöhe, welche vom Fluss Duero durchflossen wird. Es kann zu sehr plötzlichen, starken Temperaturschwankungen kommen und es gibt lange Trockenperioden, welche den Boden austrocknen und niedrige Hektarerträge verursachen. Großteils werden hier Tafeltrauben angebaut.

ANBAUGEBIETE UND WEINE

DO-Gebiete Altkastiliens:

• **Ribera del Duero**. Das Gebiet hat seit 1982 DO-Status und erzeugt in den Rebfeldern rund um Burgos die begehrtesten Rotweine Spaniens. Die Böden sind sehr vielfältig und bestehen vor allem aus Kalk, Sand, Schlick und Lehm; durch das Klima bedingt ist die Erntezeit im November.
In den großen und mittelgroßen Kellereien haben bereits alle neuen Technologien Einzug gehalten. Vor allem die Kryomazeration wird gerne angewendet, um die Fruchtigkeit der Rebsorte Tempranillo zu erhalten. Rotweine werden in den folgenden Typologien hergestellt: Jungweine, fruchtig, mit guter Säure, für baldigen Konsum; fassgereifte Weine, welche je ein Jahr in Eichenfässern und ein Jahr in Flaschen reifen; *Reserva* und *Grandes Reservas*, welche mindestens zwei Jahre in *Barriques* und drei Jahre in der Flasche reifen. Die fassgereiften Weine sind alkoholreich, körperreich, mit ausgeglichener Säure und vielen Duft- und Geschmacksnoten.
Heute steht Ribera del Duero für rote Qualitätsweine von weltweitem Ruf, auch wenn sie nicht so alterungsfähig sind wie Rioja-Weine. Gut sind gleichfalls die Roséweine. Die mehr als 12.000 ha Weinbaufläche dieses DO-Gebietes befinden sich nicht nur an den Ufern des Duero, sondern auch 35 km davon entfernt auf den umliegenden Hochebenen in 800 m Seehöhe. Die besten Lagen haben kalkige Böden, sind nach Süden ausgerichtet und weisen Spätfröste und extreme Temperaturen auf.
Das Weingut Vega Sicilia erlangte bereits im Jahr seiner Gründung, 1860, Weltruhm, da hier bereits aus Frankreich importierte Rebsorten (gemeinsam mit Tempranillo – lokal als Tinto Fino oder Tino del País bekannt) verwendet wurden. Heute hat sich das Traubenverhältnis wieder geändert und es werden vorwiegend spanische Rebsorten (85 %) verwendet – die verbliebenen Bordelaiser Rebsorten dienen nur noch als Zusatz. Die DO Vega Sicilia zeichnet sich besonders durch ihre als Unico bezeichnete *Cuvée* aus, die nur aus Trauben aus den besten Lagen des Weingutes erzeugt wird. Unico gilt als »einer der delikatesten Rotweine der Welt«, mit einem Bukett von »in Salz gebackenen Früchten«, von Erdbeere, Pflaume, Feigen, Tabak, Holz, Kaffee und Gewürzen; am Gaumen verstärken sich diese Aromen, die sich mit weichen Tanninen verbinden.
Ein weiterer Anstoß für eine Modernisierung von Weinbau und Weinbereitung kam in diesem Gebiet von Alejandro Fernández (1972), dessen Tinto Pesquera ein Vorzeigewein für das ganze Ribera del Duero wurde. Der dunkelrote Wein enthüllt eine erhöhte Fruchtkonzentration der Tempranillo-Traube und einen höheren Alkoholgehalt mit »süßen« Tanninen. Er überrascht den Gaumen durch seine Fülle, Saftigkeit, Ursprünglichkeit und einen sehr langen Abgang mit aromatischen Pflaumennoten. Nach Fassreifung in *Barriques* und malolaktischer Gärung ist dieser Wein auch von hervorragender Alterungsfähigkeit. Reserva Janus wurde vom »*winemaker of the year*« Robert Parker als »spanischer Pétrus« beschrieben.
Pingus gehört zu den begehrtesten und teuersten Rotweinen Spaniens. Er wird nach dem

Vorbild des Saint-Émilion hergestellt. Die Trauben stammen aus dem vermutlich besten *Terroir* des Ribera del Duero, worauf der dänische Önologe Peter Sisserk wenige, aber naturnah behandelte Trauben gewinnt. Diese werden per Hand im Oktober gelesen und dann im Kühlwagen zum 40 km entfernten Keller gebracht. Danach folgt Fußmaische, zehn Tage Maischung und acht Tage alkoholische Gärung; anschließend bleibt der Wein noch einige Tage mit dem Trester stehen, bevor Peter Sisserk den Abstich vornimmt und den Wein in französische *Barriques* füllt. Während der 22 Monate Fassreifung vollzieht sich auch die malolaktische Gärung und schließlich wird der Wein in Flaschen abgefüllt. Beim Verkosten besticht der Pingus durch ein unglaublich intensives Bukett von Feige, Rauch und *Goudron*, sowie durch sein Volumen am Gaumen, entwickelt aber auch Aromen von Bitterschokolade und Gewürzen, sowie einen sagenhaft langen Abgang – ein Wein von seltener Eleganz.

• **Rueda**. Dieses DO-Gebiet (seit 1980) erzeugt nur Weißwein, vorwiegend auf Basis der Rebsorte Verdejo, welche auf etwa 6000 ha nördlich des Duero in der Provinz Valladolid angebaut wird. Rueda Superior besteht aus mindestens 75 % Verdejo, hat ein eher florales als fruchtiges Bukett, zeigt viel Würze von wilden Kräutern, ist mit einem süßen Bitterton unterlegt, sehr dicht und hat einen mittleren Alkoholgehalt (etwa 12 %). Zuweilen lässt man ihn in *Barriques* reifen. Die schweren und oxidierten Weißweine Valladolids von vor 30 Jahren sind heute verschwunden und frischen Weinen mit angenehmer Säure gewichen, deren Herstellung durch Kryomazeration und Gärtemperatursteuerung möglich wurden.

Die Keller sind kilometerlange, in den Felsen gegrabene Gänge, die insbesondere der Lagerung des Rueda Espumoso dienen.

• **Cigales**. Dieses 2700 ha große Anbaugebiet im Zentrum Kastiliens hat seit 1991 DO-Status. Es liegt an den Ufern des Flusses Pisuerga nördlich von Valladolid und liefert vorwiegend die beliebten Roséweine aus der Rebsorte Tempranillo und körperreiche, kräftige Rotweine aus Tempranillo und Garnacha.

• **Bierzo**. An der Grenze zu Galicien gelegen genießt Bierzo ein ausgeglichenes Klima, das von atlantischen Regenfällen und vielen Sonnenstunden geprägt ist. Die 3500 ha Rebflächen liegen in 500 m Seehöhe und sind durch Bergketten vor Spätfrösten geschützt. Der Rotwein wird vorwiegend aus der Rebsorte Mencía gewonnen; er weist einen zarten, fruchtigen, sehr feinen Duft von schwarzen Beeren und mineralische Noten auf. Durch den guten Säuregehalt wirkt der Wein sehr ausgeglichen und wird am besten jung getrunken. Der Weißwein wird aus den Rebsorten Doñablanca und Godello gewonnen. Das Gebiet hat seit 1989 DO-Status.

Valencia und Levante

Visitenkarte

Anbaufläche
80.000 ha

Boden
Schwemmland, roter Lehm, Sand

Klima
mediterran

Rebsorten
Moscatel, Monastrell, Merseguera

Wichtigste Weine
Valencia, Utiel-Requera, Alicante

Die Weinregion Levante, mit der Stadt Valencia, liegt etwa in der Mitte der Mittelmeerküste Spaniens. Das Weinbaugebiet von 80.000 ha ist vorwiegend mit weißen Rebsorten bestockt. Aufgrund des mediterranen Klimas gedeihen hier außer Trauben auch Oliven und Zitrusfrüchte.

HERKUNFTSBEZEICHNUNGEN UND WEINE DO-Gebiete:

- **Valencia**. Von den weißen Dessertweinen aus der Rebsorte Moscatel (mehr als 20.000 ha) zeichnen sich einige durch ihre hohe Qualität aus, wie etwa Moscatel de Valencia, ein aromatischer VDN (natürlicher Süßwein) mit 14 % Alkohol. Aus der Rebsorte Merseguera (7500 ha) werden trockene, fruchtige Weißweine mit Noten von Zitrusfrüchten und Apfel gewonnen, die allerdings nicht lange lagerfähig sind. Den Rotweinen dieser DO (seit 1956) mangelt es meist an Eleganz.
- **Utiel-Requera**. Die westlich von Valencia gelegene DO (seit 1975) hat ihren Namen von dem an Murcia grenzenden Gebiet. Die Weinbauflächen, insgesamt 40.000 ha, sind vor allem mit Bobal-Reben in Buscherziehung (80 %) bestockt. Vorwiegend werden Deckweine für *Rosados* und billige, kurzlebige, junge Rotweine erzeugt. Eine Ausnahme bilden innovative Unternehmer, welche erst die gut gereiften Trauben ernten und daraus Weine mit sehr feinen Aromen produzieren.
- **Alicante**. Dieses Gebiet hat seit 1997 DO-Status und umfasst etwa 15.000 ha Rebflächen. Im Zentrum, bei La Marina (75 km nördlich von Alicante), wird die Rebsorte Moscatel (Muscat d'Alexandrie) in 500-600 m Seehöhe auf sehr fruchtbarem Boden angebaut. Traditionell ist Alicante für den daraus gewonnenen goldgelben, sehr aromatischen *Vino de licor* mit mehr als 15 % Alkoholgehalt (oft auch als *Rancio*) bekannt. Dies ist ein verstärkter Wein, der aus 85 % Most und 15 % Alkohol erzeugt wird und als Mistella gelten kann. Heute lässt man den Most eher nur kurze Zeit kalt vergären und unterbricht dann die Gärung durch Zugabe von Weinbrand. Es werden süße, halbtrockene und trockene Weine hergestellt.

Die Rebsorte Monastrell wird als Basis für viele Roséweine verwendet. Einige innovative Winzer gewinnen gute Weine aus französischen Trauben und der Rebsorte Tempranillo.
Den Namen der Stadt Alicante bekam jene Rebsorte, die im 15. Jh. nach Sardinien gebracht worden war, wo sie in der Folge die Cannoneau-Traube verdrängte und zur Hauptrebsorte der Insel wurde.

Murcia

Diese Region liegt südwestlich von Alicante, zwischen den großen Regionen Valencia und Andalusien und ist genau genommen das Hinterland der Levante. Die Hauptrebsorte, die rote Monastrell-Rebe, wächst wegen des glühend heißen Klimas und der spärlichen Niederschläge auf fast wüstenartig trockenen Böden.

HERKUNFTSBEZEICHNUNGEN UND WEINE DO-Gebiete:

• **Bullas**. In diesem DO-Gebiet (1994) wird auf etwa 2500 ha die Rebsorte Monastrell und etwas weniger Tempranillo (für Rotweine) sowie Airén und Macabéo (für Weißweine) angebaut. Eine lokale Genossenschaftskellerei und einige weitere Hersteller erzielen recht gute Qualitäten.

• **Jumilla**. Diese Appellation erstreckt sich auf 40.000 ha und hat seit 1975 DO-Status. In den letzten 20 Jahren erzielten einige Produzenten gute Weine aus etwas frühzeitig geernteten Monastrell-Trauben von kalkigen Böden. Diese Weine erweisen sich als fruchtig, elegant und trocken, aber auch natürlich. Immer mehr Weine werden auch aus Bordelaiser Rebsorten hergestellt.

• **Yecla**. Diese DO (1975) besteht aus einer einzigen Gemeinde und erstreckt sich auf 20.000 ha. Die Monastrell-Reben (60 % der Gesamtweinbaufläche) sind zum Großteil nicht veredelt, da die Berge das Gebiet von der Küste und vom Norden trennen und das Vordringen der Reblaus verhinderten. Ein Teil des Weines, vor allem ein Verschnitt von Monastrell und Cabernet Sauvignon, wird durch Kohlensäure-Mazeration gewonnen. Dabei werden gute Resultate erzielt, besonders wenn die Trauben von kalkigen, steinigen Böden stammen.

Visitenkarte

Anbaufläche
65.000 ha

Boden
trocken, fast wüstenartig, steinig, kalkig

Klima
glühend heiß, wenig Niederschläge

Rebsorten
Monastrell, Tempranillo

Wichtigste Weine
Bullas, Jumilla, Yecla

Oben: ein Orangenverkäufer des Murcia-Gebietes in einem Druck aus dem 18. Jh. Links: Weinberge der DO Jumilla.

Andalusien

Visitenkarte

Anbaufläche
30.000 ha

Boden
kalkig, kompakt, seltener sandig oder lehmig

Klima
sonnig; im Málaga-Gebiet im Winter und Frühjahr regnerisch; im Jerez-Gebiet kontinental mit alternierenden feuchten und trockenen Winden

Rebsorten
Moscatel (Málaga), Palomino und Pedro Ximénez (Jerez)

Wichtigste Weine
Jerez (Sherry), Málaga, Condado de Huelva, Cordoba, Montillo Moriles

Diese Region liegt im äußersten Süden des Landes und ist – mit seinen berühmten, traditionellen, einzigartigen Weinen, vor allem aus Jerez und Málaga, aber auch aus Huelva und Cordoba – eine Weinwelt für sich.
Andalusien zeigt sich im Winter und Frühjahr sehr regnerisch, ist aber mit etwa 3000 Sonnenstunden im Jahr die sonnenreichste Region Spaniens.

GESCHICHTE Die Rebe wurde etwa 1000 v. Chr. von den Phöniziern nach Andalusien gebracht, später führten die Griechen den Rebschnitt ein. Die Zugabe von Alkohol oder Weinbrand zum Most ist eine Praxis, die bereits im Hochmittelalter angewendet wurde. So war der Wein länger haltbar, konnte um die halbe Welt transportiert werden und in Fässern oxidativ lagern, ohne zu verderben.

HERKUNFTSBEZEICHNUNGEN UND WEINE Die DO-Weine sind durchwegs süß und reich an Alkohol – entweder auf natürliche Weise (durch alkoholische Gärung) oder durch Alkoholzugabe *(Vinos generosos)*. Rotweine werden nur wenige hergestellt.

Condado de Huelva

Das Gebiet hat seit 1963 DO-Status und umfasst 7500 ha Rebflächen mit Zalema-Trauben. Es werden nach dem *Solera*-System gereifte Weine – ähnlich dem Jerez Oloroso – und trockene, frische Weißweine hergestellt.

Málaga

Der alkoholreiche Süßwein war der erste spanische Wein, der wegen seiner vorzüglichen geruchlichen und geschmacklichen Eigenschaften große Erfolge feiern konnte. Die Hauptsorte ist Pedro Ximénez (lokal auch als Pero Ximén bekannt), begleitet von Moscatel; diese Reben werden in der Ebene und zum Teil bis in 500 m Seehöhe kultiviert. Die großen klassischen Málagas werden allerdings sortenrein vinifiziert. Die etwa 1000 ha der DO (1935) liegen im Hügelgebiet Richtung Montilla und rund um die Stadt Málaga, wo die Weine nach dem *Solera*-System ausgebaut werden. Die Trauben werden dafür auf Strohmatten gelegt und in der Sonne getrocknet, um daraus einen zuckerreichen Most zu gewinnen. Während der alkoholischen Gärung wird Alkohol beigegeben (aufgespritet). Für die verschiedenen Versionen sind unterschiedliche Reifezeiten vorgesehen: **Málaga** (ohne weitere Zusätze) bis zu zwei Jahren, **Málaga Noble** 2-3 Jahre, **Málaga Añejo** 3-5 Jahre, **Málaga Trasañejo** länger als fünf Jahre. Die Weine sind trocken oder süß, der Ausbau muss in der Stadt Málaga vorgenommen werden. Am meisten begehrt ist der am längsten gereifte Wein – er offenbart ein Bukett von Karamell, Melasse, getrockneten Aprikosen, Rosinen und Nüssen und weist bis zu 60 % Zuckergehalt auf. Für so manche Weinkenner war der Málaga »der majestätischste Wein der Welt«, im 20. Jh. wurde er jedoch in der Gunst der Konsumenten durch den Sherry verdrängt.

Im Großen und Ganzen werden zwei Arten von Málaga hergestellt: zum einen der ***Dulce Natural*** – er enthält mindestens 30 % Restzucker und 13 % Alkohol ohne jegliches Aufspriten (aus der Rebsorte Pedro Ximénez und einem kleinen Anteil Moscatel); zum anderen der weiße, fruchtige **Likörwein** aus Moscatel.
Die komplette Klassifizierung ist wie folgt:

- **Vinos Clásicos Málaga Lágrima**, aus Most, der ohne Pressung abläuft. Diese Variante ist mit 15-16 % Alkohol und 18-19 % Zucker sehr süß; die Farbe ist Altgolden bis Bernstein.
- **Málaga Pero Ximén**, reinsortig aus Pedro Ximénez gekeltert. Dieser dunkle Wein mit rötlichem Schimmer ist süß und enthält 17 % Alkohol.
- **Málaga Moscatel**, reinsortig aus Moscatel-Trauben. Er ist süß, enthält 16 % Alkohol und seine Farbe entwickelt sich von Goldgelb zu einem dunklen Bernstein.
- **Málaga Pajarete**. Die Farbe dieses Weines reicht von Goldgelb über Rötlich und verschiedene Rottöne bis zu dunklem Bernstein; er enthält 6-7 % Zucker und 16 % Alkohol.
- **Málaga Seco** wird aus fertig vergorenen Pedro-Ximénez-Trauben gewonnen. Der hellgelbe bis bernsteinfarbene Wein zeigt ein ursprüngliches und starkes Aroma, das an den Jerez Oloroso erinnert.

MONTILLA-MORILES

Diese DO (seit 1945) liegt in der Provinz Cordoba, wo die Geschichte der andalusischen Likörweine ihren Anfang nahm. Mehr als 10.000 ha sind vorwiegend mit Pedro Ximénez, und zu einem geringeren Teil mit Moscatel, Airén, Baladí und Torrontes bestockt. Vor dem Keltern werden die Trauben getrocknet. Der Wein reift auf Florhefe und wird im Allgemeinen nicht verstärkt, schon weil er auch auf natürliche Weise 15-15,5 % Alkohol erreichen kann – den idealen Anteil für die Hefeentwicklung. Dann lässt man ihn gleich wie Sherry nach dem *Solera*-System reifen; jene Fässer, die noch keine Florhefe entwickelt haben, werden mit Wein aus dem Jahrgangskeller aufgefüllt. Wie beim Sherry gibt es die Grundvarianten *Fino* (der Großteil – etwa 70 %) und *Oloroso*. Die besten *Solera*-Weine werden auf 16-22 % Alkohol aufgespritet und reifen zu *Finos* oder *Olorosos*.
Die DO Montilla-Moriles stellt auch fruchtige, trockene, nicht verstärkte Weißweine *(Joven afrutado)* her, welche aber keine *Generosos* im engeren Sinn sind, da sie nicht durch Zusatz von Alkohol verstärkt werden.

Gegenüberliegende Seite: die Kellerei Domecq mit deutlich maurisch inspiriertem Gewölbe. Unten: Rebfelder von Jerez de la Frontera.

JEREZ (SHERRY)

Diese DOCa ist auch als Xérès bekannt. Ihre Likörweine werden zwischen Cádiz und Jerez de la Frontera im Süden Spaniens produziert. Die erstmalige Einführung von Süßweinen *(arroges e vinos de licor)* wird lokal den Griechen zugeschrieben. Im Mittelalter destillierten die Mauren Wein, um Alkohol zu gewinnen, der dann wiederum dem Wein beigegeben wurde, um ihn zu verstärken – so war der Sherry geboren. Seinen Ruhm hat der Wein jedoch englischen Kaufleuten zu verdanken, welche ihn ab dem 13. Jh. nach England einführten, wo er zum Lieblingswein der feinen Londoner Gesellschaft wurde.
Das Klima ist mediterran mit etwas atlantischem Einfluss, sowie schwach kontinental im Landesinneren. Hier weht der feuchte atlantische Wind *Poniente*, der sich mit dem heißen, trockenen *Levante*-Wind abwechselt. Diese Winde begünstigen die Entwicklung von Florhefe, Letzterer trocknet die Beeren während der Reifezeit. Der Regen (500 mm im Jahr) wird sofort vom Boden aufgesaugt und es bildet sich eine kompakte, risslose Kruste, sodass das Wasser nicht verdunsten kann und die Feuchtigkeit für die Wurzeln zur Verfügung steht. Die Böden bestehen vorwiegend aus weißem Kalk (lokal als *Albariza* bekannt), der die Sonnenwärme auf die Pflanzen überträgt; etwas seltener findet man auch sandige und lehmige Böden, auf welchen Sherry minderer Qualität gewonnen wird.
Vor zwei Jh. wurden für die Sherry-Produktion etwa 100 und im Jahr 1868 noch 42 Rebsorten verwendet; heute ist die Sortenvielfalt auf Palomino, Pedro Ximénez und etwas Moscatel reduziert, welche in Buscherziehung gezogen werden. Die besten Sherrys werden sortenrein aus der traditionelleren Palomino-Traube erzeugt, während Pedro Ximénez und Moscatel für die süßeren Sherrys verwendet werden. Die Rebsorte Palomino liebt die warmen, trockenen Böden Andalusiens und ist sehr produktiv. Die geernteten Trauben werden auf Strohmatten in der Sonne getrocknet (das so genannte *Soleo*) und in der Nacht wegen des Taus mit Grasmatten *(Espartos)* zugedeckt; man erreicht damit eine Zuckerkonzentration der Beeren von bis zu 54 % und eine Verminderung der Apfelsäure. Dann werden die Beeren entrappt und im *Lagar* (einem Steintrog) wird die Fußmaische vorgenommen; die *Pisadores* tragen dabei *Zapatos* (Lederschuhe ohne Absatz), um die Kerne nicht zu sehr zu zerdrücken. Dieses sehr folkloristische Ereignis, das 12 Stunden von Mitternacht bis Mittag dauert, wird nur in sehr kleinen Kellereien vorgenommen; heute wird die Maische immer mehr durch Pressen vorgenommen. Der Most wird dann in kleinen, nur zu 90 % gefüllten Eichenfässern etwa 35-50 Stunden lang bei einer Temperatur von 25-30 °C vergoren, wobei die Temperatur tagsüber langsam auf 40-50 °C ansteigt. Heute geschieht dieser Vorgang meist in Stahltanks. Auf dem Wein bildet sich ein dünner weiß-grauer Film aus Florhefe, die von der Palomino-Traube stammt. Die Hefe verursacht, dadurch dass im nicht ganz gefüllten Behälter genug Sauerstoff vorhanden ist, eine starke und rasche Oxidation zu Lasten von Äthylalkohol, Glycerol und Essigsäu-

Fässer in der Kellerei Gonzales Buyss in Jerez de la Frontera.

re, wobei Aldehyde, Ester und viel Glyzerin gebildet werden. Am Ende der Reifung enthält der Wein zwischen 13,5 % und 17,5 % Alkohol. Eine Konzentration von 15,3 % reicht aus, um die Tätigkeit der Säurebakterien zu unterbinden, weshalb der Wein trotz Luftkontakt nicht zu Essig wird. Wenn keine Zucker mehr vorhanden ist, erhält man einen trockenen Wein, einen so genannten Sherry Fino. Dieser Wein gehört in der spanischen Klassifikation zu den *Vinos generosos secos*.

KLASSIFIKATION VON SHERRY IN DEN FÄSSERN Der Kellerwirt *(Capataz)* verkostet den Sherry eines jeden Fasses und markiert das Fass je nach Einschätzung der Qualität des Weines mit einem bestimmten Zeichen. Daraus ergibt sich auch, auf welche Weise der Sherry weiter ausgebaut wird: mit Florhefe oder ohne Florhefe. Mit Florhefe erhält man alle Varianten des *Manzanilla*, wovon der *Fino* die klassische Art ist; dieser kann noch zu einem *Entre Fino* oder *Fino* oder *Fino Amontillado* oder *Amontillado* werden. Ohne Florhefe erhält man den Oloroso (er wird nicht mit Alkohol verstärkt) oder *Palo Cortado*, der sich noch zu einem *Oloroso* entwickeln kann.

SHERRY-ARTEN. Grundsätzlich können folgende Typologien unterschieden werden:
– ***Manzanilla*** wird im Gebiet Sanlúcar de Barrameda produziert. Durch das gegenüber Jerez heißere und feuchtere Klima und die Tatsache, dass die Fässer hier voller gefüllt werden, entsteht eine dickere, hellere, beständigere Florhefeschicht von leuchtender hellgrüner bis goldener Farbe und einem Geruch, der an reife Auberginen erinnert. *Manzanilla* ist ein *Sherry Fino*, der aus frühzeitig geernteten Trauben stammt und dem nicht so viel Alkohol wie bei anderen Sherrys beigefügt wird. Er ist hell und strömt durch die von der Florhefe gebildeten Acetaldehyde (Äthanol) einen deutlich scharfen Geruch aus; am Gaumen ist eine bittere, würzige Note wahrzunehmen. Der sortenrein aus Palomino-Trauben hergestellte Wein ist trocken und enthält 15,5-17 % Alkohol. ***Manzanilla Pasada*** ist ein *Manzanilla*, dessen Florhefe verloren gegangen ist, der dadurch mehr Alkohol entwickelt hat und sich so zu einem *Fino-Amontillado* entwickelt hat. In Sanlúcar de Barrameda wird er einfach *Pasada* genannt. **Manzanilla Amontillada** ist fülliger, aber leichter und duftiger als Amontillado di Jerez. **Puerto Fino** ist ein in El Puerto de Santa Maria hergestellter *Manzanilla*.
– ***Fino*** ist ein topasfarbener oder goldgrüner, heller Sherry. Er wird in verschiedene Typologien unterteilt: *un palma, dos palmas, tres palmas, cuatro palmas und palma cortada*; der Letzte ist körperreich, sehr trocken und weist weiche Aromen von Mandeln auf. Der Duft ist wegen der reichlichen Acetaldehyde sehr scharf, das volle Bukett erinnert an Meersalz und trockene Früchte und weist blumige Noten, vor allem von Kamille auf. Am Gaumen ist er leicht, zart, süß, sehr würzig, fast salzig, zeigt einen langen Abgang und lässt dabei noch das Kamillenaroma wahrnehmen. Er sollte noch im Jahr, in dem er in den Handel kommt, konsumiert werden. **Pale Cream** ist ein gesüßter *Fino* von minderer Qualität.
– *Süße Sherrys* werden durch folgende Zusätze erzielt:
• PX: überreife Pedro-Ximénez-Trauben mit einem Zuckergehalt von 43-54 %;
• *dulce pusa*: überreife Palomino-Trauben mit einem Zuckergehalt von 50 %;
• *dulce de almibar* oder *dulce blanco*: eine Mischung von Traubenzucker, Fruchtzucker und gereiftem *Sherry Fino*; diese Mischung wird verwendet, um dem Sherry eine zarte Farbe zu verleihen;
• *sancocho*: ein auf 10 % des ursprünglichen Volumens zusammengekochter Traubenmost; er wird für *Vino de color* verwendet, also um dem Sherry mehr Farbe zu geben;
• *arrope*: ein auf 20 % seines ursprünglichen Volumens zusammengekochter Most; dadurch erhält man einen dunklen, süßen, klebrigen Sirup;
• *color de macetilla*: eine Mischung von *sancocho* und *arrope* mit einem Teil des Mostes; sie vergärt bis zu einem Alkoholgehalt von 9 % sowie einem Zuckergehalt von 23,5 % und ist Basis für den besten *Vino de color*;
• *color remendado* (im Keller »verbessert«): eine Mischung von *sancocho* und *arrope* mit heimischen Weinen.
Ein süßer Sherry ist zum Beispiel **East India**.
– ***Oloroso*** ist ein sehr trockener, körperreicher und durch die Alterung sehr komplexer Sherry. Dieser eleganteste aller Sherrys entsteht durch eine Fassreifung von mindestens sechs Jahren und hat 18-20 % Alkohol. Wegen der langen Fassreifung ist der *Oloroso* eher dunkel. Er weist nicht den scharfen Florhefe-Geruch auf, weswegen das Aroma von trockenen Früchten, Haselnuss, Walnuss, etwas Holz und die bei der Alterung entstandenen Oxidationsnoten noch intensiver wahrgenommen werden. Am Gaumen ist er

trocken, kann aber durch Äthylalkohol und Glycerin eine leichte Süße zeigen, welche durch Säure und holzige Noten sehr gut ausgeglichen werden. Es kann auch salziger, fleischiger, herzhafter Geschmack (Umami) wahrgenommen werden, der auf die Glutaminsäure (auch in Suppenwürfel vorhanden) zurückzuführen ist. Manchmal kann man auch durch die Zugabe von 1-2 % überreifer Pedro Ximénez-Trauben (PX) eine leichte Süße antreffen. **Brown** ist ein gesüßter *Oloroso*. **Cream** oder **Dark Cream** ist ein mit PX gesüßter *Oloroso*.

– ***Amontillado*** (»nach Montilla-Art«) ist ein mindestens acht Jahre im Fass gereifter *Fino*. Seine Farbe reicht je nach Verweildauer in den Fässern von Grünlich über Goldgelb und Bernstein-Topasfarben bis zu hellem Kastanienbraun. Er muss mindestens fünf Jahre unter Florhefe sowie dann noch oxidativ in Fässern reifen und kann auch als ausgebauter Vino Fino de Jerez bezeichnet werden. Der Wein hat 16-18 % Alkohol und zeigt ein bitter-würziges und scharfes Florhefe-Aroma, sowie Noten von trockenen Früchten (Walnuss, Haselnuss, Pistazien, Oliven, Datteln), Honig und Röstaromen. Am Gaumen erweist er sich als trocken und leicht mit einem Pilzaroma und hat einen langen aromatischen Abgang. Der Alkoholgehalt von 15,5 % wird gut durch die leichte Säure und die aromatische Fülle ausgeglichen. Er sollte noch im Jahr, in dem er in den Handel kommt, konsumiert werden. **Milk** ist ein gesüßter *Amontillado* mit 20 % Alkoholgehalt.

– ***Entro Fino*** ist weniger hochwertig und verliert nach dem Abfüllen bald seine duftige Zartheit und Frische; er wird reinsortig aus Palomino-Trauben gewonnen und enthält 15,5-17 % Alkohol. Die *Solera*-Reifung beträgt mindestens drei Jahre.

– ***Palo Cortado*** ist eine spontan entstehende, industriell nicht herstellbare Sorte. Er ist trocken (mit ganz wenigen Ausnahmen), mit sehr komplexen Duft- und Geschmacksaromen, und wird von den Degustatoren sehr geschätzt.

Weitere Weine:

– **Pedro Ximémez**. »Dieser spanische Wein mischt sich unter die anderen Weine, um sie dann zu übertrumpfen« schrieb Geoffrey Chaucer (1342-1400). Er wird reinsortig hergestellt und muss sehr lange reifen. Er hat eine dunkle, fast schwarze Farbe, bietet sehr komplexe Geruchs- und Geschmacksaromen und ist so füllig, dass er als »sehr saftig« bezeichnet ist. Beim Verkosten können trockene Früchte (Rosinen, Datteln, Feigen), Honig, Zeder, Sandelholz, schwarze Olive, Kaffee und Karamell wahrgenommen werden. Länger gereifte PX-Weine zeigen einen scharfen Hefegeruch und erweisen sich wegen des hohen Alkoholgehalts oft als unharmonisch.

– ***Almacenista*** ist ein Sherry, der vereinzelt bis zu 30 Jahre gelagert und an die Bodegas zurückverkauft wird, welche ihn verwenden, um die eigenen Sherrys zu verbessern. Auf dem Etikett kann eine Bruchzahl aufscheinen (1/2, etc.), welche der Fassnummer des Solera-Systems entspricht.

Kanarische Inseln

Hier führten die Spanier im 15. Jh. die Rebe ein. Weinbau und Weinbereitung weisen auf dem Archipel einige Besonderheiten auf und der Ernteertrag ist noch geringer als auf dem Kontinent. Die Weine werden, im Allgemeinen in Fässern ausgebaut.

KLIMA UND BODEN Das Klima ist mild, aber meist windig, sodass die Rebstöcke in Vertiefungen gesetzt und von etwa 70 cm hohen, halbkreisförmigen Mauern geschützt werden.
Die Böden sind vulkanischen Ursprungs und aufgrund der unterschiedlichen Bodenbeschaffenheit wurden auf den sieben Inseln acht DO-Gebiete (zwischen 1992 und 1997) bestimmt, deren Rebfelder sich auf 9000 ha erstrecken.

HERKUNFTSBEZEICHNUNGEN UND WEINE Unter den 33 hier angebauten Rebsorten (19 weiße und 14 rote) sind fast alle spanisch und einige portugiesisch. Dem von den Engländern im 16. Jh. diktierten Geschmack entspricht der Canary Sack, der bis zum 18. Jh. unter den europäischen Konsumenten sehr gefragt war. Die besten und begehrtesten Weine der Kanarischen Inseln sind auch heute die leicht verstärkten Süßweine aus den Rebsorten Moscatel und Malvasia. Es wird auch ein verstärkter Weißwein aus der Rebsorte Listàn Blanco mit blumigem Duft und Aromen von exotischen Früchten, sowie ein eleganter, jung zu trinkender Rotwein aus den Rebsorten Listàn Negro und Negramoll hergestellt.
Eine kurze Beschreibung der DO-Gebiete:

- **Lanzarote**. Die östlichste Insel des Archipels weist ein sehr trockenes Klima und Vulkanasche-Böden auf. Die besten Weine sind weiße Süßweine aus Moscatel- oder vereinzelt auch aus Malvasia-Trauben.
- **La Palma**. Hier ist die Vulkanasche von einer bis zu 2 m dicken Schotterschicht bedeckt. Die Hauptrebsorte Malvasia erreicht dank des langen Vegetationszyklus einen besseren Hektarertrag als auf den anderen Inseln und reift gut aus. In den Vulkanfelsen sind Keller gehauen, wo der Wein in Fässern aus kanarischer Kiefer ausgebaut wird, welche dem Wein einen harzigen Charakter verleiht.
- **El Hierro**. Hier werden vorwiegend süße oder trockene, weiche und stark blumig duftende Weißweine aus der Rebsorte Veradiego hergestellt.
- **Tacoronte-Acentejo**. Das größte Weingebiet der Kanaren auf Teneriffa weist unzählige Kleinklimata auf. Die Reben werden in der Ebene und bis in 1000 m Seehöhe angebaut. Der Wein wird meist mittels Kohlensäure-Mazeration hergestellt.
- **Abona**. In dieser im Süden von Teneriffa gelegenen DO reichen die Weinberge bis auf 1800 m Seehöhe, wodurch auch keine Weinkrankheiten aufkommen können. Die hier erzeugten Jungweine weisen viel Körper auf.
- **Valle de Orotava**. Die Appellation produziert auf den Hängen des Monte Teide (500 ha Rebfläche) rote und weiße Weine aus Listàn-Trauben. Die besten Weine sind die wenigen in Holz ausgebauten Rotweine.
- **Ycoden-Daute-Isora**. Dieser Berg liegt im Nordosten Teneriffas, wo überwiegend weiße Reben bis auf 1400 m Seehöhe stehen. Manche Trauben erreichen bereits im Juni ihre Reife.
- **Valle de Güimar**. Die DO im Osten von Teneriffa erzeugt vor allem Weine aus weißen Trauben mit vielen Aromen und guter Säure.

Visitenkarte

Anbaufläche
9000 ha

Boden
vulkanisch

Klima
mild, windig

Rebsorten
Moscatel, Malvasia, Listán, Negramoll, Veradiego

Wichtigste Weine
Lanzarote, La Palma, El Hierro, Tacoronte Acentejo, Abona, Valle de Güimar, Ycoden-Daute-Isora

Die typische Art der Reberziehung auf den Kanarischen Inseln: die Reben wachsen einzeln in weiten Trichtern, um vor den Winden aus Afrika geschützt zu sein.

PORTUGAL

Mit 350.000 ha Weinbaufläche ist Portugal das viertgrößte Weinland der Welt. Außerdem ist das Land führend in der Korkenherstellung. Etwa 30 % der weltweiten Korkproduktion stammt aus Portugal (aus einer Anbaufläche von 700.000 ha), sowie 51 % aller Flaschenkorken, wobei auch jene inbegriffen sind, die aus zuvor eingeführtem Material stammen.

GESCHICHTE

Rechts: Edelmann mit Weinglas in einem Gemälde der portugiesischen Schule aus dem 15. Jh. Gegenüberliegende Seite: Portweintransport auf einem Schiff.

Die Rebe wurde um 1000 v. Chr. von den Phöniziern nach Portugal eingeführt; die Griechen und Römer setzten den Weinbau fort, führten neue Techniken ein und weiteten die Flächen aus. Im 12. Jh. wurden zahlreiche Klöster gegründet, wobei Weinbau und Weinherstellung zu den wichtigsten Arbeiten der Mönche gehörten. 1756 konnte sich das Dourotal bereits eines genau bestimmten Herkunftsgebietes rühmen!

Bis vor etwa zehn Jahren war Portugal weltweit eigentlich nur für den Portwein berühmt, dem großen, durch Alkoholzugabe gewonnenen Wein. Zum Ruhm der portugiesischen Weinkultur tragen heute auch die Weine Mateus und Lancers bei, die in alle Welt exportiert werden. Es handelt sich um säurebetonte, tanninarme, leicht zu trinkende Roséweine mit wenig Restzucker, die in ungewöhnlichen Steinkrug-Gebinden vermarktet werden.

Der Wein der DOC Vinho Verde war und ist auch heute noch der Wein für die Portugiesen; er wird in der Region Minho im nördlichsten Teil des Landes erzeugt. In den 1990er-Jahren wurde vorwiegend ein zarter Rotwein produziert, heute haben sich aber auch immer mehr die weißen Weine durchgesetzt.

Früher waren fast alle im Norden hergestellten Rotweine eher säurebetont und jene des südlichen Landesteils kräftig; die Weißweine – nach dem *estilo classico* oder *estilo tradicional* – waren im Allgemeinen oxidiert. Die qualitativ hochwertigsten Weine waren immer für den Export bestimmt.

Mitte der 1990er-Jahre vollzog sich eine Umstellung der portugiesischen Vinifikationstechnologien; so wurden in vielen Betrieben moderne Kellertechniken eingeführt und die Fußmaische ist heute fast vollständig verschwunden. Im Bereich der Herkunftsbezeichnungen bestehen jedoch ältere und moderne Methoden nebeneinander weiter. Man untersuchte, wie es auch im Rest Europas geschehen ist, die verschiedenen *Terroirs*, um die besten Rebsorten für die jeweiligen Böden herauszufinden. Der Erfolg folgte auf dem Fuß: heute werden Unmengen an geschmeidigen Rotweinen und frischen, perlenden Weißweinen erzeugt, die durchaus keinen Vergleich mit anderen europäischen Weinen zu scheuen brauchen. Die beiden Schaumweinhersteller Portugals, Bairrada (der größte Produzent) und Palmela, bebauen insgesamt etwa 20.000 ha Rebflächen mit lehmigen Böden. Der erste portugiesische Schaumwein entstand 1870 in Bairrada. Die wichtigsten Rebsorten sind Maria Gomes, Cerceal, Arinto, Baga, Bical sowie die erst kürzlich eingeführten Sorten Chardonnay und Pinot.

KLIMA UND BODEN

Das Klima wird vom Atlantik, im Süden auch vom Mittelmeer beeinflusst; im Landesinneren herrscht fast kontinentales Klima. Die Böden sind sehr vielfältig: im Norden Granit, Tonschiefer und Schiefer, im Süden vor allem Lehm und Sand.

REBSORTEN

In den heißeren Zonen herrscht Buscherziehung vor, ansonsten werden die Reben an Spalieren, Drahtrahmen oder Pergolen gezogen, um das verfügbare Terrain optimal nutzen zu können. Bei der Ernte müssen oft Leitern verwendet werden. Obwohl Guyot-Schnitt eher selten angewendet wird, ist der Hektarertrag der niedrigste Europas.
Die etwa 500 autochthonen Rebsorten Portugals stellen ein wertvolles genetisches Erbe und eine breite Palette von Geschmacksrichtungen dar, welche höchstens noch in Italien übertroffen wird.
Die wichtigsten Rebsorten sind:

- **Tauriga Nacional**, mit roten Beeren und intensivem Aroma, wird vorwiegend im Douro-Tal (Portwein-Produktionsgebiet) und in der Region Dão angebaut. Diese Traube hat kleine Beeren, verleiht dem Wein reichlich Tannin und Zucker und wird gerne auf dem Flaschenetikett angeführt.
- **Tinta Cão**, mit roten Beeren, passt sich gut an kaltes Klima an und verleiht dem Wein Finesse und Fülle.
- **Tinta Barroca** liebt frische Zonen und wird wegen ihrer Tanninarmut verwendet, um den allzu großen Tanninreichtum anderer für Portwein verwendete Traubensorten auszugleichen.
- **Trincadeira Preta** und **Jaen** ergeben weiche, jung zu trinkende Weine von charakteristischem Geschmack.
- **Touriga Francesa** verleiht Fruchtigkeit und Aroma.
- **Tinta Amarela** ist trocken und in heißen Zonen sehr ertragreich.
- **Arinto** gilt unter vielen Önologen als die edelste portugiesische Rebsorte; sie wird wie die **Bical**-Traube für rote, lange alterungsfähige Weine verwendet.
- **Encrusado di Dão** ergibt körperreiche Weißweine.
- **Tinta Roriz** oder **Aragonez**, die spanische Tempranillo, hat weiße Beeren und erzielt in heißen Zonen gute Ergebnisse.
- **Moscatel de Setúbal** ist ein Synonym für **Muscat d'Alexandrie**; die Traube ist – wie auch der Moscato Roxo – sehr süß und verleiht dem Wein ein Muskataroma.

Weitere wichtige Rebsorten sind **Albarinho** (die spanische Albariño), **Azal, Loureiro, Trajadura, Avesso, Padernao**, welche für die Herstellung von Vinho Verde verschnitten werden. Alle genannten Rebsorten und noch weitere (insgesamt 48) sind für den Verschnitt, aus dem Portwein gewonnen wird, zugelassen.

KLASSIFIKATION DER WEINE

Beim EU-Beitritt Portugals (1986) wurden die einzelnen Weinregionen begrenzt und die Weine den europäischen Gesetzen unterworfen.
Heute werden in mehr als 40 Anbauzonen Weine erzeugt, die wie folgt klassifiziert sind:
- ***Vinho de Mesa***, Tafelwein.
- ***Vinho Regional (VR)***, Landwein, analog dem Vin de Pays und VDQS Frankreichs sowie dem IGT Italiens.
- ***Indicação de Proveniencia Regulamentada (IPR)***: eine Vorstufe zur DOC.
- ***Denominação de Origem Controlada (DOC)***, analog der französischen AOC, der italienischen DOC und der spanischen DO.

ETIKETTEN

Die obligatorischen und freiwilligen Angaben im Etikett portugiesischer Weine folgen den EU-Richtlinien. Die folgenden Termini können im Etikett aufscheinen:

- ***Branco*** (weiß);
- ***Tinto*** (rot);
- ***Generoso*** (alkoholreicher und meist süßer Aperitif- oder Dessertwein);
- ***Espumante*** (Schaumwein);
- ***Alamado*** (süß);
- ***Aperitivo*** (Aperitif);
- ***Vigoroso*** (verstärkter Wein);
- ***Bruto*** (*brut*, sehr trocken);
- ***Doce*** (süß);
- ***Clarete*** (auf Bordeaux-Art);
- ***Maduro*** (gereift, manchmal auch oxidiert);
- ***Verde*** (jung);
- ***Rosado*** (rosé);
- ***Velho*** (alt; Rotweine mit dieser Bezeichnung müssen mindestens drei Jahre, davon ein Jahr in der Flasche, gereift sein; für Weißweine gelten zwei Jahre, davon sechs Monate in der Flasche);
- ***Quinado*** (mit Chinin versetzt);
- ***Engarrafado na origem*** (vom Erzeuger abgefüllt);
- ***Adega*** (Kellerei);
- ***Produzido e Engarrafado*** (hergestellt und abgefüllt);
- ***Amarzém*** (Kellerei);
- ***Quinta*** (Betrieb oder Landgut);
- ***Vinha*** (Weinberg);
- ***Casta*** (Rebsorte);
- ***Carvalho*** (Eiche);
- ***Escolha*** (Auslese);
- ***Feito em lagares, pisar a pè*** (mit den Füßen gemaischt);
- ***Garrafa*** (Flasche);
- ***Riserva*** (außergewöhnlicher Jahrgangswein, der 0,5 % mehr Alkohol als normal enthält);
- ***Colheita*** (Ernte).

Vinho Verde

Visitenkarte

Anbaufläche
35.000 ha

Boden
Granit-Sand, manchmal Schiefer oder Lehm

Klima
feucht und frisch

Rebsorten
Albarinho, Azal, Loureiro, Trajadura, Avesso, Padernao, Viozinho, Gouvehio, Malvasia, Rabigato

Wichtigste Weine
Vinho Verde

Diese Region liegt im äußersten Nordwesten des Landes zwischen Douro und Minho. Sie umfasst etwa 35.000 ha Rebflächen und ist die größte DOC Portugals. Ein Erziehungssystem, bei welchem die Reben bis zu 10 m hoch auf Bäumen wachsen, ist noch immer verbreitet; ebenso trifft man auf Pergolaerziehung, aber vielerorts beginnt man auch mit dem Guyot-System.

KLIMA UND BODEN Das Vinho-Verde-Gebiet ist sehr niederschlagsreich (bis zu 2000 mm Regen im Jahr), die Böden bestehen aus Granit-Sand und gelegentlich auch aus Schiefer.

WEINE Die Hauptappellation ist die berühmte DOC **Vinho Verde**. »Er ist der einzigartigste aller Weine. Er ist bizarr, ursprünglich, jung, erfrischend, leicht, gesund. Er macht nicht trunken. Und deswegen mag ich ihn. Ein feinfühliger, intelligenter Wein« – so beschrieb ihn der Chemiker und Weinkenner Antonío Augusto de Aguiar 1876. Vinho Verde enthält wenig Alkohol (gerade einmal 8,5 %), Frische, gute Säure, und ist durch eine leichte Wiederaufnahme der Gärung in Frühjahr und Herbst etwas perlend. Bei den heutigen Kellereitechniken wird bereits im Herbst der gesamte Zucker vergoren, sodass die Kohlensäure im Wein durch einen künstlichen Zusatz erzeugt wird. Der Wein ist reich an Apfelsäure, da durch das feuchte, frische atlantische Klima weder die Traube zur vollen Reife kommt, noch die Apfelsäure teilweise in Zucker umgewandelt wird, wie dies ansonsten normalerweise geschieht. Vinho Verde wird aus einem Verschnitt der Rebsorten **Albarinho** (reinsortig gekeltert sehr begehrt), **Azal, Loureiro, Trajadura, Avesso** und **Padernao** gewonnen und ist meist jung im Herstellungsjahr zu trinken. Bis in die 1960er-Jahre wurden vorwiegend Rotweine (90 %) produziert, heute überwiegen jedoch die Weißweine. Der Terminus *»verde«* weist auf den hohen Säuregehalt des Weines hin. Hier wurde auch die Idee für den **Mateus Rosé** in seiner charakteristischen »Bocksbeutel«-Flasche geboren.

Douro-Tal

Visitenkarte

Anbaufläche
30.000 ha

Boden
Granit, Schiefer oder gemischt

Klima
in den höheren Lagen kontinental, im restlichen Gebiet heiße Sommer, aber milde und feuchte Winter

Rebsorten
Touriga Nacional, Tinta Cão, Tempranillo, Tinta Roriz, Tinta Barrica, Touriga Francesa, Tinta Amarela und viele andere

Wichtigste Weine
Portwein

Douro-Wein wird in drei ausgewählten Zonen im Tal des Douro südöstlich der DOC Vinho Verde sowie im Pinhão-Tal gewonnen. Hier, wo sich die Reben auf mehr als 30.000 ha erstrecken, wird der äußerst berühmte, süße, oft würzige, unvergleichliche Portwein hergestellt!

GESCHICHTE. Portwein wurde zwar von den Portugiesen erfunden, aber kommerziell ab 1678 von den Engländern vertrieben. In diesem Jahr fügte Abt Lamiego seinem Portwein Weinbrand *(aguardente)* hinzu, sodass die Engländer lange Zeit glaubten, es würde sich um eine portugiesische Whisky-Art handeln.
Die wahre Geburt des Portweins trifft jedoch mit dem Spanischen Erbfolgekrieg (1701-1714) zusammen, als das im Kampf gegen Frankreich mit Portugal verbündete England keine Bordelaiser *Claret*-Weine mehr bezog und sich nun in Portugal mit Wein eindeckte. Der kräftige, plumpe portugiesische Wein, der von Porto nach England verschifft wurde, fand jedoch bei den englischen Konsumenten, die an den eleganten, leichten *Claret* gewöhnt waren, keinen Zuspruch. Daher vermischte man ihn mit verschiedenen Kräutern und Gewürzen und fügte schließlich noch *Brandy* hinzu. So entstand daraus, mit noch weiteren Verfeinerungen, der Portwein, den wir heute kennen. 1755 gründete Marquis von Pombal die *Companhia Goral da Agricultura das Vinhas do Alto Douro* (Allgemeine Gesellschaft des Weinanbaus am oberen Douro). Diese Gesellschaft wachte darüber, dass keine Holunderbeeren verwendet wurden, um dem Wein Farbe zu verleihen, und dass die Rebstöcke nicht gedüngt wurden. Bis 1986 wurden Reifung und Abfüllen nur in der 75 km entfernten Stadt Porto, genau genommen in Villa Nova de Gaia durchgeführt. Dies musste nämlich ab 1756 verpflichtend in den *Lodges* am Hafen abgewickelt werden. Zweck dieser Maßnahme war es, die vorwiegend von britischen Eigentümern betriebenen Kellereien und den Seehandel zu begünstigen. Im Nachteil waren die kleinen Produzenten, die mittlerweile aber ihre eigenen Weine selbst ausbauen und abfüllen dürfen. Der Handel mit Portwein ist allerdings nach wie vor vornehmlich in Händen britischer (Taylor, Warre und andere) und britisch-portugiesischer Unternehmer (Silva, Barros).

KLIMA UND BODEN Im oberen Teil des Douro-Tals herrscht kontinentales Klima mit sehr heißen Sommern, reichlichem Regen und sehr kalten Wintern; im übrigen Douro-Gebiet gibt es ebenfalls heiße und trockene Sommer (bis zu 38 °C), aber milde, feuchte Winter.
Die Weinberge weisen Hangneigungen bis zu 60 % auf. Es gibt schwere Böden, Granit oder Schiefer (oder gemischt), sowie auch brüchige Böden; die Letztgenannten gelten als die besten für die Herstellung ausgezeichneter Portweine.

REBSORTEN UND WEINE Die 48 für die Portwein-Herstellung erlaubten Rebsorten werden auf Terrassen kultiviert, an den steileren Hängen werden die Reben auf Drähten gezogen. In den letzten 30 Jahren wurden die Terrassen *(patamares)* vergrößert, um die Rebfelder maschinell bearbeiten zu können. Außerdem wurde die Pflanzdichte erhöht. Im Douro-Tal befinden sich 8000 Weinberge, die auf 35.000 Winzer aufgeteilt sind. Jedem Weinberg wurde eine von sechs Qualitätsklassen nach den folgenden Kriterien zugeteilt: Lage, Ausrichtung, Seehöhe, Hangneigung, Bodentyp, Kleinklima, angebaute Rebsorte, Alter der Rebstöcke, Pflanzdichte, Hektarertrag und Erhaltungszustand.
Die Rebsorten für die Portweinbereitung können wie folgt unterteilt werden: rote Trauben bester Qualität (beispielsweise Tinta Cão), rote Trauben guter Qualität (wie etwa Tinta Amarela) und rote Trauben mittlerer Qualität (zum Beispiel Avesso). Für weiße Rebsorten gibt es

eine analoge Klassifikation. Im Allgemeinen werden die roten Rebsorten als besser eingestuft, wie etwa Touriga Nacional, Tinta Cão, Tempranillo, Tinta Roriz, Tinta Barrica, Touriga Francesa, Tinta Amarela, welche im Übrigen alle autochthon sind. Auch die spanische Rebsorte Tempranillo wird verwendet. Für weißen Portwein werden die weißen Rebsorten Viozinho, Gouvehio, Malvasia und Rabigato bevorzugt.
Im Douro-Tal werden auch leichte rote Tafelweine aus den Rebsorten Aragonez, Baga, Vinhao produziert, welche mineralische Noten (Schiefer) zeigen, sowie ebenfalls sehr angenehme und fruchtige Weißweine aus den Trauben Alvarinho, Arinto und Azal.

PORTWEIN

Die Traubenernte für den Portwein beginnt Mitte September, dann werden sie in *lagares* mit den Füßen gemaischt, oder, in den größeren Betrieben mit pneumatischen Pressen vorsichtig gekeltert. Der Most wird bei 32 °C vergoren, bis er einen Alkoholgehalt von 6-8 % mit einem Restzuckeranteil von 9 % erreicht. Zu dem Zeitpunkt wird *Aguardente* (mit 77 % Alkoholgehalt) beigefügt. Die Mischung erfolgt in der folgenden Zusammensetzung: 440 l teilfermentierter Most und 110 l *Aguardente*, also insgesamt 550 l, dem Fassungsvermögen der *Pipe*, des im Douro-Gebiet typischen Fasses. Zuerst kommt Weinbrand in die Fässer, erst dann der Most. Durch die höhere Alkoholkonzentration stellen die Hefen ihre Tätigkeit ein und die alkoholische Gärung wird dadurch abgebrochen. Portwein kann, je nach Zeitpunkt der Alkoholzugabe mehr oder weniger süß ausfallen – je früher die Gärung unterbrochen wird, desto süßer wird der Wein.
Dann erfolgt die *Assemblage* von Weinen verschiedener Jahrgänge. Sobald der Portwein sich in den Fässern befindet, wird er von den Betrieben klassifiziert und muss dann noch vom *Istituto do Vinho do Porto*, dem Portweininstitut, geprüft werden. Wenn der Wein positiv beurteilt wird, kann er in Flaschen abgefüllt werden und erhält am Korken ein nummeriertes Siegel, das beim Entkorken zerstört wird.

KLASSIFIKATION VON PORTWEIN Die drei Grundtypologien des Portweins sind *White, Ruby* und *Tawny. Ruby* ist in der Flasche und *Tawny* im Fass gereift; jede Typologie kann unterschiedliche Charakteristika wie *Vintage*, *Colheita* und die Folgenden aufweisen:
• ***White Porto***, ein süßer weißer Portwein.
• ***Vintage*** ist die höchste Qualitätsstufe und wird nur aus großen Jahrgängen erzeugt, was aber erst zwei Jahre nach der Ernte beurteilt werden kann. Dieser Wein besteht aus einer *Assemblage* von Portweinen gleichen Jahrgangs, aber verschiedener Lagen. Er gilt als einer der besten der Welt.
• ***Vintage da single quinta*** ist ein Jahrgangs-Portwein aus den Trauben eines einzigen Winzers. Manche Weinhäuser stellen fast jedes Jahr einen *Vintage da single quinta* her –

wie etwa Vargellas (Taylor) und Quinta de Foz (Calem). Beim Verkosten können Gewürze, Schokolade und Tannine wahrgenommen werden.

• ***Colheita*** ist ein aus den Trauben eines einzigen Jahrgangs hergestellter Portwein, der nach sehr langer Reifung im Fass erst für den Verkauf in Flaschen abgefüllt wird.

• ***Late Bottled Vintage* (LBV)** ist der aus einem einzigen, aber guten Jahrgang gewonnene Portwein, welcher 4-6 Jahre in Holzfässern ausgebaut wurde. Er ist beim Verkauf bereits trinkfertig, verträgt aber auch noch 5-6 Jahre Lagerung in der Flasche.

• ***Aged Tawny***: Tawny bedeutet »bronze« und bezieht sich auf die Farbschattierung des Weines. Die von Konsumenten und Herstellern bevorzugte Farbe für den gereiften Rotwein ist in etwa Fuchsrot; man erhält diese Farbe durch die richtige *Assemblage*. Im Etikett ist das Alter angegeben, beispielsweise *»40 years old«*, was allerdings in dieser Form nur erlaubt ist, wenn die *Assemblage* aus Portweinen desselben Jahrgangs besteht. Wenn ein mittleres Alter angegeben ist, muss es dem Durchschnittsalter der Jahrgänge entsprechen. *Aged Tawny* offenbart Noten von Karamell, Schokolade, Kaffee, Rosinen, Muskatnuss und Zimt.

• ***Tawny*** ist ein bronzefarbener, 5-10 Jahre in Eichenfässern gereifter Portwein, der aus einer *Assemblage* weißer und roter Grundweine gewonnen wird.

• ***Ruby*** ist meist ein junger, ein Jahr alter Portwein, der gleich nach dem Abfüllen verkauft wird; manchmal lässt man ihn auch bis zu vier Jahre reifen. Es gibt verschiedene Versionen: *Fine, Old Ruby, Riserve* und weitere. *Ruby*, der billigste unter den Portweinen, weist einen scharfen Duft sowie würzige Aromen auf.

• ***Crusted*** oder ***Crusting*** wird aus einer *Assemblage* der besten Portweine gewonnen und ohne Filtern abgefüllt. Dadurch können Ursprünglichkeit (*»crust«* bedeutet »Bodensatz«), Jahrgangscharakter und der typische Stil des Betriebes bewahrt werden. Er wird von vielen Konsumenten geschätzt, von anderen wiederum abgelehnt, da es klimabedingt von Jahr zu Jahr unterschiedliche Qualitäten geben kann. Dieser Wein muss mindestens vier Jahre in Fässern und drei Jahre in der Flasche gelagert werden.

• ***Garrafeira*** ist ein in Korbflaschen oder anderen Glasbehältern gereifter Portwein. Er wird nur vom Weinhaus Niepoort hergestellt.

Die DOC Porto verweist im Etikett nicht auf den Weinberg, von welchem der Wein stammt, sondern auf die Stadt, in deren Hafen der Wein verschifft wird. Portwein ist der Wein, von dem am meisten in alle Welt exportiert wird und er war auch der erste, dessen Anbaugebiet genau bestimmt wurde.

Madeira

Madeira bedeutet »Holzinsel« – der Name stammt von den einst dichten Wäldern, welche die Entdecker der Insel vorfanden. Eigentlich ist es eine Vulkaninsel-Gruppe, die etwa 600 km entfernt vor der marokkanischen Küste liegt. Hier wird ein zurecht berühmter Wein erzeugt.

GESCHICHTE Der Weinbau wurde 1420 von João Gonçalves Zarco auf der Insel Porto Santo eingeführt. Die aus Malvasia-Trauben gewonnenen süßen Weine wurden mit *Aguardente* verstärkt, damit sie lange Schiffsreisen besser überstehen konnten. Später weitete man die Rebflächen auf 2000 ha aus, bis sie an die Stadt Madeira heranreichten, die zu einer wichtigen Proviantstation am Seeweg nach Amerika wurde. Damit gewann auch der Wein an Prestige und Bedeutung. Beim Schiffstransport durch äquatornahe Zonen wurde der Wein in den Fässern erwärmt, und man konnte feststellen, dass Geruch und Geschmack sich erstaunlich verbesserten. Der so behandelte Wein kam bei den Konsumenten so gut an, dass der Madeira im 17. Jh. zum bevorzugten Wein der amerikanischen Kolonien wurde.

REBSORTEN UND WEINE Wein wird in Madeira bis auf 1800 m Seehöhe angebaut. Die Reben auf den Terrassen werden auf 1,70-1,80 m hohen Pergolen gezogen, sodass der Boden zwischen den Reihen zusätzlich genutzt werden kann. Nach der Reblauskatastrophe wurde vorwiegend mit der neu eingeführten **Tinta Negra Mole** (90 %) bestockt; die traditionellen Rebsorten Malvasia (Malmsey), Terrantez, Bastardo, Moscatel, Verdelho und Bual bedecken nur noch 10 % der Weinbaufläche.

MADEIRA
Bei der Herstellung dieses Weines wird der Gärvorgang des Mostes durch Zugabe von 96 %igem Weinbrand unterbrochen und dann wieder aufgenommen. Madeira wird durch Öfen *(Estufagem)* 3-6 Monate lang auf 45 °C erwärmt – der einzige Wein der Welt, der im Ofen erzeugt wird! So erhält man einen Wein mit kräftigen Karamellnoten, welcher auch aus einer Mischung verschiedener Madeira-Grundweine bestehen kann. Beim Ausbau in den geheizten Tanks kann es auch leicht unterschiedliche Temperaturen geben, wodurch sich ein mehr oder weniger intensiver Karamellgeschmack ergibt. Einst wurde dieser Wein im *Solera*-System ausgebaut, welches heute gänzlich durch den Ausbau in der *Pipe* verdrängt wurde; die *Pipe* ist ein längliches 600-l-Fass und wird in einem warmen Raum gelagert. Der Wein ist dicht, von dunkler Farbe, frischem Karamellduft und weist leichte Rauchnoten auf.
Unter Wissenschaftlern gilt der Madeira als der am längsten haltbare Wein.
Auf den höchstgelegenen Rebfeldern wird auch ein trockener Wein aus der Rebsorte **Sercial** (oder **Cercial**) produziert.

KLASSIFIKATION DES MADEIRA
• Süß, halbsüß, halbtrocken, trocken (aus der Rebsorte Tinta Negra Mole). Im Etikett dieses Madeira-Weines steht die Abkürzung TNM (für die Rebsorte) und der Restzuckergehalt. Er muss mindestens drei Jahre reifen, davon sechs Monate im *Estufagem*; die Erwärmung wird für trockene Weinsorten vor der Gärung vorgenommen, bei den süßen Sorten nach der Gärung.
• Madeira mit dem Namen einer der folgenden Rebsorten: Sercial, Verdelho, Bual, Malmsey, also den traditionellen Rebsorten. Diese Weine tragen im Etikett auch den Hinweis *»Rain water«*, in der Bedeutung »weich wie Regenwasser«. Sie gelten als die edelsten Madeiras, da sie aus den hochwertigeren Rebsorten stammen. Ihre Reifezeit beträgt im Durchschnitt 10-15 Jahre.
• *Vintages* oder *Colheita* – Jahrgangsweine. Bei *Assemblagen* von Weinen verschiedener Jahrgänge wird auf dem Etikett kein Erntejahr angegeben. Die Rebsorten können jedoch erwähnt sein. Die Jahrgangsweine altern 10-20 Jahre in Eichenfässern und werden noch mindestens zwei Jahre in der Flasche verfeinert. Manche Weinhäuser, besonders Cossarts ist zu erwähnen, lagern ihre Madeiras noch viel länger, mitunter bis zu 60 Jahre.

Visitenkarte

Anbaufläche
30.000 ha

Boden
vulkanisch

Klima
mild, ohne große Temperaturschwankungen

Rebsorten
Tinta Negra Mole, Malvasia (Malmsey), Terrantez, Bastardo, Moscatel, Verdelho, Bual

Wichtigste Weine
Madeira

Estremadura

Visitenkarte

Anbaufläche
60.000 ha

Boden
kalkig-lehmig und sandig-lehmig

Klima
ozeanisch, windig

Rebsorten
Arinto, Ramisco, Periquita

Wichtigst Weine
Carcavelos, Colares, Bucelas, Moscatel de Setúbal

Im Küstenstreifen der Estremadura im Nordwesten von Lissabon sind die Weingärten in eine spektakuläre Landschaft mit zerklüfteten Küsten und tiefen Buchten eingebettet.

KLIMA UND BODEN Das Klima ist atlantisch temperiert, windig, und begünstigt eine langsame Reifung der Trauben. Im Hügelgebiet der Serra di Arrabida wird die Rebsorte Moscatel auf lehmig-sandigen oder kalkig-lehmigen Böden angebaut.

REBSORTEN UND WEINE. Estremadura ist mit acht DOC-Weinen die produktivste Weinregion Portugals; der Großteil der erzeugten Weinmenge ist jedoch *vinho regional*. **Bucelas** ist ein weißer DOC-Wein aus **Arinto**-Trauben, elegant und fein mit Zitronennote. **Colares** wird aus der roten, wurzelecht angebauten Rebsorte **Ramisco** gewonnen (die Reblaus konnte sich in diesem sandigen Gebiet nicht ausbreiten); er wird auch als »Sandwein« bezeichnet und ist reich an Farbe und Tanninen. Die einst sehr großen Weingärten für den **Carcavelos** mussten inzwischen Wohnhäusern weichen und nehmen nur mehr eine kleine Fläche ein. Der hier gewonnene Wein ist süß, bernsteinfarben mit Walnussaromen. Carcavelos kann auch aus neu eingeführten Rebsorten hergestellt werden; dabei überwiegt **Galega Dovrada**, gefolgt von **Arinto, Boais** und einigen roten Trauben, die für Weißweine genutzt werden. Am Ende oder während der letzten Phasen des Gärvorgangs wird der Wein verstärkt, indem man *Vinho abafado* (bestehend aus Most und Alkohol) mit etwa 18 % Alkoholgehalt hinzufügt. Diese Mischung lässt man fünf Jahre in 600-l-Fässern reifen und erhält schließlich einen halbsüßen Wein. **Moscatel de Setúbal** ist bereits seit 1907 DOC mit genau festgelegtem Gebiet. Sie liegt auf der kleinen Halbinsel Setúbal, südöstlich von Lissabon zwischen den Mündungen von Tejo und Sado. Im 18. Jh. gelangen J. M. de Fonseca entscheidende Verbesserungen bei Weinbereitung und Ausbau dieses aus **Moscatel (Muscat d'Alexandrie)** hergestellten Weines. Die Besonderheit des Weines besteht darin, dass man den Most sechs Monate mit den Schalen reifen lässt, sodass alle Muskataromen herausgelöst werden können. Nach dem Pressen werden Most und Trester gemeinsam in 600-l-Fässern vergoren. Der Wein verbleibt 3-4 Jahre in den Fässern, bewahrt dabei seine frische Süße und nimmt scharfe und würzige Noten an. Dann wird er in Flaschen abgefüllt. Der Wein ist hell orangefarben, besitzt ein intensives Muskataroma und enthält 20 % Zucker. Vor dem Abfüllen wird er mit *Aguardente* verstärkt. Weine, welche die Bezeichnung »Moscatel de Setúbal« im Etikett führen, müssen zu mindestens 85 % aus Muscat-Trauben stammen, jene mit der Aufschrift »Setúbal« zu mindestens 70 %. Der Großteil des Weines wird noch einer weiteren Reifung von 20 Jahren und mehr unterzogen; diese Weine werden sehr dunkel und zeigen Aromen von Muscat-Trauben und exotischen Früchten. Auf den sandig-lehmigen Böden der DOC Palmela, die ebenfalls auf der Halbinsel Setúbal liegt, werden trockene Weißweine aus Muscat, edelsüße Weine aus Muscat-Trauben mit *Botrytis*-Befall und Rotweine aus der Rebsorte **Periquita** hergestellt.

Weitere Weingebiete

Bairrada

Im Norden von Coimbra gelegen ist Bairrada eine der niederschlagreichsten Regionen Portugals. Auf fast 80 % der 13.000 ha Rebflächen wird ein Rotwein hergestellt, der fast ausschließlich von **Bairrada(Baga)**-Trauben auf lehmig-kalkigen Böden stammt. Bairrada-Trauben reifen erst im Oktober und verleihen dem Wein viel Tannin und Säure.

Nur die guten Jahrgänge dürfen unter dem Namen der DOC abgefüllt werden; dann erreicht er jedoch höchstes qualitatives Niveau und wird mit dem italienischen Barolo oder Bordeaux-Weinen verglichen. Die zerdrückten Trauben werden in *Lagares* mit einem Fassungsvermögen von 200 l kühl vergoren. Den weder geklärten noch gefilterten Wein lässt man dann in großen Holzfässern reifen, der sich dort auf langsame und natürliche Weise (und auch durch das übliche Umfüllen) zu einem klaren Wein entwickelt. Er weist eine vollkommene Harmonie von Frucht, Säure, Tanninen und Alkohol auf und ist – vor allem durch den überdurchschnittlichen Tanningehalt – bis zu 20 Jahre alterungsfähig. Im Bairrada-Gebiet werden auch stille und schäumende Weißweine hergestellt.

Alentejo

Diese Zone liegt östlich der Halbinsel Setúbal, an der Grenze zu Spanien. Wegen der sommerlichen Hitze (40 °C) beginnt die Traubenernte sowohl bei den häufigeren roten als auch bei den weißen Trauben Mitte August. Die 20.000 ha Rebfelder haben karge Böden mit Schiefer, Granit und Marmor. Die Hauptrebsorte ist die rote **Aragonez** (im Douro-Gebiet als **Tinta Roriz** und in Spanien als **Tempranillo** bekannt), die sich sehr gut entwickelt und voll ausreifen kann. Auch aus der Rebsorte **Alicante** werden auf diesem *Terroir* gute Weine gewonnen. Die Weine des Alentejo sind meist arm an Säure und Tanninen, ausgeglichen und leicht, und werden im Allgemeinen als Vinho Regional Alentejano verkauft.

Dão

Dão umfasst 5000 ha Rebflächen und liegt östlich des Bairrada-Gebiets, mit dem es gemeinsam als ältestes Weinbaugebiet Portugals gilt. Die DOC ist nach dem gleichnamigen Fluss benannt; der hier gewonnene Wein wird als der beste portugiesische Rotwein betrachtet: elegant, mit mittlerer Frucht sowie einem guten Anteil an Säure und Tanninen. Er verträgt eine Lagerung von 10-20 Jahren. Die Rebfelder befinden sich auf einer von Pinienwäldern bewachsenen Hochebene in 800 m Seehöhe und weisen sandige Böden auf Granit-Untergrund auf. Schutz vor atlantischem Einfluss bieten die Serra do Caramulo, die Serra Estrema und die Encostas da Nave. Im Sommer ist es mild und trocken, im Winter feucht und kalt; die jährliche Niederschlagsmenge beträgt 1000-1200 mm. Die gute Qualität des Weines ist auf die alten Rebstöcke (mehr als 50 Jahre alt) sowie die dicken Schalen, die kräftige Farbe und die Aromen der verwendeten Trauben zurückzuführen: **Touriga Nacional, Iden** und **Tinta Cão**. Es werden auch duftige Weißweine hergestellt, welche 4-5 Jahre gelagert werden können.

DEUTSCHLAND

Deutschland ist die Heimat des Riesling – hier werden die feinsten, reinsten, körperreichsten, von der Säure her ausgewogensten, frischesten und fruchtigsten aller Riesling-Weine, vielleicht auch aller Weißweine der Welt gekeltert. Aber auch die anderen deutschen Weißweine offenbaren die Frische und Fruchtigkeit der Trauben und eine Harmonie von Süße und Säure. Müller-Thurgau hat wegen des höheren Hektarertrages den Riesling zum Teil ersetzt; weitere verbreitete Rebsorten sind Kerner, Burgundertrauben und Chardonnay. Deutschland ist und bleibt Weißweinland, auch wenn in letzter Zeit sehr gute Rotweine, vor allem aus Spätburgunder (Pinot Noir) hergestellt werden.
Die deutschen Likörweine sind weltweit wegen ihrer Originalität, aber auch wegen der langen Haltbarkeit bekannt, welche durch die sorgsame Arbeit in der Kellerei bei Zuckerzusatz, Säureabbau, Pasteurisierung und allen anderen Maßnahmen noch erhöht wird. So haben auch die Likörweine gemeinsam mit den Eisweinen das Weinland Deutschland berühmt gemacht. Überdies ist Deutschland einer der weltweit größten Schaumweinhersteller (mengenmäßig doppelt soviel wie in der Champagne). Sie werden perfekt hergestellt, beim Aroma dominiert jedoch das Traubenaroma vor jenem der Hefen. Stärkere Hefearomen werden wiederum von den Liebhabern von Champagner, Cava und nach dem Flaschengärverfahren hergestellten italienischen Schaumweinen sehr geschätzt. Die deutsche Produktion ist hauptsächlich auf die Flusstäler Rhein und Mosel beschränkt; meist wird ein Tankgärverfahren (Charmat-Martinotti) angewendet. Weinrechtlich sind die deutschen Anbaugebiete nach Qualitätsstufen eingeteilt – acht Weinbaugebiete für Tafelweine, 19 Weinbaugebiete für Landweine und 13 Weinbaugebiete für Qualitätsweine.

Eine typische Weinschenke in Baden.

GESCHICHTE

Die ersten Weinbauern im Gebiet des heutigen Deutschland waren die Römer, die vor allem an den beiden großen Flüssen Rhein und Mosel, und dann in den Hügelgebieten der Pfalz, der Hessischen Bergstraße, von Franken und von Württemberg Reben anbauten.
Um 800 förderte Karl der Große den Weinbau durch die Gründung vieler Klöster, von wo aus, vor allem nach der Jahrtausendwende, die Qualität des Weinbaus und der Weinbereitung entscheidend verbessert wurde.
Noch heute ist das Kloster von Eberbach im Rheingau berühmt, das von Zisterzienser-Mönchen aus dem Burgund gegründet wurde; Eberbach wurde zum größten und bekanntesten Weinbauzentrum Europas, wo sich die von den Mönchen eingeführte Riesling-Rebe durch sorgfältige Selektion zur Spitzenrebe entwickelte. Dann geriet der deutsche Weinbau durch die Klimaabkühlung in Schwierigkeiten, um erst später, im 17. Jh. wieder neue Erfolge zu feiern. Nach weiteren Krisen (vor allem, wie überall in Europa, der Reblauskatastrophe) erblühte in den 1960er-Jahren der Weinbau wieder zu neuem Leben, um sich schließlich bis auf die heutigen 100.000 ha auszudehnen (im Mittelalter waren es 300.000 ha). In den 1990er-Jahren war ein deutlicher qualitativer Aufschwung der deutschen Weine zu beobachten.

Weinberge am Ufer des Mains, bei Würzburg.

KLIMA UND BODEN

Das Klima ist kontinental, mehr oder weniger rau und in manchen Regionen für die geographische Breite relativ mild. Um Schäden durch Spätfrost im Frühjahr hintanzuhalten, werden die Reben mit Wasser besprengt, sodass sich ein Eisfilm um die jungen Triebe bilden und diese vor Minustemperaturen schützen kann. Wegen der Gefahr von Kälte und Minustemperaturen wird bereits vor der vollen Reife geerntet. Bei der Ernte lässt man einige Trauben auf der Pflanze stehen, welche, falls der Herbst trocken und warm ausfällt, zur Herstellung von Qualitätsweinen verwendet werden.

REBSORTEN

Die Böden sind sehr vielfältig: Kalk, Schiefer, Lehm-Schiefer, Schwemmland, Vulkangestein, fossiler Sandstein, Löss, Schotter, Granit, roter Mergel und Tonschiefer.
Riesling und Müller-Thurgau nehmen mehr als 40 % der deutschen Rebflächen ein, darauf folgen Spätburgunder (Pinot Noir), Silvaner, Kerner (insgesamt 20 %), der Rest ist mit Portugieser, Bacchus, Scheurebe, Dornfelder, Grauburgunder (Pinot Gris), Trollinger und Schwarzriesling bestockt. Schließlich werden noch Chardonnay und zu einem ganz geringen Teil auch andere Rebsorten angebaut. Ab dem 16. Jh. kümmerten sich die deutschen Winzer um eine sorgfältige Selektion ihrer besten Rebsorten:

- **Riesling**. Er wird stark von Lage und Boden des Weinbergs beeinflusst. Beim Verkosten kann man die regionale Herkunft des Weines leicht unterscheiden.
- **Müller-Thurgau**. Kreuzung zwischen Riesling und Gutedel (der Schweizer Chasselas-Traube), welche auf fruchtbaren Böden hohe Hektarerträge erzielt. Man baut sie jedoch auf mageren Böden an, um dafür umso qualitätsvollere Weine zu erhalten. Diese sind weich, fast süß, reich an Aromen, welche an Muskat erinnern, bei längerer Lagerung aber verloren gehen.
- **Kerner**. Diese Rebsorte wurde 1969 aus einer Kreuzung von Trollinger und Riesling gewonnen. Da sie hohe Hektarerträge ermöglicht und gegenüber Umwelteinflüssen sehr widerstandsfähig ist, gewann sie in allen Regionen den Zuspruch der deutschen Winzer.
- **Silvaner**. Die Hauptrebsorte der 1950er-Jahre wurde vielerorts durch die drei vorhergehenden Rebsorten ersetzt. Silvaner entwickelt sehr angenehme Trauben mit nicht aggressivem Bukett und leichter Säure.
- **Scheurebe**. Sie wurde 1916 aus einer Kreuzung von Silvaner und Riesling entwickelt und liebt kalkreiche Böden.
- **Bacchus**. Diese Traube wurde aus mehrfachen Kreuzungen gewonnen und erinnert an das Aroma von Riesling und Muscat.
- **Spätburgunder** (**Pinot Noir**). Dies ist die bekannteste, in Deutschland kultivierte Rebsorte; sie wird vor allem in den Gebieten von Ahr, Baden und Rheingau angebaut.
- **Trollinger**. Diese rote Traube ist in Italien als Schiava (in Südtirol als Vernatsch) bekannt und wird vor allem in Württemberg sehr geschätzt.

KLASSIFIKATION DER WEINE

Deutsche Weine sind nach einem Gesetz von 1984 in folgende Güteklassen unterteilt:
• ***Tafelwein***.
• ***Landwein***: entspricht dem französischen *Vin de pays* und dem italienischen IGT.
• **Qualitätsweine: QbA (Qualitätswein bestimmter Anbaugebiete), QmP (Qualitätswein mit Prädikat), Kabinett** (leichter, trockener Wein), **Spätlese, Auslese** (ausgewählte Trauben), **Beerenauslese** (ausgewählte Beeren), **Trockenbeerenauslese** (aus Trauben mit Edelschimmel), **Eiswein** (Wein aus gefrorenen Trauben). Diese Gliederung bezieht sich also nicht auf eine Gebietsbeschränkung. Tafelwein, Landwein und Qualitätsweine bestimmter Anbaugebiete können aus Most mit Zuckerzusatz stammen; bei Prädikatsweinen darf kein Zucker beigefügt werden.
Der Zuckergehalt der Traube wird in Oechslegraden angegeben (°Oe): 50 °Oe ergeben im fertigen Wein etwa 6 % Alkohol, 1 °Oe entspricht etwa 2 g Zucker. Das deutsche Gesetz sieht den folgenden Zuckergehalt des Mostes vor:
• Tafelweine: 44-45 °Oe; dieser Zuckergehalt ergibt Weine von 4,5-6 % Alkohol, weshalb eine Zuckerzugabe notwendig ist.
• Landwein: 47-53 °Oe.
• QbA: 50-72 °Oe.
• Kabinett: 67-82 °Oe.
• Spätlese: 76-90 °Oe.
• Auslese: 83-100 °Oe.
• Beerenauslese: 110-128 °Oe.
• Trockenbeerenauslese: 150-154 °Oe.
• Eiswein: 110-128 °Oe.
Vorwiegend werden QbA-Weine erzeugt, seltener Tafelweine und verschiedene Auslesen.

Ausgedehnte Weinkulturen in der Umgebung von Trier.

ETIKETTEN

Die EU-Reglementierung gilt auch für Deutschland; folgende Hinweise können auf dem Etikett angegeben sein:

- Name der Rebsorte.
- Prädikatsstufe bei QmP, zum Beispiel Spätlese oder Kabinett.
- Geschmacksangabe, zum Beispiel trocken, halbtrocken, lieblich, süß.
- Anbaugebiet, entspricht der französischen AOC oder der italienischen DOC.
- Terminus »Gutsabfüllung«, gefolgt von der A.P. (Amtliche Prüfnummer); wenn diese Abkürzung auf dem Etikett steht, bedeutet dies, dass das der amtliche Verkoster den Wein gebilligt hat.
- Terminus »Vertragsbetriebe«, gefolgt von der Nummer der Kontrollstelle.
- Erzeugerabfüllung – dies bedeutet, dass der Wein vom Winzer abgefüllt wurde.
- Einzellage – ein kleiner Weinberg.
- Bereich: mehrere Großlagen.
- Rotwein.
- Weißwein.
- Weißherbst: Rosé, der aus edelfaulen, roten Trauben gewonnen wurde.
- Schillerwein: Rosé, der in Württemberg aus roten und weißen Trauben hergestellt wurde.
- Badisch Rotgold: Rosé, der im Bezirk Baden aus einem Verschnitt von Grauburgunder und Spätburgunder hergestellt wurde.
- Perlwein.
- Schaumwein.
- Qualitätsschaumwein.
- Deutscher Sekt oder Deutscher Qualitätsschaumwein: Schaumwein, der ausschließlich aus in Deutschland kultivierten Trauben gewonnen wurde.
- Deutscher Sekt Bestimmter Anbaugebiete: Schaumwein aus Trauben, die in einem bestimmten deutschen Weinbaugebiet kultiviert wurden.
- Flaschengärung: nach dem Flaschengärverfahren vergorener Schaumwein, jedoch nicht von höchster Qualität.
- Für Diabetiker geeignet: ein trockener Wein, der weniger als 1,5 g Schwefeldioxid/l und nicht mehr als 12 % Alkohol enthält.
- Weinkellerei.
- Weingut.
- Süßreserve: pasteurisierter Traubensaft, der 1-2 % Alkohol enthalten kann – also kein Wein.
- Liebfrauenmilch: Anfangs, zu Beginn des 20. Jh.s wurde dieser Wein in einem »Liebfrauenkirche« genannten Weinberg bei Worms erzeugt. Dieser frische und fruchtige Weißwein wird heute in vier Regionen produziert: Rheinhessen, Pfalz, Rheingau und an der Nahe. Es können mehrere Rebsorten verwendet werden, aber mindestens 51 % Riesling, Müller-Thurgau, Kerner oder Silvaner. Liebfrauenmilch muss mindestens 18 g Zucker/l enthalten (die im Handel befindlichen Weine enthalten jedoch durchschnittlich 28 g/l).

Hier macht das Gesetz eine Ausnahme – denn trockene Tafelweine und Landweine dürfen nicht mehr als 3 g Zucker/l enthalten (bis auf etwa ein Dutzend Ausnahmen). Lediglich bei den Kabinett-Weinen sind keine Zuckerkontrollen vorgesehen.

Mosel, Saar, Ruwer

Visitenkarte

Anbaufläche
13.000 ha

Klima
wenig Regen, rascher Übergang von feuchter Kälte zu warmem, sonnigem Wetter

Boden
Sandstein, Muschelkalk, roter Mergel, Tonschiefer, grauer Schotter, Schwemmlandsand

Rebsorten
Riesling, Müller-Thurgau

Wichtigste Weine
Beerenauslese, Trockenbeerenauslese, Eiswein

Dieses zwischen Rhein und dem Staat Luxemburg liegende Weingebiet folgt dem Lauf der Mosel von den Vogesen an der französischen Grenze bis nach Koblenz. Die Rebflächen erstrecken sich auf etwa 13.000 ha (99 % weiße, 1 % rote Sorten), der mittlere Hektarertrag liegt bei 100 hl Wein. Mehr als 50 % der Rebfelder sind mit Riesling bestockt, mehr als 20 % mit Müller-Thurgau.

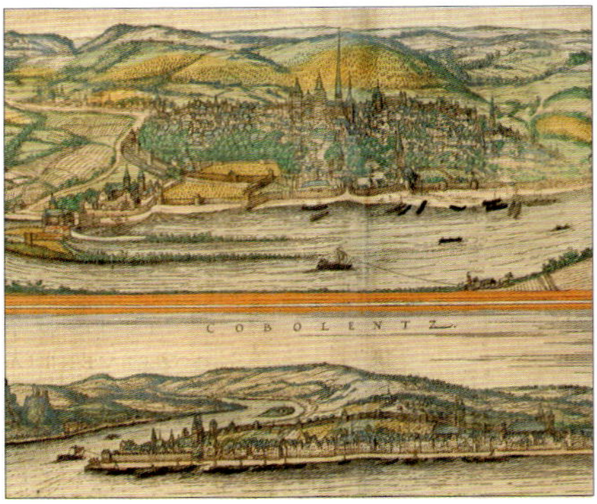

MOSEL

Im Mosel-Gebiet werden die typischen deutschen Weine und die besten Riesling-Weine hergestellt, welche in warmen Jahren und von Tonschiefer-Böden von unvergleichlicher Qualität sind. Das Kleinklima der steilen Hänge am Unterlauf der Mosel ist für die Riesling-Reben ideal. Die Rebfelder liegen zwischen 100 und 350 m Seehöhe, haben im zentralen Gebiet Böden aus Sandstein, Muschelkalk und rotem Mergel, im südlichen Teil Böden aus Sandstein und grauem Schotter, sowie in niedrigeren Seehöhen Schwemmlandsand-Böden. Die Reben werden auf kleinen Terrassen an extremen Steilhängen angebaut. In den letzten Jahren wurden kleine Einschienenbahnen gebaut, mit denen die Winzer leichter auf ihre Parzellen gelangen; der Arbeitseinsatz beträgt jedoch noch immer das Fünf- oder Sechsfache dessen, was in Flachlagen aufgewendet werden muss.

Die im temperiert kühlen Klima kultivierten Trauben verleihen, je nach Bodenart, vor allem mineralische Noten oder fruchtige Aromen von Apfel, Pfirsich, Grapefruit und anderen Zitrusfrüchten, sowie ein Aroma von Honig und exotischen Früchten. Die Farbe ist Gelb mit grünlichem Schimmer, während die edleren Weine goldene Töne aufweisen; am Gaumen offenbart der Wein eine angenehme Säure und eine Ausgeglichenheit, die eher vom hohen Extraktanteil und den vielen Düften und Aromen herrührt als vom Alkoholgehalt.

Im Bereich **Obermosel** trifft man auf die lokale Rebsorte Elbing. Sie wurde früher für die Schaumweinproduktion verwendet, heute werden daraus auch weiße, fruchtige Stillweine erzeugt. Entlang des Flusses befinden sich große Kellereien zur Schaumweinproduktion.

Das **mittlere und untere Moseltal** ist noch steiler und für seine kleinen Weinterrassen bekannt, die sich nahezu senkrecht über dem Fluss befinden. Die Weine aus dieser Gegend wurden in den 1970er- und 1980er-Jahren berühmt, als sie den britischen Markt eroberten. Die Hälfte aller heute produzierten Weine sind trocken, 30 % sind halbtrocken. Der trockene fruchtig-aromatische Riesling wird durch die sorgsame Arbeit von Winzer und Kellermeister immer begehrter – der Hektarertrag beträgt höchstens 40-50 hl Wein, im Gegensatz zu früher, als 100-130 hl üblich waren. In der Lage Bernkasteler Doctor wird der teuerste Wein Deutschlands erzeugt.

Oben: Trier und Koblenz in einem Druck aus dem 16. Jh.
Unten: die Mosel bei Trier.

Das Klima bietet meist wenig Regen, und die Weinberge liegen in geschützten Lagen mit idealem Kleinklima. Im Herbst kann es in günstigen Jahren an der Mosel (wie auch am nahen Rhein und am Main) schnell von feuchter Kälte zu sonnigem warmem Klima umschlagen – ein ideales Klima, um QmP aus ausgesuchten, edelfaulen Beeren herzustel-

len. Um die *Botrytis*-Bildung zur fördern, lässt man die Traube so lange wie möglich auf der Pflanze. Die Ernte erfolgt nach den ersten Frosttagen, häufig in der Nacht, wenn die Trauben von einer Eisschicht überzogen sind, welche sich bei den in dieser Region häufig früh auftretenden tiefen Temperaturen (von –7 bis –15 °C) gebildet haben.
Die drei auf diese Weise erzeugten Weinsorten sind **QmP Beerenauslese, QmP Trockenbeerenauslese** und **QmP Eiswein**. Sie sind süß, aromatisch, reich an Extrakten und haben einen hohen Säureanteil, welcher wiederum beim Eiswein am niedrigsten ist. Beim Verkosten können Honig, Rose und exotische Früchte wahrgenommen werden. Sie gehören weltweit zu den begehrtesten Weinen und sind zuweilen besser als manche Sauternes oder ungarischer Tokajer. Für Eiswein können verschiedene Rebsorten verwendet werden, aber Riesling erscheint am geeignetsten, um genug Säure zu bewahren.
Der berühmte *Winemaker* Hugh Johnson: »Die besten Mosel-Weine sind langlebig, von hellem Goldgelb, von vollem Geschmack, tief, aber gleichzeitig fruchtig. Man könnte sie eigentlich auf eine Ebene mit Musik und Poesie setzen!«
An der Mosel werden jedoch auch die schlechtesten deutschen Weine hergestellt – aus schlechten Böden und den unpassendsten Verschnitten – sie machen insgesamt etwa 40 % der Produktion aus.

SAAR

Das Saargebiet (600 ha) ist der südlichste Teil der drei Regionen. Die hier erzeugten Weine sind sehr sauer, in guten Jahrgängen aber harmonisch und angenehm. Die besten Weine entstehen aus Riesling-Reben an leicht geneigten Hängen mit Schieferböden oder roten Lehm-Schiefer-Böden; die Rebzeilen sind nach Süden ausgerichtet, um so am meisten Sonnenlicht und Wärme aufnehmen zu können. Die Rebstöcke sind wurzelecht angepflanzt, also nicht auf amerikanische Unterlagen aufgepfropft, und sehr alt. Die Weine offenbaren beim Verkosten eine Komplexität, die als »unerreicht« definiert werden kann.

RUWER

Diese kleinste Zone der Region ist nach dem gleichnamigen Fluss benannt und erzeugt gute, in Jahren mit günstigem Klima sogar hervorragende Weine. Die besten Prädikatsweine werden auf grauen und roten Schieferböden gewonnen und erfreuen sich weltweiter Berühmtheit. In Jahren mit weniger gutem Wetter wird Sekt erzeugt.

Eine Riesling-Traube, die Hauptrebsorte des Mosel-Gebiets.

Franken

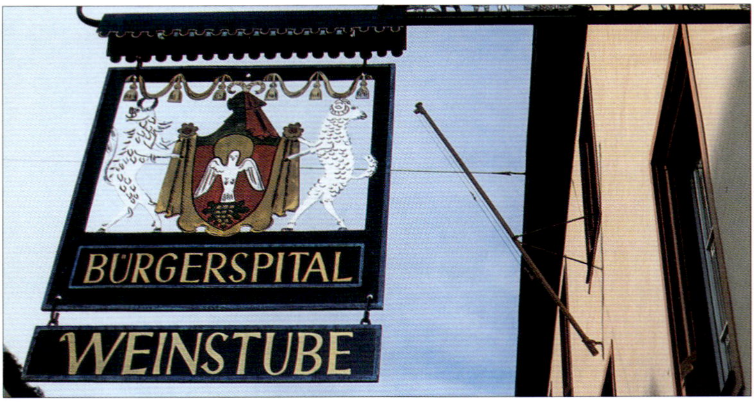

Visitenkarte

Anbaufläche
6000 ha

Klima
kontinental

Boden
Tonschiefer, Kalk, Lehm, Löss

Rebsorten
Riesling, Silvaner

Wichtigste Weine
Müller-Thurgau, Spätlese, Silvaner, Bacchus, Kerner

Franken ist ein Teil Bayerns und beherbergt unzählige Kellereien. Der in Franken auf etwa 6000 ha produzierte Wein war früher als »Steinwein« bekannt. Stein (mit 92 ha der größte Weinberg ganz Deutschlands) ist der Name eines der drei berühmten Weinberge, die sich nahe der Stadt Würzburg befinden. Die anderen beiden Weinberge heißen Innere Leiste und Randersacker.

KLIMA UND BODEN Im Weinberg am Würzburger Stein herrscht das günstigste Mikroklima von ganz Franken. Qualitätsweine werden an den Ufern des Main-Flusses und an den Hängen des Steigerwaldes gewonnen. Sie sind außerordentlich alterungsfähig und nach offiziellen Berichten haben sich Weine aus dem Jahr 1540 noch 400 Jahre später als genießbar erwiesen! Allerdings war das Klima in Bayern (und in ganz Deutschland) im 16. Jh. viel milder als heute. Außerdem war der so lange gealterte Wein eine sehr süße Beerenauslese, wie sie heute kaum noch erzeugt wird. Der nunmehrige Wein der Region ist trocken und es wäre auch unmöglich, eine solche Beerenauslese herzustellen – das Klima ist kontinental kühl und lässt die Riesling-Traube nicht zur vollen Reife kommen. Gut ausreifen kann höchstens die frühzeitige, etwas weniger edle Rebsorte Silvaner, die auf Tonschiefer, Kalk, Lehm und Löss wächst.

REBSORTEN UND WEINE Die bevorzugte weiße Rebsorte ist der Silvaner; der daraus gewonnene Wein wurde traditionell in Bocksbeutel abgefüllt, heute trifft man aber auch auf die Bouteille-Formen der Burgunder- und Bordeaux-Weine. Die flache, bauchige *Bocksbeutel*-Form wurde 1718 erfunden, um den Wein von Stein vor Imitationen zu schützen. Der Wein reift in der Flasche noch zwei bis fünf Jahre und zeigt einen ursprünglichen, komplexen Charakter.

Die zweite Rebsorte ist **Müller-Thurgau**, welche den Silvaner teilweise verdrängte. Müller-Thurgau verleiht dem Wein einen trockenen, erdigen, rauchigen Geschmack sowie Noten von Birne und Walnuss. In guten Jahrgängen kann er sich durchaus mit den großen Chablis-Weinen vergleichen. Aus dieser Rebsorte wird eine gute **Spätlese** produziert.
Bacchus, Kerner und **Scheurebe** sind weitere Rebsorten der Region.
Die Rebstöcke sind in Südlagen auf Kalkböden gepflanzt (wie in Chablis und Sancerre). Die weiter vom Main entfernten Lagen sind zu Großlagen zusammengefasst und werden im Allgemeinen als **Fränkisch Trocken** vermarktet.

Oben: Kellereischild des städtischen Krankenhauses von Würzburg. Rechts: eine typische Tracht der Region in einem Druck aus dem 16. Jh.

Baden-Württemberg

Baden bildet mit Franken und dem Bodensee-Gebiet die südlichste Region Deutschlands. Die badischen Rebflächen sind mit etwa 15.700 ha etwa gleich groß wie jene des Elsass.
Das Weingebiet Württemberg liegt zwischen dem Bodensee, Frankfurt und Baden und bedeckt etwa 10.000 ha. Seine Weine sind außerhalb Württembergs wenig bekannt.

Visitenkarte

Anbaufläche
25.700 ha

Klima
warm und sonnig

Boden
Kies, Lehm-Kalk, Mergel, Granit, Löss, Sand

Rebsorten
Müller-Thurgau, Grauburgunder, Spätburgunder, Lemberger, Trollinger, Silvaner, Riesling, Schwarzriesling

Wichtigste Weine
Badisch Rotgold, Silvaner, Grauburgunder, Schillerwein

Musikkapelle beim Weinfest von Konstanz am Bodensee.

KLIMA UND BODEN. Im größten Teil der Weinbauflächen herrscht sonniges, warmes Klima – vor allem in den Rebfeldern der Ebene und leicht geneigter Hänge, welche auch durch Schwarzwald und Odenwald geschützt sind. Die Böden sind reich, fruchtbar und bestehen aus Kies (welcher die Tageswärme speichert und in der Nacht an die Reben abgibt), Kalk, Lehm, Mergel, Granit, Löss und Sand auf vulkanischem Felsuntergrund. In Württemberg bestehen die Böden aus rotem Mergel, Lehm, Löss und Kalk. Das kontinentale Klima ist während des Vegetationszyklus der Reben relativ günstig, da die Weinberge im Westen durch den Schwarzwald und im Osten durch die Schwäbischen Alb geschützt sind.

REBSORTEN UND WEINE. Durch die vielfältige geologische Zusammensetzung der Böden und die unterschiedlichen klimatischen Bedingungen können in **Baden** die verschiedensten Weine hergestellt werden. Mehr als 90 % der Produktion wird von den 54 Genossenschaften verwaltet. Die Hauptrebsorten sind **Müller-Thurgau, Grauburgunder** und **Spätburgunder**; aus dem Letzteren wird der aromatische Roséwein **Badisch Rotgold** erzeugt. Es werden etwa dreimal so viel Weißweine wie Rotweine hergestellt, die großteils in der Region konsumiert werden. Die Weine sind körperreich, weinig – besonders jene aus Spätburgunder – aber weniger elegant als die Mosel-Weine. In manchen Jahren ergeben die Rebsorten **Silvaner, Riesling** und **Grauburgunder** ausgezeichnete trockene, halbtrockene oder liebliche Weine, die sich als reich an Aromen und voll im Geschmack erweisen.
Württemberg stellt Roséweine und Rotweine (80 %) aus den am Neckarufer wachsenden Rebsorten **Trollinger** und **Spätburgunder** her. Der Rotwein ist meist leicht, frisch, fruchtig und weist wenig Körper und Tannine auf – bis auf einige Weine aus dem Gebiet zwischen Heilbronn und Winnenden (nordöstlich von Stuttgart), dem Bereich Württembergisch Unterland.
Diese zwar guten Weine sind jedoch mit den besten Weinen anderer Regionen nicht vergleichbar:

- **Rotwein aus den Rebsorten Lemberger und Trollinger**. Dieser Wein ist vor allem nach *Barriques*-Ausbau gut, welcher erst seit kurzem von den Mitgliedern des Weinbauvereines HADES (nach den Anfangsbuchstaben der Namen der Gründungsmitglieder) vorgenommen wird.
- Roséwein **Schillerwein** – er zeigt meist mehr Charakter als die Rotweine.
- Weißwein aus **Schwarzriesling**, welcher trotz seines Namens eigentlich ein Pinot Meunier ist. Er ist edler als die beiden oben beschriebenen Weine, zeigt jedoch wenig Struktur, ist säurebetont und aromaarm.

Die württembergischen Weißweine (**Muskateller, Müller-Thurgau** und **Silvaner**) sind mit Ausnahme einiger **Riesling**-Weine von durchschnittlicher Qualität. In guten Jahrgängen werden einige Prädikatsweine, vor allem aus **Kerner**, hergestellt.

Rheingau

Visitenkarte

Anbaufläche
3800 ha

Boden
in höheren Lagen Quarzit und Tonschiefer; in tieferen Lagen Lehm, Löss, Kies und Sand; mitunter Kalk

Klima
temperiert, mit einer erhöhten Anzahl von Sonnenstunden

Rebsorten
Riesling

Wichtigste Weine
Riesling Rheingau

Dieses 30 km lange Weingebiet an Rhein und Main liegt zwischen Bingen und Mainz. Es ist die deutsche Region mit dem höchsten Riesling-Anteil (mehr als 3000 ha am rechten Rheinufer). Aus dieser Rebsorte wird ein »üppiger, saftiger Wein mit samtiger Fruchtigkeit« gewonnen. Vielleicht ist er weniger fruchtig als Riesling von der Mosel; jener vom Rheingau ist unter dem Namen »Johannisberg Riesling« bekannt – nach dem Namen eines an einem sonnigen Hang gelegenen Weinbergs, dessen Riesling Pfirsichnoten annimmt. Bereits Karl der Große schätzte diesen Wein, den Grundstein für den Weinbau legten auch hier die Römer.

KLIMA UND BODEN Der Rheingau kann zwischen März und Oktober eine erhöhte Zahl an Sonnenstunden aufweisen. Auch die kühlere Jahreszeit ist aufgrund des Wärmeausgleichs durch Rhein und Main temperiert, gleichzeitig bietet der Taunus Schutz vor kalten Nordwinden. Die Reben sind in 100-300 m Seehöhe in Südlagen gepflanzt.
Die meist tiefen Böden bestehen in höheren Lagen aus Quarzit und Tonschiefer; in tieferen Lagen werden auf Böden aus Lehm, Löss, Kies und Sand weniger elegante, aber kräftigere und würzigere Weine erzeugt; mitunter trifft man auch auf kalkige Böden.

REBSORTEN UND WEINE Das Weinbauzentrum des Rheingaus ist das Kloster Eberbach, welches im 12. Jh. von Zisterziensermönchen gegründet wurde. Der zum Kloster gehörende Weinberg Steinberg verdient ebenso wie der Weinberg von Schloss Johannisberg eine besondere Erwähnung. Die Namen beider Weinberge können auch im Etikett angegeben sein.
Zum Rheingau gehören 28 Gemeinden, deren Namen jedoch nicht im Etikett angegeben werden. 1983 wurde die **Charta Rheingau** mit dem Ziel der klassischen Pflege des Rheingauer Rieslings gegründet. Diese wurde dann in den Verband Deutscher Prädikats- und Qualitätsweine eingegliedert, welcher fast 3800 ha Rebflächen für die Produktion von Qualitätsweinen kontrolliert. Rheingauer Riesling von Mitgliedern des Verbandes tragen im Etikett den Terminus »Charta« und als Logo einen doppelten Bogen. Alle Charta-Weine werden vor und nach dem Abfüllen verkostet und in langen, dünnen braunen Flaschen vermarktet. Sie sind trocken und werden reinsortig aus **Riesling** gekeltert. Die Trauben müssen per Hand in mehreren Durchgängen gelesen werden, wobei nur die reifen Trauben ausgesucht werden. Der Hektarertrag darf 50 hl nicht übersteigen. Der Alkoholgehalt muss mindestens 12 % betragen, die Weine müssen beim Verkosten Standardweine guter Herkunft übertreffen. Die nicht trockenen Weine (Prädikat) werden den gleichen Kontrollen unterzogen. Trockene Charta-Rieslinge sind voller als andere Riesling-Weine, da die Trauben erst voll ausgereift geerntet werden und die Weine dadurch eine gute Beständigkeit von Aromen und Geschmack, Harmonie und besondere Eleganz aufweisen können. Zum Verband gehören 49 Einzellagen. Die besten Charta-Weine werden als Erste oder Große Gewächse (gleichbedeutend mit *Premier Cru*) eingestuft. Diese Termini sind nicht vom Gesetz, sondern nur vom Charta-Verband vorgesehen. Heute wird sowohl vom Markt als auch von den Herstellern den Süß- und Likörweinen (aus Spätlesen oder aus Trauben mit Edelschimmel) mehr Aufmerksamkeit gewidmet. Bei Assmannhausen wird einer der besten deutschen Rotweine aus **Spätburgunder** hergestellt.

Weitere Weingebiete

Ahr

Im Gebiet zwischen Koblenz und Bonn befindet sich westlich des Rheins das Ahrtal, wo auf 600 ha verschiedene rote Rebsorten kultiviert werden. Die Weinberge haben Schiefer- oder Basaltböden sowie im südlichen Teil Kiesböden und sind durch das Eifelgebirge geschützt. Die roten Rebsorten hatten französische Mönche aus ihrer Heimat mitgebracht und hier angepflanzt – am meisten verbreitet ist **Spätburgunder**.

Die günstige Ausrichtung der Reben in Südlagen ermöglicht selbst hier, so weit im Norden, einen guten Rotwein zu gewinnen. Gleichzeitig speichert der Boden (Basalt, Tonschiefer, Tuff, Schiefer und zum Teil Löss) tagsüber Wärme, die dann in der Nacht an die Reben weitergegeben wird; außerdem sind die engen Täler vor kalten Winden geschützt.

Die Weine aus **Dornfelder, Riesling** und **Spätburgunder** erweisen sich als reich an fruchtigen, duftigen Nuancen, sind dunkelrot oder hellrot, sehr säurebetont und zuweilen süß. Am besten sind die trockenen Weine des mittleren Ahrtals, welche man kurze Zeit in *Barriques* reifen lässt; dadurch wird der erhöhte Säuregehalt gedämpft und die Struktur erhöht. Grundbedingung für solche Weine ist jedoch ein günstiger Klimaverlauf, eine rigorose Mengenbeschränkung (die Reben dürfen nicht mehr als 10-12 Trauben je Pflanze entwickeln) und eine sorgfältige Arbeit im Keller! Auf diese Weise können füllige, samtige Weine mit reichem Bukett gewonnen werden.

Mittelrhein

Der Mittelrhein, das Ursprungsgebiet der Kelten, zwischen Bonn und Bingen ist durch die etwa 600 ha felsigen, sehr steilen Weinberge charakterisiert. Manche Weine dieser größten Weinbauzone des Rheins genießen zum Teil unverdienten Ruhm, auch wenn hier sehr feine Weine hergestellt werden, die wiederum zu wenig geschätzt werden. Die steilen Abhänge der Weinberge sind immer nach Süden gerichtet und nehmen die vom windgeschützten Talgrund reflektierte Sonnenwärme auf.

Die Böden variieren zwischen den verschiedenen Weinbergen relativ stark: am häufigsten findet man Lehmböden über Tonschieferuntergund, aber auch Kies-Sand-Konglomerate, Lössablagerungen und Ablagerungen vulkanischen Ursprungs.

Doch die Bearbeitung der alten, in die Schieferhänge gehauenen Terrassen ist so kostenintensiv, dass viele davon aufgelassen wurden. Aus der Hauptrebsorte **Riesling** – sie erzielt wie in den anderen Gebieten auch hier die besten Resultate auf Tonschiefer-Böden – werden trockene oder halbsüße Weine mit Aromen von Blüten und Honig gewonnen. Die säurereicheren Weine werden für die Sektproduktion verwendet.

Rheinhessen

Rheinhessen liegt zwischen den Städten Worms, Mainz und Bingen, südlich des Rheingaus und nördlich der Pfalz. Das Gebiet umfasst mehr als 25.000 ha Rebflächen und ist somit die größte deutsche Weinregion. Durch die große Ausdehnung ergibt sich auch eine beträchtliche Bodenvielfalt: Kalk, Mergel-Sand, Quarzit, Vulkangestein, Schiefer, Lehm und Löss. Das Klima ist temperiert, da das Anbaugebiet durch den Odenwald vor kalten Winden geschützt ist. Die Rebfelder befinden sich in 100-200 m Seehöhe in Ost- und Südostlagen und gehören zu neun Gemeinden.

Hauptrebsorte ist **Müller-Thurgau**, gefolgt von **Silvaner**, während **Riesling** nur 10 % der Rebflächen einnimmt.

Nicht viele der hier (in Rheinhessen) erzeugten Weine können die Finesse anderer deutscher Weine erzielen. Die leichte und halbsüße **Liebfrauenmilch** gehört zu den begehrtesten Weinen Deutschlands – sie ist allerdings kein hochwertiger Wein. In Rheinhessen werden etwa 50 % der gesamten deutschen Weinmenge erzeugt. Der Großteil stammt aus *Assemblagen*, wovon Weine mit überwiegendem Silvaner-Anteil trocken und leicht, jene auf Basis von Müller-Thurgau weich und aromatisch ausfallen.

Nahe

Die Weinberge dieser Region, zwischen Mittelrhein und Rheinhessen am Fluss Nahe gelegen, erstrecken sich auf etwa 4500 ha. Vorwiegend werden hier Weißweine auf Basis von **Riesling, Müller-Thurgau** und **Silvaner** gewonnen. Der Riesling hat einen interessanten organoleptischen Charakter und kann zwischen die Riesling-Weine von Mosel und Rheingau eingereiht werden.

Das Klima ist temperiert und sonnig und die gut geschützten Weinberge genießen ein nahezu mediterranes Kleinklima. Sie befinden sich sowohl an leicht geneigten als auch an steilen Hängen, immer in Südlagen und zwischen 100 und 300 m Seehöhe. Die Böden sind sehr vielfältig und bestehen aus Tonschiefer, Quarzit, Porphyr und teilweise aus Lehm, Sandstein und Löss.

Die heute produzierten Weißweine, von den trockenen bis zu den süßen, haben nicht mehr den guten Ruf der Vorkriegszeit, vor allem da man durch die erhöhte Nachfrage auf die Produktion von Massenware übergegangen ist. Es ist schade, dass sich hier, bei den für Deutschland so günstigen Klima- und Bodeneigenschaften und den hier angebauten hochwertigen Rebsorten, nur wenige Hersteller der Produktion von Weinen hoher Qualität verschrieben haben. Um eine Qualitätsverbesserung bemühen sich die im VDP (Verband Deutscher Prädikats- und Qualitätsweingüter – er kontrolliert die Weine aller Mitglieder) zusammengeschlossenen Winzer.

Pfalz

Die Pfalz (oder Rheinpfalz) gehört zu den sonnigsten Regionen des Landes und wird gerne als »deutsche Toskana« bezeichnet. Hier werden reiche, kräftige und würzige Weine produziert, welche an die Elsässer Weine erinnern. Die Rebflächen umfassen fast 20.000 ha und erstrecken sich etwa 80 km entlang der Hänge von Haardt und Pfälzerwald. Die Hauptrebsorten sind **Riesling** und **Müller-Thurgau**; danach folgen **Dornfelder, Portugieser** und **Silvaner**. Die Böden der Anbaugebiete dieser 170 Gemeinden sind sehr vielfältig – Tonschiefer, Lehm, Kalk, Granit und Sandstein.

Die Pfälzer Weine genießen heute nicht mehr den einstigen Ruhm, da heute zu viel Massenware hergestellt wird. Beachtenswert sind einige Weine aus Riesling- und Müller-Thurgau-Trauben; die besten werden zwischen Herxheim und Neustadt erzeugt. Einige kleine Kellereien erzielen qualitativ hochwertige Weine aus **Muskateller** und **Gewürztraminer**. Der größte Teil der Trauben von Riesling bis Müller-Thurgau wird von den sehr aktiven und effizienten Weingenossenschaften verarbeitet. Es werden Weißweine, Roséweine, Rotweine, Eisweine, Schaumweine und Perlweine hergestellt. Zur Pfalz gehören 25 Appellationen, die entlang der 80 km langen Weinstraße liegen.

Saale-Unstrut und Sachsen

Diese nordöstlichste Weinregion Deutschlands liegt hart an jener Grenze, wo überhaupt noch Wein angebaut werden kann. Saale-Unstrut befindet sich auf halbem Weg zwischen Franken und Berlin, Sachsen liegt zwischen Dresden und der Grenze zu Polen. Der Weinbau kann hier auf eine lange Geschichte zurückblicken – Dokumente aus dem Jahr 1066 weisen auf die Rebkulturen der Zisterziensermönche des Klosters Pforta hin und Urkunden von 1161 bestätigen die Vorliebe des Sachsenkönigs für Weine aus diesem Gebiet. Das Klima ist kontinental und die Wachstums- und Reifezeit für die Reben ist kurz und trocken (500 mm Regen jährlich), weswegen die Weine eher plump wirken. Die Weingärten sind nach Süden oder Südosten gerichtet; sie weisen in Saale-Unstrut Böden aus Kalk und Sandstein und in Sachsen Granitböden auf vulkanischem Untergrund auf.

Die wichtigsten Rebsorten sind **Müller-Thurgau** und **Silvaner**, sowie geringere Mengen **Spätburgunder**. Die 900 ha Rebflächen liegen am Zusammenfluss der Flüsse Saale und Unstrut, und in Sachsen an der Elbe. Vorwiegend werden trockene, körperreiche Weißweine hergestellt, die sich, vor allem aufgrund des Klimas, von anderen trockenen Weißweinen Deutschlands unterscheiden.

Hessische Bergstraße

Diese Region liegt zwischen Franken und Rheinhessen und grenzt an das nördliche badische Weingebiet östlich des Rheins und südlich des Mains. Es ist die kleinste deutsche Weinregion, welche Qualitätsweine herstellt. Die Weinparzellen wechseln sich mit Obstgärten ab und liegen an terrassierten Hängen, welche die Hessische Bergstraße flankieren. Die Weingärten sind durch den waldreichen Odenwald geschützt, sodass die Reben die höchsten Temperaturen ganz Deutschlands genießen können – im Jahresmittel mehr als 9 °C. Die jährliche Niederschlagsmenge liegt bei 755 mm, etwa vergleichbar mit Norditalien. Die Weingärten haben Süd- und Südwestlagen, ihre Böden bestehen aus einer dünnen Löss-Schicht und Basalt. Am häufigsten werden **Riesling** und **Müller-Thurgau** angepflanzt, die roten Rebsorten machen etwa 4 % aus. Das Klima ist außerordentlich günstig, sodass die Trauben der ausgesuchten und erprobten Rebsorten leicht die volle Reife erreichen können, sowie den richtigen Säureanteil und einen deutlichen Pfirsichduft aufweisen, was auch als Reifehinweis gedeutet werden kann. Die besten Weine werden aus Riesling gewonnen, wovon sich jene aus dem Bereich Starkenburg (dem größten Weinberg der Region) auszeichnen.

Da der Weinbau hier von den meisten Winzern als Nebenerwerb betrieben wird, ist es sehr schwierig, ein hohes Qualitätsniveau zu erreichen. Die Namen der zehn Gemeinden, in welchen die Weine der Hessischen Bergstraße erzeugt werden, können auch auf dem Etikett aufscheinen.

SCHWEIZ

In der Schweiz, einem vorwiegend gebirgigen Binnenland, ist Rebenanbau mit beträchtlichen klimatischen Schwierigkeiten verbunden; weitere Probleme ergeben sich durch die Landschaftsform, sodass mitunter auch eine Terrassierung notwendig ist. Die Produktion war traditionell auf Weißweine ausgerichtet, in den letzten Jahren werden aber auch vermehrt Rotweine hergestellt.

GESCHICHTE

Die ersten Reben wurden von den Griechen, welche von Marseille bis zur Schweiz vorgedrungen waren, hierher gebracht, während im Kanton Tessin die von der Lombardei kommenden Römer den Weinbau einführten. Im 6. Jh. gründeten aus dem Burgund kommende Zisterzienser-Mönche das Kloster St. Moritz bei Aigle, wo sich inmitten eines der schönsten Schweizer Weinberge eine majestätische Burg erhebt. Die Mönche bestellten die Rebfelder rund um den Genfer See und an den Ufern der aus dem Gotthardmassiv entspringenden Flüsse Rhein und Rhône. Im Hochmittelalter wurde praktisch im gesamten Gebiet der heutigen Schweiz Wein angebaut, während sich die heutigen Rebflächen nur auf etwa 15.000 ha belaufen.

KLIMA UND BODEN

Das Klima ist generell alpin-kontinental und in der Nähe der großen Seen und Flüsse gemäßigt; zudem profitiert das Land vom Schutz durch die Alpenkette, wodurch der Weinbau erst möglich wird, und in einigen kleinklimatisch begünstigen Gebieten, sogar floriert. Die besten Zonen befinden sich in den Voralpentälern, in der Ebene, sowie an den Flüssen und Seen. Reben wachsen aber auch im Süden, in der Nähe des Matterhorns, auf 1100-1200 m Seehöhe und erreichen somit, ebenso wie die italienischen Weingebiete im Aostatal, das absolute Höhenlimit des Weinbaus im europäischen Binnenland. Die häufig sehr steilen Weinberge sind in Terrassen angelegt und nach Süden ausgerichtet. Die Böden bestehen aus Moränen mit Geröll und Hangablagerungen; aber auch Felsböden sowie schottrige Böden aus Schiefer und Tonschiefer auf einem Untergrund aus Kalk, Lehm-Sand, manchmal auch Kreide, kommen vor.

REBSORTEN

Die Rebsorten sind mehr oder weniger gleichmäßig auf weiße und rote Trauben aufgeteilt. Weiße Rebsorten sind **Chasselas** oder **Fendant** 50%, **Müller-Thurgau, Chardonnay, Silvaner, Pinot Gris, Aligoté** und kleine Mengen anderer Sorten. An roten Trauben werden **Pinot Noir, Gamay, Merlot** und weitere autochthone oder aus den angrenzenden Ländern importierte Sorten verwendet. Die Weinberge sind klein und relativ zersplittert.
Erwähnenswert ist **Humagne Blanc**, der wegen des hohen Eisengehalts sogar Neugeborenen verabreicht wurde – hoffentlich wenigstens in mikroskopisch kleinen Dosen! Der Wein sticht durch Aromen von Paprika und exotischen Früchten sowie Mandelabgang hervor.

KLASSIFIKATION DER WEINE

Der Weinbau ist hier im Gegensatz zu anderen europäischen Staaten nicht reglementiert, wenn man von jenem Gesetz absieht, welches unter anderem in allen Kantonen für die Herstellung von besseren Rotweinen einen Maximalertrag von 96 l/a vorsieht. 1999 überließ man die Organisation und Kontrolle von Herkunftsbezeichnungen den einzelnen Kantonen. Im Süden des Landes übernahm man die italienische (**DOC**), im Westen die französische (**AOC**) Terminologie. Allerdings können außer dem im Tessin erzeugten Merlot auch die relativ guten Rotweine kaum internationales Format erreichen. Unter den Weißweinen kann der an den steilen Hängen des Genfersees (in der Umgebung von Lausanne) gewonnene Chasselas einen besonderen Charakter und einen angenehmen Säuregehalt aufweisen. In Lagen mit günstigen Kleinklimata und Böden werden Pinot-Noir-Weine hergestellt.
Die Rebsorte Chasselas (im Wallis als Fendant, im Waadt als Dorin, in Genf als Perlan und in Deutschland als Gutedel bekannt) ergibt auf Böden mit viel Sandstein frische, leichte aber »fleischige«, trockene Weine mit Aromen von Mistelblüten; zuweilen erweisen sich diese Weine auch als lebhaft oder perlend. Chasselas wird in den französischen Kantonen produziert, wo sich auch mit 12.000 ha der Großteil der Rebflächen befindet, und ist entlang des 50 km langen Rhônetal-Gebiets, vom Genfersee bis Brig, die Hauptrebsorte.

Wallis

Das Wallis (Valais) umfasst 5000 ha Rebflächen und ist die produktivste Weinregion der Schweiz. Im Zentrum des 50 km langen fast geschlossenen Weinbaugebietes liegt die Stadt Sitten.

WEINBAU Das Klima ist so trocken, dass im Sommer künstlich bewässert werden muss – die Jahresniederschlagsmenge beträgt nur 400 mm (zum Vergleich: im Bordeaux-Gebiet regnet es 800 mm jährlich). Vorwiegend werden rote Rebsorten angebaut. In den Oberwalliser Weinbergen herrscht viel Sonnenschein und die Reben können voll ausreifen. Daher können sehr konzentrierte und komplexe Weine erzielt werden.

HERKUNFTSBEZEICHNUNGEN UND WEINSORTEN Im Wallis gibt es seit 1993 ein AOC-Reglement. Zwischen Siders und Martigny werden am Rhôneufer zwei Weine produziert, welche die Aufmerksamkeit des Weinliebhabers verdienen: ein Weißwein aus der Rebsorte **Fendant** mit tiefen Aromen und guter Struktur, und der Roséwein **Dôle** aus **Pinot Noir** oder noch öfter aus einem Verschnitt von meist überwiegendem Pinot-Noir-Anteil mit **Gamay**. Vor allem die auf kalkigen Böden gewonnenen Weine erweisen sich als sehr gut und fruchtig.
Die wahrscheinlich einheimische (oder aus dem Aostatal stammende) Rebsorte **Petite Arvine** ist sehr verbreitet und ergibt im Vergleich zum Chasselas einen relativ sauren, nervigen, alterungsfähigen Wein. Die besten Ergebnisse werden im trockenen Gebiet zwischen Sitten und Martigny erzielt. Manchmal wird auch der so genannte **Malvasia** hergestellt, der aber von getrockneten **Pinot-Gris**-Trauben stammt. Die Rebsorten Pinot Noir, Gamay und Syrah werden oft verwendet, um die Weine aus den heimischen Trauben zu verfeinern. Der Großteil der Traubenproduktion ist in Händen kleiner Besitzer, die im Allgemeinen die Trauben an die Genossenschaften liefern.
In Siders wird in 1100 m Seehöhe **Gletscherwein** nach dem *Solera*-Verfahren hergestellt.

Visitenkarte

Anbaufläche
5000 ha

Boden
Schiefer; mitunter steinig oder kalkig

Klima
trocken, sehr sonnig

Rebsorten
Fendant, Pinot Noir, Gamay, Petite Arvine

Wichtigste Weine
Fendant, Dôle

Transport der soeben geernteten Trauben im Walliser Visperterminen, wo sich die höchstgelegenen Weinberge Europas befinden.

Weitere Weingebiete

Drei Seen

Das Drei-Seen-Gebiet (Neuenburger See, Bielersee, Murtensee) ist das westlichste Schweizer Weingebiet. Hier wachsen vorwiegend die Rebsorten Pinot Noir und Chasselas.

Die Weinberge des Kantons Neuenburg (Neuchâtel) am Fuß des Jura sind beträchtlichen Tagestemperaturschwankungen ausgesetzt. 1993 wurde dieser Zone mit etwa 600 ha Rebflächen AOC-Status zuerkannt. Der am Ufer des Neuenburger Sees produzierte **Chasselas** ist leicht und perlend – er ist lebhaft und kann sofort nach dem Abstich getrunken werden. Zuweilen lässt man ihn einige Monate auf dem eigenen Bodensatz reifen und erhält so einen komplexeren Wein mit mehr Finesse.

Auf Kalkböden kultivierter **Pinot Noir**, der wie die Bordeauxweine in *Barriques* ausgebaut wird, ergibt einen komplexen, strukturreichen Rotwein, der sich mit den Pinot Noirs aus dem Burgund messen kann.

Dôle Rosé Œil-de-Perdrix wird aus Pinot Noir, häufig im Verschnitt mit Gamay und noch weiteren Trauben gewonnen. Er wird wegen seiner schönen Farbe und des lieblichen Geschmacks vor allem von weiblichen Konsumenten geschätzt.

Weitere Produkte des Gebiets sind nicht so hochwertig wie die genannten.

Graubünden

Graubünden liegt nordöstlich des Rheins und nördlich der Alpen. Es ist hier nicht so niederschlagsreich wie im Tessin, aber auch weniger mild und sonnig, doch weht häufig der von den Winzern liebevoll als »Traubenkocher« bezeichnete warme Föhnwind. Er fördert die Zuckerkonzentration in den **Pinot Noir**-Trauben, sodass gut strukturierte, kräftige Rotweine gewonnen werden können.

Ostschweiz

Zur sogenannten Ostschweiz gehört vor allem der nördliche Teil der Schweiz (im Norden von Zürich). Grundmotiv der zusammenfassenden Bezeichnung »Ostschweiz« ist, diese von der frankophonen »Westschweiz« mit dem Drei-Seen-Gebiet abzugrenzen. Die 2500 ha Rebflächen der Ostschweiz werden von den beiden Rebsorten Blauburgunder (Pinot Noir) und Müller-Thurgau dominiert. Hier befindet sich auch das berühmte, 150 ha große *Clos* (ein eingefriedeter Weinberg) von Schaffhausen, das seit 1998 AOC-Status besitzt.

Zur Palette der Weinsorten gehören **Schillerwein**, der dem Dôle ähnliche **Süssdruck** und **Completer**, ein körperreicher Weißwein. Eine besondere Erwähnung verdient der im Aargau erzeugte **Blauburgunder**, der zu den besten der Schweiz gehört.

Die Stadt Thurgau verdankt ihre Bekanntheit dem Rebzüchter Dr. Müller, der aus einer Kreuzung von Riesling und Chasselas die Rebsorte **Müller-Thurgau** züchtete. Diese Rebsorte ergibt in ihrer Heimatstadt zwar frische und fruchtige, ironischerweise aber weniger qualitätsvolle als die in anderen Ländern daraus gewonnenen Weine. Bessere Resultate werden aus den Rebsorten **Pinot Blanc, Pinot Gris, Chardonnay** und **Sauvignon Blanc** erzielt.

Waadt und Genf

In den Kantonen Waadt (seit 1995 AOC) und Genf sind etwa 5000 ha mit Reben bestockt, 80 % davon im Kanton Waadt. Am Ufer des Genfer Sees wird ein vorzüglicher **Blauburgunder** erzeugt, dessen mineralische Noten das *Terroir* erkennen lassen. Die Weinberge sind an den sanften, fast flachen Hängen in Terrassen angelegt. Die beiden Kantone ergeben das zweitgrößte Anbaugebiet der Schweiz und stellen auch seit über 1000 Jahren, seit sich hier Zisterziensermönche niedergelassen haben, das Zentrum des Schweizer Weinbaus dar. Das durch den Genfer See bedingte milde Klima ermöglicht sehr hohe Erträge (110 hl/ha und mehr) aus der Rebsorte Chasselas, die etwa 50 % der Rebflächen einnimmt. Dort, wo jedoch ein behutsamer »Grünschnitt« im Sommer, also eine Entfernung der Nebentriebe vorgenommen wird, kann bei niedrigerem Ertrag ein sehr »aufregender«, wenn auch sehr säurearmer **Chasselas** erzielt werden. Die besten *Terroirs* für diesen Wein liegen im Chablais, besonders in den Gemeinden Aigle (magnesiumreiche Böden) und Yvorne (kalkreiche Böden), sowie in den Regionen Lavaux und La Côte. In der Gegend von Lausanne, wo die Rebfelder wie Gärten gepflegt werden (eigentlich ist die ganze Schweiz eine Gartenlandschaft), erhält man einen voluminösen Chasselas, welcher Rauchnoten sowie Aromen des jeweiligen *Terroirs* und einen langen Abgang offenbart. Satigny ist mit 500 ha die größte Weinbaugemeinde der Schweiz; die Böden sind reich an Kalk, Lehm und Kies, worauf außer Chasselas auch ein guter **Gamay** produziert wird.

Tessin

Der Kanton Tessin liegt im Süden des Landes und erstreckt sich bis zum Lago Maggiore. Die Reben genießen hier, südlich der Alpen, jährlich etwa 2000 Sonnenstunden bei besonders mildem Klima. Auch die Regenmenge ist sehr reichlich – 1800 mm jährlich – und kann mitunter auch die volle Reife der Trauben verhindern. Die Böden bestehen um Locarno aus Schwemmlandsand, in der Gegend von Mendrisio aus Moränenablagerungen, Lehm und Kalk, sowie in den anderen Zonen vorwiegend aus Granit. Die Rebsorte **Merlot** wird hier schon seit 1907 angebaut und ergibt leichte, weinige, fruchtige und manchmal körperreiche Weine von dunkelroter Farbe. Gute Jahrgänge können sich durchaus mit anderen hochwertigen Merlot-Weinen, besonders jenen aus dem Bordeaux, messen. Seit 1995 existiert ein DOC-System, aber manche Winzer und Kellereien ziehen es vor, ihre Weine als *»Vino da tavola della Svizzera Italiana«* zu vermarkten. Auch ein Schaumwein aus Merlot wird hier nach dem Flaschengärverfahren hergestellt.

ÖSTERREICH

In Österreich wird vor allem im Osten des Landes, nahe der Grenze zu Ungarn, Weinbau betrieben. Die Hektarerträge sind sehr niedrig und dürfen nach einem Gesetz von 1993 60 hl für Weine mit örtlichen Herkunftsbezeichnungen nicht überschreiten. Bei diesen Weinen ist auch Zuckerzusatz zum Most untersagt.
Die Reben werden in den Flussebenen, oder oft auch auf steilen, terrassierten Hängen an der Donau und ihren Zuflüssen, sowie an den Berghängen der Steiermark angebaut. Die am meisten verbreitete Reberziehung ist die 1930 eingeführte Hochkultur nach Lenz Moser, welche bei 85 % aller Rebflächen Anwendung findet. Die Ernte wird in mehreren Durchgängen durchgeführt, sodass aus den zuletzt gelesenen, sehr süßen Trauben Auslesen hergestellt werden können.

Die angebauten Rebsorten und das Klassifikationssystem der österreichischen Weine sind ähnlich wie in Deutschland. Die Klassifikation basiert auf dem Zuckergehalt der Traube bei der Ernte, doch sind die Anforderungen in Österreich höher. Für manche Önologen ist Österreich sogar die echte Heimat der Riesling-Traube.
Die österreichischen Weinbauzonen liegen in vier Bundesländern: Niederösterreich (30.000 ha Rebflächen, unterteilt in acht Weinbaugebiete), Burgenland (16.000 ha, vier Weinbaugebiete), Steiermark (3700 ha, drei Weinbaugebiete) und Wien mit 600 ha Rebflächen.
Das Städtchen Kufstein ist für die berühmte Glasmanufaktur Riedel bekannt, in der hochwertige Gläser für die Weindegustation hergestellt werden.

GESCHICHTE

Die Rebe wurde in Österreich von den Kelten eingeführt, später wurde der Weinbau von den Römern bis nach Oberpannonien und im 3. Jh. auf Veranlassung von Kaiser Marc Aurel noch weiter ausgedehnt. Karl der Große förderte den Weinbau der Klöster und somit eine anhaltende Entwicklung und beträchtliche Ausweitung der Rebfelder. Die Gesamtrebfläche

Oben: ein altes Ladenschild in Oberarnsdorf bei Spitz.
Rechts: Abtei und Weingarten von Klosterneuburg.

Rebfelder in Niederösterreich, dem Bundesland mit den meisten Weinbergen Österreichs.

war im 13. Jh. etwa zehnmal so groß wie die heutigen rund 50.000 ha. 1106 wurde die Abtei Klosterneuburg gegründet, in der später eine – auch heute noch weltweit anerkannte – Weinbauschule eingerichtet wurde. Klosterneuburg gehört mit seinen 103 ha Rebflächen zu den größten Weinbaubetrieben Österreichs, die Kellerei wurde zwischen 1730 und 1740 errichtet.

KLIMA UND BODEN

Das Klima ist kontinental mit jährlichen, eher geringen Niederschlagsmengen um 570 bis 770 mm. Im Süden des Burgenlands, an der ungarischen Grenze, ist das Klima am mildesten, und durch den Morgennebel am Neusiedlersee können sich edelfaule Trauben entwickeln. Die großen Wasserflächen des Neusiedlersees und der Donau wirken in den beiden Hauptanbaugebieten – in den Weinbaugebieten Niederösterreichs im Süden und Westen von Wien und in jenen des südlichen Burgenlands – wärmeregulierend, da sie sowohl den kühlenden Einfluss des Waldviertels als auch die Hitze der pannonischen Tiefebene einschränken. Die sommerliche Wärme (heißer als in Deutschland) und die kühlen herbstlichen Nächte fördern die Anreicherung der Trauben mit Aromen.
Die Böden sind vielfältig und bestehen vor allem aus Schiefer, Kalk, Kies und Löss; am Neusiedlersee sind vorwiegend Lehmböden und in der Steiermark Vulkanböden anzutreffen.

REBSORTEN

Die am meisten verbreiten weißen Rebsorten (70 %) sind **Grüner Veltliner, Gewürztraminer, Furmint, Freiburgunder (Chardonnay), Frühroter, Müller-Thurgau, Muskateller, Sauvignon Blanc, Silvaner, Riesling, Welschriesling** und **Weißburgunder (Pinot Blanc)**. Zu den roten Trauben gehören **Blauburgunder (Pinot Noir), Portugieser, Blauer Wildbacher, Blaufränkisch (Lemberger** in Deutschland, **Kékfrankos** in Ungarn), **Cabernet Franc** und **Cabernet Sauvignon** (diese Rebsorte wurde 1982 eingeführt und ist heute sehr verbreitet).

KLASSIFIKATION DER WEINE

1784 erließ der österreichische Kaiser Josef II. ein Gesetz, wonach in den sogenannten Heurigen-Lokalen offener Wein ausgeschenkt werden durfte. Damit bekam die Weinwirtschaft einen neuen Aufschwung, vor allem die Produktion des als **Heuriger** bezeichneten **Jungweins**, der heute auch noch eine touristische Attraktion darstellt. Diese Heurigen-Lokale verkaufen jungen Wein aus eigener Erzeugung, der ausschließlich ab dem 11. November des Erntejahres bis zum 31. Dezember des folgenden Jahres ausgeschenkt werden darf. Dieser leicht perlende Weißwein besteht aus einem Verschnitt (»Gemischter Satz«) von Riesling, Grünem Veltliner und Traminer. Die Heurigen befinden sich vor allem in den Vororten rund um Wien: Grinzing, Kahlenberg, Nußberg und Nußdorf. Rund um Wien wird auf 680 ha Rebflächen **»Wiener Wein«** produziert.
Qualität und Ruf der österreichischen Weine wurde 1985 durch den Glykolskandal aufs Spiel gesetzt, als den Weinen von mehreren Produzenten illegal Äthylenglykol beigefügt wurde, um sie süßer zu machen. Daraufhin wurden sehr strikte Gesetze erlassen, sodass in Österreich heute unter äußerst strengen Kontrollen beste trockene Weißweine, aber auch exzellente Auslesen, Trockenbeerenauslesen und andere Süßweine erzeugt werden.
Mehr als 30 % der österreichischen Weinproduktion basiert auf der autochthonen Rebsorte **Grüner Veltliner**. Daraus werden sehr fruchtige, frische, säurebetonte Weine gewonnen, deren reiche Aromen an Grapefruit und Dille erinnern und eine schwer beschreibbare Kräuternote aufweisen. Im Gegensatz zum einem edlen Riesling wirkt er weniger fein und fast rau. Er sollte jung getrunken werden, solange er seine beste Fruchtigkeit und Frische ausdrückt.
Die Rotweine werden großteils aus Verschnitten gewonnen, allerdings werden auch großartige Blauburgunder und Zweigelt gekeltert.
Ausbruch ist ein Weintyp, der aus der Zeit des Österreichisch-Ungarischen Kaiserreichs herrührt und auch heute noch erzeugt wird, allerdings in geringeren Mengen als in Ungarn. Er stammt aus edelfaulen Beeren (mit sehr hoher Zuckerkonzentration), die derart eingetrocknet sind, dass sie vor dem Keltern befeuchtet werden müssen.
Alle österreichischen Weine müssen einer chemischen Analyse unterzogen werden und erhalten dann ein amtliches Zertifikat. Qualitätsweine werden zweimal kontrolliert und die Flaschen erhalten eine rot-weiß-rote Banderole mit Kennnummer. Die Klassifizierung basiert auf dem Mostgewicht, womit der Zuckergehalt des Mostes angegeben wird. Der Zuckeranteil wird in KMW (Klosterneuburger Mostwaage) gemessen, wobei der in 100 g Most enthaltene Zucker in Gewichtsprozenten angezeigt wird.
2003 wurde die neue Herkunftsbezeichnung für regionaltypische Weine aus Österreich, DAC (Districtus Austriae Controllatus), eingeführt.

WEINARTEN

Die gesetzlich vorgesehenen Qualitätsklassen sind:
- **Tafelwein**. Etwa 50 % der österreichischen Gesamtproduktion besteht aus Tafelweinen; ihr Most muss mindestens 10,6 °KMW gewogen haben.
- **Landwein** (analog dem französischen *Vin de Pays* und dem italienischen IGT). Der Most muss mindestens 14 °KMW gewogen haben.

- **Qualitätswein**. Der Most muss mindestens 15 °KMW gewogen haben.
- **Kabinett** (besondere Qualitätsweine). Der Most muss mindestens 17 °KMW gewogen haben. Im Gegensatz zu den obigen dürfen Kabinettsweine nicht mit Zucker aufgebessert werden.
- **Prädikatswein**. Diese Qualitätsklasse umfasst mehrere Varianten: **Spätlese**, mindestens 19 °KMW; **Auslese**, mindestens 21 °KMW; **Beerenauslese**, mindestens 25 °KMW; **Eiswein**, mindestens 25 °KMW; **Ausbruch**, mindestens 27 °KMW; **Trockenbeerenauslese**, mindestens 30 °KMW.

Niederösterreich

Zum niederösterreichischen Weinbaugebiet gehören außer den Weinbergen der Thermenlinie und des Weinviertels auch jene des Donaulands im Nordwesten Wiens. Das Donauland ist witterungsmäßig durch den Gegensatz zwischen der Wärme Pannoniens und dem frischen Klima des Waldviertes begünstigt; dadurch können die Trauben voll ausreifen und sich mit Aromen anreichern. Die Reben werden in etwa 490 m Seehöhe angebaut, die Hänge sind teilweise sehr steil und terrassiert.

• Die im Nordwesten Wiens gelegene **Wachau** ist das bekannteste Weinbaugebiet Niederösterreichs, obwohl sich hier nur 3 % der österreichischen Rebflächen befinden. Auf den Weinbergen nördlich der Donau werden grandiose Weine aus Riesling und Grünem Veltliner gewonnen, welche – darunter auch edelsüße Weine – zu den besten der Welt zählen. Die Wachauer Winzer haben sich zur Vereinigung *Vinea Wachau Nobilis Districtus* zusammengeschlossen, welche eine äußerst strenge Kontrolle der Prädikatsweine vorsieht. Die Wachau erstreckt sich 35 km entlang der Donau und ist von Burgen, Weinbergen und Klöstern geprägt.

Die Weine sind als **Steinfeder, Federspiel** und **Smaragd** klassifiziert. Weine der erstgenannten Kategorie sind die leichtesten und haben nicht mehr als 10,8 % Alkohol. Als Federspiel klassifizierte Weine müssen mehr als 11,9 % Alkoholgehalt und dürfen höchstens 4 g Restzucker/l aufweisen – sie entsprechen den deutschen Kategorien Kabinett, Spätlese und Auslese. Weine der Stufe Smaragd enthalten 13-14 % Alkohol, höchstens 8 g Zucker/l und sind gut alterungsfähig. Nach Ansicht mancher Önologen ist eigentlich die Wachau die Heimat des Rieslings, der sich hier als ebenso strukturreich wie die Elsässer Rieslinge erweist.

Aus Grünem Veltliner werden ausgezeichnete, aromenreiche Weine mit vollem und reichem Geschmack erzeugt, welche mitunter einen scharfen Duft, starke Raucharomen und mineralische Noten aufweisen, wie jene von Achleiten. Durch die niedrigen Hektarerträge und den klimatischen Einfluss der Donau gewinnt man Trauben, aus welchen Weine mit 15 % Alkohol erzeugt werden können; überdies tragen die kühlen Nachttemperaturen zur Anreicherung der Trauben mit Aromen bei. Das Klima ist sehr trocken, sodass mitunter beregnet werden muss. Die Trauben kann man getrost als »biologisch« bezeichnen, da keine Schädlingsbekämpfung erforderlich ist.

• Die Weinbaugebiete **Kremstal** und **Kamptal** weisen lehmig-kalkige Böden auf, welche den Weinen ein sehr intensives Bukett verleihen. Man trifft auch auf viele terrassierte Weinberge mit Lössböden, wo aus Grünem Veltliner beste Resultate erzielt werden. Diese Weine sind noch körperreicher und feiner als jene aus der Wachau.

Visitenkarte

Anbaufläche
30.000 ha

Boden
vorwiegend Schiefer, Kalk und Kies

Klima
kontinental, trocken

Rebsorten
Riesling, Grüner Veltliner

Wichtigste Weine
Riesling, Grüner Veltliner, Smaragd

Weitere Weingebiete

Burgenland
Burgenland liegt an der Grenze zu Ungarn und umfasst 16.000 ha Rebflächen. Es ist das Gebiet mit den höchsten Temperaturen, da es am warmen Klima Pannoniens Anteil hat und auch der Neusiedlersee als Wärmespeicher dient.
Hier werden die unterschiedlichsten Weine hergestellt: trockene und süße Weißweine, sowie konzentrierte, elegante, fruchtige und tanninreiche Rotweine (vor allem im Süden) aus den Rebsorten Blaufränkisch und Zweigelt. Die süßen Weine sind eine Spezialität des flachen, sandigen Neusiedlersee-Gebiets im nördlichen und östlichen Teil des Burgenlands, wo auch trockene Weißweine aus Chardonnay und Rotweine aus verschiedenen Verschnitten erzeugt werden.
Durch den See entstehen die herbstlichen Nacht- und Morgennebel, welche gemeinsam mit der Tageserwärmung die *Botrytis*-Bildung auf den Trauben fördern. Aus diesen Trauben können jedes Jahr edelsüße Weine gewonnen werden, was zum Beispiel im berühmten französischen Sauternes nicht immer möglich ist. **Ausbruch** wird aus edelsüßen Trauben der Rebsorten Bouvier, Scheurebe, Muskat-Ottonel, Weißburgunder und Welschriesling erzeugt. Dieser süße Qualitätswein (besonders berühmt ist jener aus dem Seewinkel) ist dem Tokajer vergleichbar. **Pannobile** sind von den Mitgliedern einer bestimmten Winzervereinigung produzierte, in *Barriques* gereifte Weine. Die wichtigsten Rebsorten sind Grüner Veltliner, Welschriesling, Müller-Thurgau, St. Laurent, Sämling 88 (Scheurebe), Cabernet Sauvignon und Zweigelt. Am begehrtesten unter den Burgenländer Weinen sind die trockenen, eleganten und kräftigen Weiß- und Rotweine.
In Rust befindet sich die Weinakademie Österreich, wo man den Titel eines Weinakademikers erlangen kann.

Steiermark
Hier befinden sich die südlichsten österreichischen Weinbaugebiete mit insgesamt etwa 3500 ha Rebflächen, etwa einem Zehntel der Anbaufläche des 16. Jh.s. Die Weine sind trocken, leicht und fruchtig. Nicht zu unrecht wird das steirische Weinbaugebiet als »österreichische Toskana« bezeichnet: die relativ hoch gelegenen Weinberge an den Südhängen der Alpen genießen ein mediterranes, temperiertes und mildes Klima.
Die wichtigsten Rebsorten sind Welschriesling, Weißburgunder, Chardonnay und, weniger häufig Müller-Thurgau, Sauvignon und die roten Trauben Zweigelt und Blauer Wildbacher.
An der Grenze zu Slowenien befindet sich die wichtigste Zone der Region, die **Südsteiermark**. Auf Weinbergen mit mehr als 26 % Hangneigung wird hier der sogenannte »Bergwein« (auch im Etikett angegeben) erzeugt. Der in der Südsteiermark produzierte, intensiv fruchtige Riesling unterscheidet sich stark von anderen Rieslingweinen – die Franzosen würden ihn als »racé« (»rassig«) bezeichnen.
In der **Weststeiermark** ist die Rebsorte Blauer Wildbacher zu Hause, woraus (zum Teil auch aus Zweigelt) der typische steirische, bereits seit dem 4. Jh. bekannte Roséwein Schilcher erzeugt wird. Mitunter lässt man auch den Most etwas länger in der Maische stehen und erhält einen sehr fruchtigen Rotwein, der länger als der Rosé gelagert werden kann. In den letzten Jahren wird auch ein Sauvignon mit viel Struktur und Frucht erzeugt, der entweder im Stahltank oder in *Barriques* ausgebaut wird. Seit mehr als einem Jahrhundert wird ein ebenfalls gut strukturierter Wein aus Morillon-Trauben (Chardonnay) hergestellt, der nicht die Butternote der amerikanischen Weine, aber dafür eine unvergleichliche Fruchtigkeit aufweist.
In der Südoststeiermark wird auch ein etwas rustikaler Gewürztraminer produziert.

Thermen-Region
Diese Region ist nicht nur, wie der Name bereits andeutet, eine Zone von Thermalbädern, sondern auch berühmter Weine. Schon in der Vergangenheit war die Weinbaugemeinde Gumpoldskirchen überaus bekannt, wohin sich auch Ludwig van Beethoven gerne zurückzog, um zu komponieren. Die 2500 ha Rebflächen sind vorwiegend mit den autochthonen Rebsorten **Zierfandler** und **Rotgipfler** bestockt. Häufig wird aus ihrem Verschnitt Spätrot-Rotgipfler gewonnen.
Die Region ist Teil des Pannonischen Beckens und weist mildes Klima auf. Auf den lehmigen und kalkigen Böden im Nordwesten werden vorwiegend weiße, in der Schwemmlandebene von Steinfeld hauptsächlich rote Rebsorten angebaut. Die Weine der Thermen-Region sind meist lange lagerfähig.

Wien
Die Weine der Hauptstadt werden unter der Herkunftsbezeichnung Wien vermarktet. Der Bau des Wiener Stephansdoms kam durch ein Tauschgeschäft der Babenberger im 12. Jh. zustande, welche einen Weinberg in der Wauchau gegen das Recht, eine eigene Pfarrei zu gründen, eintauschten.
Das Weinbaugebiet Wien umfasst insgesamt 7000 ha; die Hänge des Kahlenbergs im Nordwesten weisen kalkige Böden auf, der Bisamberg im Nordosten hat Böden aus Löss, Steinen und brauner Erde. Auch das Klima der beiden Zonen ist unterschiedlich: im Westen ist es kühl – hier werden leichte und fruchtige Weine produziert, im Osten ist das Klima milder und man kann man strukturiertere und körperreichere Weine erzielen. Die meisten Weine werden aus weißen Rebsorten und ihren Verschnitten gewonnen. Sie werden meist jung in den typischen Wiener Heurigen-Lokalen (*rechts*) getrunken.

Weinviertel
Das Weinviertel liegt im Nordosten Niederösterreichs und ist die größte und produktivste Weinregion des Landes. Der Großteil des Weines wird an die Schaumwein-Kellereien geliefert, worunter sicherlich auch die Sorgfalt der Winzer, die sie ihrem Weinberg entgegenbringen, gelitten hat. Dies hat sich auch, trotz der optimalen klimatischen Bedingungen, auch auf die Qualität des Weines ausgewirkt. Das hier herrschende Klima und die Lössböden sind ideal für Grünen Veltliner; jene Winzer, die sich nicht vom schnellen Gewinn durch sofortigen Verkauf der Trauben an die Kellereien verführen ließen, zeigen, dass hier Wein von höchstem qualitativem Niveau hergestellt werden kann.
Es gibt auch kalkreiche oder lehmig-sandige Böden – sie sind besser für den Anbau der Rebsorten Traminer und Riesling geeignet. Das Weinbaugebiet Carnuntum, das bis vor 10 Jahren zum Donauland gehörte, liegt südöstlich von Wien am linken Donauufer. Das *Terroir* weist ähnliche Bedingungen wie im Weinviertel auf und ist Basis für die Produktion fruchtiger, kräftiger Weine aus den Rebsorten Grüner Veltliner und Müller-Thurgau, sowie in kleinerem Ausmaß aus Riesling-Trauben. Seit einigen Jahren wird außer dem **Rubin Carnuntum** auch ein sehr guter weißer Jungwein als **Carnuntum** abgefüllt.

SLOWENIEN – MAZEDONIEN

Slowenien

Die 120.000 ha Rebflächen Sloweniens sind in drei Zonen aufgeteilt: Primorska an der Küste von Istrien, ein Gebiet entlang des Flusses Siva und ein weiteres entlang der Drau. Die beiden Letztgenannten weisen eher kontinentales Klima auf, das zur Herstellung aromatischer, gut ausgeglichener Weißweine mit gutem Säureanteil geeignet ist. Die bekannteren Hügelgebiete sind Radgona, Kapela, Ljutomer, Haloze, Slovenske und Prekmurje. Vorwiegend werden Weißweine produziert, die aber nicht die Qualität der italienischen Weine des angrenzenden Collio-Gebiets mit gleichem Klima und gleichen Böden erreichen können. In Slowenien werden verschiedene autochthone Rebsorten angebaut: Sipon, Ranina, Pinela, Kraljevina, Zelen, Rebula, sowie die internationalen Rebsorten Pinot, Traminer (Traminec), Müller-Thurgau, Riesling, Chardonnay, Cabernet und Merlot. Auch die für Friaul typischen Rebsorten Verduzzo und Refosco (Pikulit und Refošk) sind vertreten.

*Unter den Weinen sind **Laski Rizling** (aus Riesling und Sauvignon Blanc), der Schaumwein Radgonska Penina (aus Chardonnay und Pinot Noir) und der weiße, auch für Diabetiker geeignete **Rumeni Plavec** hervorzuheben. Am Rand der pannonischen Tiefebene werden ähnliche Trockenbeerenauslesen wie in Österreich erzeugt. Unter den Rotweinen sind **Ljutomer** und **Cabernet Sauvignon** zu erwähnen, sowie **Modra Kaucina**, der im Drautal aus einer 500 Jahre alten Rebsorte erzeugt wird. Im Gebiet Posayj werden auch Eisweine und der dem österreichischen Schilcher ähnliche **Cviček Rosé** hergestellt.*

Kroatien

*Kroatien kann zwei sehr unterschiedliche Weinbauzonen aufweisen: die dalmatinische Küste und die Inseln mit mediterranem Klima, sowie das Hinterland mit kontinentalem Klima. Die verwendeten Rebsorten sind Merlot, Terrano, Malvazija Bela und einige internationale Trauben. Südlich von Rijeka wird **Plavac Mali** kultiviert, aus dem ein dichter, lieblicher Wein, eine Spätlese und ein dem Portwein ähnlicher Wein hergestellt werden. Die besten Weißweine und Schaumweine werden auf den Inseln produziert. Auf Krk gewinnt man Schaumwein aus der autochthonen Rebsorte **Zlahtina**, die besten Schaumweine werden aber im Gebiet von Plešivica hergestellt. In letzter Zeit werden auch Schaumweine aus den Rebsorten Chardonnay und Pinot Noir nach dem Flaschengärverfahren erzeugt. Die Tradition süßer Schaumweine aus den Rebsorten Malvasia Istriana, Rosenmuskateller und Teran wird aber nach wie vor aufrechterhalten.*

Bosnien-Herzegowina

*Hauptsächlich werden rote Rebsorten angebaut: aus **Blatina** wird ein körperreicher Rotwein und aus **Samotok** ein sehr angenehmer Rosé gewonnen. **Zilavka** wird für die Herstellung eines eher plumpen Weißweines verwendet.*

Serbien und Montenegro

*Die wichtigste Rebsorte, Prokupac, ist Basis für den Rosé **Zupska Ruzi**. Erwähnenswert ist der in Oplenac produzierte **Cabernet Sauvignon**. Die besten Weißweine werden aus der Spielart **Smederevka** und aus der aromatischen Rebsorte **Temjanika** hergestellt. Die Rebsorte Vranac ergibt einen Wein mit großer Struktur, der als **Crnogorski Vranac** bekannt ist und 3-5 Jahre Alterung verträgt. Im Kosovo werden auch Cabernet Franc, Gamay, Pinot Noir und Riesling mit mittelmäßigem Erfolg kultiviert. Der beste Wein wird aus der ungarischen Rebsorte Kadarka erzeugt. Die Vojvodina im Norden Serbiens umfasst vier Weinbaugebiete. Hier werden die Rebsorten Ezerjò, Traminer, Kadarka, Merlot, Rheinriesling, Sauvignon Blanc, Sémillon und Welschriesling (auch Grasevina oder Kreaca genannt) angebaut. Aus der Letztgenannten wird der Weißwein **Banatski Rizling** gekeltert.*

Mazedonien

*In Mazedonien gibt es drei Weinbauzonen: Povadarje, Plina-Osogovo und Pelagonija-Polog. Der bedeutendste Wein wird aus den autochthonen Rebsorten **Vranac** und **Kratosija** gewonnen. Dieser körperreiche und aromenreiche Rotwein wird nach zweijährigem Fassausbau abgefüllt, obwohl er oft im Jahr der Herstellung am angenehmsten zu trinken ist. Weiter verbreitet und begehrter sind die zahlreichen Weißweine, wovon sich jene aus **Grenache**-Trauben und ein aromatischer Weißwein aus der Rebsorte **Temjanika** auszeichnen.*

UNGARN

Wenn vom Wein die Rede ist, so gilt Ungarn als Synonym für Tokajer, einen großen Wein mit großer Geschichte. Doch die ungarische Weinkultur lebt nicht nur in der Vergangenheit. So führte man in den 1970er-Jahren viele neue Rebsorten ein. Außerdem wurden durch die Privatisierung vieler Weingüter zahlreiche internationale Investoren angezogen. Dies hatte zur Folge, dass sich heute der Großteil der Tokajer-Produktion in Händen ausländischer Unternehmer befindet, welche auch neue Technologien anwenden.

GESCHICHTE

Der Weinbau wurde auch hier, in der einstigen römischen Provinz Pannonien, von den Römern eingeführt. Das Pannonische Becken war einst von einem Binnenmeer überflutet, worauf eine Periode starker vulkanischer Aktivität folgte, von der die aschereichen Böden herrühren.
Im 9. Jh. fanden die Magyaren eine blühende Weinkultur vor, die dann von den Mongolen (1211) vernichtet und unter König Béla IV. wieder instand gesetzt wurde. Die heutige Weinbaufläche beträgt etwa 120.000 ha. Tokajer gab es bereits Jahrhunderte vor dem Bordelaiser Sauternes – er wurde seit dem 16. Jh. im Weinberg Oremus des Fürsten Rákóczi gekeltert. Man erzählt, dass während des Konzils von Trient (1545) ein ungarischer Erzbischof Papst Pius IV. eine Flasche des bereits damals berühmten Tokajer Aszú überreicht habe. Ludwig XIV. betitelte ihn als »Wein der Könige und König der Weine«, während der russische Zar eine Garnison von Kosaken in Ungarn stationierte, um die Versorgung Sankt Petersburgs mit Tokajer zu garantieren. Papst Benedikt XIV. meinte nach dem Genuss von Tokajer, den ihm Kaiserin Maria Theresia hatte zustellen lassen: *»Benedicta sit terra, quae te germinavit; benedicta mulier, qui te misit; Benedictus ego, qui te bibi«* (»Gesegnet ist das Land, das dich gebar; Gesegnet sei die Frau, die dich schickte; Gesegnet bin ich, der dich trinkt«).

TERROIR UND REBSORTEN

Das Klima ist kontinental, aber sehr temperiert. Die ungarischen Weinbaugebiete liegen in einer nördlichen Breite, welche im Norden der des Elsass entspricht und im Süden bis zum Breitengrad des Bordeaux-Gebiets reicht. Der Kälte des kontinentalen Klimas steht die sommerliche Hitze der Pannonischen Tiefebene gegenüber, welche von den Karpa-

Ungarisches Weinfest in einem alten Gemälde.

Oben links: Furmint, eine der beiden Hauptrebsorten für den Tokajer.
Oben: Beeren, welche von Botrytis cinerea *befallen sind. Dieser Edelschimmel ist für die unvergleichlichen Aromen des Tokajers verantwortlich.*

ten und den Dinarischen Alpen geschützt ist – ein ideales Klima für den Weinanbau! Die Böden sind vorwiegend vulkanischen Ursprungs und mit Löss untermischt.
Zu den Hauptrebsorten gehören sowohl autochthone als auch internationale Trauben. Autochthon sind die weißen Rebsorten Ezerjó, Furmint, Mezesfehér, Hárslevelü, Cirfandli, Kéknyelü, Szürkebarárát (Pinot Gris), Kiraalyleanyka sowie die roten Léanyka (aromatisch), Kadarka und Kékfrankos. Zu den wichtigsten eingeführten Rebsorten gehören die roten Cabernet Franc, Cabernet Sauvignon, Merlot, Pinot Noir und die weißen Sauvignon, Chardonnay, Riesling sowie Muskat-Ottonel. Die Reben werden meist in Kordonerziehung gezogen, in manchen Gemeinden, wie in Villány, ist jedoch jede einzelne Pflanze durch einen Pfahl gestützt.

ANBAUGEBIETE

Das ungarische Gebiet ist in die folgenden Weinregionen unterteilt:
- **Ungarische Tiefebene** oder **Alföld**, zwischen Budapest und den beiden großen Flüssen Donau und Theiß.

Auf sandigen Böden werden hier leichte Rotweine und halbtrockene oder süße Weißweine produziert. Das Gebiet umfasst 50 % der ungarischen Rebflächen.
- **Transdanubien**, rund um den Plattensee mit halbtrockenen oder süßen Weinen.
- **Eger**, im Norden, mit schwarzen Lehmböden vulkanischen Ursprungs. Hier werden sowohl Rotweine als auch einige Weißweine erzeugt.
- **Tokajhegyalja**, im Nordosten. Das Gebiets des Tokajers ist vermutlich die älteste Weinbauregion Ungarns. Die vulkanischen Böden sind – für die Reben sehr günstig – reich an Kalium.

Die vier Weinbaugebiete sind in 22 Unterregionen unterteilt, welche 1997 genau festgelegt wurden. Es werden verschiedene Weine aus den zahlreichen autochthonen Rebsorten, und seit einigen Jahren zum Teil auch aus Chardonnay, Merlot, Sauvignon und Cabernet Sauvignon gekeltert.

KLASSIFIKATION DER WEINE

1990 wurde die auf das 16. Jh. zurückgehende Klassifikation mit drei *Premiers Crus* und einem *Deuxième Cru* ersetzt. Das nunmehrige Weinrecht ist in Übereinstimmung mit der EU und sieht fünf Qualitätsstufen vor:
- ***Asztali Bor*** (Tafelwein).
- ***Tajjelegü Asztali*** (Landwein, entsprechend dem französischen *Vin de Pays*).
- ***Minösegi Bor*** (Qualitätswein).
- ***Kulönleges Minösegi*** (Qualitätswein mit Prädikat).
- ***Aszú*** (aus überreifen, oft edelfaulen Trauben).

Tokaji

Tokaji ist der Name von Stadt und Weinbauzone im Nordosten Ungarns, fast an der Grenze zur Slowakischen Republik und zur Ukraine. Die Weinberge erstrecken sich über etwa 5000 ha, auf drei Hügeln an den Flüssen Bodrog und Theiß, meist in Südlagen. Die Reben sind zum Teil noch in Buscherziehung, häufiger aber in moderner Kordonerziehung kultiviert. Die durch die beiden Flüsse geschaffenen Klimaverhältnisse bieten gemeinsam mit den Vulkanböden ideale Bedingungen für Furmint (eine späte Rebsorte mit dünner Schale), Hárslevelü (aromatisch und sehr süß; 10.000 Stöcke/ha) und, zuweilen Muscat de Lunelt oder Muscat Blanc (aromatisch). Auf den Trauben bildet sich im Herbst häufig *Botrytis*, sodass der weltberühmte Tokajer erzeugt werden kann.

TOKAJER-HERSTELLUNG Die überreife, edelfaule Traube wird als *»aszú«* (»getrocknet«) bezeichnet und wird im Oktober und November nach strenger Auswahl gelesen. Die Trauben kommen in spezielle, 20-25 kg Trauben fassende Bütten, *puttonyos*, wo sie 6-8 Tage verweilen. Während dieser Woche wird ein Teil der Trauben durch die darüber liegenden zerdrückt, und es fließt eine kleine Menge (0,2 l) sehr konzentrierter Most *(eszencia)* mit 80 % Zuckergehalt heraus. Dann werden die Trauben fein zermahlen und man erhält eine Traubenpaste, wovon die gewünschten Mengen in Fässer von 140 l *(gönc)* gefüllt werden. Diese Fässer werden mit trockenem Weißwein auf 137 l aufgefüllt, der aus derselben, allerdings weder überreifen noch edelfaulen Rebsorte (Muskotály Aszú) stammt. Die Fässer werden nicht ganz vollgefüllt, um die Oxidation zu begünstigen – dadurch kann sich der Edelschimmel *Cladosporium cellare* bilden.

Die Restsüße des fertigen Tokajers hängt von der Menge der in den *gönc* gefüllten Traubenpaste ab – meist werden nicht mehr als acht *puttonyos* dazugegeben. Beim Reifen des Weines im Keller kommt es zu einer sehr hohen Konzentration des *Botrytis*-Pilzes. Die Reifezeit in Jahren entspricht der um zwei erhöhten Anzahl der beigefügten *puttonyos*; heute tendiert man jedoch dazu, früher abzufüllen.

Beim langsamen, sorgfältigen Verkosten erinnert der Tokajer unter anderem an Rosinen, Honig, Pflaumen, Aprikosen, Pfirsich und Rosen.

Zuweilen wird Tokajer ganz einfach als **Eszencia** vermarktet: dieser Wein enthält mehr als 60 % Zucker, und muss vor dem Abfüllen 10 Jahre im Holzfass gereift sein. Er ist reich, üppig, samtig, hat einen sehr starken Pfirsichduft, ist sirupartig und enthält wenig Alkohol (nach mehreren Jahrzehnten 6 %). Normalerweise entwickeln sich bei dem hohen Zuckergehalt keine Hefen. Deswegen wird eine besondere Hefeart beigefügt, um wenigstens eine langsame Gärung einzuleiten, bis ein Alkoholgrad von 1 oder 2 % erreicht ist; bis der endgültige Alkoholgrad von 5-6 % erreicht werden kann, dauert es mehrere Jahre. Es wird berichtet, dass die russischen Zaren 200 Jahre alten Tokajer getrunken haben sollen!

Die neuen, »ausländischen« Kellereien produzieren einen Tokajer »neuen Stils«, der fruchtiger und weniger sirupartig ist.

Visitenkarte

Anbaufläche
5000 ha

Klima
kontinental, aber sehr temperiert

Boden
vulkanisch

Rebsorten
Furmint, Hárslevelü, Muscat de Lunel

Wichtigste Weinsorten
Tokaji, Tokaji Szamorodni, Tokaji Száraz

Ein Putton, ein spezieller Tragekorb mit einem Fassungsvermögen von 20-25 kg Trauben, welcher für die Ernte der Tokajer-Trauben verwendet wird.

ETIKETTEN Auf den 50 cl fassenden Tokajer-Flaschen befindet sich eine Banderole mit den ungarischen Nationalfarben und dem Hinweis *»Puttonyos«* mit einer Zahl von 2 bis 8, welche die Anzahl der beigefügten *Puttonyos* zum Basiswein und somit den Süßegrad des Weines angibt. Man findet die folgenden Hinweise:

Weinsorte	% Restzucker	Jahre Fassreifung
Száras	0-4	2
Édes	2-5	2
Aszú 2 puttonyos	5-6	4
Aszú 3 puttonyos	6-9 (süß wie eine Auslese)	5
Aszú 4 puttonyos	9-12	6
Aszú 5 puttonyos	12-15	7
	(süß wie eine Beerenauslese)	
Aszú 6 puttonyos	15-18	8
Aszú 7 puttonyos	16-18	8
Aszú 8 puttonyos	mehr als 18	8
Tokaji Aszú puttonyos	18	8
Tokaji Aszú Eszencia	18	8
Tokaji Eszencia	40-70	10

WEITERE WEINE Varianten des Tokajers sind **Szamorodni** (aus nur teilweise edelfaulen Beeren), **Száraz** (trocken) und **Edes** (halbtrocken); die beiden Letztgenannten werden ebenfalls aus edelfaulen Trauben gewonnen. Auch Weine aus Spätlesen werden hergestellt, zum Beispiel Szamorodni. Dies ist ein sehr süßer Wein (mehr als 30 % Zucker) mit Lindenblütenduft, Aromen von Aprikosen, Rosinen und Zitrusfrüchten. Er ist äußerst körperreich und weist 12-13 % Alkohol und eine Konzentration von festen Substanzen (Extrakten) von etwa 60 g/l auf – mehr als das Doppelte wie bei den Weinen Barolo, Gattinaro und Bordeaux.

Weitere Weingebiete

Plattensee (Transdanubien)

In Pannonien begünstigen der wärmespeichernde See und der Boden aus Basalt und Schiefer den biologischen Zyklus der Rebe, indem sowohl sommerliche Hitze als auch winterliche Kälte temperiert werden. Dieses Gebiet im Westen von Budapest produziert halbtrockene und süße Weine mit einem Aroma von Pfirsich und Aprikose, wofür vor allem die Rebsorten **Olaszrisling, Pinot Gris, Traminer, Müller-Thurgau** und **Muscat** verwendet werden. Der nördliche Teil Transdanubiens erstreckt sich vom Plattensee bis zur österreichischen und slowakischen Grenze und weist lehmige und vulkanische Böden auf. Im nordwestlichen Bereich um Ödenburg (Sopron) wird nur Rotwein erzeugt. Südlich des Plattensees werden außer den genannten weißen Rebsorten auch **Cabernet Sauvignon, Pinot Noir (Nagyburgundi)** und die autochthone Traube **Kadark** kultiviert, die hier trotz der langen Vegetationszeit voll ausreifen kann.

An den Abhängen des Vulkans Somló wird **Somloi Furmint**, ein einst am Österreichisch-Ungarischen Hof sehr geschätzter Wein, produziert. Man schrieb ihm einen positiven Einfluss auf die Zeugungsfähigkeit zu, weshalb er in den Hochzeitsnächten und Flitterwochen reichlich konsumiert wurde. Im nördlichen, frischeren Teil Transdanubiens wird **Habzó**, ein Schaumwein, nach dem Flaschengärverfahren gewonnen. Es gibt noch weitere kleine Gebiete, wo sehr guter Schaumwein erzeugt wird.

Eger

Die Appellation ist nach der nordöstlich von Budapest gelegenen Stadt Eger (Erlau) benannt und liegt am Fuß des Bükk-Gebirges. Hier wird der berühmte **Egri Bikavér**, das **Erlauer Stierblut** gekeltert. Der Name des Weines entstand in Anlehnung an eine Sage, nach der die Festung Eger 1552 gegen die Türken verteidigt werden musste. Die Magyaren waren, nachdem sie ihre Festung längere Zeit tapfer verteidigt hatten, mit ihren Kräften am Ende. Um sich wieder Mut zu machen, tranken sie große Mengen von Egri Bikavér – aber so unmäßig, dass ihre Bärte sich rot verfärbten. Die türkischen Angreifer dachten, die rote Farbe rühre von Stierblut her und ergriffen eiligst die Flucht.

Der Wein ist heute weniger aromatisch, weniger bukettreich und weniger rustikal als in der Vergangenheit. Auch der Verschnitt ist ein anderer und besteht aus **Kékfrankos** (der deutsche **Limberger**), **Kéko Porto** (der deutsche Portugieser), **Merlot** und **Cabernet Sauvignon**, welche hier auf vulkanischen Böden wachsen. Es ist ein kräftiger Wein mit dominanten Gerbstoffen, welche direkt nach dem Abfüllen noch an die einstige Rustikalität erinnern.

In Erlau werden auch gute, süße Weißweine mit Honiggeschmack aus den Rebsorten **Olaszrizling** und **Léanyka** gewonnen.

Alföld

Die große Ebene der Puszta, südlich von Budapest, wurde vor allem durch die Reblauskatastrophe zu einem wichtigen Anbaugebiet, da die Reblaus auf sandigem Boden nur bedingt lebensfähig ist. Es ist heute das größte zusammenhängende Weinbaugebiet Ungarns (50 % der Gesamtrebflächen). Die Landschaft ist von heißen Sommern (die Sandböden können sich bis 60 °C aufheizen) und sehr kalten Wintern geprägt; im Frühjahr kann es häufig zu Spätfrösten kommen. Es werden leichte, halbtrockene oder süße Weißweine mit niedrigem Säuregehalt und noch interessantere Rotweine erzeugt.

GRIECHENLAND

Der griechische Weinbau war bereits ab dem 13. Jh. v. Chr. wegen seiner qualitätsvollen Weine berühmt, wie Homer, Platon, Plinius und Vergil überlieferten. Die Reben wurden schon damals auf Kordons gezogen und regelmäßig zurückgeschnitten. Der vielgerühmte griechische Weinbau kam erst durch den Einfall der Osmanen zum Erliegen und wurde um 1830, als Griechenland die Unabhängigkeit wieder erlangte, wieder aufgenommen. In Griechenland werden die Weinberge auch heute noch zum Teil von den Mönchen kultiviert, wie etwa auf dem Berg Athos. 1937 gründete man in Athen das Weininstitut und verbesserte mit französischer Hilfe die Kellertechniken.

KLIMA UND BODEN

Das Klima ist an den Küsten durchwegs mediterran mit ständig wehenden frischen Winden; im gebirgigen Landesinneren und vor allem im Norden an der Grenze zu Bulgarien herrscht kontinentales Klima.
Die kalkigen und vulkanischen Böden eignen sich auch bis über 1000 m Seehöhe bestens für den Weinbau. Die am Meer gelegenen Weinberge sind sehr trocken, sodass bei neuen Pflanzungen eine Bewässerung erforderlich ist, bis sich die Wurzeln ausreichend entwickelt haben.

REBSORTEN

Vergil meinte einst, »dass es einfacher wäre, alle Sandkörner am Strand zu zählen, als alle griechischen Rebsorten zu benennen«. Auch heute noch findet man in Griechenland etwa 300 autochthone Rebsorten. Die wichtigsten sind **Limnio, Tsantalis, Kynomavro** (die wichtigste rote Traube), **Rhoditis** (eine der edelsten weißen Trauben), **Sykiotis, Kostifali, Mandilaria, Assyrtica, Athiri, Savatiano, Liatiko, Negoska, Moschophilero, Mavrodaphne, Agiorgitiko, Monemvassia, Vertzani, Aidani, Pavlos, Skiadupoylo** und **Debina**. Es werden aber auch immer mehr internationale Rebsorten verwendet: **Cabernet Sauvignon, Cabernet Franc, Pinot Noir, Merlot, Sauvignon Blanc, Riesling, Pinot Gris, Grenache, Cinsault** und **Ugni Blanc.**

ANBAUGEBIETE UND WEINE

Die Gesamtweinbaufläche Griechenlands erstreckt sich auf etwa 150.000 ha, wovon etwa die Hälfte für Tafeltrauben bestimmt ist. Die griechischen Weine sind international nicht sehr begehrt, da sie meist oxidieren und eher plump ausfallen. Die einzigen Weine, die eine Flaschenabfüllung verdienen, sind jene aus getrockneten Muscat-Trauben von Patras, Kéfalos, Lemnos, Rhodos und Samos. Vermutlich stammt der erste Strohwein aus aromatischen Trauben von der Insel Samos, der dann vielleicht verballhornt zum »Vin Santo« wurde. Die interessantesten Weine werden aus autochthonen Rebsorten gewonnen, welche sich im Laufe der Jahrtausende an ihre Umgebung – frische Nordlagen in Seehöhen von 600 m – angepasst haben. Im Tal werden im Allgemeinen eher plumpe Weine produziert.
Man kann 10 Weinbaugebiete unterscheiden:

• **Peloponnes**. Die Halbinsel, die durch den Kanal von Korinth vom griechischen Festland getrennt ist, besitzt die größten Weinberge, auf denen Trauben für die Weinproduktion und für die Erzeugung getrockneter Trauben – den Sultaninen und *Korinthiaki* – geerntet werden. Das Anbaugebiet erstreckt sich vom Meer bis zu den Gebirgen im Landesinneren mit den beiden großen Weinbergen Nemea und Mantinia. Das Klima ist im Westen regenreich und im Osten trocken. **Nemea**-Wein ist jung zu trinken und hat den Beinamen »Blut des Herakles«. Er wird aus der auf 250 bis 800 m Seehöhe angebauten Rebsorte Agiorgitiko (St. Georgs-Rebe) gekeltert, ist weiß, trocken, leicht und fruchtig. **Mavrodaphne** der Appellation **Patras** ist süß und wird durch Alkoholzugabe verstärkt. Der süße **weiße Muscat** der gleichen Appellation ist noch feiner als der vorhergehende. In der Umgebung von Patras wird auch ein trockener Weißwein aus der Rebsorte Rhoditis produziert. Die Rotweine aus der Hochebene Mantinia und der Appellation Goumenissa (Guménissa) sind dem Barolo vergleichbar.

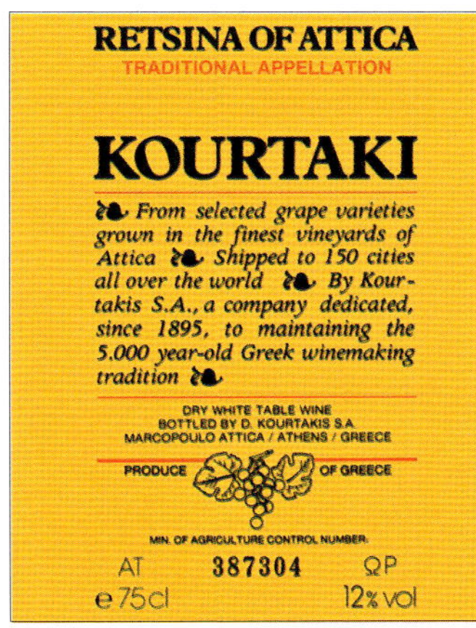

• **Kreta**. Manche Historiker sind der Ansicht, dass sich auf dieser Insel die ersten griechischen Weinberge befanden. Eine weitere Besonderheit ist, dass Kreta nicht von der Reblaus heimgesucht wurde, und daher die Reben nicht auf amerikanische Unterlagen aufgepfropft werden mussten. Der Rotwein mit der Herkunftsbezeichnung **Sitia** ist körperreich und wird aus der auf 600 m Seehöhe wachsenden Rebsorte Liatiko gekeltert. Die Appellation Daphnes stellt einen sehr guten Likörwein her.

• **Makedonien und Thrakien**. Die Rotweine dieser beiden Regionen sind von guter Qualität. **Naoussa** (Náussa) ist ein lange in der Flasche gereifter Wein mit Noten von Gewürzen, Kräutern und Balsam, sowie leichtem Tanningehalt; er wird aus der in 350 m Seehöhe kultivierten Rebsorte Xynomavro gewonnen. Auf **Sithonia** wird in der Appellation Côtes de Meliton ein AOC-Wein aus Cabernet Sauvignon und Cabernet Franc hergestellt. Auch leichte und fruchtige Weißweine werden produziert.

• **Mittelgriechenland und Euböa**. Zu Mittelgriechenland gehören Böotien und Attika, die Insel Euböa liegt im Ägaischen Meer – gemeinsam bilden sie aber ein homogenes Weinbaugebiet. Hier werden die unterschiedlichsten Weine hergestellt: Weißweine, Roséweine, Rotweine – und der **Retsina**, der bekannteste und älteste griechische Wein, der 10 % der Gesamtproduktion ausmacht. In der Antike wurden die Weinamphoren mit dem Harz der Aleppokiefer versiegelt. Nachdem man feststellte, dass der herbe Geschmack des Weines sich durch den Kontakt mit dem Harz verstärkte, wurde das Harz bereits vor dem Versiegeln dem Wein beigefügt. Heute gibt man das Harz während der alkoholischen Gärung hinzu. Retsina wird in den Varianten Weiß und Rosé erzeugt, hat einen scharfen Geruch, sowie Aromen und Geschmack von Pinienharz. Mitunter kommt es jedoch zu einer Oxidation, wenn Retsina nicht mit modernen Technologien reduktiv (ohne Luftkontakt) ausgebaut und der Harzzusatz auf 1g/l begrenzt wird. Durch diesen Zusatz kann er ebenso wie der italienische Vermouth als Spezialwein bezeichnet werden.

• **Epirus**. Die Weinberge des Epirus befinden in einer Gebirgsregion im Norden des Landes, an der Grenze zu Albanien. Die Hauptrebsorte ist Metsovo, man trifft aber auch auf viele Cabernet-Sauvignon-Reben. Es werden körperreiche Rotweine, aber auch ein zartsüßer und leicht perlender Weißwein aus der Rebsorte Debina hergestellt, welche in etwa 600 m Seehöhe kultiviert wird.

Ernte auf der Insel Santorin.

• **Ionische Inseln**. Das auf den Inseln herrschende milde Klima ist hervorragend für den Weinbau geeignet. Der Wein der traditionellen Appellation **Verdea** erinnert im Geschmack an *Rancio* (oxidierter Wein); ebenfalls gut ist ein auf der Insel Kefalonia aus der Rebsorte Robola gekelterter Weißwein. Bekannt sind die Rotweine aus Muscat und Mavrodaphne und der rote **Santa Mavra** (»gesunder Schwarzer«).
• **Thessalien**. Hier werden vor allem Tafeltrauben angebaut, es gibt aber auch recht angenehme Weiß- und Rotweine, die allerdings nicht von hoher Qualität sind.
• **Inseln der östlichen Ägäis**. Samos hat eine der bekanntesten Lagen Griechenlands, wo einer der weltbesten **Muscat**-Weine gekeltert wird: er muss aus mindestens 95 % der Rebsorte Muscat à Petits Grains bestehen, die auf kleinen Terrassen kultiviert wird. Auf Limnos wird ein niveauvoller Rotwein und ein Muscat aus der Rebsorte **Muscat** d'Alexandrie produziert. Auf Rhodos wird ein trockener und ein süßer Schaumwein aus den Rebsorten Amorgiano und Athiri hergestellt.
• **Kykladen**. Auf den Inseln Santorin und Páros zwingt der oftmals starke Wind die Winzer zu einer sehr niedrigen Erziehung der Reben, die zusätzlich noch in Vertiefungen gesetzt sind. **Santorin** ist eine Vulkaninsel mit Schiefer- und Kalkböden und ermöglicht die Produktion von ausgezeichneten, fruchtigen Weißweinen; früher wurde auf Santorin ein durch Alkoholzugabe verstärkter Wein produziert. Nach wie vor wird ein Strohwein namens **Liastos** erzeugt, dessen Name auf das altgriechische Wort »helios« für »Sonne« zurückgeht. Auf Paros stellt man einen Mistella aus der Rebsorte Mandelaria her.
• **Dodekanes**. Auf der Insel Rhodos, im äußersten Südosten der Inselgruppe, wurde bereits in der Antike auf den zu exportierenden Amphoren der Herkunftsort vermerkt. Ein Teil der Insel besteht aus Sandböden, die den heißen afrikanischen Winden ausgesetzt sind; der andere Teil ist gebirgig. Hier ist man auch heute noch dem traditionellen griechischen Weinbau treu geblieben. Die Weißweine der Insel sind frisch und trocken und basieren auf der Rebsorte Athiri; der Rotwein aus der Rebsorte Amorgiano (auch: Mandelaria) ist von milder Herbheit. Rot- und Weißwein werden als Appellation **Rhodos** vermarktet. Der bekannteste Wein der Insel ist der süße Muscat.

KLASSIFIKATION DER WEINE

• **Tafelweine *(Epitrapezeos Oenos)*** sowie weitere den französischen *Vins de Pays* oder den italienischen IGT entsprechende Weine ***(Topikos Oenos)***. Diese Weine tragen als Herkunftsbezeichnung größere Weingebiete, wie Makedonien, Thrakien oder Peloponnes. Die Bezeichnung ***Cava*** ist für im Keller des Winzers gereifte Tafelweine zulässig (mindestens zwei Jahre für Weißweine, drei Jahre für Rotweine).
• **Qualitätsweine bestimmter Anbaugebiete (DOqs)**: diese Gruppe umfasst 19 Qualitätsweine und acht Qualitätslikörweine, dazu gehören auch alle Muscat-Weine. Die wichtigsten sind **Naoussa, Nemea** (bei Mykene), **Daphnes, Paros** und **Patras**.
• **Weine mit kontrollierter Herkunftsbezeichnung,** wie **Muscat**-Wein aus **Samos**.
• **Weine mit traditioneller Herkunft (DT)**: in diese Gruppe gehört nur der **Retsina**.
Im Fass ausgebaute Weine werden als ***Réserve*** (mindestens zwei Jahre für die Weißweine, drei Jahre für die Rotweine) und ***Grand Réserve*** (mindestens drei Jahre für die Weißweine, vier Jahre für die Rotweine) bezeichnet.

SÜDAFRIKA

Im äußersten Süden des Kontinents weist Südafrika äußert unterschiedliche Klimata und Böden auf: schroff vom Meer aufragende Berge, blühende Täler, welche sich mit trockener Erde abwechseln, und Bergketten mit für den Weinbau idealen Hangneigungen. Die Kapprovinz erstreckt sich, 700 km breit und 500 km lang, vom Indischen bis zum Atlantischen Ozean und beherbergt die meisten Rebfelder des Landes.

GESCHICHTE

Die ersten Reben wurden hier 1653 von den Holländern gepflanzt. Der Genuss von Wein galt damals als wirksame Vorbeugung gegen Skorbut, einer Mangelkrankheit, an der die Seeleute bei langen Überfahrten erkrankten. Anfangs pflanzten die Kolonisten die kleinbeerige Rebsorte Muscat de Frontignan und Palomino-Reben. 1688-1690 wanderten Hugenotten aus Frankreich ein und verliehen dem Weinbau einen weiteren Impuls.

Das Weinbaugebiet dehnte sich von Kapstadt, wo 1655 die ersten Reben gepflanzt worden waren, entlang der Küste und bis 160 km weit ins Landesinnere aus. Die damals gegründeten Weingüter verfügen heute über eine durchschnittliche Anbaufläche von 150 ha. Die wahre Erfolgsgeschichte begann, als in Constantia (gegründet 1679 von einem holländischen Gouverneur), an den Ostabhängen des Tafelberges, Sauvignon Blanc angebaut wurde.

KLIMA UND BODEN

Das Klima ist für die geographische Breite relativ kühl, da der kalte, aus der Antarktis kommende Benguelastrom die atlantische Küste Südafrikas berührt. Der mehr als lange Sommer dauert vom November bis Mai und ist sonnig und heiß (40 °C); der Winter ist feucht und in höheren Lagen gibt es häufig Schneefall. Die jährliche Niederschlagsmenge variiert von 250 mm in den Wüstenzonen (Klein Karoo) bis zu 1500 mm in den Bergen um Worcester. Die sehr großen Tagestemperaturschwankungen fördern eine Anreicherung der Trauben mit Zucker und Aromen. In der Erntezeit (Februar – März) beträgt die Tagestemperatur etwa 23 °C.

Kellereien des Weinhauses Laibach im Weindistrikt Stellenbosch.

Der Einfluss des Atlantischen Ozeans ist auch noch 100 km von der Küste entfernt zu spüren, da die sich bildenden Nebelschichten die hohen sommerlichen Temperaturen abschwächen und im Winter die Westwinde die Kälte mildern. Das frischeste Klima herrscht in Constantia und Stellenbosch, die heißesten Zonen sind Klein Karoo, Tulbagh und Olifants River. Die Gebirgsketten halten die Regenwolken ab und sind für die starken Winde verantwortlich, die einen Schimmelbefall der Trauben unmöglich machen. In manchen, sehr heißen Zonen, müssen die Pflanzen bewässert werden und die Ernte muss in der Nacht erfolgen. Die tiefen Nachttemperaturen im Bereich des Kaps gestatten wiederum nicht immer ein volles Ausreifen der Trauben.
Die Böden sind fast überall sehr fruchtbar, im Küstengebiet kiesig mit Sandstein, Schiefer und Granit, während sie in den Flusstälern vorwiegend aus kalkreichem Schiefer und Schwemmlandsand bestehen.

REBSORTEN

Auf den 120.000 ha Rebflächen Südafrikas wird zweimal jährlich geerntet. Die wichtigsten Rebsorten sind **Cabernet Sauvignon, Chardonnay, Colombard, Crouchen** (lokal als **Cape Riesling** bekannt), **Cinsault, Merlot, Chenin** (lokal als **Steen** bekannt), **Muscat d'Alexandrie** (lokal als **Manepoot** bekannt), **Pinotage, Riesling** (auch: **Rhine Riesling** oder **Weißer Riesling**), **Sauvignon Blanc** und **Syrah** (lokal auch als **Shiraz** bekannt).
Vorwiegend wird Weißwein produziert, aber der Anteil der Rotweine ist ständig im Steigen begriffen, besonders jener aus den Rebsorten Cabernet, Merlot, Shiraz und Pinotage. Die roten Rebsorten finden ihr bestes *Terroir* weiter im Norden mit weniger maritimem Einfluss und für den Weinbau besonders günstigem Wetter. Nichtsdestotrotz ergeben die Rebsorten Chardonnay und Sauvignon auch in den frischeren Zonen, also im Süden und Osten des Landes, sehr feine Weine. Riesling zeigt sein bestes Potenzial im Osten der Kapprovinz.
Der südafrikanische Weinbau hat sich heute zum Großteil der integrierten (umweltfreundlichen) Produktion verschrieben. 30 % der Trauben sind für die Destillation (nach dem Vergären) und für die Produktion von Traubensaft vorgesehen.
Seit 1920 wird temperaturkontrolliert vergoren und es wurden Reinzuchthefen entwickelt, welche den niedrigen Gärtemperaturen von 12-15 °C gewachsen sind.
Dies führte zu einer weitgehenden Standardisierung der Weißweine; manche Rotweinspezialisten versuchen, diesem Trend entgegenzuwirken und individuelle Weine zu produzieren.
Die Aufhebung der *Apartheid*-Politik brachte eine starke Zunahme der Weinexporte. Gleichzeitig wurde durch das *Vine Improvement Program* (Programm zur Verbesserung des Weinbaus) das Augenmerk auf eine sorgfältige Selektion der Klone und auf die geeignetsten

Rebunterlagen gelenkt. Darauf folgte ein genaues Studium der für die Rebklone jeweils besten *Terroirs*. So wurden im Zuge dieses Programms rote Rebsorten in früher reinen Weißweingebieten gepflanzt, und auch umgekehrt. Der Erfolg ließ nicht auf sich warten, denn heute werden in Südafrika viele exzellente Weine produziert, die reich an komplexen aromatischen Noten und äußerst fruchtig sind.

ANBAUGEBIETE

Die beiden bekanntesten Weingebiete Südafrikas sind Paarl und Stellenbosch.

• **Paarl** war lange Zeit das südafrikanische Weinbauzentrum. Hier befindet sich der Sitz des *Vine Improvement Program* und auf dem Gut Nederburg wird alljährlich eine Versteigerung südafrikanischer Spitzenweine durchgeführt. In der Gegend um die Stadt Paarl werden auch gute Tafelweine hergestellt.

• **Stellenbosch** ist wegen seiner Qualitätsweine die bekannteste Weinregion Südafrikas. Die Böden sind vielfältig: leichte Sandböden im westlichen Talgrund, wo die Rebsorte Chenin Blanc ihr bestes Habitat findet, und schwere Böden mit Granitablagerungen an den Hängen von Simonsberg, Stellenboschberg, Drakenstein und Franschhoekberg. Hier hat das Önologische Institut *Nietvoorbij* seinen Sitz, welches die Grundlagen für eine integrierte Produktion erarbeitet hat.

Im großen Weinbaugebiet Stellenbosch gibt es zahlreiche Lagen mit eigenem Kleinklima und spezieller Bodenbeschaffenheit; dazu gehören Simonsberg, Jonkershoek-Tal und Papegaaiberg. Die besten Weine werden in der Umgebung der Stadt Stellenbosch erzeugt, wo sich die von der False Bay kommenden warmen Meeresbrisen günstig auf die Trauben auswirken.

• **Franschhoek** gehört zum Weindistrict Paarl und umfasst etwa 20 Weingüter, die von den französischen Hugenotten gegründet wurden. Das 14 km lange Anbaugebiet im Franschhoek-Tal liegt zwischen dem Franschhoekberg im Süden und weiteren Gebirgsformationen im Osten. Es ist mit 1200 mm Jahresniederschlagsmenge sehr regenreich. Die Böden sind vielfältig: Schwemmland, Lehm, Kies, Granit. Die Weinberge liegen in 100-500 m Seehöhe. Das Franschhoek-Gebiet ist für seinen flaschenvergorenen Schaumwein aus den Rebsorten Chardonnay und Sauvignon (manchmal auch Sémillon) bekannt. Die Weißweine sind körperreich und aromatisch. Die Stillweine sind weich, füllig, mitunter schwer; die besten stammen von Lagen über 300 m Seehöhe. Die wenigen Rotweine stammen aus Bordeaux-Sorten, die auch im Bordeaux-Stil ausgebaut werden, und sind exzellent.

• **Robertson**. Seit Stauseen eine ausreichende Bewässerung dieses Gebietes während der trockenen Sommermonate gestatten, hat sich die Fruchtbarkeit des Bodens bedeutend erhöht. Dazu kommen noch die frischen Nächte, die für eine längere Reifedauer sorgen, während der die Trauben sich mit Aromen anreichern können, und der kalkige Boden, welcher dem Wein eine beträchtliche Finesse verleiht. Die Mehrzahl der Weine stammt von weißen Rebsorten (Chardonnay, Sauvignon, Chenin) und erweist sich, vor allem durch die Ausgeglichenheit von Aromen, Säure und Alkoholgehalt, als sehr angenehm zu trinken. Auch bei den Rotweinen aus Cabernet Sauvignon und Shiraz sind die erzielten Resultate bestens, sodass die roten Sorten beinahe schon 50 % der Produktion ausmachen. Eine Spezialität von Robertson sind die süßen Muskateller-Weine.

• **Overberg** ist das jüngste und modernste Weinbaugebiet des Landes und umfasst Egin und Walker Bay. Die ersten Rebpflanzungen entstanden hier erst 1976. Während Egin eher für seine Apfelplantagen bekannt ist, zählt Walker Bay – die kälteste und südlichste Weinregion Südafrikas, mit Temperaturen, die kaum über 15 °C steigen – bereits zu den Geheimtipps unter den Weinkennern. Der Boden ist lehmig mit einem gewissen Kalkanteil, der Winter ist durch die starken, feuchten Winde vom Atlantik temperiert. Im Sommer muss wegen der Trockenheit bewässert werden. Die Hauptrebsorten sind Pinot Noir, Chardonnay, und in geringerem Ausmaß Pinot Blanc, woraus sehr gute Weine gekeltert werden. Überragend waren die 1997er-Jahrgänge von Pinot Noir und Chardonnay. Die hier produzierte Spätlese Chenin »*Goutte d'or*« ist ebenfalls äußerst exquisit.

WEINE

Am meisten stechen Weine aus der Rebsorte **Cabernet Sauvignon** hervor – sie zeigen ihren besten Ausdruck, wenn sie jung getrunken werden. Ebenfalls exzellent sind Verschnitte mit Merlot, Malbec, Shiraz und neuerdings auch Cabernet Franc.
Chardonnay ist sicherlich die am gründlichsten untersuchte Rebsorte Südafrikas; so wurden die besten Rebklone selektiert, die heute auf den dafür geeignetsten Böden angebaut werden. Der gekelterte Most wird entweder in Stahltanks oder in Holzfässern vergoren und die Weine offenbaren Walnuss- und Kokosaromen und sind im Allgemeinen sehr füllig.
Die südafrikanischen Weine aus der Rebsorte **Chenin Blanc** sind besser als jene von der Loire, ihrem Herkunftsgebiet.
Reinsortige Weine aus **Merlot** zeigen, auch im Verschnitt mit Cabernet, einen sagenhaft langen Abgang.
Die 1925 aus einer Kreuzung von Pinot Noir und Cinsault gezüchtete Rebsorte **Pinotage** wird erst seit kurzem angebaut. Ihre Weine offenbaren gute Struktur und Tannine sowie ein Aroma, das sich in der Flasche noch verfeinert. Die Produktion von Jungweinen mittels Kohlensäuremazeration hat man nahezu gänzlich aufgegeben.
Aus **Rhine Riesling**-Trauben können mitunter Weine von höchstem qualitativen Niveau erzielt werden.
Die Rebsorte **Sémillon** ergibt trockene Weine; ihr Potenzial wurde ebenso wie jenes der **Shiraz**-Traube noch nicht voll ausgenutzt.
Aus Verschnitten werden unzählige, recht gute Weißweine gewonnen, wovon besonders **Sémillon-Chardonnay**, weiß gekelterter **Pinot Noir** mit **Chardonnay** und der Verschnitt **Sauvignon-Chardonnay** zu erwähnen sind. Diese Weine werden als ***Cape Blend*** bezeichnet.
Eine weitere Kategorie sind *Late Harvest*-Weine (»Spätlesen«). ***Late Harvest*** enthält 1-3 %, ***Special Late Harvest*** 2-5 % und der aus edelfaulen Trauben erzeugte ***Noble Late Harvest*** mindestens 5 % Restzucker.
Die verstärkten Weine Südafrikas gehören zu den besten der Welt. Besonders hervorzuheben sind jene aus Muscat-Trauben, wie **Roter Muskateller, Muscat d'Alexandrie** (oder **Hanepoot**) und aus der Rebsorte **Jerepigo**, die durch Zugabe von Alkohol zum Most gewonnen werden. (Likörweine werden im Gegensatz dazu durch Zugabe von Alkohol während der Gärung gewonnen und werden als *Vin doux naturels* – natürliche Süßweine – bezeichnet.) Auch flaschenvergorene Schaumweine aus Chardonnay-Trauben und ein Wein nach Art des Portweins werden produziert.

Rebfelder des Weingutes De Trafford in Stellenbosch.

ETIKETTEN

Die auf den südafrikanischen Weinflaschen verwendeten Angaben wurden 1973 vom *Wine and Spirit Board* genau festgelegt:

- ***Vintage***: Jahrgang. Dieser Wein muss mindestens 75 % des angegebenen Jahrgangs enthalten und wird zu 85 % für den Export produziert.
- ***Wine of Origin*** bedeutet, dass der Wein aus der im Etikett angegebenen Anbauzone stammt.
- ***Night Harvested***: in der Nacht geerntet.
- ***Afrikaans semi-suet***: lieblich oder halbtrocken.
- ***Wy van Oorsprong***: Herkunft der Trauben. 100 % des Weines muss aus der angegebenen Anbauzone stammen.
- ***Edel Laat-Oes* oder *Noble Late Harvest***: Spätlese aus edelfaulen Trauben. Dieser Wein muss mindestens 5 % Restzucker enthalten.
- ***Edel Keur***: Edelschimmel.
- ***Fortified* oder *Liqueur Wine***: Weine mit einem Alkoholgehalt von 16,5-22 %, welchen Alkohol zugesetzt wurde. Ein Beispiel ist der *Jerepigo (Jerepiko)*.
- ***Gebottel in***: abgefüllt von.
- ***Geproduser en Gebottel in***: produziert und abgefüllt von.
- ***Gerweek en Gemaak OP***: angebaut und produziert von.
- ***Gerweek, Gemaak enbottel OP***: angebaut, produziert und abgefüllt von.
- ***Jerepigo*** oder ***Jerepiko***: süßer, verstärkter Wein, der mindestens 16 % Restzucker enthält. Der bekannteste stammt aus Muscat-Trauben.
- ***Koöperatiewe, Koöperatieve, Koöperasie, Koöperatif***: Genossenschaft.
- ***Langoedwyn***: Winzerwein.
- ***Loat-oes***: Spätlese. Dieser Wein kann zwischen 10 % und 30 % Zucker enthalten.
- ***Méthode Cap Classique***: nach dem Flaschengärverfahren hergesteller Schaumwein.
- ***Moskonfyt***: Traubensaft-Konzentrat.
- ***Oesjaar***: Jahrgang.
- ***Spesiale Laat-Oes***: besondere Spätlese. Der Wein muss mindestens 10 % Alkohol und 2-5 % Restzucker enthalten.
- ***Stein***: lieblicher Wein aus der Rebsorte Chenin.
- ***Estate***: ein aus einer oder mehreren Farmen bestehendes Weingut, das ausschließlich Trauben aus eigener Erzeugung verwenden darf und auf dem eigenen Gelände vinifizieren muss.
- ***Ward***: kleines, genau bestimmtes, zusammenhängendes Anbaugebiet. Bekannte *Wards* sind Constantia und Franschhoek.
- ***District***: ein größeres Anbaugebiet, das einem einzigen Eigentümer gehört, etwa Paarl oder Stellenbosch.
- ***Region***: ausgedehntes Anbaugebiet, das mehrere *Districts* umfasst, zum Beispiel Breede River Valley.
- ***Wineland***: nicht offizieller Terminus, der verwendet wird, um anzuzeigen, dass der Wein in einer bestimmten Zone erzeugt wurde.
- ***Geographical Unit***: entspricht dem Western Cape, dem größten Weinbaugebiet.

TÜRKEI

Archäologische Funde und Forschungen im Zusammenhang mit dem Volk der Hethiter belegen, dass man in Anatolien bereits im 4. Jahrtausend v. Chr. Reben angepflanzt und spätestens im 8. Jh. v. Chr. in der heutigen Türkei eine Art Wein produziert haben muss. Die von den Griechen fortgeführte Weinkultur wurde im Osmanenreich eingedämmt. Erst 1925, unter der Herrschaft von Kemal Atatürk entstand die erste Weinkellerei. Heute sind in der Türkei gut 650.000 ha mit Reben bestockt. Der weitaus größte Teil der Produktion besteht jedoch aus Tafeltrauben und Rosinen. Die Letzteren sind entweder für den direkten Verzehr oder für die Sirupherstellung bestimmt. Aus einem weiteren Teil der Trauben werden Alkohol und Weinbrand gewonnen, sodass für die Weinproduktion nur etwa 3 % übrig bleiben.

KLIMA UND BODEN

In Landesinneren ist das Klima sehr trocken, im Norden gibt es reichlich Regenfälle und üppige Vegetation. Die Täler des Taurus-Gebirges im Süden sind leichten maritimen Brisen ausgesetzt. Die Küstengebiete haben subtropisches Klima; nur in Thrakien, im Gebiet des Marmarameeres und in den Ebenen an der Ägäis, herrscht Mittelmeerklima.
Die Böden sind unterschiedlich und bestehen aus Sand, Lehm, Kalk und Schwemmland.

ANBAUGEBIETE UND WEINE

In der Türkei werden hunderte Rebsorten (nach Schätzung einiger Autoren an die 1000) angebaut, wovon etwa 60 für die Weinproduktion verwendet werden. In den Gebieten mit mediterranem Klima trifft man auch auf internationale Rebsorten.
Anbaugebiete der Türkei:

- **Thrakien und Marmaragebiet**. In dieser Region werden vor allem die roten Rebsorten Cinsault, Gamay, die autochthone Papazkarasi und die weiße Sémillon-Traube kultiviert. Thrakien und Marmaragebiet sind mit 40 % der türkischen Weinerzeugung das bedeutendste Weingebiet der Türkei.
- **Ägäische Küste**. An der Ägäis werden fast ausschließlich getrocknete Trauben hergestellt. Die 20 kleinen Weinproduzenten rund um Izmir verwenden sowohl autochthone als auch internationale weiße und rote Rebsorten. Die besten Ergebnisse werden mit den Rebsorten Musket (Muscat) und Sultanye erzielt.
- **Mittelmeergebiet**. Hier werden vorwiegend Tafeltrauben erzeugt.
- **Schwarzes Meer**. Die wenigen Weißweine dieses Gebiets basieren auf den Rebsorten Toka, Corum und Amasya.
- **Zentralanatolien** (oder **Kappadokien**). Weißweine werden hauptsächlich aus den autochthonen Rebsorten Hasandede, Emer, Kayseri und Niğde, die Rotweine aus den Rebsorten Papazkarasi und Dimrit gekeltert.

- **Ostanatolien**. Augrund des kühlen Klimas wird hier wenig Wein erzeugt. Allerdings sind hier auch die autochthonen Rebsorten Öküzgözü und Boğazkere beheimatet, zwei historische Trauben aus dem Euphrat-Tal.
- **Südanatolien**. Obwohl dieses Gebiet hinsichtlich Traubenproduktionszahlen in der Türkei an erster Stelle steht, nimmt es bei der Weinproduktion nur den vierten Platz ein. Für Weißwein werden die Rebsorten Dökulgen, Rumi und Kabarçik verwendet, für Rotwein die Trauben Öküzgözü, Boğazkere, Serge Karasi und Huroz Karasi.

ZYPERN

Oben: Rebfelder bei Pafos. Gegenüberliegende Seite: Weingebiet in Kappadokien.

Auf dieser Mittelmeerinsel wurden bereits in der Antike Reben kultiviert. Erfolg und Bekanntheit stellten sich aber erst zur Zeit der Kreuzzüge ein, als Zypern ein wichtiges Etappenziel auf dem Weg in den Orient war. 1191 förderte Richard Löwenherz die Ansiedlung des Johanniterordens, welcher dem Weinbau und der Weinproduktion neue Impulse verlieh. Der Orden bewirtschaftete sogenannte »Commandarie« (Güter), wovon auch der berühmte Wein der Insel – Commandaria – seinen Namen angenommen hat. Zwischen dem 16. und 18. Jh. kam der Weinbau unter türkischer Herrschaft fast völlig zum Erliegen und wurde erst 1878, bei der Übernahme Zyperns durch England, wieder aufgenommen.
Heute hat Zypern etwa 25.000 ha Rebflächen, welche vor allem im Südwesten der Insel an den frischen Hängen des Troodos-Gebirges, in 250-1500 m Seehöhe liegen. Die Reben sind nicht veredelt, sondern wurzelecht angepflanzt, da Zypern von der Reblaus verschont wurde.

KLIMA UND BODEN

Das Klima ist mediterran mit langen trockenen Sommern, die Winter sind mild und regenreich. Während des Vegetationszyklus von der Blüte bis zur Reife herrscht trockenes Wetter – die Sonne scheint an 330 Tagen im Jahr. Die Ernte der auf vorwiegend kalkigen Böden wachsenden Trauben beginnt im August und wird in den höheren Lagen im November vollendet.

REBSORTEN UND WEINE

Die wichtigsten autochthonen Rebsorten sind **Ophtalmo** und **Mavro** (der Name bedeutet »schwarz«; diese Rebsorte nimmt 70 % aller Rebflächen ein) unter den roten, **Xynisteri** und **Muscat d'Alexandrie** unter den weißen; sie werden in Buscherziehung gezogen. Ab 1974 wurden die internationalen Rebsorten **Cabernet Sauvignon, Syrah, Carignan, Mourvèdre, Grenache** und **Palomino** eingeführt – sie nehmen aber nur 5-10 % der Weinbaufläche ein.
In der Stadt Limassol befinden sich 95 % der Weinkellereien, deren älteste, Etko, seit 1844 besteht. In der Kellerei Sodap wird Schaumwein im Tank nach dem Charmat-Verfahren hergestellt.
Der in Limassol erzeugte **Commandaria** gilt als einer der ältesten Weine der Welt. Ursprünglich wurde er unter dem Namen *Nama* aus Trauben erzeugt, welche auf einer Schicht von Blättern getrocknet worden waren (wie beim Strohwein des Jura). Für diesen Wein werden die Rebsorten Mavro (rot) und Xynisteri (weiß) traditionell zehn Tage auf Stroh getrocknet. Nach dem Keltern erfolgt eine sehr langsame alkoholische Gärung von 2-3 Monaten. Dann muss der Wein noch mindestens zwei Jahre in Holzfässern lagern. Die Holzreifung erfolgt nach einem der Solera ähnlichen System, das als Nama bezeichnet wird und wobei immer ein kleiner Rest älteren Weines im Fass bleiben muss. Commandaria wird auf 20.000 ha in 14 Gemeinden am Fuß des Troodos hergestellt und gilt als geschützte Herkunftsbezeichnung. Die Zuckerkonzentration im fertigen Wein ist viermal so hoch wie beim süßen Portwein; es gibt aber auch eine etwas weniger süße Variante.

VEREINIGTE STAATEN

Die Vereinigten Staaten sind der größte Weinproduzent außerhalb Europas. Hier werden die edelsten europäischen Rebsorten angebaut, welche von den französischen, spanischen und italienischen Kolonisten eingeführt wurden. Aber auch die Vitis labrusca *mit ihrem charakteristischen Fuchs-Geschmack wird kultiviert, welche in Europa nicht zur Weinproduktion verwendet werden darf. Abkömmlinge dieser Rebe sind Alexander, Delaware, Catawba, Isabella und Norton. Die Rebsorte Concord, eine Kreuzung der* Vitis labrusca *mit anderen Reben, wird seit 1854 bis heute kultiviert, aber für die Produktion von Gelatine und Fruchtsäften verwendet.*

GESCHICHTE

An der Westküste waren im 16. Jh. die Mexikaner die ersten Weinbauern. Sie kultivierten die Rebsorte Mission, welche der argentinischen Criolla Chica entspricht. Der erste kalifornische Weinberg wurde 1762 vom Franziskaner Junipero Serra bestockt, als er die Mission San Diego gründete. In dieser Region gediehen die europäischen Trauben im Gegenssatz zu den anderen Gebieten Nordamerikas sehr gut. Der erste amerikanische Wein, Sparkling Catawba, wurde 1850 in Cincinatti in Ohio von Nicholas Longworth hergestellt. Die Mitarbeiter dieses Pioniers arbeiteten dann für das daraufhin gegründete Weinhaus Pleasant Valley Wine Co. in Hammondsport, welches noch heute in Betrieb ist. Die Prohibition (1918-1933) vor dem Zweiten Weltkrieg hemmte die Weiterentwicklung des Weinbaus für längere Zeit. Heute wird in 40 Staaten Wein angebaut.

HERKUNFTSBEZEICHNUNG

Die amerikanischen Herkunftsbezeichnungen gehen auf den Beginn des 20. Jh.s zurück, wobei diese Herkunftsbezeichnungen den Countys und Staaten entsprachen. Erst Mitte der 1970er-Jahre begann man im *Bureau of Alcohol, Tobacco und Firearms* (BATF), die Weinge-

Weinberg in der Nähe von Templeton in Kalifornien.

biete nach klimatischen und geographischen Kriterien zu definieren. 1978 schuf man die ersten Normen für *Approved Viticultural Areas* (AVA), die amerikanische Version der Appellation, welcher etwa 80 Gebiete angehören. Die Normen sagen weder etwas über die angebaute Rebsorte noch über den Ertrag oder die produzierte Weinsorte aus; deshalb ist die Bezeichnung AVA keine Qualitätsgarantie.
In den letzten zehn Jahren wurden weitere Herkunftsbezeichnungen zugelassen:

- **American** oder **United States**: zulässig für Weine, die aus einer oder mehreren Rebsorten in irgendeinem Teil des Landes hergestellt wurden. Diese Bezeichnung wird für Weine verwendet, die über den Großhandel exportiert werden. Es ist keine Jahrgangsangabe vorgesehen.
- **Herkunftsangabe mehrerer Staaten**: für Weine, die aus einer Mischung von Weinen zweier oder dreier angrenzender Staaten bestehen. Die Menge, die aus den jeweiligen Bundesstaaten stammt, kann auf dem Etikett angegeben sein.
- **Herkunftsangabe eines Staates**: mindestens 75 % des Weines muss aus dem auf dem Etikett angegebenen Staat stammen.
- **Herkunftsangabe mehrerer Countys**: für Weine, die in zwei oder drei angrenzenden Countys produziert wurden. Der Mengenanteil der einzelnen Countys kann im Etikett angegeben sein.
- **Herkunftsangabe eines Countys**: der Wein muss zu mindestens 75 % aus dem im Etikett angegebenen County stammen.

ETIKETTEN

Außer der Herkunft können im Etikett noch weitere Angaben folgen:

- **Hinweis auf die Gesundheitsgefährdung**. Auf jedem Etikett müssen folgende Hinweise vermerkt sein: »Frauen dürfen während der Schwangerschaft keinen Wein trinken, da dies dem Ungeborenen schaden kann« und »Alkoholkonsum beeinträchtigt die Fahrtüchtigkeit, die Fähigkeit Maschinen zu benutzen und kann Gesundheitsschäden verursachen«.
- **Weingut, Name des Herstellers, Adresse, Jahrgang** (wenn mindestens 95 % des Weines den angegebenen Jahrgang betreffen), **Rebsorte** (wenn der Wein aus mindestes 75 % der angegebenen Rebsorte stammt), Flascheninhalt.
- ***Estate bottled***: vom Hersteller abgefüllter Wein.
- ***Table wine*** oder ***Light wine***: Wein mit weniger als 14 % Alkohol.
- ***Natural wine***: nicht verstärkter Wein.
- ***Dessert wine***: Wein, der zwischen 14 und 24 % Alkohol enthält.
- ***Sparkling wine***: Schaumwein.
- ***Champagne***: nach dem Flaschengärverfahren hergestellter Schaumwein.
- ***Fermented in this bottle***: nach der Méthode Champenoise hergestellter Schaumwein.
- ***Sparkling wine***: durch Kohlensäurezugabe hergestellter Schaumwein.
- ***Crackling wine***: Perlwein oder Crémant.
- ***Bulk method***: Perlwein oder im Tank hergestellter *Crémant*.
- ***Sherry***: muss mindestens 17 % Alkohol enthalten.
- ***Angelico, Madeira, Port***: diese Weine müssen mindestens 18 % Alkohol enthalten. Madeira ist der Name einer Stadt in den Vereinigten Staaten.

Bei Portwein werden die europäischen Herkunftsvorschriften nicht respektiert; wenn ein Port also weniger als 18 % Alkohol enthält, so muss im Etikett der Terminus *»light«* angegeben sein.

Kalifornien

Visitenkarte

Anbaufläche
225.000 ha

Klima
warm, durch die häufigen Nebel temperiert

Boden
Schwemmland, Lehm, Kies

Rebsorten
Chardonnay, Pinot Noir, Cabernet Sauvignon, Carignan, Chenin Blanc, Colombard, Sauvignon, Zinfandel, Merlot, Barbera

Wichtigste Weine
Chardonnay, Pinot Noir, Pinot Gris, Zinfandel, Roederer Estate, Johannisberg Riesling, Cabernet Sauvignon, Petite Syrah, Merlot, Chenin Blanc, Sangiovese, Barbera, Muscat Canelli

Kalifornien produziert 90 % der amerikanischen Weinmenge und ist das sechstgrößte Weinland der Welt. Das Klima hängt hier nicht so sehr vom Breitengrad als vom Einfluss der Berge und des Pazifiks ab. Wenn im Sommer die Temperatur des Bodens 32 °C übersteigt, bilden sich Nebel, welche in den Lagen über 460 m Seehöhe zu einer Abkühlung führen.

Die Verbreitung des Weinbaus in Kalifornien ist zu einem guten Teil Agoston Haraszthy, einem ungarischen Pionier, zu verdanken. Er importierte Mitte des 19. Jh.s 165 Setzlinge ebenso vieler europäischer Rebsorten und gründete im Valley of the Moon, in der Nähe der Stadt Sonoma, ein Weingut und konnte auch bald Erfolge erzielen. 1861 ging er nach Europa, um neue Techniken zur Weinbereitung zu studieren und kehrte mit 100.000 Setzlingen von 300 verschiedenen Rebsorten zurück.

Die moderne kalifornische Önologie entstand zu Ende der 1960er-Jahre, als neu mit Cabernet Sauvignon bepflanzt wurde und neue Kellertechniken und Fässer aus Eichenholz eingeführt wurden. Auf diese Weise konnten geschmeidige, angenehme und alterungsfähige Weine hergestellt werden. In den 1970er-Jahren war der Neueinführung des Chardonnay nur schwacher Erfolg beschieden, da der Wein zu viel Säure aufwies und der Geschmack allzu intensiv war. Eines der Probleme kalifornischer Weine ist die kurze Lagerfähigkeit, die auch auf die zu hohe Temperatur in den Kellern zurückzuführen ist.

Kalifornien ist in fünf Regionen unterteilt, die aufgrund der Temperaturen klassifiziert wurden. Man addierte die 10 °C übersteigenden täglichen Durchschnittstemperaturwerte, welche zwischen 1. April und 31. Oktober gemessen wurden.

So ergab sich für die Region I eine Summe von weniger als 2500 °C, für die Zone V von mehr als 4000 °C. Die besten Gebiete sind, wegen des kühleren Klimas, Napa, Sonoma und Santa Maria Valley. Das Grand Central Valley (San Joaquin Valley) ist derart sonnig und heiß, dass im Sommer bewässert werden muss. In der Nacht kühlen jedoch die frischen maritimen Winde die Luft wieder ab, sodass die Bildung von Aromen, Farbsubstanzen und Tanninen in der Traube gefördert wird. Der Hektarertrag liegt bei einigen Produzenten zwischen 80 und 100 hl Wein und reicht zuweilen bis 240 hl, obwohl die Önologen einen Ertrag von 60 hl für die Produktion von großen Qualitätsweinen für ideal erachten. In den 1980er- und 1990er-Jahren hat die Reblaus die kalifornischen Reben drastisch dezimiert, da sie auf die untaugliche Unterlage AXR1 aufgepfropft waren. Nach diesem unseligen Ereignis ersetzten die Winzer die alten Stöcke durch neue, reblausresistente Unterlagen, verwendeten neue Rebsorten, verschrieben sich dem biologischen Weinbau und suchten sorgfältig die Böden und Lagen für die Neupflanzungen aus. Dadurch schufen die kalifornischen Winzer eine Basis für eine vielversprechende Zukunft.

SONOMA

Dieses County liegt im Norden von San Francisco und umfasst sechs sehr fruchtbare und ertragreiche Täler, deren Potenzial noch gar nicht ganz ausgeschöpft ist. In den letzten Jahrzehnten ist das Niveau der Weine bedeutend gestiegen und einige Weingüter aus der ersten Reihe können sich qualitativ bereits mit jenen aus der Napa-Region vergleichen. Das Klima ist im Norden heiß, im Süden aber kühler, da sich hier durch den maritimen Einfluss Nebel bildet. Die Rebfelder befinden sich etwa in 120 m Seehöhe und weisen unterschiedliche Böden auf: Schwemmland, Vulkangestein und Humus. Sehr häufig werden Verschnitte und **Assemblagen von Chardonnay und Pinot Noir** verwendet. In den Weinbergen von Iron Horse werden ausgezeichnete Schaumweine hergestellt. Im nördlichen Gebiet trifft man häufig auf die Rebsorte **Zinfandel** (Aglianico), welche von italienischen Siedlern eingeführt wurde. Ein ausgezeichneter **Chardonnay** wird im Sonoma Valley und ein hervorragender **Cabernet Sauvignon** im östlichen Hügelland erzeugt.

Bei Carneros haben die großen Schaumweinbetriebe aus Spanien (Codorníu und Freixenet) und aus der Champagne (Taittinger) Niederlassungen errichtet, welche aber nicht das hohe qualitative Niveau von Roederer in anderen Zonen erreichen können.

MENDOCINO

Das County Mendocino liegt 160 km nordwestlich von San Francisco. Die nach Osten ausgerichteten Rebfelder liegen in der Ebene oder auf sanften Hängen in 70-490 m Seehöhe. Das Klima wird sowohl vom Pazifik als auch vom Gebirge beeinflusst, sodass die Winter überaus mild und die Sommer frisch ausfallen, wobei sich heiße Tagestemperaturen und kühle Nächte abwechseln. Die Böden sind tief und bestehen aus Schwemmland oder Kies. Die Hauptrebsorten sind Cabernet Sauvignon, Carignan, Chenin Blanc, Chardonnay, Colombard, Sauvignon und Zinfandel. Bis in die 1970er-Jahre wurden vor allem *Jug Wines*, billiger Wein in großen Behältern, erzeugt, heute sind die Weinhersteller jedoch viel qualitätsbewusster geworden. Ausgezeichnet ist der Schaumwein **Roederer Estate; Pinot Gris** und **Gewürztraminer** ergeben im weiten, nebeligen Anderson Valley (AVA) hervorragende Ergebnisse; oberhalb der Nebelzone wird auch ein sehr guter **Zinfandel** produziert. Der begehrte **Johannisberg Riesling** wird auf den 25 ha der Cole Ranch produziert, die zum Teil mit Chardonnay auf vorwiegend lehmig-kiesigen Böden bestockt sind. Der Großteil der Weinberge Mendocinos ist von der Küste durch einen Hügelzug getrennt. Hier herrscht kein Nebel; die hohen Temperaturen und der Schwemmlandboden begünstigen die Herstellung von geschmeidigen, körperreichen Weinen aus den Rebsorten Cabernet, Petite Syrah und Zinfandel. Im frischen Potter Valley werden **edelsüße Weine** hergestellt.

NAPA

Dieses County hat in den Vereinigten Staaten die größte Anzahl an Weingütern, welche Qualitätsweine herstellen. Es ist das Aushängeschild der kalifornischen Weinindustrie, auch wenn hier nur 5 % des kalifornischen Weines hergestellt wird. Es erstreckt sich von der San Francisco Bay nach Nordwesten und grenzt im Osten an den Lake Berryessa und im Westen an Sonoma. Das Klima ist in der Bucht frisch und nebelig, in den nördlicheren Gebieten heiß. Die überwiegend weißen Reben werden im Talgrund und auf sanften Hängen bis in 120 m Seehöhe gepflanzt. Die Böden bestehen im Norden aus Lehm und Schlick, im Süden aus Kies, allerdings werden hier 150 Bodentypen unterschieden! Die am meisten verbreiteten Rebsorten sind **Sauvignon, White Riesling, Chardonnay, Chenin Blanc, Cabernet Sauvignon, Pinot Noir, Zinfandel** und **Merlot**. Die edelste Rebsorte des Napa-Gebietes ist Cabernet Sauvignon, woraus körperreiche, kräftige und trotzdem feine Weine erzeugt werden. Ihren besten Ausdruck zeigen sie nach 3-4 Jahren und offenbaren einen langen Abgang. Besonders hervorzuheben ist der Cabernet Sauvignon von Oakville. Auch mit Chardonnay werden ausgezeichnete Resultate erzielt.

Weinberg im Napa Valley, dem County mit der größten Anzahl qualitätsbewusster Weinbaubetriebe.

Die begehrtesten AVA*(Approved Viticultural Areas)*-Weine sind **Napa Valley, Atlas Peak, Carneros, Howell Mountain, Mount Veeder, Oakville, Rutherford, Saint Helena** und **Stags Leap District**. Je weiter nördlich man kommt, desto körperreicher, tanninreicher und geschmeidiger werden die Weine. Unter den etwa 300 Kellereien sind auch viele, die Trauben zukaufen, da sie teilweise gar keine Rebfelder besitzen. Es werden auch Weine aus Verschnitten produziert – sie werden zum Unterschied von den reinsortigen als *Heritage* bezeichnet. In den wärmeren Gebieten wird vornehmlich **Zinfandel** angebaut, während **Sangiovese** und **Pinot Gris** in Yountville, im Süden des Countys, die besten Ergebnisse erbringen.

NORTHERN CENTRAL COAST

Hier wird seit 1830 Weinbau betrieben, wobei anfangs das Augenmerk auf Quantität, seit Mitte des 20. Jh.s aber immer mehr auf Qualität ausgerichtet war. Das nördliche Gebiet der Central Coast meist warmes Klima auf, mitunter muss auch bewässert werden. Die Rebfelder befinden sich meist in der Ebene, aber auch an den steilen Hängen der Santa Cruz Mountains und auf den hohen Terrassen von Soledad werden Reben kultiviert. Die leichteren Böden bestehen aus Kies mit Kalk und Lehm. Die wichtigsten Rebsorten sind **Barbera, Cabernet Sauvignon, Carignan, Chardonnay, Chenin, Colombard, Gamay** und **Grenache**. Die bekanntesten AVA-Regionen sind **Alameda County, Arroyo Seco, Carmel Valley, Chalone, Lime Kiln Valley, Monterey County, Mount Harlan, Pachino, San Benito, San Ysidoro, Santa Clara** und **Santa Cruz Mountains**.

SOUTHERN CENTRAL COAST

Dieses Gebiet erstreckt sich von der Monterey Bay nach Süden. Die Rebe wurde in Paso Robles, im Santa Ynez Valley und hier im 18. Jh. eingeführt; nach der Prohibitions-Pause wurde wieder erneut kultiviert. Das Klima ist im Allgemeinen warm, die küstennahen Rebfelder sind jedoch kühlen maritimen Winden ausgesetzt, besonders bei Santa Maria. Die Böden sind vor allem sandig-lehmig und reich an Humus und Kies. Die am meisten verbreiteten Rebsorten sind **Barbera, Pinot Noir, Cabernet Sauvignon, Cabernet Franc, Chardonnay, Chenin Blanc, Zinfandel** und **Syrah**.
Die Weinberge befinden sich zum Großteil im Hügelgebiet von San Luis Obispo und auf den nach Süden gerichteten, in bis zu 460 m Seehöhe liegenden Terrassen von County Santa Barbara. Seit den 1980er-Jahren wird im Santa-Barbara-Gebiet ein Wein aus Pinot Noir hergestellt, der sich mit jenen aus dem Burgund messen kann.
Die bekanntesten AVA-Regionen sind **Arroyo Grande Valley, Edna Valley, Paso Robles, San Luis Obispo, Santa Barbara, Santa Maria Valley** und **Santa Ynez**.

CENTRAL VALLEY

Dieses Längstal ist das produktivste Weingebiet (75 % der Gesamtweinmenge) Kaliforniens. Es erstreckt sich 640 km in Nordsüdrichtung von Redding bis Bakersfield und weist in der ganzen Region ein relativ homogenes Klima auf. Eine Ausnahme bildet das Weinbaugebiet Lodi, das durch den Sacramento-Fluss eine Abkühlung erfährt. Die Reben werden in der Ebene auf sandigem, humusreichem Boden kultiviert. Die am meisten verbreiteten Rebsorten sind **Barbera, Cabernet Sauvignon, Carignan, Chenin Blanc, Colombard, Grenache, Merlot** und **Zinfandel. Chenin Blanc** aus Clarksburg und **Zinfandel** aus Lodi werden, manchmal aber ungerechtfertigt, sehr geschätzt. Das Verhältnis zwischen Qualität und Preis ist immer gut, da ja auch der Großteil der Produktion aus anspruchslosen Tafelweinen besteht. Die besten Weine werden aus der Rebsorte Merlot gewonnen. Im Central Valley werden auch Tafeltrauben und Rosinen erzeugt. Die Kellerei Gallo erzeugt allein mehr als 50 % des Weines der ganzen Region.

Die begehrtesten Weine sind:

- **Weißweine auf Bordeaux-Art**: sie werden aus einem Verschnitt von Sauvignon Blanc und Sémillon (manchmal auch Muscadelle) gewonnen, sind sehr frisch, duftig, komplex und weisen gute Säure und Körper auf. Die beiden Rebsorten ergänzen sich vorzüglich.
- **Rotweine auf Bordeaux-Art**: sie werden als *Meritage* (Wortbildung aus dem englischen merit, »verdienstvoll«, und dem französischen *héritage*, »Erbe«) bezeichnet. Der dafür verwendete Verschnitt besteht aus Cabernet Sauvignon, Cabernet Franc und Merlot.
- **Cabernet Franc:** duftig und fein wie die besten Bordeaux-Weine.
- **Cabernet Sauvignon**: der beste Rotwein Kaliforniens. Er zeigt einen Johannisbeerduft und beim Verkosten ein retronasales Aroma von Veilchen und Minze. In den kühleren Zonen weist er Aromen von Kräutern und Paprikaschoten auf.

• **Edelsüße Weine und Spätlesen**: sie werden aus Riesling (verleiht ein frisches Aroma von tropischen Früchten), Chenin Blanc und Muscat gekeltert. Diese exzellenten Weine können sich mit allen anderen edelsüßen Weinen und Spätlesen der Welt messen.
• **Flaschenvergorene Schaumweine**. Seit den 1970er-Jahren konnte dank der Technik der bewährten Kellereien aus der Champagne eine Produktion von Schaumweinen höchsten Niveaus mittels Flaschengärverfahren aufgebaut werden.
• **Charbono**: ein Wein aus der Rebsorte Carbeau (oder Charbonneau) mit Kirscharoma.
• **Chardonnay**: diese Chardonnay-Weine gehören zu den feinsten der Welt.
• **Fumé Blanc**: ein in Holz ausgebauter Sauvignon.
• **Johannisberg Riesling oder White Riesling**: die trockenen Rieslinge können als »sensationell« bezeichnet werden; der größere Teil wird jedoch in einer süßen Version hergestellt, die nur wenig Aroma aufweist.
• **Merlot**: der kalifornische Merlot gilt wegen seiner reichen Frucht und samtigen Struktur als bester der Vereinigten Staaten. Mitunter enthält er 15 % Cabernet Sauvignon.
• **Muscat Blanc** oder **Muscat Canelli**: ist auch als **Muscat de Frontignan** bekannt und hat ein besonders blumiges Aroma. Häufig wird er in der süßen Variante hergestellt, oder auch als Spätlese oder edelsüßer Wein.
• **Petite Syrah**: dieser Wein würde mehr Beachtung verdienen.
• **Pinot Blanc**: ein noch nicht entsprechend gewürdigter Wein.
• **Pinot Noir**: er verrät beim Verkosten wiederum nichts von seinem Ruhm als Spitzenwein.
• **Sauvignon Blanc**: dieser Wein ist auch als **Fumé Blanc** bekannt. Der Name soll darauf hindeuten, dass der Wein in Holzfässern ausgebaut wurde. Allerdings gibt es mehrere Varianten, weichere oder säurebetonte, welche zu schnell altern und dann Aromen von in Dosen aufbewahrten Erbsen oder Spargel annehmen.
• **Sémillon**: die Rebsorte Sémillon ist vor allem als Verschnitt mit Sauvignon Blanc sehr gefragt, aber auch reinsortig gekelterter Sémillon findet immer mehr Zustimmung.
• **Syrah**: dieser Wein zeigt beim Verkosten seinen unter allen Syrah-Weinen der Welt einzigartigen Charakter und offenbart Noten von Gewürzen und Rauch.
• **Zinfandel**. Aus Zinfandel werden verschiedene Typologien produziert: Rotwein, Rosé, Weißwein, trockener Wein, süßer kräftiger Wein, leichter Wein, Schaumwein. Der charakteristischste ist der dunkle Rotwein, der einen sehr reichen organoleptischen Charakter zeigt. Er ist würzig, offenbart Noten von Lakritze und Pfeffer oder Schokolade, einen guten Körper, und lässt kleine Beeren und Kokosnuss (durch die für die Fässer verwendete amerikanische Eiche) wahrnehmen. Der Wein kann gut in der Flasche nachreifen, ist allerdings nicht sehr lange haltbar. Manchmal wird auch – mit guten Ergebnissen – Petite Syrah hinzugefügt.

Weitere Weingebiete

Washington und Oregon

Diese beiden Staaten liegen im Nordwesten der Vereinigten Staaten an der Pazifikküste. Bis in die 1980er-Jahre wurden nur Trauben für Gelatine und Fruchtsäfte erzeugt; heute werden aber auch sehr begehrte Weine produziert.

Das Klima im Staat Washington ist warm, fast wüstenartig, und die wurzelechten Reben (140.000 ha) werden auf sandigen, lehmigen Böden vulkanischen Ursprungs kultiviert. Der einzige in Washington erzeugte Wein mit besonderem Charakter ist der sogenannte **Pinot Noir** of Oregon (sic!). Der Weinbau entwickelt sich immer mehr in Richtung rote Bordeaux-Rebsorten, wobei beim Merlot bereits international sehenswerte Resultate erzielt werden konnten.

Der Staat Oregon hat höhere Niederschläge und ein viel kühleres Klima als der Staat Washington aufzuweisen, auch wenn es durch maritime Westwinde etwas temperiert wird. Der Weinbau wurde 1854 mit wilden Reben begonnen; heute nehmen die Rebfelder etwa 3000 ha hügeliges Terrain ein und weisen lehmige Böden auf. Die Rebsorte Pinot Noir liefert, mit einer Pflanzdichte von 2000-3000 Stöcken/ha, die besten Resultate; aber auch Chardonnay, Muscat und Pinot Gris dürfen nicht vergessen werden. Der Letztgenannte hat vielleicht das größte Potenzial, welches allerdings bislang noch nicht genutzt wird.

Die bekanntesten AVA in den beiden Staaten sind **Columbia Valley, Idaho AO, Puget Sound, Rogue Valley, Walla Walla Valley, Yakima Valley**.

New York und der Osten

Diese Weinregion im Nordosten der USA umfasst weinrechtlich die Staaten am Atlantischen Ozean und an den Großen Seen, New York, Pennsylvania und Virginia.

Das Klima ist trotz der temperierenden Wirkung der großen Wassermassen sehr rau; die Kälte gefährdet auch oft die Reben an jener Stelle, wo die Veredelungszweige auf die Rebunterlage aufgesetzt sind. Ebenso zahlreich wie die Kleinklimata sind die Bodenarten: Lehm-Schiefer, Tonschiefer, Kalk, Kies, Schlick, Moränen, Sandstein.

Weinbau wird seit dem 17. Jh. in den Ebenen und auf den niedrigen Berghängen betrieben. Die ersten Reben wurden in Manhattan und Long Island gepflanzt. Nach der Prohibition wurden die wilden Reben durch andere ersetzt, welche man durch Kreuzung amerikanischer, französischer und anderer europäischer Rebsorten (die ersten waren Riesling und Chardonnay) züchtete und welche sich als widerstandsfähiger gegen die Kälte als die wilden Reben erwiesen.

Die bekanntesten AVA-Regionen sind **Catoctin, Grand River Valley, Hudson River Region, Isle St. George, Lake Erie, Lake Michigan Shore, Linganore, Loramie Creek, Monticello, North Folk, Old Mission Peninsula, Virginia's Eastern Shore** und **Warren Hills**.

MEXIKO

Rebe und Wein wurden 1521 von den spanischen Eroberern nach Mexiko gebracht, die den Weinbau sofort ausweiteten, indem der makabre Erlass herausgegeben wurde, für jeweils 100 tote Indianer innerhalb von fünf Jahren 1000 Rebstöcke pflanzen zu dürfen. Wegen der tropischen Hitze wird Weinbau vor allem in Baja California und auf Seehöhen von 1600-2100 m betrieben, wo frische ozeanische Winde und künstliche Bewässerung für gute Bedingungen sorgen. Die Böden bestehen aus Sand, Kies, Lehm, Schwemmland oder sind, je nach Zone, vulkanischen Ursprungs.
Die Hauptrebsorten sind **Barbera, Cabernet Sauvignon, Merlot, Zinfandel, Petite Syrah, Riesling, Muscadine** *und einige Kreuzungen.*
Die Weingebiete erstrecken sich auf 50.000 ha und sind in acht Regionen unterteilt: **Sonora, Baja California, Aguascalientes, Zacatecas, Coahuita, Chihuahua, Quéretaro** *und* **Durango**. *40 % des Anbaus ist für Tafeltrauben oder für die Destillation und Branntweinproduktion bestimmt. Eine entscheidende Einschränkung der Weinproduktion ist vor allem dadurch gegeben, dass in Mexiko kaum Wein getrunken wird. Die wenigen Weine, die hergestellt werden, sind jedoch von sehr hoher Qualität. Erwähnenswert ist ein körperreicher Wein aus* **Petite Syrah**-*Trauben, ein sehr aromatischer, fassgereifter* **Sauvignon**, *ein frischer* **Riesling** *und ein hervorragender* **Schaumwein**, *welcher dem spanischen Cava ähnlich ist.*
Auf dem Etikett können außer dem Namen des Weines, analog zu den spanischen Weinetiketten, weitere Hinweise aufscheinen: vino tinto, vino blanco, variedad, *Flaschenvolumen,* viña, cosechas selecionadas *(spezielle Assemblage),* espumoso, seco de mesa, bottega, mecho en Mexico *(in Mexiko hergestellt).*

Ausschnitt aus einem Stillleben des mexikanischen Malers Luís Portu.

CHILE

Die ersten Weinbaubetriebe Chiles wurden 1773 von spanischen Kolonisten (wie in ganz Südamerika) gegründet. Mitte des 20. Jh.s begann mit weiteren Einwanderern aus Europa auch die heutige erfolgreiche Weinproduktion.
In der Nord-Süd-Ausdehnung ist Chile das längste Land der Welt (4300 km), reicht im Osten bis zu den Kordilleren und Anden, im Westen bis zum Pazifik, im Norden bis zur Atacama-Wüste und im Süden bis zu den Gletschern Patagoniens. Durch seine geographische Lage blieb das Land stets vor Reblausschäden verschont; einige Wissenschaftler vertreten die Hypothese, dass die chilenischen Reben chemische Substanzen (Viniferin, Phenole und Polyphenole) entwickeln, welche das gefürchtete Insekt von der Pflanze fernhalten. Jedenfalls ist Chile das einzige Land der Welt, wo alle Reben wurzelecht gepflanzt und keine amerikanischen Rebunterlagen verwendet werden. Darüber hinaus sind die chilenischen Reben frei von Viruserkrankungen, welche die Lebensdauer der Rebstöcke bis zu 20 Jahre verkürzen könnten.
Deswegen gibt es hier auch zahlreiche Pflanzungen mit 50 bis 100 Jahre alten Reben (die Rebunterlagen würden keine 50 Jahre halten). Es ist der ideale Ort, um alle Rebsorten der Welt und deren Erbanlagen zu konservieren. Weinbau wird vor allem in einem 1300 km langen Küstenstreifen am Pazifik und in den Tälern der Flüsse Aconcagua, Maipo, Cachapoal, Biobio und Maule, zwischen 25 und 38 Grad südlicher Breite angebaut. Eine Besonderheit der chilenischen Weinproduktion sind die vielen rebsortenreinen Weine; es gibt aber auch hervorragende Weine aus Verschnitten, wie etwa der Rebsorten Cabernet Sauvignon, Merlot und Carmenère.

KLIMA UND BODEN

Das Klima ist im Norden des Landes trocken und wüstenartig, im Zentrum mediterran, im Süden ozeanisch und regenreich. Die Niederschläge fallen vor allem im Winter, auf den ein langer, trockener Sommer folgt, welcher durch kühle Nächte und sehr hohe Tagestemperaturen sowie Tagestemperaturschwankungen von etwa 20 °C charakterisiert ist. Dadurch können sich Säuren, Aromen und Gerbstoffe in der Traube anreichern. Die Hitze wird wiederum durch Winde vom Pazifik, und im Osten durch kühle Fallwinde von den Anden abgeschwächt. Im Wesentlichen ist das Habitat bestens für den Weinbau, vor allem für weiße Trauben, geeignet. Die Ernte erfolgt während der Trockenzeit, wodurch voll ausgereifte, gesunde Trauben gewährleistet sind, da sich weder Schimmel noch Fäulnis bilden können. Die Jahrgänge sind sehr gleichmäßig und immer von hoher Qualität.
Die Böden sind vorwiegend kalkig, und bestehen in manchen Zonen aus Sand oder Lehm alluvionalen oder äolischen Ursprungs.

ANBAUGEBIETE

Im Jahr 1979 wurden die chilenischen Weinregionen gesetzlich definiert:
- **Aconcagua**. Die nördlichste Anbauzone erzeugt die besten chilenischen Weine. Hier werden vorwiegend Weißweine, vor allem Chardonnay, hergestellt. Das Klima ist ähnlich dem Napa Valley in Kalifornien, mit Tagestemperaturschwankungen von 30 °C, wodurch die vielfältigen Aromen noch verstärkt werden. In letzter Zeit kommen auch Weine aus Spätlesen auf den Markt.
- **Maipo**. Dieses Weingebiet liegt im Central Valley, etwas südlich von Santiago, in einem fruchtbaren Tal. Hier wurden auch Spuren von präkulumbianischen Rebpflanzungen gefunden. In diesem, als klassisch geltenden Weingebiet, wurden die ersten französischen Rebstöcke (Cabernet Sauvignon und Merlot) angepflanzt. Das Klima ist nahezu mediterran, sowie durch kühle nächtliche Winde von den Bergen und durch den Pazifischen Ozean temperiert. Zur Zeit der Ernte ist es überaus trocken; Regen fällt erst im März und April. Die Böden sind alkalisch, bestehen aus Schwemmlandsand und sind zum Teil ähnlich wie im Bordeaux, der Heimat des Cabernet Sauvignon.
- **Atacama**. Die Wüste Atacama ist eine Tafeltrauben-Region.
- **Rapel**. Das 100 km südlich von Santiago liegende Tal ist vorrangig Rotweingebiet. Hier werden auf

600-1000 m Seehöhe die besten Weine aus Merlot und Pinot Noir sowie ein sehr guter Cabernet Sauvignon erzeugt. Durch die eher frischen Temperaturen können sich die Beeren mit feinen Aromen anreichern.

• **Curico**. Das Gebiet liegt südlich des Rapel-Tals und weist Böden vulkanischen Ursprungs auf. Gemeinsam mit den hohen Tagestemperaturschwankungen bietet die Curico-Region ein ideales *Terroir* für die Produktion von Chardonnay und Sauvignon Blanc, welche sich als reich an Aromen von tropischen Früchten erweisen. Es werden hauptsächlich Weißweine erzeugt, welche oft mit jenen aus Neuseeland verglichen werden.

• **Maule**. Die Weine dieser Region gehören zu den besten des Central Valley. Maule liegt südlich von Curico und produziert sowohl hervorragende Sauvignon Blancs als auch Massenweine aus der autochthonen Rebsorte Paìs. Im kleinen Gebiet Pisquera wird die Rebsorte Moscatel kultiviert, woraus vorwiegend der chilenische Nationalschnaps Pisco Chileno gewonnen wird.

• **Biobio**. In dieser von stärkeren Regenfällen gekennzeichneten Südregion sind die Trauben etwas weniger konzentriert als in den anderen Weingebieten des Landes. Die Unterschiede sind allerdings nicht sehr groß, da es zur Erntezeit gewöhnlich trocken ist. Die bekanntesten Weine werden aus den Rebsorten Chardonnay, Sauvignon Blanc und Pinot Noir gekeltert.

Der Weinbau greift nach und nach auf neue Regionen über (wie *Casablanca*), welche an die genannten Weinregionen angrenzen, und wo ebenfalls gute Weißweine erzeugt werden.

REBSORTEN

Die am meisten verbreiteten Sorten sind **Cabernet Sauvignon, Merlot, Chardonnay, Sauvignon Blanc** sowie die autochthonen **País** und **Tintoreras**. Auf den insgesamt etwa 150.000 ha Rebflächen werden etwa viermal soviel rote wie weiße Rebsorten angebaut. Die Reben werden sowohl niedrig in Busch-, Guyot- oder Royat-Erziehung als auch in Lyraform, GDC *(Geneva Double Curtain)* oder im Dachlaubensystem *(parronal)* gezogen. Die drei letztgenannten Systeme bringen höhere Erträge und werden eher für die Produktion von Massenweinen als von Qualitätsweinen angewendet. In manchen Gebieten werden die Reben in der Form von frei stehenden niedrigen Sträuchern kultiviert. Teilweise wird bewässert, vor allem, um die Pflanzen vor dem Austrocknen zu schützen, aber auch, um den Hektarertrag zu erhöhen, allerdings nicht im Central Valley. Nachdem der Weinbau immer mehr auf biologischen Anbau umgestellt wurde und wird, und die Kellertechniken seit Mitte der 1970er-Jahre erheblich verbessert wurden, konnten sofort positive Auswirkungen auf die Qualität der Weine festgestellt werden, die heute zu den besten ganz Südamerikas gehören. Östlich der Anden werden bis auf 1000 m Seehöhe Reben kultiviert.

WEINE

Der Großteil der chilenischen Weine wird rebsortenrein gekeltert; da der Sortenspiegel nicht sehr weit gefächert ist, sind die Weine relativ homogen, aber auch von guter Qualität. Auch die Kellertechniken sind im ganzen Land ziemlich einheitlich. So wird zum Beispiel sowohl mit *Barriques* als auch durch Zugabe von Eichenspänen ausgebaut, welche dem Wein Fülle verleihen, ihn aber vom organoleptischen Gesichtspunkt weitgehend standardisieren. Die genaue Untersuchung der verschiedenen Anbauzonen (Bodenart und Umwelt) führte dazu, dass im Etikett die Mikrozonen (entsprechend den französischen *Crus*) angegeben werden. Produktion und Vermarktung der chilenischen Weine wurde 1985 gesetzlich festgelegt. Dabei wurde jegliche Zuckerzugabe verboten.

Die bekanntesten Weine sind sicherlich Cabernet Sauvignon und Merlot bei den Rotweinen und Sauvignon Blanc und Paìs bei den Weißweinen. Allerdings wurden in allen Regionen auch Sangiovese und Nebbiolo ausprobiert.

• **Cabernet Sauvignon** ist im Allgemeinen reich, tief, aromatisch, und weist Noten von *Barriques*, schwarzen Johannisberen, Gewürzen und Lakritze auf. Er ist relativ füllig und erreicht seine beste Reife im drittten oder vierten Jahr.

• **Merlot** ist im Allgemeinen frisch und fruchtig und offenbart feine und angenehme Aromen, die an Rose und Erdbeeren erinnern.

• **Chardonnay** ist immer frisch und duftig.

• **Sauvignon Blanc** ist sehr geschmackvoll, »sehr saftig«, und weist lagenspezifischen Charakter und einen hohen Säureanteil auf, welcher ihn lange frisch hält.

Die chilenischen Weine haben ein gutes Preis-Leistungs-Verhältnis und ihr Image wird von der Institution *Ente Prochile* gepflegt.

AUSTRALIEN

Australien ist der achtgrößte Weinproduzent der Welt. Die Weinproduktion entwickelte sich hier zwar spät, dafür aber sehr schnell. Durch modernste technische Innovationen und Versuche mit neuen Kellertechniken konnten zudem höchste qualitative Ebenen erreicht werden. Man verwendet erprobte Verschnitte, Gärtemperaturkontrolle, ausgesuchte Hefen und viel Holz für den Ausbau (der etwas verlängert wurde). Zuckerzugabe ist verboten, Säurezugabe jedoch erlaubt. Da nicht ausreichend Arbeitskräfte zur Verfügung stehen, werden Rebschnitt und Ernte häufig maschinell durchgeführt.
Die Rebe wurde 1788 in Sydney von Arthur Philip (erster Gouverneur von Farm Cave) eingeführt; es wurden verschiedene Ableger aus Südafrika und Brasilien verwendet. Dann wurde die Traube aus dem feuchten Sydney nach Neusüdwales, nach Westaustralien und in die übrigen Landesteile gebracht.
Zwischen 1820 und 1840 nahm die Weinproduktion im Süden Australiens industrielle Formen an, wobei man nun europäische Rebsorten verwendete. Um 1880 war Victoria das größte Weinbaugebiet, wo etwa 70 % des australischen Weines produziert wurde. 20 Jahre später lag die Hauptproduktion in Südaustralien, das sich auf verstärkte Weine spezialisierte. Um 1950 kreierte man vermehrt trockene Weine, welche nach und nach Australien und dann die englischen, europäischen und amerikanischen Gaumen eroberten. Die hohe Qualität war durch Verwendung neuer Technologien in Weinberg und Keller möglich geworden. Indem man für die jeweiligen Reben die besten Terroirs *auswählte, welche keiner Bewässerung bedurften, konnten konzentriertere Weine gewonnen werden. Die ersten Weine, die im Ausland gut ankamen, waren auf Basis der Rebsorten Shiraz und Cabernet Sauvignon gekeltert worden.*
Seit 1955 ist in Adelaide das Australian Wine Research Institute *tätig, welches die Betriebe mit ihrer wissenschaftlichen Arbeit unterstützt und ganz entscheidend zur Qualität der Weine beiträgt. Das Ergebnis sind reintönige Weine, welche die Frucht der Traube hervorheben, reich an Aromen sind und einen beständigen organoleptischen Charakter aufweisen. Die gleichbleibende Qualität wird auch durch den Verschnitt von Trauben verschiedener Lagen gewährleistet. Das Qualitätssystem der australischen Weine ist sehr liberal und nicht so streng wie jene der europäischen Staaten oder der USA, wo Ertragsgrenzen und anzubauende Rebsorten vorgeschrieben sind. Die australischen Gesetze geben dem Weinproduzenten einen sehr großen Spielraum, was Qualität, Quantität, Auswahl der Rebsorten und Vinifikationstechnik anlangt. In fast allen Bundesstaaten wird Weinbau betrieben, insgesamt auf 150.000 ha.*
80 % der Weinmenge des gesamten Kontinents wird in nur vier Gesellschaften (»Big Four«) hergestellt: Southcorp, BRL Hardy, Orlando und Beringer-Blass.

KLIMA UND BODEN

Das Klima ist im Allgemeinen durch hohe Temperaturen und geringe Niederschlagsmengen charakterisiert; in manchen Zonen gibt es mediterranes Klima, welches für den Weinbau ganz besonders günstig ist. Weitere Zonen sind klimatisch mit Piemont, Bordeaux und Rheintal vergleichbar.
Die Böden sind großteils lehmig oder kalkig-mergelig. Die Ernte erfolgt zwischen Januar und Juni, wenn die Temperatur am mildesten ist.

REBSORTEN

Die wichtigsten Rebsorten sind Cabernet Sauvignon, Chardonnay, Sémillon, Riesling, Grenache, Shiraz, Tokay, Muscat, Pinot Noir, Merlot, Mourvèdre (lokal auch als Mataro bekannt). Weniger verbreitet, aber für einzelne Regionen wichtig sind Colombard, Viognier, Roussanne, Marsanne, Verdelho, Muscadelle, Cabernet Franc, Sangiovese, Barbera, Dolcetto und Pinot Gris. Insgesamt werden mehr rote als weiße Rebsorten angebaut.

ANBAUGEBIETE

Die 2001 eingesetzten *Australian Geographical Indications* (G.I.) sind eine offizielle Beschreibung der Weinregionen und Subregionen. Die G.I. beschreiben die geographische Herkunft der Weine und betreffen als weiteste Kategorie South Eastern Australia, 27 Weinzonen innerhalb der Staaten (Regionen und Subregionen) sowie die verschiedenen Staaten und Territorien: Neusüdwales, Südaustralien, Victoria, Westaustralien, Tasmanien, Nordterritorium und Queensland.

• **Neusüdwales**. Der Bundesstaat Neusüdwales liegt im Süden des Kontinents zwischen Queensland und Victoria. Das heiße, feuchte Klima bringt insofern Probleme mit sich, als dadurch Pilzkrankheiten, besonders Grauschimmel und Fäulnis begünstigt werden. Weinbau wird vor allem in den Ebenen und im leicht gewellten Hügelland betrieben, in geringerem Ausmaß auch an den steilen Hängen der Brokenback Range und des Hunter Valleys (in 500 m Seehöhe), sowie im Hügelgebiet westlich der Great Dividing Range (in 800 m Seehöhe). In dieser zweitgrößten Weinregion Australiens wird auch häufig bewässert. Die Böden sind sandig-lehmig.

Die wichtigsten Rebsorten sind Cabernet Sauvignon, Merlot, Shiraz, Pinot Noir, Chardonnay, Sémillon und Riesling. Die wichtigsten Weinzonen sind **Hunter Valley, Mudgee** und **Riverina**. Das Hunter Valley produziert ausgezeichnete Chardonnay-, Sémillon- und Shiraz-Weine, welche mindestens fünf Jahre in der Flasche lagern müssen, um ihr ganzes Potenzial an Aromen und Geschmacksnoten (vorwiegend Honig, Haselnuss und trockene Früchte) offenbaren zu können. In Mudgee werden hervorragende Cabernet Sauvignons gekeltert, die zu den besten Australiens zählen. Riverina ist für verstärkte Weine und in großer Quantität hergestellte Tafelweine (mittelmäßiger Qualität) bekannt.

• **Victoria**. Das Weingebiet dieses Bundesstaates ist das drittgrößte Australiens und das südlichste des Kontinents. Der erste Weinberg wurde 1838 von William Ryrie im Yarra Valley bestockt. Danach wurden der Weinbau durch Einwanderer aus der Schweiz im ganzen Bundesstaat verteilt. Die Böden bestehen aus Lehm-Schiefer mit Kies.

Das Yarra Valley hat relativ frisches Klima und ist ein optimales Habitat für die Rebsorten Chardonnay, Muscat und Pinot Noir; in den weniger kühlen Gebieten (im Nordwesten herrscht kontinentales Klima) werden Shiraz- und Cabernet Sauvignon-Trauben kultiviert.

Die Rotweine lässt man einige Jahre in Holzfässern reifen – sie entwickeln eine intensive Farbe und ein Aroma von schwarzen Johannisbeeren. Die Weißweine sind leicht und weisen zarte Aromen auf. Besonders reiche Duftnoten offenbaren flaschenvergorene Schaumweine und Süßweine aus Muscat- oder Tokajer-Trauben. Von besonders hohem Niveau sind Cabernet Sauvignon, der zart aromatische Chardonnay und der sehr fruchtige Sémillon.

• **Tasmanien**. Dieses aufstrebende Weingebiet der Insel Tasmanien liegt südlich des australischen Kontinents. Das Klima ist entlang der Küste kalt, im Landesinneren warm und die maritimen Winde können Schäden bei den jungen Pflanzen verursachen. Die lehmigen Böden sind mit Kies durchsetzt. Die Reben sind auf reblaussichere amerikanische Unterlagen aufgepfropft und werden vor allem im Küstengebiet kultiviert. Vorwiegend werden internationale Rebsorten (Cabernet Sauvignon und Riesling) verwendet, woraus sehr elegante Weine gekeltert werden. Aus den Rebsorten Chardonnay und Pinot Noir werden auch Schaumweine nach dem Flaschengärverfahren erzeugt.

Weinberge von Tanunda im Barossa Valley.

• **Westaustralien**. Im größten australischen Bundesstaat wachsen nur 3 % der australischen Gesamtproduktion an Trauben. Die von den wenigen Weinbergen stammenden leichten, fruchtigen Weine gelten jedoch als Inbegriff hoher Qualität. Die in der sommerlichen Hitze gewonnenen Trauben sind so zuckerreich, dass sie traditionell zu Süßweinen und Dessertweinen verarbeitet wurden. Seit 1937 wird jedoch auch ein trockener Weißwein aus Chenin-Blanc-Trauben erzeugt. Der damals goldfarbene Wein hat seit den 1970er-Jahren eine hellere, eher strohgelbe Farbe und lässt die feinsten Honigaromen wahrnehmen. Heute wird Chenin Blanc im Verschnitt mit den Rebsorten Muskateller, Sémillon, Verdelho und Chardonnay vinifiziert, woraus ein durch und durch harmonischer Wein entsteht, dessen Rauchnoten nach einer 6-7jährigen Flaschenlagerung besonders gut zum Ausdruck kommen. Verantwortlich für die hohe Qualität sind nicht zuletzt Gärtemperaturkontrolle und moderne Kellertechniken.
Im südlichen Teil ist es etwas temperierter und es gibt einige heiß-feuchte Gebiete, die für den Anbau früher Rebsorten gut geeignet sind. Besonders bewährt haben sich die Rebsorten Chardonnay, Pinot Noir und Merlot.
Im Weingut von Frankland Estate entstehen aus einem Verschnitt von Riesling mit Bordeaux-Rebsorten (der Verschnitt ist als *Olmo's Reward* bekannt) sehr begehrte Weine. Außer den bereits genannten sind auch die Rebsorten Cabernet Sauvignon, Shiraz und Zinfandel sehr verbreitet.

• **Südaustralien**. In diesem Staat wird etwa 50 % des gesamten australischen Weines erzeugt. Dazu gehören vor allem Massenweine von mittelmäßiger Qualität. Allerdings keltert man hier auch Weine, die zu den feinsten und elegantesten gehören, wie etwa Grange, den teuersten Wein Australiens. Das bekannteste Weingebiet ist **Barrosa Valley**, wo vorzügliche Weine aus Cabernet Sauvignon, Shiraz, Chardonnay und ebenfalls gute (aber weniger bekannte) aus Sémillon und Riesling gekeltert werden. Berühmt sind auch **Coonawarra** und **Clara Valley**, besonders für Riesling, Cabernet Sauvignon und Shiraz prädestinierte Gebiete. Das Klima ist in Riverland sehr heiß, im Barossa Valley heiß und trocken, in Coonawarra frisch und trocken, und in Adelaide durch die maritimen Winde frisch.
Die Rebfelder befinden sich auf 250-600 m Seehöhe und weisen sehr unterschiedliche Böden auf. Der erste Weinberg Australiens wurde 1837 bei Adelaide angelegt, dann folgten die Weinberge von Melbourne, Sydney und Canberra.

• **Queensland**. Im nordöstlichen Bundesstaat Queensland wird seit 1850 Wein angebaut. Das Klima ist hier im Sommer kühler als in allen anderen australischen Weingebieten. Nur im Gebiet um Roma kann es ebenfalls sehr heiß und trocken sein. Der Weinanbau ist wegen der vielen Regenfälle und der hohen Feuchtigkeit mit Problemen verbunden, da bei diesem Klima die Trauben leicht faulen oder schimmeln können. Die Böden bestehen auf der Hochebene in der Gegend von Ballandean vorwiegend aus Granit und sind in den anderen Gebieten reich an rotem Sand. In den heißeren Zonen (Roma, Alice Springs) wird künstlich beregnet.

Die wichtigsten Rebsorten sind Cabernet Sauvignon, Riesling, Sémillon und Shiraz, auf der Hochebene Riesling und Silvaner, welche spät geerntet werden. In den heißeren Anbaugebieten hat man sich auf die Produktion verstärkter Weine spezialisiert.
• **Nordterritorium**. Hier ist der Weinbau noch schwieriger als in Queensland. Das Klima ist trocken und heiß und die Böden häufig sumpfig.

WEINE

Die ersten beherzten australischen Weinproduzenten gaben den alteingesessenen Weinhäusern der ganzen Welt einen Anstoß, »Weine mit Qualität« herzustellen. Zuerst war man mit Lambrusco sehr erfolgreich, dann kamen Weine aus deutschen und schließlich aus französischen Trauben, woraus in *Barriques* ausgebaute Weine auf Art der Bordeaux-Weine erzeugt wurden. In den letzten Jahren gaben die australischen *Winemakers*, anstatt den Wein in Holzfässern auszubauen, Eichenspäne oder Eichenlamellen in die Lagerbehälter!
Eines der Erfolgsrezepte bestand darin, durch sorgfältige Selektion internationaler Rebsorten reinsortige Weine – deren aromatische Eigenschaften man betonte – mit viel Frucht, Fülle und Körper zu erzeugen.
Neben den bei den einzelnen Staaten genannten Weinen müssen noch weitere erwähnt werden: der Schaumwein **Chandon**, mit beträchtlicher Finesse, Fülle und langem, aromatischem Abgang – er wird im Yarra Valley aus den Rebsorten Chardonnay (60 %) und Pinot Noir (40 %) gekeltert und muss mindestens fünf Jahre auf der eigenen Hefe reifen. **Riesling** aus dem Clara Valley ist sehr alterungsfähig und muss mindestens fünf Jahre reifen, um seine ganze Fülle auszudrücken. Danach kann er noch mindestens weitere zehn Jahre in der Flasche gelagert werden und offenbart Aromen von Zitrone, Bratapfel und Röststoffen und die Frucht der Traube. Der im Hunter Valley gewonnene **Sémillon** erzielt eine auch in Europa kaum übertroffene Qualität; er schmeckt jung getrunken bestens, wenn er Zitronenaroma und viel Fruchtigkeit ausdrückt, aber auch nach längerer Lagerung in der Flasche, wenn er eine sonst selten anzutreffende und angenehme Fülle angenommen hat. Kurze Zeit in Eichenfässern ausgebauter **Chardonnay** aus den frischen Zonen des Hunter Valleys offenbart eine große Eleganz, sowie Aromen von Pfirsich, Walnuss, Melone und leichte Noten von Sahne und Karamell. Dieser Wein wird aus einem **Verschnitt** der Rebsorten Cabernet Sauvignon, Cabernet Franc, Merlot, Malbec und Petit Verdot gewonnen, welcher nach sehr kurzem Fassausbau zu den interessantesten australischen Weinen gezählt wird. In Fachkreisen gilt er als »Meisterwerk an Eleganz und Klasse«, das Aromen von schwarzen Johannisbeeren und von Feldblumen offenbart und Herbstlaub wahrnehmen lässt. Der in Westaustralien produzierte **Shiraz** gehört zu den begehrtesten Weinen des australischen Kontinents; er offenbart Noten von Gewürzen, Kirsche, schwarzen Beeren, Leder und Erde. Verstärkte Weine aus **Muscat** und **Tokajer** gelten wegen ihres äußerst langen aromatischen Abgangs als vorzüglich.

ETIKETTEN

2001 wurden durch ein neues Gesetz die früheren 650 Appellationen auf weniger als 100 reduziert. Ebenso wurden die Hinweise auf den Etiketten australischer Weinflaschen genau festgelegt:
• ***Unwooded***: nicht in Holzfässern ausgebauter Wein.
• ***Woodmatured***: mit Holzspänen gereifter Wein.
• ***Bin, Private Bin, Reserve Bin***: Wein höchster Qualität, wozu nur die wenigen, von einem einzigen Betrieb hergestellten Weine gehören. Die Ziffer, die manchmal dem Ausdruck »Bin« folgt, ist die Anzahl der Behälter, in welchen der Wein vor dem Abfüllen gelagert wurde (mit diesem System kann der Weg des Weines zurückverfolgt werden).
• ***Show, Show Reserve***: Weine, welche einen nationalen Preis erhalten haben.
• ***Certified Appellation Wine*** bedeutet, dass der Wein aus einer einzigen Appellation stammt.
Stammt der Wein aus einem Verschnitt, so müssen die Rebsorten nach abnehmender Bedeutung angeführt werden. Auch Phantasienamen können verwendet werden.
Des Weiteren werden Rebsorte, Adresse des Herstellers, Markenname oder Name des Produktionsbetriebes, der Hinweis *»product of Australia«*, Alkoholgehalt und Volumen angegeben. Wenn Region oder Subregion vermerkt werden, muss der Wein zu mindestens 85 % des angegebenen Gebietes stammen. Wenn ein Jahrgang angegeben wird, muss der Wein zu mindestens 95 % diesem Jahrgang entstammen.

NEUSEELAND

Mit den ersten Reben, die der Missionar Samuel Marsden 1819 nach Northland (auf der Nordinsel) brachte, begann der neuseeländische Weinbau. Der erste Wein wurde 1839 von James Busby gekeltert. Mit dem Anbau der Rebsorte Müller-Thurgau gewann der Weinbau an Bedeutung, aber nach wenig ermutigenden Ergebnissen stiegen die neuseeländischen Winzer auf Pinot Noir um. Gegen Ende des 19. Jh.s konnte man mit Chardonnay- und Sauvignon Blanc-Reben große Erfolge feiern. Als jedoch nur wenige Jahre danach viele Rebstöcke durch Echten und Falschen Mehltau (Peronospora) vernichtet wurden, setzte man auf Kreuzungen französischer und amerikanischer Rebsorten (Baco Noir und Isabella). In den 1980er-Jahren konnte Neuseeland mit seinen Weißweinen internationale Anerkennung erringen und in den 1990er-Jahren wurde der neuseeländische Sauvignon Blanc sogar mit den besten, aus derselben Traube gewonnenen französischen Weinen verglichen: Pouilly Fumé und Sancerre. Heute zählen die neuseeländischen Sauvignon Blanc- und Chardonnay-Weine aus dem Weinbaugebiet Marlborough im Norden der Südinsel zu den besten der Welt. Auch mit Sémillon, sowohl reinsortig als auch mit Sauvignon verschnitten, konnten Spitzenqualitäten erreicht werden.

KLIMA UND BODEN

Auf der Nordinsel herrscht frisches maritimes Klima (ähnlich wie im Bordeaux-Gebiet, jedoch etwas regenreicher); auf der Südinsel ist es kühler, aber sonnig und trocken, wobei die verschiedenen Gebiete recht unterschiedliche Temperaturen aufweisen (am wärmsten ist die Weinregion Marlborough).
Auf der Nordinsel trifft man meist Lehmböden alluvionalen Ursprungs an, aber auch gut entwässerte, sandreiche Schlickböden oder Böden mit vulkanischen Ablagerungen und Torfböden kommen vor. Die verschiedenen Böden der Südinsel bestehen aus Schwemmland.

ANBAUGEBIETE

• **Canterbury** weist ein günstiges Klima für den Anbau von Chardonnay und Pinot Noir auf, aber auch Riesling und Sauvignon Blanc werden angebaut. Canterbury ist die viertgrößte Weinregion Neuseelands.
• **Central Otago** ist eine frische, gebirgige Region und liegt im südlichen Teil der Südinsel. Hier werden Gewürztraminer und die Rebsorten der obigen Region kultiviert.
• **Gisborne** ist auf die Produktion von Chardonnay spezialisiert, aber es gibt auch Rebfelder mit Müller-Thurgau, Merlot und Gewürztraminer. Hier liegen 40 % der neuseeländischen Weinbauflächen.
• **Hawke's Bay** ist die zweitgrößte Weinregion des Landes und hat warmes, sonniges Klima. Hawke's Bay ist für seine ausgezeichneten Weine Cabernet Sauvignon und Merlot berühmt. Auch Chardonnay und Sauvignon Blanc werden produziert.
• **Marlborough** ist die wichtigste Weinregion des Landes. Das Klima ist mild und sonnig und die Böden eignen sich bestens für die Herstellung von aromareichen und fülligen Weinen. Marlborough ist unbestrittenes Gebiet des Sauvignon Blanc.
• **Northland** ist die nördlichste Region des Landes. Seine Sandböden enthalten 30 % der neuseeländischen Reben und sind ein gutes *Terroir* für beste Cabernet Sauvignon-Weine.
• **Waikato** ist ein kleines Gebiet südlich von Auckland, das sich auf Weißweine spezialisiert hat.

REBSORTEN UND WEINE

• **Martinborough**. Dieses expandierende Weinbaugebiet ist das Reich des Pinot Noir.
95 % der neuseeländischen Rebstöcke sind noch keine zehn Jahre alt und entsprechen dem, was heute am Weinmarkt gefragt ist. Die Weinberge befinden sich auf den beiden großen Inseln und eine kleine Zone auf Waine Key. Bis auf wenige Ausnahmen sind die Anbaugebiete nirgends weiter als 20 km von der Küste entfernt und somit ozeanischem Klima ausgesetzt.
Die Gesamtweinbaufläche beträgt etwa 11.000 ha. Der Großteil besteht aus veredelten Weinstöcken, etwa 2000 ha sind mit wurzelechten Reben bestockt. Geerntet wird in Neuseeland im März. Die älteren Rebstöcke sind in einer Pflanzdichte von etwa 2000 Stück/ha gesetzt, die neueren Pflanzungen sind mit mehr als 4000 Reben/ha bestockt. Vinifikation und Ausbau werden in Stahltanks vorgenommen. Die am meisten verbreitete Rebsorte ist **Chardonnay**,

Rebfelder bei Napier an der Ostküste der Nordinsel.

gefolgt von **Sauvignon Blanc** – sie nehmen gemeinsam etwa 70 % der neuseeländischen Weinbaufläche ein. Weitere Rebsorten sind **Riesling, Sémillon** und **Müller-Thurgau**.
Nur 30 % der Rebflächen sind mit roten Rebsorten bestockt: **Pinot Noir, Cabernet Sauvignon, Cabernet Franc, Syrah, Sangiovese** und **Montepulciano**.
Die frischeren Zonen eignen sich für den Anbau von Sauvignon und Chardonnay am besten – hier wird auch manuell geerntet. Nach Ganztraubenpressung und alkoholischer Gärung lässt man den Wein auf autochthonen Hefen reifen. Eine malolaktische Gärung wird nicht eingeleitet. Die große Sorgfalt bei all diesen Vorgängen macht ebenso wie das *Terroir* die exzellente Qualität der Weine aus.
Die weißen und Roséschaumweine werden nach dem Transvasier-Verfahren hergestellt, bei welchem die *Remuage* durch Filtrieren (Transvasieren) ersetzt wird. Besonders gefragt sind die im Weingebiet Marlborough hergestellten Schaumweine aus Chardonnay und Sauvignon.
Wein aus edelfaulen Trauben kann nicht jedes Jahr hergestellt werden, sondern nur, wenn die Riesling-Trauben vom Edelschimmel befallen werden. Fast ebenso gut ist Chardonnay, während Sémillon-Weine nicht an die entsprechenden europäischen Weine herankommen.
Die neuseeländischen Weine aus *Assemblagen* und Verschnitten können immer mehr Erfolge verbuchen. Auch Chenin Blanc und Gewürztraminer erreichen gutes qualitatives Niveau. Ein guter Montepulciano und ein junger Syrah-Wein können inzwischen ebenfalls mit Cabernet Sauvignon konkurrieren. Weitere Rebsorten, mit welchen gute Resultate erzielt werden, sind Riesling, Müller-Thurgau und Pinot Gris.

HERKUNFTSBEZEICHNUNGEN UND KLASSIFIKATIONEN

1996 wurde in Neuseeland eine neues Reglement für die Herkunftsbezeichnungen der verschiedenen Weine eingeführt – **CO *(Certificated Origin)***. Die bis heute anerkannten CO-Gebiete der Nordinsel sind **Auckland, Gisborne, Hawke's Bay** und **Wellington**. Die CO-Gebiete der Südinsel sind **Canterbury, Central Otago, Marlborough, Nelson, Waikato** und **Martinborough**.
Die Weinbaubetriebe werden nach der Jahresproduktionsmenge klassifiziert:
- Kategorie I: beim Großteil der Betriebe ist die verkaufte Menge geringer als 200.000 l.
- Kategorie II: die verkaufte Menge liegt zwischen 200.000 und 2 Mio. l (30 Betriebe).
- Kategorie III: mit einer Verkaufsmenge von mehr als 2 Mio. l; diese Kategorie umfasst drei Betriebe: Montana, Corbans und Villa Maria.

Das Qualitätssystem der neuseeländischen Weine sieht keine strengen Normen für die Art des Weinanbaus und der Weinbereitung vor.

ETIKETTEN

Für Hinweise auf dem Flaschenetikett sind nur wenige Normen vorgesehen:
- ist auf dem Etikett eine Rebsorte angegeben, muss der Wein aus mindestens 75 % dieser Sorte bestehen;
- besteht der Wein aus mehreren Rebsorten, so müssen diese in mengenmäßig absteigender Reihenfolge angegeben sein;
- wenn ein Weinbaugebiet angegeben ist, müssen mindestens 75 % der Trauben für diesen Wein aus dem angegebenen Gebiet stammen.

Glossar

Abboccato Halbtrocken; italienische Bezeichnung für den leicht süßen Geschmack eines Weines, der noch etwas Restzucker enthält (zwischen 4 und 12 g/l).
Abgang Aromatische Empfindungen, die nach dem Hinunterschlucken des Weines noch länger zu verspüren sind.
Ableger Von einem veredelten oder wurzelechten Rebstocks in die Erde gesenkter Trieb, der nach Bildung eigener Wurzeln vom ursprünglichen Rebstock getrennt und als eigene Pflanze verwendet wird.
Acetaldehyd Produkt, das bei der Oxidation von Alkohol entsteht und den Geschmack des Weines beeinflusst. Manche Weine, wie Sherry und Marsala, haben ihren typischen Charakter von eben diesen Acetaldehyden.
Adstringierend Wein, der auf der Zunge ein pelziges Gefühl, ähnlich wie von einer unreifen Khaki-Frucht, verursacht. Die zusammenziehende Wirkung wird durch erhöhten Tanningehalt ausgelöst.
Akazie Wegen seiner natürlichen Zartheit sehr begehrtes Aroma, das häufig in Weißweinen anzutreffen ist.
Alberello-Erziehung Erziehungsform der Reben, die gerne in windigen Gegenden angewendet wird. Die Rebstöcke werden niedrig gehalten, brauchen keine Stütze und erinnern in ihrer Form an einen kleinen Baum. Auch: Buscherziehung.
Alkoholische Gärung Vorgang bei der Weinherstellung, wobei nach dem Keltern des Mostes die Zuckeranteile unter Mitwirkung von Hefen in Alkohol umgewandelt werden.
Ampelographie Beschreibende und klassifizierende Rebsortenkunde.
Anreichern Die gesetzlich erlaubte Zugabe bestimmter Substanzen zum Most, um beim fertigen Wein gewisse Minimalanteile von Säure, Zucker und Phenolen zu erreichen.
Aroma Retronasale (also geruchliche) Wahrnehmung beim Hinunterschlucken des Weines. Ein aromatischer Abgang ist einer der Hauptfaktoren, aufgrund deren die Qualität eines Weines beurteilt wird.
Ätherisch Stark alkoholbetontes Geruchsbild, verursacht durch flüchtige Bestandteile (Äther, Ester), welche bei der Gärung entstehen.
Ausgeglichen Bei einem ausgeglichenen Wein sind die Bestandteile, vor allem Alkohol und Säure, im richtigen Verhältnis.
Barrique Kleines Eichenfass mit einem Fassungsvermögen von 225 l, das der Reifung des Weines dient. Ihren Ursprung hat die *Barrique* in Burgund.
Blanc de blancs Nur aus weißen Trauben hergestellter Wein, der meist für die Schaumweinproduktion verwendet wird.
Blanc de noirs Weißwein, der aus roten Trauben gekeltert wird. Dafür müssen beim Pressen die Schalen vom Fruchtfleisch getrennt werden.
Blumig Duftcharakter eines Weines, der an Blüten erinnert.
Böckser Ein Weinfehler, der sich durch Knoblauchgeruch offenbart. Dazu kommt es, wenn bei der Vinfizierung bestimmte Schwefelverbindungen nicht abgebaut werden können.
Bodensatz Der Bodensatz besteht aus festen Bestandteilen, die im Wein entstehen und sowohl nützlich als auch schädlich sein können. Bei der Schaumweinbereitung ist der Bodensatz wegen der darin enthaltenen Hefen sehr von Nutzen; in anderen Fällen kann er dem Wein schaden, weil dies eine Trübung zur Folge haben kann.
Botrytis cinerea Ein Pilz, der die Beeren befällt und mit einem dünnen, filzigen Grauschimmel überzieht. In manchen Fällen werden aus solchen Trauben besonders hochwertige Weine gewonnen, wie Sauternes und Tokajer. *Botrytis* wird auch als Edelschimmel bezeichnet.
Brillant Ein brillanter Wein ist sehr klar und zeigt einen extremen Glanz. Brillanz ist eine besondere Charakteristik von Schaumweinen.
Brut. Französische Bezeichnung, die überall verwendet wird, um einen trockenen Schaumwein mit weniger als 15 g Zucker/l zu bezeichnen.
Bukett Gesamtheit der Düfte eines Weines. Die Grundbedeutung des französischen *»bouquet«* ist »Blumenstrauß«.
Cerasuolo Italienische Bezeichnung für »kirschfarben« und die entsprechende Farbe des Weines.
Crémant Französischer Schaumwein, der einen niedrigeren Druck als die üblichen 5-6 bar aufweist. Der geringere Druck wird durch eine kleinere Fülldosage erreicht.
Cru Französische Bezeichnung für die Reben eines Weinbergs oder einer Weinberglage, aus welchen ein bestimmter Wein gewonnen wird.
Cuvée Einerseits Bezeichnung für einen zu vergärenden Most und andererseits auch ein Verschnitt mehrerer *Crus*, um einen Wein bester und gleichbleibender Qualität zu erreichen.
Duftig Duftige Weine sind reich an blumigen und fruchtigen Duftnoten und Aromen.
Essigstich Weinkrankheit, welche durch den Kontakt des Weines mit zu viel Luftsauerstoff entstehen kann und für den Essiggeruch des Weines verantwortlich ist.
Frisch Charakter eines Weines mit angenehmer, maßvoller Säure.
Fruchtig Duft des Weines, der an den ursprünglichen Beerenmost des Weines erinnert. Dieser Terminus wird aber auch verwendet, um den Duft jeglicher Früchte zu beschreiben.
Generoso Bezeichnung für einen Wein mit hohem Alkoholgehalt.
Gesamt-Extrakt Summe aller Substanzen und Stoffe, die gelöst im Wein vorkommen und die bei einer Destillation zurückbleiben.
Goudron *Siehe*: Teernote.
Grasig Duftwahrnehmung, die an soeben geschnittenes Gras erinnert, eine Charakteristik von Cabernet und Merlot.
Guyot-Schnitt Reberziehung, bei der am Stamm nur ein oder maximal zwei Fruchttriebe belassen werden.
Harmonisch Charakter eines Weines, bei dem Säure, Süße und Tannine voll ausgeglichen sind und keiner dieser Faktoren die anderen übertönt.
Hart Ein harter Wein enthält im Verhältnis zum Alkohol- und Zuckergehalt zu viel Tannin und Säure. Junge Weine sind im Allgemeinen hart.
Holzfass Traditioneller Holzbehälter, der für den Ausbau von Weinen verwendet wird. Die besten Fässer sind aus slawonischer Eiche.
Jahrgang Bezeichnet das Jahr, in dem die Trauben für den jeweiligen Wein geerntet wurden und legt somit das Alter des Weines fest.
Klar Die Klarheit eines Weines ist ein Hinweis auf die richtige Verarbeitung und die Gesundheit eines Weines. Bei der visuellen Prüfung des Weines wird die Klarheit anhand mehrere Stufen angegeben: kristallklar, blank, klar, wolkig, trüb. Die beiden letzteren Eigenschaften weisen auf einen fehlerhaften Wein hin.

Klären Sammelbegriff für verschiedene Verfahren, um unerwünschte Trub- und Schwebeteilchen aus dem Most oder Wein zu entfernen. Hierfür werden natürliche Substanzen, wie etwa Eiweiß, Fischleim oder Tannine verwendet.
Kohlendioxid Entsteht durch die Umwandlung von Zucker in Alkohol während der Vergärung des Mostes und ist typischerweise in Perlweinen und Schaumweinen enthalten.
Kohlensäuremazeration Dieses Verfahren wird praktisch bei allen Jungweinen angewendet. Dafür werden unter Zusatz von Kohlendioxid die ganzen Trauben in einem Behälter vergoren. Anstatt Hefe bringt der Zucker die Trauben zum Gären. Die Hefen beginnen erst nach dem Keltern zu arbeiten.
Körper Summe jener Substanzen, die gelöst im Wein enthalten sind, also die festen Bestandteile, die auch als »Extrakte« bezeichnet werden: Säure, Farbpigmente, Tannin, Alkohol, Protein und Mineralsalze.
Lebhaft Charakteristik eines jungen, leichten, frischen, fast immer moussierenden Weines.
Lieblich Leicht süßer Wein mit einem Restzuckergehalt von 12,1-45 g/l.
Lüften Eine Praxis, die während der Gärung vorgenommen wird, um die aeroben Hefen zu vermehren. Dies geschieht beim Abstich oder beim Umpumpen des Weines, der dabei mit Luft in Kontakt kommt.
Malolaktische Gärung Vorgang, bei welchem Apfelsäure in Milchsäure umgewandelt wird. Dadurch bekommt der Wein mehr Geschmeidigkeit und Fülle, was vor allem für Rotweine sehr bedeutend ist.
Méthode Champenoise Flaschengärverfahren, das für die Herstellung von Champagner verwendet wird. Nicht in der Champagne nach dem gleichen Verfahren hergestellte Schaumweine dürfen diesen Terminus auf dem Etikett nicht verwenden.
Méthode Charmat Das Charmat- oder Martinotti-Verfahren ist ein Tankgärverfahren zur Schaumweinherstellung, bei dem die zweite Gärung im Drucktank erfolgt und nicht in der Flasche.
Millesimé Französische Bezeichnung für ein besonders gutes Erntejahr, welche meist für Champagner und andere Schaumweine verwendet wird.
Organoleptische Eigenschaften Sensorische Eigenschaften; durch Farbe, Geruch und Geschmack wahrnehmbare Eigenschaften.
Pergola-Erziehung Erziehungssystem, bei welchem man die Reben auf dünne waagrechte Stangen klettern lässt. Pergola-Erziehungssysteme sind vor allem bei sehr feuchten Böden günstig, um Schimmelbildung zu vermeiden.
Perlage Dieser Terminus beschreibt die Perlen in einem Schaumwein. Je feiner die Perlen sind, desto höher ist die Qualität des Weines.
Rau Eigenschaft eines Weines, der am Gaumen einen herben Geschmack hinterlässt.
Rauchig Eines der typischen Aromen mancher Weine, das auch als »Röstnote« bezeichnet wird.
Rosinieren Trocknen der Trauben, wobei durch den Wasserentzug die Zuckerkonzentration erhöht wird. Die Trauben können entweder auf der Pflanze oder nach der Ernte auf Gittern trocknen. Aus rosinierten Trauben werden Strohweine erzeugt.
Saftig Angenehme Geschmacksempfindung bei einem gut gemachten, aus mineralsalzreichen Lagen stammendem Wein.
Sauber Charakter eines Weines, der beim Verkosten saubere, reine Wahrnehmungen ohne Fehler oder irgendwelche Fremdgerüche zeigt.
Sauer Geschmack des Weines, der durch unreife Trauben mit viel Säure hervorgerufen wird und an Zitronensaft erinnert.
Säuerlich Eine Charakteristik, die in jungen, lebhaften Weinen als sehr angenehm empfunden werden kann. Wenn ein Wein zu stark säurebetont ist, also die Säure die anderen Geschmacksnoten übertönt, wird der Wein unharmonisch.
Säure Weine mit relativ viel Säure haben eine exzessive oder sogar herbe Lebhaftigkeit; sie entstehen meist aus nicht ganz reif geernteten Trauben. Säuren sind an Sauerstoff angelagerte chemische Verbindungen von scharfem Geschmack, wovon im Wein 4-6 g/l vorhanden sind.
Die wichtigsten Säuren sind:
Essigsäure (von 0,2-0,5 g/l): entsteht durch die Gärung von Alkohol unter Einfluss bestimmter Bakterien.
Kohlensäure: in schäumenden Weinen vorhanden.
Zimtsäure: im Duft und in den Aromen des Weines enthalten.
Zitronensäure: wird mitunter beigefügt, um dem Wein mehr Säure zu verleihen.
Milchsäure: entsteht durch Umwandlung aus Apfelsäure und macht den Wein weicher.
Apfelsäure: wird durch die malolaktische Gärung verringert oder ganz abgebaut.
Bernsteinsäure: zeigt außer saurem auch bitteren Geschmack.
Weinsäure: die mengenmäßig bedeutendste Säure im Wein (2-5 g/l).
Schwefeldioxid In geringer Menge im Wein vorhandenes Gas, wird aber einerseits durch Zugabe (innerhalb der gesetzlich erlaubten Grenzen) und anderseits dadurch erhöht, dass die Gärbehälter mit Schwefel gereinigt werden. Das Schwefeldioxid im Wein wirkt vorbeugend gegen Oxidation, erleichtert die Klärung und schützt vor Weinkrankheiten, die durch aerobe Bakterien hervorgerufen werden.
Strohwein Wein, der aus Trauben gekeltert wird, welche vorher auf der Pflanze, auf Drahtgittern, Stroh oder in belüfteten Räumen aufgehängt getrocknet wurden. Strohwein ist ein süßer Wein mit hohem Alkoholgehalt.
Süffig Charakter eines leicht zu trinkenden Weines, der aufgrund seiner Lebhaftigkeit und Schmackhaftigkeit sehr angenehm ist.
Süß Ein süßer Wein enthält mehr als 45 g Zucker/l.
Teernote Geruchliche und geschmackliche Wahrnehmungen, die an Teer *(Goudron)* erinnern. Viele große Rotweine weisen solche Teernoten auf.
Trocken Eigenschaft eines Weines, bei welchem während der Gärung der Zucker vollständig in Alkohol umgewandelt wurde und welcher nicht mehr als 4 g Zucker/l enthält.
Unfertig Charakteristik eines Weines, der noch nicht ausgereift ist. Dies kann auch bei lange gealterten Rotweinen vorkommen, welche nach mehreren Jahren noch immer manche Eigenschaften von jungen Weinen aufweisen.
Unharmonisch Charakter eines Weines, bei welchem Säure, Süße, Tannine etc. nicht im Gleichgewicht sind, und eine der Komponenten zu sehr hervortritt.
Verhalten. Ein noch nicht gereifter, am Gaumen herber Wein mit übermäßigem Säuregehalt. Manchmal ist dieser schwerwiegende Weinfehler auf eine nicht abgeschlossene oder fehlende malolaktische Gärung zurückzuführen.
Vollmundig. Bezeichnung für einen extraktreichen Wein mit hohem Zucker- und Glyceringehalt.
Wachsanflug. Auch: Duft. Weißliche, leicht wachsartige Substanz auf der Beerenschale, welche dazu beiträgt, die natürlichen Hefen zurückzuhalten, welche dann bei der Vergärung des Mostes ihre Tätigkeit aufnehmen.
Zartherb. Geschmack, der zahlreiche weiße und rote Weine charakterisiert.

Index